Staread
星文文化

你是不是想和我双修

红刺北

著

上册

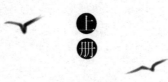

长江出版社
CHANGJIANGPRESS

目录

第一章 · 千机门

昏暗的山崖洞顶，水滴滴答答地砸在灰黑的岩石上，经年累月形成一个凹坑。

岩石旁坐着一个人，她身穿玄色长袍，闭眼盘腿坐在石头上，双手交叠。

六合之内，四海经游，所生所筑，其形基成。

滴答。

水珠砸在浅浅的凹水坑中，声音在空旷安静的山洞内被放大，悠长清脆。这时又一滴水珠在洞顶聚拢成形，停顿片刻，垂直降落，眼看着要再次砸下，旁边的人骤然伸出手，接住那滴水珠。

冰凉的水珠落在掌心，叶素睁开双眼：她终于筑基成功，在到这个世界的第十年。

十年筑基，叶素很满足。

毕竟她所在的千机门穷得叮当响，连续五百年"荣获"修真界最穷门派之称，无一宗门能"超越"。整个千机门只剩一条细细的灵脉，灵气少得可怜。为了修炼，千机门的弟子不得不常年去别的门派蹭灵气，这一蹭就是几百年。

五百年前千机门炼的法器一出，谁与争锋？五百年后，千机门"打秋风"名震修真界。

穷是真的穷，丢人也是真的丢人。

要说起五百年以前，千机门那可是天才辈出，每炼出一把武器都能引起各大宗门疯狂抢夺，就算是两派五宗的人见到千机门的人，也要十分客气。

不过……这天才太多了点儿，导致炼器炼到最后，一不小心把自己门派的灵脉吸得干干净净，只剩下偏峰一条细得没人要、差点儿被忘记的灵脉。加上没有善经营的人才，门派突然断层，辉煌数代的千机门就这么没落了，从此门人走上"打秋风"之路。

　　叶素的师父是千机门的掌门，听着荣光，但掌门这一峰并没有得到什么好处，每年分得的都只是些低级的杂丹、灵石，好材料全部分给了金顶峰的杨长老。

　　这位杨长老和无音宗的掌门双修，长住在无音宗，总会带上他的弟子过去，千机门其他峰的弟子就会用各种借口去找杨长老的弟子，多少能蹭点儿灵气修炼。

　　所以掌门为了这些弟子，主动将好材料让给杨长老，虽然这点儿东西对方也看不太上。

　　叶素起身，走出山洞，周身忽然起了一道浅金色的屏障，这才慢悠悠地越过山洞口的水帘。她从一条小瀑布内翻下来，脚尖轻点岩石，刚要往九玄峰去，忽然听到前面有声音，便顿住脚步，往旁边的落石后躲去。

　　"路哥哥，我筑基成功了！"一个清甜天真的声音传来。

　　叶素不由得挑眉，她沉迷修炼，差点儿忘记今天也是女主角筑基成功的时间。

　　是的，叶素不光穿越了，她还是穿书大军中的一员。

　　叶素不常看小说，那本书是当时研究所的师妹硬塞给她的："师姐，这里面有个配角和你的名字一模一样，建议全文背诵，以防穿越。"

　　叶素不爱看小说，只是在研究所等数据实在乏味。她随手拿起书来翻了一遍，发现全文她的名字只出现了两次，开篇出场一次，后期千机门被男二号灭门时，站出来挡在掌门面前一次，结果被魔族打得神魂俱灭。

　　然后……她一觉醒来就成了书中的叶素。

　　不过作为一个无足轻重的小配角，叶素这十年过得还算轻松自在，每天沉迷修炼，努力提升境界。

　　唯一不足的地方，就是男女主角老爱往她面前凑。

　　叶素向来随遇而安，干脆就当看连续剧了。

　　刚才说话的是女主角宁浅瑶，她是千机门杨长老的亲传弟子，天生玄阴之体。玄阴之体的血液一旦滴入所炼法器中，将会大大提升法器的品级，不需要什么天材地宝，她的血就是最顶尖珍稀的材料，所以她一直是千机门未来崛起的希望。

　　大概在一年前，宁浅瑶把被暗算受伤的陆沉寒藏在后山附近，让长期在后山瀑布洞穴内修炼的叶素不得不换条路走，才不至于撞上他们。

　　没想到今天这两位居然在这儿，直接挡住了自己离开的路。

　　叶素抬眼朝对面站在溪水上游的两个人看去，年轻男子穿一袭玄色长袍，身量颀长，脊背挺拔，面容俊美，眉目冷峻。明明同样是千机门的粗糙料子做成的衣服，穿在他身上却恍若华服。

　　对面仰头的少女肤白赛雪，娇俏可爱，一双清澈的鹿眼，天真烂漫。

　　倒是比原来世界的影视明星要好看数倍，叶素默默想着，够养眼。

"恭喜。"陆沉寒淡淡地说道。

"今天师父给了我一枚养心丹。"宁浅瑶摊开掌心,递给面前的人,露出一个娇憨的笑,"路哥哥,给你。"

陆沉寒低头看着少女的掌心:"不用,我该走了。"

宁浅瑶一怔:"路哥哥,你……你的伤还未好。"

"这一年多谢照顾。"陆沉寒拿出一块刻了字的玉牌递给宁浅瑶,"我姓陆,是昆仑弟子,若有事可去昆仑寻我。"

昆仑……修真第一宗门,剑修圣地。

宁浅瑶还未从他要离开的消息中反应过来,又听见这句话,久久不能回神。

当年捡到人时,宁浅瑶便觉得他非普通人,却未料到对方竟是昆仑的弟子。

宁浅瑶的眼中隐隐有泪光,她低头看着手中玉牌上的字,深吸一口气,随后握紧玉牌,并将养心丹塞给陆沉寒,仰头坚强地说道:"路……陆哥哥,我救你并非为了得到报答,三年后的宗门大比你会参加吗?"

陆沉寒垂眸看着手中的低级养心丹,又抬眼看着对面满脸认真的少女,最后点头道:"会。"

"那三年后宗门大比见。"宁浅瑶低头嘟囔道,"我才不要你的报答,我会光明正大地站在昆仑之上,你要等我。"

"好。"

片刻后,陆沉寒抬手召唤出孤沧剑,飞身御剑,眨眼消失在千机门的上空。

宁浅瑶抬头怔怔地看着他消失的身影,原来陆哥哥早已经筑基。

在修真界只有筑基以上的水平,才能御剑飞行。

等两个人都离开后,叶素才从山石背后走出来,忍不住啧了一声:他们千机门的法阵简直形同虚设,谁都能随随便便进进出出。

丢人,太丢人了。

身为千机门的大师姐,叶素心中惭愧,难怪后期男二号不过派了一小支魔族就能灭了千机门。

叶素摇着头,快步爬上九玄峰。

一路上千机门的弟子都喜气洋洋的,仿佛发生了什么好事。

叶素走到师父的房门前伸手敲了敲:"师父。"

"进来。"

叶素推开门,她的掌门师父正坐在那儿喝茶,同样着一身玄色长袍,只不过袖口和胸前多了几条金线做点缀。

"你小师妹今天筑基了。"掌门摸着自己的胡子，端起茶杯喜滋滋道，"她还是玄阴之体，以后万一成了一代炼器大师，说不定可以挣条灵脉回来，那我们千机门以后就不用蹭别的宗门的灵气了。"

师父两百零几岁，境界是化神后期，天赋还行，炼器也勉勉强强能为千机门糊口，可惜没有灵气和灵丹，一直都停滞在这个境界。

叶素直接坐在师父侧面的椅子，给自己倒了杯水："师父，我也筑基了。"

"挺好。"掌门点了点头，低头啜了口茶水，等反应过来一口茶全喷了出来，"噗——"

"你也筑基了？什么时候的事？"掌门又惊又惧地问道，"你怎么就筑基了？这样都能筑基？"

"今天早上筑基成功的。"叶素躲开她师父喷出来的茶水，冷静地说道，"大概是我天赋不错。"

掌门放下茶杯，一把握住叶素的手，胡子都忍不住了抖了抖："你小师妹每个月有二十几天都待在无音宗，灵气充沛筑基就算了。你这什么都没有就筑基，委实……"

修真界灵气稀薄四散，普通修士根本无法聚拢吸收，因而修士才需要靠着灵脉和灵石来修炼。

他这大弟子每年也就分得那几个歪瓜裂枣的灵石，几乎等于没有，如今居然只靠着周遭稀薄的灵气筑基成功了。

"师父，我都已经筑基了。"叶素拍了拍师父的手，"收不回去了。"

这时候门外又有一人喊师父，两个人转头看去，外面站着一位俊美至极的少年，他的额间正中还有一颗红痣，鲜艳得仿如一滴血。这副模样本该会显得圣洁无俦，但少年偏偏过分美艳，以至于多了几分妖异。

掌门忍住心中如波涛起伏的情绪，装作冷静地端起茶杯，维持自己师父的形象，让门口的人进来："易玄啊，何事？"

"师父，大师姐。"少年走进来，顿了顿，垂眸又道，"易玄刚刚筑基成功。"

掌门刹那间如遭雷劈，茶杯从手中脱落，猛然站立，脸上半点儿喜悦都无："你们……难道天道真要亡我千机门？！"

叶素起身扶住师父："师父，冷静点儿。"

掌门浑身抖了抖，仰天长叹："五百年前，千机门天才辈出，将宗门灵脉吸得干干净净，从此千机门萎靡不振。现在你们几个……"

千机门最怕这种"天赋党"了，养又养不起。

掌门想着自己穷得叮当响的九玄峰，心在滴血，但口上还是道："要不然你们俩退宗，去其他门派吧，千机门……养不起天才。"

叶素咳了一声："师父，倒也不必如此，大不了我们到处去打秋风。"

掌门严肃地看着叶素："怎么说话的？要是传出去，别人宗门如何看待我们千机门？"

叶素对上师父的眼神，恍然大悟，立马改口："各宗门这么多年照拂千机门，我们这些做弟子的，该找个机会去拜访他们。"

掌门顿时满意地摸了摸自己胡子："你们终于长大了，那三日后就带着几个师弟师妹去拜访拜访各宗门。"

"好的，师父。"叶素一边答应，一边扶着师父坐下来。

易玄抬眸静静地看着对面的师徒，这两个人无耻的样子如出一辙。

"师父，我……"

"小师弟，师父要休息了，先出去。"叶素打断易玄的话，面带笑容地拉着他一起走出去，顺便关上了门。

两个人走出院子，易玄立刻用力扯开自己的袖子："大师姐，三日后我会下山历练，拜访的事你们自己做就行。"

叶素回头，脸上的笑意淡了下来："去不去随你，别在师父面前说就行。"

易玄就是原书中的男二号。

他身负半魔血脉，自小被千机门掌门收留，自尊心极强。众弟子都爱去无音宗蹭点儿灵气修炼，只有他幼时被无音宗的弟子嘲笑过一次，明白千机门的地位后，便再也不去无音宗。

女主角宁浅瑶担心他没有灵气可以修炼，便时常送些灵石过来。易玄虽没有接受，但自此便是宁浅瑶的守护者，直到后面嫉妒陆沉寒得了宁浅瑶的喜欢，一朝成魔，从此开启三个人纠缠的狗血爱情剧。

算算时间，这次易玄会跟在即将去历练的宁浅瑶身后护着她，然后被吾剑派的长老看上，自此脱离千机门，在宗门大比上成为名动一时的少年天才。

叶素记得原书中师父一直以为易玄出了什么意外才没回来，几次出去寻找，最后还是从别人口中得知这件事，心绪大恸，导致境界受损。

刚才掌门口中说的是让他们退宗，实际眼中的骄傲怎么也掩盖不了，他的弟子即便没有什么灵气滋养、灵石灵丹辅助，也能筑基成功。

"对了，若是以后要退宗，最好来信说一句。"叶素提醒道，"好歹师父养了你十年。"

叶素进入这个世界时是个七岁的小孩，躺在乱葬岗里，师父把她捡了回来，她是师父捡回来的第五个孩子。

刚好那年千机门的掌门和长老开始收亲传弟子，其他长老大部分收一个亲传弟子，最多也就是收两个亲传弟子，但掌门觉得自己对捡回来的五个孩子都有责任，收了谁都不公平，干脆一股脑儿全收了。

叶素这个大师姐是抽签抽来的，其实五名弟子年龄差不多大，不过平时其他师弟师妹也都听她的。

易玄站在院门前的梧桐树下，影影绰绰的树影落在他的脸上，反而更显得他的眉眼锋利艳丽。他抬眸看向叶素："大师姐，这话是什么意思？"

叶素耸肩："提醒而已，小师弟天赋这么高，又擅用剑，不适合千机门。"

"大师姐是在怂恿我退宗？"易玄反问。

"那倒没有。"叶素不和他纠缠这个话题，反正他几个月后就要去吾剑派，她随意地摆摆手，"先走了。"

易玄落在后面，沉默地望着叶素离开的背影，眉心那颗红痣莫名显得愈发鲜艳。

第二天一早，叶素往藏典阁走，去那里读书是她的日常功课之一。

千机门穷是穷，但到底曾经也勉强算是大门派，该有的都有，藏典阁足足有五层，里面全是关于炼器的秘籍。

叶素刚迈进藏典阁的大门，旁边就传来一个沙哑的声音："筑基了。"

她转头一看，一个短发瘦削的男人用独臂推着一车书，是藏典阁的守门人于封海。

这位守门人比掌门资历还深，据传他的境界高达合体后期，五百多年前他就在藏典阁守门，因为他在这儿，才没有人敢打千机门藏典阁的主意。

不过师父说于封海并不是千机门的人，留在这儿只是为了报恩。

书中千机门灭门那天，于封海不在这儿，据说是去赴约了。

于封海将大门旁边桌上的书整理好放进车筐中："千机门没有足够的灵脉，近几年最后那点儿灵脉也快没有了，以后你修炼起来很麻烦。"

宗门最大的好处便是有灵脉支撑修炼，否则和完全靠灵石修炼的散修没什么区别。

修真界境界分为：练气、筑基、金丹、元婴、化神、合体、大乘，最后是渡劫成仙。

筑基开始就需要灵脉提供大量的灵气，才有可能修炼至金丹，千机门那条细得可怜的灵脉仅能提供门派运作而已，如今已经几乎无法让弟子修炼。

灵脉都是各宗门把握在手中的重要资源，即便掌门的炼器水平可以越级到合体前期，也不足以换来灵脉。

而且上品灵石以上都掌握在大宗门的手里，有本事的散修才能弄到一点儿，但这种人绝大多数最后会想尽办法成为大宗门的客卿，留在大宗门，靠灵脉修炼。

因为再好的灵石也没有灵脉中的灵气充沛，除非不缺灵石。

"于守门，我们三天后要下山试炼，顺便拜访各宗门。"叶素露齿一笑，"说不定回来境界就能提高了。"

于封海看着毫无芥蒂的叶素，拿着书的手不禁抖了抖。

他几乎是见证千机门衰落全过程的人，仍然没想到现在千机门竟然连小小年纪的弟子都已经脸皮厚成这样，当年果然不该投张峰峰那一票。

掌门"以身作则"，难怪弟子也这副狗模样！

"要看书就进去，别在门口磨蹭。"于封海冷漠地挥袖道。

叶素早知道于守门脾气变幻莫测，也不在乎刚才是他主动搭话，抬步就往第五层走。

藏典阁前四层是十分正统的炼器书籍，到了第五层全部是五百多年前那些天才前辈的手札，字体千奇百怪不说，内容也五花八门，已经不仅仅是关于炼器的了。

炼器需要无数材料，千机门连灵气都要蹭，材料更少得可怜，所以叶素基本上只看不炼，加上她有过目不忘的本事，在这十年将藏典阁的书也看了七七八八。

如今她只剩下第五层的书还没有怎么看。

叶素现在手中的这本手札，上面写炼器完成前，可以将符箓融进去，具体怎么融，里面没有写。因为从下一页开始，这位前辈就开始在自己的手札上大吐苦水。

> ……不过是偷偷学了一点儿五行宗不要的符箓术，还顺便帮他们补齐了缺
> 符，他们居然要追杀我？不可理喻！

五行宗，两派五宗之一，擅长符箓术，这位前辈跑去偷学人家门派的本事，不被追杀才奇怪。

叶素继续翻了一页，下面的字更乱了，几百年过去，依然能让人感受到当事人的愤怒。

> 莫名其妙！谁不知道那些符箓经都是五行宗不要的，任外人传阅。我在摊
> 子上买的符箓经，比他们本宗人会用，能怪我？唉，只能把炼好的玉牌给他们
> 当赔偿。

原来不是偷学，叶素皱眉，这位前辈大概率被五行宗的人唬住了。

摊子上买卖的秘籍多是假的，即便是真的，也只是内门抛弃的功法，有些功法连外门弟子都不稀罕看一眼。

叶素往后翻，发现这本书后面全是一个墨玉牌的图解，还掺杂着一张符箓的各种变形画法。

这张符箓是低级疾速符，原本只是一张有如鸡肋的符箓，用上之后只能疾行数里，对五行宗的人而言，根本没有用，他们还有更好的符箓。但经过这位前辈改造，将疾速符运用到武器中，突然之间有了大作用。

将墨玉牌挂在身上，注入真气，移动速度会迅速得到提升，境界越高，移动速度越快，这墨玉牌不像符纸用一次即废，可以永久使用。

叶素蹲在地上把这本手札看完，才发现这位前辈后期又几次修改原先的疾速符。

最后一页，疾速符彻底成形，下方附言：

改良版疾速符，境界通用，有效期一刻钟。

看来原先那版疾速符大概只有练气期的人可以用，众所周知，符合筑基用的功法之类的东西，从来不会流到摊子上，再不济也只会出现在某典卖阁内。

叶素放下这本手札，继续翻下一本。她看书向来快，基本扫一眼便能记住，等到天黑时，书架上一排书已经被她看完了。

走出藏典阁时，叶素往旁边看了看，于守门不在，大概去整理书籍了。

回到自己的住所，那张疾速符在叶素脑海中浮现。

在叶素的印象中，低级符需要的材料很简单，一张黄表纸、一支毛笔以及朱砂。

毛笔和朱砂她有，至于黄表纸……

叶素起身往隔壁走，敲了敲门："二师弟，在不在？"

过了一会，里面的人才缓缓出来打开门："大——师——姐。"

叶素不经意间看见桌上的包裹："你已经准备行李了？"

明流沙慢吞吞地回道："出门在外，要多带点儿东西。"

"上个月你不是买了一些纸元宝，还有没有？借我一点儿。"叶素直接问道。

二师弟做什么都仔细，唯一不好的就是成天说话一个字一个字往外蹦。他以前还骗人说自己是口吃，得了不少人的同情，尤其是三师妹，最后大家才发现他其实故意的，他认真说起话来不知道多流利。

上个月明流沙养的那盆花死了，他去山下买了一些纸元宝回来，说是烧给死去的花，第一天烧完就被三师妹揍了一顿。

因为明流沙养花的那扇窗户正对着三师妹的寝居，风一吹，烧掉的纸元宝全飘进了她的屋子里。

"还有。"明流沙缓缓转身，从床底下翻出一箱扁掉的纸元宝，这是被三师妹亲脚踩扁的，"大师姐，你的花也死了？"

前两年师父不知道从哪儿弄来的花花草草，送给弟子每个人一盆。

"我养的那盆花去年就死了。"叶素端走一箱纸元宝转身离开，再不走，听着二师弟说话，她的气都喘不上来。

抱着纸元宝回到房间里，叶素走到书桌前，将纸元宝拆了，裁成符纸的形状，拿起毛笔，蘸了蘸朱砂，停在黄表纸上方，她的脑海中再次浮现手札最后一页的符箓，随即落笔。

屋内气息顿时浮动，无数光华汇聚成一股，灌入笔身，顺着笔尖移动，流进符纸。

叶素沉浸其中，没有察觉出异样。

从头到尾，一笔顺畅勾勒，成功画完，和手札那一页的符箓一模一样。

叶素不了解符箓术，纯粹只听说过，有点儿印象而已，更不知道符师间向来流传着一段话：

一笔天地动，二笔鬼神惊，三笔平天下，四笔度苍生。

不是谁都能提笔钩连天地灵气，继而转化在符纸上的。

有钩连天地灵气天赋的人，才能开启符师的修炼之路。

好像还挺像那么回事的，叶素拎起符纸，仔细打量，暗暗想道。

不过她有自知之明，要是画符这么容易，符师早满大街跑了。

叶素摇了摇头，随手将画好的符纸往旁边一扔，准备回床上打坐修炼。

这时候从书桌前打开的窗户吹进一阵微风，将符纸轻轻吹起，紧紧贴在叶素的身后。

刚刚转身抬脚的叶素，只觉得身后忽然传来一股极大的力道，推着她前行，让她完全无法自控。

他们九玄峰的五名亲传弟子住在一排，从大师姐的房间数过去，一直到小师弟的房间。叶素的卧室中间是床，书桌在房间的左侧，而右侧墙外就是二师弟的房间。

被符纸贴上的叶素完全来不及反应，瞬间就蹿了出去。

嘭、嘭、嘭……

她眼睁睁地看着自己从右侧的墙一路撞过去，最后陷进了小师弟卧室内的那面墙。

五个房间的墙全被硬生生撞出了一个个洞，这洞还是人形的。

明流沙缓缓扭头看了看自己屋子两边的洞，慢吞吞道："怎么漏风了？"

这时候房间内的三师妹和四师弟已经被惊动，快速追了出来，就见到一个熟悉的身影镶嵌在小师弟房间的墙上，而屋内的小师弟站在床边，外袍只脱了一半，转头面无表情地看着墙上的人。

"大师姐？"最先到达房门口的圆脸少年发出第一声疑问，是四师弟夏耳。

叶素已经撞蒙了，努力挣扎着从墙里出来，好不容易把手脚抽了出来，一整颗头还在墙内。

她双手撑在墙上，努力将自己的头拔了出来。

"大师姐，你流鼻血了。"夏耳侧后方，戴粉花的少女三师妹西玉指着叶素的鼻子，好心道。

"嗯。"叶素心想，自己不光流鼻血了，还骨折了。

然而她没有说出口，因为下一秒她便直挺挺地倒地，眼睛一眨不眨地看着屋顶，开始怀疑整个世界。

这时候，二师弟才慢悠悠地走到易玄的房门口，看着地上的人，问："大师姐，你走火入魔了？"

"你大师姐死了。"叶素一开口就是一股血腥味。

四师弟夏耳过来，扶起叶素："大师姐，你没事吧？"

"没事。"叶素抹了一把脸，血糊得更加严重，她干脆不用手了，撩起衣袍就擦，"房间明天帮你们修，我先回去疗伤。"

叶素一瘸一拐要走出易玄的房间。

这时易玄已经拉起自己的外衣，他走上前，从地上捡起一张烧了一半的符纸，问她："这是什么？"

叶素回头看到那张熟悉的符纸一角，终于明白发生了什么："画的符。"

"符？"夏耳凑过来感兴趣地问道，"大师姐，你哪儿来的灵石买符纸。"

整个门派最穷的人就是大师姐了。

"这符纸上怎么还有个脚印？"西玉看着半张符纸的背面，觉得那脚印怪熟悉的。

二师弟流沙探头一看："这是三师妹踩扁的纸元宝。"

屋内几个人面面相觑，最后齐齐将目光落在叶素的身上，等待她给一个解释。

叶素咳了一声，承认道："不是买的，是我画的符。"

"大师姐，你还会画符？"作为整个九玄峰最崇拜叶素的人，夏耳眼中顿时露出膜拜之色。

"在藏典阁的一本手札上看到的，随便画的。"叶素试图摸自己鼻子，疼得直吸气，立刻放下手，"先回去了，你们也早点休息。"

"你的东西，带走。"易玄面无表情地将符纸扔向她。

叶素侧身伸出两根手指，瞬间夹住飞来的符纸："放心，明天一早就帮你们补墙。"

九玄峰上这一晚，五个人的住所内，风声呼啸不断。

易玄睁眼望着床顶，听着房间内穿梭的风声，始终无法入睡，骤然起身离开。

叶素有一件事没有说错，比起锻造法器，他更喜欢剑术。

师父也知道他的情况，甚至炼制了一把好剑送给他。

有些炼器师擅长炼剑，需要对剑修有所了解，所以千机门中也有不少前辈研究留下的剑谱，易玄从中挑了几本学习。

易玄右手掌心一翻，剑便从乾坤袋中飞到手上。如今他已筑基，可以御剑，但剑谱上并没有详细讲解如何御剑飞行，只能靠他自学。

九玄峰高千丈，易玄站在峰顶，风掠过带起衣角，他微微合眼，将灵力灌注剑身，感受到灵识与剑身之间的联系后，稍提气便踩在剑上，右手竖起两指操控剑顺利移动，然而下一刻便骤然坠落。

叶素鼻子上贴了块白布膏药，一大早就扛着两根扁担下山去，挑了四担砖和泥浆回来，准备给师弟师妹的房间补墙，才走到院子门口，便碰上了回来的易玄。

她微微扬眉，假装没有看到易玄一身狼狈的样子，轻描淡写地打了一声招呼："小师弟。"

易玄一晚上都在练习御剑，从九玄峰上摔下去好几次，浑身都是伤，连眉心那颗红痣似乎都暗淡了不少。

这时候，三师妹正好从房内出来，见到易玄的样子一愣，随后下意识地劝架："小师弟，大师姐也不是故意的，墙今天修修就能好，怎么还打起来了？"

五个人在千机门一起长大，虽然平时大师姐对易玄也没怎么区别对待，但明眼人都看得出来他俩关系不太好。

"我没有碰他。"叶素当即举起一只手对西玉解释，"他的伤和我没关系。"

易玄目光淡淡地扫过两个人，一言不发地回到自己的房间。

"大师姐，小师弟真不和我们一起下山？"西玉望着易玄朝最里面的住所走去，悄悄朝叶素靠过去问道。

"只有我们四个。"叶素心不在焉地说道。她摸了摸还带着伤的鼻子，这膏药味太冲，效果也一般，不过胜在便宜。

西玉有点儿遗憾："小师弟和我们都不怎么亲近。"

"该补墙了。"叶素打断道。他们不亲近太正常了，男二号只对女主角一个人好，叶素还记得在原书中，这一干师妹师弟全死在魔物的手中。

"大师姐，我来帮忙。"夏耳走出来，立刻抱起一筐砖道。

很快，明流沙也从房间内出来了，一起帮着砌墙。

易玄在床上打坐休憩，始终静不下心，能听见外面几个人时不时传来的笑声。

没有灵脉滋养，整个宗门也赚不到多少灵石，天天想方设法去蹭别的门派灵气，遭人白眼，这几个人却永远像无事发生。

易玄双手掌心朝上，原本运行的灵力忽然散乱，在肺腑中四窜。

隔着两个房间，叶素察觉出空中一丝不同寻常的波动，不由得皱了皱眉。这种气息只属于筑基修为的易玄，随着这种波动越发明显，犹豫半响，叶素终于忍不下去。

"拿着。"叶素将手中的砖块扔给明流沙，快步走了出去，"你们继续砌，我出去喝杯水。"

易玄一日未离开，到底还是千机门的小师弟。

叶素踹开房门，便发现打坐的易玄气息紊乱、灵力流动逆转，她的两指瞬间点在他的手腕内关和灵道穴位，指尖的灵气顺势而入，打散他体内那团逆转的灵气。

易玄骤然吐出一口瘀血，倒在床上。

叶素望着倒在床上、唇边带着鲜血、眉心红痣越发显得妖艳的小师弟，心中啧了一声，这么早就有了入魔的征兆？她还以为是因为后期女主角和男主角刺激了易玄，易玄才会入魔，原来他现在已经生了心魔？

叶素若有所思，过了片刻，随手抓起旁边的薄被，盖在他的脸上，眼不见为净，转身离开房间。

听着那脚步声渐行渐远，易玄才从紊乱状态中清醒过来，扯下脸上的薄被，怔怔地望着床顶。

从一开始两个人第一次见面时，易玄便知道叶素不喜欢他。

易玄抬手挡住双眼，嗤笑一声：她不过是为了彰显大师姐的风范罢了，假惺惺。

砌墙花了一上午时间，叶素他们才坐在门槛上休息，就听见院门外传来一阵铃铛响声，师姐弟几个齐刷刷地扭头看过去。

身穿白色裙子，绾着发髻的宁浅瑶推开院门进来，她的手腕上戴着一副银铃铛手环，据说那是无音宗的掌门送给她的礼物，可清心明目。

她一身衣服干净华贵，和坐在门槛上的这几个沾满泥浆的人一比，天上地下也不过如此。

宁浅瑶轻盈地走进来，带着一阵铃铛响声。她见这几个人浑身脏污，眼中不免露出几分惊讶之色，但她只问："师兄师姐，小师兄在吗？"

"在。"夏耳指了指最里面的房子。

宁浅瑶却没有急着进去，反而拿出一本手札递给叶素："大师姐，这是浅瑶筑基的一些心得，大师姐拿去参考，要是还有什么不懂的，可以来问浅瑶。"

"给我？"叶素一时没能明白她这番动作的意思。

修真界中人各有各的缘法，尤其是突破境界，靠的是个人顿悟，还从来没有人写什么心得手札，毕竟千人千面。

宁浅瑶点头，有些俏皮地眨了眨眼睛："其他师兄师姐也可以看哦。"

坐在门槛上的几个人脸色怪异，西玉直接道："大师姐用不上，早筑基了。"

"小师妹也是一片好心。"明流沙慢吞吞道，但配合西玉的上一句话，总带着点儿令人窒息的尴尬。

"小师弟也筑基了。"夏耳好心地补充道。

宁浅瑶藏在衣袖里的手指无意识地勾了勾，她不惊讶易玄能筑基，师父和师娘早说过小师兄天赋极高，每次她带着灵石过来找易玄，师父都是知晓的。

只是大师姐为什么也能成功筑基？

宁浅瑶收回自己的心得手札，有些抱歉地说道："是浅瑶一直没有听到消息，让大师姐见笑了。"

"师父还没来得及通知，小师妹不用介意。"叶素真诚地回道，"不过，小师妹要是有多余的灵石，可以送给我。大师姐如今也是筑基的人了，需要很多灵石修炼。"

宁浅瑶："……"

千机门中最无耻的人非叶素莫属，别的人去蹭灵脉多多少少会不好意思，但她从来没脸红过，甚至现在还想讨要自己的灵石？！

"恭喜大师姐筑基成功，浅瑶先去找小师兄了。"宁浅瑶一双清澈的圆眼弯起，笑靥如花，假装没有听见刚才叶素的话，抬脚迅速离开，只是铃铛声有些细碎急促，比不上来时的悦耳轻灵，多少有点儿落荒而逃的意味。

门槛上坐着的师兄妹几个人统一单手撑脸，望着宁浅瑶走进易玄的房间，齐刷刷长叹一声——羡慕啊！

宁浅瑶从头到脚都是灵物，先不说那副银铃铛手环，就连她脚上的鞋都能沾上灵气。

今天院子内到处是泥浆，宁浅瑶踩在上面留下了脚印。

"她要是能踩点儿无音宗的土过来就好了。"叶素望着那几个脚印，突然道，"那里的土多少也染了点儿灵气。"

坐在右边的三个人扭头朝叶素看去。

明流沙："不至于。"

西玉："倒也不必。"

叶素抓住时机教导师弟师妹："你们该学会勤俭持家，积少成多，一点点灵气也是灵气，浪费不得。"

最崇拜叶素的夏耳当即表示赞同："大师姐说得对。"

外面聊得欢，房间内氛围却有些凝固。

宁浅瑶道："明日无音宗筑基的弟子出宗历练，可以带上千机门的两名弟子。师父说小师兄若能一起去历练，定受益匪浅。"

易玄站在窗户旁，远远能看到那几个人起身清扫院子。他回头道："我不和无音宗的弟子一起历练。"

宁浅瑶劝道："无音宗的大师兄已经是筑基后期境界，这次他也会去，若小师兄能一起……"

"躲在其他人的背后？"易玄打断她的话。他上午气息倒转，差点儿出事，现在能站在这儿全凭意志。

宁浅瑶仰起脸望着易玄，改口道："小师兄，你不去，只有浅瑶一个人在。"

宁浅瑶见他一直不语，原先明媚的笑容渐渐消失，有些失落地说道："千机门去的人只有我一个，小师兄只当和我一起去，不用在意无音宗的师兄师姐的看法，何况他们的实力根本没有小师兄的强。"

千机门所有人都沉浸在自己的世界中，只有宁浅瑶时不时会过来找他。

易玄余光扫过小心翼翼地望着自己的小师妹，最终还是答应了下来："好。"

宁浅瑶走出去时，那几个人还在院子里扫地。

"小师妹，好走，下次再来。"叶素和善地说道，余光不由自主地落在宁浅瑶的鞋底上。

只是一句客套话，宁浅瑶却莫名回答道："大师姐，这段时间恐怕不行，我要和无音宗的筑基弟子一起出宗历练。"

"小师妹，我们正好也要下山。"夏耳握着扫把凑过来道。

"这次全是筑基弟子，可能不适合带四师兄去。"宁浅瑶以为夏耳想要蹭着一起去，含蓄地拒绝后，对几个人点了点头，快步离开。

夏耳望着她的背影挠头："我也没说要一起去吧？"

西玉问道："所以小师妹是来找小师弟一起去历练？"

明流沙低头扫开泥浆，缓缓道："大概。"

"行了。"叶素打开传讯玉碟，"赶紧扫完院子，师父让我们待会儿去找他。"

掌门将五名徒弟召集过来，看到易玄脸上的擦伤，不由得问道："怎么受伤了？"

易玄垂眼："练剑时不小心划伤了。"

掌门听着他的话，刚想说什么，又看到最后进来正在关门的叶素鼻子上贴着膏药："叶素，你又是怎么回事？！"

叶素捂了捂鼻子："昨天撞墙了。"

掌门狐疑地问道："好端端为什么会撞墙？"

"修炼意外。"叶素转移话题，"师父，您找我们什么事？"

提起这个，掌门从乾坤袋中拿出一堆零零碎碎的东西，有丹药、法器等。他扔给叶素一瓶药："这是以前我留着的伤药，在珍宝阁买的，你们带着上路，另外这几个法器分一分。外面危险，你们拜访完宗门就回来，别节外生枝。"

"是，师父。"

掌门嘱咐叶素："你记得看着点儿师弟师妹。"

叶素点头道："我知道，师父。"

掌门满意地摸了摸胡子，从小叶素就让人省心，他把东西交给她后，挥挥手："都回去早点儿休息，明天还要下山。"

叶素回到住所大院，将师父给的东西放在院内的圆桌上。易玄没有参与，独自一人去练习御剑，显然对这些东西不感兴趣。

四个人也早习惯小师弟不参与他们的集体活动，全体围坐在圆桌边，满脸严肃地盯着中间那些鸡零狗碎的东西。

"这把刀虽然不怎么样，但是熔了之后可以得到不少灵铁。"西玉说完，就把圆桌上的刀划到自己那边去。

"那我要这把剑。"夏耳道。

剩下的就是一些炼器材料，明流沙挑了几样，随后问出了关键问题："师父没给灵石？"

叶素："……"

灵石是修真界的货币，可以用来交易，同时也是修炼的重要物资，灵脉不能移动，但灵石可以随身携带，方便修仙者随时随地修炼。

显然，掌门没有这种东西，千机门每年才能赚到一点点灵石，炼器都成问题。老实说，千机门的弟子和散修也没什么区别了，光有个宗门的名头，其他什么都没有，甚至比散修还要穷。

"我们下山自己赚灵石。"叶素指了指桌子上的东西道，"正好这里还有点儿材料。"

晚上，叶素没有早睡，而是去藏典阁找守门人于封海。

他一个人坐在藏典阁门口的桌子前闭眼休憩。

"于守门。"叶素喊了一声，从背后拿出一张疾速符，见于封海睁开眼睛，便问，"于守门能不能试试这张符？"

"这是什么？"于封海看着她手里的符问。

"疾速符，据说全境界通用。"叶素解释。

"你哪儿来的？"于封海心中好笑，千机门都快穷得解散门派了，怎么可能会买得起全境界通用的符箓。

叶素道："我自己画的。"

本着不打击人的心理，于封海示意她将符放在桌上："放那儿，有空我试试。"

于守门向来说一不二，叶素只能作罢，回去了。

第二天一大早，四个人便已经收拾好行李。

叶素昨天画了一晚上符，今天一早全塞到自己的乾坤袋中去了。

夏耳刚走出来，便听见隔壁房门打开的声音，转头看到易玄从里面出来，高兴地问道："小师弟，你要和我们一起走吗？"

"我和小师妹一起。"易玄站在房门口，不经意对上站在院中叶素的目光，莫名觉得不自在。

夏耳想起昨天小师妹的话，瞬间明白过来小师弟要和无音宗同行，虽然失望易玄不和他们一起，但也能理解。

叶素走了过来，从乾坤袋中拿了一瓶伤药和一把暗器递给易玄："师父给的是我们五人，你不要我交代不了。"

那一堆零零碎碎的东西中，就这两样东西最有价值，昨天经过四个人统一商议，最后决定将它们分给小师弟。

见易玄收下，叶素又在乾坤袋中掏了掏，最后掏出一沓皱巴巴的符纸，从中抽出十张塞给他："我昨天连夜画的，不知道效果，当大师姐送你的临别礼物。"

"大师姐，我也要。"另一头的明流沙拖着长调过来讨要符。

"都有。"叶素转身给每个人分了十张。

院子内的五个人太年轻，又无人了解符师，根本不知道叶素做出来的事有多惊世骇俗。

没有任何一个符师能一晚上轻轻松松画出来这么多符箓。

这疾速符确实低级，但叶素也才筑基。

"走了。"叶素分完符后，喊着其他三个人离开，背对着易玄挥了挥手。

易玄低头看着手中那沓皱巴巴的疾速符，最终还是将它们一同收了起来。

四个人下了九玄峰，又经过空旷的试炼场，这才走出了千机门。

叶素回头看着那扇古朴雕花的玄铁方形大门，"千机门"三个大字遒劲有力，刻在最上方。单看这扇仿佛直入云霄的大门，谁能知道他们宗派穷得叮当响。

"大师姐，我们往哪个方向走？"西玉问道。

整个修真界以蓬莱山脉为中心，五行宗、合欢宗、万佛宗、上阙宗以及丹宗，这五宗分守东南西北方位，另有昆仑派位于西北昆仑之巅。

各方位的修炼术法各不相同，除去西北昆仑独树一帜外，以东方位算是修真界最繁华的地段。正东方位有五行宗，临东方位还坐落着修真界第二大剑修门派——吾剑派。

两派五宗中一派一宗占据东边，想不繁华都难。

其他大大小小的宗门法派则散落各个方位，千机门在南偏东的位置，实际上炼器宗门差不多都在这个方位。

"我们去定海城。"叶素道。

"要去拜访破元门？"夏耳问，定海城是破元门的地盘。

当今最出名的炼器大宗派有两家，一家是位于东北方向的羲河城斩金宗，另外一家是在东南方向的定海城破元门。

叶素拿出传讯玉碟，这东西不光可以收到语音、文字，还有公共区域，有点儿类似游戏中的大喇叭，付完钱可以发布消息，有传讯玉碟的人都能看得见。

"你们看。"叶素点开自己收藏的一页公共告示，"半年后破元门要举办一场炼器比试，赛前三个月内非破元门的炼器师可以向他们投递作品，有千名炼器师可以进入破元门参加初次比试，再选出百位炼器师和破元门的弟子一起进入决赛，决赛的前十名有材料奖励。"

"大师姐，这应该是给散修炼器师发的告示。"西玉提醒。

修真界太大，总有不少散修，破元门此举一是为了给本宗弟子施加压力，刺激他们，同时可以互相学习；二是可以在比试后吸纳一些有潜力的优秀散修炼器师，基本每隔几年就有一次这样的比试。

"我通读了几遍，他们只说非破元门弟子，没说其他门派的弟子不能参加。"叶素道，"从初赛到决赛共两个月的时间，所有炼器师会一直待在破元门，若能撑到决赛，我们可以光明正大地蹭两个月的聚灵阵。"

灵脉中心的灵气最浓厚，肯定只能是本门派的人使用，但外人要炼器也需要灵气，所以这时候聚灵阵便能派上用场，但只有大宗门才有资本设立。

夏耳立刻对叶素竖起大拇指："大师姐，高！"

千机门这几百年到处蹭灵气，名声已经快烂完了，如今走到哪儿都不受待见。要是能靠着比试进去，破元门便无法拒绝他们，这可比强行拜访好多了。

四个人走下山，经过一个传送阵。

这个传送阵不算大，但够用，可见到无音宗的弟子进进出出。

明流沙看着传送阵走不动路了："想进传送阵。"

"别想了，我们没有灵石。"西玉一把扯住明流沙的后颈衣领，拖着他走，"脚踏实地才是正途。"

"大师姐快看！"前面夏耳指着御剑的两个人，"是小师弟和小师妹。"

叶素抬头看着天空中快速掠过来的身影，易玄才用了两天居然就御剑成功了，还可以带妹，不愧是男二号。

两个人落在他们的面前，宁浅瑶从易玄身后跳出来，站在叶素的面前，甜甜地喊了一声："大师姐。"

随后而来一群着白衣的无音宗的弟子，他们是音修，每个人都携带着一种乐器。

"你们也下山历练？"为首的少年瞥了一眼叶素，"有灵石坐传送阵吗？"

他身后一干无音宗的弟子扑哧笑出了声，坐传送阵可是需要一大笔灵石的，千机门的人哪里付得起。

易玄闻言皱眉，搭在剑柄上的手不由得握紧。

"没有，太穷了。"对面的叶素摇头，长叹一声，随后目光热切地看着为首的少年，"辛鑫兄，作为隔壁友宗，不如你们资助我们坐次传送阵？"

无音宗一干弟子：无耻！

夏耳在旁边发出没有见过世面的感叹："大师姐，我们就要坐传送阵了吗？我还从来没坐过传送阵，谢谢辛鑫师兄！"

辛鑫：谁是你师兄？怎么就谢上了？

叶素已经上前握住为首的少年的手："辛鑫兄，若是你们能资助一二，待我们千机门发达，一定不会忘记隔壁友宗。"

辛鑫甩开叶素的手，嘲笑道："等你们千机门发达？不如等我渡劫成功。"

"话也不能这么说，千机门发达还是有机会的，但辛鑫兄渡劫成功……"叶素打量他一番，吐出最后一个字，"难。"

"你！"最终辛鑫冷嗤一声，转头对无音宗的其他人道，"我们走。"

无音宗的人纷纷拿出灵石投入传送大阵。宁浅瑶走过来，抿了抿唇，从乾坤袋中拿出千枚下品灵石："大师姐，这是我攒的一些，你们拿去。"

千枚下品灵石只够一个人传送，甚至到达不了定海城，但叶素毫不犹豫地收下，并表示赞扬："小师妹，还是你好。"

易玄皱眉看着叶素："大师姐。"他不懂为什么她从来不觉得丢人。

叶素扫了他一眼，让开位置："无音宗的人快走了，小师妹请。"

"小师兄，我们走吧。"宁浅瑶一边扯了扯易玄的衣袖，一边仰头道，"等到了，你教我御剑，浅瑶也想学剑术。"

易玄进入传送阵前，余光看到四个人还孤零零地站在外面，心中莫名复杂，脚步不由得一顿。

"小师兄？"宁浅瑶有些疑惑地喊道。

易玄收敛心神，紧握着剑身，抬步跨进传送阵。

实际上，站在传送阵外的四个人此刻十分高兴。

夏耳感叹道："小师妹居然舍得给我们灵石了。"

千机门门下的弟子不少，尤其是九玄峰，要养活这些人太困难，叶素几个人天赋都不错，弄来一点儿材料便想方设法制作法器，卖出去赚些灵石，只不过灵石最后到不了他们的手里。

"卖法器的灵石八成到了杨长老的手里，杨长老又全部给了小师妹，剩下的两成才是我们这些弟子和师父的，那些明明都是我们自己辛苦赚来的灵石。"西玉撇嘴，"师父还要给无音宗无偿炼制音修法器。"

师父为了千机门的弟子，年年疲于炼制法器，入账的灵石大头也被杨长老分去，他们当然能毫不心虚地去蹭无音宗的灵气，不过总是受到无音宗的弟子干扰，一年半载也去不了多少次。

叶素收起灵石："我们该走了。"

"真的要走过去？"明流沙想着他们要靠脚走到定海城，便觉得脚有千斤重。

叶素想了想道："可以试试御剑飞过去。"

"大师姐，你会御剑？"西玉下意识地问。

"不会。"叶素转头对夏耳道，"你那把剑借我试试。"

夏耳当即将剑拿了出来："大师姐，我们只有一把剑。"

"有四把也没用。"明流沙慢吞吞道，"我们还没筑基呢。"

叶素将灵力灌入剑身，操控着剑变大："快，我们站上去试试。"

四个人齐刷刷地站在剑上，学着之前易玄和宁浅瑶的姿势，然后叶素驱剑。

再然后，剑猛地蹿了出去，四个人直接摔在地上。

"大师姐，剑能飞了！"夏耳一屁股坐在地上，看着飞上天的剑感叹，"不愧是大师姐，第一次就能御剑飞行。"

叶素：好能吹的一师弟。

"大师姐，没事，我们继续试。"西玉也看到了希望，没人真想"脚踏实地"地走去定海城！

"我先一个人试试。"叶素道。

她在后山见过男主角御剑的姿态，闭眼仔细回想，再学着他的手势，操控剑身。

"飞了飞了！"夏耳看着大师姐站在剑上慢慢飞起来，激动地喊道。

西玉紧张地仰头望着越飞越高的叶素。

然而还未高兴多久，叶素便骤然从半空中栽下来，要不是反应快，可能要脸着地了，她算是明白为什么易玄那天早上回来那么狼狈了。

"飞一点儿也是飞。"明流沙慢吞吞地说道，"师姐，我们一起。"

"行，你们都上来。"叶素转了转手腕道，"我努力控制。"

四个人靠着一把剑，一路上试了无数次，撞山、半空坠落……各种姿态都来了一遍，直到叶素能成功御剑带着三个人一起飞行。

半空云层中，叶素站在剑上，操控着剑晃晃悠悠地前行，剑身下方还挂着三条铁链，铁链上坐着师弟师妹。

在经过不懈努力和无数次撞击后，叶素终于掌握了如何御剑飞行，只不过没筑基的三个人在剑上根本站不稳，所以经过一致商讨过后，由西玉当场将刀熔了，做成三条细铁链，绑在剑上。

最后叶素站在剑上御剑飞行，三个师兄妹挂坐在剑身下方，成了这般"严重超载"的奇景。

明流沙感受着迎面吹来的风，十分惬意地说道："舒——服——"

中间的西玉一只手捏着柄小镜子，手臂挽住细铁链，另一只手努力扯掉发丝上沾着的草屑，弄了半天，最后还往自己头上别了一朵粉色的小刀当作发簪。做完这些，她随口问道："大师姐，我们什么时候到定海城？"

叶素正在全神贯注地操控飞剑，听到三师妹这话才突然想起来："你们谁认识去定海城的路？"

"啊？"最后面的夏耳仰头对剑上面的叶素喊，"大师姐，你不是往定海城的方向飞吗？我们都不认识路！"

叶素：关键是我也不认识路。

四个人只知道东南西北的方向，但具体路线完全不知道。

一阵沉默后，叶素咳了一声，试探地问道："你们谁有卷轴舆图？"

卷轴舆图只要输入目的地就能显示路线，整个浮世大陆的地点基本都可以找得到。

西玉抬头："大师姐，卷轴舆图一份至少要两枚中品灵石。"

他们目前全部的家当就是一千下品灵石，还是小师妹给的。

又是一阵沉默。

明流沙忽然指着远处道："前方有人！"

"我们去问问。"叶素说完立刻追赶过去，在后方喊着，"道友留步。"

前面有几个御剑的道友，没多久便被叶素追上了。这几个人全穿着一身天蓝色的道袍，袍子上绣有剑的纹样，应该是同一宗门的人，样貌看着似乎也全是年轻弟子。修真界虽然不以相貌判断年纪，但用眼睛还是能推断出一二，这几个人比叶素他们大不了几岁。

那几个人听见声音扭过头来，目光不自觉地落在叶素剑下那三个坐在细铁链上晃荡的人，顿时大感震撼——居然还能这样御剑？

他们一个个盯着下面坐在铁链上的三个人，眼中充满探究之色。

他们见过各种剑上站人，可从来没见过剑下挂人的，既觉得这操作神奇，一时间又找不出不合理的地方。

剑下挂人好像……也没什么不可以？

叶素将剑悬停，见他们全盯着下面，不由得咳了一声："请问道友知不知道定海城怎么走？"

这时候，所有人才回神，其中一位青年从中间飞了出来："道友要去定海城？"

叶素点头道："我们第一次出宗，身上没有卷轴舆图，不太清楚去定海城的具体路线。"

"宗门不给你们准备卷轴舆图吗？"旁边一个人好奇地问道。

叶素直接道："宗主暂时手头紧，没钱准备这些，道友若是方便，可否借舆图一看。"

对面一阵轻微的骚动，显然无法理解什么宗门拮据到连卷轴舆图都买不起的地步。

"自然可以。"青年从乾坤袋中拿出一份卷轴舆图，手一推，便将舆图送到叶素的手中。

叶素打开卷轴舆图，指尖输出灵力，在舆图上写下定海城，原本空白的卷轴上瞬间显现出俯视图和几条路线。

"多谢道友。"叶素快速记下路线之后，将卷轴舆图还给对面的青年。

青年没有收起来，而是将卷轴舆图重新递给叶素，笑着道："我们还有卷轴舆图，相遇即是缘，这份便送给几位道友了。"

叶素低头看了一眼卷轴舆图，没有拒绝，拱手道谢："千机门叶素在此谢过道友。"

她脚尖轻点剑身，下方的明流沙便窸窸窣窣地从乾坤袋中摸出一根木签，往上一扬，被叶素接了过来。

"千机门？原来你们是千机门的？"旁边一位圆脸的弟子诧异地问，"为何你们道袍上没有字？"

五百年前千机门的道袍上会用金线绣上硕大的"千机门"三字，是他们门派最显著的标志，后来宗门衰落，没有钱买金线，连布料也换成次品，只有掌门和长老的衣领、袖口上有一点点金线。

　　叶素一言以蔽之，再次道："手头紧。"

　　连卷轴舆图都买不起，绣不起字好像也十分正常，对面几个人心想，闻名不如见面，千机门居然已经穷到这个地步，难怪要到处打秋风。

　　"道友是何门派。"叶素问。

　　青年虽然惊讶于对方不认识他们这一身道袍，但还是拱手道："吾剑派徐呈玉。"

　　两派之一的吾剑派，小师弟以后要加入的宗门？一出来居然就碰上了吾剑派，这几位弟子看起来人倒是不错。

　　叶素又仔细询问了对方的名字是哪几个字后，以灵力做笔刀，在木签上写下一句话，随即送给对面的青年道："徐道友，我们先走了，多谢你的卷轴舆图。"

　　青年下意识地接过飞来的木签，再抬头便只见一个残影，那奇特的一把剑四个人瞬间消失在偏东方向。

　　"师兄，她给了什么？"另一位圆脸的青年凑过来问道。

　　徐呈玉低头看着手上的木签，这才发现上面的字：

　　　　今欠吾剑派徐呈玉一把剑，千机门叶素留。

　　徐呈玉若有所思："千机门的叶素……"

　　修道飞行方式多样，非剑修很少御剑飞行，不过有些炼器师专注炼剑，等同于半个剑修，所以这位叶道友擅长炼剑？

　　他们吾剑派御剑的速度只有昆仑一派可比，刚才那位叶道友的剑身下挂着三个人，居然还能追上来，可窥见其实力不凡。

　　旁边一位女弟子道："师兄，他们千机门的人有趣，居然会在剑身上用链子挂人。"

　　徐呈玉想起刚才的奇景，笑了笑："大概是炼器师的本事，好了，我们继续赶路。"

　　"是。"

　　御剑耗费灵力，叶素还载着三个人，又是刚刚筑基，经常飞在半路灵力耗尽，突然坠落，只能原地休息一段时间

　　断断续续飞了六天，他们终于抵达定海城。

　　"大师姐，快看！"夏耳指着城门上的字，"我们到了。"

　　叶素弯腰将剑收了起来，把细铁链还给西玉后道："进去。"

　　四个人兴冲冲地走进城门，这里人流如织，几乎随处可见剑修，剑修手中皆有把剑，比千机门山下可繁华多了。尤其路边热热闹闹地摆着各种摊子，时不时有刚出炉的吃食

香气四溢。

"大师姐，我饿。"明流沙盯着一个卖包子的摊子，缓缓地说道。

赶了几天路，他们还没有怎么吃东西，确实都饿了，叶素上前问包子多少钱一个。

"一百下品灵石一个。"摊主打开蒸笼盖子，香气又溢出来不少，"我们这儿的包子用的全是灵猪，馅内含有灵气。"

听见这个价格，四个人默默咽了咽口水，叶素扭头道："我觉得辟谷丹挺好的。"

"辟谷丹物美价廉。"夏耳举手赞同。

"买辟谷丹。"西玉跟着举手。

三个人一起盯着没有出声的明流沙，片刻后，他才慢吞吞道："我选辟谷丹。"

于是，他们放弃香喷喷的包子，沿路找到一家卖丹药的商铺，进去买辟谷丹。

"几位想要什么样的辟谷丹？"店伙计问，"咱们这儿新进了一批辟谷丹，元婴境界用了一颗都能抵十天，一瓶有十颗，青桃、蜂蜜、香李，各种口味，应有尽有。"

叶素还是头一回听说辟谷丹能有口味之分："多少灵石？"

"不贵。"伙计伸出一根手指。

夏耳一看，顿时道："大师姐，这里的辟谷丹居然只要一枚下品灵石？不愧是定海城。"他们在千机门山下买的辟谷丹都需要五十下品灵石呢。

店伙计脸上的笑一滞："客官，这里又不是临泉城，这瓶辟谷丹要一枚中品灵石。"

临泉城是丹宗的地盘，各种丹修门派不计其数，丹药自然要比其他地方便宜不少，像辟谷丹这种基础丹药，据说扔在地上都没人捡。

夏耳："中品灵石？！"

千机门赚得的灵石都不经弟子的手，掌门需要维护护宗大阵，还要分给长老。叶素他们只有前几年在宁浅瑶手中见到过一枚中品灵石，碰都没有碰过，而且一万下品灵石才能换上一枚中品灵石，他们根本吃不起这种辟谷丹。

"你们这儿最便宜的辟谷丹多少钱？"叶素直接问店伙计。

店伙计上下打量这几个人，刚才观他们个个长相不俗，还以为是什么大宗门，现在再看他们个个一身粗糙衣料，顿时丧气，转身从最下面的抽屉里翻出一瓶辟谷丹，扔在桌上，有气无力道："一瓶二十颗，一百下品灵石。"

叶素付了钱，将二十颗辟谷丹倒了出来，分给每个人五颗。

站在里面的店伙计看着她的举动，一张脸嫌弃地皱了起来，摇了摇头，不知道这是哪里来的穷酸门派，买一瓶最低等的辟谷丹，居然还要分成四人份，还不如散修呢。可惜这几个人的好相貌，看着倒是唬人。

"大师姐，对面是个卖法器的店铺。"西玉扯了扯叶素的衣袖道，"我们过去看看？"

叶素吃了一颗辟谷丹，将瓶子放好："走。"

四个人大摇大摆地往对面走去，气势十足。

后面卖丹药的伙计探头看着他们的背影，啧啧了几声，不怪他看走眼，这几个人乍一看，真不像是穷酸门派出身，也太自信了。

几个人在卖法器的店铺内待了不到一盏茶的工夫就出来了。

"大师姐，你刚才看见他们放在右边架子上的那把法器了吗？刻花纹的技法太差了。"西玉不解，"居然卖到了一千中品灵石，还是他们铺子里的镇店之宝？"

"那是风纹。"叶素道，"加在刀身上，确实有利于出招时灵力的爆发。"

"风纹？"那刀身的花纹刻得花里胡哨的，西玉愣是没看出来。

叶素解释："刀身上共有两种稀有变形风纹，按理效果能加倍。不过炼器师对风纹不够熟悉，有一笔无意间破坏了之前营造起来的运势，若真用起来，反而会堵塞出刀者的灵力，运刀越快越觉得凝涩断层。"

夏耳问："大师姐，是什么变形风纹？"

"是什么？"明流沙在旁边蹦字。

"藏典阁第四层最角落的一个书架上的书讲的全部是法器上的稀有纹路。"叶素扫过眼巴巴望着自己的师弟师妹，"算了，想来你们也没看。"

明流沙擅长炼制小法器，尤其是暗器，西玉喜欢刀，四师弟夏耳则对剑感兴趣，他们不像叶素什么都看，而是只看自己擅长领域的书籍。

叶素蹲下来用手指在地面上画出两个变形风纹："这两个风纹原本是加在炉鼎上的，为丹修所用，可以让丹火更盛，后来经过变形，才能加在其他法器上。不过年代久远，缺了几条纹路，需要自己补起来。"

一起蹲着的三个人沉浸其中，西玉已经无意识地在地上重复画着刚才叶素演示的变形风纹。

"你们在这里等会儿。"叶素起身离开，她买了三枚玉简回来。

"大师姐，这个要多少钱？"夏耳问。

"四百五十枚下品灵石。"叶素将玉简分给师弟师妹，"以后有些东西我写在里面，你们直接查看就行。"

玉简也是买的最便宜的，虽然能存的东西不多，但可以用。

"大师姐，我们剩下的钱不多了。"西玉算了算道。

"都是要用的东西。"叶素往远处看了看，"之前降落的时候，我好像看到城外有个废弃的庙，我们今天晚上去那边休息。"

连辟谷丹都买不了几瓶，自然不可能花钱住宿，好在四个人不在意环境，出城后找到那间破庙，就地休息。

叶素正思索着用师父给的那些零零散散的材料做什么法器可以卖出去时，于守门那边突然传了一条口信过来。

疾速符可用，能加快我行进的速度，这符真是你画的？

叶素握着传讯玉碟，霍然起身，这疾速符连合体期境界的人都能用？不愧是前辈改良过的符箓。

她从乾坤袋中拿出那一沓画好的符，对师弟师妹道："疾速符对守门有用，前辈说的境界通用应该是真的。明天我们先去卖符，攒点儿钱买材料，三个月后破元门开始初次投选，在此之前，我们要做好法器。"

第二天，定海城某条商业街上多了一个新支起来的摊子，一块立在地上的木板上写了一行字：出卖疾速符。

街道上人来人往，就是没人愿意停下脚步多看一眼所谓的疾速符。四个人坐在地上，齐齐托腮撑脸，一会儿转头看看左边的摊子，一会儿转头看看右边的摊子，所有人都卖得红红火火，最不济都有人过去看看，只有他们的摊子无人问津。

夏耳看了看他们摆在地上、用石头压着的疾速符："是不是因为我们没有桌子？"

西玉对着小镜子整理头发，扶了扶粉色小刀做的发簪，道："我觉得是我们没有叫卖，旁边人都在喊。"

两边摊贩的叫卖声快速又流利，确实很容易吸引周围人的注意力。

几个人互相对视片刻，突然目光全部落在中间的明流沙身上。

"干吗？"明流沙慢吞吞地问道。

"师弟，叫卖这个任务就交给你了。"叶素拍了拍明流沙的肩膀，"我画，你卖，很公平。"

明流沙指着地上的第二沓疾速符："本来都给我了。"

叶素哪里会不知道二师弟的心思："等有钱了，再给你画二十张。"

这时，明流沙才满意地清了清嗓子，站起身，忽然开口："走过路过，来看一看，疾速符，全境界可用，有效期一刻钟，便宜量大，童叟无欺。"

他的语速快，吐字又清晰，讲话时带着特有的节奏，还能不间断地重复喊着，和之前慢吞吞的语速形成鲜明的对比，完全变了个人似的，两边摊贩的叫卖声完全被压制。

明流沙年轻清亮的声音在街道上十分引人注意，过了会儿还真的有人走了过来，却不是来买疾速符的，而是嘲讽道："疾速符？还全境界通用？我活这么久，可从来没见过这么厉害的符箓会成堆卖的。"

这人声音不小，周边渐渐有好事之人围了过来，七嘴八舌。

"虽然这里不是四时城，但定海城这么大，符师不少，年轻人说大话也要小心着点儿。"

四时城是五行宗的地盘，符师遍地。

"即便是五行宗的人来，也不敢说什么全境界通用的话，如今的人可真敢吹牛。"

叶素抬头："是与不是，你们买回去试试便知。"

"还不承认呢。"

"让让，我们这里就有符师。"有人挤进来，"让他看看。"

一位中年瘦脸男人挤了过来，蹲下拿起一张疾速符，仔细打量："这符箓虽然一笔画完，看着唬人，但也只是像疾速符而已，假的。"

明流沙拿回中年瘦脸男人手中的疾速符："这位符师连疾速符的变形画法也认不出来，想必不是什么厉害的符师，还是别看了。"

中年瘦脸男人旁边的人哈哈大笑："小子，骗人也不怕闪了舌头，不巧，这位正是五行宗的符师。"

"居然有人说五行宗的符师不行，哈哈哈哈，今日可是长见识了。"

显然周围的人都知道中年瘦脸男人，频频附和，对叶素几个人指指点点。

中年瘦脸男人颇为谦虚地摸了摸胡子，但眼神中掩不住的得意："小道友看起来还年轻，回去好好修炼，莫要误入歧途。"

明流沙嗤道："符没问题，若不信，大可买一张回去试试。"

中年男人皱眉："我一看这符便知道有问题，为何还要买一张？"

周围人纷纷点头道："怕不是听说符师是五行宗人，想讹上了。"

"符师未试，又如何能知道符有问题。"明流沙反问。

中年男人对明流沙摇头道："年轻人，别再强词夺理。"

坐在地上的叶素忽然伸出一根手指对中年男人道："符只要十枚中品灵石，不贵，假一罚十。若是没有用，我们赔你百枚中品灵石，诸位可做证。"

路人看热闹不嫌事大，顿时口风一转，怂恿中年符师买下符。

"符师，您试试，总不会亏。"

"就让他们赔上百枚中品灵石！"

"没错。"

中年男人好面子，还贪图对方的百枚中品灵石，最终咬牙答应，拿出十枚中品灵石：

"你们别后悔，给我一张符。"

明流沙和叶素对视一眼，收下灵石，将手中那张符递给对方："以示公平，不如符师当场请一位来试试？"

周围人起哄："对，试试。"

中年男人捏着符，他只是五行宗的外门弟子，十枚中品灵石对他而言也不算小数目。但疾速符是最基础的符箓，他画了十多年，再熟悉不过，这符纸上的符箓明显是错的，想到待会儿这几个人要赔百枚中品灵石，心便安定下来："可以。"

中年男人挑了一位明显认识的人，明流沙只当没看见，指定起始点和终点："两位可以试试，先用自己速度跑一趟，之后再来试我们的符。"

周围人让出一条道来，起始点和终点不远，只是隔了半条街，所有人都能看得清楚。

中年男人对同行的人点了点头，对方瞬间从起始点移到终点，速度很快。

等那个人重新回来后，明流沙道："符师，现在可以试试我们的符。"

人群中某个摊位前站在两个年轻人，其中一个人闻言不由得摇头道："先不说符有没有问题，那位符师明显和试符人认识，还交流过眼神，试符人只要稍微放慢速度，百枚中品灵石便到手了。"

"年年都有这种蠢人出来，我们该回去了。"另外一位稍年长的青年道。

两个人刚转身，还未走远，街道上便出现骚动，显然发生了什么事，他们回头看去，之前站着的试符人却已经看不见了。

原来，刚才中年男人将符贴在试符人身上，试符人刚抬脚，便飞速蹿走，完全控制不住身体，只留下一个影子，人早消失在长街尽头。

众人连忙追过去看，这才发现试符人整个身体都砸进了长街尽头那堵墙内，要不是有这道墙挡着，还不知道会跑到哪儿去。

这时明眼人都看得出来，这符是真的疾速符，而且速度不是一般的快。

"真的境界通用吗？"机灵的人这时候已经挤回来问叶素他们了。

"至少合体期能用。"叶素道。

疾速符作为基础符箓，一般是练气期和筑基期的人用，对其他境界的人提升无效。即便这几个人卖的疾速符只能筑基期的人用，境界通用是夸大的效果，但从刚才试符的威力来看也足够了。

"来一张，不，十张。"那人立刻扔过来百枚中品灵石，攥着十张疾速符就跑，生怕被人追回来。

这个时候，好事的人顿时开始翻自己的乾坤袋，十枚中品灵石一张符虽不便宜，但若真能境界通用，绝对划得来。

"道友，我也要一张。"

"我来两张。"

"这里也要！"

叶素被他们围得严严实实的，三十九张疾速符，以十枚中品灵石一张的价格被抢购一空。

中年男人看着符一售而空，脸色越来越难看，他不光没有得到百枚中品灵石，反而花十枚中品灵石买的符也用了。

竹篮打水一场空。

中年男人突然上前高声喊："境界通用的疾速符，只卖十枚中品灵石，还有这么多张。我奉劝一句，最好别买，谁也不知道这是从哪儿来的符，指不定过几天便有符师门派发布通缉令。"

"他是不是在说我们从别的符师门派偷了符？"夏耳转头问大师姐。

"我不信这符是你们的。"中年瘦脸男人咬死符不可能是叶素画出来的。

叶素抬起眼皮，看向人群中间的瘦脸男人："五行宗的符师水平不如何，污蔑人倒是有一套。"

周围一片哗然，居然有人敢骂五行宗，还说五行宗的符师水平不行。

中年男人道："滑天下之大稽，五行宗乃当今修真界最大的符师门派，看不上五行宗，你们又是什么厉害的门派？"

西玉抬头道："小门小派，却比你强。"

中年男人还是第一次见到如此猖狂的符师，不由得怒道："狂妄小儿！"

叶素起身伸了伸腰："既然如此，还请诸位做个见证如何？"

立马有好事之人喊道："自然可以！"

"这位既是五行宗的符师，又认为他们宗门水平高，那今日我们就来比一比。"叶素微微弯腰掸了掸灰尘，"你画一张符，我便跟着画一张，看看谁的符更厉害如何？"

此人认不出变形的疾速符，又连十枚中品灵石都斤斤计较，必然不会是五行宗的内门子弟，估计水平一般。

叶素要激他比试，是为了看真正的符师如何画符箓。

万一输了，她再当场画出一张疾速符，打破之前他的说法即可。

中年男人答应了，他怎么也想不到居然有人会打这种主意，正常符师要学会一种符箓术，可不是光看一眼就能学会的，还需要和天地之间钩连灵气才行。

因为两个人要比试，甚至有"好心人"从不远处一家酒楼借来两张桌子给他们用。

中年男人拿出黄表纸、朱砂以及一支首尾均镶金的白玉金笔，转头看着隔壁的叶素低头拿出一些皱巴巴的黄表纸和一根再普通不过、甚至岔了毛的笔，差点儿没笑出声。

对符师而言，最重要的便是笔，其次是符纸和墨水。

光看她准备的这些东西，便知道她的水平不怎么样。

中年男人瞬间自信又回来了，伸手抚平符纸，左手捏住右边宽大的衣袖，右手握住白玉金笔，轻蘸朱砂墨，随即闭眼引气入笔。

叶素敏锐地发现中年瘦脸男人周遭的灵气骤然变化，开始不断凝集，灌入白玉金笔，当他睁眼落笔时，灵气便随着朱砂墨附在符纸上。他画得十分缓慢，仿佛有极大的阻力。

中年男人竭力保持每一处停顿的时间相同，否则一旦停下，整张符便功亏一篑。随着笔墨不断落下，他的额头竟然开始冒汗，直到符箓成型时，符纸上空的灵气凝滞，被吸进符箓中，一道金光闪过。

叶素将全过程看得清清楚楚，却不知道众人看到的只是中年男人满头大汗画符的样子，根本没有见到灵气涌动。

中年男人心满意足地放下笔，这张金刚符，算是他最近几个月内画出来的最好的一张符。

他抬头傲然道："金刚符，可抵挡筑基前期全力一击。"

"五行宗的符师，果然名不虚传！"

"当真能挡筑基前期修士全力一击？符师，您这符卖不卖？"

周围人吵吵闹闹，中年男人抬手："别急，还有人没有开始画符呢。"

他对叶素仰了仰下巴："轮到你了。"

叶素站在另一张桌子前，手里握着的那支笔是从千机门带过来的，虽然岔了毛，但勉强能用。

她低头仔细顺了顺毛笔尖，随即蘸了桌上的朱砂，照着刚才中年男人画出的符箓画出了一模一样的符，姿态随意。

"好了。"叶素搁下笔道，隐隐约约认为自己的符应该是画成功了。

周围的人甚至都没有反应过来，她的速度快得就像普通人写了几个字一样。

唯独中年男人的脸色变得极其难看，他是符师，怎么会感受不到刚才灵气的涌动。

这个人引气入笔轻松写意，根本不是他能比的。

中年男人下意识地想起他曾有幸见过一次内门弟子画符箓的场景，那内门弟子就如同她一般轻松，但那个人可是五行宗最有天赋的弟子。

这个人难道和五行宗的内门弟子一样厉害？

中年男人的脸色又苍白了几分，不用比他都知道自己输了。

"如何？"叶素问道，"要不要请人试试这两张符？"

中年男人一把压住自己画好的符，眼睛转动，抬手擦了擦额头上的汗，最后含糊道："你赢了。"这张符至少能卖一百中品灵石，够他逍遥一阵，怎么可能会让人白白试掉。

"不继续比了？"叶素有点儿遗憾，还以为至少要比几个回合，还能多看几个新符箓。

在众人还在讨论输赢时，中年男人以迅雷不及掩耳的速度将自己的工具全部收好，带着那张画完的符，疯狂挤了出去，消失在人群中。

面子他不要了，符必须拿去卖。

叶素："……"

这符师倒是能屈能伸。

"小道友，你这金刚符卖不卖？"之前第一个冲过来买疾速符的人又挤上前问道。

"卖。"叶素拿起符，"价高者得。"

"五十中品灵石。"人群中有人喊。

"七十中品灵石。"

"我出八十中品灵石。"

"小道友，一百中品灵石。"第一个冲过来的人直接道。

她喊的价一出，后面就没有人喊了。

金刚符虽然不错，但也只够挡筑基前期修士全力一击，超过一百中品灵石，已经可以买其他更好的防身符或者防身法器了。

叶素余光扫过周围人的神色，将符递给面前一身绿袍的女剑修："您这价格似乎出高了。"

绿袍女剑修嘿嘿一笑："你的疾速符比五行宗的还厉害，说不定金刚符也更厉害，就这么一张，不喊高点儿，省得被其他人抢走了。"

叶素仔细看了一眼对方，对方三十来岁的模样，普通长相，衣服料子粗糙，无任何标志，手上有不少伤疤，握着的剑也一般。

这是一名散修。

叶素收下灵石，转身提笔又画了一张金刚符，递给女剑修："一百中品灵石换两张金刚符。"

女剑修愣了愣，拱手道："多谢道友。"

周围人没想到还有这种好事，顿时一阵骚动，问叶素还能不能继续出金刚符。

"抱歉，诸位。"叶素道，"两张金刚符已经耗费全部灵力，过段时间，我们还会来这里，届时还请大家捧个场。"

以前叶素不懂，但刚才中年男人才画了一张符，便满头大汗，脸色苍白，她若是没有节制地画符箓，恐怕会引起不必要的注意。

"走了。"叶素回头喊西玉、夏耳,和明流沙一起往商业街外走去。

见他们离开,围观的人群也渐渐散了。

原本在试疾速符时便要走的两个年轻人站在一个摊子前低声讨论。

"连五行宗的符师都认输了,这几个人是什么门派?"

"刚才那个五行宗的符师不是什么厉害的人物,能赢也正常,左右这些符师碍不着我们。"

"也是,快到比试时间了,我们还是回去专心炼制法器,别让其他散修拿了名次。"

"大师姐。"夏耳掰着手指算道:"四十张疾速符加两张金刚符就卖了五百中品灵石,这比我们炼器赚多了,还轻松。"

西玉拍开他的手:"哪儿有轻松的事,四师弟你没看见刚才那个符师画符的样子?"

夏耳想了想也对:"那就是我们大师姐太厉害!"

叶素早已经被夏耳吹捧习惯了,波澜不惊地拿出一枚中品灵石道:"我们去换下品灵石买包子吃。"

明流沙眼睛一亮,却又开始慢吞吞地说话:"我吃肉馅的。"

"行,这一枚中品灵石够我们吃很久了。"叶素道,"留五十枚中品灵石买炼器材料,其他的送回千机门给师父和其他师弟师妹。"

几个人兑换完灵石,又花了点钱托送一袋中品灵石到千机门去,收货人指定掌门张峰峰。

修真界有这种专门托送的镖局,一般只要花点儿钱,东西就能由剑修送达目的地。

叶素身上还有五十中品灵石,她让师弟师妹买他们自己需要的材料。

几个人走进炼器材料铺,眼睛都看花了,以往只能在书中见到的材料,如今可以亲眼所见、伸手触及。

叶素还未想好拿去投选的法器,便在里面随意逛着。

"我……"明流沙凑过来要说话。

"正常说话,否则闭嘴。"叶素一见到二师弟那副神情,就知道他要说一段话,一字一顿的能逼死人。

明流沙先是闭嘴,随后张口:"大师姐,我想先买材料炼制小法器去卖,三个月之后才开始投选法器,还来得及。"

叶素瞥了他一眼:"想赚灵石?"

"我们不在,其他师弟师妹估计去不了无音宗。"明流沙垂眼,"多点儿灵石,他们也能修炼更快。"

无音宗和千机门是有协议的，掌门年年要为无音宗的弟子炼制法器，唯一的要求便是让千机门的弟子偶尔能去那边修炼。只不过这协议没有放在明面上，无音宗的弟子便当不知道，总是讥讽嘲笑，用各种手段对付过来的千机门的弟子。

以往一直都有叶素几个人在前面挡着，如今他们离开宗门，那些师弟师妹根本不是无音宗的弟子的对手。

"买吧。"叶素扫过旁边两位已经竖起耳朵的师弟师妹，开口，"等做好了法器，一起拿去卖。"

三个人立刻齐声道："谢谢大师姐！"然后转身安心挑选材料。

四个人依旧住在城外破庙中，日常就是炼制法器。以往千机门的材料少，弟子几个月才能攒到一种，一年到头可能也只能炼制一回法器，这也让他们养成疯狂降低失误率的习惯，否则失败一次便要再等一年。现在一次性就能买齐材料，几个人都在拼命炼制法器。

明流沙、西玉和夏耳这段时间一直在炼器，竟然都隐隐到了练气圆满境界，只差一步就能筑基。

炼器师炼制出来的法器越好，就越可能突破。除去靠炼器悟道提升境界，充足的灵气供养也是提升境界的最基本条件。

至于叶素，她一直在画符箓赚灵石。

炼制法器需要大量灵力，他们在破庙中，没有任何灵气，只能消耗灵石。

金刚符虽值钱，叶素却没有再拿出去卖，只是画了一些分给师弟师妹，留着防身用。

修真界因为时有秘境、传承之地开放，常有人学到其他门派的招数，所以奉行能者上之。这方面原本不需要介意，但有千机门长辈的前车之鉴，叶素不想让五行宗找到借口来讹她的法器，隔段时间便只拿疾速符出去卖。

夏耳刚在剑身上刻完纹路，一抬头便看到叶素回来："大师姐，你手里拿着什么？"

"《符箓大全》？"西玉收了灵力，"大师姐，这种书一听就是骗人的。"

叶素拎着手中那本厚厚的书："不贵，只要三千下品灵石。"

这点儿灵石就能买到的符箓书，叶素也没有太当真，只要有一个符箓有用，都算赚了。

今天叶素进了一趟城，把这些天画好的疾速符全拿去卖了，中途见一个地摊上在卖五花八门的技法书，就挑了本《符箓大全》。

叶素扔给他们一袋包子："摊主让我翻了几页，那几个符箓看起来很完整。"

当时她在脑海中勾勒了一遍，觉得应该是有用的符箓。

"看看。"明流沙凑过来道。

叶素翻开这本《符箓大全》，第一页她看过，但从第二页开始，书上的符箓便是假的，一个完整的走势都没有，这本厚厚的《符箓大全》只有摊主"随意"翻的那几页的符箓走势是完整的。

虽然西玉看不懂符箓，但能清晰地发现一件事："大师姐，这张图好像和前面那张一样。"

"看到了。"叶素把那几页完整的符箓撕了下来，"这几页似乎是真的，我试试。"

她将那几张符箓摆在地上，拿出纸笔，开始画符。

"转煞符。"明流沙偏头看着地上的几页符箓，慢慢念了出来，"迷睡符、咯咯符？"

叶素画符没有普通符师画符艰难，仿佛只是正常在纸上画了一笔而已，不一会儿便将几页符箓完整画了出来。

她放下笔："谁来试试？"

明流沙以迅雷不及掩耳的速度，拿走那张咯咯符，然后……贴在了夏耳的背上。

夏耳还没来得及怒目而视，口中便开始"咯咯咯"地鸡叫。

"居然真是咯咯符。"明流沙不由得感叹。

夏耳愤怒："咯咯咯？"

叶素略微一挑眉，双指夹起迷睡符，飞速贴在明流沙的额头上。

明流沙没有防备，迷睡符一贴就见效，直接一头往地上倒，被西玉伸出刀鞘支住。

两种符都有用，现在就看时效了，还剩一张转煞符，叶素放进自己的乾坤袋中，没有再试："只听说过转运符，转煞符可能不是什么好符。"

夏耳："咯咯。"

西玉慢慢移开刀鞘，让明流沙躺在地上，这才收手："大师姐，还有不到一个月的时间，你想好炼制什么投选法器了吗？"

他们前一个月做了点儿法器拿出去卖，后面便专注于炼制投选的法器，毕竟这关乎后面能否进破元门的比赛。

"暂时没有。"叶素对法器没有什么特定的爱好，只有会做和不会做的区别，这段时间她一直忙着赚灵石，大半灵石寄回了千机门，也没有什么炼制法器的灵感。

西玉不急："大师姐，你做把剑或者刀都可以。"大师姐做的法器向来比他们的厉害。

"咯咯咯咯！"夏耳鸡叫着附和，听到自己的声音后，立刻伸出双手捂住嘴。

一刻钟后，明流沙清醒了过来，扯下额头的符，上面的符箓已经消失，拿在手里，瞬间化成灰飘散在空中。

叶素见状，看向夏耳背上的符，果然符箓消失了，她没有伸手碰，它也自己化灰了，和之前画的疾速符有所不同。

她不知道是因为疾速符经过变形，还是只有这几种符会这样。

叶素未深究，她还有其他的事做，要将自己所记住的那些可以应用在法器上的稀有变形纹路全部刻在玉简里，分给师弟师妹。

几天后。

叶素睁眼扫过破庙内将醒未醒的师弟师妹，起身往外走去："我出去走走。"

城外有一座山林，几个月前他们低空御剑时路过，见到一汪山泉，今天她突然由它联想起千机门的后山，便想着过去看看。

等叶素到达山泉处时，发现还是有些不同。这里的山泉流水较为平缓，加之周围的虫鸣鸟叫，颇有种世外桃源的感觉，比千机门萧条的后山要好上不少，以前她一度以为千机门穷得连鸟都不愿意来后山。

叶素跳上溪流中间的一块石头，仰头看着天空，太阳慢慢出来了。

周遭因为山泉而泛起一层薄薄的似纱的雾，在浅金色光线的映衬下格外明显，只需要轻轻一吸，那股清新的林中水汽便沁人心脾。

叶素伸出手破开那层浅淡的"薄纱"，忽然有了灵感，想到要做什么法器了，不过少了几样材料，得去城内买。

将自己要做的法器在脑中过了一遍后，叶素转身准备去定海城的材料铺，跃过缓缓流动的泉水，余光看到什么，脚步顿时停了下来。

山泉边长有一丛一丛高大的绿色宽叶树木，影影绰绰摇摆着，其中有一片叶子离崖间流淌下的泉水最近，引起她注意的不是那片叶子，而是上面的一条黑影——

是条小蛇。

即便隔得远，叶素也能看到那条小蛇全身漆黑如玉，闭着双眼，懒懒地趴在绿叶上，山中的水汽一层一层落在它的身上。

唯一美中不足的便是它的头顶有一道像是伤疤的白痕。

修真有灵，这条小蛇看起来像是什么灵物，即便不是，那身如墨玉的鳞也非凡物。

叶素对妖兽灵物不算陌生，也未看过类似这条小蛇的资料。

浅金色的光洒在黑色小蛇的身上，在这片叶绿泉潺中竟添了几分仙气，只不过小蛇显然睡得不算安稳，甩尾挡住了自己的眼睛。

叶素竟莫名从小蛇的动作中看出一股不耐烦来，顺着它挡住眼睛的尾巴向上看去，才发现有一缕阳光照在了那片叶子上。

那么多阔叶，它偏偏要选这一片，被阳光照了眼睛，便用尾巴尖挡着，连眼睛都没有睁开过。

又娇又懒的一条小黑蛇。

叶素无声笑了笑，一只手微收，指尖聚雾成水珠，再轻轻掸开那滴水珠，骤然打偏另外一片叶子，恰好挡住了那缕阳光。

做完这些，她便放轻脚步离开，并未注意那小蛇已经放下尾尖，甚至有些惬意地甩了甩。

到了定海城内，叶素几乎跑遍材料铺才勉强找齐需要的材料：冰蛛丝、点金液以及翅砂。

这三样材料，算不上多珍贵，只是少有炼器师用，特别是三种一起用，所以大多数材料铺没有备货。

冰蛛丝和点金液还算好找，但翅砂最偏门，几乎没有炼器师会用。

叶素最后在一家叫文东的材料行才找到了翅砂。

"道友只要翅砂？"掌柜问她，"还需要其他材料吗？"

"不必，已经够了。"

有了要炼器的方向，叶素很快往城外走去，路过山林时，停了停。

按照自己的习惯，她更喜欢在有水声的地方修炼、炼器，不过想起山泉边阔叶上的那条小蛇，最终还是抬步回了破庙，炼器期间到底动静不算小。

叶素才进去，里面的夏耳便抬头问："大师姐，你去哪儿了？"

"进城买了点儿材料，准备做投选的法器。"叶素将几样东西拿了出来。

"冰蛛丝、点金液。"西玉凑过来仔细看了看，视线落在一包灰色的砂泥上，"这是……"

"翅砂。"明流沙认了出来。

"对。"叶素提醒他们，"有些偏门材料也要认识。"

这三个人书看得不少，但总局限在自己喜欢的方面，其他的书不接触。

翅砂少见，很多炼器师基本不用，只有擅长炼制暗器的人可能听说过，用于炼制期间调和法器的颜色。

叶素取来冰蛛丝，将点金液与其混合，瞬间冰蛛丝由原先的雪白色变成了金色，这一步让冰蛛丝拥有金属的韧性和可变性。她指尖一抬，变色的冰蛛丝便悬浮在空中，随后她的掌心生起灵火，布控凿刻所有冰蛛丝。

冰蛛丝原本一根便细如发丝，叶素还在一捆冰蛛丝上做手脚，没有失手过，可见她对灵力的把控有多精准。

这一凿刻便去了整整五天，中途叶素捏碎了上万块下品灵石，没有动中品灵石。

到第六天早上，她空出一只手取来翅砂，用灵火熔化后投入凿刻好的冰蛛丝中。

翅砂一加入，金色的冰蛛丝开始发生颜色变化，从金色到淡金色，到此还未结束。

叶素继续加入翅砂，等到冰蛛丝渐渐变黑，隐隐带着金色，这才算调和完成。

颜色已完全改变，最后是继续使用点金液一层层包裹冰蛛丝成形。

从冰蛛丝变黑后，她脑中便已经想好炼制成什么形状———一只似头尾相衔的小黑蛇手环。

几乎和那天见到的小蛇一模一样，只不过出于莫名的私心，叶素没有在手环的小黑蛇的头顶刻出那道白痕。

"大师姐，好了？"西玉小心翼翼地问道，旁边的明流沙和夏耳也目不转睛地盯着。

叶素拿着黑色含金的手环起身："试试。"

三个人站在大师姐身后，等着她试法器。

叶素朝庙中的无头佛像走去，隔了一段距离，将灵力打入手环。

黑金手环的头部顿时吐出冰蛛丝，一瞬间便炸开，如同雨雾薄纱，带着朦胧的诡异美，然而下一刻，那些"薄雾"便露出凶相，每一丝细雾皆绽开拉长，仿佛缩小的蛇，凶性十足，张大口咬在无头佛像身上，将其粉碎。

背后三个人齐刷刷倒吸一口气，这法器兼具威力和美感，果然不愧是大师姐的作品。

叶素手微抬，那些刺进佛身的细小蛇影仿佛有什么在牵引一般，重新聚拢，最后恢复成淡金色冰蛛丝，飞入她的掌心："成了。"

"大师姐，这法器叫什么？"明流沙也不结巴了，飞快地问道。

叶素想了想随口道："雾杀花。"

随着破元门比赛的投选时间越来越近，无数散修炼器师赶过来，整个定海城愈发热闹。

等到比赛投选开启那天，叶素他们进城赶去破元门设立的投选点，一路上人挤人。他们还未靠近那条街道，便挤不动了。

"排队，都排好队。"一个穿着灰青色道袍的人对后面赶过来的众多炼器师喊道，"要想投送自己的法器，先排好队！"

"这是破元门的外门弟子吧？"

"灰青色，胸口没有绣火中手，只能是外门弟子。"

叶素跟着人潮站好，听见前面的两个人讨论，回首让师弟师妹全站在自己的身后："前面应该是投选点。"

他们站了半个时辰，跟着队伍移动得很快，但依旧看不到设立的投选点。

这时候从前方又走来一个身穿灰青色道袍的高壮男人，不断从乾坤袋中拿出各种盒子分发给排队的炼器师。过了会儿，他终于走到叶素的面前："一个盒子两枚中品灵石，附送一张纸，供你们写清法器的用法。"

"两枚中品灵石，打劫吗？"夏耳条件反射地说道。几个月前他们一千下品灵石都要省着花，要不是这段时间赚了些灵石，岂不是连投送法器的机会都没有？

穿着灰青色道袍的高壮男人不耐烦道："两枚中品灵石换你们一个进破元门的机会，已经是天大的恩赐了，爱要不要，但事先警告你们，没有统一的盒子收纳法器，到时评选自动剔除。"

叶素拦住师弟师妹，拿出八枚中品灵石，递给那高壮男人："麻烦给四个盒子，两大两小。"

"记得在最后面写上自己的名字。"对方拿出四个刻有数字的盒子给了他们，说完这句话，又继续往后走。

西玉回头看着身后望不尽的长队道："这么办一场下来，破元门说不定还有得赚。"

"这纸居然真的只是普通的纸。"夏耳打开大盒子，拿出里面的一张白纸，"两枚中品灵石，至少也得给我们配支笔。"

话音刚落，便有附近的商贩靠了过来，叫卖毛笔、墨水，显然对这套流程十分熟悉。

明流沙拒绝靠过来的商贩，转头去看叶素，"大师姐，笔。"

叶素从乾坤袋中拿出笔，因为符画多了，现在笔尖的毛松松散散的，快秃了，不过还撑得住写几个字。

"只是写法器的功用，普通白纸够用了。"叶素将笔递给明流沙，目光扫过前面的队伍，从刚才她便发现了一件事，这些散修个个穿着打扮都不差，这年头只要是个炼器师，估计都比千机门有钱。

"你赶紧写。"西玉催着握笔不动的明流沙。

"马上。"明流沙用笔尖蘸了蘸叶素手中拿着的墨水，提笔写字。

他炼制的法器叫莲簪，簪花为一朵两寸长的并蒂莲，每转一次簪身，便有一片莲花瓣脱离，朝攻击方向而去。至于西玉和夏耳，两个人则规规矩矩地炼制了刀剑。

等几个人写得差不多，将法器放进盒中，他们又前进了一大半，过了大半个时辰，终于能看到设立的投选点。

一张一丈长的桌子前坐着一个穿深青色道袍的女人，三十多岁模样，胸口绣有一簇火的纹样，火中有只朝上的手掌，想来就是所谓破元门的"火中手"标志，旁边还站着一位穿着同样道袍的青年。

在他们周围还站着两排剑修，穿着统一的深青色衣服，只是没有火中手的标志，应该是破元门的护宗队，过来维护秩序。

叶素前面的人一个个减少，很快轮到她。

"盒子给我。"站在桌对面的青年对叶素道。

叶素正要递过去，对方看到她的脸，突然收回手。

坐在那儿的女人也发现青年的异样，抬头问："房修，怎么了？"

青年偏过头打量叶素的身后，果然看到明流沙几个人。他皱眉看着叶素："你们不是符师？来我们破元门凑什么热闹？"

叶素十分确定自己没见过对面的人，她回头低声问凑过来的师弟师妹："你们认识他？"

见几个人齐刷刷地摇头，叶素心里有了数，互相不认识，他又以为他们是符师，那就是他在哪儿见过她卖符了。

她微微扬眉："来之前，也没听说过破元门的比试不允许会画符的炼器师参加。"

房修："……"

那天他和师弟一起见到此人和五行宗的符师比试，虽然此人似乎有几分本事，但他潜意识不喜她。

"你还会画符？"坐着的女人拿出溯洄玉盘对着叶素摆弄了一会儿，确保她的面容被记录下来后，才道，"破元门没有这种规则，只要能炼器，都可以来参加比试。"

"长老，不妥，此人……"房修看着这几个人就不顺眼，还想说什么。

"好了。"女人打断房修的话，亲自站了起来，接过叶素手上的盒子，"去吧，三个月后，只要有本事的炼器师都能来我们破元门参加初试。"

等叶素几个人被记录完相貌，拿走玉牌后，坐在桌前的女长老回头看了一眼还在愤愤不平的内门弟子："他们会画符和你有什么关系？你如此生气。"

"弟子觉得他们行为嚣张，进来之后或许会惹事。"房修皱着眉道。

破元门长老笑了笑："这么说，你认为他们可以通过投选？"

房修斩钉截铁道："不可能，他们法器一定炼制得不怎么样。"哪里会有人既擅长画符，又擅长炼器的？

女长老对这位弟子的脾气向来无奈："继续收法器吧。"

明流沙才从人群中挤出来，就说出一大段话："会画符便不让我们参加投选？他也不照照自己的样子，脸大如盆却长着尖嘴猴腮，鼻子又大如蒜，五短身材，披着一身深绿皮，根本就是蛤蟆精在世。"

叶素："……"

虽然刚才那位叫房修的人确实面部瘦削，鼻子大了点儿，但实际上五官勉强还算端正，也称不上丑。

不过她习以为常了，明流沙平时说话一字一顿，慢吞吞的可以急死人，一到关键时刻，骂起人来，流利的像桥洞下说书的。

以前他没少骂无音宗的弟子，是千机门九玄峰最重要的人形"嘴炮"输出机。

"还以为他发现了我们千机门的身份。"想起来，西玉还是心有余悸，"幸好那位长老同意给玉牌。"

叶素随意道："大概是不合眼缘，到时候评选的人是破元门长老，弟子做不了选择。"

几个人边说边走，夏耳频频扭头看着两边的店铺，他除了去过材料铺，其实还没有真正看过别的什么地方。

叶素目光扫过师弟师妹，另外两个人虽没有夏耳表现得那么明显，但眼神中也流露出好奇之色。他们来定海城有三个月了，成天待在城外破庙里，吃过最好的东西就是城门口摊贩卖的包子。

炼制的法器和符箓卖的钱不少，只不过大头全部送往千机门，还买了材料回去，能让宗门内的师弟师妹有机会用材料练习，几个人有默契地不怎么花灵石，也不来城内逛。

"已经投完法器，没有其他的事，可以到处逛一逛。"叶素拿出二十枚中品灵石，"这是我们今天的任务。"

大师姐发话了，三个人也不再压抑心性，纷纷四处逛着看。

等叶素去兑了一半下品灵石回来后，西玉跟在她的背后悄悄地问："大师姐，如果今天花四十灵石，我们还剩多少钱？"

所有灵石都在叶素手里，他们身上的那些早在炼器的时候用完了。

叶素伸出一根手指，没等西玉反应，又收了回去："还有这么多。"

一个都没有？

西玉明白什么意思后，顿时拉住叶素："大师姐，要不还是算了？"

"钱花完了再赚。"叶素抓了一把灵石给她，"只要我们以后能成为厉害的炼器师，就会有更多灵石。"

叶素在他们之间有绝对的话语权，在她的示意下，一行人到处买买买，二十中品灵石，除非去买什么法器秘籍，否则只买些有意思的小东西绰绰有余。

一直逛到夕阳下山，几个人才走进一家酒楼，好好吃了一顿灵食。

"这也太贵了。"夏耳打了个饱嗝，"一盘鹿肉要两枚中品灵石。"

"是灵鹿。"西玉捧着盏茶水道，"吃完有点儿灵气在腹部游走。"

明流沙有点儿走神，慢吞吞道："想知道在灵气充沛的地方修炼是什么感受。"

"总会有那么一天的。"叶素笑了声，"千机门还等着我们壮大。"

四个人一起举起茶杯，一饮而尽。

破元门。

投选结束后，各长老便开始挑选合格的法器，从而选出千名炼器师进入破元门参加初试。

这项任务太简单了，甚至基本只需要内门弟子就能完成，毕竟散修没有师父指导，市面上流传的炼器书籍参差不齐。

不过为了避免异议，挑选的任务还是由长老来完成，内门弟子在旁观看，同时负责使用溯洄玉盘记录下挑选的过程，以免事后有人不服。

很多法器拿在手上，长老甚至不需要看盒子里的纸，一眼便看穿其中的玄机。更有些法器一道灵力都承受不起，当场碎裂。

长老麻木地试着各种法器，稍微有点儿新意的法器都能让他们兴奋许久。

"师兄，今年投选的法器一共多少件？"一个模样年轻的内门弟子边调整溯洄玉盘的角度，边问旁边的青年。

"一万八千四百七十二件。"房修冷嘲道，"难为长老要从这将近两万件废物法器中挑选一千把不那么废物的法器。"

"三人成师，或许其中有些技巧值得我们学习。"全嘉英认真地说道。

房修转头："师弟这段时间忙着炼器，有些事不知道。之前那几个在街上卖符的人，你还记不记得？"

全嘉英想了想道："卖符？和五行宗的外门符师比试的那几个人？"

"正是。"房修想起那天的事便觉得荒唐，"师弟，他们居然来投送法器，一群符师也觉得自己会炼器，简直滑天下之大稽。"

全嘉英闻言皱了皱眉，如此想来，那几个人确实小看了炼器的难度："师兄，他们入选不了，碰了壁自然会退却，不必在意。"

房修怨气稍平："这倒也是，那几个人还不知道练出了什么废物，指不定就在那些破碎的法器中。"

两个人还在交谈，中间试法器的场地突然发出一声巨响，将所有昏昏欲睡的人吓一跳。

"好刀！"试法器的长老大喊一声，仔细打量刀身，"咦，刀身居然刻有两种稀有变形风纹？"

几个长老望着刀痕，一时间大为兴奋，全围过来打量。

"能造成这么大的伤害，这把刀威力不错。"

"看来还懂风纹？"

"你们不觉得这风纹有点儿熟悉？"

"以前嘉英痴迷过这种风纹一段时间。"容初秋走过来扫一眼便知。她转身朝那边的全嘉英招手，让他过来，视线不经意地瞥过地上的一堆盒子。

有几个盒子上刻的数字十分眼熟，不正是那天被房修差点儿拒绝的那四个人的盒子？

容初秋看了一圈，发现了三个数字熟悉的盒子……唯一看不见刻的数字的只有试刀长老脚下那个已经打开的盒子。

容初秋一愣，弯腰将地上打开的那个大盒子关上，果不其然，上面刻的数字正是剩下的那一个。

"长老。"全嘉英和房修都走了过来，溯洄玉盘还开着。

容初秋直起身，指着那把刀："嘉英，来看看刀身上的风纹是不是和你以前刻的一样。"

第二章 · 百青榜

　　全嘉英是破元门的掌门的亲传弟子，如今才十八岁，便已经到了筑基中期。去年靠炼制一条枯骨鞭，在炼器师百青榜中直接飙升了七十二位，现排名第一百八十五位。

　　听起来似乎不怎么样，其实百青榜排名大有讲究，此榜意在评选年轻天才，共有三百个排位，每一百名分别代表了元婴、金丹、筑基境界中水平最高的炼器师。

　　全嘉英炼制的枯骨鞭一出，直接跃进前两百名，意味着他在筑基期炼制的这把法器打败了十五位金丹期炼器师炼制的最好法器，而在筑基期炼制的法器便能越级打败金丹期炼器师炼制的法器的修士，目前百青榜中只有三位。

　　除全嘉英外，剩下两名在另一个超级炼器宗门——斩金宗。

　　"基本一样。"全嘉英伸手仔细摸着刀上的纹路道，"这把刀上的风纹比我三年前炼制的那把刀上的风纹更完整。"

　　"比你那把上的还完整？"房修难以置信，当年全嘉英便是靠着那把刀进入百青榜，排名第二百五十七，那时候他刚刚筑基，已经有越级的趋势。

　　"这两种稀有变形风纹，因为缺了关键纹路，一直少有人用，我花了半年的时间才勉强自己填补完，最后刻在刀上。"全嘉英低头用指尖勾勒刀上的风纹，沉默良久后道，"此刀填补的风纹远胜于我。"

　　房修下意识道："这不可能。"

　　全嘉英能靠那把法器成为百青榜第二百五十七名，最重要的原因便是他完善了两种早已缺失的变形风纹，否则以那把刀真正的水平，恐怕只能排在第二百八十名开外。

　　"没什么不可能，修真界能人异士不少，所以这才是我们破元门举办比试的初衷，观摩其他炼器师的技巧，取其精华。"握刀的长老道。

"不止。"容初秋将顺手从盒子里拿出的那张纸递给全嘉英，"刀身上一共刻了三种纹路。"

"三种？"握刀的长老率先反应过来，打量刀身，"不是两种？"

容初秋指了指长老握着刀的手："在刀柄上。"

长老立刻松手，改抓刀身："还真有，是减重纹。"

全嘉英终于从填补更加完整的两道风纹中回神，不解地问："长老，为什么要用减重纹？"

在他看来这是多此一举，难道还有什么深意是自己没有想通的？

容初秋观察了一会儿，笑着道："减重纹自然是减重。"

全嘉英和房修皱眉，并未明白容长老的意思。

"此刀所用的玄铁是最次的那种，杂质最多，也最重，减重纹的功用就在于此。"握着刀身的那位长老解释。

房修依旧不解："为何不用好的玄铁？非要刻减重纹，多此一举。"

"不是所有人都有灵石买得起最好的材料。"容初秋心中无奈。房修身为内门大弟子，还是太幼稚。

全嘉英垂首望着自己的双手，连稍微好一点儿的玄铁都买不起的人，却可以将那两道风纹填补得那么完整。

"张长老，继续试其他法器吧。"容初秋道。那四个盒子是紧靠着的，她要看看其他三个人炼制了什么法器。

那位长老将刀放回盒中，看了一眼纸上的名字，对边上负责记录的弟子道："先把这名字记下来，西玉可以参加初试。"

这一堆法器皆由这位张长老负责，其他人看他要打开另外的盒子，便准备回去继续完成自己的任务。

然而，他们还未完全转身，便听见张长老又喊了一声："好剑！"

一个长老回头："难不成你又碰上了不错的法器？"运气这么好？

"你们看。"张长老抓起盒内的剑起身，"当不当得上一把好剑？"

剑身笔挺锋利，光滑如镜，微微一换角度，光线反射，只看这锻造功力，这名炼器师便已经可以进初试了。

"基本功确实不错。"旁的长老重新走回来打量，在一堆烂得出奇的法器中，这把剑的锻造水平绝对属于前三。

其他评选长老则对张长老喊道："快试试，难不成今天好点儿的法器全被你碰上了？"

张长老嘿嘿一笑："都让开，我来试试。"

他挥剑朝着空处的试炼石斩去，感受剑身破空的阻力，释放出灵力，再收手回来时，试炼石从中间缓缓裂开，最后轰然倒地。

张长老兴奋地挥着剑左右打量："炼制这把剑的炼器师水平可不比我们破元门的内门弟子差。"

其他长老一窝蜂地围上来："让我看看。"

容初秋目光扫过在场的内门弟子："人外有人，天外有天，如今你们知道了？"

然而，这还不算完，张长老接下来拿出来的一根莲簪，其雕刻水平即便是破元门的内门弟子也没有几个能比得上的，试用之后更显得其威力极强，每一片莲花瓣直接洞穿了试炼石。

"这三件法器，件件都能入百青榜。"张长老摇着头感叹，"外面的炼器师已经这么厉害了吗？"

"先把名字记下来。"容初秋对负责记录的弟子道。

"是。"

站在旁边从不服气到沉默的房修望着张长老又拿起的盒子，终于慢半拍地想起这是那个卖符人的盒子。

当时是容长老起身把盒子收了，因此房修只隐隐约约记得打头那个卖符的盒子上刻了什么数，现在回想起来，那四个人的盒子似乎就是两大两小。不可能！房修摇了摇头，他不信，一定是记错了。

"暗器？"张长老从盒子中拿出来一只黑蛇造型的手环。

说实在的，投选法器中像这种手环类的法器、暗器也不少，长老眼睛都快看花了，这个暗器最多是黑蛇的造型逼真有趣。

不过，张长老把它拿在手上还是忍不住咦了一声，一时半会儿竟然看不出来这手环是用什么材料炼制的。

其他长老来来回回，终于有个人按捺不住道："不能又是什么好法器吧？怎么我连着几天都没发现一个？"

原本快散的人群再一次聚拢，大家全望着张长老手中的法器。

栩栩如生的黑色小蛇隐隐透着点点金光，光线照在上面，更显耀眼。这小蛇乍一看是头尾相衔，其实拿在手里仔细观察，会发现更像是尾巴尖搭在了小蛇的眼睛上。

"张长老，我来看看。"容初秋一直等着这盒子里的法器，想知道那位会画符的小道友的炼器水平如何。何况另外三位小道友炼制的法器件件不差，她就对这只手环更好奇了。

"正好你擅长小法器。"张长老把手环递给容初秋，自己从盒中拿出那张纸，低头看着上面的字，"雾杀花……蛇型手环怎么取了个这种名字？"

"翅砂、点金液。"容初秋仔细观察手环，若有所思，说出了两种材料。

就锻造技法上而言，手环造型栩栩如生，甚至能从小蛇的动作中看出一种灵动感。不过翅砂、点金液这两种材料混合，能做出什么样的暗器？

"这上面说还有冰蛛丝。"张长老看完了那张纸，"初秋，你试试转动头部，注入灵力。"

容初秋轻点头，随即微微抬手，另一只手指轻轻摆动手环小蛇的头部，对准试炼石。

在她注入灵力的一刹那，所有人眼中只剩下漫天薄雾，灵动、美丽、自然，然而这种仿佛置身林中雾气的美仅仅一瞬间，下一刻便凶相毕露，无数薄雾拉长，形成蛇影，朝着试炼石咬去。

"小心！"

薄雾弥漫范围太广，甚至有一些扩散到远处站着的内门弟子附近。

容初秋发现不对时，已经晚了。

场中所有被蛇影碰上的试炼石全部粉碎炸开，原本站在试炼场外的那名弟子眼睁睁地看着蛇影朝自己咬来，下意识地抬手抵挡，一道光闪出，和蛇影正面对上，紧接着，蛇影和光全部消失。

"有没有事？"张长老皱眉，过去将那名弟子拉开。

那名弟子心有余悸地摇头道："我没事，不过……金龟符碎了。"

众位长老面面相觑，他们的弟子身上有各种护身法宝，金龟符是一种常见的护身符，由五行宗所制，可抵挡金丹中期修士一击，而刚刚只是手环的一点儿残影便让金龟符碎了。

就连容初秋的神色也淡了下来，如果之前她抱着欣赏的态度，现在她的态度已经开始转变成警惕了。

此人的炼器水平恐怕……

容初秋看着手环良久，才转头对旁边的全嘉英道："这次，你可能遇到对手了。"

这四件法器，尤其是雾杀花在破元门掀起了巨大的波澜，距离正式比试还有两个多月的时间，破元门的弟子个个如临大敌，日日苦练。

不过当事人完全不知晓，因为他们已经不在定海城内了。

那日投送法器结束后，叶素几个人继续练习锻造法器，去买材料时，听材料行的掌柜说定海城附近有个秘境要开放。

"不是什么大的秘境，在浮世大陆排不上名号，不过没有门槛，连练气期的修士都能去。"掌柜随口道，"到时候秘境关闭，我们文东材料行还会过去先收一批材料。"

秘境大多险象环生，一般有一定实力的人才能进入，没有门槛的秘境，里面自然没有什么厉害的天材地宝，但练气期的修士都能去，叶素也想带着师弟师妹去闯一闯。

"掌柜，我听说秘境往往灵气充沛？"叶素忽然问，"城外的秘境内有没有灵气？"

掌柜愣了愣，片刻后回神笑道："但凡是秘境，里面一定灵气充沛。"

于是，当天晚上叶素几个人便赶往定海城外的秘境附近。

秘境还未开启，周围便已经聚满了人，多是练气期和筑基期的修士，金丹期及以上的修士不可能把时间浪费在这种甚至没有名字的小秘境上。

叶素御剑带着三位师弟师妹抵达秘境附近后，和附近的修士一起席地而坐，等待着秘境入口开放。

秘境中有灵气，还不要钱，明流沙、西玉和夏耳只差那么一点儿灵气就能筑基，所以叶素才决定铤而走险来这里。

她拿出一沓空白的符纸，用笔蘸着朱砂，以地为桌，一张又一张地画着，金刚符、迷睡符、疾速符……但凡有用的符箓都画上去，然后分给师弟师妹。

不远处打坐的修士观察他们很久了，看着叶素从晚上画到天亮，没忍住挪过来问道："道友，画符呢？"

叶素闻言转头看去，对方是一个着黄袍的干瘦修士，长得贼眉鼠眼的，不像个好人。

"我就是好奇问问，没别的意思。"对方挠了挠脸，"你们卖不卖符？"

"你要买什么样的符？"叶素问他。

那修士立刻道："护身符、攻击符都可以。"

叶素没说话，只看着他。

那修士又往他们这边挪了挪，颇为激动地说道："我们这些散修命苦啊，没有什么厉害的法宝，实力又不够高，想去一趟秘境，九死一生，不过……若是道友能卖几张符给我们，那真的是感激不尽。"

"我们有疾速符和迷睡符，时效一刻钟。"叶素忽然道，"要不要？"

"能不能先试试效果？"那修士努力让自己变得正气一点儿。

叶素随手抽出一张迷睡符，扭头看向师弟师妹："可以。"

明流沙见状，瞬间想往旁边躲，然而速度根本没有叶素的手速快，迷睡符被拍在背上："又是我……"

他强撑着说完三个字，才闭眼倒地。

"这符对什么境界的修士有用？"黄袍修士心中激动，仍镇定地问道。

叶素的视线落在他的脸上片刻，她才问："道友如今什么境界？"

"我？不高，筑基前期而已，修炼了快五十年了。"黄袍修士摆手，"没什么天赋。"

"嗯。"叶素漫不经心地应了一声，下一刻指间迅速夹起迷睡符，朝黄袍修士甩去。

对方十分机敏，比明流沙的速度快了不止一倍，然而叶素在甩迷睡符的刹那，同时在自己身上拍了一张疾速符，追上他，再次拿出迷睡符，贴在他的身上。

黄袍修士一滞，迅速倒下。

叶素低头看着倒地的人，等了片刻，才好心弯腰撕下符，等他醒过来，才悠悠道："迷睡符对练气期和筑基前期的修士有用，疾速符差不多全境界通用，刚刚我已经用它追上了你。"

黄袍修士："……"

叶素抽出一沓迷睡符和疾速符，问："要吗，道友？"

黄袍修士起身："要，你有多少我要多少。"

叶素拿着一沓符甩了甩："二十枚中品灵石一张。"

"你打劫啊？"黄袍修士一脸震惊之色，"五行宗的筑基境界修士可用的符也才十枚中品灵石一张，道友，你这么做不地道。"

"值不值二十枚中品灵石，我画的符的效果，道友也见到了。"叶素作势要将符收起来，"在秘境中，是命重要还是灵石重要？"

"哎哎，道友，咱们再商量商量？"黄袍修士不甘心地问道。

叶素只微微一顿，又继续收起来，还转身往回走。

黄袍修士没想到这小道友看起来年纪轻轻、初离门派入世的样子，竟然也这么会谈判，连忙追上去喊："道友、道友！二十就二十！"

叶素这才停下脚步，重新掏出符，一张一张数给他："迷睡符和疾速符各一半，一共四十张，八百中品灵石。"

黄袍修士抠抠搜搜地拿出这八百中品灵石时，心都在滴血，嘴里不停地说道："真的，道友你这符卖得忒贵了，也就是碰上我。"

叶素不吃他这套："你也可以去其他地方买符。"

黄袍修士拿着符，悻悻然离开。

原先陷入昏睡的明流沙已经醒了过来，幽幽地盯着回来继续画符的叶素。

"待会儿多给你几张符。"叶素头也不抬地说道。

"谢谢大师姐。"明流沙立马不计前嫌，飞快地说道，还得意地冲西玉和夏耳扬眉。

西玉喷了一声，低头翻着大师姐写的玉简。至于夏耳，一直盯着大师姐画符，根本就没有抬过头。

又过了一天，西玉到处走了一圈，回来道："大师姐，他们都说秘境可能会在后天开放。"

秘境入口开放的时间向来不定，只有一些水平高的修士能隐隐约约感受到其中的波动。

"那至少还要在外面待两天。"夏耳托腮道，"听说秘境关闭的时间不定，万一等我们出来后，错过破元门的比试怎么办？"

"小秘境存在的时间不会超过一个月。"叶素事先已经打听过了。

她抬手按了按额角，画了一天一夜符箓，此刻灵府内空空荡荡。灵力干涸对修士而言是一件十分不适的事情，叶素倒是早已习惯。她的注意力放在笔上，这笔太普通，又长时间画符箓，刚才直接碎了，好在她还有备用笔。

"符应该够了。"明流沙蹲在旁边，看着一沓一沓的符慢吞吞道。

"秘境危险，多画一张是一张。"叶素的话才说完，远处突然一阵骚动。

原本等待打坐的修士纷纷起身，叶素几个人站在外围，还不清楚情况，看着他们拼命往前挤。

这时候终于有人对外喊了一声："秘境入口提前开了！"

"大师姐？"西玉回头看叶素。

叶素把符拿出来，分给他们三个人："我们也进去。"

秘境入口开放的时间不长，修士争先恐后地挤进去，甚至有小部分人在外面直接动手打斗。

"小师兄，怎么了？"

秘境入口前，年轻俊美的少年收回余光，心想大概看错了，穿黑色衣袍的修士太多了。

"无事。"

两个人往前迈步，便瞬间消失在原地。

远处，叶素伸手抓起师弟师妹，往背上贴了张疾速符，快速绕过人群，朝秘境入口冲去。

落后的明流沙则被西玉和夏耳揪住往前拖，背朝着前进的方向，感受着刮过脸的风，幽幽道："大师姐用疾速符越来越顺手了。"

大师姐一拖三，终于赶在入口关闭前跨进秘境。

几个人只觉得周围一阵扭曲，再一眨眼便到了另外一个地方。

不远处，树林郁郁葱葱，风拂过，枝动叶响，似有人声。

叶素一进来便感受到浓郁的灵气，原本干涸的灵府无意识地开始吸收灵气转化为自身的灵力，但她没有顾着自己，而是转身对师弟师妹道："我们先找地方修炼，这是你们三个人筑基的机会。"

三个人只差灵气支持，便能一举筑基成功，如今秘境内灵气充沛，不蹭白不蹭，至于秘境中的其他东西，是后面考虑的事。

四个炼器师，身无法宝，又无剑修护卫，就这么贸贸然进秘境，只为突破境界。若是于守门知道他们的做法，恐怕要沉着脸喊一声荒唐。

但荒唐的大师姐此刻已经带着师弟师妹找到一片高地："你们在这儿吸收灵气，我在旁边守着。"

明流沙、夏耳和西玉背对背打坐，掌心朝上放在膝上，附近的灵气不断朝这边涌过来。

突破境界对修道之人而言太重要，稍有不慎，灵力逆转爆体而亡的比比皆是，因此叶素不敢放松一丝一毫。

以防秘境中有修士或者其他东西打扰，她翻出一沓金刚符，绕着三个人走了一圈，前前后后贴遍了符，就差没往他们的脸上贴。

几个时辰过去，几乎在同一时间，三个人头顶上方出现了灵气旋涡，不断往他们的灵府中涌去，甚至影响了旁边的叶素。

她筑基已有大半年，如今灵府中充盈着灵气，飞快转化成自己的灵力，境界竟开始松动。

叶素尽全力压下灵府内的灵气，让境界稳固下来，站在对面等着三个人筑基成功。

又过去半个时辰，三个人终于有了动静。

六合四海，灵力经游，筑基初成，灵府现形。

西玉睁开眼，低头看着自己腹部，略微觉得别扭，抬头道："大师姐，我好像有灵府了。"

"有灵府便是筑基成功。"叶素笑了声，转头看向明流沙和夏耳，"你们如何？"

"那我也筑基成功了。"夏耳兴奋地说道。

明流沙虽然高兴，但仍旧慢吞吞地说道："应该成了。"

秘境果然没有来错，他们三个人筑基成功后，也能炼制更高水平的法器。

"大师姐，我们在边上守着，你修炼，指不定能突破。"西玉道。

"对，秘境灵气这么多，不能浪费。"夏耳连连点头。

明流沙早起身，准备让位置给大师姐。

"嘘——"叶素弯腰抬手示意明流沙蹲下，转头看向高坡，刚才听见了什么动静。

原先坐着的西玉和夏耳也瞬间起身，猫腰跟着大师姐，悄无声息地爬上高坡，往下看去。

远处有两名剑修正在和一只赤螳螂打斗，那只螳螂约高一米，长两米，黄绿色的复眼突出，前肢呈赤红色，其上有一排坚硬锯齿，刀钩末端还长有吸盘，能够快速攀爬，前后翅皆为紫红色，包裹住后半段身体，腹部肥大。

其中一名剑修没有躲过赤螳螂的攻击，试图用剑去抵挡它的前肢，大刀似的前肢劈向剑修，劈断了他横举起的剑，顺势砍向他的身体，直接将他劈了个对半开。

另一个剑修见状，趁机从后侧方滑入，想攻击赤螳螂的腹部，可惜被它发现。赤螳螂飞速后退，举起另外一根前肢，快而狠地刺向那名剑修。

眼看着要被赤螳螂刺穿，那名剑修身上突然泛起一层淡淡的金光，就是这么一瞬间，她得以逃生。

然而赤螳螂显然不愿意放过这名剑修，追着她不断攻击。

夏耳趴在地上，终于想起来下面逃跑的那个剑修为什么看起来眼熟了。他扭头小声问道："大师姐，那个人是不是第一个买我们符的道友？"

"是。"叶素忽然起身，"准备。"

明流沙把夏耳挤开，暗暗让自己处于能被大师姐伸手抓住的位置。

果不其然，下一刻叶素便伸手抓住身边最近的两个师弟师妹。

夏耳还没完全反应过来，注意力全在绿袍女剑修身上。

"跑啊！！！"西玉一把揪住四师弟，嘴里喊道。

叶素身上贴了疾速符，再次一拖三，想要远离打斗中心。

然而赤螳螂它会飞！

"道友？道友！真的是你们！"绿袍女剑修原本还以为是错觉，拼命跑过来才发现真的是当初在定海城卖符的道友，"你们的金刚符好用！"

市面上卖的金刚符可以抵御筑基中期修士的全力一击，但刚才她用符居然扛住了赤螳螂的攻击。

这只赤螳螂起码是筑基后期的水平。

"你别往我们这儿跑！"西玉都顾不上自己的仪容，"我们又不是剑修！"

女剑修远远听清后，不好意思地喊道："抱歉，我开始不知道你们在这儿。"

"已经迟了，它发现我们了。"叶素回头看着飞得越来越近的赤螳螂，忽然停下脚步，对夏耳道，"四师弟，剑。"

夏耳立刻从乾坤袋中拿出剑，递给叶素。

叶素催动剑，站了上去，对女剑修道："麻烦道友掩护。"

女剑修虽心中有疑问，但此时已经容不得犹豫。她挥剑故意攻击赤螳螂的复眼，以吸引它的注意力。

叶素御剑飞到赤螳螂的盲区，开始疯狂扔迷睡符。

这迷睡符对修士有用，不知道能不能对妖兽起效，但叶素只能硬着头皮上，否则恐怕要沦为这妖兽的口中餐了。

螳螂一旦赤化，最低水平可抵筑基前期修士，这头赤螳螂前肢全部赤化，起码可以对付筑基后期的修士。

一张、两张……叶素甩出去三张迷睡符，赤螳螂的翅膀才落下，它坠落在地，这时候终于察觉背后有人，转头举起后肢刺向她。

早有准备的叶素指间夹起两张金刚符贴在自己身上，抵御赤螳螂的攻击。

这时，女剑修暴起，双手握剑，直直插进赤螳螂的脑袋里。

一直在旁边紧张地围观的三个人终于重重松了一口气。

“大师姐，你没事吧？”夏耳赶上去问。

叶素摆手道：“没事。”

西玉还递给叶素小镜子，让她整理仪容。

明流沙则悄声提醒：“材料。”

叶素看向半跪在赤螳螂头前的女剑修，问：“道友，赤螳螂的前肢卖不卖？”

“刚才要不是你，我也杀不了它，况且我差点儿拖累你们。”女剑修拔剑站了起来，“这赤螳螂归你们。”

叶素反而不急着要赤螳螂，转问：“道友来秘境做什么？”

女剑修抹掉脸上的血迹：“练剑，顺便赚点儿灵石。”

每次从秘境出来时，都有各大材料行在外面收购妖兽材料和各种天地灵植，不少散修就靠这个为生。

“道友，愿不愿意和我们合作？”叶素问道，“我出符，你出剑，到时候材料对半分。”

秘境太危险，她会画的符箓没几样，他们需要一个剑修。

女剑修没有犹豫便答应下来：“好。”

女剑修叫吕九，是个散修，三十来岁，筑基中期，虽然比叶素他们大，但在修真界，百岁以下的修士只能算年轻人。

双方决定合作后，叶素带着师弟师妹围绕着赤螳螂来了一番点评。

“前肢完全赤化，上面的锯齿锋利，末端有细小吸盘。”西玉弯腰敲了敲赤螳螂的前肢，“适合用来炼刀。”

“可惜头被剑刺穿，不然拿来炼制护甲也不错。”夏耳绕去侧面，翻开赤螳螂的后翅，“后翅既轻又透，表面呈放射状紫红色，可炼制猎网。”

明流沙已经弯腰走近赤螳螂的腹部，摸出一把匕首，在上面插了一下，紧接着拿出瓶子来接从里面滴下来的黏液。

叶素站在旁边对吕九道："那是赤液，可用于描绘法器纹路，当场取的效果最好。"

听得稀里糊涂的吕九："……"

往常她都是将整只妖兽收进乾坤袋中，等出秘境后直接卖给材料行，哪见过这种场面。

"你们还懂这些？快比得上那些材料行的炼器师了。"吕九对身边站着的叶素道。

"我们就是炼器师。"叶素转头随意地说道，"这些必须了解。"

更确切地说是因为千机门没有多少材料，所以弟子只能靠着成天啃书来疏解想炼制法器的渴望。

"你们……"吕九看着叶素几个人良久，终于忍不住将心中的疑惑问了出来，"不是符师吗？"

对付赤螳螂，一出手便是那么多张符，而且她还亲眼看到叶素画符，不对，刚才叶素还御过剑！

吕九彻底糊涂了。

"不是，谋生手段而已。"叶素指了指自己和师弟师妹，"我们都是正经的炼器师。"

吕九沉默了，好一个谋生手段而已，辛辛苦苦画符的符师听了恐怕要落泪。

"大师姐，我们接下来准备去哪儿？"西玉把赤螳螂收进乾坤袋，和明流沙、夏耳一起走过来，问道。

叶素想了想道："赤螳螂一般生活在月草附近，月草可以用来炼丹。"

吕九目瞪口呆："难道你还懂炼丹？"

"吕道友说笑了，我只是在书上看见过，月草是丹修常用的材料，打算摘点儿出去卖钱。"叶素再一次重申，认真地说道，"炼器才是我们的大业。"

吕九带着他们去最开始碰见赤螳螂的地方，叶素循着痕迹，果不其然找到一片月草。

月草呈浅紫色，是丹修常用的一种灵草，只在各种秘境中生长，但大大小小秘境不少，月草也算不上什么珍稀药材。

不过对叶素而言，能薅一点儿羊毛就薅一点儿，反正秘境里的东西都是无主的。

"得用镰刀割才行。"夏耳蹲在地上，观察完月草的根部后道。

西玉举手道："我没有镰刀。"

明流沙跟着慢吞吞道："我也没有。"

叶素扫了一眼周围，道："麻烦吕道友在此替我们把守一会儿。"

吕九自然答应下来，颇为好奇地问："你们要干什么？"

"炼镰刀。"叶素指间骤然生起一团灵火。

与此同时，其他三个人手中也冒出灵火，明流沙甚至特意让自己的灵火滴溜溜地转了一圈。

众所周知，最会玩火的就是丹修和炼器师。

吕九闭上嘴，对这几个人是炼器师的事情终于有了实感。

炼制镰刀没有什么太多的技巧，比炼制法器简单，叶素甚至能同时炼制两把。

在秘境中灵气充沛，几个人的灵火较之以前更盛，不到一刻，用玄铁炼制成的镰刀便好了。

叶素伸手接住半空中的两把镰刀，递了一把给吕九："吕道友，请。"

于是五个人一人一把镰刀，埋头苦割。

而此刻，秘境各处的修士早已经打得昏天黑地。

等五个人把月草割完，一行人继续沿着来时相反的方向走，途中遇到几头妖兽，都在筑基中期或者后期的水平，吕九持剑对付它们，叶素和师弟师妹则负责在暗中扔符，还算顺利。

秘境中的天黑了又亮，一行人走得不算慢，基本上没有停下来休息过。

"大师姐，快看！"夏耳指着前面，"是废弃的府邸。"

叶素抬眼望去，不远处的府邸有一大半坍塌，依稀能看出过往的恢宏。

一般而言，秘境中这类曾有人住过的地方，向来会有法宝、灵丹等东西，当然也有可能被以前进来过的修士拿走了。

"过去看看。"叶素道。

几个人快步往废弃府邸走去，刚进门，周围的灵气便开始扭曲。

之前远远看见的坍塌废墟全消失不见，叶素扭头打量附近，发现他们此刻站在昏暗潮湿的洞穴之中。

"是境中境！"吕九历练的时间比他们长，瞬间反应过来。

"境中境……是不是更危险？"夏耳闻言问道。

"是，但里面可能有宝贝。"吕九紧握着剑，警惕地看着周围，"我也只是听人说过，有些大能会故意把自己留下来的东西放在普通秘境中。"

西玉摇头道："那应该不可能，我们进来得太容易了。"

"也许有的大能想让修士全部死在这儿。"明流沙慢吞吞地抬杠。

叶素余光扫过洞穴壁上的痕迹，弯腰伸手摸了一把地面，指尖沾上黏腻的血液："不久前有人进来过。"

几个人试着原路返回，但入口已经消失，只剩下石壁。

吕九是剑修，五个人中的攻击主力，主动走在前面，其他人跟在她的后面。

走了一段路后，前方突然出现三个分岔口，吕九回头问："叶道友，我们走哪儿？"

三个分岔口根本看不出任何区别，叶素原本想随意指一个路口，忽然听见最右边的分岔口里传来熟悉的乐声。

"大师姐，好像是无音宗的殇阵。"夏耳听出来了。

无音宗？那宁浅瑶和易玄也在。

按照主角定律，那个岔道或许危险，但一定有机缘或者好东西。

"小师弟和小师妹应该也在，既然他们遇到了危险，我们作为师兄师姐，理应前去相助。"叶素义正词严道。

吕九在旁听了她的话，油然而生感佩之情，这就是散修没办法得到的宗门情谊吗？

一行人转身往最右边的岔道走去，走到一半，吕九听见背后的西玉悄声问叶素："大师姐，待会儿我们要干什么？"

一定是拼命去救他们的小师弟小师妹吧，吕九心想。

"待会儿四处看看有没有什么宝贝，揣身上带走。"身后的叶素仔细叮嘱，"别和修士起争执，真打起来，用迷睡符砸他们，要是碰上妖兽就赶紧跑，金刚符也准备用上。"

前面的吕九：不是说去救小师弟小师妹吗？

随着不断往前走，乐声越来越大，明明是悦耳的声音，却越听越不舒服。

这就是音修的本事，厉害的音修甚至可以以声杀人。

等他们彻底走出岔道，才发现里面又是一片新天地，足有十丈高的洞穴，一层又一层的圆台，最底下一圈流动的水上，漂浮着点亮的不灭蜡，将地上修士和妖兽的尸体照得一清二楚。

无音宗的弟子站在最高处，拿着各自的法器或吹或弹，构成一曲殇阵，但他们对面站着的五六个人面带轻松之意，明显是筑基后期的高手，而无音宗领头的辛鑫耳朵已经在流血。

不光是最高台上，整个洞穴内到处都在打斗，修士和妖兽，修士和修士……

"道友，迷睡符要不要？一百中品灵石一枚。还有全境界通用的疾速符，你看我的速度快不快？就是用了这个符。"

叶素第一眼便看到黄袍干瘦修士，他熟稔地在打斗中穿梭，四处兜售自己手中的符。

"道友，符箓有价，生命无价啊！区区一百中品灵石，你就能让面前的妖兽昏睡过去，来一张试试？"

叶素回头看明流沙："他比你会说。"

明流沙："……"

"小师弟和小师妹在那儿。"西玉眼尖，看到高台侧面的易玄。易玄握着一把剑，挡在宁浅瑶的身前。

"那就是你们的师弟师妹？"吕九作为剑修，习惯了打斗，轻易发现其中的猫儿腻，"那几个厉害的剑修都围着他们，或许他们是拿了什么东西。"

叶素转头看去，小师弟的剑术太一般了，只靠着本能挥剑抵挡，对面两名剑修无论是剑术还是身法显然都比他要强。

易玄身上玄色的道袍破裂，露出的雪白的里衣顷刻间又被染红，宁浅瑶几次上前想要挡着对面的剑修，又被易玄拉了回来，护在身后，这么一来一回，易玄身上的伤又多了不少。

叶素："……"

杨长老就小师妹一个亲传弟子，什么好东西都留给她，这次能下山，她的身上一定带了法宝，这几个筑基境界的剑修绝对伤不了她。

易玄咬着牙不让自己跪下，单手握着剑撑在地上，想要再一次站起来，却没有成功。

其中一名剑修冷笑一声，站在不远处挥剑斩来。

"小师兄。"宁浅瑶一双鹿眼含着泪，面上焦急地扑在易玄身上，要为他挡剑。

铮——

吕九站在前面，挑开对面的剑修的一剑，另一个剑修见状冲过来，却被叶素挡住了。

叶素会御剑，但不会剑术，所以压根没拿出剑，只是不断往身上贴金刚符。

对方挥剑的速度哪儿有叶素贴符的速度快，眼睁睁地看着她冲过来。

叶素指尖冒出灵火，直直对着剑修的眼睛，对方下意识地偏开上半身，结果迎来了她无情的一掌。

剑修低头看着自己胸口的符："……"

叶素余光瞥过倒地昏睡的剑修，对围观的三个人道："揍他。"

明流沙、西玉和夏耳顿时一窝蜂拥上前，贴符、揍人、拿剑，分工明确，十分熟练，仿佛做了成百上千次。

至于另外一个剑修虽然境界要略高于吕九，却没有她出手狠，渐渐落入下风，叶素乘机甩了一张迷睡符过去。

"大师姐？"宁浅瑶等了半天，也没有等到剑砍过来，却察觉易玄原本僵硬的身体渐渐放松下来，不由得转回头看去，才发现千机门的四个人来了。

"哟，好久不见。"叶素挥挥手打招呼，回头对明流沙三个人道，"守着小师弟和小师妹。"

夏耳积极响应道："来了。"

等他们散开后，吕九不经意看到那两个昏睡的剑修，顿时背上出了冷汗，剑是剑修的第二条命，而那两个鼻青脸肿的剑修手中的剑不见了，被重新炼制成锁链，还把他们五花大绑钉在圆台上。

如今的炼器师都这么变态吗？

叶素两手拿着符，悄无声息地绕到最高台上那几名剑修的背后，他们正在对付无音宗，但叶素要同时让这几个人都中招，并不容易，所以她选择御剑而起，人工撒符，反正她别的不多，就是符多。

果不其然，即便有无音宗吸引那几个剑修的大部分注意力，在她扔符后，立刻有人反应过来，回首一劈，迷睡符便碎了。

不过，到处都是符，那几个剑修还要顾着对面无音宗的攻击，根本没办法清理干净。但凡有一张符贴在他们的身上，都能瞬间起效。

叶素收剑，慢悠悠地靠近还没有倒下的剑修，照旧在身上贴着金刚符，朝他们靠近，扔符。

人工撒符有点儿累，不如下次做个能喷符的法器？大师姐若有所思。

无音宗的人眼睁睁地看着对面原本快杀过来的剑修，就这么明明白白地被符砸晕了。

"叶素？"辛鑫震惊地看着对面的人。

在他看来，千机门的那几个人连坐传送阵的灵石都没有，还想下山历练？乞讨还差不多。他们怎么会来秘境，还能拿出这么多符？

"辛兄，好久不见。"叶素站在昏睡的剑修面前，视线落在最高台中间升起的圆柱上，那上面有个方形的凹陷处，看样子曾经有什么东西镶嵌在里面，已经被人拿走了。

"你怎么……"辛鑫神情复杂，这么多符势必要花不少灵石买，叶素居然愿意救他们。

"符很贵的。"叶素认真地说道，"花这么多符救你们无音宗的弟子，辛兄，报销一下？"

辛鑫复杂的情绪瞬间消失，满脑子只剩下四个大字：果然如此！

"在秘境这么危险的地方，为了救你们，我把身上唯一能保护自己的符用上了。"叶素指了指下面还在兜售最后一张符的黄袍修士，"辛兄你看，别人卖到两百中品灵石一张了，我便一百中品灵石一张如何？"

见辛鑫沉默不语，叶素话锋一转："不过，我们好歹是邻宗，再便宜点儿，一张九十九中品灵石。刚刚用了三十来张符，就算三十张吧，一共两千九百七十枚中品灵石。"

她就站在晕过去的剑修的旁边，辛鑫很难不去怀疑只要他说不给，叶素下一秒就会扯掉那些剑修身上的符。

"我身上没有那么多中品灵石。"辛鑫艰难地说道。

"有多少先给了，剩下的之后回去再还也一样。"叶素语气真诚，"我还是比较相信无音宗的。"

片刻后，辛鑫朝她扔过去一袋灵石："里面有一千枚中品灵石。"

叶素打开看了一眼，毫不犹豫地收下。

"大师姐。"宁浅瑶迈步上前，咬唇为难地说道，"这些是无音宗的弟子下山历练准备的所有灵石，你拿走了，他们便没有任何灵石了。"

"无音宗的人没有灵石，关大师姐什么事？"明流沙扶着易玄，在旁边不阴不阳道，"小师妹送一千下品灵石给他们不就行了。"

后面的吕九摸不清楚状况，问西玉："那个白衣服的是你们宗门的小师妹？她怎么胳膊肘往外拐？"

西玉无所谓地说道："小师妹就是这样。"

她的声音不算大，却足够让前面的易玄听得清清楚楚。

站在前面的宁浅瑶还在劝说："大师姐，无音宗向来对浅瑶好……"

叶素瞥了一眼小师妹，重新将灵石袋拿了出来："原来这些灵石是你们下山的全部家当，辛兄，这一千中品灵石还是还给你。"

辛鑫脸上没有半点儿高兴之色，反而问道："你想要什么报酬？"

"都是友宗，谈什么灵石报酬，太俗气了。"叶素悠悠地说道，"往后五年时间内，千机门的弟子去无音宗修炼，不能有人从中做手脚。"

辛鑫皱眉，果然叶素早就打算好了，他深深吸了一口气道："一年，每个月十天。"

"三年，每个月十五天。"叶素脚尖撩起剑修身上的符，抬眼看他。

辛鑫：这分明是赤裸裸的威胁。

最终他只能道："行。"

叶素放下脚，道："立契吧，以在场所有无音宗的弟子的境界为誓。"

在浮世大陆，修士一旦立契，若日后违背契约，则会损伤境界。

既然无音宗放任弟子捣乱，假装两宗之间没有协议，她便要无音宗的弟子将这件事放在明路上来。

至于三年后，他们应该能探索出一条新的薅羊毛之路。

等契成后，无音宗有些弟子心中不免对宁浅瑶生出不满之意，原本只需要花灵石解决，如今无端搭上来自己的境界，如果刚才她不出声就好了。

洞穴中刚才打得昏天黑地，但仔细观察便会发现四周压根没什么好东西，十个有八个是空箱子。

"辛兄，你们把里面的东西全部拿走了？"叶素随口问道，看他们的样子，想必是最先进来的那批人。

辛鑫黑脸，之前那几个剑修也这么认为，所以才会围攻他们。

"大师姐，我们进来时，这里面已经空了。"宁浅瑶轻声道，"他们都不听解释，非要搜我们的乾坤袋。"

宁浅瑶看似解释，实则让叶素刚才的话尖锐化，无形中将她和那群剑修划分在一块。

叶素自然听明白了，但丝毫不在意，无音宗的弟子讨厌她也不是一天两天了，不差这点儿。

"吕道友，境中境的出口一般会在哪里？"叶素回头问吕九。

"我也是第一次进境中境。"吕九低声道，"还以为自己要死在这儿。"

境中境一般都是大能弄出来的东西，里面风险极高，不是筑基境界的修士可以碰的地方。结果这里什么都没有，没有天材地宝，没有高阶妖兽。

正在思考时，洞穴忽然开始变化，不断坍塌，一股异香袭来。

等叶素再回神时，周围所有人消失不见，只剩下一片白雾，她试图喊师弟师妹的名字，没有任何人回复。

这是陷入幻境了？

叶素没有破解的办法，只能慢慢往前走着。

她不记得自己走了多久多远，但身边的雾气渐渐散了，逐渐露出荒凉裸露的大地，脚踩在黑红色的泥土上，低头仔细看才发现那红色是血，再往远处看是高高耸立的石林。

叶素控制不住自己继续往前走，隐隐约约看到石林中间有一个穿玄色道袍的人影，修长瘦削，有点儿像小师弟。她想起周围的环境，不由得喊了一声："易玄？"

才喊出声，对方忽然转过身，可惜叶素没看到他长什么样子，因为下一秒她就被甩晕了。

阴森可怖的石林中，那人终于转身，那一刻浮在周边的阴冷气息消失，若有若无的光线照在那张如同被天道眷顾般的脸上，他长睫微动，光脚走过地面，却丝毫没有沾上那些脏污的泥土。

终于走到倒在地上的叶素的面前，他弯腰伸手戳了戳她的脸，有点儿嫌弃：凡人，乱喊什么？

所有人都不知道发生了什么，只是一眨眼便从秘境中被甩了出来，和外面等着的人大眼瞪小眼。

"怎么回事？"

"我们怎么会出来了？"

周围修士乱成一团，纷纷交头接耳。

"这秘境有异，提前开放了，恐怕也提前结束了。"

"我压根没看见出口。"

"我也是。"

"听说有的秘境，若是定境之宝被人取走了，便会自动将修士扔出来。"

这些人的声音不小，宁浅瑶站在无音宗的弟子之间，悄无声息地摸了摸自己的乾坤袋，那里面有一个小盒子，是当时她趁人不注意时从最高台的圆柱上拿下来的。

那盒子一看就很特殊，它是定境之宝？

宁浅瑶有些紧张地抠着衣角，她不太了解定境之宝有什么作用，但潜意识告诉自己，这一定是好东西。

"大师姐和四师弟呢？"西玉皱眉看着四周。

吕九愣了愣："叶道友刚才还在我身边。"

明流沙低头试图用传讯玉碟联系大师姐，却没有得到任何回应，抬头对西玉道："我去找找。"

他来回走了一圈，也没看到叶素，只从人群中带回来了夏耳。

之前他们在说话时，夏耳跑下去捡妖兽的尸体了，所以被甩出来后和他们不在一起。

三个人重新碰头，脸上再无轻松之意。

"大师姐是不是还留在秘境中？"夏耳焦急地问道，"我们能再进去吗？"

辛鑫虽然讨厌千机门的这几个人，但闻言还是道："如果定境之宝被人拿走了，秘境就不会再开启了，叶素只有死路一条。"

西玉顿时蹙眉道："胡说八道！"

三个人明显乱成了一团，想要分头再去人群中找大师姐。

"西玉，你留在这儿照顾小师弟，我和夏耳再去找找大师姐。"叶素不在，明流沙只能担起二师兄的责任，他从乾坤袋中翻出一瓶疗伤丹药递给易玄。

这是大师姐来秘境的前一天晚上专门花灵石买的，一人两瓶，说是第一次进秘境，怕他们会受伤。

易玄垂眼看着手中的瓶子，想开口说和他们一起去找，最后却说成了："不用你们照顾。"

他语气生硬，正常人听了都会认为他是在嫌弃。

明流沙只当没听见，大师姐早说过了：小师弟空有美貌，性子是一根筋。

"我也去找找叶道友。"看着明流沙和夏耳走了，吕九道。

虽然她这次在秘境没有什么太大的收获，不过能认识他们，也算有缘。

西玉对她道："多谢。"

　　吕九摆了摆手，消失在人群中。

　　小师弟浑身伤，西玉虽然担心大师姐，但还是扶着他靠着旁边的树干坐下，看着他服下疗伤丹药。

　　"你们为什么会进秘境？"易玄终于问了出来，因为失血过多，脸变得异常苍白，眉心的红痣越发鲜艳。

　　"秘境中有灵气。"西玉不停朝人群中看去，这时候已经陆陆续续有出来的人离开，"我们可以筑基。"

　　易玄这时候才发现西玉已经筑基成功了。

　　"辛师兄，你们能不能帮忙一起找一找我大师姐？"宁浅瑶咬着下唇，欲泣未泣，小心翼翼地朝西玉那边看了看，"大师姐没了，大家都会伤心的。"

　　"祸害遗千年，叶素哪里会这么轻易出事？"辛鑫想起她便没好气，过了会儿又对无音宗的其他弟子道，"都散开去找一找，一个时辰后在这里会合。"

　　宁浅瑶也说要去找叶素，她先进入人群，后又从另一个方向出来，往偏僻的地方走去。

　　从乾坤袋中小心翼翼地拿出那个小盒子，宁浅瑶连呼吸都屏住了，这里面就是定境之宝？

　　她忍住激动，慢慢地将盒子打开，缓缓看过去，想知道里面是什么宝贝。

　　待看清里面后，宁浅瑶的脸色逐渐变得难看起来，将盒子摔在地上。

　　原本喧嚣的秘境已经变得安静异常，游伏时单手撑脸看着地上陷入沉睡中的人。

　　之前他嗅到高阶妖兽的味道，便顺势进了秘境，把里面看着顺眼的东西全部收了，至于那些高阶妖兽，也早化成他的养料。

　　因为动了定境之宝，游伏时才被拉进了这块幻境之地。他并不着急出去，反而在幻境中走了许久。

　　不过那些石林看久了头晕烦躁，他随手一挥，将秘境毁了，外面那些修士一瞬间便被弹了出去，至于这个人……

　　大概是他毁去外面秘境的瞬间，产生裂缝，幻境之地才将她拉了进来。

　　游伏时忽然俯身，墨色长发飘散垂落在叶素的脖颈上，带着无端的暧昧之意，不过一个不在意，一个无意识，周围又只有高耸的石林，无人知晓。

　　他轻轻嗅着她身上的味道，总觉得有些许熟悉感。

　　不认识。

　　游伏时扯了扯她身上的衣服，有点儿眼熟，又完全没有印象。

　　想不通，他便不想了，直起身也不去看躺在地上的叶素，坐在旁边径直把玩着手中的珠子，这是他之前从一个小盒子里拿出来的东西。

原本晶莹剔透的珠子被他冷玉般修长手指衬着，更显出奇异的美感。

不过玩了片刻，游伏时便厌了，懒懒地靠在地上那个人的身上，好奇地把她的乾坤袋扯了下来，指尖轻点便破了里面的禁制，往里扫了一眼。

这是个穷修士，一件好东西都没有。

游伏时兴致缺缺，随手把不想要的珠子也扔进了乾坤袋中，再把乾坤袋丢还给地上的人。

外面的秘境毁了，这个地方应该用不了多久也会消散，至于里面的穷修士，自然会被弹出去。

他该去找人算账了。

游伏时起身，瞬间化作一阵流光，消失不见。

等到叶素睁开眼时，看到的是不祥的血红色天空，她皱眉坐了起来，掌心撑在地上，能感受到柔软带着黏腻的泥土。

叶素收回自己的双手，却看不到任何脏污，下意识地站了起来，这时候乾坤袋掉落在地。

叶素捡起来，重新系在腰间，没发现异常。

她记得晕倒之前，看到了一个像小师弟的背影，现在似乎这地方只剩下自己一个人。

这里应该是什么幻境，视觉、触觉，甚至嗅觉都真实无比，只是却沾染不到人身上。

叶素终于走进了阴森可怖的石林，停在一块巨石前，仰头看去，石面上刻有繁复至极的纹路，稍稍盯久了便会令人头晕目眩。

不过，叶素看久了，石面上的纹路反而越来越清晰。

她看不出来这些纹路是什么，但无意识看完一遍，便将这些东西深深记在脑中。

走过一遍石林，叶素把每一块石面上的纹路都记了下来，依旧没有找到出口。

总不能死在这种地方，师弟师妹不知道怎么样了。

叶素甚至爬上巨石，试图纵观全局，找一找秘境的出口，然而什么也看不到，只看到……这些是什么？

她才察觉石林中的巨石位置摆放有异，似乎隐含着什么，还未看清楚，下一秒整个人便被弹了出去。

进去得突然，出来得也突然。

叶素只觉得眼前一花，还未定睛看清周围，旁边突然传来一个有些疲惫又兴奋的声音："大师姐！"

"夏耳?"等叶素看清周围的环境，不由得揉了揉额角，"只有你一个人出来了？其他人去哪儿了？"

"二师兄和三师姐守着南北方向，小师弟在西边，我就在东面等着。"夏耳的眼睛都红了，"要不是师父来信说你的命牌还好好的，我们……"

叶素终于察觉出不对劲："你们都出来了，在外面等我？"

夏耳用力点头道："二师兄让我们把那几头妖兽全部卖了，和吕道友分了灵石，吕道友还在定海城多待了一个月，帮我们一起找大师姐，后来二师兄说不能耽误她历练升境，让吕道友走了。"

"你们出来一个月了？"叶素从他的话中截取到一点儿信息。

夏耳摇头道："大师姐，你快消失三个月了，小师妹都和无音宗的人离开了。"

叶素皱眉，她在石林中没觉得过了几天，怎么外面过去快三个月了？

"二师兄，大师姐回来了！"

"三师姐，大师姐回来了！"

"小师弟，大师姐回来了！"

夏耳用传讯玉碟，一连发了三条口信。

叶素：这怪像猪八戒喊师父被抓走了的样子。

"大师姐！"没一会儿，叶素远远便听见西玉的声音。

不过来得最快的人是会御剑的小师弟。

"小师弟，你没有和小师妹一起走？"叶素略感诧异。

易玄面无表情道："我不是无音宗的人。"

"大师姐！"明流沙也回来了。

叶素忽然想起一件事，问夏耳："你刚才说你们已经出来了快三个月，如今是什么日子？破元门的初试名单有没有出？"

夏耳、明流沙和西玉面面相觑，他们的全部心思都放在等大师姐上，压根没想起来这件事。

"好像……似乎……也许就是今日？"西玉仿佛被明流沙传染了，吞吞吐吐道。

初试名单出来的那天，炼器师就得准备进破元门了，若是没有人认领，名额便会作废。

"愣着干什么？"叶素拿出剑，"上来。"

西玉和夏耳连忙站了上去，他们已经筑基，又搭过小师弟的剑，如今总算是能熟练地站在剑上。

易玄无声无息地御剑而起，对地上的二师兄伸出一只手。

明流沙握住易玄的手，借力踩上剑身，关键时刻，他的语速快了起来："小师弟，赶紧冲！"

　　三个月前秘境的异样并没有在定海城引起什么关注，最多是那天修士被全部踢出来的事曾被人在茶余饭后谈论过几句，甚至比不上今日破元门宣布投选成功的炼器师名单热闹。

　　"嘉英？"容初秋转头看着旁边走过的人，"今天怎么有空出来？"

　　自从那天看到雾杀花后，全嘉英便没有再踏出宗门一步，三个月一直待在炼器室内修炼。

　　全嘉英站在破元门的台阶之上，目光扫过下面黑压压的人群："我想见见那个人。"

　　师兄和他说过，投送雾杀花的人就是那天在大街上和五行宗比符的人，他不太相信，但无论如何，他今日要亲眼见一见炼制出雾杀花的炼器师。

　　容初秋笑了笑："香已点燃，待会儿便宣读入选名单。"

　　投选法器的散修炼器师将近两万人，入选的名额却只有一千个，当容初秋袖口飞出卷轴时，底下的人不由得全部抬头望着金色的卷轴，看着它慢慢展开。

　　"被喊到名字的炼器师上前领玉牌，便可进入破元门进行接下来的初试。"容初秋上前一步扬声道。

　　底下虽黑压压站满了人，却没有什么声音，显然所有人都对接下来的事情十分紧张。

　　浮空的卷轴上渐渐出现一个名字，两边同时传出沉稳的男声："刘民入选。"

　　入选名单从第一千位开始，卷轴上出现一个名字，旁边同时还有溯洄影像，是当初刘民抱着法器盒递过来的场景。

　　"我入选了！入选了！！！"一个四十来岁的男炼器师从人群中挤出来，大声喊道，"是我！是我！我就是刘民！"

　　站在上位的破元门执事端着玉牌过来，道："请。"

　　刘民从托盘中拿起玉牌，激动地跟着那位执事走进破元门。

　　接下来照旧宣读名字，带人进去，无一例外，这些能入选的炼器师皆十分激动，虽然之后不一定能过初试，但能参加初选，对他们这些散修以后的名声也大有益处。

　　一千个名字念起来说长不长，但卷轴还要放完溯洄影像，让破元门确认来领玉牌的人和投选的人一致，同时也让其他没有入选的炼器师见到入选法器的实力。因此等念到第五位入选的炼器师时，天已经微微暗了。

　　容初秋察觉旁边全嘉英的气息骤然变得紧绷起来，笑了笑道："紧张？一件法器代表不了多少，你是破元门天赋最高的弟子，是能在筑基期便闯进百青榜前两百位的炼器师，前天又突破了，如今是筑基后期，也只有斩金宗那两位可以和你一比。"

全嘉英垂眼看着脚下石板上的纹路，他这三个月在炼器室内不断试图炼制雾杀花，最后的成品也只能说是不伦不类，即便尽最大努力复刻雾杀花，也无法做到对方法器的那种灵动。

雾非雾，花非花，前一秒自然灵美，下一刻凶相毕露，仿佛天生天物。

这便是悟道。

他没有，所以复刻不出来。

不只是他，在炼器师中，这种东西可遇不可求，即便同一个炼器师也不一定能再次炼制出同一种法器。

全嘉英没有再追求复刻对方的法器，反而在前天突破了境界。

"第四位，夏耳。"

卷轴念了名字，溯洄影像也放完了，下面的散修互相看着，始终没有人站出来。

容初秋皱了皱眉，站了出来，再念了一遍："第四位，夏耳。"

依旧无人应答。

这时候卷轴又自动开始念："第三位，西玉。"

照旧溯洄影像放完也没人站出来。

全嘉英扫过下面那些散修，这时候大多数人已经没了期望，只是想看看前几位入选的炼器师是谁，是以皆在下面议论。

容初秋见过这几个人，视线不断在人群中巡视，试图找到他们。

"第二位，明流沙。"

没有人站出来。

原本议论纷纷的人群竟然又渐渐安静，谁也想不明白为什么这几个人不来，这可是破元门的入选日。

"第一位，叶素。"

居然连第一名都没来？！

容初秋接连喊了几次，都未有人站出来。

下面的散修眼中散发着看热闹的光芒，不少人开始用传讯玉碟给朋友发消息，说一说这奇事——居然还有好几个人入选了破元门的初试却不来。

"我就知道那几件法器八成不是他们自己炼的，他们肯定是心虚不敢来了。"房修在旁边哼了一声，"容长老，天都黑了，我们该回宗门了。"

容初秋站在最前方，看着下面骚动的人群道："诸位，入选名单已出，若是无事，大家可回去了。"

破元门比试没有替补一说，这些散修见没有热闹可看，便纷纷散了。

"容长老，香还未燃尽。"全嘉英忽然上前，"或许再等等？"

他说不清自己是什么感受，只想见见炼制出雾杀花这样法器的人。

那天在街上，全嘉英甚至记不太清他们长什么样，毕竟那时候他压根未将那几个人放在心上。

容初秋瞥过中间还在燃着的线香道："便再等等。"

然而等天彻底黑了下来，也未有人来。

"走吧。"容初秋发话，转身准备带着入选的那九百多位散修一起进入破元门。

"大师姐！冲！"夏耳抓着西玉的衣服喊着，"快！小师弟超过我们了！"

"先走一步！"明流沙紧紧抱着易玄的腰，双脚都快飘起来了，得意地对叶素那剑上的三个人慢吞吞地喊道。

"松手。"易玄面无表情地御剑，试图拨开他的手。

明流沙压根不听，一回头看到大师姐离他们俩又近了点儿，飞快地对易玄道："小师弟，你技术不行啊，大师姐快追上来了，她背后还站在两个人，难道是我太重了？"

不用他说，易玄已经察觉后面的气息波动，他在外历练，御剑早已熟练，却未想到叶素竟然也学会了御剑，甚至能追上他。

易玄眉心的红痣越发耀眼，灵力输送越快，御剑的速度再一次提升。

"小师弟这剑飙得也太快了。"叶素摇了摇头，也追了上去，此刻她的灵府中难得灵力充沛，御剑不是难事。

于是五个人两把剑，就这么在空中飘了起来，气流甚至将御剑路过的修士差点儿掀翻，引起背后一片骂声。

"大晚上，飙什么剑？！赶去投胎啊？！"

五个人紧赶慢赶，最后也只看到破元门那些人转身而去的背影。

"道友，等等！"叶素下意识地对那些人喊道。

全嘉英回头看去，便看到两道剑光从天上落下，其中一把剑先稳稳当当地停在破元门前，上面站着两个人。

后面的剑上的人直接越过前面的剑，撞在高高的台阶上，剑上滚下三个人。

叶素头一回御剑这么快，刹车不太熟练。她从台阶上爬起来，随手扒拉被吹乱的头发，客气地对上面的人拱手道："诸位道友，请问入选名单出了吗？"

"晚了！"房修看到他们就不高兴，"就算你们入选了，如今香燃尽，你们也别想进我们破元门。"

叶素眉尾一挑，这意思是他们已经入选了？

"为何许久未来？"容初秋重新走了出来，"破元门比试向来讲究规矩，香尽时间到，你们便算放弃。"

叶素自然不可能说他们忘了，她的视线落在台阶上炉鼎内的那炷香上，快步跨上台阶，俯身吹去香上的积灰，露出一点儿红光，指着它道："应该还有点儿。"

房修忍不住低声骂了一句："谁买的香？！"品质这么好！

"容长老。"全嘉英在旁边喊了一声。

都等这么久了，也不差这一会儿。

"罢了。"容初秋点头，"上来吧。"

入选的千名炼器师要进破元门，等待初试，易玄没有投选法器，不能进去。

叶素回头朝易玄走去："小师弟……"

"我要走了。"易玄打断她的话，转身便要御剑离开，被叶素一把拉住。

"等等。"叶素从乾坤袋中掏出一沓符，"疾速符，这张是金刚符，还有迷睡符、咯咯符也拿去吧。"

她快速说了一遍各种符的用处，便全部塞给了易玄。

易玄冷冷地说道："我没有灵石买。"

叶素啧了一声道："你没脱离宗门前，就是我的小师弟，出门在外太危险，符能用就用。不说了，我们还要去破元门蹭点儿灵气修炼。"

"小师弟，好好照顾自己。"西玉回头朝他挥手。

"大师姐的符很好用的，小师弟你用了就知道。"夏耳言之凿凿。

"小师弟，早日成为厉害的剑修，以后就没人敢欺负我们千机门了。"明流沙拍了拍他的肩膀，慢吞吞地说完才转身往前走。

易玄望着那四个人离开的背影良久，又低头看着手上的一沓符，头一回心中竟没有烦躁的感觉。

之前小师妹要离开前，想他一起走，他也不知道自己为什么不走，反而待在这儿，每天和明流沙几个人像傻子一样，日日来回在那个秘境出现过的山附近守着，明明他对宁浅瑶说的是要去单独历练。

易玄想起秘境中那些将自己压着打的剑修，随随便便一个剑修都比他厉害，心中各种情绪顿时消散。

他垂眸良久，终于将符收了起来，御剑消失在破元门前。

终有一日，他会变强。

破元门规格不小，外围有极大的试炼场，远眺是一处高耸入云的山峰，再近处一排排高屋殿宇林立，光看建筑外形，便气派非常。

全嘉英余光落在叶素身上，对方正在低声和旁边的人说着些什么，便是她炼制出了雾杀花？她和他想象中不太一样。

"大师姐，破元门灵气好多！"夏耳压低声音激动地说道，"都快赶上之前那个小秘境了。"

"趁这段时间好好修炼。"叶素点头道，"宗门内没有危险，可以安心吸收灵气。"

她感觉自己境界松动得厉害，大概是在秘境内晕过去后没有控制的原因。

"幸好及时赶到了。"西玉想起这几个月还心有余悸，不由得问道，"大师姐，你怎么会留在了秘境里？我们全被踢出来了，他们说是定境之宝被拿走了，所以秘境毁了。"

"不清楚。"叶素想起那个身影，自醒来后便没有见过任何活物，她甚至认为是自己产生了幻觉，"我可能被困在了境中境，时间的流速不太对，一出来已经三个月了。"

"没受伤就行。"明流沙一字一顿地说道。

叶素笑了声："那秘境里没什么宝贝。"

修真世界向来风险与机遇并存，越是有天材地宝，越危险，反之亦然。

他们从进秘境后，唯一大的收获便是蹭了不少灵气，三个人筑基成功了，另外杀了几头妖兽，之后即便是碰上了境中境，也没有什么大妖兽。

"估计是被什么人抢先了一步。"西玉嘀咕，"定境之宝都没了，也不知道是什么东西。"

夏耳还想说什么，走在前面的人忽然全部停了下来。

最前面的容初秋转身指着在试炼场等候已久的十位外门弟子道："待会儿便由他们领着诸位住下休息。"

"谢长老。"

"多谢容长老。"

入选散修纷纷拱手道。

容初秋继续道："初试将在十天后在此进行，至于比试内容，可以先提示大家，和材料相关。"

说完这些，她便带着众位执事和内门弟子往山峰走去。

离开前，全嘉英下意识地朝人群中看去。

大概是他的视线太过明显，叶素抬眼看到前面那名年轻俊秀的弟子望着自己，便微微扬眉，对方反而主动移开了目光。

"请诸位道友跟着我们来。"每个外门弟子领着百名散修去住处。

等到了住的地方，散修才发现是大通铺，十个人一间房。

"各位的名字贴在哪间房门口，便是住在哪里。"领着叶素他们进来的外门弟子道，

"投选的法器便放在各自的床铺上，你们可以收回去了，若是还有什么问题，可以找我。"

叶素和师弟师妹走了一圈，终于在最后一间房门口找到了自己的名字。

"你们都认识？"一个四十来岁的男散修走过来，看到叶素他们，艳羡道，"你们的法器做得真不错。"

"你是？"叶素问道，她不记得自己认识这个人。

"我叫刘民。"对方自我介绍，"第一千位，我看到你们的溯洄影像，尤其是那个雾杀花真厉害，可以上百青榜了吧？"

旁边进来几个人，看了他们几眼，并没有打招呼，自顾自地进入房间。

"百青榜？"叶素听着觉得耳熟。

"要钱的那个。"明流沙在旁边补充。

这么一说，叶素想起来了，师父曾经提过一嘴百青榜，不过那个榜评选法器，不光要送法器过去，还要交一笔评选费，足足五百中品灵石。

"那个榜……也就那样。"叶素摇头，还要交钱才评选的榜，她觉得不行。

刘民：百青榜也就那样？！

几个人走进房间，果然看到床铺上放着各自投选的法器，还用盒子装着。

叶素打开盒子，把里面的雾杀花拿出来，看了两眼便收进乾坤袋中。

乾坤袋中的符大部分给了易玄，叶素刚将雾杀花放进去，便看到里面多出来了一枚珠子。

这是什么东西？

叶素抬头扫过周围的人，没有将那颗珠子拿出来，低头盯着看了一会儿，若无其事地收回手，心中却在回忆自己乾坤袋中什么时候多了一颗珠子。

这颗珠子晶莹剔透，内里隐隐有雾气飘动，一看便知并非凡物。

她不可能有这种东西。

叶素坐在自己的铺位上，垂眼回忆秘境中发生的一切，没有人碰过她的乾坤袋，只可能是她失去意识的那段时间，所以……看到那个玄色的身影不是她的错觉？

易玄和明流沙他们一起被踢了出来，那个人便不是小师弟，对方往自己的乾坤袋中扔珠子干什么？

她想不通。

周围还有外人，叶素不便将珠子拿出来，只好当作自己没有发现。

破元门一角，如今十分热闹。

入选的千名炼器师每日一大早便开始不停背着材料的属性、功效，有些想法多的炼器师还要背着其他人，偷偷回忆自己知道的材料。

受他们的影响，明流沙、西玉和夏耳三个人也有些恐慌，生怕自己一个赶不上，到时候初试就被淘汰了，所以上午背背叶素写的玉简，下午和晚上打坐修炼，吸收灵气。

至于叶素，她全天都在房间内吸收灵气修炼。

这里是破元门的外围，灵气不少，但对她而言，只算勉勉强强，灵府太大就是麻烦。

"大师姐。"夏耳从外面回来，"我打听了一圈，他们都说初试应该会考校材料配比。"

"配比……应该不难。"叶素起身道，"基本功到位，差不多能进。"

这点她不担心，千机门虽然没灵脉、没材料，但书籍够多，弟子的基础扎实。

夏耳忽然想起一件事："对了，二师兄之前把秘境中得来的月草和分得的妖兽卖了，足足一千六百多中品灵石。"

叶素看着夏耳，等着他后面的话。

夏耳眼神飘了一会儿，才靠近大师姐小声道："那天我们赶过来的时候，二师兄偷偷塞了五百中品灵石到小师弟的乾坤袋里。"

乾坤袋也是有品阶的，千机门的弟子用的自然是最低阶那种，上面的禁制对稍微懂点儿的炼器师而言，都能轻轻松松破解。

明流沙趁着易玄一心御剑赶路，抱着他的腰，偷偷将灵石塞了进去。

"做得不错。"叶素当时倒想给灵石，不过易玄太傲气，就歇了心思，既然现在已经偷偷塞进去了，他总不能扔掉。

提起塞东西这件事，叶素又想起自己的乾坤袋中被放进来的珠子，她只用手碰了碰，都能感受到那珠子的特殊，但她可没有什么师兄。

等蹭完灵气回千机门，她得找掌门或者于守门问问，这总不能是乾坤袋自己生出来的东西。

灵云缭绕数座山峰，无数山门耸立，鹤飞兽走，似一处仙境。

流水拱桥之上站了两个人，一男一女，十七八岁模样，皆着明黄色的道袍。

"听说破元门又在举行比试。"少女双手搭在拱桥扶手上，颇为无趣道，"他们真以为可以吸纳什么厉害的人？"

年轻男子垂首望着拱桥之下的流水，似乎没有在听她说话。

"不过，全嘉英已经是筑基后期境界。"少女仰头抬手，挡住闪耀的金光，轻笑了一声，"居然赶上我们了。"

年轻男子淡淡道："百青榜的中下游而已。"

"也是。"少女放下手，"我们的排名该前进了。"

十天，一眨眼便过去了。

初试那天，外门弟子来请入选的散修前往试炼场，到达时，最上方坐着几位长老，旁边站着不少内门弟子。

入选的炼器师按位置坐下，第一排是投选的前十名。

容初秋主持，她轻轻抬手，千份卷轴便飞落在参加初试的炼器师的桌前："百种材料，诸位需要在十二个时辰内写出配比炼制的方法，越多越好。届时配比炼制的方法的数量在前一百位的炼器师可通过初试，与破元门的内门弟子共同比试。"

已经有人急匆匆地打开卷轴，卷轴之上便出现百种材料的影像，轴面是空白，他们手边有笔墨，显然是要将材料的配比炼制方法的结果写在卷轴上。

叶素抬手轻轻滑过，快速浏览完百种材料的影像，破元门出题刁钻，这些材料中至少有五十种属于偏门材料。

她转头往后看了一圈，果不其然，不少炼器师额头上生汗，神情紧张，不停翻着材料影像，试图找出自己熟悉的材料。

明流沙、西玉和夏耳他们恶补过不熟悉的材料，这对他们而言不算困难，再者至少还有四十来种属于常规材料。

"师弟，这不就是我们年前大考的题目？"房修伸头看了半天，回神问全嘉英。

"是。"全嘉英的目光落在下方坐在左边第一位的叶素身上，她似乎一点儿也不紧张。

房修下意识地摸了一把汗，年前那次考完，几乎所有内门弟子都被执事拎着骂了一顿，后来长老还出来训了一遍，说他们不思进取，成天浑浑噩噩，藏书阁里那么多手札、书籍也不会去看。

"师弟，你那次配了多少种出来？"房修问道。那次只有全师弟没有挨骂，其他人百种材料压根就认不全，更别提配比炼制的方法了。

"三千九百二十一种。"全嘉英想起那次大考，并不算满意，他有七种材料不认识，完全没用上。

房修才配了八百多种，还没人家的零头多。

下方试炼场上的炼器师已经开始提笔写字，叶素自然也开始写配比炼制的方法。

山甲鳞、乌寒牙加上玄铁，可炼制三尖锥……

叶素写得很快，几乎不用思考，脑中便能不断跳出各种材料的配比炼制的方法。她旁边的明流沙三个人也比较顺利。

不过才过去三个时辰，叶素便忽然停了笔，朝四周扫了一圈，又看了眼台上的日晷，显然没有心思继续写下去。

"她干什么？"张长老一早来就在注意那个炼制雾杀花的炼器师，见她东张西望，忍不住道，"这是写不出来了？"

原本初试根本不用这么多长老来，他们实在好奇那几个炼器师，所以今日才一起过来看看。

张长老性子急，见叶素迟迟不动笔，出声问："那个炼器师，你怎么回事？"

"张长老。"容初秋不赞同地提醒，"他们还在比试。"

台下的叶素还在走神，压根没听见。

"炼制雾杀花的那个，干吗停笔了？"张长老不管，下面那么多炼器师已经写不出来了，他问几句怎么了？于是他再次提高声音问道，"你写不出来了？"

明流沙都听见了，朝叶素咳了几声，对着台上努嘴。

叶素微微抬头，这才发现上面的人都在看着自己。她推开桌子，手放在膝盖上，就地打坐："抱歉，我先突破一下。"她压不住了。

一干长老：什么玩意儿？！

这种事情怎么能用如此轻描淡写的语气说出来？她一定是装的吧！

台上破元门的长老和内门弟子都不可思议地盯着叶素，结果她居然真的当众闭上了眼睛！

嚣张，实在太嚣张了！

然而没人规定初试期间不允许进行突破境界，一众长老只能捏着鼻子同意，目光时不时落在正在打坐的叶素身上，尤其张长老，眼珠子都快瞪出来了。

明流沙几个人停笔扭头朝大师姐那边看了一眼，又继续写自己的，反正大师姐做什么她自己心里有数。

入选的散修住的地方有聚灵阵，但灵气只能说一般，毕竟不是破元门的核心地带，但试炼场不同，范围太广，底下的聚灵阵够大。

叶素从坐下来开始，灵府便不由自主地吸收灵气转化。

她的境界早已经松动，经过这段时间更是不稳，刚才一直忽略灵府的异样，继续写答案，但实在维持不住，只能先停笔，就地突破境界。

试炼场下的聚灵阵中的灵气不断朝着叶素的这个方向汇集，被她吸收，灵府仿佛无际的大海，滔天灵气瞬间涌入，也没有觉得不适。

"如此动静……"容初秋满脸复杂神色，这不是一个普通的炼器师能弄出来的阵仗，心中叹了口气，手一翻，一道磅礴的灵力便覆住叶素，让场下其他人与她隔绝开来。

其他入选的炼器师感受不到波动，自然能继续专注地答题。

筑基是修士建立灵府的阶段，在此期间，每突破一个境界，便能扩大一次灵府，到筑基巅峰是最后一次扩大的机会,之后再进阶的便是灵府现金丹。

叶素对此并不陌生,引气入体,炼化灵府,她做得水到渠成。

只是这一突破,从朝阳升起到夕阳落下,她也未睁开眼,等到试炼场起灯、熄灯,场中几乎所有人已经停了笔。

实际上自第六个时辰后,场中大部分炼器师便无法继续写下去了,他们有不少材料不认识,更不用提知道如何配比炼制,剩下的时间便是胡编乱造。

夏耳来回翻了翻材料影像,想不起这几个材料叫什么,看着眼熟,盯了半晌也没想起来,只能放弃,卷轴上已经写了一大片,通过初试应该没问题。

他放下笔,扭头朝最边上的叶素看去,大师姐还没有突破完成,但只剩下不到一个时辰了,他不免有些着急。

不只是夏耳,明流沙和西玉也相继放下笔,扭头朝叶素那边看去。

他们又不能扰乱她突破境界,只能坐在旁边干等,眼看着时间一点儿一点儿流逝。

最后剩下半个时辰,叶素终于成功突破,到了筑基中期。她一睁开眼睛,旁边的三个人顿时松了一口气。

"大师姐,赶紧写,只剩下半个时辰了!"西玉压低声音喊道。

容初秋收回灵力:"勿交头接耳。"

场中再次陷入安静中。

叶素来不及感受自己突破后的灵府,抬眼看了看时辰,便低头奋笔疾书。

这百种材料对叶素而言都不陌生,不过她赶时间,所以但凡名字长的不写,配比炼制的方法烦琐的不写,哪些字少写哪些,写到后面,她的字都飘了起来。

"时辰到。"容初秋说完,所有考生的卷轴便一齐飞起,被她收了起来。

至此试炼场上的炼器师纷纷松了口气,开始和周围人讨论。

"题太难了,一大半材料都没见过。"

"我也没有。"

"唉,看来这次只能回家了。"

明流沙挪到叶素的旁边,问:"大师姐,你什么境界了?"

"筑基中期。"叶素终于得空,探了探灵府道。

她见西玉和夏耳也都过来了,便问:"有多少种材料不认识?"

西玉低头小声道:"最后几种材料都不认识。"

"我也是后面几种材料。"夏耳跟着道,"记不起来了。"

叶素想了想问:"从金阳骨开始还是焚蚕石?"

"金阳骨。"

"焚蚕石。"

西玉和夏耳齐声道。

叶素从金阳骨开始说了一遍，又道："我看中间几种材料有迷惑性，彩蛹和幻蛹你们确定分清楚了？"

西玉和夏耳面面相觑。

叶素摇头，看向明流沙："你呢？"

明流沙哦了一声："分不清，没写。"

不写就不会错，夏耳忍不住朝二师兄竖起大拇指。

"大师姐，那个是彩蛹还是幻蛹？"西玉追问。

"幻蛹。"叶素随手从乾坤袋中摸出一张符纸，拿笔在上面画了两种蛹的区别，"彩蛹腹部没有气门，下次注意了。"

初试结束，他们便可以回去休息，三天后出来进入下一轮的修士的名单。

"容长老，我想看看她的卷轴。"全嘉英进来，对容初秋道。

"谁？"容初秋正在批改卷轴，闻言抬头对上全嘉英的目光，瞬间明白过来，"叶素的卷轴被张长老拿走了。"

今天一准备改卷轴，张长老便说自己要改那个炼制雾杀花的人的卷轴，看看她到底有多厉害，容初秋便将叶素的卷轴挑了出来给他。

这个殿中摆了七八张桌子，每张桌子前都坐着一位长老，正在批改卷轴，他们的速度很快，基本上一眼便能看出来对错。

有的炼器师连材料的名字都能写错，更不用提后续的配比炼制的方法。

全嘉英绕过几位长老，终于走到了张长老的旁边。

和周围没多久便改完一张卷轴的长老不同，张长老手握着一张卷轴，眉头紧锁，死死地盯着上面，仿佛碰到了什么难题。

"张长老。"全嘉英的视线落在卷轴上，卷轴上半部分的字遒劲流畅，然而后半部分的字快飘出卷面了，"这是叶素的卷轴？"

"嘉英？"张长老回神，指着卷轴上的一行字，"你来得正好，看看这个配比炼制的方法对不对？"

"一块焚蚕石、两根豚蛇骨、三两幻蛹……"全嘉英皱眉，他没有见过这样的配比炼制的方法，实际上他甚至从未听过豚蛇骨能和幻蛹混在一起，"有这种配比炼制的方法？"

"我曾经见过这个。"张长老的手指不停点在卷轴上，"厉害的炼器师能炼制出不错的法器。"

全嘉英内心复杂，他不知道这种配比炼制的方法，对方却知道。

"有几种炼制方法，我还不确定对错，不过……"张长老叹了一声，抬头看着本宗门最有天赋的弟子，"嘉英，她对材料很熟悉，你不清楚的那几种，这个人都知道。"

这卷轴上写出来的答案不过一千两百多种，从数量上而言，确实比不上全嘉英，但仔细看，会发现她用的全是少见的材料，配比炼制的方法也不是常用的手段。

如果当时她没有临时突破境界，那么长的时间必然能赢过全嘉英的年考成绩。

全嘉英沉默地望着那张卷轴，良久后道："张长老，我知道了。"

从殿中走出去，全嘉英竟然没有想象中的挫败感，他低头自嘲地笑了声，或许是因为这种无力感很早便刻在心中。

作为破元门备受瞩目的天才，每次对上斩金宗的那两个人，从来只有输，如今再输给其他人，似乎也没有什么特别的。

大概他就是不行吧。

"大师姐，你一年突破两个境界，恐怕是天才！"夏耳又开始了吹捧，"明年金丹，后年元婴，大后年……"

叶素打断他的话："照你这么算，不出十年，你师姐我可以直接飞升了。"

"我觉得可以。"夏耳吹牛不打草稿。

明流沙在旁边道："差不多得了。"

"大师姐，我们什么时候回去？"西玉照着镜子问，"我们出来好久了。"

"比完下一场，拿到材料，我们就回去。"叶素道，"等回去，辛鑫也该实现他的承诺了。"

几个人正在说话，外面突然传来敲门声。

房间内只有四个人，其他人要进来也不会敲门。

叶素转头看了一眼外面道："进来。"

外面的人推门而入，逆着光，看不清脸。

叶素眯着眼睛看了半天，等对方走进来后，才觉得他有点儿眼熟。来人是个内门弟子，穿了一身石青色的道袍，胸口绣有"火中手"的纹样。

四个人站了起来，叶素先开口："这位道友……"

"我叫全嘉英，是破元门的内门弟子。"全嘉英不知不觉便走到了这里。

明流沙靠近叶素，提示道："最厉害那个。"

"此次比试，不出意外，你应该能进入破元门，成为内门弟子。"全嘉英顿了顿，认真道，"我不怕你比我强。"

叶素和师弟师妹对视片刻，瞬间察觉不妙，他们可是有门有派的！

"全道友，多有误会。"叶素上前两步，搬过来一张椅子让全嘉英坐下，自己坐在对面真诚友善地说道，"我们来破元门，纯粹是为了蹭……诚挚交流。"

"对，我们不是来加入你们的。"西玉站在后面补充。

全嘉英愣了愣，视线在几个人身上来回转了一圈，终于后知后觉道："你们不想加入破元门？"

可以说几乎所有参加比试的炼器师最终的目的都是加入破元门，他们却说是来交流的。

夏耳自豪地挺胸道："我们是有门派的人。"

全嘉英看着他们都穿着一样的玄色长袍，终于想起来这几个人当初在大街上曾说过自己是小门小派。

叶素咳了一声道："全道友，当初你们那个告示有说不让其他门派的弟子参加？"她还想薅点儿奖品回去。

全嘉英道："没有。"

大概是受了点儿冲击，全嘉英来时那些乱七八糟的想法全部没了，如今只想知道一件事。

"所以你们是哪个门派？"全嘉英在想哪个小门小派不光教画符，还教炼器。

叶素理了理衣服，正色道："千机门。"

房间内一片寂静，全嘉英却觉得耳边还在回荡那三个字。

千机门？那个靠着打秋风闻名整个修真界的门派？

全嘉英忍不住问道："你们来打秋风？"

"全兄，看来你对我们有些许误解。"叶素特地换了一个称呼，拉近双方之间的距离，真诚地说道，"我们只是来互相交流学习的，早听说全兄……"

"是百青榜精英。"在大师姐卡壳的关键时刻，明流沙慢吞吞地补充。

叶素在背后朝二师弟竖起大拇指，继续道："所以想着来破元门切磋，正好有这么一个机会。"

"光明正大地蹭灵气？"全嘉英替他们说出了心里话。

这招不好使，叶素干脆破罐子破摔，往椅背一靠，道："对。"

她这么直接，全嘉英反而不说话了。

这几个人不是散修，而是正统门派出身，似乎让他稍微得了点安慰，但与此同时又生起一股莫名的情绪——千机门衰败堕落百年，如今竟还有出色的弟子。

全嘉英抬头看向对面的叶素，这人穿着一身玄色的粗料袍子，一双眼睛带笑，细究下全是浑然不在意的漠然。

过了片刻，他开口问道："千机门的弟子还会画符？"

"讨生活。"叶素说着，摸出几张符，见缝插针地兜售道，"全兄，要吗？不贵。"

全嘉英作为破元门的天才亲传弟子，长老喜欢，同门尊重，从未有过今日的复杂情绪，但自幼的教养让他冷静下来拒绝道："我不需要。"

叶素见对面那位眼中露出茫然，只好收起符，主动好心地问道："全兄来我们这儿有事？"

原先全嘉英走到门口便想好了，对方日后加入破元门，便是自己的同门，越优秀越好，他不该嫉妒，反而要主动向对方学习，结果进来之后，得知这几个人有门有派，所有准备好的话便全用不上了。

"雾杀花至少可入百青榜前两百位。"全嘉英沉默半晌，蹦出了这么一句话。

实际上不只是雾杀花，后面站着的那三个人炼制的法器，差不多都能入选，只是没有雾杀花那么出色而已。

百青榜是大多数炼器师心中的圣榜，全嘉英甚至可以将上面三百位修士的名字全部背下来，若他没有记错，千机门在上面只有一个修士的名字，叫杨谈，排在第九十九位。

这个位置，在没上榜的人看来是厉害角色，但在上榜的人看来就是水平最差的那一档。

"是吗？"叶素对要钱的榜没什么好印象，"雾杀花确实做得不错。"

提起这个，她还挺满意的，至少形状有三分像那条小蛇，以前在山下帮铁匠、木工做事的功夫没白费。

全嘉英盯着叶素的脸，发现她居然没有任何波澜，不只她，后面那三个人听着百青榜也无动于衷，忍不住重复一遍："你们可以上百青榜。"

"一个榜而已。"西玉在后面嘀咕，"上了能发钱？"

全嘉英："百青榜足以代表炼器师的水平，上了之后会有人找你们炼器。"

"听起来划算。"叶素倒是未想过这一层，主要是除了无音宗，还从来没有人找千机门炼过器。

"大师姐，如果评选，四个人需要两千中品灵石。"夏耳掰着手指算道，"我们现在拿不出来。"

"那先算了。"叶素也不急。

她看着全嘉英道："全兄，多谢提点。"

全嘉英从来未想到过居然会有人拿不出投选费，心中情绪复杂，最后匆匆留下一句"比试不会留手"，便起身离开。

"莫名其妙。"明流沙望着他走远的背影，慢吞吞道。

三天后，初试通过的名单出来了，叶素他们自然也在其中，照样名列前茅，而且断层了。

除去他们四个人，百名通过初试的炼器师，多的不过写出了六百种，少的一百种。

明流沙写的答案最多，三千七百六十三种，西玉和夏耳也上了三千种，只不过有几种材料没分清楚，浪费了时间，辛辛苦苦写出来的全是错误答案。

至于叶素，排第四，写出了一千多种配比炼制的方法，但谁都知道，她中途还花了大半时间去升了个境界。

千名入选的炼器师当天便离开了九百位，大通铺也改成了单人间。

这时候叶素才有机会拿出珠子来看，她拨弄了几次，始终想不明白这东西怎么到了自己的乾坤袋中。

她实在想不通，只能先求助，看看这珠子是什么东西。

叶素打开传讯玉碟，在上面放了一颗中品灵石，足够支撑它运转，等了一会儿对面才亮起来，出现师父的身影。

"师父，我有事要问您。"这种通讯耗灵石，所以叶素一上来便开门见山道。

掌门脸上闪过一丝心虚之色："什么事？"

叶素眯了眯眼，举起珠子："师父认不认识这东西？"

掌门仔细打量她手中的珠子，越看越震惊："这是无极丹。"

"无极丹？"丹药？难怪她没见过，不过这名字有点儿耳熟。

片刻，叶素想了起来，原著中男主角重伤时，女主角曾懵懵懂懂地拿出一枚丹药给他疗伤，那是个好东西，连昆仑的人都吃了一惊，从此对宁浅瑶刮目相看。

奇怪，这总不能是宁浅瑶塞给她的。

"师父，这东西卖了，千机门应该能过上一段好日子。"叶素低头看着手中的珠子，或者说丹药。

"净胡说。"掌门生气地说道，"你自己留着。"

叶素随口道："我留着无用。"能让昆仑都惊讶的丹药，必然不是凡品。

掌门拒绝道："你不是又突破了？根据千机门的定律，天才都没好下场，损人损己，你先自己留着，以防有用。"

叶素："……"

"先不说了，我还有事忙。"掌门急匆匆就想关了传讯玉碟。

叶素盯着师父逃避的眼神，突然道："张峰峰，你有事瞒我。"

掌门一噎，佯怒道："孽徒！居然直呼师父名讳！"

"千机门出事了？"叶素蹙眉，大有他一承认便赶回去的架势。

"没有……"张峰峰吞吞吐吐地回道，"大徒弟，师父有件事一直没告诉你。"

"什么事？"见师父忸怩作态，叶素心落下了一半，应该不是什么大事。

"你多了一个小师弟。"掌门闭眼快速说了出来。

叶素一愣，最先闪过的想法是易玄离宗了，随后才反应过来："你又捡徒弟了？"

掌门摇头道："没有，他自己找上门来的，拿着千机门的牌子呢。"

这倒是原著中没有提过的剧情。

叶素未多想："等回去，我们送小师弟见面礼。"

显然，掌门并不是扭捏这个，瞅着大徒弟的脸色："他住在你的房间里。"

千机门鼎盛时期，九玄峰便是主峰，峰上除了掌门的住处，还剩五个房间，只有实力强的亲传弟子才能住。

"知道了。"叶素并不在意，五间房，估计只有她和易玄的房间最空，小孩喜欢最外面那间房也正常，"师父，先不说了，过段时间我们就能回去。"

张峰峰看着大徒弟的身影消失，才把那句"小师弟和你们年纪相仿"的话咽下去。

他抬头看向窗外，便看到院外树下几缕光线洒在新收的小徒弟的面容上，衬得他如神祇般高贵。

不说别的，他张峰峰收的亲传弟子，那是个顶个的相貌好。

千机门的掌门此刻摸着下巴，心想将来万一真活不下去了，弟子们去合欢宗指不定可以闯出一番天地。

百名炼器师入选，接下来便是和破元门的内门弟子比试，这才是真正的重头戏。

不过，前十名的热门人选都各有心思。

叶素几个人忙着蹭聚灵阵的灵气，全嘉英和其他几位亲传弟子则站在殿内，正上方坐着破元门的掌门全深。

"前日，百青榜发生变动，两名筑基后期的炼器师分别升至第一百四十九位和第一百五十位。"全深看向下方的全嘉英沉沉地说道。

不用明说，一定是斩金宗的那两个人。

第一百五十位是百青榜分水岭，以筑基期修为越过这道分水岭，这两个人已经是修真界中名副其实的天才炼器师。

假以时日，他们的境界提升，定能吸引无数修士捧着材料、灵石蜂拥而至，斩金宗将再一次扩张。

原本全嘉英该紧张，但此刻他却走神在想其他事情：千机门那几个人什么时候能凑齐灵石，不知道雾杀花可以排多少位？

"嘉英，这次比试炼制的法器送去评选，你的排名也该上升了。"全深皱眉长叹一声道，"破元门年轻一代里只有你能和那两个人抗衡，万不可松懈。"

站在旁边的容初秋欲言又止，终于站出来道："掌门，比试炼制法器的时间只有七天，太短了，而且材料……不一定能炼制出好的法器。"

一场不算太重要的比试，破元门不可能准备多好的材料。

全深扫了一眼下面低着头的儿子："本次比试的材料我来出，时间改为十五天。"

比试改动的消息一传到他们这些入选的炼器师的耳中，顿时引起一片哗然，由破元门的掌门出材料，也是好坏参半。

好的是他们能够见识到好材料，坏的是有些境界稍低的炼器师甚至无法炼制那些材料。

无论如何，这一天还是到来了，正式比试时，破元门的掌门全深亲自过来了。

偌大的试炼场泾渭分明，左边是穿着颜色不一的衣袍的百名外来炼器师，右边则是统一穿着石青色道袍的破元门的内门弟子。

私下都在传，这次比试的内门弟子中有掌门的独子，因此才临时换了材料。

不过这些和叶素没有太大的关系，反正都是免费练手的材料，她不挑。

虽然破元门的掌门坐在最中间，但这场炼制法器的比试，依旧由容初秋负责主持。

"本次比试为期十五天，材料统一，一旦出门便视为弃权。"容初秋简单说完规则后，便领着这些人去往炼器室。

参赛的人各有一间单独的炼器室，如此可以防止窥探、参考其他人的炼制手法，且这些炼器室都是最好的一批，位于峰体下方，灵脉之上。

灵气充足，炼器师中途便不会有灵力断空的风险，炼制法器的失败率也会降低许多。

这次破元门确实下了血本。

"大师姐，我们十五天都得炼器吗？"夏耳悄声问着旁边的叶素，"会不会太久了。"

往常他们炼制法器，最多也就是两天。

叶素转头解释道："越好的材料，炼化需要的时间越长。"

说话间，他们已经到了。

"容长老。"进去之前，叶素举手问道，"里面的材料没有用完的会如何处理？炼制好的法器是还给破元门还是自己留下？"

往届材料品质一般，破元门对那些炼制完的法器也看不上，自然材料和法器都不要，但这次不太一样。

"炼制的法器可自留，未用过的材料不可带走。"容初秋想了想道。

"如果把所有材料都炼成法器呢？"西玉又举手问道。

容初秋沉默片刻后道："若有这个本事在比试期间将材料全部炼制完，自然归你们。"

全嘉英下意识地朝叶素那边看去，不知为何，他觉得这几个千机门的人会想办法多炼制出法器。

或许是千机门"名声在外"的缘故。

他暗暗摇头，父亲拿出来的材料光是炼化便需要时间，想要炼制两种法器，不太可能。

"好了。"容初秋又答了其他散修的问题，便开始给每个人分发一瓶辟谷丹，里面有三颗，供他们这十五天用，随后才点香计时。

叶素推门进去，便看到炼器室中间有一处长方形升降台，应当是供给灵气的位置，靠墙的架子上摆了十种材料，全是筑基期能用的好材料，有两种她在材料行都没有见到过。

她径直走过去，从左到右，自上而下，拿起材料一个一个观察。

实际上几乎所有参加比试的炼器师的第一步都是查看架子上的材料，他们需要辨别所有的材料，从中选出自己能用的，再进行炼化，最后制成想要的法器。

破元门的掌门、长老以及弟子还留在试炼场上，等所有人按照次序进入炼器室后，试炼场上瞬间竖起两百块光影，上面正是各个炼器室里的画面。

"她便是炼制雾杀花的人？"全深忽然指着试炼场的一角问道。

容初秋这时已经回来了，闻言点了点头道："是她，顺便还在我们宗门内突破了境界。"

全深不由得皱眉："如今有些散修倒是将千机门那套学得淋漓尽致……罢了，继续看吧。"

各个炼器室内，快的人已经拿起材料准备炼化了，叶素还在津津有味地摸着那些材料，头一回见这么好的东西，得多看两眼。

不只她，明流沙他们也蹲在架子面前，对着材料摸来摸去，尤其夏耳，口水都快流出来了。

全嘉英手中虽拿着一种材料，但他的心思不在上面，沉默地站在架子前，不断在思考该炼制什么法器。

刀和剑太中规中矩，难出新意，而暗器变化多样，常有不同形态，最考验炼器师的技巧。

只是……全嘉英忽然想起来西玉投选的那把刀上的风纹。

他想再试一次。

另一间炼器室内，叶素拿出一块焚蚕石，这东西少见，里面杂质也多，但提炼之后好用，可以对法器进行塑形。

她扫了一眼架子上的材料，破元门的长老说过，只要能全部炼成法器就能带走，这个便宜不占白不占。

她干脆将所有材料拿了下来，坐在炼器室的中间，把材料摆了一圈围住自己，开始逐一炼化。

看见她这种行为的张长老冷哼一声："贪多嚼不烂！"

炼化是一件极其耗费炼器师灵火的事情，每一种材料都有杂质，要炼制不同的法器，同样的材料炼化程度也不一样。

叶素掌心生起灵火，另一只手不断操控材料转动，开始炼化。

炼器师感知材料也是一种天赋，对千机门的四个人而言，并不缺这种天赋，叶素不断用灵火煅烧着焚蚕石，另一只手释放出灵力感知着这块焚蚕石内部的纯度，一直到它符合自己想要的标准才停下来。

一种材料接着一种，叶素头三天全部用来炼化材料。

这段时间内有练气期的人弃权了，他们根本没办法炼化出自己想要的材料，第一步便失败，更不用谈后面锻造。

"三天炼化这么多，她的那些材料能用吗？"破元门未参加比赛的弟子看着试炼场上的影像，忍不住议论纷纷。

"我看八成是瞎练。"

"但是她投选的法器确实很厉害，也算有点儿本事。"

"快看全师兄！刀已经成型了！"

"不愧是上了百青榜的全师兄！"

场上这些弟子十分激动，注意力皆落在全嘉英的身上。

台上坐着的长老却面色各异，容初秋蹙眉，没想到嘉英会再次炼制刀。

斩金宗那两个人这次炼制的法器，和之前评选入百青榜的法器截然不同，充分显示出他们各方面皆擅长。

"若是又能靠着一把刀升位也不错。"张长老则是赞赏道，他自己本身走的便是一条道，只炼制刀类法器。

中间的全深视线反而落在另外一个人的身上："那边头上戴粉色小刀的炼器师叫什么？"

张长老伸长脖子看了眼："西玉吧，我记得她炼制的刀也不错。"

全深颔首，没有再说话，眸色却愈发深沉。他许久未走动，如今外面的散修个个都这么有本事了？

第三章 · 小师弟

第八天。

又有二十多位炼器师弃权离开，基本上都是锻造材料出现差错，再重来一遍时间不够，只能放弃。

这期间，全嘉英用灵火将刀锻造成型，再进一步操控灵力雕刻完善刀的细节。

银灰色刀柄雕刻出繁复凸起的线条，如同扭动的枯枝条朝光亮的刀身蔓延，只差纹路还未刻画上去。

一把刀上的肌理纹路决定着将来修士用刀时发挥的极限，而稀有纹路复杂多变，因此全嘉英提前用颜青料笔小心翼翼地在刀身上慢慢描摹下要刻的纹路。

三个月前，受那两个被修复好的风纹的影响，全嘉英又重新捡起关于残缺纹路的书籍看了一遍，较之当年，他的水平进步不止一点儿，更能看懂纹路的结构，因此决定选择继续用自己修复好的纹路。

破冰纹、旋风纹分别画在刀身的两面，两个皆为残缺纹路，是全嘉英花了一段时间才修补好的。画完后，颜青料瞬间便干了，随后他指尖生出一股细细的灵力，顺着痕迹慢慢刻出纹路。

做这一步时，饶是全嘉英，额上也冒出了细汗。他在紧张：最关键的一步，稍有不慎，整把刀便全毁了。

毕竟炼器师到最后一步失败，又从头来过的事情太常见了。

与此同时，另外一个炼器室也备受瞩目。

"疯了吧，颜青料笔都不用？"

"我看肯定要失败。"

"浪费材料！"

破元门围观的弟子议论纷纷，原来西玉也开始给刀定型，却根本不用颜青料笔。

颜青料画在法器上，既不会影响材料属性，又容易去除，是炼器师必备的东西。

而炼器室内，西玉正在聚精会神给刀身刻纹路，压根不知道用颜青料这种东西，抠惯了的人，根本不想多花一块下品灵石。

大师姐把那本关于残缺稀有纹路的书的内容刻在玉简上，让他们自己推导，西玉每推出一个纹路，就天天在地上、树上、手上画，早已经熟练至极，压根用不着提前拿颜青料笔描摹。

她一边控制灵力在刀身上刻纹路，一边心想筑基期果然不同，灵火也浓厚了不少，可以炼制好一点儿的材料。

因为少了一个步骤，西玉比全嘉英先完成，等她停手的那瞬间，外面所有观看的人都知道她成功了。

"居然没失败。"

"没想到还有点儿本事。"

"还不知道那法器拿出来什么水平呢。"

站在周围的破元门弟子小声嘀咕。

"她是筑基前期的炼器师，比不上嘉英。"破元门的掌门旁边的一位长老道，"材料都未能完全炼化。"

全深将手搭在膝盖上，片刻后，缓缓道："只看冷静胆大，她确实比筑基前期的嘉英要强。"

此时，已经是第十一天了。

夏耳和明流沙也快炼制完自己的法器，至于叶素，要落后于这几个人的进度。

因为她一直在思索如何将所有材料运用在一种法器上，最后选定做月牙铲，前端为弯月形的铲，后端则是斧状铲柄，且左右挂有两个圆环。

月牙铲不难炼制，关键在于后端斧状铲上挂的两个掌心大小的圆环。

一般而言，这两个东西可要可不要，只是为了造型和声音好听而已，但叶素改了，她挂上去的那两个圆环可以拆卸下来，当成另外一种法器。

后面四天的时间，叶素全花在了炼制圆环上。

张长老的视线落在被叶素立在一旁的月牙铲半成品上，眉心直跳。无论炼制什么法器，炼器师都有自己的喜好、风格，他以为能炼制出雾杀花这种缥缈又带着漫天杀意的法器的人，应该会炼制灵动而有杀伤力的法器，绝不是这种大开大合，还带着一股粗糙味道的……月牙铲。

太丑！太钝了！

雾杀花和它相比，根本是天壤之别。

张长老伸出一只手捂住眼睛，感觉自己被伤害了。

叶素自然不会知道外面人的想法，即便知道也不会在意，她全部心神皆在两枚圆环上。

这两个圆环甚至能戴在手上当暗器，她还在里面加了音石，和月牙铲相互撞击时，发出的声音会令对手感到不适。

十五天一到，所有人从炼器室内出来，只有完成炼制法器的人才算通过比试，随后要将他们锻造炼制好的法器上交，供长老在试炼场上当众测试，分出前十名。

全嘉英走出炼器室，他耗费太多心神，以至于对法器炼制成功的结果并未有太大波动。

反观西玉、明流沙和夏耳，他们虽掩盖不住疲惫之色，但眉眼间都是兴奋之意。

"大师姐，我们出来这一趟值了！"夏耳从人群中挤到叶素的身边，"那么多好材料，我居然能炼制，还不要钱！"

"大师姐，你炼了什么法器？"西玉在最后面的炼器室，过来时，叶素早上交了自己炼制的法器。

"月牙铲。"叶素赶在最后一刻才把圆环装上去。

为了在规定时间内将所有材料堆上去，叶素炼制的这把月牙铲十分粗糙，柱体原本需要刻纹路，她没刻。不过法器大体已经成型，可以使用，到时候能将炼制好的法器带走，她再继续刻也一样。

"我用了六种材料。"西玉显然对自己这次炼制的法器十分满意，"剩下四种材料摸了一遍，炼化不了就算了。"

"三师姐，你才摸了一遍？我每种材料至少摸了两遍。"夏耳想起那些没炼化的材料，口水都快流下来了。

明流沙伸出手指："五遍。"

他们三个人刚刚筑基，灵火不稳，加上有时间限制，根本没办法将所有材料炼化，只能选需要的几种材料炼制合适的法器。

说话间，前面的人群开始移动，往破元门的试炼场走去。

这些人在炼器室内待了整整十五天，几乎没有怎么合眼，身心俱疲，本该去休息。不过此刻所有人都亢奋地等着结果，也不差这一会儿，所以到了试炼场，长老直接下来开始检验炼制好的法器。

这一个步骤至关重要，有些看起来炼制得不错的法器，一拿上台，被长老灌入灵力，还未使用便当场裂开。

"怎么会？我明明炼制好的！"

"不可能！"

望着台上碎裂的法器，有的炼器师难以置信，承受力差些的人，直接晕倒了。

容初秋站在试炼场中间维持秩序，抬手往下一压，所有破元门的弟子立刻噤声，受他们影响，其他散修也纷纷安静下来。

"炼器是一件复杂的事情。"容初秋扫过台下所有人，肃声道，"形只是炼器的第一步，真正的法器需要承受修士磅礴的灵力才能将威力发挥到极致。"

原本在十五天炼制完一把法器的人便不多，再排除那些无法承受灵力而碎裂的法器，真正能用的法器竟然只剩下不到五十件，其中破元门的弟子炼制的又占大头。

"大师姐，我们能拿到奖励吗？"夏耳探着头眼巴巴地往上看。

"能进前十。"叶素笃定道，破元门的弟子水平似乎一般，通过的那些法器，只有一把刀还不错。

若是破元门的长老知道的叶素想法，恐怕当场怒发冲冠，除了比不过斩金宗，他们破元门的弟子炼制的法器，拿出去卖，哪家法器行不抢着要？

容初秋的手一扫，四十八件可用的法器便飞了起来，悬空在试炼场上："若有外来炼器师进入前十，可得到材料奖励，同时能加入破元门成为内门弟子。"

此话一出，底下一阵骚动。

至于千机门的几个人，耳中只听得见"材料奖励"四个字，来一趟破元门，不光能蹭灵气，还能带走炼制好的法器和一份材料奖励。

叶素心想：以后怎么也得让师弟师妹来蹭一蹭这种好事。

台上的长老开始用四十八件法器依次斩向试炼石，观察法器的威力，记录下来，再商议排名。

"接下来是房修炼制的梅剑。"台上的张长老照例喊了一声，挥剑砍向试炼石，才一剑便使试炼石上面产生了深痕。

这试炼石和最初投选时的试炼石有所不同，更加坚硬，专供筑基期的炼器师测试法器。

破元门的弟子不由得欢呼一声，喊着房师兄。

房修颇为得意，他虽比不上师弟，但在破元门的一干弟子中也算得上佼佼者了。

然而他的得意并没有维持多久，明流沙的乌鞭、夏耳的月枪以及西玉的不平刀，个个产生的痕迹比他的法器造成的还要深。

其中又以不平刀造成的痕迹最深，几乎要将试炼石砍断。

这次大概是材料偏向的原因，明流沙和夏耳皆选择炼制自己不算擅长的法器，威力确实稍弱一点儿。

很快便轮到全嘉英的法器，几位长老对视一眼，最后还是由张长老来测试。

刀一挥，便带着寒意，这不算完，等挥刀过去时，刀尖的灵力如同旋风疾速转动，才触及试炼石，一整块试炼石便直接裂开，最后缓缓滑落在地。

一片安静后，所有破元门的弟子都开始欢呼。

这时，全深忽然出声道："换一块试炼石。"

试炼场周围顿时安静下来，因为这次搬来的是供金丹境界炼器师用的试炼石，平时只有破元门的执事炼制的法器才能在上面留下痕迹。

张长老再一次握紧刀把，挥刀而去。

"师弟，厉害！"房修猛然转头，用力拍着全嘉英的肩膀。

此时，台上那块新搬来的试炼石被深深打出了一道痕迹，普通金丹中期的炼器师炼制的法器都不一定能留下这么深的痕迹。

全嘉英心中松了一口气，面上却不显："后面还有几件法器。"

"后面那几件一看就不行。"房修兴高采烈道，"师弟，这次百青榜的排名一定能升上去，指不定比斩金宗的那两个人还强。"

全嘉英摇头，他和斩金宗的弟子交过几次手，那两个人的水平极强。

此刻周围破元门的弟子还沉浸在全嘉英的那把刀带来的威力中，压根没心思看后面的那几件法器，反正肯定比不上全师兄炼制的。

"最后一把法器，叶素的月牙铲。"台上长老喊道。

闻言，全嘉英的视线落在月牙铲上，神色怪异，这把法器炼制未免太过潦草，以至于他很难相信它和雾杀花出自同一人之手。

他转头遥遥看向人群中的叶素，她的锻造水平似乎降得太快了些。

法器千变万化，流派繁多，大宗门内炼制什么法器的都有，月牙铲并不算出格。

它通体呈土黄色，除柱身有灵火烧制出来的波浪花纹外，没有任何其他纹路。简而言之，这是一把粗制法器。

有些炼器师没办法在规定时间内将法器完善，顾不上外表也正常。

全嘉英压在心上的那块大石头似乎轻了一些，那个千机门的叶素大概只是灵光乍现，才炼制出雾杀花这种法器。

"大师姐，你这法器太糙了。"西玉觉得自己炼制的刀已经不够精致，没想到这次大师姐的更逊色。

"上面那两个圆环也是法器？"明流沙一眼看出来不同，斧头状那端挂着的圆环比普通月牙铲的要大。

不愧是二师弟，对小法器最敏感。

叶素笑了声道："可以拆下来。"

这时候，张长老已经挥起弯如月牙的那端戳向试炼石，毫不费力地便将那块将近一丈高的试炼石戳出一个深坑。

台下的人听见圆环撞击的声音，不由得龇牙，这声音太刺耳了。

张长老没有停下，手一转，用另一端劈向试炼石，这块石头顿时从中间裂开。

"还行。"叶素仰头看着自己炼制的法器，点评道。

破元门的弟子渐渐安静下来，目前为止，只有全嘉英和叶素炼制的法器能完全破开试炼石。

这么粗糙的法器不可能比得过全师兄炼制的法器吧？

一时间，所有人的心都提了起来。

为了分出两个人法器的优劣，张长老走到刚才搬来的另一块试炼石面前，再次劈戳。

良久。

房修捂着胸口重重松了一口气："还以为多厉害，结果就是一道浅痕，挠痒痒都比这法器厉害。"

周围破元门的弟子彻底沸腾起来，毋庸置疑，这次第一是全嘉英！

"大师姐，那个圆环不用拆下来试？"西玉问道。

"用不着。"叶素摇头，"威力比不上月牙铲。"

台上容初秋和全深对视一眼，站了出来，放出一张卷轴，上面依次出现十个名字："本次比试结束。明日前十名有材料奖励，同时非破元门弟子，可选择进入本宗门，成为内门弟子。"

"大师姐，我们是……"夏耳仰头看着卷轴，激动道，"第二、第三、第四和第五！"

"那就有四件不要钱的材料和法器。"西玉光是想想便十分高兴。

第二天。

前十名的炼器师被带着进入破元门的主事殿内。

"大师姐，想要哪些材料？"明流沙一进来，便盯着殿中央那些材料，慢吞吞地问道。

"都是好材料，选贵的。"叶素忽然想起一件事，"之前忘了说，我们多了个小师弟。"

三个人顿时愣住，西玉压低声音问道："小师弟？"

"师父新收了个徒弟。"叶素道，"说是拿着牌子找上门的，应该有旧故。"

在修真界这种事情并不少见，门派内的人有时承了普通人的情，便会送块牌子，到时候人家拿着牌子上门，便可要求宗门回报。

"那得给新小师弟准备见面礼。"夏耳道。

明流沙改口极快："要不要告诉五师弟？"

"易玄？"叶素想了想对二师弟道，"你来说。"

如果她去说，以小师弟的性格，恐怕要多想，认为自己迫不及待地让他离开。

此时全嘉英是第一，已经去挑选材料了，他对这些材料兴趣不大，随手挑了一种，转身看向下面，见到叶素还和她的师弟师妹说话，不由得皱了皱眉：叶素太平静了，第二对她意味着什么？

"叶素，可以上来了。"容初秋站在中间道。

西玉连忙喊她："大师姐，轮到你了。"

叶素这才走过去，剩下九种材料摆放在台上，她扫了一眼，比炼制的那些材料品质还要好一些，选了种最值钱的材料，转身和全嘉英站成了一排。

"你的雾杀花很好。"全嘉英的视线落在殿内光洁的地面上，对叶素道。

叶素随意点头道："我知道。"

全嘉英闻言，扭头看向她，将后半句未尽之言说了出来："相比之下，这次的月牙铲很差。"

"也不至于。"叶素扬眉，"能拿到第二，还是个合格的法器。"

全嘉英移开视线，心中失望，本以为对方至少是个有气性的炼器师，这种人居然也能炼制出雾杀花？

等到后面几位也依次挑选完材料，容初秋又道："前五名可以自行选择在场长老为师父，后五名则由长老挑选。"

前十名中有五个人是破元门的弟子，自然所有人都将注意力放在了另外五个人身上，又有四个人在前五名之内，一时间长老正襟危坐，等着被选择。

尤其张长老虎视眈眈地盯着叶素，特地往前坐了坐，让自己更显眼。

而这时，掌门全深忽然站起身，走到叶素的对面道："此次，我也会收弟子。"

全嘉英骤然抬头看向全深，父亲他想收叶素为徒？

正翘首以盼的张长老：这分明是明目张胆的抢弟子，偏偏抢人的还是掌门，说不得！

被盯着的叶素忽然转头看向容初秋："容长老，是不是也可以选择不加入？"

在场所有人：？？？

容初秋被问愣了："不加入……什么？"

叶素道："我有师父。"

上面的张长老彻底坐不住了，大步走下来，问："什么叫有师父？你们是哪个小门派的？如今有机会加入破元门，不要犹豫，直接把师父换了！"

以前也不是没有小门派的弟子为了加入破元门来比试。

叶素拒绝了："我们门派也挺好的。"

破元门的掌门全深面无表情地问："你为了什么来破元门比试？"

"久闻破元门大名，过来交流切磋。"叶素真诚地说道。

全深紧紧盯着叶素，身上磅礴强大的气息对她产生铺天盖地的压制。

叶素微低头，面不改色。

良久，全深才收敛气息，挥袍转身走了回去。

"你要不要当我的弟子？"第一个就出现了意外，容初秋干脆借着最近的位置，率先下手，对明流沙道，"我对小法器有些研究。"

明流沙蹦字："我也是来交流的。"

没等她说话，西玉和夏耳异口同声道："我们也是来交流的。"

在场的人愣住了，现在是什么情况？接连四个人都不想加入破元门。

"我不是来交流的！"第九名的散修连忙举手撇清，"长老选我！"

此时此刻长老压根没心思管第九名，只想劝说叶素这几个人当他们的弟子，张长老正准备嘴巴说秃噜皮也要把他们留下。

全嘉英闭了闭眼，又睁开，道："长老，他们是千机门的弟子。"

这四个人穿了同样的玄色道袍，但料子太普通，还没有任何标志，整个破元门竟然无一人发现他们是千机门的弟子。

刚坐下的掌门全深和长老："……"

张长老的脸色几经变换，露出恍然大悟、果然如此等等情绪，最后留下一句："不愧是你们。"

容初秋也一脸复杂之色，望着四个人道："千机门居然还没有废宗？"

叶素谦虚道："还能再撑一撑。"

站在中间的房修闻言，嘴巴抽了抽：很得意吗？

不知为何，原本不甘心，还想要游说他们的长老，在听见叶素几个人是千机门的弟子后，纷纷闭了嘴。

"你，"张长老指着剩下的最后一位散修，"叫什么？当我弟子。"

"师父，我叫刘民！"第九的那位散修十分上道。

张长老瞪了一眼叶素几个人，从乾坤袋中掏出一根金阳骨给刘民："师父的见面礼。"

"谢谢师父！"

人散了，全嘉英还站在殿内，垂眼若有所思。

掌门从来不会轻易收徒，因为雾杀花，所以想要收叶素为弟子？

全嘉英潜意识认为不可能，一定有其他原因。

"嘉英？"容初秋处理完所有事，路过看到全嘉英还站在这儿，问道，"还不走？"

"容长老。"全嘉英抬头，"师父今日为何要收弟子？"

"这件事啊……"容初秋叹了口气，翻出溯洄玉盘，"这是叶素炼制月牙铲的过程，你拿回去看看。"

全嘉英带着溯洄玉盘回到自己的府邸，看了许久，才堪堪明白过来，震惊过后，居然直接气笑了：她不愧出身于传说中的千机门。

炼制好的法器一般不会再改动，因为大部分材料一旦混合在一起后，会失去原本的属性。

所以在炼制月牙铲时，叶素换了一种思路。她无法将所有材料复原，但可以为以后加入其他材料留下余地，即将来给月牙铲提升境界。

溯洄影像中，叶素花了几天思考如何配比，保持材料与材料之间的平衡，才开始动手炼制月牙铲。

她纯粹是为了白蹭破元门的材料，却误打误撞和现今高阶炼器大师一个思路：炼制可进阶的法器。

浮世大陆灵气早没有万年前充足，能直接炼制出器灵的人已经少之又少，因此可进阶的法器是炼器师如今唯一的希望。

筑基境界的炼器师还没有机会接触到这种层面，他们的水平太低了，能炼制出来可用的法器便已经算了不起。

叶素竟然提前想到这一步，不怪父亲那天想要收她为徒。

即便是自己也无法在短时间内精准找到所有材料之间的平衡，这次比试，自己能拿到第一，只是因为排名仅按照破坏力为准，若是百青榜那种多方考量评选……叶素才会是那个第一名。

全嘉英抬手拂去溯洄影像，坐在桌前怔怔片刻后，起身朝叶素居住的地方大步走去。

不过，等他到了门口，却只见到洒扫的弟子，里面早已空无一人。

"全师兄。"洒扫弟子惊讶地看着全嘉英，眼中带着掩盖不住的崇拜之意。

"住在这里的人呢？"全嘉英抱着一丝说不清的希望问道。

洒扫弟子顺着他的目光看向大开的房门，疑惑地问道："师兄说的是千机门的那几个人？他们昨天一大早就走了。"

他们又不留下来当破元门的弟子，当然要和其他人一起离开。

全嘉英这才回神，他看溯洄影像太久了。

"师兄，找他们有事？"洒扫弟子好奇地问。

"无事。"全嘉英摇头说完，便转身离开。

此时，叶素四个人正在回千机门的路上。

依旧是御剑，不过这次没有了玄铁链子，改成了一个大箩筐，将明流沙三个人装在一起。

"等回去后，我也要学习御剑。"夏耳信誓旦旦道。

明流沙被挤得有点儿难受："加我一个。"

西玉将手伸进乾坤袋，摸了摸自己炼制的不平刀，"御剑"只是一个说法，刀同样也能用。

"御剑不难。"叶素站在剑身上，将他们的话听得一清二楚，操控着剑道，"撞个几天就能学会。"

"大师姐，你不觉得你的见面礼寒酸了点儿？"明流沙幽幽地说道。

三个人屁股底下的大箩筐正是叶素即将送给新小师弟的见面礼，他们挤在里面，不过是为了试试这玩意儿的平稳性。

"九玄峰太高，新小师弟上下不方便。"叶素自信地说道，"十次御剑搭乘的机会，他一定会很高兴。"

大概因为他们被收进千机门时都是小孩，叶素下意识地以为新小师弟也是个小孩。

居然连大箩筐的拥有权都没有，只是十次使用权，西玉摸了摸发髻上的用边角料炼成的粉色小刀，心想大师姐果然越来越抠了。

"你有没有和易玄说新小师弟的事？"叶素问明流沙。

"传讯了。"明流沙扒拉着大箩筐，稳住自己的身体，"他不理我。"

易玄从小就那副不理人的样子，几个人也习惯了。

千机门今天十分热闹，弟子全部跑了出来，探头探脑等着什么人，连掌门和另外一峰上的长老都不讲课了，心思飘得老远。

叶素他们要回来了。

只有一个人游离在状态外。

"伏时？"张峰峰正要下九玄峰等几位徒弟回来，在院门口碰见新收的小徒弟，便道，"一起去见见你师兄师姐？他们这次还给你带了见面礼。"

游伏时没有穿千机门统一的玄色道袍，那料子太粗糙，他不喜欢。他穿了一件月影白外袍，随着走动，面料隐隐流动着银光。

明眼人一看便知道这外袍不简单，但张峰峰压根没在意。

凡世富人手段多，有几件珍稀衣物，不足为奇，否则哪来那么多修士会欠凡人的恩情。

"你师兄师姐对千机门最熟悉，等他们回来，你跟着一起到处走走。"张峰峰想帮新弟子尽快融入千机门，别一直只在九玄峰顶晃荡。

对千机门最熟悉？

他忘记自己的东西放在哪儿，这些天在峰顶始终未找到，或许是当年被扔在了其他地方。

游伏时跟着张峰峰一起下山，慢慢走在后面，这任掌门境界差得实在有些可怜。

千机门大阵入口。

叶素直接俯冲下来，大阵察觉千机门的弟子的气息，并未发动攻击，一行人成功进入千机门。

"是大师姐他们！"

"大师姐回来啦——"

一时间整个山门都沸腾起来，人群朝着这个方向聚集。

夏耳从大箩筐中跳出来，直接掏出灵石分给周围的师弟师妹。

"四师兄，你们寄回来的灵石我们还没用完呢。"有人想拒绝。

"拿着吧。"叶素收了剑，还给夏耳，问周围的师弟师妹，"最近有没有去无音宗？"

"最近一个月去了两次，无音宗那些弟子竟然没有使绊子。"有活泼一些的师弟道。

叶素了然，应该是辛鑫和无音宗那些弟子打过招呼了。

"师父……"西玉远远见到师父走过来，才喊完，见到他身后走出来的人，不由得倒抽一口气，连连后退，用手拍了拍叶素："大师姐，快看！"

叶素先是转头诧异地看了一眼旁边的西玉，之后才顺着她的视线看去，这时候张峰峰也已经走近了。

"师父。"叶素喊了一声，还未察觉异样，只见到一片月影白，微微转头朝师父的身后看去。

那人也没有躲的意思，脚步一转，便从张峰峰的身后走了出来。

叶素清晰察觉周围有瞬间安静下来，夏耳手中捏着的一块灵石掉落，骨碌碌地滚向她的脚下。

修真界少有丑人，千机门更是有易玄，别的不说，小师弟长得极好，一颗眉心红痣使得他隐隐艳丽如妖，硬生生拔高了众弟子的审美。

而对面的人则代表了另外一种极致，他乌发黑瞳，眉目似冰雪淬过，着一身月影白袍，竟带着淡淡仙意，圣洁不可攀。

在众人还沉浸其美貌中时，叶素忽然弯腰将脚下的那块灵石捡了起来，莫名想起一句话。

人间无此殊丽，非妖即狐。

叶素轻轻笑了声，分明易玄更适合这句话，这位……鸾姿凤态，清冷如雪，像仙人才对。

也不知道自己心中刚刚为何无端冒出那么一句话。

游伏时一眼便认出叶素，那个满袋子垃圾的修士，还是千机门的弟子？

眼神不好也能炼制法器？难怪千机门衰败到如此地步。

"这是新来的小师弟游伏时。"张峰峰介绍了一句，对叶素道，"你们回来有时间了可以带着他到处逛逛。"

"小师弟，这是大师姐送你的见面礼。"明流沙特意抱起大箩筐放在新师弟面前道，如此"精心准备"的礼物，怎么也不能让大师姐的心意白费。

"这个，做什么？"游伏时伸出一根手指戳了戳大箩筐问。

他声音清越，又隐隐带着一种说不清楚的韵律感，像是上好的玉石碰撞，让叶素下意识地多看了他一眼。

"大师姐说，可以拿这个找她，带你御剑十次。"夏耳积极解释。

游伏时长睫微抬，微微转头看着那个凡人："你御剑带我？"

叶素不承认，上前几步，把大箩筐收了："二师兄听错了，这是送给你的见面礼。"

她在乾坤袋中翻了翻，除了符、灵石，只剩下两把法器和奖励的材料。

月牙铲不适合新师弟，雾杀花她不想给。

最后叶素将材料拿了出来，递给新师弟："以后炼器用得上。"

游伏时的视线落在凡人手上的那块材料上，太差的东西不想收，况且他不炼器，若不是为了找到……

偏偏周围人都在看着他们，等着自己收下见面礼。

游伏时勉强自己收下那块材料，心中却想着下次要将垃圾全部扔进这个凡人的乾坤袋中。

"其他人都散了。"掌门发话，又对明流沙几个人道，"你们刚刚回来，都去休息。"

"小师弟，那是大师姐的房间。"西玉看着一同上来的新师弟走进大师姐的房间，不由得提醒。

游伏时头也不回，压根不理会，径直关上了门。

"长得好，脾气差。"根据两任小师弟的行为，明流沙总结。

夏耳立刻反驳："大师姐脾气不差。"

"待会儿大师姐睡哪儿？"西玉想了想，"我得去收拾收拾，等大师姐来我的房间。"

大师姐去和师父汇报一路发生的事情，不知道回来见到自己的房间被占是什么感受。

九玄峰顶，院内。

"新师弟还未正式修道。"掌门背着手，仰头看向院中高大的树，颇为深沉地说道，"你多指导指导，让他学会引气入体。"

叶素无情戳穿他："师父只是又想偷懒而已。"

张峰峰恼羞成怒："就你话多！伏时交给你带，拒绝无用。"

叶素倒是无所谓："他什么来历？看着不像普通人。"

"还能什么来历。"张峰峰道，"世家公子之类的。"不然哪儿那么多看起来就很值钱的东西。

"知道了，改天我教教他。"叶素也不过随口一问。

她只是想起原著，又在脑中快速过了一遍情节。在男二号易玄脱宗后，一直到千机门覆灭，根本没有新弟子加入。游伏时像是莫名出现的人物，原著中甚至未曾提及。

叶素刚走进院子，西玉便从屋内出来。

"大师姐，晚上你住我这儿。"西玉指了指叶素的房间，压低声音，"新师弟在里面。"

叶素早听师父说过这件事，转头看着紧闭的房门："待会儿我要去后山修炼，晚上不一定回来。"

西玉扶了扶发鬓，嘟囔："知道了。"

后山清净，大师姐常常去那边，所以千机门大部分弟子没事不会过去，算是除了叶素外，其他人自己私下心照不宣的规矩。

"以后呢？"明流沙推开窗户探头出来问道。

"以后的事再说。"叶素心想，左右过不了多久，易玄就要脱宗加入吾剑派，到时最里面那间房间便空了出来，她再住进去。

刚才叶素被师父喊过去，除了说新师弟的事，还问易玄去哪儿了，怎么没有一起回来。

好在易玄对炼器不擅长，又想当剑修，她说他单独出去历练，没有和他们一起回来，师父只皱了皱眉，到底没有再问。

"明日一早我回来。"叶素道，"带师弟师妹去无音宗。"

几个人又说了几句，便各自回房，叶素站在院内，转身走到自己的房前，抬手敲了敲门。

她过来一趟，是想把房间内零零碎碎的东西清出来。虽然东西不多，但也是这十年的见证。

没有人开门，正待叶素还想敲门时，里面传来一道清越又隐含慵懒感的声音："进。"

叶素眉尾轻挑，手往下移了移，果然未锁门。

一进去，叶素敏锐察觉出所有东西都被动了一遍。

新师弟已然换了一身黑色薄长亵衣，面料隐隐泛着光，上面似乎绣有金线。他懒懒地侧靠坐在床边，一头乌发散落在身上，发尾蜿蜒凌乱地铺在床上，无端透着旖旎感。

世家弟子？

叶素再一次产生怀疑，他的气质似乎不太像。

然而等她再一眨眼，对上新师弟的脸，心中疑惑便又散了些。

对方面容如画，眉眼似冰雪淬过，长了一副高不可攀又圣洁的相貌，确实有世家子弟的味道。

"小师弟，我过来收拾一下东西。"叶素扭头快速扫视房间，却没见到自己东西的踪影。

东西呢？

她放在桌上的一套茶具，桌脚垫的一本书，还有一套雕刻工具也不见了。

游伏时有些困了，见那个凡人四处张望，便懒懒地伸出一根修长白皙的手指，点了点门背后："那里。"

叶素回头看去，看到门后墙角处放了一个箱子，沉默了。

那居然是用一整块紫梨瘿木做的箱子。

紫梨树本就稀有昂贵，其木质增生形成瘿瘤，更是千年难遇，基本上有价无市。

按理说千机门这种快要废宗的门派弟子压根没机会见识紫梨瘿木，但叶素见过一次。

五年前，宁浅瑶曾跟着杨长老出去一次，回来时脖子上便戴着小拇指盖大的紫梨瘿木刻的珠子。

当时连师父的眼睛都看直了，反复说着紫梨瘿木可以用在哪些法器内，那颗指甲盖大小的紫梨瘿木有多珍贵。

为此叶素还专门翻过书籍手札，查过紫梨瘿木，其木多节，斑斓奇纹。

她对此印象深刻，所以一眼便看出来墙角那箱子的材质。

叶素平复心情，走到门后墙角处，伸手摸了摸箱子，触感细腻润凉，并不像表面看起来那么粗糙，确实是紫梨瘿木。

她有些小心翼翼地打开箱子，便见到自己那几样加起来不值一个中品灵石的东西堆在里面。

叶素手抖了一下，脑中各种想法纷乱而过，最后只剩下一个词：暴殄天物！她这些东西哪里配得上紫梨瘿木箱子？

叶素把自己的东西全部塞进乾坤袋，抱起箱子，走到游伏时的面前道："小师弟，箱子收好。"

游伏时微微仰头，觉得这个凡人真的烦，不仅塞给他一个烂东西，还要让自己把箱子收回去，他好不容易能把这个丑箱子扔出来。

"不要。"游伏时拒绝，并且干脆地躺在床上，背对着她，"装了你的东西，就是你的。"他要把丑箱子塞给这个凡人。

叶素：？？？

如今凡间的世家弟子都这么"壕"了？

"小师弟，这是紫梨瘿木，价值连城。"叶素以为他不知道箱子的珍贵，便解释了一遍。

结果游伏时抬手捂住了自己耳朵，就是不听，他的衣袖滑落至手肘处，小臂修长白皙，泛着如薄胎瓷般的光泽。

叶素有点儿不自在地移开目光，将箱子放在桌上，留下一句："明日一早，我带你去修炼。"

等人离开，游伏时起身看到丑箱子还在，对那个凡人越发不满：她的乾坤袋那么多破东西，为什么不能多装一个？

叶素从房间内出来，慢慢往后山走去，路上低头看了看自己的手，她刚刚摸了那么大一块紫梨瘿木，现在心情久久无法平复。

新来的小师弟未免太"壕"了，紫梨瘿木做的箱子居然随随便便扔在墙角，还装着她的一堆破铜烂铁。

这样的人实在不像凡间的世家子弟，即便是修真界也没有哪家能奢侈到将紫梨瘿木做成箱子。

叶素几个跃步，进入山洞，眉心微蹙：这位小师弟有些古怪。

然而千机门向来不过问弟子的来历，连师父也只是猜对方是个凡间有钱有势的世家子弟。

叶素将自己的茶具拿出来，放在旁边平坦的岩石上，或许是刚从紫梨瘿木箱中拿出来的缘故，她总觉得今日这杯子都隐隐散发着光芒，而这道光芒叫有钱。

第二天一早，叶素便从后山回来，路过新来的小师弟的房门，不由得脚步一滞，想起昨天的箱子。

"大师姐，我们准备走了吗？"夏耳半个身子从窗户里探出来，"等我一会儿。"

"不急。"叶素走上台阶，敲门，"小师弟，今日去无音宗修炼。"

屋内，游伏时半趴在床上，浓密纤长的眼睫缓缓抬起，整个人还带着几分懒意，他才从几百年的沉睡中醒来不久，因此时常会陷入困顿中。

听着外面那个凡人的声音，游伏时才慢慢起身，换了件星紫色长袍，从房间内走出来。

刚到院子内的明流沙几个人齐齐抽了声气，无他，小师弟的衣服看着太贵了。

自从昨天见到紫梨瘿木，叶素居然一时接受良好。

"小师弟，今天我们去无音宗，那里有灵气。"夏耳对游伏时道，"让大师姐教你引气入体。"

在他们看来，游伏时半点儿修为都没有。

游伏时慢慢走到那个凡人面前，视线落在她腰间的乾坤袋上，他的手指微动，本能地想要将丑箱子扔进去。

"你们自己御剑下去，我先走一步。"叶素忽然拿出一把剑，对西玉、夏耳三个人道。

昨天晚上清点乾坤袋内的东西时，叶素发现之前在定海城材料行买的材料还有些剩余，刚好可以用来炼把普通的剑，她想着能当个驾驶工具，便花了一晚上将剑炼了出来。

叶素祭出剑，正要一个人飞下山，突然想起还有一个人，转头对上新来的小师弟的眼睛道："要不要搭一趟？"

不用走路，也不用自己使用法力，游伏时觉得这个凡人的提议不错，便矜持地点了点头以示同意。

叶素其实想把人装进大箩筐，再把大箩筐挂在剑身上带走，这样方便你我他。不过新师弟长得太好，和大箩筐怎么也不搭，她只能麻烦一点儿，一把抓住游伏时，跳上了剑身，瞬间便朝山下俯冲而去。

叶素侧身站在前面，另一只手揪着新来的小师弟的衣领，心中感慨，幸好她的技术多有提升，单手也能御剑，否则今日只能把小师弟装箩筐里了。

她没有察觉身后游伏时的眼瞳渐深，由黑变紫，有瞬间瞳孔竖了起来，不过片刻又恢复了正常。

游伏时低头看着自己衣领上的手，白皙干净，却不算秀气，指节附近有不少细小、毛糙的口子。

"大师姐！"九玄峰下已经有师弟师妹在等着，见到有人影飞下来，定睛一看发现是叶素，立马挥手喊道。

叶素带着小师弟成功落地，刚收起剑，便听见周围一片惊呼。

她仰头一看，便见西玉和明流沙从九玄峰上倒栽葱般摔下来。

叶素御剑而上，一把抓住西玉，剑身往右漂移，伸出另外一只手拎住明流沙，带着两个人飞下去。

哐当——

不平刀直接摔落在地，西玉也不管，起身就去抓明流沙。

"大师姐，他抓我发簪！"西玉告状。

"我只是紧张，不小心抓住了你的头发。"明流沙飞快地说道，"谁让你矮我那么多？"

"明流沙！我好心载你，你恩将仇报！"

"叫二师兄！"

"明流沙！"

西玉和明流沙就此展开几个回合的争斗。

叶素站在中间，被两个人撕扯来撕扯去，生无可恋地喊道："别闹了。"

两个人充耳不闻。

"让开啊——"

叶素察觉头顶有声音，以最快的速度远离，还顺便把旁边的小师弟拉走，一回头看到夏耳摔在西玉和明流沙的身上。

夏耳刚努力起身，迟来的剑啪嗒打在他的头上，三个人再一次趴倒在地。

"多练练，以后就好了。"叶素语气真挚，用一种过来人的口吻道，如果能忽略她眼中的笑意，那就更真诚了。

明流沙三个人："……"

闹过一阵后，叶素带着师弟师妹浩浩荡荡地朝无音宗走去。

无音宗和千机门隔了一个小镇，是名副其实的邻宗，但无音宗的灵脉依旧灵气充足，不像千机门的灵脉早已干涸。

"干什么？"无音宗的看门弟子见到千机门这么多人过来，下意识地阻拦，"宁浅瑶不在无音宗。"

"我们来找杨长老。"夏耳理直气壮地说道，"有几个炼器方面的问题要问。"

"千机门不是有掌门，为何非要找杨长老？"无音宗的弟子虽然收到了辛师兄的告诫，但见到这么多千机门的弟子过来，还是心生阻挠之意。

"杨长老自然有他擅长的方面。"叶素盯着看门弟子，凉凉地回道，"你的法器好像有点儿问题。"

看门的弟子怕了叶素，这个人毅力极强，又是炼器师，以前没少对无音宗的弟子的法器做手脚。

无音宗虽然供弟子挑选乐声法器，但除了内门弟子外，其他人的法器坏了之后并不会送给千机门维修。

等找其他小宗门的炼器师修过后，再拿到手总觉得有些不趁手。

剑是剑修的命，乐声法器也是音修的命，谁都不想自己的法器出问题。

看门弟子转身背对着他们，只当没看到人。

"我看错了。"叶素拍了拍他的肩膀道，随即带着师弟师妹大摇大摆地进去。

无音宗是音修门派，整个宗门无论走到哪儿都能见到可发声的东西，尤以各种材质的铃铛最多。

风一吹，铃铛便会发出各种高高低低不同的声音，据说这里面蕴含杀阵，一旦起阵，将扑杀里面的任何一个人。

叶素还没有蠢到在别人的门派内闹事，进来之后，千机门的弟子安安静静地跟在她的后面。

等走到杨长老的居所后，叶素抬手，示意所有人停下。

"杨长老还没见过你们小师兄，我带他过去打个招呼。"叶素回头对其他人道，"你们在外面等着。"

"好的，大师姐，你快去快回。"夏耳大声道，生怕周围的人没有听见。

他们既然拿杨长老当由头，自然还是要去拜访。

叶素转头对游伏时道："走吧。"

两个人跨步走上高高的台阶，游伏时察觉什么，转头往后看去，便看到千机门的那些人全部就地打坐。

他不太理解这些人在做什么。

叶素走了半天，没有听见身后的脚步声，回头便看到新来的小师弟皱眉站在下方。

不会又来了个易玄吧？

大师姐有点儿伤脑筋，千机门本来就处在废宗的边缘，根本没有任何资源，好面子完全行不通。

"小师弟。"叶素喊了一声，游伏时这才重新往上走。

杨长老住的这个地方光是台阶便有上千级，还设了禁制，普通金丹期的修士来了都得一步一步走上去。

她还记得宁浅瑶曾经说过，杨长老这么做是为了让千机门的弟子能更长时间待在无音宗。

叶素总觉得不是这个原因，杨长老看着他们这些千机门的弟子始终带着高高在上的意味，完全不像掌门和胡长老眼底成天藏着一抹愁意。

　　上千级台阶对她而言不算什么，毕竟九玄峰比这里高多了，他们天天上上下下，压根不带喘气的。

　　不过来找杨长老也是借口，叶素走得很慢，但有一个人比她还慢。

　　走到半道，叶素再一次发现身后没了声音，回头去看，新来的小师弟果然又停了下来。

　　她也停了下来，想着正好消磨一会儿时间。

　　小师弟俊美的脸上没什么表情，忽然冲叶素抬起一只手。

　　就在她还没明白什么意思时，小师弟掀起长睫，朝她淡淡瞥来一眼。

　　那瞬间，叶素福至心灵，试探地伸出手。

　　下一秒，小师弟将手搭了上来，下巴微仰，继续走上台阶，十分满意的样子。

　　这个凡人还算上道，游伏时心想。

　　叶素：居然真的是这个意思。

　　他的手有些凉，皮肤白皙，修长却不突兀，指甲还透着淡淡粉，十足好看，握起来也舒服。

　　叶素微微眯眼，还没见过如此理直气壮的人，竟真的一路这么牵着小师弟慢慢走上了去。

　　"小师弟，九玄峰比这里还高，若不想走路，好好修炼，早日筑基。"叶素松开他的手，好心提醒。

　　"你之前说过要带我御剑。"新来的小师弟显然没有什么上进的念头，直接搪塞她一句。

　　叶素正色道："当时说过只有十次搭乘的机会。"

　　游伏时转头看其他地方，假装没有听见这个凡人说话。

　　"况且，见面礼也换成了材料。"叶素特意站在他的对面，把事情说清楚。

　　游伏时转回头看着叶素："还给你。"

　　他不光拿出了昨天叶素送的材料，还用紫梨瘿木箱装了起来，再扔给叶素，一举两得。

　　叶素没想到他在大庭广众下都能将紫梨瘿木拿出来，不远处门口便站着杨长老的人。

　　她侧身挡住门口那两个人的视线，低声警告："有些东西别在外面拿出来。"

　　游伏时又假装听不见，双手藏在身后。

　　叶素没在他腰间找到乾坤袋，但已经察觉身后的那两个人的视线，只能先暂时将紫梨瘿木收起来。

　　"去见见杨长老。"叶素抬手按了按额头，带着游伏时进去。

　　杨长老正在和无音宗的掌门支姬下棋，在叶素迈上台阶的那刻，便有人通报过了。

　　殿中两个人听见脚步声，谁也没有转头，专心下着棋。

"杨长老，师父近来新收了弟子，我带小师弟来见见您。"叶素主动开口道。

杨谈两指尖夹着一枚白棋，他一派仙风道骨，外貌也打理得当，和无音宗的掌门支姬坐在一起，确实般配。

不像掌门，明明才两百岁，在修真界还年轻得很，胡子却老长，隐有老态。

殿中无人再出声，杨谈迟迟没有落下手中那枚棋子。

"他耳聋了？"游伏时看了眼坐在上面的杨谈，完全不掩盖声音地问叶素。

叶素盯着小师弟的眼睛，一时间分不清他是阴阳怪气还是认真的。

以前的小师弟喜欢自己气自己，现在新来的小师弟看来更喜欢气别人。

显而易见，殿中所有人都听见了游伏时的这句话，杨长老更不例外，连无音宗的掌门支姬都皱着眉看过来。

杨谈重重将指间的白棋按在棋盘上，元婴后期的气息铺天盖地朝两个人压来，他转过头正要说些什么，视线落在游伏时的身上，瞳孔忽然缩了缩——这名新弟子身上的衣服一看便知是件极好的法器。

张峰峰居然能收这样的人为弟子？

能穿上这样的法器的人，势必不会简单，或许背后还有什么势力。

思及此，杨谈收敛气息，仿佛什么也未发生过："你便是掌门新收的弟子？比易玄要好上不少。"

易玄？

游伏时听着耳熟，片刻便想了起来，旁边这个凡人将他错认过。

"易玄是谁？"游伏时也不回杨谈的话，径直转头问叶素。

"以前的小师弟。"叶素解释，"他单独出去历练了。"

杨谈的神色难看，但他很快恢复了平日仙风道骨的模样，甚至带了和蔼的浅笑问道："你叫什么？原先家在何处？"

"游伏时。"他只说了个名字，不回答后一个问题，好像根本没听见。

短短半天，叶素已经明白这位小师弟的行事风格，他永远只听自己想听的，只说自己想说的——莽是真的莽。

"若是没什么事，先退下。"杨谈脸上的笑淡了下来，对叶素冷淡地说道。

叶素拱手弯腰行礼，旁边的游伏时动也不动，等她要走，这才跟着离开。

殿内，杨谈的眼神变得阴鸷："张峰峰倒是又收了个好徒弟。"

支姬用指尖夹起一枚黑棋："我看那叶素的境界又提升了。"

"不过好运突破筑基中期罢了。"杨谈想起自己的弟子，又变得舒心，"浅瑶也到了筑基中期，她乃玄阴之体，前途不可估量。"

"也是。"

叶素从殿中出来，和游伏时一起走下阶梯。

"下次别这么直接。"叶素上下打量完这位小师弟后道，"杨长老见你穿着不菲，以为你有什么背景，才没有出手教训你。"

别的不说，新来的小师弟没有任何修炼的痕迹，连练气期都不是。

要找他的麻烦，太简单了。

游伏时又开始假装听不见，这个凡人事多，眼神还不好。

等他们一上一下，虽过去好几个时辰，但不少师弟师妹还在入定。

"大师姐。"夏耳见叶素下来，便迎了过去。

叶素扫过所有打坐的人，问夏耳："你师兄师姐呢？"

"刚才又有几个无音宗的弟子吹着笛子过去，说是修炼。"夏耳指了指斜侧方的竹林，"二师兄和三师姐说那几个人的法器听起来有问题，过去替他们修了。"

唬人而已，但无音宗的弟子就吃这套，生怕自己的法器真有问题。

叶素皱眉，无音宗的弟子不来干扰他们，在附近修炼，也不算违背契约。

若是千机门有灵脉，便不用这么受制于人了。

可惜修真界能开发的灵脉早已被各宗派划分占有，千机门的灵脉枯竭，只有废宗的结局，不过是时间早晚。

当然，也不是不能靠大量灵石来维持修炼，但千机门没有赚灵石的渠道。

叶素若有所思，千机门似乎从未接到过任何宗门的炼器单子。

没多久，明流沙和西玉从竹林中走出来。

"解决了？"叶素问。

"唬他们几句，就吓住了。"西玉掏出镜子，理了理发鬓，瘪嘴道，"这些人又想我们帮他们修法器，又不想我们在这里蹭灵气。"

"这几天先凑钱，我们上一上百青榜。"叶素对夏耳道。她要看一看，上了百青榜，会不会有人找他们炼器。

三个人向来听叶素的话，都说好。

游伏时在旁边百无聊赖，困意上来想要睡觉，却被叶素按住，要教他引气入体。

"先坐下来。"叶素盘腿坐下，指着自己对面，示意游伏时照着自己做。

游伏时看了眼地面，转到叶素身边，伸出两根手指，捏起她道袍的下摆铺在地上，这才坐下去。

他也不好好打坐，歪着上半身，朝叶素靠过去。

叶素：真是难为他了。

所以新的小师弟，是专门来克她的？

叶素能打包票，这位小师弟纯粹将她看成了能靠的工具人，就像之前扶着他上楼梯的工具人一样。

"坐好。"叶素将人推开，勉强让他坐在自己的下摆上，演示了一遍如何引气入体。

她倒没想着教一遍了事，初学者总是麻烦一点儿。

"这样？"游伏时照样做了一遍，指尖飘出一小撮灵气。

叶素沉默片刻，问他："以前学过？"

"记不清了。"游伏时懒懒地回道，"大概。"

他这么一张脸，做出任何动作，用任何语气，似乎都不违和。

明流沙、西玉和夏耳就在旁边，对他的所有举动连一丝疑惑之意都没有，仿佛新来的小师弟做什么都是对的。

叶素转头盯着新来的小师弟近乎完美的侧脸，心想：他有些奇怪。

上百青榜要先花五百中品灵石评选法器，对有实力上百青榜的炼器师而言，这点儿灵石实在少得可怜。

毕竟评选也需要一定的人力和物力，光是每年的试炼石都耗费惊人。

同时这也是为了防止一部分低境界的炼器师企图靠运气进入百青榜，成天送一些乱七八糟的法器过来。

区区五百中品灵石，对叶素几个人而言，依旧是一笔巨款。况且他们一共四个人，法器都送去评选，需要两千中品灵石。

叶素在定海城赚的灵石不止两千，不过大部分送回了千机门，师父又分给了其他师弟师妹，现在手里头只有一千多灵石，还差点儿。

"大师姐，先把你的法器送过去，我们不急。"夏耳道，"五百中品灵石够了，破元门那个全嘉英也说你能上。"

叶素坐在院子里的石凳上不语。

这时候明流沙从外面走过来，手中还拿着一个乾坤袋，他坐在另一个石凳上，将袋子放在石桌上："师弟师妹给的。"

他这么正常说话，让叶素不由得多看了一眼。

"什么东西？"西玉伸手拿了过去，打开一看，安静了会儿才问，"他们哪来这么多灵石？"

叶素皱眉道："给我。"

她接过来看了一眼，里面果然全是中品灵石，有好几千。

"师父发给师弟师妹，被他们一声不吭地存了起来。"明流沙内心复杂，"原本打算留着给我们突破境界，前天听你说要凑钱上百青榜，就全部拿了出来。"

"送灵石回来是让他们好好修炼的。"叶素按了按额头，将乾坤袋扔给西玉，"把灵石拿走，这段时间盯着他们用完。"

"好。"西玉应下了。

"另外，这次送乌鞭和月枪过去。"叶素抬眼看着明流沙和夏耳道。

"可……"夏耳犹豫着道，"这两件法器都不是我们擅长的。"

叶素起身道："要的就是你们送不擅长的法器过去，乌鞭和月枪在百青榜排名不会太高，但应该能上。"

这两件法器不是明流沙和夏耳的风格，真有问题，也好另做打算。

"知道了。"明流沙又恢复原先慢吞吞的样子。

叶素这才转身去第一间房的门口，伸手敲门道："小师弟，起来修炼。"

他一天到晚睡懒觉。

里面的人既不出来开门，也不说"进来"，又假装听不见。

叶素直接推门而入，果不其然新来的小师弟侧靠在床上，分明醒着，在那儿玩自己的头发。

游伏时听见脚步声，抬头对上凡人的目光，然后闭上自己的眼睛，慢慢滑进薄被中，一副睡着的模样。

叶素合理怀疑师父故意将这个烫手山芋扔给自己。

"我看见了。"

床上的人无动于衷，安安静静地躺着，乌发散乱在被褥上，像是熟睡了。

邪了门了，这种赖皮的人，居然长了一副做什么都是对的相貌。

叶素原本心情便不好，这时候她的脸上反而带上了笑，慢条斯理地坐在桌前，从桌下摸出一面锣和一根槌，开始有节奏地敲起来。

哐锵、哐锵、哐哐锵——

游伏时坐了起来，随手抽了枕头，朝坐在不远处的那个凡人扔过去，一张俊美的脸上只剩下恼怒之色。

叶素伸手捞住枕头，将锣和槌放回桌下，微笑着道："五六年没敲过了，有些生疏。"

在教导师弟师妹这方面，她最拿手了。

因为叶素这招出其不意，游伏时起身都带着不高兴："今天修炼什么？"

他还有东西要找。

　　游伏时想了想，忽然又记不起来自己要找什么了。

　　"你引气入体学得很快。"叶素恢复大师姐认真指导的模样，道，"今天学刻形。"

　　法器形状多样，一个合格的炼器师必须要让法器形正不散，不可妨碍使用者的灵力运转。

　　正常炼器师会在大量炼制法器的实践中学会刻形，不过千机门的弟子没有这个条件，所以他们只能用木头来学刻形，有时候甚至会去山下小镇的铁匠铺里打铁，以寻找手感。

　　总之各种对炼器有用的事情，叶素他们以前没少做。

　　叶素带着新来的小师弟走到一堆木头前坐下来，道："先学着用木头刻形。"

　　"不刻。"游伏时想也不想便拒绝。

　　叶素强硬地将刻刀和一截木头塞进他的手里："跟着学，今天先刻出把刀，会不会画画？"

　　"不会。"游伏时嫌弃地看着手中脏兮兮的木头，这个凡人好烦人。

　　叶素让他握好刻刀，伸手按了按他的手指："试试，若是对炼器实在没有天赋，我再去问问师父，你可以学其他的。"

　　"学什么？"游伏时问她，显然十分不想学炼器。

　　"学剑也可以。"叶素随口道，"以前的小师弟，也就是你五师兄，他不擅长炼器，以后应该是剑修。"

　　九玄峰上，游伏时只有一个人没有见过，他问道："易玄？"

　　"是他。"

　　叶素刚说完，似乎听见旁边传来一声冷笑，但扭头看去，又不见异常。

　　"不当剑修。"游伏时拒绝，"又穷又丑。"

　　叶素："修真界厉害的剑修没有一个穷的。"

　　游伏时不出声，又在装听不见。

　　叶素并没有在这件事上纠缠太久，拿起一把刻刀道："以后灵火就是炼器师的刻刀。"

　　她在木头上轻轻画出一个大致的轮廓，再慢慢削去多余的部分。

　　游伏时对刻木头这种事情没有任何兴趣，却不由自主地被叶素手上的动作吸引。

　　她握住刻刀的手十分灵活，看起来硬邦邦的木头在她的手上仿佛是块豆腐，不出半个时辰，一把粗略的刀形便被刻了出来。

　　游伏时手中的木头和刻刀早被他扔了，坐在旁边专心致志地看着叶素刻形。

　　不过这个凡人突然停了下来，游伏时正要抬头问她为什么不继续刻。

　　"你在看把戏？"叶素凉凉道，"把刻刀和木头捡起来。"

　　和那天引气入体一学就会不同，叶素花了一天时间教游伏时刻形，到最后他只学会了吹手指。

"学不会。"游伏时揉着自己的指尖，随意道，"你会就行。"

叶素皱着眉道："我会关你什么事？"

游伏时转头道："想要什么法器，找你便行，我为什么要学？"这个凡人不就是炼器师？

叶素陡然想起那个被小师弟硬塞过来的紫梨瘿木，沉默了。她差点儿忘记小师弟有多"壕"。这样的人不用费劲修炼，花钱嗑丹药，躺着都能升境界。

"为什么要来千机门？"叶素忽然停下来，盯着游伏时。从他来后，那种奇怪的感觉便没有消失过。

游伏时还在看自己的手指："记不清了，以前答应过要来。"

这话太缥缈，偏偏叶素莫名觉得他说的是真话。

"大师姐。"夏耳从远处跑来，"两件法器已经报名送过去了，下个月十日是百青榜换榜之期，到时候能看到有没有上。"

"我知道了。"叶素回头看了看游伏时，"紫梨瘿木价值连城，随便刮一层下来都能换不少好法器。"

"你碰了就是你的。"游伏时觉得这个凡人又想将那丑箱子还给自己，当即就要离开。

"等等。"叶素一把拉住他，"紫梨瘿木我收下了，以后你想要什么法器，都可以找我炼制。"

游伏时回头看她，丑箱子终于要扔出去了？

"我个人认为自己在炼器方面有点儿天赋，或许以后能成为炼器大能。"叶素直白地说道，"紫梨瘿木可以当你在我身上押的注。"

紫梨瘿木这种天材地宝，叶素不可能不想要，只不过这不是她的东西而已。

刚才游伏时的那句话点醒了她，若能拿一辈子炼器酬劳来换取紫梨瘿木，算起来还是她赚了。

"不行。"游伏时拒绝。

叶素一愣，倒也没太意外："你不愿意便算了。"

游伏时站在一棵树下，半张脸隐在阴影下，他慢慢掀起眼帘，声音慵懒又华丽："我要能随时加注。"

叶素眯眼，心想：这是……还要给自己东西的意思？总觉得哪里不对劲。

"可以。"她答应了。

正所谓富贵险中求，为了紫梨瘿木冒再大的险都值得，修真界多的是想要而没有这种机会的炼器师。

叶素一答应，游伏时便将她那个装"破烂"的乾坤袋视为己有，开始想着要往里面扔什么东西。

"大……大师姐。"夏耳看了看走远的小师弟，又回头结结巴巴地问叶素，"什么紫……紫梨瘿木？"

他一定是听错了。

"你知道的那个紫梨瘿木。"叶素从乾坤袋中拿出那个箱子。

夏耳倒抽一口气，甚至激动地开始打嗝。他不敢相信地问："是不是假的啊？"

叶素递过去道："仔细看看。"

夏耳没敢接，瞪大眼睛看着这个箱子，良久才伸手摸了摸——果然和书中写的特征一模一样。

"怎么做成了箱子？"夏耳咂嘴，心疼道，"里面那些都挖掉了？"

叶素点头道："大概。"

夏耳恋恋不舍地收回手："我居然摸到了真的紫梨瘿木。"

小师妹脖子上的那粒紫梨瘿木，只拿出来让他们看过一眼，谁也没机会碰。

叶素抬眼道："我们把它分了。"

"我……我也有吗？"夏耳蒙了。

"九玄峰的人都有。"叶素低头看着箱子，用手指在中间虚虚画了一道，"剩下的一半到时候放在千机门，凭贡献点来兑。"

荒废五百年的执事堂该重新开放了。

夏耳盯着大师姐手中的紫梨瘿木箱子，喃喃道："我也有一份。"

他说完，居然就这么晕了过去。

这一日，九玄峰注定不平静。

夏耳醒过来时，外面的天已经黑了。他睁开眼睛，半晌才幽幽道："原来是梦。"语气中还带着三分了然和七分自嘲之意。

"什么梦？"叶素站在旁边问。

夏耳仿佛受到惊吓，翻身而起，这时候才发现自己刚才躺在议事殿的地上，而旁边还整整齐齐地躺着二师兄和三师姐，再一转头看见师父坐在议事桌前捂着胸口。

"行了。"叶素踢了踢地上的明流沙和西玉，"起来说事。"

她让明流沙把夏耳背了过来，在议事殿的门口和西玉会合，结果她一把紫梨瘿木拿出来，说有他们的一份儿，他们全激动得倒下了。

浮夸。

见明流沙和西玉没有反应，叶素准备继续踢一脚。

这时候掌门突然大喊一声："叶素！"

"师父？"叶素回头，悄无声息地收了脚，反省自己不应该当着师父的面动手动脚。

"说话就说话。"张峰峰站起身严肃地说道，"动脚也没事，先把它放下来，别摔着了。"

刚从地上起来的西玉和明流沙："……"

叶素顺着师父的目光低头看着手上托着的紫梨瘿木箱，顿时了然了，立刻将其放在议事桌上，道："师父，您先平复一下心情。"

张峰峰怎么可能平复得下来，这可是紫梨瘿木！他敢说连斩金宗都没有这么大一块紫梨瘿木！

"这是一整块紫梨瘿木掏空后做的箱子。"张峰峰小心翼翼地伸手摸了摸，眼睛都舍不得挪开。

"小师弟真是大户人家的。"西玉小声感叹。

比起紫梨瘿木，叶素此刻更想知道另外一件事："师父，你怎么收的小师弟？他拿了什么牌子过来？"

张峰峰回神，道："是我们宗门以前的牌子，那天他指着你的房间，要在那儿住下，我说是我徒弟的房间，然后……他就当了你们的小师弟。"

"大师姐的房间有什么特殊的？"明流沙慢吞吞地问道。他们进去那么多遍，也没见到有什么特别的。

张峰峰想了想道："好像是以前的人住过还是什么意思，你小师弟也没说太多。"

"所以你们稀里糊涂地做了师徒？"叶素想都能想到当时的场景———一个懒得说，一个懒得问。

张峰峰摸了摸胡子，有些心虚道："一间房和师徒关系就能拿回玉牌，对千机门是好事。我已经打算在议事殿附近再建个屋子，到时候你能住那儿。"

"师父，什么牌子啊？一定要拿回来。"夏耳走过来问道。

张峰峰从乾坤袋中拿出碎成两块的玉牌，推给叶素："反正拿回来了也不要紧，这玉牌料子是好东西，你留着。"

叶素低头看着桌子上的碎玉牌，伸手将它们合拢。

这是一块青色玉牌，触感温润有暖意，正面写有"千机门"三个字，字字透着刀光剑影，如此疏狂的标志，加上堪称奢侈的离青玉，大概只有在千机门最鼎盛时才有。

她将暖青玉牌翻面，却没有见到任何姓氏，只有一个"令"字。

叶素一愣："千机令？"

宗门的牌子有很多讲究，一般人拿着带姓氏的牌子找上门，可以方便锁定是谁欠的人情，若那个人不在，就得由那个人所在的峰头回报。

以前的千机门应该也是这样，但还有另一种的玉牌，只存于掌门手里，那便是千机令，且自千机门开宗立派以来，仅有一枚。

"千机令可号令千机门任何炼器师做一件事。"张峰峰又恢复成掌门的样子，正色道，"既然他已经提了要求，千机令收回后就交由掌门我处理。"

"师父，千机令只有一枚，你怎么把它毁了？"夏耳凑过来看千机令。他记得宗训最后一条还说过只要千机门在一天，凡持千机令者可令众弟子，包括掌门、长老。

张峰峰眼神乱飘："不小心摔了。"

"师父，千机令是开宗祖师炼制的法器。"叶素戳穿他，"摔不坏。"

"毁了它，将来你们不用受制于人。"张峰峰抬眼看着自己这几个弟子，"当初师父也没想到你们几个在炼器方面都有点儿天赋。如今千机门在废宗的边缘，千机令毁了便毁了，若是千机门能复兴，我也不想让千机令成为你们的禁锢。"

千机令这东西是无主之物，任何人拿到手都能号令千机门一次。

张峰峰也未想到消失已久的东西会突然出现，他的几个徒弟资质都不普通，尤其是叶素。一旦那边知道千机令出现了，叶素他们又冒头……因此从见到千机令的那一刻开始，他便想着要毁了它。

"祖师爷的法器？"西玉探过头来看，"岂不是很厉害？"

"在山下大门上撞了许久。"张峰峰摸了摸胡子道，"到底是我们千机门的大门，硬气。"

叶素道："师父，我们分一半紫梨瘿木，剩下一半放在执事堂，以后弟子凭贡献点来兑换。"

"执事堂？"张峰峰神色一动，同意重开，思忖片刻后道，"不过，执事堂没有人管理，而且你小师妹是玄阴之体，天赋也高，赚贡献点应该会比其他师弟师妹快，到时候……"

"每个人最多只能兑换一次。"叶素不介意宁浅瑶能拿到紫梨瘿木，既然在执事堂需要用贡献点兑换，也就是说宁浅瑶必须为千机门做事才行。

"这个可以。"张峰峰摸了摸胡子，"另外限制对象，兑换紫梨瘿木只能弟子去。"

叶素扬眉，这是不打算给杨长老了？

"师父，紫梨瘿木您先收着，重开执事堂的事不急，先挑中人再开。"叶素道。

张峰峰也不推拒："正好，我需要找人把箱子分开。"

等他把紫梨瘿木收好，突然想起一件事，问叶素："小师弟为什么突然要把它给你？"

"这个我知道！"夏耳飞快地回道，"大师姐以后一辈子都是小师弟的！"

他听得清清楚楚！

"叶素!"张峰峰此刻想把乾坤袋中的箱子扔在大徒弟的脸上,"为了个材料,你搭上自己的一辈子?"

"只是炼法器而已。"叶素笑了声,"况且小师弟随手拿出来的东西足够修真界的炼器师打破头来抢,肥水不流外人田,这活还是我来接比较好。"

张峰峰哑火了,她说的话好像是有那么几分道理,炼器师一生不就是追求用好材料来炼器?

几个人从议事殿出来,夏耳低头踢了踢路上的石子:"师父是不是有事情瞒着我们?"

明流沙瞥了一眼四师弟:"你才知道?"

夏耳挠头:"我是觉得师父有点儿杞人忧天的意思,居然把千机令都毁了。"

"这件事以后不要再提,千机令只当没见过。"叶素转头对师弟师妹道。

三个人答应下来,夏耳伸手捂了捂耳朵:"我什么都没听见。"

回到后山洞穴中,叶素拿出断裂成两块的千机令,也不知道师父在想什么,会相信拿得出千机令的人只是凡间普通的世家子弟。光是小师弟那张脸,便已经不像普通人了。

叶素想起回来时夏耳的话,手指微屈,指骨无意识地敲了敲烛台。

与其说师父杞人忧天,倒不如说师父在怕千机令落入什么人手中,不利于千机门的弟子。

叶素手一拂,将蜡烛熄灭,安静地坐在黑暗中。

或许是他们当徒弟的还太弱小,所以师父才藏着一些事不说。

十二月十日,百青榜换新之日。

一大早,明流沙、西玉和夏耳便起来了,坐在院内石桌前盯着传讯玉碟上的公示区,时不时讨论几声。

"怎么还不换?"

"上个月就是这个时辰换的。"

"每个月换的时辰都不固定。"

叶素不在院子里,她正在游伏时的屋内,教他写字,因为前不久她才发现他们的小师弟是个文盲。

叶素震惊过后,只能认命地开始指导他认字。

半月之余,成果……甚微。

"手腕抬高,直起腰。"叶素抄起一支笔点了点游伏时的腰、背、手臂,"小师弟,你没有骨头？"

游伏时直接把笔扔了："不想写。"

写了半个时辰，一大张纸上只有歪歪扭扭的鬼画符。

"将来你连功法都看不懂。"叶素头疼，好好的人怎么会是个文盲，白长了这么一张矜贵清俊、明经擢秀的脸。

"你读给我听就行。"游伏时往椅子上靠去，转头抬眼看了看这个凡人，她的声音勉勉强强能听。

"我不会一直跟着你。"叶素微微一笑，"文盲就该好好识字。"

游伏时又有了困意，起身朝床上走去，不忘反驳叶素："我识字。"只是……好像忘记了。

叶素微笑，早知今日，当初她一定义正词严拒绝师父的要求。

"出来了！"

院子外突然传来西玉的声音，随后夏耳也在喊："大师姐，快来看！"

叶素走了出去，问："换榜了？"

明流沙将百青榜放大："换了。"

几个人从下往上看，没多久便找到了两个人的名字。

第二百八十九名，乌鞭，出自明流沙（千机门）

第二百八十八名，月枪，出自夏耳（千机门）

"排名怎么这么低？"西玉盯着百青榜道，"破元门的那个全嘉英的刀也一般般，都进前两百名了。"

"他那把刀上用了自己复原的风纹，意义不同。"叶素差不多能明白百青榜的评选机制，"乌鞭和月枪太中规中矩。"

"全嘉英上去了！"夏耳眼尖，在上面看到一个熟悉的人名，"第一百五十名，他挤掉了斩金宗的一个人。"

"第一百五十名？"叶素回忆在试炼场上见到的那把刀，若有所思，"他应该是在后来又加了什么。"

只当时那把刀，应该不至于能到分水岭线，顶多在一百五十多名。

"好多斩金宗的人。"夏耳扫了一遍百青榜，有点儿艳羡，什么时候千机门能重归屠榜时代就好了。

"正常。"明流沙把公示关了。

"大师姐，我们还要做什么？"西玉问道。

"接下来，我们等着看，"叶素道，"有没有人来找。"

"大师姐，有人找你。"

院子内几个人：？

叶素低头看去，才发现是传讯玉碟发出的声音。

她点开一看，是山下的师弟。

叶素问道："谁找我？"

"说是叫全嘉英。"师弟明显有些困惑的声音传来，"大师姐，要放他进来吗？"

"不用，我下去。"叶素抬头，拿出剑，看着三个人，"一起？"

片刻，四个人前后御剑下山。

全嘉英站在千机门的山下，仰头望着面前这道古朴厚重的大门，即便万年过去，依旧能从中看出当年的辉煌磅礴。

整道门足高三丈，石脊正骨上是白玉瓦，两侧鸱吻张嘴咬住正脊龙口，身上插着剑，中间牌匾上刻有"千机门"三个大字，字字透锋。

美中不足的是上面失去灵气滋润，隐隐透着灰败的气息。

这是全嘉英第一次来千机门，以往只从其他人的笑谈中听过，他甚至不知道自己为什么会来这里。

半个月前，送法器去百青榜评选的前一天，全嘉英临时决定再在刀身上再加了一种修补好的纹路。

当时几位长老皆劝阻他不可乱加，一旦出现差错，整件法器便会报废。若重新炼制法器，只会错过这次百青榜的评选。

"失败了，下个月再送选便是。"全嘉英想起叶素几个人对百青榜无所谓的态度，竟第一次未听长老的建议。

有几个长老不赞同地摇头道："这怎么能一样？"

"等到下个月，到时候斩金宗又要嘲笑我们破元门无人。"

全嘉英依旧坚持要叠加纹路："若是送去评选，排名还在他们两个人之后，只会更丢脸。"

长老还想说什么，被掌门拦住了："你想要做什么，就去做。"

全深只是同意让全嘉英在刀身上叠刻新修补的纹路。

万万没想到他的儿子成功叠刻完纹路，又想起自己父亲的话，感受到了浓浓的父爱，深刻思考几天过后，大受鼓舞，直接来了个离宗出走。

至于破元门的掌门如何发脾气是另外一回事，此刻全嘉英站在千机门的山下，年轻俊秀的脸上有几分藏不住的好奇之色。

一个穿玄色道袍的小弟子见大门外有人晃悠，便从里面走了出来，上下打量来人后道："无音宗在隔壁小镇，不在这儿。"

这些年总有想拜入无音宗的人认错了路，跑到他们千机门的山下来，回回看不见牌额上那么大的三个字！

小弟子觉得大门前的这个人多半也是找无音宗的。

全嘉英见这个弟子穿着和叶素一样的道袍，便知道自己没有来错地方："我找叶素。"

"大师姐？"小弟子闻言转过身，传讯给九玄峰上的叶素，然后又回头道，"你在这里等会儿，大师姐马上下来。"

"多谢。"全嘉英微微弯腰拱手道。

站在大门前等了一会儿，全嘉英头上方骤然掠过几个影子，还带着破空的剑啸声。

全嘉英仰头，有种他是在什么剑宗门口，而不是炼器宗派的错觉。

半空中叶素打头，速度太快，直接飙出了千机门，

夏耳追在叶素后面，拼命喊着："大师姐！冲！"

他只差双手摇旗了，让不清楚的人见了，多半以为他在追杀谁。

西玉速度慢一点儿，没飙出去，正好低头看到大门前的两个人，想要完美落地。

结果最后晃过来的明流沙方向控制不好，径直撞上前面悬停的西玉，两个人在半空中撞个满怀，瞬间灵力四散，砸在地上。

旁边的小弟子嚯了一声，全嘉英甚至隐隐约约听见他说了句："梅开二度。"

只是再转头看去，这小弟子心痛之色溢于言表，快速上前扶起师兄师姐，关切地问着有没有事。

西玉站起来第一件事就是照镜子，并对明流沙的技术表示十分唾弃："到现在刹剑都不会刹！"

明流沙把地上的剑捞起来："以后摔多了就会了，大师姐不也是这么摔过来的？"

"你怎么不说大师姐还载了我们三个人呢？"西玉呲了一声。明流沙的御剑技术就是差！

全嘉英听着他们的对话，下意识地想说炼器师一般不御剑，靠传送阵或者飞骑便可。话还未说出口，他便想起这几个人连几千灵石都凑不齐，更不用提买飞骑。

"全道友怎么过来了？"叶素从山脚下走了上来，隔着石阶远远地问道。

"你们之前说想要交流切磋。"等叶素走近，全嘉英看着她的眼睛，认真道，"所以我过来了。"

叶素委婉提醒："我们这里不太适合切磋。"没有灵气，没有灵石，很难炼制法器。

"不切磋也可以交流。"全嘉英道，"我有些问题想请教几位。"

全嘉英铁了心要留下，叶素几个人也无法拒绝。

毕竟他们刚从破元门蹭完灵气和材料回来，虽然是光明正大用实力赢的，但多少有份人情在。

"九玄峰上除了议事殿和掌门住所，只有五间弟子房。"叶素领着全嘉英往千机门内走，"你要想留在这儿，只能暂住山下。"

"我不介意。"全嘉英的视线落在千机门的周围，炼器大宗该有的试炼场这里也有，甚至比破元门的还要大几倍，只不过宗门陈旧衰败，没有灵气滋养，连野草都稀少得可怜。

他曾听说千机门巅峰时期，将炼器师各大榜屠了个遍，百青榜一拉出来，全是千机门的人的名字，月月换榜，月月是旧人。

那时候的百青榜几乎成了千机门的炼器师排行榜，如今……

"你们将法器送去评选了吗？"全嘉英来到这儿，还未来得及看自己的排名，反倒先问起了叶素他们。

"送了。"叶素走在他的前面道。

全嘉英听见她说送了，快速打开传讯玉碟，从公示区找到百青榜，他心跳得极快，却不是为了自己的排名，而是想看到雾杀花排在什么位置。

结果来来回回看了几遍，皆未找到叶素和雾杀花。

夏耳见全嘉英脸色有异，以为他不满意自己的排名，便安慰道："只是一件法器的排名，以后你可以再炼制更好的。"

"为什么？"全嘉英抬头问。

"啊？"夏耳愣住了。

全嘉英走快几步追上前，紧紧盯着前面叶素的背影问："为什么不送雾杀花去评选？若灵石不够，我可以借你。"

叶素低头无声笑了笑道："自然有我们自己的考量。"

全嘉英紧握玉碟，他对超过斩金宗的那两个人排名的在乎，甚至不如对叶素的排名的在乎，偏偏她没有将雾杀花送选。

"对了，全兄，有件事想打听一下。"叶素回头问他，"上了百青榜后，一般多久能接到炼制法器的邀请单？"

"每月百青榜换榜日都有修士盯着，榜单一出，便会有各种人发来邀请单，"全嘉英看了一眼千机门挂在末位的两个名字，"你们排名太低，邀请单不会太多。"

"有便行。"这次叶素只是想蹚蹚水。

全嘉英始终想让叶素将雾杀花送去评选，他特意当着几个人面点开传讯玉碟，让他们看自己收到了多少邀请单。

这才不到一个时辰，各类邀请单如雪花般飞来。

"排名高的炼器师才受欢迎。"全嘉英看着叶素道，"你将雾杀花送去评选，以后便不用愁炼器的事，还能赚到灵石。"

"这事不急。"叶素扯开了话题，"全兄的那把刀后面又改动了？"

"加了一道雷纹。"全嘉英想起西玉那把刀上的风纹，又开始对西玉推销："你那把刀上的风纹修复得比我的好，如果送去评选……"

"打住！"西玉立刻双手交叉拒绝道，"你和百青榜背后有勾当？非要别人花钱去评选？"

全嘉英："……"

"其实。"夏耳从后面赶上来，开始例行吹捧，"真要论修复纹路，还得看我们大师姐，西玉也是大师姐教的，半年前西玉都没看过稀有纹路。"

"当真？"全嘉英有点儿怀疑，他没见过叶素使用稀有纹路。

夏耳凑近他，压低声音道："大师姐为人低调，炼器随意，哪个都擅长。"

全嘉英眼中疑惑之意未散："你们……有材料炼器？"不是他不信，而是叶素连两千中品灵石都没办法凑齐，哪里来的材料？

夏耳直起身，觉得他不上道："我是说理论，大师姐学得特别快。况且等以后我们千机门壮大，有了足够的材料，赚到大量灵石，大师姐就能炼出各种法器，到时候拳打破元门、脚踩斩金宗！"

"别吹了。"叶素的声音远远传来，"赶紧上来。"

夏耳立马快步追了上去："大师姐，要不要告诉师父，有客人来了千机门？"

"我待会儿去说一声，你们带着全道友四处逛逛。"叶素的声音随着风飘下来。

全嘉英垂眼将传讯玉碟收了起来，忽略宗门传来的各种讯息。

叶素去找师父了，全嘉英则被带着去了他们的住所参观。

"原本第一间是大师姐住的地方，最近新来了小师弟，就让他住了。"夏耳在旁边介绍道。

"那叶素住哪儿？"全嘉英不解，在破元门不可能让师姐把住所都让出来。

"后山洞穴。"明流沙慢吞吞道。

全嘉英皱眉，无法理解："新师弟派头未免太大，你们师父……失之偏颇。"

"你不懂。"西玉丢出一句。

说到底是自家宗门的私事，全嘉英不便再多言，转而道："我前不久修复了一道雷纹，或许你们能给一些建议。"

"先看看。"西玉坐在院中的石桌前，"等我们看完，待会儿可以让大师姐改一改。"

全嘉英也跟着坐过去，拿出自己画好的雷纹递给他们三个人。

纹路繁复，更不用说缺失的稀有纹，有时候盯久了，甚至会头晕眼花。

四个人围着桌子而坐，写写画画了半天，西玉最先推完缺失的那块纹路，等夏耳和明流沙画完，他们又开始激烈争吵。

全嘉英抬头看着站起来争得面红耳赤的三个人，内心复杂至极，千机门的人……怎么这样？

"大师姐回来了！"夏耳眼尖，指着院门口的叶素，"让大师姐看看我们谁是对的。"

叶素对这种场景司空见惯，慢慢走过来问："什么东西？"

"四师弟非说他的雷纹推得最完整，分明好几处不符合原纹路走向。"明流沙抢先道，这时候他的语速快得很。

坐在石凳上的全嘉英甚至觉得明流沙可以去修快嘴禅，必定能名震修真界。

"拿来我看看。"叶素伸手要了他们桌上推衍出来的雷纹，顺便接了全嘉英递过来的纸。

她拿着几张画满了纹路的纸，站在桌前，还未坐下。

这时候，最外间的房门忽然从里面打开。

叶素下意识地扭头看去，小师弟换了件鸦青色长袍，有些凌乱的乌发随意地披在身后，显而易见被他们吵醒了。即便眉心微蹙，他的一张脸也好看得惊心动魄。

他站在门内朝他们这边望过来，目光扫过叶素，再掠过明流沙三个人，最后落在院中唯一坐着的人身上，略带几分嫌弃之意："你是易玄？"

丑。

此话一出，院子内所有人都愣住了。

全嘉英甚至不知道易玄是谁，茫然地看着门内那位气质和整个千机门格格不入的人，不知为何从对方的眼中感受到一种被嫌弃的感觉。

"他是破元门的亲传弟子全嘉英。"叶素抬头看着不远处台阶上的游伏时，解释道，"不是易玄。"

不是？那……丑得一般。

游伏时闻言失去兴趣，目光从全嘉英的身上移开，仿佛刚才什么也没有说。

"易玄是……"全嘉英看着他们，有些好奇地问道。

"我们原来的小师弟。"夏耳解释，"他外出历练还没有回来。"

全嘉英了然，又想起什么，问道："易玄是不是之前在门口的那位？"他记得当时还有一个穿玄色长袍的年轻男子在门口，那长相很难让人忽视。

夏耳点头道："是小师弟。"

"若以后有机会，可以一起交流。"全嘉英想着既然是千机门的弟子，应该像叶素几个人一样，在炼器上总有些本事。

明流沙嘴抽了抽："算了吧。"

全嘉英不解。

"我们小师弟对炼器一窍不通。"西玉坐下来道，"连灵火都没办法控制。"

灵气中蕴含五行，一般修士直接将灵气化作自身灵力，但炼器师和丹修等这类修道者，需要有剥离五行的天赋，才能继续走下去。

九玄峰五个弟子，有四个人会炼器，已经是极高的概率，毕竟他们全是掌门捡回来的，一开始压根没看有什么天赋。

全嘉英一怔，勉强理解："原来如此。"他们破元门收弟子要先看天赋，无法生出灵火的人根本不会收。

"叶素。"台阶之上的游伏时忽然出声。

"叫大师姐。"叶素纠正他的称呼。

怎么小师弟都换人了，依旧不喜欢喊她大师姐？

游伏时全然当作听不见，伸出修长漂亮的手指，指着房间内对叶素道："里面漏风。"

叶素诧异道："风？"

这几天温度骤降，山上的风确实大了不少。

"大师姐，是不是之前的墙没砌好？"西玉想起来，"昨天晚上，我房间里也凉飕飕的。"

"我过去看看。"叶素走了两步，又折了回来，拿起石桌上的笔，在一张空白的纸上画雷纹。

她笔走龙蛇，仿佛曾经画了无数遍，一盏茶的工夫，繁复的雷纹便出现在纸上。

"你们先看看，我待会儿再过来。"叶素说完，大步迈上台阶，朝游伏时的房内走去。

全嘉英被她轻松写意的姿态震撼到久久无法回神。

他一把将那张图纸抓了过来，低头看去。

这雷纹缺失了三分之二，基本上失去了主要的结构，只剩下起势，这也是明流沙他们争执的原因，剩下的纹路结构，各有各的画法。

全嘉英不止看过稀有纹路的书籍，还曾经请教过一些其他宗门擅长纹路刻画的长老，斩金宗的那两个人在这方面便比不过他。

起势、正骨、收尾。

全嘉英从上到下，一点点仔细看去，心中开始不断翻腾，凉意燥热交织，直至最后深深吸了一口气，才堪堪平静下来，然而捏着纸的手手背青筋却显了出来。

她……果然厉害。

他修复过后的雷纹，自认为最大程度发挥出了纹路的功效，但美感多少有些不足。而叶素画出来的雷纹，功效没有任何区别，却更飘逸。

最关键的是叶素在收尾改动了一笔，一开始全嘉英以为自己终于找到她的失误之处，但下一刻反应过来，她是考虑到了他刀上那两道纹路。

三种纹路硬生生放在一起，容易有堆砌感，她只这么改动一笔，竟然让后加上去的雷纹突兀感顿消。

全嘉英盯着手中的雷纹，只想将自己送去的那把刀拿回来再改一改。

这时候叶素已经走进房内，站在之前修补过的墙面前，等了一会儿，果然察觉一阵细微的风扫进来。

"墙缝可能没糊好，你……"叶素转身正想要和游伏时说清楚，结果看到他靠在柱子旁，如绸缎般的乌发散在身后，长睫微垂，盖住黑眸，一副要睡着的样子。

至少小师弟不会是狐狸精。大师姐若有所思，她记得狐狸不会冬眠。

这个时候，山下小镇上也没有糊墙的泥，叶素便出去寻了点儿木料过来，削成板子，钉在墙面上。

"好了，晚上应该不会漏风了。"大师姐自认为十分完美。

游伏时抬眼，视线落在那块斑驳的仿佛打了补丁的大木板上："丑。"这个凡人不觉得眼睛会被丑瞎？

"丑？"叶素回头看了一眼，这样确实不好看，她随手在整面墙上施了障目术，"这样就看不见了。"

游伏时皱眉盯着墙，虽然还是有些嫌弃，但最后竟然不再说什么，起身又去床上睡觉了，十分懒散肆意。

除了强制，叶素从未见过他打坐修炼，不过……新来的小师弟比原来的好哄。

自从全嘉英来后，九玄峰上就没有了安宁的日子。

他看着也是名门大派的亲传弟子，却半点儿面子不要，成天上山堵人，要和叶素交流修补纹路。

"多画就行。"叶素打发他，"找本稀有纹路的书看看，每天画个几十张，几年下来就能明白个七七八八。"

"你是这么学的？"全嘉英盯着叶素问道。

叶素点头道:"对。"

在千机门最多的就是书,绝大部分又是炼器有关,但他们没有材料练手,叶素闲来无事,有两年天天推衍那本讲稀有纹路的书,所有缺失的纹路,各种推衍的可能画法皆画过。

或许这也是叶素第一次画符能那么顺利的缘故。

触类旁通,符和纹路有些相像。

"我还有一本讲纹路的书……"全嘉英还想继续交流。

"全兄,我还有点儿事。"叶素头疼。全嘉英像打了鸡血一样,之前拉着她几天几夜不睡觉,硬推完了一整本残缺纹路书。

"你去哪儿?"全嘉英还想跟着一起去。

叶素不堪其扰,向他透露明流沙对炼制小法器颇有心得,然后道:"全兄,炼器师得全面发展,你别对不起自己的姓。"

全嘉英先是若有所思,再似拨云见日,最后豁然开朗,道:"你说得对。"随即转身去找明流沙。

看着他转身离开的背影,叶素终于松了口气。

于是全嘉英开启辗转围堵明流沙、西玉和夏耳之路,用行动实践叶素当初随口说的"交流切磋",将九玄峰上的几个人榨得一滴不剩。

千机门的弟子看待炼器的角度新颖,让全嘉英受益颇丰。

他还想去堵游伏时,不过,听说小师弟什么都不会,便放弃了,心中却想:千机门的小师弟都是用来充数的?长得倒是一个比一个好。

"有没有邀请单?"叶素问明流沙和夏玉。

这个问题,几乎每天一早她都要问一次。

明流沙摇头道:"没有。"

夏耳有点儿急:"大师姐,是不是我们排名太低,所以没有人找。"

"不是。"叶素以前在材料行买材料时,听过别人讨论,"有些散修想要好点儿的法器,喜欢找百青榜末位的炼器师。"

"可这么久过去,还是没有人发邀请单。"夏耳天天盯着传讯玉碟,始终没有见到邀请单的踪影。

"再等等?"明流沙慢吞吞地问道。

"不用等了。"叶素朝师父的住所那边看了一眼,"恐怕等不到谁发邀请单。"

百青榜出来那天,因为全嘉英过来,她特地去找了师父,"不经意"提起他们两个人排名的事。

这回掌门倒是拿得稳茶杯，只不过桌子下的腿抖得和什么似的。

每次张峰峰纠结的时候，就爱抖腿。

叶素便没有再多问，问也问不出来，除非师父他自己愿意说。

原著对千机门一笔带过，叶素只能靠着自己的眼睛观察，从她来到这儿后，千机门多数时候表现出来的只是个气运将尽、衰败的大宗。

但下山后，叶素能明显察觉一些不对劲的地方，掌门实力不算特别差，却从来没有接过其他宗门的单子，没有任何宗门和千机门有交易往来。

这更像是……一种秘而不宣的共识。

明流沙和夏耳这么久接不到单，只能有一个原因，他们是千机门人。

几个人沉默，显然都猜到了什么，最后叶素带着他们去找了全嘉英。

"他们一张邀请单都未接到？"全嘉英皱眉，"不可能，原先百青榜最后一名是我们破元门的弟子，她当天便收到了十多张邀请单。"

百青榜只有三百位，修真界又太大，修士数不胜数，任何一名上百青榜的炼器师都是香饽饽。

"全兄可曾听过关于千机门的一些消息。"叶素试探地问道。

"我只听过千机门到处打秋风……"全嘉英说出来有几分愧意。

他在千机门的这段时间，真切感受到千机门的弟子有多困难，偏偏所有人都那么努力修炼，况且九玄峰上这几个人天赋根本不低于任何大宗门的弟子："若是你们能有灵气，一定会重现千机门的辉煌。"

"原本我们想着上百青榜后，能接单子赚灵石，还可以炼器。"叶素道，"如今看来，似乎有人不让千机门活下去。"

"有一点。"全嘉英忽然想起什么，"那日，你们挑完材料后，我父……掌门在殿中曾提醒所有弟子，不要将你们千机门的身份说出去。"

全嘉英当时以为是父亲觉得丢人，所以才让他们闭口不谈千机门，现在想来，或许另有缘故。

"破元门对外只称你们是散修。"

叶素和旁边的明流沙对视一眼，明白了些什么。

不谈千机门，却也同意他们比试、将材料带走，破元门的掌门和长老应当知道些什么。

百青榜除了评选炼器师的实力外，还是修士和炼器师之间的枢纽，传送邀请单，为双方提供交流渠道。

接不到邀请单，可以说目前百青榜对叶素他们无用了。

叶素并不意外，或者说从送法器过去评选的那刻开始，她已经有了预料，只是不知道这个"共识"有多深刻。

"除了百青榜外，全兄可知还有什么渠道提供炼器师炼器？"她向全嘉英打听，"能提供材料和灵石。"

"一些宗门会招揽炼器师，提供材料和灵石。"全嘉英看了看叶素几个人，"若你们想要去，除非……先脱离千机门。"

"不可能。"西玉率先拒绝道。

"或者一些大材料行会定期请宗门炼器师去帮他们炼制、修复法器。"全嘉英犹豫着道，"全典行是修真界最大的买卖行，丹药、符箓、法器应有尽有。我们破元门便是他们交易的宗门之一，还有斩金宗也常年和他们交易。"

全典行？

在定海城，叶素曾去那里买过几次材料，确实富丽堂皇，材料齐全。

"那……"

"不能去全典行。"

离院门最近的夏耳听见声音回头，惊讶地喊道："师父？"

张峰峰从外面走进来，目光沉郁地说道："叶素，百青榜你不要再沾。"

全嘉英左右看了看，起身主动走出院子，往九玄峰山下的住处走。

院子内只有师徒几个人，一时间安静异常，谁也没有先出声。

"伏时呢？"良久，张峰峰问道，"他也是千机门的弟子，该一起听听。"

这是准备告诉他们了？

"还在睡。"叶素站了起来，"我去叫他。"

张峰峰点头，坐在院中石凳上，明流沙二个人互相看了看，站着没有动。

过了会儿，叶素带着小师弟从房间内走出来。

游伏时不会看人眼色，根本察觉不出来他们之间的氛围凝固，径直往石凳上坐，原本手放在桌上，大概觉得石桌太凉，便扯了叶素的衣服下摆垫在上面，最后才将手肘放上去。

这一套流程做得自然无比，叶素甚至习惯了，反倒是张峰峰多看了他们两眼。

"之前我没想到你们会去破元门。"张峰峰想起这件事就头疼。叶素下山前，他透露过几个小宗门，想让几个徒弟去"拜访"，结果叶素直奔定海城，如今更是有两个弟子上了百青榜。

"你们几个以后的法器，不要再送去百青榜评选。"张峰峰肃声道，"只要一日是千机门的弟子，便一日不会有人找你们炼器。"

果然。

叶素垂眸，目光无意识地落在小师弟修长漂亮的手指上，思绪飘向其他地方。

千机门自五百年前灵脉彻底干涸，最后一位闻名修真界的炼器天才消失后，几乎是瞬间衰落，到如今濒临废宗。

以往她局限于千机门内，又被原著定性，从未产生怀疑，直到下山后才发现事情没那么简单。

千机门衰落的速度太快了。

瘦死的骆驼比马大，这句话根本没有应验在一个屹立近万年的庞大宗门上。

"师父，为什么？"夏耳最先忍不住问道。

"千机门不倒，斩金宗永远屈居第二。"张峰峰只说了这么一句话。

他没想到要这么快将真相告诉弟子，至少……再等等。

偏偏叶素几个人这半年境界提升，还去了破元门。

"所以是斩金宗在背后做手脚？"西玉怒意生起，"炼器凭的是实力，他们这算什么？"

"师父。"叶素冷静地问道，"要让千机门接不到任何邀请单，只凭斩金宗做不到，还有谁插手？全典行？"

"是。"张峰峰的声音有点儿沉，"修真界第一炼器宗门和第一行铺联手，没有修士愿意得罪他们。"

若有人向千机门发出邀请单，意味着将来会遭到斩金宗所有炼器师的拒绝，更严重的是全典行不再对其有任何交易，这意味着，无论拿着什么去买还是卖，全典行一律不接待。

大宗门或许不怕斩金宗和全典行，但千机门灵脉枯竭，没有厉害的法器出世，这些大宗门不可能为之出头。

被如此联手打压，不出百年，千机门便衰败得厉害。

等张峰峰接任掌门时，其实千机门已经被打压到近乎废宗，偏偏他不愿，胡长老不愿。

自上任掌门也就是张峰峰的师父逝去后，真正千机门的人早没了几个。杨谈想要当掌门，然后宣布废宗，脱离千机门。他辈分又比张峰峰高，最后还是张峰峰找到于封海投出了关键一票，才当上了掌门。

到处收弟子，也是他不想千机门就此废宗而做出的努力。

即便最后只是一个小宗派，也好过废宗，至少在他的手里，千机门不能消失。

这是张峰峰的目标。

　　然而如今他在几位弟子身上看到了千机门再度崛起的希望。

　　不能让还未完全成长起来的叶素贸然出现在他们的视野中，幸而明流沙和夏耳这次送去评选的法器实力一般，这种排名那边看不上。

　　"为什么全典行要和斩金宗联手？"明流沙问道。

　　"如今全典行遍布修真界，丹药、符箓、法器等交易都做得风生水起。"张峰峰解释，"但在千机门巅峰时期，不是和全典行做交易，而是和另外一家材料行来往，所以那时候的全典行在材料、法器方面，始终没有太大建树。"

　　叶素若有所思："另外一家材料行现今状况如何？"

　　"也不行了。"张峰峰无奈地说道，"原本文东在材料、法器方面远超全典行，各城都有他们的行铺，现在只剩下定海城一个铺子了。"

　　文东材料行……叶素记得自己去过。

　　雾杀花的其中一种材料翅砂便是在那家材料行买到的。

　　"师父无能，没办法带千机门脱离困境，又将你们拉下水。"张峰峰有时候也会后悔，认为自己耽误了叶素几个人，"以后出门在外，不要说自己是千机门的弟子，至少先提升你们境界，等到……等到……"

　　张峰峰说不下去了，起身走出去几步，背对着弟子道："胡长老一直没有放弃寻找当年消失的傅师祖，也许过不了多久，傅师祖就能回来。"

　　叶素忽然喊了一声："师父。"

　　张峰峰收拾好情绪，才转身看着自己的大徒弟。

　　"我们不需要别人提供材料，也不需要赚灵石修炼。"叶素笑了声，"秘境里什么都有。"

　　张峰峰愣住，随后皱眉："胡闹，你们又不是剑修，更没有护身法宝。秘境中太危险，上次你没出事，已经是万幸。"

　　"富贵险中求。"叶素从乾坤袋中摸出来一颗东西，"师父，全典行有无极丹吗？"

　　张峰峰憋了一会儿，忍不住道："怎么可能有？！"

　　全典行上哪儿去找无极丹，先不说这丹药的材料多珍稀，即便凑齐了材料，也没几个丹修能炼出来。

　　关键是当初通过影像，张峰峰以为这最多是颗中品无极丹，如今近距离见到这枚无极丹，拿在手里像是颗品相极佳的珠玉，晶莹剔透，中间甚至有丹意在飘着。

　　这颗无极丹起码是上品丹。

　　整个修真界，没几个丹修能炼制出来上品丹药，更别提还是带有丹意的丹药。

　　叶素没有错过张峰峰眼中的波澜。

"师父，你说这丹药能不能买吾剑派的剑修护航？"

张峰峰愣了愣，问了一个风马牛不相及的问题："怎么不是昆仑？"

"不认识昆仑的人。"叶素简而言之，"我们还欠吾剑派的弟子一个人情。"

再者算算时间，易玄也该碰见吾剑派的长老，被收为弟子了。

张峰峰还在犹豫，秘境总是危险的，炼器师很少会进去。

"凡修仙者，多九死一生。"叶素道，"秘境我们必须要去。"

张峰峰有点儿恼火，他本来想和徒弟说清楚，然后一起徐徐图之，结果大徒弟上来就搞个大的。

"师父，我要让所有人都知道我们是千机门的弟子。"叶素缓慢而坚定地说道。

"你……"张峰峰对上大徒弟的眼睛，最后只能偃旗息鼓，偏偏心中又生起一小股掩不住的激荡。

"师父，就这么说定了。"夏耳接到大师姐的眼神，顿时推着张峰峰走，"你在千机门等我们的好消息。"

"大师姐，你哪儿来的无极丹？"师父一走，明流沙就坐下来慢吞吞地问。

"不知道，从秘境里出来，乾坤袋里就多了它。"叶素怀疑过宁浅瑶，但她当时早出来了。

游伏时转头看了一眼叶素手上的那颗无极丹，没有出声，垫着她的衣摆在桌子上打瞌睡。

"不日我们下山去吾剑派。"叶素道，"在此之前，找人改一改我们的道袍。"

"那全嘉英？"西玉问。

"明日和他说一声，让他回破元门。"叶素收回无极丹，又继续和几个人谈了点儿其他的事。

游伏时单手托着腮，余光看到叶素的乾坤袋还在轻轻晃动，下意识地伸出手指钩住。

叶素察觉他碰自己的乾坤袋，以为小师弟想看看无极丹，也没在意，甚至解下来递给他。

游伏时扫了一眼便失去了兴趣，这个凡人什么破东西都收着，他百无聊赖地伸手拨弄了一下，丑箱子不见了。

游伏时正要收回目光，突然看到一只黑色手环，莫名觉得眼熟。

他将那东西拿了出来，盯着看了半晌，终于知道为什么熟悉了——这东西和他长得一样。

"你联络一下吕九，问她愿不愿意一起去。"叶素对西玉道。

"好。"

他们还在说话，游伏时出声："叶素。"

"叫大师姐。"叶素不厌其烦地纠正。

游伏时一如既往地当作听不见，举起雾杀花："这个，我要了。"

叶素低头看去，便看到游伏时已经将雾杀花戴了上去，纯黑隐隐泛着金光的蛇型手环在他修长的手腕上，黑白交映，意外地相得益彰。

游伏时趴在桌子上，用手指去拨弄腕上的手环，显然十分感兴趣。

然而下一秒大师姐无情地拒绝："不行。"

游伏时一抬眼，叶素已经弯腰强制握住他的手腕，将雾杀花取了下来。

他大概从未被人拒绝过，等反应过来后，叶素已经拿回乾坤袋，将雾杀花放了进去。

西玉见到小师弟眼中透着几分难以置信，忍不住道："这是大师姐最喜欢的法器，小师弟你别想了。"

大师姐对很多东西不在意，随手就给师弟师妹了，但真正喜欢的东西是绝不会让给谁的。

"你再做一个。"游伏时的眉头皱了起来，盯着叶素的乾坤袋，"我要这个。"

叶素垂眼对上他的目光，再次拒绝："做不了。"

雾杀花靠的是当时灵感迸发，手感也出奇地顺，她再炼制一次，恐怕也是有形而无神。

炼器师炼器便是这么玄妙，有时候不是境界和水平高就能炼制出所有法器。

大师姐说一不二，不给就是不给，最后小师弟摔门回房。

第四章 · 吾剑派

　　第二天，叶素去找全嘉英，告知他们即将要下山历练。

　　"历练？"全嘉英对这个词有些惊讶，炼器师基本只有交流和比试，很少会出去历练，毕竟他们不是剑修。

　　"全兄也看到千机门的状况了，不光灵脉枯竭，还有人在背后打压。"叶素笑了笑，"秘境是我们唯一不用受制于人的地方。"

　　全嘉英有点儿怀疑自己听到的："你们要去秘境？"

　　"是。"叶素认真地说道，"秘境内所有东西皆为无主之物，灵气充沛，适合我们。"

　　"可……秘境太过危险，你们只是炼器师。"全嘉英在千机门待了这么久，能理解他们为何要孤注一掷，但还是被叶素的想法所震撼。

　　"我们会找剑修一起进去。"叶素没有说得太详细。

　　全嘉英有点儿怀疑："你们有灵石请剑修？"

　　"有个朋友，愿意一起去。"叶素道，"另外过几天我们会去找吾剑派做个交易。"

　　全嘉英没有问是什么交易，只沉默良久，最后从乾坤袋中拿出一件东西递给叶素："这是飞镜甲，可抵御元婴境界修士的攻击。若遇到危险，至少能护住你们几个人一段时间。"

　　叶素低头看着手中巴掌大的铜镜子，能抵御元婴境界修士的攻击，这件法器至少是元婴及以上的炼器师所做。

　　"我的护命法宝不少，平时也用不上，暂且先借你们用一用。"全嘉英说完，转身要走，"算算日子，我该回去了。"

　　叶素握着飞镜甲抬头笑了笑，认真道："全兄，多谢。"

全嘉英脚步一顿，微微转头，最终回房收拾行李，离开了千机门。

"大师姐，衣服改好了。"夏耳拿着他们的道袍回来，"花了几块中品灵石，在衣服前后都用金线绣上了'千机门'。"

"换上。"叶素道，"我们下山。"

几个人将衣服拿了回去换好，便走出院子，准备御剑赶往吾剑派。

叶素才拿出剑，游伏时不知道从哪里冒出来，一声不吭地站在剑上。

"小师弟，我们要下山，要很久才回来。"夏耳转头对他道。

游伏时不理夏耳，只用一双黑眸看着叶素，还透着几分"你怎么还不开始御剑"的质问之意。

"想一起去？"叶素提醒他，"下山以后，又脏又累。"

"叶素。"游伏时冷冰冰地开口，"你走不走？"

这是还在生气了。

"走。"叶素跳上剑，站在游伏时的前面，不忘纠正他的称呼，"叫大师姐。"

游伏时假装听不见的功力日渐增长，当剑起时，他毫不犹豫地伸手抓住叶素的衣服。

第二次下山，他们已经从一把剑变成了四把剑，西玉和明流沙在后面时不时要比一比谁御剑更快，简直可以说是又菜又爱比。

飞了大半天，游伏时伸出手指戳叶素："那个，给我看看。"

"什么？"叶素转头。

"这个。"游伏时伸出自己光洁修长的手腕，递到她的面前，还转了转。

叶素没忍住问："你跟着我下山，只是想要玩雾杀花？"

游伏时不出声，只摊开手掌，理直气壮地讨要。

叶素对他无可奈何，又在御剑："自己从乾坤袋里拿，看完放回去。"

游伏时这才满意，伸手摘下叶素的乾坤袋，从里面翻出雾杀花，戴在手上，俨然把蛇型手环当成自己的东西。

吾剑派位于图首城，他们下山前和吕九传讯过，决定在途中碰面。

一行人连续御剑两天，才到了一座小城中，等着吕九过来。

吕九的境界不算太高，但上次合作过，叶素觉得对方不错，至少不会在背后捅刀子，便想着邀请她一起去。

最关键的一点，叶素对吾剑派并不了解，原著花了大量笔墨在男女主角身上，至于男二号的情况大部分只是一掠而过，关于吾剑派的描写也不多。

她只知道易玄脱离千机门，再加入吾剑派，在宗门大比中大放异彩，却败于男主角手中，再之后入魔，灭千机门。

"叶道友！"

吕九老远便看到等在茶馆内的一行人，实在是叶素他们太显眼，玄色长袍上的三个大字想忽略都难。

"吕道友，好久不见。"叶素起身，视线落在吕九的身上，她大概刚从哪里赶过来，身上还带着浓重的血腥味。

"之前在秘境中，你突然消失，把我们吓了一跳，幸好你没事。"吕九道，"我们现在走吗？"

"吕道友，先喝完茶再走也不迟。"叶素指了指空出来的一条长凳道。

"也好。"吕九低头看了看自己，施了一个净身术，恢复干净才坐下来。

茶馆里的茶，灵气含量不高，但喝下去还是让人心旷神怡，清扫疲惫。

吕九喝下去一大碗，长长舒了一口气，这才发现还多了一个人，对方用叶素的衣摆垫在桌上趴着睡着了，光是那一身月影白衣袍，便不像普通人。

"这位是？"

"我们小师弟。"叶素言简意赅回答道。

吕九诧异地问道："易玄？"

那次从秘境出来后，她帮着一起找叶素，自然认识了易玄。

怎么看着不太一样，易玄没这么……吕九形容不出来这种感觉，还在思索着，对面趴着的人忽然直起身，一头如瀑的乌发只用一根玉簪挽住，发尾随着他的动作飘散在旁边坐着的叶素的身上，抬起的一张脸晃得她出神。

"易玄长得和我很像？"游伏时盯着对面的吕九问道。

这是他第二次被喊成易玄。

吕九被他盯得窘迫，因常年奔波而变成蜜色的脸居然隐隐涨红了，她磕磕巴巴道："不……不像。"

"这是我师父新收的弟子。"叶素出声替吕九解围。

"易玄比我好看？"游伏时不理吕九，转头看着叶素，问她。

这是什么问题？

在座所有人都愣住了。

叶素沉默片刻，冷静道："你好看。"

游伏时对她安静这么久不太满意，但勉勉强强接受了她的说法，心中对易玄又画了几个叉。

在茶馆休整过后，当天一行人便继续赶往图首城，这次游伏时没有再站在剑上，他要叶素挂那个大箩筐。

这大箩筐能装明流沙三个人，如今他一个人占一个，还算宽敞，虽然丑了些，但他可以在里面睡觉。

游伏时将就着用了。

于是叶素剑下挂着个大箩筐和其他人一起往图首城飞去。

吕九在后面看到游伏时的一系列举动，忍不住靠近西玉小声道："你们新来的小师弟和以前的那个不太一样。"

易玄一张脸太艳太盛，偏偏傲骨倔气，眼中还带着久不能散去的被压抑的野心，这位明明长得极矜贵清正，却又……说不出来感觉。

"小师弟。"西玉竖起大拇指，"有钱人。"

吕九恍然大悟："我就说他看起来不太一样。"

有钱人小师弟此刻正趴在筐边，拨弄着手腕上的雾杀花，谁也没有注意他在上面输了一道灵气。

图首城外。

夏耳看着远方一脸震撼之色："那就是图首城？"

一座宏伟高大的剑形城池立在群山之巅，无数剑意自下而上不断生起，外围不断有剑修来往，但无人御剑进城。

"图首城内禁止御剑，我们需要走进去。"吕九掩去眼中的艳羡之意，提醒道，"在这里有无数大大小小的剑宗门派，时常会有剑修突破，甚至有大能释放剑意，所以以防修士撞上剑意，入城无法御剑，内城设有禁制。"

一行人降落在城外，抬头望着高阔的城墙，这里比定海城要恢宏太多。

夏耳喜炼剑，他站在城外，看着来来往往的修士，眼睛不由自主地粘在他们手中的剑上，恨不得透过剑鞘看到里面剑的构造。

剑修敏锐，很快察觉夏耳的视线，有的握紧剑快步离开，有的则竖眉横眼瞪过来，甚至出剑半寸。

夏耳看到剑身，眼睛里更是大放光芒，口水都快流出来了。

"别看了。"叶素伸手拎着四师弟的衣领，"走了。"

"大师姐，以后我想在图首城开个铺子，里面只卖剑。"夏耳激动道，"这么多剑修！"

"你开到昆仑脚下都可以。"叶素拿着舆图，往吾剑派的方向走，"现在先办正事。"

"大师姐。"

"嗯。"叶素听见有人喊自己，下意识地应了一声。

旁边的明流沙撞了撞她，示意叶素看过去："易玄。"

易玄抱剑站在对面，视线落在游伏时的身上，情绪不明地问道："他便是新来的小师弟？"

街道对面站着一位少年，身穿和叶素如出一辙的玄色道袍，所有发丝用蓝色粗绳束起，发髻中间插着一根木簪，饶是如此，也压不住一身激绝。

游伏时原本正跟在叶素身后，百无聊赖地踩着她的影子走，听见明流沙喊"易玄"两个字，抬眼看去，便看到对面站着的人。

他就是易玄？长得……勉勉强强。

游伏时的视线触及前面的叶素，想起什么，微微转头，对易玄道："叶素说你长得丑。"

叶素：？

易玄皱眉看向叶素，显然不解其意，等着她解释。

叶素回头看着游伏时，无奈道："不要无中生有。"平时不出声，一出声就搞个大的。

"你说我比他好看。"游伏时余光扫了一眼明流沙等人，"他们都听见了。"

叶素：一个文盲，春秋笔法运用得倒是不错。

旁边的吕九看着游伏时，再转头去看对面易玄，终于想明白哪里违和了。

这两个人的脸和气质完全不符。

一个长相过分俊美，以至于透着妖异，言行举止却板正端直。而另一个顶着极清贵疏隽的脸，偏偏行事乖张。

易玄轻而慢地看了一眼游伏时："之前以为会是什么厉害的人物。"这话已经算不上含蓄，只差点名了。

叶素顿感头大，朝游伏时看去。

结果文盲小师弟压根没听，低头又在摆弄手腕上的雾杀花。

但不妨碍这天在图首城内，新旧小师弟第一次见面，互看生厌。

"师弟，你怎么也在这儿？"夏耳好奇地问道。

易玄外露的情绪渐渐收敛："吾剑派长老想要收我为亲传弟子。"

他说这话时，眼睛始终盯着叶素，不错过他任何神色变化。

然而叶素只是有些讶异道："师弟，你没有答应？"

"我为何要答应？"易玄冷声道，"我有师父。"

叶素并不在意他话中的尖锐，笑了笑："我们要去吾剑派，一起去？"

易玄沉默下来，明明想要拒绝，说出口的话却是："好。"

最后同行人又多了一个，共同往吾剑派走去。

　　吾剑派作为修真界两派之一的宗派，山门巍然，戒备森严，叶素一行人才靠近便有一队剑修出现，拦住他们。

　　"何人来访？"

　　叶素走上前道："千机门的弟子拜访，想要和贵派做个交易。"

　　最边上的剑修闻言嗤笑一声，正要出声嘲讽，被领头的那位剑修抬手阻止了。领头的那位剑修看了一眼最后面才离开不久的易玄，问叶素："什么交易？"

　　"上品无极丹，内含一道丹意。"叶素微微拱手道。

　　领头的剑修一愣，不清楚无极丹有什么用处，但光是听见"上品""丹意"这两个词就能知道其中的价值。

　　"道友稍等，我这就去传讯。"领头的剑修转身去找人，层层上报。

　　叶素一行七个人站在山门之下等着，对面还站着一队剑修。

　　和图首城内不同，吾剑山上到处都是御剑飞行的剑修，各种剑意飘荡，站久了甚至能听见隐隐约约刀剑相击的声音。

　　无上剑意、磅礴灵气、强势的压制气息……

　　无论是谁站在山门下，恐怕都会对吾剑派生出无限崇敬和惧意。

　　当然除了旁边想打瞌睡的小师弟。

　　叶素的目光越过懒懒散散的游伏时，看向脊背直挺的易玄，他竟然没有加入吾剑派？多少有些出乎她的意料。

　　小师弟或者说五师弟，确实脾气算不上好，天生性情敏锐，为人孤傲，又是原著中灭前师门的男二号。

　　叶素的视线一落在他的身上，易玄就察觉了，瞬间看过来，琥珀色的眼睛表面透着冰冷，再往下便是深而沉的东西。

　　罢了，到底还是千机门人，是她的师弟。

　　叶素对易玄笑了笑，收回目光。

　　易玄见状，不自在地偏过头，心中情绪交织，复杂多变。

　　他收到二师兄传讯时，刚刚躲开一头妖兽，后背鲜血淋漓，却听见明流沙说千机门多了一个小师弟。

　　小师弟？

　　他不就是小师弟，怎么会多出来一个小师弟？

　　当时易玄想起叶素在师父院外说的话，她那么笃定自己会脱离千机门，拜入其他宗门，结果他还未离开，师父便新收了徒弟。

　　靠在洞穴中石壁上的那瞬间，易玄心中难以抑制地生了怨。

后来机缘巧合下碰上了吾剑派外出的长老，对方不知道看中他什么，非要收他为徒。

既然他们有了新的小师弟，便不需要他，易玄几乎快要答应了，偏偏在最后关头拒绝了。

"我有师父，我是千机门人。"易玄说出这句话时，心中莫名爽快。

叶素认为他会脱离宗门，他偏偏不走。

那位长老一听易玄是一个快废宗的炼器宗门的弟子，更不愿意放弃，非要邀请他来吾剑派之后，再做决定。

今日易玄照旧拒绝，却未料到刚离开吾剑派，还未走出图首城便见到了叶素他们，还有那个新来的小师弟。

"道友，我们宗主有请。"之前离开的剑修回来，对叶素道，"几位跟着我走。"一行人跟着这位剑修往吾剑派走去，叶素一路进去便隐隐察觉护门大阵对准了所有人，稍有不对，他们估计就要交待在这儿。

等以后有机会，千机门的大阵得修一修，否则什么人都能进去。

从山门进去，迎面而来的是数座一字排开的高峰，屹然在吾剑山之上，更显森然威严。

"我听说这些峰头原本是一座吾剑山峰。"吕九小声对众人道，"后来被吾剑派第一任宗主用剑意硬生生劈开，才形成如今的模样。"

"难怪这些峰头看起来有点儿怪。"夏耳恍然大悟，又对那位宗主的剑垂涎三尺，"这剑想必很好。"

再往里走是剑场，无数身穿天蓝色剑影道袍的吾剑派的弟子在上面练剑，声势浩大，颇为壮观。

"徒弟！你又回来了？是不是后悔了？"

正往前走时，一个嚣张又沙哑的声音从半空中传来，他们还没过反应过来，一抹蓝色剑影以极快的速度自上而下冲了过来。

叶素退后一步挡住继续走的游伏时，下意识地拿出飞镜甲。

镜子被扔上天空，瞬间变大，白色光芒笼罩过来，护住七个人。

这时一位穿着天蓝色道袍、头发乱糟糟的男人骤停在飞镜甲前，咦了一声，手一摊，脚下碧蓝色的剑便到飞入他的手中。

他朝叶素多看了一眼，手指轻弹，飞镜甲的护罩便破了："反应不错，法器也不错，可惜老子是合体中期。"

叶素伸手接住落下的飞镜甲，神色平静地说道："前辈厉害。"

男人转头去看易玄："徒弟，怎么样？来吾剑派，别回你那什么破千机门了。"

"我有师父，"易玄皱眉，"前辈慎言。"

头发乱糟糟的男人痛心疾首地说道："一个快废宗的千机门，徒弟，老子一剑就能劈了它。"

最前面的叶素忽然笑了声。

辛沈子，吾剑派长老，原著中男二号的师父。

此时气氛安静得有些诡异，吕九不好出声，沉默地站在背后，游伏时照旧在状况外，易玄则和明流沙几个人一起看着叶素。

此刻，九玄峰的四个人心知肚明这是大师姐不高兴了。

"千机门正要和贵派做交易，前辈要灭我们宗门，最好还是先等等。"叶素微微一笑，随后让前面的剑修继续带路。

辛沈子落在后面皱眉道："老子什么时候要灭……徒弟等等。"

他追上去跟在易玄的旁边："徒弟，这些是千机门的人？正好让他们回去问问你师父，让你跟了老子呗。"

易玄不理会他，快步跟上前面的叶素。

"吵死了。"游伏时走得慢，回头看了一眼辛沈之，"丑东西。"

辛沈之：？？？

他只对剑道感兴趣，很少在乎仪表，有人觉得他太过放荡不羁，这些辛沈之压根不在意，但这是头一回，有人当着他的面，喊他……丑东西？

叶素走进殿中时，抬头发现等在殿内的不只有一个人，她刚站稳，最上方的宗主问道："你有上品无极丹？"

"是，丹内含有一道丹意。"叶素将无极丹拿了出来，上前几步，将它递给小童，小童再呈给殿上宗主。

吾剑派的宗主把无极丹拿在手上端详，掩去眼中的波涛，将无极丹传给其他大长老看。

殿中无声，但叶素知道他们在使用传音入密。

无极丹可破除修为障碍，一旦达到上品，大乘修士皆能用，若是其中又含丹意，又可保修士千年不生心障。对极易生心魔的修士而言，这丹药是他们梦寐以求的东西。

一阵沉默过后，吾剑派的宗主直接开口："确实是上品无极丹，你想要做什么交易？"

"宗主稍等。"叶素偏过头，问易玄，"我是不是你大师姐？"

"是。"易玄对上她的眼睛，有些别扭地承认。

"那你记住，师弟该听大师姐的话。"叶素说完，随即上前。

吾剑派的宗主周奇问道："可是商议好了？"

叶素拱手："此次千机门用无极丹想要和贵派交易两件事。其一，请贵派护我们宗门十年，并派出一队剑修弟子护我们闯秘境，这支队伍的人选由我挑选。其二……"

她的余光瞥见从外面进殿的辛沈子，顿了顿道："千机门有一名剑修弟子，天资聪慧，可惜门下无人指导，我想要他成为贵派并宗弟子，师父同样由我挑选。"

易玄猛然朝叶素看去。

并宗弟子，即可同时拜入两个宗门。

殿上吾剑派大长老扬声笑道："千机门的弟子年纪小小，口气却大，一枚无极丹，就想要捆绑上吾剑派？"

他说这话时，殿中威压骤然变大，足够让这群才筑基境界的少年胆怯。

偏偏叶素再上前一步，恭敬道："无极丹的效用，诸位前辈比我等小辈更了解，若是吾剑派多一个渡劫大能，这点儿要求实在算不得什么。如果贵派实在不愿，我们只好去找其他宗门试试，也许会有人答应。"

说完，她便作势收回无极丹。

"小友且慢。"周奇抬手阻止叶素拿回无极丹，"这两个要求我们答应，其他的话不必用来威胁，从你拿出无极丹那刻起，也只能和吾剑派交易。"

叶素自然知道，无极丹这么珍贵的上品丹药，拿出来后，她只要走出吾剑派，便会被无数双眼睛盯上，运气好点儿，他们还能活着，只是丹药被抢。

不过……目的达到了。

"多谢宗主。"叶素微微弯腰拱手。

离开前，叶素对着殿门前眼巴巴望着易玄的辛沈之笑了笑。

这次她不弄他，就不姓叶了。

除去踏空成仙，修真界境界最高的便是渡劫期修士，但即便在两派五宗也没有几位，且这种大能会在宗门内闭关，一般不轻易出面。

大乘期迈入渡劫期，期间会频繁受到心魔干扰，极易进阶失败。

无极丹能破除心魔，增加大乘期修士成功进阶的希望。对任何一个宗门而言，多一个渡劫期大能，便意味着宗门实力提升一层。

这便是无极丹最珍贵的地方。

叶素提的两个要求微不足道，在吾剑派的宗主和长老看来，她根本是来送无极丹的。

当天，叶素一行人便被安排在贵客住处。

"这里比破元门的灵气浓郁多了。"西玉仰天伸开手，深深吸了一口气，"要我待在这儿住上了十年五载的，不用修炼都能直接突破。"

"想吧你。"明流沙慢吞吞地说道。

"最近东边好像没有秘境开启。"夏耳问叶素，"大师姐，我们要挑什么样的剑修弟子？"

叶素道："亲传弟子。"

亲传弟子的实力会比其他人强，同时吾剑派也会更在乎，若真有什么意外，或许还能寻求搭救。

其实她可以要求吾剑派的高手相护，但一来他们能进的秘境，高阶修士不一定能进，要进去也只能先压制境界。二来是实力太强的修士，不好控制，如果秘境中有什么天材地宝，对方一起念，他们什么也得不到。

一行人被领着去了各自的住处，叶素还未坐下，易玄便站在门外。

叶素转身见到他也不惊讶："进来。"

"为什么要我做并宗弟子？"易玄走进来后，第一句话是质问。

叶素指了指对面的椅子："坐。"

易玄站着不动，她也不出声，两个人就这么僵持了片刻，他还是坐了下来，只不过拉开椅子时，发出了些刺耳的声音。

"自五百年前千机门灵脉干涸，最后一位天才炼器师失踪，斩金宗和全典行便联手打压我们。未来千机门重新崛起，势必需要人护着。"叶素大致说了说从师父那儿得来的信息，随后看向易玄认真地问道，"小师弟，这个人能不能是你？"

易玄偏过头不去看叶素，良久才道："你要我留下是这个原因？"

叶素打量易玄的脸色："师弟，你以为是什么原因？"

易玄抬手倒了一杯茶，仰头喝完："没什么。"只不过以为他们不喜欢他跟着一起罢了。

"等你够强，我也不用找其他门派的剑修。"

"好，我留下。"易玄垂眼答应。

叶素难得和易玄一起坐下来，他们过不了多久又要去闯秘境，有些憋了很久的话，不妨现在说出来。

"你向来自尊心强，师父总让我们别在你面前说这些事。"叶素看着易玄，"偶尔低头并不丢人。"

易玄不语。

"无音宗的那几个弟子对你说了几句话，你就能放弃，不再过去。"叶素道，"白白浪费师父的心血。"

无音宗和千机门的协议从不放在明面上，自然是怕受到牵连，被斩金宗和全典行打压。

偏偏掌门只能接受，否则门下的弟子没有任何出头的机会。

无音宗的弟子能装不知道，千机门的人不能，那是他们掌门消耗自己灵力换来的。

"我……"易玄无法辩解，很多事情一旦过去，便难以改变。

"如今你筑基了，以后的路更远更难走。无音宗的弟子的那些手段只是小打小闹，千机门的弟子不能因为颜面这种东西而放弃进阶的机会。"叶素正色道，"千机门衰落太久，我想要让所有人看到它重新崛起。"

"大师姐。"许久，易玄抬眼看向叶素，"我会成为厉害的剑修，将来护住千机门。"无论用什么方式。

叶素点头嘱咐："以后留在吾剑派，机灵点儿。"

易玄倒了一杯热茶，推给叶素。

刚倒完，游伏时从外面进来，坐在两个人中间的椅子上，顺手拿起叶素面前的杯子暖手。

易玄："没人教你不要擅动别人的东西？"

游伏时捧着杯子，抬眼看向右边的易玄："没有。"

"行了。"叶素看到小师弟，头都大了，"你来做什么？"

"饿了。"游伏时道。

"辟谷丹呢？"叶素皱眉，"昨天才给了你一瓶。"

"吃完了。"游伏时顿了顿又补上一句，"难吃。"

易玄唇角绷得极紧，他自幼开智早，从不会做这一套。

再看叶素，竟然没有半点儿不悦。

"先垫肚子。"叶素从自己乾坤袋中拿出一瓶辟谷丹给游伏时，转回头看易玄，"你觉得辛沈子如何？"

原著男二号的师父，最后在即将突破渡劫期时，为了护住易玄，被男主角斩于昆仑山下。

易玄有些逃避叶素的眼神："不熟悉。"

语焉不详，那就是对辛沈子有好感了。

叶素心中了然，她道："等我们走后，你入他门下。"

最后辛沈子能差一步迈入渡劫期，实力不言而喻，又对易玄极好，无论从哪个方面来看都是最佳人选。

"你同意他成为我的师父？"易玄还记得之前叶素那声笑，以他在千机门十年的经验，她当时绝对不高兴。

"要拜师，自然要选最厉害的那个。"叶素眯了眯眼睛，"不过，这事等几天再说。"

第二天，辛沈子早早来蹲守易玄。

"徒弟，千机门那个谁都说要你成为并宗弟子。"辛沈子搓了搓手，"老子打遍吾剑派，还真没几个人是对手。"

叶素开门走了出来，淡淡道："吾剑派大长老和宗主不轻易出手，剩下的人中也没几个是长老。"

大概是因为昨天受到"丑东西"这词的刺激，今天辛沈子换了一身干净的天蓝色道袍，连头发也束得整整齐齐。他拿出剑指着叶素："你在吾剑派挑人，老子去打一场。"

"我对这个不感兴趣。"叶素微微一笑，"既然前辈知道我提了什么要求，那应该明白易玄要拜谁为师，选择权在我。"

辛沈子沉声道："老子的徒弟要拜什么人是他的事，你们宗门如此霸道？"

"前辈，拜谁为师，大师姐自会替我选。"易玄打断他的话。

辛沈子有点儿慌了，好不容易看上的徒弟，死乞白赖都没能留住，徒弟意外又回来了，如果能收下当个并宗弟子，他也很愿意，结果怎么还是不想当他的徒弟？

"前辈，我们都是没见识的炼器师，您这剑露在外面挺吓人的。"叶素瞥了眼辛沈子的剑道。

"关老子什么……"辛沈子说到一半机智地闭了嘴，把剑收起来，冲叶素露出一个僵硬的笑，"收了，那个你是我徒弟大师姐吧？多见谅，老子……我平时说话难听。"

"昨天就知道了。"夏耳在旁边嘀咕。

辛沈子：给个梯子，还真往上爬了？

要不是为了收徒弟，他一剑劈了这帮小崽子！

无论心中想什么，辛沈子表面还是生疏地讨好叶素："昨天多得罪，什么时候有空，我一定去拜访千机门。"

"拜访不必。"叶素意有所指，"一早起来，还没吃什么东西，灵力匮乏。"

辛沈子顿时传讯喊来小童："快去给几位贵客准备灵食。"

等到小童端着一盘又一盘菜肴过来，叶素转身去了游伏时的房间。

"小师弟起床都要大师姐叫？"易玄问夏耳。

"差不多。"夏耳挠头，"小师弟成天打瞌睡。"

易玄听后，心中说不出来的滋味，游伏时倒是和大师姐关系亲近。

"小师弟豪气。"明流沙慢吞吞道，"可以睡。"

提起这个，西玉正想对易玄说一说最近紫梨瘿木的事，余光触及辛沈子，想到还有外人在，最后只好作罢。

叶素推门进去，游伏时着一身玄色长袍面朝外侧卧在床上，黑色长发遮住了半张脸，散落在床沿。

"小师弟。"叶素站在床边喊了一声。

游伏时听见声音，然后翻身背对着她。

叶素："雾杀花还给我。"

下一刻游伏时便睁开眼睛起来，特意将戴着雾杀花的手藏在身后。

叶素看见了，也没急着要，只道："昨天不是说饿了？外面有小童送了灵食过来。"

游伏时下意识地朝叶素伸出手，等着她扶他起来。

叶素微微笑了笑，然后硬生生从他的手腕上将雾杀花取下来，放回乾坤袋："走了。"

这个凡人太小气！

游伏时原本好看的眉眼快皱成了一团，但摸了摸肚子，最终还是选择屈服，跟着凡人走出去吃东西。

"叶小友，灵食也准备了，到时候你让我徒弟认我当师父怎么样？"辛沈子一见到叶素出来，就围了上来。

"我以为这是吾剑派的待客礼数。"叶素刚坐在凳子上，游伏时便熟门熟路地扯了她衣服的下摆垫着坐下。

辛沈子："……"

"易玄原先是我们千机门的小师弟，只靠着本剑谱，无人指导，便能学到筑基境界。"叶素抓起筷子淡淡道，"要收他这样有天赋的人为弟子，做师父的总应该有所表示。"

辛沈子立刻拿出自己的乾坤袋，抹了上面的禁制，扔给易玄："徒弟，你想要什么就在里面挑。"

易玄没有动。

叶素慢慢悠悠地补了一句："想来做师伯的送给师侄礼物也是应该的。"

辛沈子急得抓心挠肝，恨不得倒回到昨天，把自己的嘴缝起来。

他现在想明白了，这帮小崽子只听这个叶素的话，得罪了她就是得罪了所有人。

"前辈，我师弟选师父，还得要先看看实力。"叶素道，"今日前辈便在这儿练一回剑，让我们见识见识。"

吕九坐在边上不敢出声：这是拿辛沈子当下酒菜呢。

练剑？

辛沈子一听，顿时觉得松了一口气，炼剑他不会，但练剑可太会了。

作为每天起早贪黑、抱着剑到处乱砍、一砍就砍了几百年的剑修，辛沈子对自己的剑术相当自信，放眼整个吾剑派，能比得过他的人还真没几个。

"你们看好！"辛沈子当即抽出自己的冷泉剑，碧蓝色的剑身如冰玉泉涌，散发着幽幽蓝光。

明明是一柄笔直的剑，经他的手一转，宛如游龙，剑走痕留。

辛沈子的速度太快，坐在院中的众人眼中看到无数森森剑影，之后才听见撕裂破空声。

剑入鞘。

其他人还沉浸在辛沈子的剑术中，叶素耳朵一动，余光瞥见什么，手撑在桌上，撑起一个灵力罩。

下一秒，背后那棵茂密的大树便散出无数落叶，每一片叶茎整整齐齐被切过一般，全部落在叶素撑起的灵力罩上。

与此同时，动的人还有易玄，原本他和明流沙一起坐在叶素的侧面，骤然起身挡在桌前，拔出半截剑挡住自前方而来的一道剑意。

他咬牙支撑，却也连退了三步，直到撞在灵力罩上。

"不愧是老子的徒弟！"辛沈子顿时难掩激动地喊了一声。

他的剑虽已入鞘，但还留下一道剑意在。

果不其然，徒弟接了这道剑意。

即便辛沈子那道剑意格外收敛，但易玄才筑基期而已，竟然有胆接合体期的剑意。

辛沈子对易玄怎么看怎么满意，恨不得当场让他拜师。

"大师姐。"西玉仰头看着灵气罩上的落叶，放下筷子，"他故意的吗？"

他们一桌子灵食还未动筷，要不是大师姐反应快，全毁了。

叶素手抬起，灵力罩从下往上收，将落叶一卷，随即一甩全部朝辛沈子砸去。

一个筑基期的炼器师攻击合体期的剑修，自然不会成功，辛沈子轻松躲过，刚站定想说什么。

叶素早已经从乾坤袋中拿出了雾杀花，转动其头部对准辛沈子。

那瞬间漫天雾如薄纱，仿佛朦胧雨季忽现。

辛沈子一开始还以为是起雾下雨了，不过瞬间便察觉不对，久经磨炼的危机感使得他头皮发麻，急急退后。

那些薄雾果然露出凶相，每一丝都在拉长，变为小蛇，张大口，凶性十足地朝他咬去。

辛沈子盯着漫天攻击而来的蛇影，下意识地抽剑砍过去，但仍有数道蛇影咬了过来。

被咬中的前一刻，辛沈子心中想这次玩大了，他还没收到徒弟呢。

等被咬中后，辛沈子沉默了。

就这？他甚至连皮外伤都没受。

辛沈子心有余悸地看向叶素，这是什么法器？看着太唬人了，他堂堂一个合体期剑修，居然被吓住了。

叶素放开雾杀花，对辛沈子微微一笑："前辈，我试试法器，您没事吧？"

辛沈子想起自己刚才如临大敌的样子，觉得丢人至极，但他嘴硬地说道："老子没事，压根不怕，你这法器跟挠痒痒似的。"

"前辈没事就好。"叶素慢条斯理地夹了一片灵肉放进自己的碗中，"以后法器进阶后，有机会再找您试试。"

"这……就不用了。"辛沈子看着叶素，总觉得这小女娃可怕得很，敏锐性也极强，几次都能反应过来。

易玄也收了剑，但没有坐下，而是握着剑站在一旁，盯着辛沈子，俨然只要对方一出手，他就会回击，完全将辛沈子当成敌人了。

辛沈子这人就是彻头彻尾的剑修，心中只有剑，做事从来不顾后果，兴头上来，想干什么就干什么。

刚才练剑练到一半，就想试试易玄，至于叶素他们那一头叶子纯粹是炫技没有收住。

等做完了，辛沈子见到未来徒弟那副冷淡的样子，又开始后悔自己手痒。

"徒弟他师姐，你别误会。"这次辛沈子机智多了，知道先从叶素下手，"我砍多了吾剑派的树，见到树就手痒，没想耽误你们吃饭。"

"前辈，拜师的事过几天再说。"叶素道，"总要让我们再考察考察。"

"行。"辛沈子已经开始在想要怎么把吾剑派几个和他有竞争可能的长老打到闭关。

他最后恋恋不舍地看了一眼易玄："徒弟，我后天再来找你。"明天先去打人。

辛沈子御剑离开，半空中还传来声音："徒弟，你那破剑也该换了！等到金丹期，师父带你去剑池挑一把好剑。"

"他适合当你师父。"叶素抬头对易玄道。

辛沈子这种人我行我素，强大又纯粹，当易玄的师父最好不过，何况还护崽。

"你不介意他说千机门不好？"易玄紧握着剑，这把剑还是师父给的。

"千机门确实快废宗，不过从今以后，一定会慢慢好起来，到时所有人都将知道千机门还在。"叶素低头拂开游伏时动雾杀花的手，"但辛沈子很强，若你真介意，以后和他打一场，赢了便算替我们报了仇。"

"好。"易玄垂下眼答应。

吾剑派，练剑场。

"大师兄，辛长老又发疯了。"

"辛长老做什么了？"徐呈玉刚回来，一经过练剑场，师弟师妹便围过来七嘴八舌地说道。

"辛长老趁着宗主和长老封门议事的机会，把所有峰头上的长老都打了一顿。"

"大师兄，你师父也被打了！"

"……"

换成其他长老这么做，徐呈玉这会儿心中得着急不已，担忧人是不是走火入魔了，但这个人是辛长老，他习以为常。

徐呈玉问："辛长老是又悟出了什么剑意？"

练剑场中师弟师妹又开始你一句我一句地说了起来。

"没有。"

"肯定是和辛长老要收的那个徒弟有关系。"

"不知道辛长老在想什么，成天以为我们师父要去抢他的徒弟，也不看看各峰头弟子有多少，谁会去抢人？也就他一个峰什么人都没有。"

吾剑派有数座峰头，终南峰峰顶住着宗主和大长老，嫡系弟子也住在那儿，徐呈玉便是宗主隔代收的关门弟子。其他峰头各有一位长老，收的亲传弟子和内门弟子便住在上面。

至于辛沈子，他住在八荒峰，成天只知道练剑，从来不管闲事，不收弟子，年年被宗主和大长老念叨。

"什么人会引起辛长老的注意？"徐呈玉有些好奇地问道。

"听说就是一个快废宗的门派的弟子，之前他被辛长老带过来住了几天，好像是拒绝了，不想留在吾剑派。"一位师妹立刻将自己知道的说了出来。

徐呈玉诧异，竟然有人不愿意做吾剑派的弟子，对方难道想要去昆仑？

"后面他还不是回来了？依我看他就是欲擒故纵。"

"拉倒吧，你们都不知道？那个人跟着他们宗门的师兄师姐过来的，和我们宗主做了交易呢。"

"还有这种事？"

平时满脑子只有剑的一群人立刻七嘴八舌地围着刚才出声的人问。

中间出声的人双手抱剑："不然你们以为宗主和长老为什么突然封殿。"

"对方是什么宗门？"徐呈玉问道。

"前两天我路过的时候，听见辛长老说过，好像是什么千机门。"

"千机门？有点儿耳熟。"

徐呈玉一听到千机门，便想起大半年前那一行御剑用铁链的人，顿感好奇："他们可还在宗门内？"

"在，就住在终南峰半山腰，辛长老吩咐了，每天都有人送灵食过去。"

徐呈玉让师弟师妹继续练剑，自己御剑往终南峰去，他想看看对方认不认识那几位有意思的道友。

"这是什么字？"游伏时站在叶素的旁边，看见她在写字，凑上去看了看，发现不认识。

"不算字，这是符箓。"叶素画得很快，这些符箓以后在秘境中多少能用，实际上她更想学新的符箓，可惜没有渠道。

游伏时半点儿没有不好意思，坐在她的旁边，磨磨蹭蹭，时不时去碰桌子上的东西。

"有事？"叶素画完一张金刚符，终于停下来，扭头问他。

游伏时犹豫了一会儿道："我拿别的东西跟你换。"

叶素一时间没听明白："换什么？"

游伏时看着她腰间的乾坤袋，指了指道："这个。"

叶素见状了然，不由得笑了出来，伸手从里面拿出雾杀花，黑色的蛇型手环隐隐泛着金色。她问道："你拿什么东西和我换？"

"等我找回来我的东西。"游伏时扯了扯叶素的袖子，从她的手中拿走雾杀花，仔细地戴在自己的手腕上，抬眼道，"你可以挑一件。"

虽然那些都是他喜欢的东西，不过游伏时认真想过了，可以用一件来换雾杀花。

叶素挑眉，找回？小师弟这是东西全掉了？

"不换。"叶素转回头继续画符，"你想要玩，借你玩几天。"

其实雾杀花对叶素而言，重要又不重要。

她确实无法再炼制一模一样的雾杀花，也很喜欢这件法器。

不过炼器师这种情况多了去了，叶素现在纯粹想看小师弟这副难得理不直、气不壮的样子，稀奇。

听见这个凡人又一次拒绝自己，游伏时不高兴，偏偏又想继续戴着雾杀花。

一开始他只是喜欢蛇型手环而已，但自从那天见到雾杀花攻击人时的场面后，便彻底想得到雾杀花。

"那你说条件。"游伏时忍气吞声，一点儿也不嚣张，"我答应你。"

"暂时没有想到，以后再说。"叶素忙着画符，说完后便没有关注旁边的小师弟。

良久。

"叶素。"游伏时指着她笔下的符箓，"我有一本这样的书，你要不要？"

叶素笔下一顿，符废了，她转头道："不是东西都掉了？"

"那等我找到后，你和我换。"游伏时好不容易才想起来自己有一本这种书，是谁送给他的，忘记了。

叶素起身道："等你找到了再说。"

符废了，她也不想再画，便朝房外走去。

刚走出去和外面的吕九打过招呼，从院落外走进来一个人，带着几分好奇地喊道："叶道友？"

徐呈玉对之前那位御剑挂人的叶道友印象极其深刻，一听说千机门的人在这儿，便过来看看，结果刚进来迎面遇见叶素，下意识地喊了一声。

叶素抬头看到他，显然也认出来了："徐道友，好久不见。"

"原来你就是辛长老想收的徒弟。"徐呈玉想起当初叶素御剑的速度，总算明白为什么辛长老要收一个炼器门派的人为徒弟，想必是叶道友天赋、根骨极佳。

"我？"叶素先是诧异，随后反应过来道，"不是我，我不会用剑。"

徐呈玉：？

叶道友御剑速度奇快，剑身下还能挂着三个人，怎么看都不像不会用剑的人。

"辛前辈想收的徒弟在那儿。"叶素指了指坐在不远处树下打坐的易玄，"我的小师弟。"

游伏时刚走出来，便听见这句话，默不作声地站在叶素的旁边，幽幽地看着她。

"这位是？"徐呈玉没见过游伏时，见他过来下意识地问道。

叶素一转头对上游伏时的脸：把这位忘记了。

"说错了。"叶素立刻亡羊补牢，扭头重新介绍，"这位才是我小师弟，游伏时，刚才树下修炼的那位是五师弟，易玄。"

游伏时看着叶素，左手微微扯起右手的衣袖，露出蛇型手环，显然是用这个做把柄，想要多戴几天。

叶素移开视线，轻轻颔首，以示同意，游伏时这才满意地放下衣袖。

这时候明流沙三个人从外面走进来，见到徐呈玉，立刻过来打招呼。

徐呈玉看了看叶素和游伏时的脸，又朝远处的易玄望去，再看看明流沙三个人，最后将目光落在吕九的身上："这位道友也是千机门人？"

"我是散修。"吕九起身，拱手道，"这次和他们同行。"

徐呈玉莫名沉默良久，他记得千机门是炼器门派，怎么这一个个长得……像合欢宗的人。是宗门换了修炼路数？还是千机门收弟子看脸？

"之前还欠徐道友一个人情。"叶素看不出徐呈玉的境界，且对方手中的剑并不是凡物，这人情恐怕要等以后才能还了。

徐呈玉摇头道："不过是一张舆图，叶道友不必当真。"

"既然徐道友当初收下，便是认同了。"叶素道，"不过我目前境界太低，人情得以后再还。"

"好。"徐呈玉大大方方地应下，随后又道，"才过大半年，叶道友便已经筑基中期了。"

他自己是金丹中期，一眼便能看出叶素几个人的境界。

叶素笑了笑问："徐道友专门过来看我们？"

"是也不是。"徐道友往终南峰上指了指，"我住在那儿。"

原来如此，第一次碰见徐呈玉，她只以为他是吾剑派的普通弟子，如今看来他是他们宗门的嫡系弟子。

"我们此次前来，是想找吾剑派的弟子同闯秘境。"叶素抬眼，"不知徐道友可是愿意加入？"

徐呈玉非但不蠢，相反能在嫡系弟子中出头，他足够聪慧。

来之前师弟师妹说过千机门的人过来和他们宗主做了交易，想必这就是其中一件。

"你们要去哪个秘境？"徐呈玉问。

"哪个都去。"叶素补了一句，"只要能进。"

徐呈玉愣了愣，有点儿没明白过来她的意思。

"秘境中灵气充沛，还有各种妖兽，可以用来做炼器的材料。"叶素开门见山道，"所以只要我们能进去的秘境，都会去一次。"

徐呈玉望着叶素的神色，想起千机门的困境，终于将一切串联起来："你们想要借秘境的灵气突破？"

"是。"

"你们……胆子够大。"徐呈玉不由得感叹，剑修都不敢这么做，毕竟秘境意外太多，连他们这些大宗门的弟子要去秘境，都要做好充足的准备。

"绝处寻生而已。"叶素说这话的时候，面上并没有多余的神情，仿佛只是说一件很寻常的事。

徐呈玉思考片刻道："我加入。"

叶素笑了声："好。"

没多久，徐呈玉要跟着千机门的人一起到处闯秘境的事情传遍了吾剑派。

终南峰上，嫡系弟子住处。

"大师兄，你要跟着那些炼器师去幻境？"嫡系弟子马从秋用力推门进来，"有这个精力为什么不放在修炼上？"

"去秘境也是修炼。"徐呈玉睁开眼，从入定状态中脱离，"多出去闯一闯，或许对我突破有好处。"

"那也不是和那群境界低、还是一群手无缚鸡之力的炼器师一起去，到时候你光护着他们都来不及。"马从秋嫌弃道，"千机门都快废宗了，也不知道在挣扎什么。"

"你有没有见过他们？"

"谁？"马从秋想了想道，"千机门的人？远远见过一次。"

徐呈玉又闭上眼，双手交握，运转灵力，才道："你不觉得他们个个都长了一张将来很厉害的脸？"

马从秋困惑，这叫什么话？他承认那帮人确实长得不错，但脸好看就是厉害？不能啊，大师兄这是怎么了？

"大师兄。"马从秋看着昔日如月的徐呈玉，语重心长道，"半年前我就发现了，你不对劲。如果生了心魔，要及时向师父和长老求助才行。"

那时候大师兄刚带师弟师妹历练回来，居然在剑上挂了根绳子，让新入门的小弟子坐在上面，带着到处转悠，把一干人吓得够呛，还以为那小弟子犯了什么事，大师兄在惩罚他。

只有马从秋知道那时候大师兄御剑结束，说了一句：还挺难掌握。

"没有心魔，你不懂。"徐呈玉只是觉得千机门的人很有意思，和自己见过的所有年轻一辈都不同。

马从秋皱眉："大师兄，你要去，那我和周师妹也要一起去，我们不放心。"

"你得去问叶道友。"徐呈玉运转灵力，在周身游走一圈，疲惫感才逐渐消散。

马从秋道："她要选厉害的弟子，我和周师妹都是金丹前期。"

说去就去，马从秋立刻起身，去找师父推荐。

"徒弟，那几个峰头的长老实力都太差了。"一大早辛沈子站在易玄的门前，非要讨个说法，"就让老子教你练剑行不行？"

易玄从房间内出来，过分俊美的脸上没有多余的表情，但眉眼较以往要多出一些平和之意："你问我大师姐。"

辛沈子扭头看向旁边一排蹲在房门口吃灵果的人，在其中精准地找到叶素："你想好没？赶紧让易玄跟了我。"

"前辈，易玄做你的徒弟能学到什么？"叶素抬头问。

辛沈子皱眉道："做老子的徒弟，自然是老子所有学过的剑术都教给他，只要他能学。"

得到他的保证后，叶素点了点头，看向易玄："你留下，将来千机门有一半机会需要你。"

一半是炼器，一半是护宗。

今后在实力提升的过程中，吾剑派将是他们千机门的庇护。

"那你以后是老子的徒弟了？"辛沈子激动地盯着易玄，"快，徒弟，喊一声师父！"

易玄无论见过多少次，始终无法适应辛沈子的热情。

他朝叶素那边看了一眼，她真的不是报复他？

等叶素的目光扫过来时，易玄瞬间移开视线，对上辛沈子："师父……"

"哈哈哈哈哈哈！"辛沈子仰头长笑，一头乱糟糟的头发炸开，"老子终于有徒弟了！"

"大师姐。"明流沙扭头问叶素，"人选好了？"

叶素点头伸出三个手指："全是终南峰的嫡系。"

在这方面，她倒没想过终南峰的嫡系弟子会主动加入，吾剑派也愿意放人。

"我打听到了，最近图首城以东，有一处秘境要开启。"吕九匆匆过来道，"就在这个月。"

叶素站起来："回去收拾行李，我们明日准备动身。"

明流沙几个人立刻转身回房。

叶素低头传讯给徐呈玉，告知明日动身的消息。

"拿着。"辛沈子从自己腰间取下乾坤袋扔给叶素，"这里面有几件防护法器送给你们，好好活着，别让我徒弟伤心，影响练剑。"

叶素扬眉道："多谢前辈。"

辛沈子纯粹是高兴，要不是叶素过来，他的徒弟早跑了，好在如今还是回来认自己当师父了。

思及此，他又忍不住哈哈大笑。

第二天一早，叶素一行人，外加徐呈玉三个人全部汇集在吾剑派山门下。

"师弟，我们走了，你好好学剑术。"西玉朝易玄挥了挥手。

"等我们回来找你。"夏耳喊道。

易玄默不作声地看着叶素几个人，就像过往一样，他们再次分道扬镳，只不过这次……多少有些不同。

辛沈子站在旁边道："徒弟，等你学好剑术就能陪着你师姐师兄一起去了。"

吾剑派都是剑修，三位嫡系弟子剑术更是了得，御剑自然不在话下，不过眨眼的工夫便移行千里。

马从秋有意在千机门的人面前显摆自己的实力，特意飞出老远。

"从秋师兄，等等，大师兄还在后面！"周云跟在他后面喊道。

"师兄怎么回事？"马从秋悬停在空中，回头对周云道，"师妹你看，我早说大师兄不对劲。"

周云无奈道："我们回去看看吧。"他们飞出太远了。

此刻，落在后面的徐呈玉正盯着叶素的剑身下面的大箩筐："叶道友，你换成筐了？之前我也试过剑上挂链子，不过好像不怎么样。"

"链子没有筐好用。"叶素一本正经地和他讨论起来。

"看着确实不错，游师弟都睡着了。"徐呈玉往下看了一眼道。

叶素笑了声，没有说话，小师弟就没有哪天不睡觉的。

"大师兄！"马从秋返回来，刚停下就见到叶素剑下挂的大箩筐，震惊道，"这是什么东西？"怎么还有个人在里面？

马从秋看向徐呈玉，一脸复杂之色，原来大师兄是因为千机门这个叶素和自己有一样的爱好，所以才愿意和他们一起闯秘境。

金丹期和筑基期确实有着天壤之别，徐呈玉他们御剑可以完全不用停歇，但叶素几个人不行，还要补充灵力。

"境界虽然低，速度倒是挺快的。"一行人停下休息时，马从秋站在旁边道。

周云转头对他道："从秋师兄，你少说几句，师父让我们好好跟着他们一起闯秘境。"

"这种小秘境，有我们在，里面的东西都能全包了。"马从秋道，"紧张什么？"

"师父说万事不可大意。"周云提醒，"反正你得听大师兄的。"

"知道了。"马从秋盯着那边打坐休息的几个人，哪有什么将来厉害的样子？

看边上那个快靠在叶素身上的游伏时，御剑不会，还成天打瞌睡，分明就不是个正经修士。

根据消息，图首城以东的一个小秘境将在这个月内开启。

叶素一行人紧赶慢赶，终于赶到一座叫集东的小城内，里面已经提前进来了许多修士，像他们这种结伴同行的人自然也不少。

不过，叶素这些人进城时，还是引起了周围修士的注意。

在集东城内，金丹期的修士不多，而他们一行人中却有三位金丹期的剑修，谁见了心中都得嘀咕一声。

"这种小秘境，平时我们不会来。"徐呈玉坐下对叶素道，"吾剑派的弟子有自己的试炼场，或者由我们师兄师姐带着下山做任务，一直到金丹期才会开始闯一些秘境。周云和从秋前不久才从秘境中出来。"

秘境越大越危险，进去后金丹期的修士说陨落就陨落，大宗门弟子会有师父、长辈等人给的法器护身，而大多散修没有，只能靠着自己，但凡是散修出身的大能，每一个都极其厉害。

修真历史上，这种狠人不多，每出一个都能搅动几百年的风云。

"徐兄，进去后，暂且不用出手。"叶素扫了一眼隔壁桌的明流沙几个人，"等到真出现危险，我们无法解决时，你们再动手。"

徐呈玉答应下来："可以。"

小秘境还未开，叶素和他们一起吃完饭后，准备外出，去集东城内逛逛，她之前一直想要做一个简易的法器，这次进入前得做好。

集东城还没有定海城三分之一大，但该有的店铺一个不少。

叶素找了个小材料行，买了点儿做法器的材料，绕着另外一条路回去时，发现这里居然还有家卖符的小铺，或许是这边更靠近五行宗的原因。

叶素抬脚走了进去，铺子很小，只容得下一个人堪堪转身，没有排柜，墙上挂在一排木牌，写着各种符的名字。

她在上面见到了金刚符还有迷睡符，还有其他没听过的符，没有符箓，木牌上只有字。

叶素的目光落在最后一排最后一枚木牌上：转煞符？

"老板，用了转煞符有什么效果？"叶素问里面坐在小板凳上的老头。

老头撩起眼皮，发出沧桑的声音："运道类符，贴在身上，对方会倒霉，时效一盏茶。"

"定身符和破界符呢？"

老头连续咳了几声："定身符贴之可定身一刻，破界符则可破开结界。"

"对什么境界有效？"叶素问道。

"看符师引气锁符的水平，不过随着使用对象的境界提升，这两种符的效用会大打折扣。"老头解释。

引气锁符？

叶素听得一知半解，想了想道："我要一张定身符和破界符。"

"一共三百中品灵石。"老头坐在那儿，从怀里颤颤巍巍地掏出两张符给她。

叶素递给他灵石，一手接符："你这符对什么境界最有效？"

"金丹期。"

一般稍微了解符箓的人听到这句，必然要将符砸回去，再说一声骗子。

能用在金丹期的符箓才卖三百中品灵石，除了骗子还是骗子。

叶素不清楚，她第一个接触的是千机门前辈改良过的符箓，连合体期都能用，对金丹期符没有太多了解。

她把符放好，转身走出这家小铺子，走到门口后，没忍住又转身对里面的老头道："你……有一只耳朵没有弄好。"

对方一愣，随后化出一面镜子，照着自己的耳朵。

果不其然，一只耳朵上布满老人斑，另外一只耳朵上没有一点儿痕迹，正常得很。

"老头"低声说了一句什么，叶素看到他拿出一张符捏碎，下一秒整个人便消失了。

叶素摇头回去，这年头什么怪人都有，修真界越年轻代表实力越强，装老头是什么操作？

回去后，叶素便拿出以前画的转煞符贴在身上，低头看了看自己，没发现什么异常，好像也没有倒霉。

想起装老头的那个人，是他撒谎还是她这符没有画好？

叶素还没想明白，下一秒头顶的瓦片莫名其妙地掉了下来，径直砸向她。

听见声音，叶素立刻往旁边躲开，结果一只脚绊另一只脚，倒向地面，头再一次"主动"伸过去，被瓦片砸中，瓦片当即四分五裂。

正好路过的马从秋站在门外，扭头见到这一幕："你在炼铁头功？"原来炼器师还要炼体。

然后他又转回头，回自己房间了。

叶素："……"

她抬手，掌心的灵力朝两边门打去，想要将门关上，结果门是关上了，下一秒门上的合页断了，又朝她的身上砸去。

叶素干脆也不躲了，她今天要看看转煞符能有多大杀伤力。

"你在做什么？"游伏时不知道从哪儿冒出来，手扶了一下门，又推了推，他懒得扶，径直让门倒在边上。

门砸在地上，扬起一阵灰尘，朝着叶素奔去。

叶素被呛得翻身而起，面无表情道："小师弟，或许你可以多扶一会儿。"

这时候转煞符消失了。

游伏时偏头想了想，伸手对着叶素施了净身术："这样，可以了。"

"过来什么事？"叶素决定待会儿再让明流沙试试转煞符，看起来不会有什么生命危险，只是运道不好。

"饿了。"游伏时道，"要辟谷丹。"

他大概习惯跟着叶素一路穷过来，有灵食吃就吃灵食，没有就要辟谷丹，虽然不喜欢吃。

叶素皱了皱眉，从乾坤袋中拿出一瓶辟谷丹，又拿了些灵石："带着，以后我不在，可以自己去买。"

游伏时看了眼灵石，退后一步，摇头道："不要，丑。"

他不可能会放进他的收纳界中。

游伏时恍惚一瞬，收纳界？

他低头看了一眼自己腰间的乾坤袋，这是他在秘境捡的，也丑，还小，但是勉强能用。

叶素闻言皱眉，这是什么臭毛病，说中品灵石丑？

她道："拿着，否则我不在你身边，你只有饿肚子。"

游伏时不看她，又在装听不见。

叶素："雾杀花可以还我了。"

游伏时顿时皱眉道："叶素，你上次说了认识五十个字，可以借我戴十天。"

大师姐微笑："还有半天，时间就到了。"

游伏时转头不去看她，一只手打开乾坤袋："你扔进来。"大不了用的时候，闭上眼睛不看。

叶素挑眉将灵石放进去，这招对小师弟百试百灵。

门和瓦破了，叶素花了一点儿时间修好，下去和客栈掌柜说了声，再回来游伏时还没离开。

"还有事？"

"你再教我五十个字。"游伏时主动拿出书，"我要再借十天。"

只要一直借，雾杀花就一直是他的。

叶素按了按额头："行。"

游伏时认字很快，基本教一遍便记住了，只不过字写得……一言难尽，虚浮无力、歪歪扭扭。

"先练这几张纸。"叶素在每张纸上都写了一个字，让他照着写。

她坐在对面，拿出新买的两张符箓，准备自己画一画，也不是想卖，只是自用，省点儿钱。

叶素仔细观察两张符箓，纸还是黄表纸，不过上面好像不太像朱砂，她拿起符箓闻了闻，也没有嗅到什么味道。

符纸上的符箓晦涩难懂，常人甚至不知道从哪儿起笔，叶素却能从中看出如何起笔收尾。她不断在心中描摹符箓的笔画，等拿起笔时，早已经将符箓图深深刻在脑中。

叶素提笔蘸朱砂，引气入笔，落纸定势，开始画定身符。

和以往相比，定身符显然要难画不少，叶素能明显感觉到笔下凝滞，难以前推后移。

她站在桌前，手握笔身，另一只手撑着桌面，平复周身灵力，一点儿一点儿挪移着笔尖，不让其多停顿，保持着匀速移动。

对面游伏时似有察觉，停笔抬眼看向叶素。

她不知道自己此刻脸色极为苍白，额上细汗密布，整个人入定，仿佛与周围隔绝。

一笔连带过，眼看着要画到最后一道，叶素手中的笔忽然炸断，她猛然吐出一口血，血渍落在符纸上，瞬间被灼烧蒸发，连带着之前未完成的符箓一起消失。

失败了。

叶素放下断笔，冷静地抬手擦掉唇边的血迹，她的境界太低，这符不是自己能够画的。

"这笔不好。"对面坐着的游伏时出声道。

"嗯。"叶素随口应了一声，将报废的符纸和笔扔了。

"我有一支笔。"游伏时想了想道，"以后可以借给你用。"

叶素看着他一脸舍不得的表情，终于笑了出声："我记住了。"

她重新拿出一支笔，准备试试画破界符，这次比刚才的定身符还要难画，显然也不是叶素这个境界能画的符箓，她只能及时止损，放弃继续画，仍旧受了反噬。

等明流沙他们在楼下见到叶素时，不免有些惊讶。

"大师姐，你怎么了？"夏耳皱眉问道。

"画了两张符，受了点儿伤。"叶素已经比之前好不少。

马从秋坐在徐呈玉旁边小声嘀咕："不是被瓦片砸了头吗？"

"什么东西？"周云扭头问。

"我看见叶素在练铁头功。"马从秋往周师妹那边靠了靠，小声道，"我估计她是把脑子砸坏了。"

"铁头功？"周云震惊，一时没掩盖住声音。

从头到尾听得清清楚楚的众人："……"

相比之下，徐呈玉更好奇另外一件事："叶素，你还会画符？"

"会几张而已。"叶素心中已经将下一个转煞符的对象从明流沙改成马从秋。

"我们有机会可以去正东边看看。"徐呈玉道，"那边有五行宗，符师流派也多。"

作为吾剑派的大师兄，徐呈玉对叶素会画符没有太大的惊讶。

并宗弟子的由来便是修真界有多种天赋的修士，叶素大概就是其中之一吧。

集东城，一月一日。

小秘境正式开启，叶素一行人踏进入口，徐呈玉三个人跟在后面观察，非必要情况不出手。

"灵气最浓郁的地方是境眼。"进来之前徐呈玉告诉叶素道，"一般境眼中会有最多最好的法器秘籍，同时也是最危险的地方。"

"我们去境眼。"叶素道。

既然要闯秘境，自然会选择以最快的速度赶往境眼，只不过境眼并不好找，有时甚至会转移。

进小秘境后，叶素便带着师弟师妹往灵气浓郁的地方走，她的掌心微向上，吸收灵气，另一只手的指尖冒出灵火，旁边的游伏时看着在她的手指上转动的灵火，下意识地伸手过去碰。

叶素立刻收了："别乱碰灵火。"

炼器师的灵火是用来炼制材料的，游伏时的手伸过来，万一真是什么妖，指不定就现场烧出个妖骨，到时候小师弟的一只手就会变成炼器材料。

游伏时收回那只手，背在身后，对这个凡人极其不满意，他不过是想摸一摸而已。

"大师姐，前面有三色莲。"西玉和吕九走在前面，忽然转头喊道。

叶素立刻走了过去，一个水塘中，仅有一株三色莲立在那儿，荷叶上滚动的不是透明水珠，而是鲜红色的血珠。

"下面有人。"明流沙伸手指着荷叶下方的水道。

夏耳盯着看了一会儿，才发现那下面还漂浮着半截尸体，那衣服他认识，是之前站在入口前的一位修士，刚进来没多久。

再抬眼望着此刻水塘中亭亭玉立的三色莲花，他只觉得浑身发凉。

"三色莲的荷叶梗中有汁液，可以用在法器上。"叶素道，"白、粉、红莲花瓣可以入丹做药。"

"听起来是好东西。"吕九道，"我去摘下试试。"

除了徐呈玉那三个金丹期剑修，她是里面唯一的武力输出，自然要主动去。

吕九握紧剑，飞身踏波，轻飘过去，离三色莲还有一定距离时，那朵莲花忽然盛开到极致，里面不是莲蓬，而是一窝闪着晶亮汁液的刺针，朝她喷过来。

吕九猛然侧身躲开这轮攻击，同时拔剑立砍，下一秒三色莲花连带着荷叶梗便飞上半空。

她瞬间速度极快，脚尖轻点水面，身体往上升，伸手抓住被斩断的三色莲，准备转身回去。

"她这一知半解，最会害人害己。"马从秋摇头，"三色莲最厉害的地方明明是淤泥下藏着的根须。"

果不其然，在吕九面朝岸边来时，水面一阵滚动，地下沾满淤泥的根须全部翻腾起来，朝着背对着它们的吕九。

周云有点儿按捺不住："大师兄，我们去救他们。"

"先等等。"徐呈玉盯着叶素莫名冷静的脸，最后拦住周玉和马从秋，"再看看。"

当那些根须全部刺向吕九时，她已经察觉了，反手挥刀斩去一半根须，但还有一半根须径直朝她而来。

而这时站在岸边的叶素，不急不缓地从乾坤袋中摸出一把新做的喷符枪，轻轻一抬，按下扳机，长方形枪口便如同吐牌机一样，迷睡符全打中了那些"漏网之鱼"。

最后面的徐呈玉三个人：这是什么东西？

旁边的游伏时问出了在场所有人的想法："叶素，这是什么？"

"喷符枪。"叶素简略地回道，她从乾坤袋中又掏出一把喷符枪，双手对着那些根须，不要钱似的撒符。

游伏时朝她腰间的乾坤袋看了好几眼，这个凡人的袋子里为什么总有他喜欢的东西？

符还是迷睡符，但只要三色莲根须碰了符，瞬间便萎靡下去。

三色莲对付起来麻烦，像吕九这种剑修，一剑压根砍不完所有的根须，只要有一条根须击中她，接下来步子一慢下来，势必会受到铺天盖地的攻击，到时候只能命丧水塘，如同之前荷叶下的浮尸。

结果叶素掏出两把喷符枪，站在水塘附近，就这么轻轻松松将那些根须全部打中。

是个人看了都羡慕。

喷符枪名字虽然怪异，和长枪完全没关系，但"喷符"两个字实在是生动形象。

马从秋不由自主地伸长脖子，他是见过符修的人，那些符修也是喜欢到处扔符，但绝对没有叶素这种……古怪又好用的法器。

叶素手中的两把喷符枪并不一样，最先拿出来的那把只有一个出符口，单次发出一张符，比较适合符少、需要精准打击的情况。

后拿出来那把则是多个出符口组合成的圆形枪口，只要按下扳机，一瞬间便会出现漫天的符，劈头盖脸砸过去，别称"符多枪"。

"叶道友真潇洒。"马从秋站在旁边突然羡慕道，原本他以为剑修才是最潇洒的修士，衣袂翩翩，拔剑击杀。

结果如今看来，只要有合适的法器也潇洒得很，抬手一按，符就能喷出来，不费吹灰之力。

“这一打，符消耗得太多。”徐呈玉理智地说道，“更适合符师用。”

话是这么说，但在场所有人看着叶素手中的两把喷符枪，眼睛都在发光，心中蠢蠢欲动——想玩一玩。

叶素收起喷符枪，望着西玉将荷叶梗上的汁液收集完，正准备离开时，一个影子不知从何处冲过来。

“道友，一定是缘分让我们在此相见。”

叶素定睛一看，才发现来人是之前在定海城外买她的符箓的二道贩子。

干瘦黄袍修士热情地问道：“道友，你这两件法器可真有意思，能知道是哪位炼器师炼制的吗？”

叶素很清楚对方的意图，估计他又想像上次一样买喷符枪，转头再高价出卖，但她依然回答：“我炼的。”

黄袍修士愣住，视线这才落在叶素道袍上的字上，眼睛滴溜溜地转了几圈，随后搓了搓手：“道友，实不相瞒，若你这小法器拿去五行宗那边卖，绝对有无数符师抢着要，不过……这法器不难炼制吧？”

叶素看着对方并不出声，但她不得不承认，喷符枪结构确实不复杂，只要有炼器师拿到手，拆开看一遍，基本就能做出来，没有任何技术含量，不过是内部有个简单的机关。

“你想说什么？”夏耳站在旁边皱眉问。他不喜欢黄袍修士这种语气，他大师姐做出来的东西一定不简单。

那修士嘿嘿笑了笑：“千机门的炼器师卖的法器应该没人要，我们合作怎么样？你炼制这法器，我来卖。你六，我四。”

“这法器被炼器师拆一遍就能做出来同样的东西。”叶素问，“你要如何卖？”

“这个道友放心，我自然有本事让大部分符修只会来买你炼制的法器。”黄袍修士看了看叶素道袍上的字，“不过你的名头不能用千机门。”

“八二分。”叶素伸出两个手指，“你二。”

她要让千机门光明正大地出现在大众面前，不代表不可以暂时隐去名头卖法器，境界实力要提升，同时也不能放弃任何赚灵石的机会。

“八二未免太低了。”干瘦黄袍修士一脸为难之色，“小道友，卖法器很难的。”

“像我这种炼器师不多。”叶素看了眼他，“你这种二道贩子，应该不少。”

黄袍修士：“……”

徐呈玉站在旁边，还未从见到喷符枪的震惊中恢复，便看着叶素和对面那位莫名其妙冲过来的修士你来我往、刀光剑影，最后居然真的谈成了。

"道友，我保证，只要你能供应这两件法器。"黄袍修士拍着胸膛道，"我一定让它们远销修真界！"

两个人又互相约定出秘境后在哪儿交易，交易多少把喷符枪。

"道友，虽然不用千机门的名头，但你可以用个化名。"干瘦黄袍修士道，"有什么好东西都可以找我销售，我黄二钱什么都卖。"

"木几。"叶素随口道。

"行。"黄二钱应声，很快就跑了，估摸着又是去哪儿倒卖东西了。

徐呈玉上前一步，和叶素站在一处，颇为感慨："你们来秘境都这样？"

他们吾剑派每次去秘境，只会直冲妖兽或者异宝，一把剑从头到尾就没停过。

"赚钱的机会，不能错失。"叶素正色道。

"大师姐，让我看看。"明流沙走过来，要看喷符枪。

他还没走近，就被小师弟挡住挤开了。

游伏时抢先一步，理直气壮地伸出手朝叶素讨要喷符枪："多加五十个字。"

明流沙：不知道的还以为小师弟是拿出五十枚灵石买呢。

叶素笑了声，将手中的单喷符枪递给游伏时，又将多喷符枪给二师弟。

明流沙拿在手里看了一会儿，又问了问叶素里面的结构，这才还给她。

一行人继续往前走，游伏时慢慢地跟在叶素的身后，手里拿着喷符枪，他不了解炼器师那套，只想喷符。

他拿起喷符枪，朝空按下扳机，但没有任何反应。

"叶素，它坏了。"游伏时在后面拉了拉她的衣服。

"里面没有符。"叶素只在多喷符枪内装上了扩界，类似乾坤袋，可以保证符的用量，到时候用的时候不会空枪匣。

她从乾坤袋中摸出一沓咯咯符："玩这个。"

游伏时装好符后，重新举起喷符枪，扣下扳机，糊了前面的明流沙一身。

明流沙被这么多咯咯符一贴，瞬间无法自控地咯咯笑了起来，一边笑，一边转身愤怒地瞪着游伏时："小师弟……咯咯……你……"

游伏时默不作声地往叶素的身后挪了挪，当作什么也没发生。

明流沙半天说不出话来，还是旁边的夏耳好心帮他把符揪下来。

落在后面的三位金丹剑修浑身一寒：还有这种符？

马从秋悄悄抹了一把汗，心中默默将叶素列入不可得罪的对象行列中，她怎么什么奇怪的东西都有？

"大师兄，他们真的需要我们吗？"周云小声问徐呈玉。

徐呈玉："大概吧。"

这次小秘境中，叶素他们花了两天时间便找到了灵气最浓郁的地方，然而到了之后才发现那并不是境眼，而是一处妖兽窝。

"要不然我们先逃吧。"最前面的吕九看着不断围过来的一群灰斑狼，"这种妖兽最低水平都能和筑基后期的修士比。"

"你不是捅天干地的剑修吗？"西玉紧张地抓了抓自己头上的粉刀，问道，"怎么能退缩？"

"那也得有命才行！"吕九作为一个浪迹修真界的散修，太知道弹性坚韧的重要性。

"还是逃吧。"西玉和吕九对视一眼，准备逃跑，结果一回头身后早已经空无一人，他们全部跑掉了，只剩下三个剑修站在那儿。

两个人傻了，顿时飞快转身逃走。

那群灰斑狼疯狂在背后追赶，但等西玉和吕九跑出了某个区域，它们又停下来，凶狠地低吼，许久后慢慢散开。

西玉转过头看着从自己身后走出来的叶素，幽怨地说道："大师姐，你们逃走居然不喊我。"

"大师姐是在锻炼你，要时刻保持眼观六路、耳听八方的警惕性。"夏耳在旁边言之凿凿道。

西玉："下次你走前面。"

叶素皱眉看着后方："你们还是先担心能不能出去。"

刚才她只是察觉后方有异，所以转身离开，结果游伏时、明流沙和夏耳全跟了过来。

"什么意思？"吕九握着剑，听她说这句话，有种不祥的预感。

叶素往后方指了指："有大量妖兽往这里跑，很近。"

前有灰斑狼，后有其他妖兽，怎么看都像是要出事。

"叶素，你过来看。"原本脸上神情平静轻松的徐呈玉，此刻只剩下凝重和一点儿意外惊喜的神色。

叶素快步走过去，顺着徐呈玉指着的地面裂口看去。

"有没有闻到什么？"徐呈玉问她。

叶素俯身盯着地面上那道裂口："香气，还有泥腥味。"更确切地说是一股荷叶清香混杂着莫名浓重的泥腥味。

"这么重的臭味都掩盖不了……"徐呈玉说到一半，想起什么，连连后退，"我们快走，这是地幻莲！周云、从秋带着他们离开！"

徐呈玉转身抓住明流沙，周云带着西玉，马从秋则拎住夏耳，三个人直接御剑朝灰斑狼那个方向飞。

吕九见状，立刻也御剑跟上。

这时候地面陡然开裂，从中蹿出一条巨型蚯蚓，它的双头皆有利齿口器。

叶素瞬间后退，拿出剑，准备带上小师弟一起逃走，却见到游伏时已经靠近了那条巨型蚯蚓。

她心中一跳，以极其刁钻的角度御剑而下，一把抓住地面上的游伏时，带着他逃离。

巨型蚯蚓张开口器朝两个人狠狠咬去，叶素立刻撑开飞镜甲，它重重撞在防护罩上。

叶素面无表情地寻到机会，从它翻滚扭曲的巨型身体空隙中钻了出去，赶往徐呈玉那边。

"叶素，这里！"徐呈玉担心他们出事，把明流沙交给马从秋，又返回来。

游伏时伸出一根手指戳了戳叶素的后背，摊开另外一只手，露出里面的东西："换喷符枪。"

半空中飞过来的徐呈玉一看到他手中的东西，眼前一黑，道："这是地幻莲！"

修士陨落或飞升留下的地方一般分为三种：秘境、洞府、传承之地。

秘境最为普通，开启数量也最多，是大乘以下修士留下的居住地或者藏宝地。若是秘境保存完好，很容易看出来秘境主人的偏向爱好。

这个秘境随处可见莲花，他们一进来便看到了三色莲花，后面再往里走，都是各色各样的普通莲花，显然秘境主人对莲情有独钟。

此刻游伏时手中只有一棵带泥的苗，两瓣黑色的芽叶，看起来十分不祥。

"地幻莲是什么？"叶素问道。

"地幻莲是地底孕育的一种幻莲，地龙伴生，初发芽时只能引诱妖兽，待长成后可幻起万物，传言上古时期的大宗门会用它供弟子磨炼道心，减少心魔的产生。"徐呈玉朝他们来的那个方向看了一眼，"地幻莲初生之际，会诱发周围百里妖兽聚集，互相厮杀，最终被地龙吞噬。"

越多妖兽聚集在一起厮杀，地龙的境界提升越快，等最后一头妖兽脱颖而出，它才会动手，待吞咬那头妖兽后，境界大成，至少化神期的修士无法斩杀地龙。

地幻莲每成长一阶段，这种事情便会发生一次，地龙也会随之强大。

徐呈玉只是曾听吾剑派的一位长老说过，地幻莲自地而生，初生带有浅淡莲香，同时还有地龙翻滚的巨大泥腥味，混合在一起，久久难忘。

没想到在小秘境中会碰见地幻莲，离开的时候他还有些怀疑自己想错了，结果游伏时直接将地幻莲挖了出来。

"自神殒期后，地幻莲便没有再出世。"徐呈玉面色复杂地看向游伏时，"地幻莲清香久弥不散，若是在周围待一圈，十几日味不散，地龙会将所有沾上这个味道的妖兽、修士全部杀光。"

叶素问道："所以挖了地幻莲，就算还给那条地龙，也照样会被它杀死？"

徐呈玉点头道："传言是这样。"所以上古期的大宗门会先斩杀地龙，再将地幻莲带走。

叶素点了点头道："既然如此，我们该逃了。"

语罢，她便迅速抓起游伏时的手腕，往另外一个方向御剑疾驰，徐呈玉一愣，随即掉转头跟了上去。

"叶素。"游伏时还在后面不依不饶地问，"换不换？"

大师姐听得脑壳疼，深深吸了一口气道："自己在乾坤袋中找。"

她一只手操控剑，一只手还要拉着身后的小师弟，防止他摔下去，压根顾不上别的东西。

游伏时认真想了想，便将地幻莲放进叶素的乾坤袋中，再从里面拿出被她收缴掉的喷符枪。

他还没来得及玩，前面的凡人就开始吩咐自己做事。

"帮我传讯给流沙。"

游伏时不喜欢受人吩咐，不过这个凡人会做有意思的东西，他勉为其难地拿出她的传讯玉碟，联系明流沙。

"小师弟？"明流沙见到游伏时一怔，随后问道，"大师姐呢？"

游伏时不理他，只是将传讯玉碟转了个方向，对准叶素。

叶素余光瞥了一眼传讯玉碟，对明流沙道："秘境中的妖兽全部往这边来了，你们找机会去境眼吸收灵气。"

"大师姐，你们呢？"明流沙皱眉问道。

"我们身上沾了地幻莲的味道。"叶素解释，"有条地龙会追过来，你们先走。"

明流沙还想说什么，但想到叶素目前的状况，最终还是主动将传讯结束了。

等到徐呈玉赶上来后，叶素转头问道："徐兄，地龙还未吞噬妖兽前，境界一般有多高？"

"至少元婴期。"

徐呈玉察觉到什么，眼瞳放大，还未来得及出声提醒，叶素前方地面便突然凸起炸开，一头地龙以极快的速度蹿上来，口器张大，眼看着她要径直撞进去。

"抓稳。"叶素将游伏时的手放在自己的腰间，下一秒双手操控剑，陡然向下，紧紧贴着地龙的身体而过。

一股浓重的泥腥味扑面而来。

叶素甚至没有屏住呼吸，任由这股味道充斥鼻尖，头脑反而更加清醒。

然而就在她御剑下降，即将远离地龙时，它的另一个头从地面钻出，张大的口器散发着血泥混合的腥味，朝叶素和游伏时咬来，而地龙上方的那个头又追了过来。

上下夹击，前方的路又被地龙的身体挡住。

叶素不是剑修，没有真正学过御剑，只能算照猫画虎，会前进，并不会后退这一招。

"剑气流转，逆！"徐呈玉突然朝叶素大喊，同时御剑后退示范。

叶素立刻操控灵力逆转，脚下的剑骤然后移，面无表情地看着地龙的两个头的口器撞上。

"不能往回走。"徐呈玉飞过来快速道，"一旦地龙吞吃下妖兽，它的实力会再次提升。"

不能往前，不能往后。

"徐兄，你有几成把握对地龙造成伤害？"

徐呈玉看着叶素的眼睛，心中一震：她一个筑基期，居然想杀同元婴修士相当的地龙。

"这条地龙还未来得及吞吃妖兽，水平最多元婴初期。"徐呈玉道，"我可以试试。"

两个人悬停在半空，沉默地望着游动过来的地龙，等待机会。

游伏时低头看了一眼地龙，忽然出声："丑东西。"

叶素："……"

大师姐额头上的青筋跳了跳，忍住要将小师弟扔下去的冲动。

"叶素，待会儿你吸引它的注意力。"徐呈玉道，"我绕过去从后方攻击。"

"好。"

叶素特地从乾坤袋中拿出地幻莲，地龙一顿，嗅到这个味道，随后疯狂地朝她追来，整个身体笔直地蹿上来，大有咬断嚼碎她的架势。

她甚至连眼睛都未眨动一次，悬停在半空，看着地龙越来越接近。

就是现在！

徐呈玉落地握着剑，脚尖一点，不断拔高接近地龙，手腕一转，灵力从剑柄传入剑身，用力一斩。

带着金丹中期剑修灵力的全力一击，砍在地龙身上。

砍中了！

徐呈玉眼中笑意还未起，便见到地龙身体被砍中的部位只流出了一摊泥水，下一刻又愈合。

地龙被惹怒，下半截身体弹起，朝他咬去。

　　另一边叶素在即将被咬中时，御剑而动，擦着地龙的口器而过，只差一掌的距离。

　　她带着游伏时落地，让他下去："在这里等着。"

　　游伏时走下去，又被叶素拉着："等等。"

　　她伸手把他手臂上的雾杀花取下来，将飞镜甲留给小师弟："有妖兽过来的话，撑开它。"

　　那边徐呈玉已经和地龙缠斗起来，他差地龙整整两个境界，明显处于下风。

　　地龙的身体虽然庞大，但极为灵活，徐呈玉没有预料到它会转动得这么快，差点儿喂了它，好在挥剑劈开一半口器，趁机出来，但后背还是被咬伤。

　　叶素拿出雾杀花，攻击地龙，却也只是炸出了一片泥水。

　　不过，她身上携带地幻莲，便是最好的诱饵。

　　叶素负责引诱地龙来追逐，徐呈玉跟在后面不断找机会攻击。

　　剑修手中有剑，便可战天地。

　　徐呈玉握着剑，心中来回翻滚着这一句话，他是吾剑派的剑修，不该也不能胆怯。

　　元婴水平又如何？一样可杀！

　　徐呈玉跃起，双手紧握着剑柄，一道淡蓝色的剑意以前所未有的肃杀之气，狠狠朝地龙砍去。

　　金丹悟剑意，一招斩断地龙那头，它轰然倒地，泥水瞬间流出，没有任何机会修复伤口。

　　地龙虽被斩一头，却没有死透，靠近叶素的那头，居然动得更快，口器张得极大，想要夺回她手中的地幻莲。

　　叶素没有预料到它的速度还能更快。

　　太近了……

　　叶素来不及移开，抬手用雾杀花对准地龙，即便知道无法完全影响它的行动，只要慢一秒，她便可以逃离，或许会受伤，但能活着。

　　另一边刚刚顿悟剑意的徐呈玉看着那边的地龙，下颌绷得极紧，他用了最快的速度赶过来，但需要时间，再快一点儿，只要再快一点儿就行。

　　游伏时站在叶素身后不远处，原本黑色的眼瞳隐隐变紫，在他抬眼看向地龙的瞬间，原本靠近叶素的地龙忽然莫名一滞。

　　时间不长，但足够叶素躲开，而徐呈玉也赶了过来，凌空一道剑意斩来，又一次将它的头斩断。

　　地龙无头之身在地面上似是疼得扭曲了几次，便没了动静，只有身体内的泥水不断流出来。

叶素躲开攻击，她察觉徐呈玉的剑意，半跪在地上，抬头看去，只看到被砍落的地龙头滚落在游伏时附近。

因为徐呈玉那道剑意太快，被斩断的地龙头还残存着意识，看到面前有人，便咬过去。

叶素的心猛地一跳："撑开飞镜甲！"

游伏时听见声音，不仅没动，反而转头朝叶素看去。

眼看着地龙要咬中游伏时，他抬手举起喷符枪，对着它按下扳机，一张符啪地贴在地龙的头上。

叶素："……"

"那是什么符？"徐呈玉站在叶素的旁边，看着地龙的头不动了，忍不住问道。

叶素起身，伸手在乾坤袋摸了摸，再度沉默，游伏时把她买来的定身符给装进去了。

"符好用吗？"叶素走过去面无表情地问道。

游伏时低头摆弄喷符枪，假装没听见，这个凡人肯定想找他的麻烦。

"刚才如果装错了符，你只有死路一条。"叶素认命道，"飞镜甲可以抵挡元婴期修士的攻击，下次用这个。"

游伏时抬头道："不会。"

大师姐转身，也装作听不见，谁觉得自己会死？

等三个人安全后，才发现不远处妖兽的嘶吼声愈演愈烈。

"徐兄，你还能不能出剑？"叶素看向那头，"现成的材料，不捡浪费了。"

地幻莲带来的影响，远不是地龙被斩便能消除的。

秘境中的那些妖兽，全部被莲香吸引、迷惑，从而聚集厮杀。

叶素三个人还未接近，便已经闻到浓重的血腥味，等到他们靠近时，果然地上躺着不少妖兽的尸体，有些快被踏成肉泥，有些还躺在地上挣扎。

最中心地带有三头妖兽，它们在互相疯狂撕咬，其他妖兽皆不敢靠近。

"角鹏、瘘豹还有烟鳄。"徐呈玉看着远处那三头妖兽道，"它们的水平全在金丹后期。"

叶素从他的后面走出来，远远望去："对面有不少修士藏匿。"

"他们想要妖丹。"徐呈玉道，"金丹水平的妖兽一般会生妖丹。"

"刚才那条地龙也有？"叶素下意识地问。

徐呈玉摇头道："伴生地龙不同，要等到第一阶段完成后，才会生有妖丹。"

原来如此。

三个人没有直接去中心地带，也没有藏匿身形，而是沿着周围开始捡妖兽的残骸。

骨头、牙齿、未破损的皮毛……这些都是叶素需要的东西。

她不在乎手上沾满碎肉血污，一心想拿到能炼器的材料。

徐呈玉握着剑在旁边警惕其他修士或者妖兽闯过来，至于游伏时……他显然不喜欢这种脏污地带，也看不下去这个凡人脏兮兮地泡在血水中，所以开始不停往她身上施净身术。

叶素："小师弟，闲着没事，就来搭把手。"

游伏时万万没想到自己好心帮这个凡人，她还要叫自己做事。

"雾杀花可以多戴十天。"叶素忽然道。

游伏时脚步一动，随即又转脸看向其他地方，像是什么也没听见。

"十五天。"

游伏时继续听不见，但走上前了一步。

"十天。"

怎么还少了？

游伏时皱眉转头看向叶素："该二十天了。"这个凡人还没有他算术好。

叶素低头将妖兽的尸体收进乾坤袋中："十五天的机会给过，你不要就算了。"

游伏时心中默默给这个凡人又记了一笔，才道："会弄脏乾坤袋。"

"用我的吧。"徐呈玉摘下腰间的乾坤袋，"出去之后再还就行。"

"多谢。"叶素示意游伏时接下来。

游伏时不理，直接打开自己的乾坤袋，开始收集妖兽的尸体。

两个人一直在收集现成的材料，原本一些藏匿在附近的修士看他们安然无恙，渐渐也跑了出来，捡妖兽的尸体。

修士越来越多，自然而然引起正在厮杀的那三头妖兽的注意，它们的速度慢了下来，妖异的眼睛朝这边看过来，视线扫过这些人，逐渐停止了厮杀，反而朝他们这边奔来。

角鹏扇动翅膀，烟鳄四肢飞快爬行，瘩豹则飞奔过去，目标居然全是正在边缘捡妖兽尸体的游伏时。

"是妖兽！"离它们最近的那名修士只来得及发出这么一句话，便被瘩豹咬断了身体。

听见动静的其他修士纷纷逃窜，叶素皱眉望向背对着妖兽的游伏时，直接朝他奔去，拉着他一起走。

这时候三头妖兽已然抵达，将叶素和游伏时以及后面赶过来的徐呈玉围住。

叶素撑起飞镜甲，用防护罩挡住三头妖兽的攻击。

角鹏在上攻击，瘩豹和烟鳄左右夹击，防护罩一阵一阵波荡。

"叶素，你们待在里面。"徐呈玉握紧剑，眼中战意昂然，"我去会会它们。"

他从防护罩走出来，那三头妖兽看了看里面的人，最后决定先解决出来的修士。

叶素看着外面徐呈玉和三头妖兽缠斗，垂眼扫过地上剩余的妖兽尸体，忽然对游伏时道："刚才它们是冲你来的。"

那三头妖兽目的明显，只不过是被众多修士挡住，又一路冲来，攻击来不及躲闪的修士，游伏时藏在其中并不明显，至少徐呈玉没有发现。

游伏时的身上很干净，他没有像叶素一样用手去碰妖兽尸体，而是用了点儿灵力将妖兽扔进乾坤袋中。

叶素说话时，他像是没听见，瞥了一眼她沾了血的手，又开始施净身术。

叶素沉默下去，若他真是妖，也不知道是什么妖，有洁癖，又嫌弃一切丑东西，难道是什么水仙花妖？

外面徐呈玉此刻被角鹏抓住，被它的脚爪紧紧扣住，肩膀上的血不断流出来，他手中的剑早已经被烟鳄咬住。

"剑来！"徐呈玉伸手喊道。

那把剑在烟鳄嘴内不停晃动，剑身上被剑意逐渐覆盖，终于从它的嘴里飞出，将烟鳄的嘴巴割出了一道裂缝。

徐呈玉在半空中握住飞来的剑，反身一挥，硬生生将角鹏的双脚斩断。

角鹏哀号一声，它的翅膀在厮杀中已有伤痕，再失去一双脚，顿时强势已去，偏偏早在旁边观察的瘩豹从高处跃起，狠狠咬住它的头。

三只妖兽只剩下两只。

这时候，叶素收到了马从秋的传讯。

"你师弟师妹都在这里突破。"马从秋让她看了看正在打坐的明流沙几个人，又道，"境眼的灵气极其浓郁，应该是境主在底下设了什么法阵，总觉得不太对，你们快过来看看。"

"我们待会儿过去，你师兄……"叶素看着外面的徐呈玉，他每挥一次剑，似乎都能引起周围灵气强烈的波动，剑意也更纯熟一分。

"大师兄怎么了？"周云紧张看过来。

"大概要突破了。"叶素道，"他之前领悟了剑意。"

"剑意？！"马从秋顿时激动了。

剑修能在元婴期领悟到剑意，便是天纵之才，现如今大师兄居然在金丹期就能领悟剑意？

马从秋神情兴奋地说道："金丹剑意，宗主知道了，一定很高兴！"

"等这边处理完，我便会赶往境眼。"叶素道，"替我看好我师弟师妹。"

"叶道友，放心。"周云站在旁边道，"有我们在，不会让他们出事的。"

另一头，徐呈玉已经遍体鳞伤，但那两头妖兽的情况也好不了多少。

他在以战养意，那道顿悟的剑意还在不断纯熟，不需要任何人的帮忙。

"我饿了。"就在叶素还在观察徐呈玉时，旁边的游伏时突然道。

叶素早已习惯，顺手拿出一瓶辟谷丹给他，视线还落在对面徐呈玉的剑上。

游伏时接过辟谷丹，一粒一粒数着吃，还未吃完又道："叶素，我困了。"

"这里没有睡觉的地方，等出去再睡。"叶素转头去看他，他一张清贵矜朗的脸，黑色眼瞳淡漠疏离，身材修长，怎么看也不像是吃了睡、睡了吃的人。

吼——

这时，对面传来一阵妖兽绝望的嘶叫声。

叶素抬眼看去，发现徐呈玉立在前方，手中剑身上的血滴在地面，瘩豹和烟鳄皆被斩首。

"走了。"叶素收起飞镜甲，一手拉着游伏时，朝徐呈玉走去，"他们到了境眼。"

徐呈玉拿出一枚丹药咽下，点了点头，对她道："抱歉，妖骨碎了。"

对炼器师而言，一副妖兽完整的骨头是上上选，但如今三头金丹期的妖兽骨架全部碎了。

相比妖骨，叶素更关心另外一件事："你快突破了？"

徐呈玉闭了闭眼，感受灵府中的波动，又睁开眼："是，结元婴需要时间，我们先去境眼。"

他有些不好意思，明明是陪着叶素他们过来提升境界，结果自己抢先一步，要突破了。

大概看出来，叶素笑了声："炼器师突破契机很复杂，和剑修不同。"

徐呈玉的视线落在旁边的游伏时的身上，犹豫地问道："他……受伤了？"

虽然平时不常说话，但这位千机门的小师弟给他的感觉，就是嚣张。

"困了。"

徐呈玉沉默，居然能在秘境中困了，是他们令他太有安全感了吗？

三个人转身往境眼那边走去，落在后面的修士试探地走出来，看着满身是伤的徐呈玉，再看看叶素，最终还是没敢动手。

境眼中。

马从秋和周云抱剑站在明流沙三个人前后，不断巡视着周围。

他们趁妖兽聚集来到境眼，也有脑子转得快的修士同样跑了过来，但这些人为的不是灵气，而是境眼中的宝物。

五个人寻了个地方，明流沙、西玉和夏耳便开始打坐吸收灵气，努力突破。

有人以为他们坐着的地方下面藏着什么东西，还想过来攻击，被马从秋和周云拦住了。

剑修从来不是好惹的，尤其是两派之一的吾剑派。

马从秋和周云下手快狠准，周围的修士知道他们不好惹，便不敢再上前。

"大师兄！"周云见到徐呈玉进来，立刻喊道，又看他身上的血污，紧张地问，"大师兄你受伤了？"

"没事。"徐呈玉示意她站好，自己走了过去。

叶素牵着游伏时进来，瞬间能感到迎面而来的灵气。

"这里的灵气……太浓了。"徐呈玉皱眉道，他的灵府已经在沸腾，快压不住境界。

连吾剑派的大弟子都认为这个境眼的灵气过于浓郁，叶素的目光扫过境眼周围，这里同样有水塘，开满了各种莲花，她看着远处争夺法器的修士。

"四棱法杖。"

"万佛宗四棱法杖？"徐呈玉摇头，"我见过，四棱法杖的莲台是玉台。"

叶素再一次看向境眼中心，那里有一个莲台，中间悬浮立着一把七尺高的四棱法杖，头部的黑色莲台交叠三层，外扩四个半圆，半圆上又扣有小圆环。

"神殒期前的四棱地藏法杖。"叶素慢慢地说道。

周围吾剑派的三个人听见神殒期，下意识地朝她看过来，周云问道："神殒期？"

叶素没有出声，她只在千机门的一本手札中看到过描述。

旁边游伏时忽然从她的乾坤袋摸出地幻莲，指着境眼："这个放进去，很好看。"

"这又不是放烟花，还好看？"马从秋对千机门这位小师弟十分无语，千机门这位小师弟长得就是一副花瓶样，说话也像。

游伏时忽然抬眼看向他，只是轻轻一瞥，不带任何情绪。

有那么一瞬间，马从秋仿佛觉得周遭凝固了，喉颈被无形的手掐住，脸色顿时变了。

叶素若有所觉，转头朝游伏时看去，却只看到小师弟垂眼困极的模样，顺便还将地幻莲塞到她的手上，拿都懒得拿。

那道气息又消失得无影无踪，马从秋甚至恍神自己是不是产生了错觉。

不可能，千机门这个小师弟，还没有之前那个易玄厉害，一定是刚才产生了错觉。

这么想着，马从秋对自己刚才生出的恐惧情绪感到恼火。

"四棱法杖是万佛宗专用的法器，可镇妖魔，明神清心。"徐呈玉望向莲台之上陌生样式的法杖道，"或许这里的秘境是曾经万佛宗的人留下的。"

他说完皱了皱眉，手握着剑往地上一支。

周云察觉不对："大师兄？"

徐呈玉抬手道："我没事。"

这里灵气太过浓郁，他又刚领悟剑意，根本压制不住自己沸腾的灵府。

"你要突破了。"叶素明白过来，"徐兄，这里留一个人就行。"

一名金丹期剑修，加上吕九，另外她自己也在，这里也没有妖兽，自保总是可以的。

周围灵气不断已经开始往徐呈玉这边涌来，他转头看了看正在打坐的明流沙三个人，对从秋道："你和我走，周师妹留在这儿护着他们。"

周云剑术比马从秋的更强，留在这里，徐呈玉更安心。

他们吾剑派到底答应了护着千机门，结果现在反倒是他自己在秘境中突破。

徐呈玉要冲元婴，所需灵气量大，恐会干扰明流沙几个人突破，只能转移到其他地方。

他和马从秋一走，叶素便拿出飞镜甲往上空一扔，打开防护罩，将明流沙三个人笼罩其中。

莲台上的修士打得头破血流，只为了争夺上面的法杖，不是谁都能认出那是什么，但显而易见那是个宝物。

也有人在附近观看，等着最后再出手，还会朝叶素这边警惕地看过来。

"叶素。"吕九脸色奇怪地说道，"我好像也要突破了。"

这里灵气实在太过浓郁，她无法完全自如地吸收转化。

"你进去。"叶素看了眼防护罩，对吕九道。

等吕九进去坐下，准备突破后，境眼开始不断有修士停下，在周边设立护身法宝，就地突破境界。

叶素的视线落在远处的徐呈玉的身上，又扫过各角落突破的修士，眉心渐渐皱起：情况不对，太多人要突破了。

之前马从秋说过，他觉得这里的灵气太过浓郁，猜测底下设了什么法阵。

"叶素，我困了。"旁边的游伏时再一次道。

叶素侧身看他，刚想说什么，便见到小师弟径直往自己这边倒。

她伸手扶住游伏时：这是困了，不是晕了？

"他们什么情况？"周云已经看到远处马从秋也坐了下来，他明明是过去护法的。

叶素不语，面无表情地朝莲台上看去。

此刻境眼中心，大部分人入定突破境界，只有少部分人清醒着，莲台上还有两个修士，抢先一步分别从左右两边同时握住四棱地藏法杖。

两个人互不放手，皆往自己这边拉，另一只手释放灵力攻击对方。

悬浮在莲台上的四棱地藏法杖因为两个人争抢，杖头上的小连环开始摇晃，境眼中的灵气逐渐朝法杖流入，包括两名争抢的修士，自握着法杖的手开始，他们的灵力被吸得一干二净，甚至连身体都一点点干瘪下去。

周云震惊地望着那两名修士，脸色变得难看。

"境界突破有异。"叶素转头看向周云，"你身上可有佩戴什么护身法宝？你两位师兄没有的东西。"

这三个人都是吾剑派的亲传弟子，但周云身份更为特殊，是吾剑派的宗主的女儿，护身法宝只多不少。

周云连忙查看自己的护身法宝，最后低头抚着自己胸前的银色祥云项圈锁："清咒环锁，我出生时，五行宗送的，师兄他们没有。"

"清咒环锁是什么？"叶素只了解炼器的东西，没听说过这个。

"符咒。"周云解释，"锁内被五行宗的大能下了清心符咒，戴上之后可破除一切雾障引诱。"

修真实力越往上，子嗣越艰难，因而当年吾剑派的宗主得女，是一大喜事，各宗各派皆送上了大礼，清咒环锁是其中最实用方便的礼物，她父亲第一时间便给她戴上了，自那之后从未摘下过。

叶素点了点头，扶着晕睡过去的游伏时靠在石壁上："麻烦你看顾他们，我去莲台。"

"可是……"周云望着莲台上两名成了干尸的修士，"那法杖有问题。"

叶素低头看着自己手上的地幻莲："不试试，他们都会死在这儿。"

"什么？"周云左右看了看，这才发现，所有入定突破的修士，正在被莲台上的法杖吸走灵力，她着急地看着徐呈玉和马从秋那边，师兄他们也中招了。

叶素不清楚四棱地藏法杖为什么会吸收修士的灵力，但她没有清咒环锁，唯一比其他人多的只有地幻莲。

加上游伏时那句有些莫名其妙的话，叶素愿意去试试。

叶素手捧着地幻莲，朝莲台一步一步走去，原本周遭浓郁的灵气，全部往上面的四棱地藏法杖疯狂浇灌，或者用收回更合适。

四棱地藏法杖，高七尺，杖头三座黑曜玉莲台，四边外圆扣挂小圆，镇幻清魔，为神殒期前万佛宗的佛子所有。

这是叶素在千机门藏典阁五楼的一本手札中看见的一句话，更确切地说是手札中夹着的一张纸，被某位前辈撕下来，塞在里面的。

叶素一步一步迈上莲台，却没有立刻碰法杖，而是转身朝下看去，微微眯眼，法阵？

整个境眼本就处于高处，莲台更是有十米高，能轻而易举地看清大半个秘境。

水塘、莲花、石阶……

叶素认不出来，却能隐隐察觉这里有大型法阵，那种钩连天地间灵气的波动，像极了画符箓图时的感觉。

若是叶素了解法阵，会发现这个法阵并不是输送给莲台上的四棱地藏法杖的，相反是往他们之前发现地幻莲的那个方向涌去。

她转回身，盯着四棱地藏法杖看了一会儿，最后视线落在莲台面上，上面刻了一个复杂的图案。

叶素蹲下看着这个图案，良久，听见下面的周云着急地喊着她，她伸出指尖，用灵力在地面重重画了一道，破坏了图案，才站起身将手中的地幻莲芽放进中间那层莲台上。

地幻莲芽放上去的那一刻，境眼中无数荷叶随风摇摆，莲花开到极致颓靡，却在一瞬间凋零枯萎，仿佛被什么吸了去，而地幻莲却由芽逐渐膨大，转化成两朵莲苞。

确实好看。

叶素心想，可惜某位小师弟已经昏睡过去，看不见了。

"停了！"周云在下面喊道。

那些正在突破境界的修士不再被吸走灵力。

叶素看着悬浮在莲台上的四棱地藏法杖慢慢落地，杖头三层莲台隐隐有黑色流光闪过，她犹豫了一会儿，伸手将它握住——并没有发生什么。

叶素毫不客气地将四棱地藏法杖收入进乾坤袋，才从莲台上走下来。

"他们还没醒。"周云紧张地问道，"会不会出事？"

"灵气还在，麻烦周师妹挥剑。"叶素随手指了指周围水塘，"劈开它们。"

"怎么劈？"周云问。

"随意，破坏一道，让里面的灵气断了就行。"叶素道。

周云点了点头，往远处看了一眼两位师兄，拔剑跃起，轻灵缥缈，然而挥剑下来却重若千斤，带着不可小觑的威力。

境眼内，自周云所落下位置为起点，在水塘劈开一道极深的剑痕。

水塘裂开，污水淤泥流出，露出里面的阵石，而境眼中原本浓郁的灵气顿时消散。

"这里面果然有法阵！"周云皱眉，"不知是谁的秘境，如此歹毒，居然设置法阵吸收修士的灵力。"

她说着，便将里面的阵石劈碎。

叶素没有再关注，而是将注意力放在入定的明流沙几个人身上。

不少伪突破的修士渐渐清醒过来，吕九和马从秋便在其中，剩下的人大概是本来真的要突破。

"大师姐。"明流沙慢慢睁开眼睛，脸色苍白地站了起来，他探了探自己灵府，哑声道，"筑基中期。"

在突破期间失去灵力，对谁而言都不是一件好事，果不其然，后面西玉和夏耳突破清醒过来，同样不舒服，夏耳甚至没能站起来，便直接倒了过去。

最严重的是徐呈玉，他领悟了剑意，本该结成元婴。

徐呈玉周身冒出淡淡的蓝色光芒，双手交叠放于腹前，灵识神游，顺着周遭不断往远处穿去，眼看到了结婴最后一步，却不知道探游到了什么，元婴本相破碎，吐出一大口血。

"大师兄！"马从秋当机立断点在他的天柱穴，封住灵力。

周云半跪在地上，从自己的乾坤袋中拿出丹药喂给徐呈玉："怎么会这样？"

明明元婴本相已有迹象，怎么还会结婴失败？

"我们该走了。"叶素朝上指了指，对马从秋和周云道，"这里的秘境要塌了。"

"又来？"吕九握着剑，奇怪地摇头，她闯了这么多秘境，只有上次和这次是这样。

一般秘境只会随机开放和关闭，哪里会塌？

"大概是因为定境之宝被拿走了。"叶素道。

"定境之宝？"吕九诧异，她入定后，并不知道后续发生了什么，"谁拿了？"

叶素轻飘飘道："我。"

"那四棱什么杖是定境之宝？"吕九好奇地问道。

叶素扶着游伏时起来："应该是。"

不出一刻，整个秘境便开始崩塌，修士全部被弹了出去。

刚出来，徐呈玉又吐出一口血，突破境界失败的修士，受伤绝对不轻，若是心境受损，甚至以后极难再进阶。

"大师兄！"周云焦急地喊道。

徐呈玉抬手擦了擦嘴边的血渍，扫了眼周围一起被弹出来的修士，对上叶素的视线，道："先离开。"

第五章 · 拍卖会

一行人回到集东城的住处，叶素站在床边，垂眼盯着还在昏睡的游伏时，他这时候似乎没有任何防备，长发散乱地铺在床上，自始至终未醒过来，但呼吸还算平稳。

游伏时这个角色在原著中从未出现，但他不仅有千机令，还知道地幻莲要放进四棱地藏法杖内。他究竟是什么身份？千机门又有什么可以图谋的地方？

良久，她忽然伸手放在他修长的脖颈上，微微用力收紧。

"大师姐。"夏耳推门进来，"这是马道友请过来的医修，顺便来看看小师弟。"

"徐呈玉怎么样了？"叶素若无其事地收回手，让开位置，"麻烦医修了。"

夏耳道："有伤，不过心境没有受损，结成元婴只是时间问题。"

叶素点了点头，心境未受损便是大幸。

医修上前查探半晌，最后道："没什么大碍，只是灵力耗尽，需要好好休息一段时间。"

"小师弟有灵力吗？"夏耳站在旁边嘀咕了一句，平时压根没见过小师弟修炼，连大师姐都管不住他。

"你在这儿看着。"叶素对夏耳道，"我去徐呈玉那边。"

另一边徐呈玉也听周云讲了他们入定后发生的事，知道当时境眼只剩下两个人还清醒着。

"叶素在莲台上站了很久。"周云略带疑惑地说道，"不知道她蹲下去做什么，然后将地幻莲放进了四棱法杖内，境眼便停止吸收你们的灵力了。"

马从秋想起来了："不就是那个游伏时说的？他当时是不是在打暗语？"

"不是。"叶素的声音从门外隐隐传来，随后她才走近，伸手推门而入。

徐呈玉半坐在床上，对叶素点了点头道："游道友的情况如何？"

"无碍。"叶素拉过凳子坐在桌旁，"莲台上有法阵，我虽不认识，却只能赌自己可以破坏阵势。"

徐呈玉并不怀疑她这话，大能法阵难以触碰，同时会蕴含浩瀚阵意，若是设在小秘境中，不用太久便会被各宗门察觉。

"大宗门弟子自有本宗派的试炼地，小秘境只有低修为的修士才会去，同时开放时间间隔短，快的几年便开一次。"徐呈玉猜测道，"有人故意在小秘境中设下法阵，以四棱地藏法杖为阵眼，常年吸收修士的灵力。"

尤其秘境这类地方，公认高风险，在里面死了人再正常不过，没有人或者宗门会去质问。

"有可能是邪修。"马从秋道，"我听说有些邪修学了秘法，在身殒前会设置法阵，遇到合适的机会便会夺舍重生。"

"未尝没有此种可能。"徐呈玉看向叶素，"你有什么猜想？"

"灵气。"叶素道，"我怀疑外界有什么地方在向境眼输送灵气。"

从水塘底下的阵石露出来以后，她便在想境眼中的灵气从何而来，这种浓郁的灵气最起码也在洞府级别以上，而不是出现在一个小秘境当中。

徐呈玉沉默片刻后道："结元婴时，神识扩展，我曾经触碰到了什么。"

元婴以下的境界，修士仅有灵识，到了结婴，神识初成，可外展覆盖千里。

他不过是触及而已，还没看清楚是什么，刚结成的元婴本相竟然直接破碎。

"我已将这件事告知了吾剑派，不过秘境坍塌，无人再能进去。"徐呈玉对自己结婴失败没有那么在乎，更在意当时自己的神识触碰到了什么。

只是秘境坍塌之后，便不会再出现在修真界，无法进去，谁也无法再调查出什么东西。

叶素将四棱地藏法杖拿了出来，白玉杖身，黑玉三层莲台，配上中间那层莲台上隐隐摇曳的两朵地幻莲花苞，总有一种正邪交织的诡异感。

她看着杖头中的莲台，慢慢道："或许有些答案，万佛宗更清楚。"

"有机会，我们去万佛宗看看。"徐呈玉道。

"可以。"

晚上，叶素坐在房间内的床上入定，她在秘境中没有突破，但灵府中早吸收了一大片灵气，只不过迟迟没有炼化。

筑基期是修士的定府阶段，在这个境界，修士需要不断扩大自己的灵府。灵府越大，意味着将来灵力越浩瀚纯厚，修士的实力也会越强。

叶素闭眼内视，双手交叠放于腹前，开始炼化灵气为自己的灵力，再用灵力扩大自己的灵府。

灵府黑暗的边界不断被灵力点亮，这些亮起来的地域逐渐被叶素掌握。

叶素睁开眼，脸色略微奇怪，灵府下面似乎有什么在流淌。

等到她再次用灵识覆盖自己的灵府后，却未发现什么异常。

第二天，所有人都差不多恢复了状态，只剩下游伏时还处于昏睡中，叶素去他房间内看了一会儿，见小师弟呼吸平稳，便走下楼。

客栈楼下两张桌子并在一起，千机门的三个人和吕九坐在一边，徐呈玉、马从秋和周云坐在另一边。

"元婴中期？这也太快了！"

叶素刚刚走下楼，便听见马从秋在那边感叹。

她拉过中间的凳子坐下问："在说什么？"

夏耳道："整个修真界都在传昆仑派的陆沉寒升到了元婴中期，是当今浮世大陆年轻一代的第一人。"

"十九岁的元婴中期。"徐呈玉倒了一杯茶递给旁边的叶素，"再加上他一个月前斩杀了一名天魔，第一人当之无愧。"

陆沉寒？

叶素有瞬间愣神，她太久没有和男女主角交集，差点儿把这两个人忘记了。

"天魔是什么？"叶素问道，她在原著只知道易玄晋升境界，从真魔到魔君，再成为魔尊，最后一路升到魔主。

"魔界有人魔和天魔之分，修士入魔便是人魔，天魔则是魔界天生的魔头，一生下来便能与元婴期修士抗衡。"徐呈玉坐在对面解释，"能斩杀天魔的修士，一般要元婴后期才能做到，也就是说陆沉寒他可以越级打败元婴后期的修士。"

"不过他两年前在昆仑试炼地莫名消失了一段时间。"徐呈玉若有所思，"不知道发生了什么。"

周云猜测："或许有奇遇。"

最边上的马从秋看了她一眼："差点儿忘记，周师妹喜欢陆沉寒。"

周云脸红道："陆沉寒昆仑出身，长相俊美，天赋又极高，我喜欢他怎么了？"

"比千机门的两位小师弟还好看吗？"吕九好奇地问道，她一个散修，实力不高，以前从没机会和这些大宗门弟子打交道。

周云一呆，仔细想了想，忽然有点儿下头："他实力强一点儿。"

徐呈玉看着周云的脸色，不由得摇头失笑，师妹这喜欢只值一张面皮。

"下午我出去一趟。"叶素转头看向师弟师妹，"你们留下来看着小师弟。"

几个人点头说好。

叶素之前在秘境中和黄二钱约好见面交易，中午用过膳后，她将喷符枪拆了，再一次演示给师弟师妹看。

"大师姐，不如改一改。"明流沙握着喷符枪道。

他最擅小法器，直接提出建议，在喷符枪内加了点儿暗器，只要打开，就能攻击拆开人的手和眼。

明流沙慢吞吞道："我都想好了。"

叶素："不用攻击性暗器，毁去里面的结构就行。"

到了下午，她按照黄二钱给的地址，走到偏僻的巷子里的一户人家门口，仰头看着上面摇摇欲坠的牌子，眼中露出了一丝讶异——居然是文东材料行。

叶素走进这家门上挂着蜘蛛网的店铺，里面乱七八糟堆着各种东西，没见到任何一个人。

唯一看得过去的旧柜子上摆了一个铃铛，上面贴了一张纸：

有事摇铃。

叶素走过去，伸手抓起铃铛，摇了摇。

不一会儿，从里面走出来一个着黄袍的干瘦修士："来了，来了！"

"黄道友。"叶素放下铃铛，转身看着黄二钱。

"叶道友。"黄二钱脸上露出一抹热情的笑，从那堆东西里扒拉出一张破椅子，"坐，要喝点儿什么？"

"不用。"叶素看着椅子上的一个大破洞，"我在境眼中没见到你，黄兄去哪儿了？"

她记得第一个秘境时，他在各种打斗中游走，只为了兜售符箓。

"这……我在秘境中其他地方呢。"黄二钱笑呵呵道。

"你有法宝让自己提前离开秘境？"叶素瞥了他一眼道，"随口问问，不必在意。"

黄二钱没有否认，也没有承认："叶道友，那个喷符枪？"

"过几天拿一批过来。"叶素指了指自己道袍上的三个字，"没想到几百年后，我们还能继续合作。"

黄二钱笑了笑，语气真诚了一点儿："一个快废宗，一个快倒闭，大家互帮互助嘛。"

"我有个建议。"叶素忽然问道，"文东材料行要不要直接加入千机门。"

黄二钱愣住，随后委婉拒绝："文东材料行只是一家私人材料行。"

"至少全典行和斩金宗不会这么认为。"叶素转头看向他，"从文东材料行和千机门交易的那刻开始，你们便和我们彻底绑定了。"

黄二钱低头，她说得没错，文东材料行因为给千机门提供材料，而被打压到仅剩一家完整的店铺，这里不过是他的一个据点。

"文东材料行加入千机门后，依旧可以用你们的名字。"叶素抛出诱饵，"利润七三分，所有千机门的炼器师会定时定量提供材料和法器给你们，千机门不限制你们发展。"

"法器？"黄二钱抬头看向她。

叶素笑了声："你为什么要倒买符箓和喷符枪？我以为黄道友是有野心的人，原来只是为生活所迫。"

黄二钱垂下的手无意识地动了动，他作为文东材料行的继承人，早对全典行和斩金宗恨之入骨，不光想复兴文东材料行，更想取代全典行的地位，只有这样才算是扬眉吐气。所以他什么都去交易，试图找到合适的资源，只不过没想到最后还是栽到了千机门的弟子的手里。

"你的倒买生意不可能长久。"叶素的神色中多了几分认真，"文东材料行到底是受了千机门的牵连，倒不如彻底绑定，一损俱损，一荣俱荣。"

从叶素见到文东材料行的牌匾后，便生出了这个念头，只有这样，她才会放心和文东材料行交易。

黄二钱不说话，显然还在犹豫。

叶素忽然道："之前我旁边的三位金丹期的剑修，是吾剑派的亲传弟子。"

"吾剑派？"黄二钱果然感兴趣了，往她那边走了走，压低声音问，"千机门和吾剑派搭上了线？"

叶素轻轻扬眉，开始"画大饼"："你也见到了我的符还有法器，是不是要比其他人的要好？错过这次机会，以后再想加入我们千机门，就没那么简单了。"

黄二钱混迹修真界多年，当然不会因为叶素几句话轻易上当，但他盯着她想了许久，最后咬牙道："文东材料行没什么可以失去的了，我答应。"

两个人花了一点儿时间订契，文东材料行自此成为千机门门下的材料行。

"过段时间我们会将喷符枪送过来。"叶素道。

"行，我会将喷符枪向符修那边铺开。"黄二钱干瘦的脸上都透着一股精神气，"虽然元婴期以后的符修用不上喷符枪，但元婴期以下的符修多如牛毛，这东西一定能卖得很好。"

"为什么元婴期以后的符修用不上？"叶素皱了皱眉问道。

黄二钱愣住，后知后觉："你一个符修问我？"他不会是被人骗了吧。

"符是自学的，不太了解符修那边的事。"叶素诚挚地说道。

黄二钱沉默了片刻，才道："元婴期以后的符师不需要再用符纸当载体，他们只用灵力便能钩连天地神意，画出符箓。"

原来如此，叶素倒想去见见真正厉害的符师。

"我这里还有一些妖兽材料想出手。"

黄二钱顿时搓了搓手："行啊，多少我都收。"

叶素环顾四周："这里位置有点儿小。"

"去后院。"黄二钱立刻带着叶素往后面走去。

一过去，叶素便将各种捡来的妖兽尸体拿出来，把黄二钱吓一跳。

"怎么这么多没处理过的妖兽尸体？我这儿……也没人手。"黄二钱被这场面震惊到，问道，"你们把秘境的妖兽全部杀了？吾剑派的剑修果然够凶残。"

叶素没有解释，只是配合着黄二钱，将所有妖兽上能取的材料全部取了下来。

"到时候卖出去，利润分成我直接拿给千机门？"黄二钱问道。

"对。"叶素点了点头，随后又道，"这里有没有乾坤袋卖？我要一个。"

"乾坤袋？有。"黄二钱跑到前面的铺子内翻箱倒柜，从里面找到一堆乾坤袋："这个就送给你了，今天没你帮忙处理，还不知道要搞多久。"

叶素便毫不客气地收下了，等那位小师弟醒过来，她赔他一堆乾坤袋。

因为订契的事，叶素回去后给师父传了讯，张峰峰无所谓，他已经破罐子破摔了。

"你想怎么弄都行。"张峰峰摆手，"易玄前几天和我传讯，我看他过得很狼狈。"

"狼狈？"叶素才从秘境出来，没有和易玄传过讯。

张峰峰摸着胡须："脸上青青紫紫的，不过我看他眼中的郁结之意少了许多，他那个剑修师父比我好。"

叶素想起辛沈子张口闭口的"老子"，还有他那直来直去的火暴脾气，笑道："师弟就是太重面子，正好辛沈子能治他。"

"你们出门在外，小心点儿。"张峰峰嘱咐，过了会儿又问，"伏时没给你添麻烦吧？"

叶素摇头道："除了懒，没什么别的麻烦。"

提起游伏时，叶素便想着他还没醒，也不知道什么原因。

"不和你说了，师父得去上课。"张峰峰还要教导千机门的一众弟子，给他们统一上大课。

叶素将传讯关了，转身去游伏时的房间。

房间内明流沙和西玉正在桌前下棋，夏耳站在旁边看，至于某位昏睡中的小师弟依然躺在床上。

"你们就这么照看小师弟？"叶素的目光落在床上的小师弟的身上，"谁做的？"

游伏时的眼睛上被蒙上了一块白布，只剩下光洁的额头和下巴。

原本正在下棋的明流沙和西玉闻言，齐刷刷指向站着的夏耳。

"二师兄，三师姐！"夏耳震惊道，"是你们出的主意，说怕被醒过来的小师弟看见。"

"行了。"叶素将三个人赶出去，"把东西撤了。"

"是，大师姐。"明流沙慢吞吞道，手下收棋子的动作却快极了。

三个人一溜烟全跑了出去。

叶素拉过椅子坐在床边，将游伏时眼上的白布拉下来，指尖搭在他的手腕上，输入一道灵力，想要观察他灵府有何异样，然而灵力进去后，便失去了联系。

奇怪。

叶素坐着思忖半晌，最后从乾坤袋中拿出几枚中品灵石，塞进游伏时的手中，才催动，那几块灵石便被他吸收得一干二净。

这是灵力枯竭了？

叶素又塞了几块灵石给游伏时，只不过他始终不见醒。

这时候，徐呈玉站在门外，屈指敲了敲门。

"进。"叶素转头道。

"他还未醒？"徐呈玉看了眼床上的游伏时问道。

叶素摇头道："徐兄，过来是有何事？"

徐呈玉道："我下午接连给吾剑派的几位大长老传讯，问了问神殒期间万佛宗的事，其中有位大长老回了。"

修真界历史弥久，最为广泛的划分，便是以神殒期为界限。

相传神殒期前，在浮世大陆各大宗门有不少渡劫成神的修士，但随着诸神陨落，修真界的灵气日益稀薄，整片大陆再无神士。若想成神，只有渡劫飞升。

"怎么说？"叶素问道。

"大长老说万佛宗的佛子手中的四棱地藏法杖从未变过，一直是全玉杖，三层白玉莲台，从未听过有黑玉莲台。"徐呈玉问她，"你是否记错了？"

她从来不会记错东西。

叶素抬眼："大概是我记错了，很久之前我在书中看到的，这法杖或许是什么邪修仿造的。"

徐呈玉应该是信了："等有机会，你可以拿着这把法杖去问问万佛宗的人。"

"以后会去问问。"叶素点头。

"对了。"徐呈玉从乾坤袋中拿出两枚妖丹递给叶素，"这是角鹏和烟鳄的妖丹，秘境中多亏你帮忙，另外一枚妖丹，周师妹需要，我就留下了。"

叶素未料到他还会分出两枚妖丹，自然答应："好。"

"那就不打扰了。"徐呈玉起身，抚平自己道袍下摆，转身离开了。

叶素低头看着手中两颗一金一灰的妖丹，这种东西对修士大有益处，甚至有人专门扑杀妖兽，只为了夺取妖丹修行。

妖吗？

叶素拿起那颗金色的妖丹，放入游伏时的手中，坐在旁边等。

不出半刻，那妖丹便以极快的速度消失，被小师弟吸收得一干二净。

叶素坐在床边，面无表情地看着游伏时。

正常修士吸收妖丹需要花时间炼化，绝不是这样一眨眼的工夫就直接没了。

无论怎么看，他的身份都不简单，却从未在原著中出现过。

原著中以男女主角线为主，厉害的大能虽未详写，却皆提过几笔，不过叶素知道游伏时绝对不是修真界或者魔界中的任何大能——

因为紫梨瘿木。

原著后期宁浅瑶将脖子上那颗紫梨瘿木珠研磨碎，混着玄阴之体的血，为陆沉寒炼制出一把伪神剑，可压制整个修真界，辛沈子便是死于这把剑下。

紫梨瘿木的珍贵不言而喻，偏偏游伏时把那箱子拿出来，顿时将宁浅瑶那颗珠子衬得像边角料。

修真界两派五宗都拿不出来的东西，被游伏时扔在角落里装叶素的破铜烂铁，他不可能是修真界的人，更不可能是因物资匮乏而时常想争抢修真界地盘的魔修。

那次见到紫梨瘿木箱时，她便已经怀疑游伏时是妖了，只不过怀疑和确认是两回事。

如今见到他瞬间便将妖丹吸收了，不能确认都难。

他果然是妖。

叶素坐在旁边，再一次回想一遍原著内容，书中对妖界的事描写不多。

原著中只有一段情节是写妖界无主，各种族各自为政，狐王在争夺中受伤失忆，坠出妖界，意外成了宁浅瑶的契约兽。后续狐王在妖界和修真界来回跑，时不时还要造成男女主角吃醋的场面，十分像"工具狐"。

叶素回神，看向床上的游伏时，小师弟虽然脑子不太行，又是文盲，但应该不是那头狐狸。

狐狸没有冬眠，且那狐王的下巴有一道疤痕。

游伏时始终不见醒，叶素干脆将最后一颗妖丹也塞进他的手里，妖丹再一次飞速消失。

这次，过了两刻钟，游伏时才醒了过来，睁开眼便对上了叶素的目光。他慢吞吞地坐起来，一头乌黑长发散落在身后，疏朗清绝而不自知，理直气壮地说道："我饿了。"

叶素："……"

这种妖若是想搞事情，恐怕临到关头都能忘记，最后来一句他饿了。

叶素拿出辟谷丹和新的乾坤袋给游伏时："你刚才用了两颗妖丹。"

她盯着他的脸，想要从中看出一丝慌乱。

结果游伏时眉心微皱："我不是什么妖丹都用的。"言语中的嫌弃之意快溢了出来。

叶素沉默，是她高看了他，什么阴谋阳谋，一个文盲能懂这些？他满脑子只有吃和睡。

"你是什么妖？"叶素站起身，干脆直白地问道。

游伏时拎着新的乾坤袋，左右看了看，假装没有听见叶素的问话。

行，不否认不承认，一贯的文盲做派。

"你是不是在骂我？"游伏时忽然扭头看向叶素，质问道。

"没有，既然你醒了，过几天我们要继续往东边走。"大师姐忽然俯身盯着文盲小师弟，"小妖也得修炼。"

游伏时皱着眉看着凡人离开，什么小妖？他分明是大妖。

几天时间内，叶素和明流沙三个人做出来了十五把喷符枪，临走前全部交给了黄二钱。

"放心，用不了多久，喷符枪一定能在符师中流传开。"黄二钱信誓旦旦道。

"希望如此。"叶素随口道。

黄二钱又拿出一袋灵石递给叶素："这是上次卖那些妖兽材料得来的七成灵石。"

叶素打开一看，被满堆的灵石晃了眼睛："这几天全卖完了？"

"当然，我黄二钱渠道还是有的。"黄二钱望向叶素，"我等着千机门重新崛起的那一天，到时候文东材料行能光明正大地出手材料。"

原本开遍整个修真界的文东材料行，只剩下定海城那家还算完整的铺子，若不是偶尔有破元门出手相护，他们早已经消失在浮世大陆。

和黄二钱告别后，叶素一行人继续朝东走，中途不放过任何一个小秘境，之后倒是没有碰见意外，皆为正常普通的秘境。

两个月后。

"大师姐怎么还没有突破？"刚从秘境中出来，夏耳略带苦恼地说道，"这不对啊。"

吕九经过这几次生死搏杀，都突破到了金丹初期，原本元婴本相破碎的徐呈玉最近也恢复了，开始向元婴期再次进阶。

"得了吧。"马从秋跟着他们这么长时间，也了解了一些情况，"叶素才到筑基中期多久，正常人没了三年五载，只吸收点儿灵气就能突破？"

夏耳呵了一声，微仰下巴："不好意思，我大师姐是天才，和正常人不一样。"

"别吹了。"叶素伸手盖住夏耳的脸，将他推到一边，"这次在秘境中找到几样材料，先不卖了，我要用在月牙铲上。"

明流沙和西玉自然没有意见。

"全嘉英的排名又上升了。"西玉看了看传讯玉碟上的公共区百青榜道，"两个月两次晋升，他还挺厉害的。"

上个月全嘉英排名升了一位，这次又升了两位，如今在百青榜排名第一百四十七。

也就是说在短短两个月间，他做出了两件法器，每一件都比前一件更好。

"斩金宗的那两个人呢？"叶素问道。

"上个月，左文宣和花代玉全部倒退一位，这个月……花代玉排名第一百零九位，左文宣排名第一百二十三。"西玉看了看道。

百青榜第一百到第二百之间基本上是金丹期炼器师的排名，筑基期炼器师在其间能挪动一个位置都不得，结果斩金宗的那两位一动就是几十位。

"两个人应该是金丹期，筑基后期升不了这么快。"叶素垂眼按住小师弟准备掏她乾坤袋的手，"五十个字，千机门没有文盲。"

游伏时从自己的乾坤袋中拿出一沓纸，上面全是他写的字。

叶素："……"

所以秘境中，别人都在夺宝抢资源，他在背后练字？

叶素只能松开手，游伏时这才满意地从凡人的乾坤袋中摸出雾杀花戴上。

"叶素，你也在百青榜上？"徐呈玉在旁边颇为好奇地问。

他虽然是剑修，却也对炼器师那边的百青榜有所耳闻。

"我不在。"叶素暂时不想这么快引起斩金宗的主意，大张旗鼓地进秘境修炼，那边最多认为他们走投无路而已，若是表现出的天赋、实力不弱，恐怕会立刻遭到打压。

至少要等千机门彻底走到人前，到时斩金宗和全典行没有办法明目张胆地打压才行。

"徐兄，参加宗门大比的条件是什么？"叶素把那沓字帖放好，问道。

宗门大比每十年一次，距离下一次还有一年多的时间，大概在明年八月份。

"宗门大比？"徐呈玉不清楚她为什么要问这个，不过还是认真解释，"参加大比的条件之一是在百岁内达到金丹期及以上，各宗门弟子会代表自己的宗派参加，其他散修则一起挂名在无名宗下，东、南、西、北四方各有千位名额，明年三月开始选拔。"

叶素点了点头道："所以我想参加宗门大比，要先到金丹期，再参加选拔？"

"你参加宗门大比？"前面的马从秋转回头震惊地说道，"往届从来没有炼器师参加。"

"马师弟！"徐呈玉斥道，让马从秋闭嘴。

"本来就是。"马从秋小声嘀咕，"炼器师上去能干什么，表演炼器？"

叶素听得一清二楚，却不在意，只问："宗门大比具体比什么？"

"参加宗门大比的有剑修、佛修、符修，术修，偶有丹修、体修，确实从未有过炼器师，不过叶素你会画符箓，或许可以加入。"徐呈玉道，"其实宗门大比归根结底是比境界的高低以及对灵力的掌握。"

叶素明白了，原著中易玄代表吾剑派，宁浅瑶则直接挂在无名宗名下，和散修一起，两个人皆以剑修的身份参加了宗门大比，和千机门毫无关系。

"接下来我们可以去归宗城看看，那里很多符修，若是有秘境，或许能找到一些符箓术。"徐呈玉给出建议。

"好。"叶素正有此意。

归宗城，取自五行归宗，从名字便能看出五行宗在其中的地位。

和图首城的磅礴剑意不同，一行人站在归宗城下，仰头看着城门上一道竖匾额，上面并不是常见的字，而是一道符箓，中间似有三个字。

初将视线落去，顿感威严正气，一切心魔消散，再停留过久，又会目眩神晕，产生迷失感。

"这里便是归宗城。"徐呈玉仰头看着符箓中间三个繁复的字符道，"据传是五行宗的开山祖师提笔画下的护城符箓，中间三个字便是'归宗城'。"

"归宗印。"游伏时站在叶素的身后忽然说了一句。

叶素转头看去："什么？"

游伏时在字帖上写了一行字递给叶素。

不是归宗城。

"五个字。"游伏时指着纸上的字道。

她仰头看了一眼上面的符箓匾，转头将纸收了起来："不算。"

前面的几个人没有听清游伏时说了什么，注意都在符箓匾上，徐呈玉倒是听见了什么，但回头看到叶素，没发现她面上有什么异色，便未将游伏时的话放在心上。

一进归宗城，所有人便能轻而易举地感受到一股说不出来的道意，街上人来人往，少有人携带法器，倒是有不少人手上捏着符。

"听说了没？最近五行宗的宗主之女喜欢上了昆仑派的年轻一代的第一人陆沉寒。"

"陆沉寒？不是说他和合欢宗的谁有情意？"

一群符修坐在茶馆内笑谈，声音都从二楼传到街道上来了。

叶素闻言微微扬眉，男主角这是开始他的征服之路了？

归宗城，客栈。

叶素坐在楼下喝茶，大门口进来两个修士，径直坐在她隔壁的桌子前。

"小二，一壶灵酒，两碟下酒菜。"

"好嘞。"

背对着叶素坐的符修敲了敲桌子："最近你听说过喷符枪没？炒得特别火。"

"有人搞到了一把，那法器确实好用，比我们扔符射程远多了。"另一个人压低声音道，"我已经托关系预定了一把多口的喷符枪，听说是木几大师炼制的另外一种法器，只要轻轻按一下，就能喷射出大量符箓。"

"你弄到了？！"叶素背后的符修震惊道，"我在各材料行找了一遍，都没有人听过，连全典行都没有喷符枪。"

"听说木几大师醉心研究法器，一直想为元婴以下的修士炼制称心的法器，所以才先为符修研制出了喷符枪。"

"当真？以前怎么没有听说过木几大师。"

"都说了木几大师一直沉浸于研究中，不图这些虚名。"另一个人道，"否则早将喷符枪送去全典行，高价卖给那些大宗门的符修了，如今正是我们这些小宗门的机会。"

"你说得有几分道理。"

"自然。"那人往前靠了靠问，"怎么样，你想不想也定一把？我找朋友一起为你留一件。"

"定！"背对着叶素的那名符修当机立断道，"有多少把，给我留多少把。"

"不行，一个人只能定一把，还不一定有。"

"那先留一把，多少灵石？我先提前给。"

"定金五千中品灵石，等他拿了喷符枪过来，再付一万五中品灵石。"

一直在听他们说话的叶素杯一口水呛住，连咳了几声，在吸引隔壁两名符修的注意力前，先止住咳嗽。

她抬手握着茶杯，心中感叹黄二钱不愧是干倒卖的，心这么黑。

做一把喷符枪才几百中品灵石，根本没有任何特殊的材料。

"两万中品灵石？这也太贵了。"叶素背后那位符修果然犹豫起来，对这价格望而却步。

"贵？"对面那符修摇头笑着道，"我这是有人脉才能预定，你出门打听一下，外面多的是符修想买却买不到。而且买回去，用好了，明年三月的宗门大比的名额指不定可以拿得到。两万中品灵石，太便宜了。"

果然，那符修听见宗门大比的名额，顿时道："我定！"

叶素微微转头，看向背后那名符修。

他直接财大气粗地拿出一袋灵石："这里面有两万多中品灵石，两万给你朋友，剩下的给你，以后还有什么符修用的法器，记得告诉我。"

"一定一定。"

类似的交谈在整个归宗城不断发生，喷符枪也没有坠了名声，每一个买了的符修都觉得比自己花灵力扔符要轻松，威力也更大。

叶素也收到了黄二钱的传讯，希望千机门能继续炼制一批喷符枪。

这段时间没听说有什么秘境开放，叶素几个人基本无事可干，每天出门逛逛，在楼下喝喝茶，听听消息。

至于徐呈玉要入定修炼，他还在客栈中订了最好的房间，里面设有大型聚灵阵，够他修炼。

刚好叶素他们有时间能做喷符枪，尤其是见识到符修多有钱后，几个人更加有动力。

五行宗。

一位身穿暗绿锦袍的年轻男子从外门走进来，路上不断有人和他打招呼，他皆轻轻点头示意。

"你们在做什么？"程怀安经过符场，看到一群内门弟子围在一起，走过去问道。

符场上的内门弟子一听见他的声音，立刻一哄而散，重新开始画符。

"你手里拿着什么？"程怀安走到其中一个人的旁边，视线落在他背在身后的双手上，问道。

"程师兄，我们其实是在练习用符。"那人从身后拿出两把喷符枪，"这是新出来一种给符修用的法器。"

他迅速解释了一遍，为了表示自己没有撒谎，还抬手扣下扳机演示了一遍。

程怀安望着这名内门弟子手上的东西，评价道："投机取巧。"

"程师兄，不是所有符修都能像你一样有天赋，将来能走得很远。"那名内门弟子忍不住道，"这种法器能将我们的实力发挥到极致，可以降低驱符出现的差错。"

程怀安盯着这位内门弟子良久，最后道："身为五行宗的内门弟子，不愿意修炼自己驱符的能力便罢了，甚至责怪自己天赋不好，不如空出内门弟子的位置，让其他外门弟子上来？"

"我们用法器又有何错？"这位内门弟子对程怀安积怨已久，同为五行宗弟子，程怀安太过出色，以至于压制其他弟子十多年了，"剑修、佛修，甚至合欢宗那些术修，谁没有法器？怎么我们符修就不能用法器了？"

"可以用，但你确定会用？"程怀安拿过他手中的一把多口喷符枪，当场拿了十张符，放进里面。

符场上一队纸人路过，他抬手瞄准，扣下扳机，符从喷口中射出，并不是漫天乱贴，而是形成符弧。

十字符拖着残影，仿佛形成了一个半开的圆，等到靠近纸人时，半圆符瞬时收缩，将那队纸人绞杀。

在场所有内门弟子："……"

"法器是好法器。"程怀安将喷符枪扔还给那名内门弟子，"若不会驱符，也不过是一个投机取巧的东西，给非符修的人用。"

他一走，符场上瞬间炸开了。

"程师兄怎么回来了？我以为他还要在外面玩上几个月。"

"什么玩，是参悟。"

此话一出，周围弟子顿时笑了起来。

程怀安是五行宗几百年来最具天赋的符修，初学时能引气入笔，画天地，惊鬼神。自去年升了元婴初期，他便经常出去，说是想参悟道意。

"说起来，刚才程师兄用的喷符枪，感觉比我们用起来要厉害不少。"

有人道："喷符枪做给其他修士用用，符修还得学驱符才行。"

程怀安回到自己的住处，坐在桌前沉思，随着宗门大比时间越来越近，他的压力不小。

在同境界的修士中，符修总差了那么一点儿攻击力，这么多届宗门大比，从未有过符师进入前三。

偏偏程怀安又是当今年轻一代符修中最有天赋的那个，五行宗对他抱有极大的期望，甚至归宗城早有传言，说此次宗门大比，他们符修终于要出头了。

程怀安压力过大，难以疏解，便会找借口外出，换一个身份过段时间。

他伸手移过桌面上的镜子，转头看了看自己的一只耳朵，上次被人发现假扮老头，好在对方没有深究，也不知道他是谁。

"这也太赚了。"夏耳看着桌上几袋装得满满的灵石，不由得感叹。

不到一个月，黄二钱就把喷符枪卖得七七八八，还送来了这么多灵石。

"走在路上到处都能听见有人讨论喷符枪。"西玉道。

"不用一直炼制喷符枪。"叶素指着灵石袋："有三成送去千机门，这段时间没有秘境开放，剩下的我们自己留着，想炼器或者修炼都行。"

"我炼器。"明流沙慢吞吞道。

"行，你可以问问黄二钱，看他那边有没有材料，应该能优惠。"叶素嘱咐道，"急的话，先在归宗城买。"

明流沙点头道："知道了。"

原本趴在桌子上的游伏时忽然睁开眼，直起身。

旁边的叶素转头看他："醒了？"

游伏时单手托着脸，应了一声，视线懒懒散散地落在门外。

没多久，外面传来一阵惊呼声，吵吵闹闹的。

"马从秋和周云是不是在外面？"西玉诧异，她好像听见他们的声音了。

叶素起身："出去看看。"

她刚打开房门，便看到楼上和楼下站满了人，顺着众人视线往上，才发现马从秋和周云抱着剑站在对面三楼徐呈玉的房门前守着。

"怎么了？"夏耳从里面探出一个头问。

"徐呈玉要突破了。"叶素仰头看了看天，灵气不断往那间房涌去，里面隐隐有金光闪现。

这是徐呈玉第二次结元婴，声势居然比第一次还要大。

门口的马从秋和周云显而易见地紧张，手握着剑，警惕地看着周围。

楼下的人，仰头看着他们议论纷纷。

"居然在这里突破？"

"这样子得元婴期了。"

"外面那两个是吾剑派的弟子吧，啧啧，又一个元婴期弟子，到时候宗门大比有得看喽。"

"能上元婴期的弟子，那房间内的人是谁？"

"吾剑派有本事到元婴的弟子，里面的人是……那个徐呈玉吧。"

叶素转头和明流沙对视一眼，他便明白过来，带着西玉和夏耳去找吕九，站在三楼楼道口，防止有人惹事。

叶素则往另一头的楼道口走去，背后还跟着一个"尾巴"。

房间内，徐呈玉入定，灵府中金丹逐渐露出本相，元婴再次初成，识海内的神识开始自动向外扩张，他可以"看见"守在门外的马从秋和周云。

这次徐呈玉极为小心，不再肆无忌惮地放开神识，有了第一次的经验，他学会控制自己的神识，让其慢慢发散，只要稍有不对，便能立刻撤回。

神识逐渐扩大蔓延，徐呈玉能"看"到楼下那些围在一起的修士，也能"看"到吕九几个人站在楼道口警惕地望着进出的人，再往另一边"看"，他"看见"了站在楼道口的叶素和游伏时。

下一刻，懒散地靠在楼道口的游伏时忽然抬眼，那瞬间他的目光似乎透过虚空，发现了徐呈玉，平淡又冷漠。

徐呈玉一惊，立刻将神识撤开，避过这边。

他没有发现，撤离神识的那刻，叶素也转头朝刚才神识掠过的地方看了一眼。

徐呈玉的神识扩散到整座客栈外，掠过城中建筑，不断往前，最后他的识海干涸，这才将神识内敛收回，房间内微现的金光也渐渐消失——元婴大成！

楼下的人顿时发出唏嘘声，如此年轻的弟子，居然到了元婴境界，还被他们亲眼所见，情绪不由得复杂。

徐呈玉走出来，打开门。

周云听见门开的声音，转身紧张地喊道："师兄？"

徐呈玉点了点头道："元婴初期。"

周云和马从秋的脸上立刻露出笑，心下松了一口气。

"二十岁到元婴期，我吾剑派的大师兄也不差。"马从秋兴奋地说道。

周云伸手戳了戳马从秋，这种高兴的时刻，说出这种话，不是扫兴吗？谁不知道陆沉寒十九岁已经到了元婴中期。

徐呈玉并不介意，他走出房门，两头楼道的人也走了过来。

"恭喜。"吕九朝徐呈玉拱手道。

后面的夏耳十分冷静："徐道友，你多和我大师姐交流，我大师姐也快元婴期了。"

刚走过来的叶素："你大师姐我还没有到金丹期。"

他吹起牛来都不打草稿。

"快了，大师姐，我信你。"夏耳笃定道。

明流沙和西玉在旁边忍笑，忍得十分辛苦，四师弟更能吹了。

"你要到元婴期了？"游伏时转头问叶素。

叶素面无表情道："你四师兄在胡说。"

徐呈玉见到游伏时，有些不自在，之前在神识上留下的印象还存在，他那一眼似乎看穿了自己的元婴本相。

那也许是意外?

徐呈玉再看看着游伏时，他站在叶素的旁边，整个人懒懒散散的，除了一张脸，没有任何地方值得注意，压根不像可以发现神识的人。

"晚上请大家一起去鱼香阁吃顿饭。"徐呈玉将那种奇怪的情绪收敛下去，笑着道，"当庆祝我结婴成功。"

众人纷纷答应。

鱼香阁是归宗城本地最奢华的酒楼，但今天格外热闹。

徐呈玉问了问接待的小二，今夜是不是有什么宴请会。

"客官第一次来归宗城?"

"以前来过几次。"徐呈玉打量进出的人，难得在归宗城内见到这么多非符修。

"这次您赶上好时候了，今晚下半夜，咱们鱼香阁要举办一年一次的拍卖会。"小二笑着道，"届时有不少符箓会拿出来卖。"

元婴期以上的符师可以不用符纸，万物之上皆能画上符咒，在符修中心城内的拍卖会，可想而知，能有多少厉害的符箓拍卖。

"有没有符书拍卖?"叶素闻言，立刻问道。

接待小二一愣，随后道："自然是有的，不过……一般符修也不会将符书拿出来拍卖，咱们鱼香阁的拍卖会上，那些符书都是从废宗的小门派里收来的，可能符箓的效果不太好。"

"既然来了，就留下来看看。"徐呈玉要了一间大包厢。

今晚来鱼香阁的修士大部分是冲着拍卖会来的，那些远程赶来的修士，应该是想拍下一些不错的符回去。

徐呈玉刚刚突破元婴境界，那种掌控力量的感觉最为明显，会让人不自觉膨胀，但他此刻视线时不时便无意识地落在游伏时的身上。

游伏时坐在叶素的旁边，穿了一身深紫色的外袍，衣领有些滑开，长发松松垮垮地贴在肩背处，看起来像是个享乐的富贵公子。

"坐好。"叶素皱眉转头看着快倒下去的小师弟，将人推直坐起来，顺手帮他将领口提了起来。

"游公子，以前在何处修炼?"徐呈玉一边给众人倒酒，一边问道。

游伏时装听不见，捧着杯子，仰头喝了一小口，全神贯注地看着面前的各种菜肴，偶尔才伸出筷子去夹。

"我们小师弟出身穷苦人家，没怎么修炼过。"叶素主动回复。

"他这样的……穷苦人家？"马从秋震惊地指着对面的游伏时道，"就他身上这袍子，我们吾剑派也没谁能拿得出来。"

"好了。"徐呈玉按下马从秋的手，叶素已经表现得很明显，她不想让自己问。

"别人送的。"游伏时突然出声道。

叶素转头去看他，游伏时低头扯了扯自己的衣服："东西不见了。"

"大师姐。"明流沙握着酒杯，慢吞吞道，"他醉了。"

叶素皱眉拿起游伏时面前的酒杯，这才发现不知道什么时候他全喝完了，旁边还多出来一个空了的酒壶。

"后面有软榻。"徐呈玉道，"让他先过去休息？"

"行，我先带他过去，你们先吃。"叶素扶起游伏时，他还有些意识，知道跟着她走。

游伏时跟着她走到软榻上躺下："雾杀花，我的。"

叶素："……"

游伏时忽然睁开眼睛，长睫下的黑眸极其深幽，有瞬间叶素甚至觉得看久了，他的瞳色发生了变化。

"大师姐，快出来看表演。"夏耳在外面喊。

叶素将被子盖在游伏时的身上，转身走了出去，没有察觉被子下的变化。

鱼香阁为了防止来的客人等待乏味，上半夜特地请了术师过来表演。

千机门的几个人包括吕九也是第一次见到术师，聚精会神地看着。

"金丹后期的术师，看来鱼香阁花了不少心力。"徐呈玉望着酒楼中间的人道。

"术师略有耳闻。"叶素在千机门时常听见张峰峰长吁短叹，有时候还会问他自己长得如何，合欢宗收不收年纪大的修士。

南面是术师的天下，合欢宗又是术师中最出名的门派，他们的弟子也是出了名的长相好看，修真界美人排行榜前十必有五位是合欢宗的人。

不过据说合欢宗的现任宗主长相一般，只不过幻术了得，见过她的人，潜意识会觉得她是整片大陆最好看的女子。

"五行宗的人也来了。"徐呈玉看着从酒楼大门进来的一行人，对叶素介绍道，"站在柱子旁的那位便是五行宗最有天赋的弟子程怀安，打头那位是五行宗的宗主之女，连怜。她的天赋不错，只不过……耽于情爱。"

"什么耽于情爱？"周云在旁边嘀咕，"她那是脑子不好使。"

叶素微微扬眉，作为修真界两派之一的宗主之女，一路上周云从未出格过，脾气好，为人爽快。

这还是第一次见到她这么说话。

"修真界两派五宗的宗主、掌门所生的子嗣本来就少,连怜有天赋,却始终不用在正道上。"徐呈玉看出来叶素在想什么,解释道,"五行宗的宗主又偏宠她,所以连怜在符修道上一直没有得到提升。"

叶素的视线落在最前面那位年轻明艳的女子的腰间。

墨玉牌。

不正是五行宗从千机门前辈手中骗走的东西?

一直到五行宗那些人上楼走进包厢后,叶素才收回目光。

"听说程怀安去年也升到了元婴期,不过他二十一岁,又是符修,只在归宗城内引起了轰动。"周云道,她也是吾剑派那边传讯过来,才知道的。

叶素转了转酒杯,如今修真界最受瞩目的便是剑修,一是剑修唯剑论,不受外物干扰;二是自神殒期后,零星几位渡劫成功飞升的大能皆是剑修。

因此在修真界私下一直有传闻,只有剑修才能飞升,其他修士最多只能走到渡劫期这一步。

"五行宗的人来了,下半夜拍卖会也快开始了。"徐呈玉让人重新换了一桌酒菜,问叶素,"你要不要拍符箓?"

叶素仰头喝尽杯中酒:"看看。"

另一间包厢内。

"这种拍卖会有什么好来看的,想要什么符,找长老他们要不就行了?"连怜穿着一身红衣,明艳照人,只不过眉眼间带着骄纵之意,她有些不满地看向旁边坐着的程怀安,"难不成还真能从那些拍卖的符箓中学到什么?五行宗那么多可以学的符箓。"

"集众家之长,方可成事。"程怀安垂眼板正道。

连怜嗤了一声,涂满蔻丹的手托着下巴:"成什么事?你到元婴期了都没人关注,陆沉寒结婴,却在修真界一夜成名。"

"师姐,如果我没记错。"程怀安抬眼看向连怜,"你'喜欢'陆沉寒。"

连怜拿起酒壶,直接对口灌:"啧,这酒没有昆仑的烈。"

"宗门大比你得去参加。"程怀安透过窗户往下看去,"宗主势必会让你去。"

连怜随手一扔,酒壶倒在桌上转圈,酒液从壶嘴里渐渐沥沥地流了出来。她重重靠在椅背上:"我去专门比丑?"

"那就好好修行。"程怀安的视线落在连怜的手上,"还有一段时间。"

连怜瞥向他:"管好自己,什么时候把扮老的癖好改了?"

"那是乐趣。"程怀安扶起酒壶,往自己杯中倒了一杯,没有半点儿羞愧。

半个时辰后，一楼大堂的术师全部离开，鱼香阁的掌柜站了上去："诸位，一年一度的符箓拍卖大会即将开始，相信很多远道而来的修士期待已久，今年照例会有大师所写的符箓。"

一系列套话说完后，一楼大堂的台子便交给了另外一位主事人。

叶素扫过大堂周围以及酒楼门口，到处站满了守卫。

"首先这第一张，便是灵隐符，贴上之后，合体期的高手都没办法发现。"主事人指着台子上用法宝护住的一张符箓，"起拍价两万中品灵石。"

"大师姐，这符听起来很厉害。"夏耳扒拉在窗户旁，闻言扭头问叶素，"能对着画出来吗？"

叶素双手抱臂，站在后面："不能。"

符箓上做了手脚，压根看不清上面的笔画。

每一种拿出来拍卖的符箓都是叶素没见过的符箓，她没有出手拍任何一张，即便买下来，大概率也画不出来，她的境界太低了。

"拍到五十万中品灵石了。"西玉听着主事人叫喊，震惊道，"一张符真能赚。"

"这不算高，后面还有。"徐呈玉道，"最好的符需要符师花费极大心力，也不算贵。"

千机门的几个人出来有一段时间了，但一直在秘境中进进出出，对修真界一些共识还是不够了解。

"接下来，最后一张符。"主事人神情激动，颇为兴奋地说道，"大家可以猜猜是什么符。"

"消雷符！"不知道哪间包厢内传出一个声音。

"没错，消雷符。"主事人拍了拍手，立刻有修士端着那张符箓出来，"众所周知，元婴之后是化神，修真大道飞升的第一步，要想化神，必须经历雷劫。消雷符由五行宗的宗主亲自用血所绘，耗时七年才画出来的符箓，可抵一道雷！"

无论是楼下大堂坐着的，还是包厢内的客人，一听皆沸腾起来。

"师兄，这符可以拍。"周云对徐呈玉道。

"试试能不能拍下来。"徐呈玉道，"我们带出来的灵石不算多。"

夏耳掰着手指算："画了七年？是七天吧？"

"消雷符要抵抗一道雷劫，不是那么轻易能画出来的。"马从秋道，"况且符师需要用自己的灵血画，并不是每天都能画，所以七年还得是没有出现任何失误的状况下才能完成。"

大堂主事人已经开始喊价了："消雷符太过稀有，我们这次起拍价是五万上品灵石，每次加价不得少于一千。"

"五万一!"

第一个声音出来,顿时惹得各包厢中的人失笑,随即有人竞价:"六万。"

主事人看了一圈大堂中的人,又抬头道:"诸位还有谁比六万多的吗?"

徐呈玉淡淡出声:"七万。"

明流沙正喝着茶,一听直接喷了出来,这叫带的灵石不多?

"吕姐,你见过上品灵石吗?"西玉小声问道。

吕九摇头道:"没有。"

上品灵石很少在普通修士手中流通,每一枚上品灵石中都蕴含着极为纯粹的灵气,和含有杂质的中品、下品灵石完全不同。

"八万。"另一间包厢里的人出声。

"师兄,我这里还有三万上品灵石。"马从秋道。

"我有七万。"周云跟着道。

旁边一干穷苦人家的脸都羡慕绿了,这是年轻人该有的财富?

连叶素都道:"平时多有失礼。"

周云解释:"这些灵石都是我们在吾剑派执事堂做任务得来的,其实有时候吾剑派也会发布任务给外面的修士,让他们帮忙做事,有上品灵石的报酬。"

不过几句话的工夫,大堂那张消雷符的价格已经叫到了九万九上品灵石。

"九万九一张,还有哪位客官需要加价吗?"主事人已经在问第二遍。

徐呈玉道:"十万上品灵石。"

"好,这位客官十万。"主事人敲了敲面前的小钟,"十万一次、十万两次,还有人出价吗?"

"十一万。"

周云皱眉,直接对着外面喊:"十五万。"

鱼香阁内顿时一阵抽气声,连徐呈玉都无法接受:"师妹,十五万上品灵石不是小数目。"

"师兄,灵石以后回宗门再挣。"周云不在意,"消雷符用一张少一张,不能错过。"

"十五万上品灵石,去买一件护身法宝绰绰有余。"徐呈玉道。

"护身法宝也没有能直接抵消一道天雷的本事。"周云又对着外面喊了一次价。

这些大宗门的灵脉生生不息,挖掘出一部分,隔些年又能恢复,灵脉又极好,完全没有杂质,修炼用时,根本不用炼化。

叶素指尖抚着冰冷的白瓷酒杯,垂眼不知在想什么。

最后消雷符以十五万上品灵石的价格被吾剑派拍下，整个鱼香阁内一片唏嘘。

普通宗门哪里拿得出来这么多的上品灵石，不少人朝这间包厢看去，想要看看里面坐着谁，但从外面根本看不清包厢内。

有人敲门上来，周云把自己和徐呈玉的灵石全部拿给对方，另一人便将放在防护罩中的符箓送过来。

"十五万上品灵石一张符箓……可以买下好几个千机门了。"夏耳悄悄靠近叶素，"大师姐，你早日画出消雷符，带我们发家致富。"

叶素放下酒杯，笑了声道："我努力。"

"徐道友，能不能让我们开开眼？"吕九站了起来，看着防护罩中的符箓问道。

"自然可以。"徐呈玉取下防护罩，将用盒子装着的消雷符放在桌面上，让所有人都能见到。

结果吕九匆匆看了一眼，便立刻移开视线："盯着头晕。"

不只她，其他人也一样，不能多看消雷符，否则心神会受损。

叶素多看了一会儿，她并不是头晕，而是想沿着纹路描绘出消雷符的走向，不过几笔之后，整个符在她眼中便成了模糊一团。

果然，独门符箓不会这么轻易让人看清楚。

"这东西只能拿出来用，没办法看。"周云道。

徐呈玉将消雷符收了起来，随后看向叶素："后面应该要拍卖符书了，估计不会太贵。"

叶素拿出一袋灵石，打开扫了一眼，这是今天她准备花的最大额度，当然全部加起来也抵不上一枚上品灵石。

拍符书的时候，主事人换了一个年轻人上来，显然重头戏已经结束，有人甚至起身离开，剩下的人也多在讨论刚才拍卖掉的符箓，尤其是十五万上品灵石的天价符箓。

"这是一本初级符书，来自阳杉门。"主事人开始喊价，"起拍价一千中品灵石，每次最低加价一百。"

有十五万上品灵石在前，再听着这点儿灵石，包厢内明流沙慢吞吞道："便宜。"

"一千。"叶素喊价。

大堂主事人看向叶素那个方向，嘴不自觉抽了抽，这包厢的客人不是十五万上品灵石都拍了下来？怎么突然变得小气，连一百中品灵石都不愿意加。

偏偏大堂包厢都无人竞价，毕竟符师看不上一个废宗的初级符书，非符师也不需要符书。

"一千一次……"主事人连着喊了三遍，始终没有人再出声，只能拍板，"阳杉门初级符书一千中品灵石，由三楼左四包厢客人拍得。"

接下来时间，但凡出现符书，叶素皆以最低价竞拍。也有人因为她在刚才拍下消雷符的包厢内，所以猜测这些符书可能是好东西，便举手竞价。

不过叶素从来不喊第二次，让人竞价，看着符书被拍走。

渐渐地，众人便以为这位包厢的客人纯粹是好玩。

"一千。"叶素喊完价，听见脚步声，转头看去，发现游伏时从后面软榻上走了过来，径直坐在她的身旁。

他一身紫袍散乱，原本只用簪子束的长发，此刻全披在肩背，一双黑色眼瞳带着将醒未醒的睡意，混着几分醉意。

"这是什么？"游伏时看着一桌子的符书，伸手翻了翻，发现自己看不懂，"破东西。"

叶素淡淡道："这可能是以后赚钱的东西。"

小师弟犹豫了一会儿，主动将刚才弄折的符书封面抚平，推给叶素："还给你。"

这段时间，他已经充分了解自己能吃什么都靠叶素，她有钱，他才能吃到稍微不那么难吃的辟谷丹。

叶素倒了杯热茶给游伏时："不能喝酒，下次别乱喝。"

游伏时假装听不见，端着热茶喝干净，又将杯子递到她的面前："叶素。"示意她继续倒。

"好，三千五百灵石成交。"

等叶素再倒了一杯热茶给游伏时，大堂上那本符书已经被人拍走了。

"今夜的拍卖会已经进入尾声，只剩下一个拍卖品便结束了。"主事人抬手指向放置拍卖品的桌台上，"诸位，这是我们从一个小秘境中收来的残卷符箓，特意请过五行宗的长老掌眼，对方也不清楚是什么。不过也许这是什么好东西，指不定还有机缘。"

"得了吧，又不是从什么传承之地收来的残卷符箓，这也就骗骗刚入世的年轻修士。"

底下人不买账。

"前几年全典行不就是卖出了一把天价残兵？以为什么神器，结果是表面被妖兽的粪便糊住了一层。"

"哈哈哈哈！"

众人闻言，哄堂大笑。

包厢内，西玉好奇地问："还有这种事？"

"我听说过，那次场上还差点儿打了起来，最后被昆仑派的人拍走了，结果发现残兵上糊了一层坚硬的妖兽粪便，所以一开始请来的斩金宗人没看出来是什么。"吕九道。

这种事情，同为两派之一的吾剑派更清楚，马从秋没忍住笑出声："昆仑成天一副唯我独尊的样子，那是他们头一次吃那么大的亏。"

关键不在于灵石，而是那年昆仑成为各大宗门私底下的笑谈。

"拍下那把残兵的昆仑长老已经被贬成了执事。"徐呈玉道，"后面两年昆仑在外斩杀妖兽无数，各宗门下了命令，不允许弟子私下谈论此事。"

昆仑剑修，向来被修真界誉为疯修，凭着一把剑杀尽所有不平事与不服之人。

"一千。"叶素照旧报出最低竞拍价。

"残卷很多是噱头。"徐呈玉劝叶素，"这个很大概率是浪费钱。"

"没关系，我想看看。"叶素的视线落在下方大堂的拍卖台上。

由于是符书，他们都会翻开一页，让竞拍者能看到一点儿内容。

叶素盯着那上面乱七八糟的陌生笔画，心神不自觉地被吸引，她想继续翻开下一页，看看后面是什么。

"两千。"

五行宗的包厢突然传出程怀安的声音。

鱼香阁顿时一静，五行宗的人看上了这残卷？难道它里面真有什么厉害的符箓？

随即大堂内开始喧哗议论起来。

"恐怕是鱼香阁请来的托吧，不是说五行宗的长老之前没有看出来是什么东西？"

"昆仑都能看走眼，五行宗偶尔失误也正常。"

"哈哈哈哈，没错，况且这次总没有妖兽粪便糊在上面，大胆拍就是。"

"三千。"

"我出五千！"

底下人纷纷凑热闹，一千一千地往上加。

叶素皱了皱眉，看了一眼自己所剩无几的灵石，将灵石袋收了起来，显然不想再拍了。

这时，底下已经喊到了七千中品灵石。

"怎么要拍一本残卷？"连怜看着底下叫喊得热闹，"五行宗一出手，这帮人肯定想要捡漏。"

"那张残符看起来有点儿意思，我想拍下开看看后面是什么。"程怀安道，他也不是非拍不可，只不过坐了一晚上，总得拍点儿什么，才算不虚此行。

"一千上品灵石。"程怀安直接用上品灵石竞拍。

这下大堂中的人便不再出声，反而是其他包厢的人陆陆续续开始竞拍。

"两千上品灵石。"

"三千上品灵石。"

"五千上品灵石。"

连怜不想再在这里待了，手指一弹，推开窗户："诸位，这残卷没什么特别的，只是我师弟想拍下来看看，不如给个人情如何？"

包厢沉静了片刻，终于有人出声："可是程符师想要？"

"程某今日未拍下任何东西，才想着拍下最后一样。"程怀安起身走到窗户前，朗声道，"诸位不必多费灵石。"

"程符师想要，我等自不会再抢。"那人笑着道。

随即其他包厢也纷纷响应，毕竟程怀安是当今五行宗最为出色的弟子，将来势必能成为一代符师，今日主动卖给面子，或许以后还能得到一些好处。

"多谢。"程怀安拱手，又低头对大堂之上的主事人道，"六千上品灵石。"

"好的，六千上品灵石一次。"主事人敲了一次钟，片刻又敲下一次。"六千上品灵石两次。"

"一万上品灵石。"游伏时忽然出声。

叶素：？

千机门的几个人纷纷倒抽一口气。

连徐呈玉和周云都震惊地看着游伏时，谁都没想到他会出声。

"你有一万上品灵石？"叶素闭了闭眼，又睁开眼睛，冷静地问道。

游伏时将手戳在桌边，理直气壮道："没有。"

叶素有瞬间站不稳，就在今夜之前，她还未见过上品灵石长什么样，而现在，即将要欠上一万上品灵石。

修真界内所有拍卖会出口成价，从不允许撤改。

"你学那个，挣钱。"游伏时伸出修长干净的手，指了指大堂拍卖台上的残卷道。

叶素："……"

大堂主事人愣了愣，没想到这时候还有人拂五行宗程怀安的面子，但利益在前，他立刻敲了钟："一万上品灵石一次。"

"大师姐，既然五行宗的人要买，应该还会再竞拍。"明流沙说话速度都不慢了，快速对叶素道。

"但愿如此。"叶素的视线落在漫不经心坐在那儿的游伏时上，头一回产生将人扔掉的冲动。

"还有人要出价吗？"主事人仰头问道，眼睛看向程怀安那个包厢。

"一万上品灵石。"包厢内连怜啧了一声，"对面是哪个宗门的人？买个破残卷，够财大气粗。"

"既然道友实在想要这残卷，程某便不夺人所爱了。"程怀安再一次推开窗户，低头看向大堂的主事人，"请继续。"

主事人回神："一万上品灵石两次，一万上品灵石三次……成交！"

千机门众人集体沉默："……"

完了！一万上品灵石。即便把叶素几个人全部卖了，也卖不到这个价钱。

偏偏鱼香阁拍卖会的人速度奇快，已经端着残卷符书走进来，就等着他们拿出一万上品灵石。

毕竟这种冤大头还是少有的。

此刻包厢内诡异地沉默，无人出声。

叶素垂眼，正在控制自己的情绪，其他人扭头看着别的地方，假装不认识游伏时。

"请问……"拍卖会上来的人看了看在场举动异常的所有人问道，"哪位客人来付钱？"

明流沙和西玉顿时齐刷刷伸出手指向坐在那儿的游伏时，异口同声道："他！"

夏耳见状，急忙抬起一根手指，也对着游伏时。

"客官，您的残卷符书。"拍卖会的人将残卷端给了游伏时，暗示性极强地说道，"一万上品灵石。"

游伏时一块灵石都没有，乾坤袋里比脸还要干净，他看了眼叶素，发现她没有回应，随即抬手抽出自己的发簪，一头墨色长发瞬间散在肩背上。

他将发簪递过去："用这个抵。"

拍卖会的人看着面前的发簪，下意识地拒绝："客官，不……"

"他说笑而已。"

叶素抬眼，上前一步将游伏时手中的发簪抢了过来："几位稍等。"

游伏时的衣服有好几身，时常换，但那根发簪从未换过。一个连紫梨瘿木都看不上的妖，从他的表现来看，发簪绝对不是凡物。

如今要直接将发簪当了……

败家子。

"马道友，能否借一万上品灵石？"叶素转头问马从秋。

之前徐呈玉拍消雷符时，马从秋说过自己还有多少上品灵石。

马从秋愣住，没想到这火烧到自己身上来了，不过他倒是很快伸手拿出灵石袋，扔给叶素，还开玩笑道："夏耳说你很快要飞升，那这一万上品灵石你也不用还了，只要飞升前，先给我炼制一把神剑就行。"

叶素："……"居然连神剑都出来了，四师弟私下到底都洗脑了多少人？

"叶素，不用听他胡说。"徐呈玉摇头道，"以后你有灵石再还就行。"

一万上品灵石虽需要花一段时间挣，但对吾剑派的亲传弟子而言，算不了什么。

"多谢。"叶素拱手，对马从秋道，"这份情，先承下了。"

付了一万上品灵石，那本残卷符书便留了下来，但叶素没有伸手翻开，将发簪还给游伏时，便坐下给自己倒了杯灵酒，未再言语。

千机门其他人也没有出声，皆安静地坐在旁边。

游伏时将发簪重新插进头发中，片刻终于后知后觉，这个凡人似乎不高兴了。

他伸手将残卷符书拿了过来，粗略翻完，突然将第一页和最后一页撕了下来。

残卷符书被撕裂时，发出了清脆的书页撕裂声，让徐呈玉都忍不住开口："游公子，适可而止。"

游伏时压根不理会徐呈玉，在他心中，这位完全是和自己毫无关系的陌生人。

"给你。"游伏时折了折最后一页纸，随后和第一页拼在一起，推到叶素面前。

叶素垂眼看向桌面上拼凑起来的符纸，这一看，整个人所有的心神便被吸引了进去，有什么……

还未等她完全进入，游伏时又伸出手将拼在一起的符箓打散："我困了。"

叶素的视线落在打散的两页符纸上，指尖用力抠在掌心，终于勉强移开目光："拍卖会结束了，我们该回去了。"

游伏时撕书、拼页、打散，一切发生得太快了，叶素也没有表现出任何特别的神情，包厢内的人并未发现任何异样。

只有明流沙多看了一眼游伏时，但很快也主动移开视线，站起身伸了个懒腰，慢吞吞地说道："我也累了。"

一行人起身离开包厢，外面不少目光聚集过来，一部分人想看看用十五万上品灵石拍下消雷符的是谁，另一部分好事者想知道敢不给五行宗第一弟子面子的人又是谁。

"是吾剑派的亲传弟子。"有人看到徐呈玉三个人的道袍，立刻认了出来。

"难怪舍得花大价钱买下消雷符。"

"我听说前不久有吾剑派的弟子在客栈结婴，是不是他们？"

"就是他们。"

"奇怪，和吾剑派走在一起的是……"有人看见叶素几个人道袍上的三个字，犹豫着道，"千机门？"

"吾剑派的弟子怎么会和千机门的人混在一起？"

原本暗中打消雷符主意的人，一看到拍下的人是吾剑派的弟子，只能放弃。

惹怒庞大宗门的后果，不是谁都能承受得了。

"周云？"拍卖会结束，五行宗的人也从包厢内出来，连怜下楼，正好在拐角平梯上遇见他们，她双手抱胸，涂满大红色蔻丹的指甲嚣张又明艳，"花十五万上品灵石买一张消雷符，吾剑派不愧是修真界第二大剑修宗门。"

"第二"两个字，被连怜特意加重说了出来。

谁都知道吾剑派多年来，一直被昆仑派死死压制，从未有过翻身的机会。

"至少我们还有目标，不像有些人，脑子里只剩下情情爱爱。"周云对连怜看不顺眼，当即反驳道。

连怜对周云嗤了一声："也没见你升到什么境界，和我有什么区别？"

眼看着两个人要吵起来，程怀安从后面走了出来："师姐，我们该走了。"

他站位特意避开叶素，不让她看到自己那只耳朵。

程怀安也未想到在这儿能遇见上次买他的符还发现他易容的修士。

连怜抬起指尖在自己白皙的脸颊上轻轻滑过，直勾勾地望着站在后面的游伏时："小道友，你是哪个宗门的？若是合欢宗，可愿和我共度良宵？"

游伏时连徐呈玉都不理，更不会搭理连怜，这些凡人，多看一次，都让他觉得眼睛受到了伤害。

他面无表情不说话的样子很能唬人，连怜越看脸越红，原本自如的气息消散得一干二净。

"师姐！"程怀安的脸色顿时冷了下来。

连怜不耐烦道："行了，我走。"

临走前，她还恋恋不舍地看了眼游伏时。

叶素随意扫过连怜，目光落在往楼下走的程怀安身上，不知为何，看着他总觉得有些熟悉。

一路上虽有人在暗处窥探，但始终没有人敢对吾剑派的弟子出手，一行人安全回到了客栈。

半个时辰之后，叶素从房间内出来，走到游伏时的房门前，抬手敲了敲，门便从里面打开了。

游伏时趴在桌子上，修长白皙的手指不停转着桌上的小茶杯。

"残卷符书是什么？"叶素将房门关上了，又在里面设了结界，防止有人听见，虽然目前她的境界低，但聊胜于无。

游伏时直起身，转头看向叶素："你为什么不高兴？"

"我不知道残卷符书能做什么。"叶素站在他面前，认真地说道，"况且我们很穷，没有一万上品灵石。"

"簪子可以卖很多灵石。"游伏时忽然道。

她不由得看向他墨发中那根发簪，看起来明明只是一支玉质极好的簪子，不清楚用什么玉料雕刻而成。

只是连小师弟都认证值钱的东西，叶素很难估量这玉簪多珍贵，毕竟这位连紫梨瘿木都看不上。

"簪子不能卖。"叶素语重心长地教育小师弟，"有价无市的东西，兑换灵石不值当。"

游伏时勉强拎起自己的下袍一角道："可以给你割一小块。"

叶素沉默片刻，决定不在这件事上纠缠。她将残卷符书拿了出来："你能看明白这残卷？"

"看不明白。"游伏时直截了当道。

"为什么之前在鱼香阁的包厢内，你会拼出那两页？"叶素问他。

"学别人摆的。"游伏时指了指叶素的残卷符书，"好东西。"

叶素坐了下来，将他之前撕下来的两页残符放在桌上："再摆一次。"

游伏时单手支着头，另一只手随意摆了摆，便将拼页符放在叶素的面前道："看。"

叶素低头再一次看向拼成一页的符箓图，只一眼，整个人便如同入定一般，失去了和外界的联系。

叶素意识再清醒过来时，周围一片漆黑，她前后左右看了一圈，始终看不见任何东西。

在失去意识前，她在看游伏时拼接出来的符箓，再之后睁开眼睛，便处于目前的状态。

叶素可以肯定，她的意识在拼接的符箓之中。

另一个界内？

叶素摸着黑往前走，警惕心提到了最高。

界，只有大能才有本事创建。

这里能将修士的意识带进来，绝对是一种界，应该是哪位符修大能创建的，只不过不知道这里面放了什么。

残卷符书果然不简单，不愧是被小师弟看上的东西。

叶素还能分心去猜游伏时是什么妖，或许他是什么寻宝兽？

在她思绪发散时，前方突然出现金色流光，转瞬即逝，叶素只匆匆看了一遍，便已经将它刻在脑中。

紧接着又是几道金色流光乍现，这一次叶素看得更加清楚，是半人高的符箓陡然出现在黑空中，仿佛有人用了什么巨笔在空中画符。

符箓？

这些符箓的笔画极为复杂，还都是一笔画出来的，中间没有任何停顿。

周围一片漆黑，只有消失又出现的金色流光。

叶素快速将那几个符箓刻在脑中，才这么一会儿，便觉得额间隐隐作痛，似乎有无数针尖不断扎着她。

这几个符箓大概超出了她的境界范围。

在几道流光过后，整个世界再一次陷入绝对的黑暗中。

叶素又一次失去方向感。

目光所触及之处，只有黑暗一片，叶素抬手聚起灵火，想要照亮周遭，然而黑暗像是能吞噬亮光。

灵火不过出现片刻，还未照亮四周，便被周围的黑暗吸收。

叶素站在黑暗中，思忖良久，最终抬手调动灵府内的灵力，在指尖释放，照着第一个出现的符箓笔画，试图将其画出来。

不知为何，在这片黑暗中，灵力外放极其困难，尤其是在画符时，叶素能明显感觉到凝滞阻碍。

一笔才起头，灵力受到阻隔，符便断了，需要重新画。

越是这样，叶素越想要将其画出来。

在这个界内，灵力确实滞涩，画符困难，但唯有一点好处，叶素没有像之前画定身符时那样被反噬。

黑暗中，叶素早失去了时间概念，到后面脑海中只剩下一个念头：将这符箓画出来。

一次、两次……无数次起头失败再继续，正常人遇见这类情况，耐心只会被消耗殆尽，从而失控，效率更加低下。

叶素却不同，她太习惯失败，习惯一次又一次得不到结果，失败反而让她更加冷静，手越来越稳。

从最开始起笔即断，到后面横、竖逐渐拉长，最后一笔画过去，已经能画成一大半。

画到后面，叶素反而更能掌控如何释放灵力，速度越来越快，直到最终一笔画出了完整的符箓。

指尖释放出来的灵力被吞噬前，叶素用最快的速度将其画了出来。

成功了。

叶素看着黑暗中画成的金色符箓，这道符被画好的瞬间，忽然动了，从她身上快速穿过。

她转回头看，却只看到符箓消失的残影。

不见了？

叶素蹙眉，不清楚当前的状况。

"这是突破了吗？"

"肯定是，我就说大师姐没几年就能飞升。"

"闭嘴。"

黑暗中，叶素陡然听见师弟师妹的声音，她下意识地朝前走了几步。

这时候刺眼的白光亮起，叶素抬手挡住眼睛，等她再睁开眼睛时，人已经回到游伏时的房间内。

游伏时坐在旁边低头摆弄雾杀花，明流沙、西玉和夏耳站在门外，探头进来看。

"大师姐，你终于醒了！"夏耳一个箭步从外面冲了进来，"你在小师弟的房间内入定了五天！"

五天？

叶素很清楚在那个黑暗界中待了绝不止五天，这也正常，界内和外界的时间流速完全不同。

"大师姐，你突破了？"西玉也跟着进来问道。

明流沙慢吞吞道："肯定。"

叶素刚从黑暗界中回来，坐在桌前，沉默片刻，听着三位师弟师妹说的话，才内视自己的灵府。

她是筑基后期，再突破，自然是金丹期。

金丹期，顾名思义，灵府中会有一颗悬浮的金丹，若是后面结婴，这枚金丹便会逐渐形成本相，即元婴。

没有……叶素竟然没有见到自己的金丹，只察觉灵府内的灵力浑厚了不少，是过往的数十倍。

她下意识地朝游伏时看去，想问他知不知道原因。

"叶素，恭喜，你已经金丹期了。"这时候徐呈玉从外面进来，看到叶素从入定中醒过来，笑着道，"你突破的动静比我的还大。"

"这五天徐道友一直在外面守着。"西玉解释，"大师姐，你入定的时候，整个客栈的灵气都在往这边涌，很多人想过来打探。"

徐呈玉结婴已经够受瞩目了，结果这五天，叶素已经不再只是用房间内的灵气，整个客栈的灵气都往这间房间灌，聚灵阵全部失效。

连客栈掌柜都想过来看看，不过后来被徐呈玉打发了，赔了灵石给掌柜。

"多谢徐兄。"叶素站起身，微微拱手道。

她的余光落在桌面上，原本放在上面的残卷符书已经不在了，而游伏时则在那儿把玩雾杀花，似乎一无所觉。

夏耳洗脑术初见成效，马从秋瞅着叶素："你不会以后真能成为什么厉害人物吧？"

他犹豫了一会儿又道："如果宗门大比你真去了，到时候组队的话，或许我们可以一起。"

叶素知道宗门大比不光有单人战，也有些比试需要暂时合作，原著中男女主角便组成了队伍，为此男主角那边的人还对女主角有意见，不过在后来女主角几次取得胜利后，男主角的亲友团又对她刮目相看。

"自然可以。"马从秋能毫不犹豫地借她一万上品灵石，她便能毫不犹豫地答应下来。

叶素从房间内出来时，感受到了之前徐呈玉结婴的状况，她清晰知道客栈内无数双眼睛在盯着自己。

她一出来，楼下便有人围在一起讨论。

"居然只是金丹期？"

"金丹期就能搞出这么大动静，我还是第二次见到。"

"你还见过一次，在哪儿？"

"一座山上，好像也是个女娃娃嘞。"

能一眼察觉她境界的人，境界势必都在金丹期以上，徐呈玉和楼下那几个人都能看她的境界，偏偏叶素没有在自己的灵府内发现金丹的痕迹。

筑基定灵府，到后期灵府该固定了，叶素的灵府却再次扩大了一倍，里面始终找不到金丹，只有……一片流动的灵海？

叶素不知道这是什么，只隐隐觉得这片出现的灵海便是以前筑基时看不清的东西。

这是灵府内本就存在的东西。

她不清楚原因，却没有和其他人说，表面并未有异色。

"一年的时间，从筑基到金丹。"周云看着叶素，"你比我们突破得快多了，我花了三年才到金丹期。"

且期间她一直待在吾剑派，不用担心缺少灵气的问题。

一行人气氛融洽，一同坐在楼下，点了七八道灵菜，要了两壶茶水。

过了一会儿，徐呈玉列了几个过段时间要出现的秘境："这些秘境中最近开放的一个开放时间是三月后，位置离归宗城不远。"

"徐兄有什么话不妨直接说。"叶素察觉徐呈玉有未尽之言，主动问道。

"三个月后，有两个秘境开放，一个是小秘境，一个是荒城秘境。"徐呈玉打开传讯玉碟，是吾剑派那边传来的消息，"荒城秘境只有金丹及金丹以上境界的修士能进，里面是大片大片荒废的城，五十年出现一次，目前为止死在里面的修士多达数万，同时也有两千多名修士因为在里面发现法宝秘籍，从而不断进阶。"

"你们想要去荒城秘境？"叶素听出了言外之意。

"原本没有这个打算，但你已经到了金丹前期。"徐呈玉有些不好意思，"正好能一起去，所以我们想要进去看看。"

叶素转头看向明流沙和西玉、夏耳，三位师弟师妹前不久才升到筑基后期，他们不可能进得了荒城秘境。

像这类有境界压制的秘境，但凡境界以下的人进去，瞬间便会被撕成碎片，这些皆是前人总结出来的经验。

"我知道你们是为了灵气和材料才去秘境。"徐呈玉显然将所有事都想好了，"若叶素你同意，这段时间内吾剑派愿意为几位提供灵气修炼，同时提供所有需要炼器的材料，如果他们有空，也可以帮忙修复法器，有报酬。"

叶素还未出声，明流沙先问了："我们去吾剑派，你们在秘境中会护着大师姐？"

"会。"徐呈玉道，"荒城秘境极大，到目前为止还有不少地方没有修士去探过，虽凶险，却也一定是能让修士快速提升实力的秘境。"

"我同意。"明流沙举手慢吞吞道。

"我也同意。"西玉跟着举手。

夏耳看着旁边两位师姐师兄举手，立马将自己的手也举了起来："大师姐，大秘境一定要去！"

坐在旁边的游伏时，见千机门的人都举起了手，也将手举起来，以示自己也是其中一分子。

最终叶素答应下来，她想要变强，只有这样才能护住千机门。

"你们去吾剑派后，正好能和易玄做伴。"叶素道，"不知道他目前状况如何。"

"好。"几个人应道。

一顿饭吃完，叶素找到机会，和游伏时独处。

"残卷符书上的那两页符拼在一起，可以进入一个黑暗界内。"叶素盯着游伏时的眼睛问，"那里有什么特殊之处？"

她不清楚没有金丹是自己的原因还是界的缘故。

"记不清了。"游伏时认真想了想后道。

叶素沉默，她不该指望一个有健忘症的文盲小师弟能说出什么有价值的东西。

"你是不是鱼妖？"她问道，"只有七秒的记忆。"

游伏时转头："七秒是什么？"

"罢了。"叶素问他，"残卷符书在哪儿？"

游伏时将手伸进乾坤袋中，从里面拿出残卷符书递给她。

叶素翻了翻，看到夹在书页中那两张纸，只匆匆扫了一眼，没有多看，便将残卷符书合上："这些都要撕？"

"没用。"游伏时抬眼看向叶素，随后视线落在残卷符书上，漫不经心道，"补齐才有用。"

问不出来其他东西，叶素便作罢，她有太多疑惑要解开：黑暗界中剩下那些符要不要画？画完了又会产生什么效果？自己灵府的金丹又去了哪里？

回到自己的房间后，叶素分别向师父和于守门传讯，问他们有没有听说过金丹期没有金丹的修士。

师父大概又没休息，很快便传讯过来："大徒弟，你问这个干什么？修士没有金丹怎么是金丹期？没有金丹，以后怎么结婴？你们在外一切安好？"

听着声音都知道师父一肚子想要问的，她回了几句，又将这段时间发生的事简单说了说，便再次入定内视自己的灵府。

淡金色的灵府一望无际，偏偏她的灵识无法探寻太远，只知道自己的灵府很大。

灵府正中间一条流淌着的金色河流让叶素无法忽视，她的灵识试图过去查看，却在接近时消散，再一次回到原来的位置。

自己的灵府，自己操控不了，说出去恐怕无人相信。

叶素试了一遍又一遍，始终无法靠近那条流淌的"灵海带"，她没有金丹，却多了这样一条东西，还没有办法查看。

她的灵识只能在高处远远地看着，看不见头看不见尾，仅仅能从它流淌的方向知道从哪头起源，又往哪头流去。

那片"灵海带"流动缓慢，但叶素有着强烈的预感，底下聚集着庞大的力量。

自己的灵府中有这些乱七八糟的东西，任谁都无法轻易接受，叶素只在初时纠结过后，便收回灵识，不再关注，躺下休息。

到了第三天，叶素突然收到了于守门的回讯："金丹期无金丹或……溶于识海，叶素，若这个人是你，切记勿再与人言。"

金丹溶于识海？

叶素听到这句话时，很长一段时间没有反应过来，直到于守门直接发来一条影像传讯。

她将传讯玉碟往一边转了转，上面顿时出现于守门的脸。

于封海看着叶素，开口说的第一句话便是："书中曾记载，天生神识者，灵府藏海，无金丹，逆大道，多雷劫。"

境界越往上，雷劫才会越多，这话听起来意思是说她以后的雷劫会比正常境界的人多？

叶素问："于守门，那是什么书？"

"杂书，很久以前看过，早流失了。"于封海继续道，"从古至今，修真界内有记载的天识者仅有三位，其中一位在元婴期便被雷劫劈死，另一位死于化神期，只有一位达到了大乘后期境界，离渡劫期只差最后一步。"

"于守门，这位大乘后期的大能是谁，如今在哪儿？"叶素问。

"陆决，昆仑派原大弟子。"于封海补充道，"你不认识。"

叶素还真知道陆决是谁。

陆决是男主角他爹，当年先和万佛宗的圣女相恋，后又入魔界，与一代魔主双修。等到事情被揭露，陆决和圣女一同找上魔主，希望她放手。

再然后……魔主和他们同归于尽了。

三个人最后死在一块，在当年这是一件极为轰动的事情，不过在昆仑派和万佛宗的压制下，这件事在修真界早已经被禁止讨论。

"于守门，这件事为什么不能告诉其他人？"叶素想要知道原因，金丹溶于识海的事，师父完全不知情，显然修真界不是谁都知道天生神识者。

"有记载的是三位，没有记载在册的还有两位。"于封海毫无掩饰地说道，"天识者的识海可供人抽取，提供滋补神识的力量。"

叶素闻言，目光顿时沉凝，修士从元婴开始，灵识便转化成神识，可脱离躯体出窍探天入海。

只是要让神识变强太难，公认的方法便是不断进阶，神识才会越来越强。

若有这么一种捷径可走，恐怕她只能落入他人之手，成为神识培养罐。

大概看出来她的脸色变化，于封海道："没有太多人知道天识者，你暂且不用担心。"

他看着对面还太稚嫩的千机门的弟子，心中叹了口气，最后嘱咐道："凡一切可抵雷劫的法器、符箓，皆是你将来活命的机会。"

"知道了，于守门，以后我争取自己做。"叶素道。

于封海差点儿忘记了这弟子在炼器和符箓方面颇有天赋。

他将自己所知道的关于天识者的信息全告知了叶素，其他情况他也不清楚，只能靠着她自己摸索。

关了传讯玉碟后，叶素开始内视灵府，并未察觉自己的灵识有太多变化，底下流淌的识海依旧无法靠近，只能远远望着。

她收回灵识，不再观察灵府，转而拿出那两张撕下来的残页，学着游伏时的动作，将两张残符拼接好，目光落在上面。

一盏茶后，叶素再睁开眼时，已经在一片绝对的黑暗中。

这次，她在里面等了许久，始终没有金色流光符箓出现。

还有几个符箓未画出来，叶素脑中早已将第一次见到那几个符箓刻在脑海中。

这一画，在黑暗界中，又是一段极为漫长的时间，叶素仿佛不会累，一次又一次画着，直到画完一个完整的符箓。

界中仿佛有什么开始变化，叶素画好的那道符箓并未再冲向她，而是逐渐往后退，最后停了下来，化作流光，没有被黑暗吞噬，反而照亮了一面墙。

墙宽一丈，高七尺，散发着淡淡的金色光芒，在黑暗界中格外明显。

叶素的视线落在那块亮起来的墙上，迈步朝它走去。

等走近能看到墙上所刻之物后，她不由得扬了扬眉。

这是一面符箓墙，上面刻着各种符箓。

叶素仰头抬手点了点墙上最高处的第一张符，这张符瞬间消失，随后空中似乎有人在演示如何画这道符箓，同时旁边还出现了一段竖排的字。

　　　　遁地符：贴之生光罩，入地如泥龙，速度奇快。

叶素伸手点了点完成的符箓，它后退，再一次回到墙上，和其他符箓并无异样。

她再一次点开这张符箓，等演示完后，释放灵力，学着画出这道符箓。

等到叶素画完后，这张符箓和原来的那张符箓相撞，最后墙上第一张符箓暗了下来。

原本正愁没有符箓可学、只能每天翻着初级符书的叶素，仿佛回到了在千机门泡在藏典阁的时光。

她伸手一路点过去，每一张符箓都要看一遍，同时还要学着画一遍。

不知道在黑暗界中过了多久，直到原本亮着的墙全部暗下去，叶素才回神。

这一次，叶素出去没有之前被动，只在心中默想着要出去，便直接醒了过来。

那面墙上多达数百种符箓，全是最基础的符箓，叶素在黑暗界中全部画了出来。

她没有多休息，从乾坤袋中摸出一把辟谷丹吞了下去。

下一刻，人便站在了桌前，开始画符。

"大师姐。"夏耳在外面敲门，"我们要走了。"

徐呈玉三个人和叶素、吕九要留在这儿等待荒城秘境开放，所以明流沙、西玉和夏耳可以准备去吾剑派了。

叶素从房门里走了出来："今天要走？"

"吾剑派今天下午要剑试，小……五师弟要上台代表八荒峰比剑，我们想着刚好可以赶过去。"夏耳搓了搓手，颇有些激动，"吾剑派给我们准备了传送卷轴。"

传送卷轴可比传送阵精致，还可以随时携带。

一行人聚在徐呈玉的房间里，他见叶素都过来了，便问道："游公子是要去吾剑派还是留在这儿？"

"他跟我们一起进秘境。"叶素扫了一遍房间内的人，没看到游伏时的身影，大概他还在屋内休息。

这几天，叶素在黑暗界中练习画符，再出来游伏时已经成了金丹期，升得无声无息。

徐呈玉已经几次对游伏时产生怀疑。

"这些符拿着。"叶素拿出十几沓符递给明流沙，一一说了符箓的效用，让他们各自分一分。

马从秋和周云在旁边看得目瞪口呆，虽然以前知道叶素会画符，但她突然一拿就拿出来这么多符，怎么看怎么不简单。

"这些符箓是你新学的？"徐呈玉问道。

叶素点了点头道："之前在拍卖会买了不少符书，我全部翻了翻，里面有些符箓确实不错。"

马从秋在旁边竖起一根大拇指："我一直以为符师画几张符就会元气大伤，如今看来，不过是那些人虚。"

他再看叶素，半点儿看不出她是画了这么多符的人。

"你们踏入这幅卷轴中，便能直接传送到吾剑派，一定可以赶上下午的剑试。"徐呈玉从乾坤袋中拿出一个淡蓝色的卷轴，猛然往上一扔，随后卷轴打开，飘浮在半空中，最低的那头快接近地面。

"大师姐，我们走了。"西玉扭头对叶素道。

"在吾剑派不要忘记炼器。"叶素嘱咐师弟师妹，"不要局限在一种类型的法器上。"

"知道了。"明流沙慢吞吞地应道。

三个人前后往卷轴上走去，直到站在最后一位的明流沙走进去后，整幅卷轴便瞬间彻底消失在几个人的视野中。

"他们很快会到吾剑派。"徐呈玉怕叶素不放心，便多解释了一句。

叶素点头表示明白："接下来的时间，我一般会留在客栈，徐兄有什么急事可以直接去房间找我。"

她想要先去界内看看剩下的那几个流光符箓对应了什么，是不是也是符箓墙。

明流沙、西玉和夏耳一走，剩下来的六个人每天各做各的事情。

由于归宗城是符修的聚集地，这里的剑修不多，几个人没有地方练剑，最后吕九干脆请徐呈玉三个人在客栈后院纠正自己的剑术。

说是纠正，倒不如说是交流。

吕九作为一个从穷乡僻壤走出来的"三无剑修"，无师、无门、无资源走到如今，剑术谈不上好用，却是最实用的，每一招都是最快的杀招。

杀招不快，死的就是她。

有时候吕九出招，连徐呈玉都要谨慎对待。

他们是吾剑派的亲传弟子，身上时刻带有各种法宝，不用担心生死，有些剑招好看，但不够实用。

"在看什么？"叶素走进游伏时的房间内，难得看到他没在睡觉，反而站在后厢窗户边，她顺着小师弟的视线看去——

底下，吕九连续挥剑，右手已经挥剑砍向马从秋，下一刻，忽然松手，剑落下，又被她用左手抓住，往前一送，横在他的脖子上。

马从秋一惊，下意识地往后退了一步。

"师弟，你输了。"旁边的徐呈玉道。

他们没有用灵力，只是单纯比剑招，显然吕九的优势更大。

"你能不能赢她？"游伏时回头问叶素。

叶素笑了声："能。"

要赢吕九太简单，那些大宗门的弟子没见过的招数，对叶素根本无用。

下作的、正派的招式，于她而言，只是一种取胜的手段，都要考虑到。

只看刚刚吕九的剑招，叶素便有数种手段对付，甚至吕九后面还会出什么剑招，她已经在心中预测过了。

两个人并排站在窗户前，看着底下四位剑修互相交流剑招，徐呈玉觉察到他们的目光，抬头往上看，对他们两个人笑了笑。

叶素对徐呈玉点了点头，看着他转身给吕九和马从秋喂招，忽然对旁边的人道："你什么身份，我不会管，但行事最好克制，成天睡觉不修炼，谁都不能无端升境界。"

他又没钱嗑丹药，怎么才几天的时间就升到了金丹期？

"别装听不见。"叶素扭头看向游伏时，"如今你是千机门的弟子，一举一动代表我们千机门。"

"它自己要升。"游伏时将手肘靠在窗沿上，声音慵懒地回道，"管不住。"

大师姐轻呵了一声，对小师弟十分无语。

叶素来是有正事要说，她拿出那两张撕下的符页道："我要进去一段时间，最多下个月荒城秘境会开启，这期间黄二钱也可能会让人送来灵石，你先收着。"

"十天。"游伏时伸手扯了扯衣袖，露出里面的雾杀花。

他即便理不直，气也壮，做事全凭自己的爱好。

"若我出来之后还有时间，可以提升雾杀花的品阶。"叶素道。

前段时间，她便在心中思忖这件事。

雾杀花连合体期的辛沈子都能唬住，可见其气势强盛，不过攻击力却不够强。

毕竟当初炼制它时，叶素才筑基前期，如今她到了金丹期，费上一些心思，应该能将雾杀花的品阶提上去。

第三次进入这个黑暗界中，叶素指尖瞬间释放出灵力，开始画第三个出现的流光符箓。

为了能一笔画出来这些符箓，叶素必须稳定持续释放同等灵力，在黑暗界中无数次失败的结果便是她对灵力的操控越发纯熟。

直到第三个流光符箓画了出来，果不其然黑暗中再次亮起第二面光墙，就在第一面较灰的光墙旁边。

有了经验，叶素便立刻朝光墙走去，这两面光墙都一样，正面上刻有符箓，等她绕到背面去，光墙背后什么也没有。

易形符？

叶素仰头看着第一张符，顿时起了兴趣，伸手点开符箓。

易形符，根据符师灵力境界变化，贴之能幻化为任何人，一张可变一人。

"根据灵力境界变化"，便意味着金丹期的叶素画出来的这张符，对金丹期及以下的修士有效，之后升了境界再画出来，符箓使用对象的范围便扩大了。

叶素站在光墙前，又开始不停画符，直到最后一道符箓暗下去，她才松了一口气，心神一动，整个人的意识便回来了。

"你醒了。"游伏时坐在叶素对面的桌子前，将手里的灵石袋扔给她，"黄二钱让人送来的灵石。"

叶素伸手接过来，从床上起来："我入定几天了？"

"不知道。"游伏时将手腕上的雾杀花取下来，递到叶素面前，认真道，"改它。"

叶素接过来放进乾坤袋，顺便拿出笔墨，站在桌前，引气入笔，凝神静心在黄表纸上画了一道符。

画好后，她贴在自己身上，心神一动，整个人的面貌便发生了变化。

游伏时自始至终没有任何反应，让叶素不禁怀疑自己画的符无效，她特意走到镜子前，分明看到了一张完全不同的脸。

叶素回头看向小师弟，问："你不止金丹期？"

游伏时摇头，一问三不知，再问只想睡觉。

叶素对小师弟不抱任何期望，打开房门，走出去找同层楼的吕九。

"马道友，我正好要找你。"吕九不在房间内，而是从楼下走上来，正好撞见叶素，"昨天你的剑招，我已经想好怎么拆了。"

"我看起来很像马从秋？"叶素道。

听见声音，吕九疑惑不解："叶素？"

易形符只能幻化外表，但不能改变声音。

这时候，马从秋、周云和徐呈玉一起从楼上走下来，刚好看到幻化后的叶素。

周云下意识地转头看着自己后面的马从秋，压根分不出前面和后面两个马从秋有什么不同。

"你是谁？！"马从秋直接愣在楼道口上，盯着叶素的脸问道，手中的剑已经微微出鞘。

徐呈玉按下他的手，看向楼下另一个马从秋："叶素？"

他乍一看也以为前面站着的是马从秋，但再用神识去看，便能认出来那是叶素。

"新学了符箓，试试。"叶素一出声，楼梯上的周云和马从秋才认出她来。

旁边的吕九露出乡下人的目光："我头一回见到这种符箓，叶素，这也是你拍下的那些初级符书里面的？好像也不错，没有那些符修说得那么差。"

"是不错。"叶素没有打算和其他人说残卷符书的事，之前便将所有学的符推到她之前拍下的那些初级符书上，吕九自然而然地认为这符箓也是她从上面学来的。

叶素将符撕了下来，露出自己原本的模样，符瞬间在手中化成灰，飘散在空中。

"荒城秘境这几天已经隐隐有动静，恐怕没多久便会开启。"徐呈玉道，"叶素，你和游公子做好准备。"

"我知道。"临近荒城秘境开放，叶素不准备再入界，打算将雾杀花升阶，再画些符箓。

新学了这么多符箓，她有太多种符可以画了。

五行宗。

"荒城秘境虽十进九死，但里面法宝无数，怜怜，你此次和怀安一起进去，也算有个保障。"五行宗的宗主连齐眉间一道深深的竖痕，苦口婆心地劝道，"怀安此子野心不大，又对你好，你有什么看上的法宝，直接向他要。"

"你要我去蹭他的机缘？"连怜涂满红色蔻丹的手指缠着自己肩前的长发，继而又松开，她嗤笑一声，"我想要什么，自己会去争。"

连齐不赞同地看着自己的女儿："怜怜，不要说这些气话，如今你金丹期都是我用丹药强行提上来的，怀安和你都是我们五行宗的亲传弟子，他的就是你的。"

"我累了，先回去了。"连怜面无表情地转身离开。

连齐在后面怒道："这次必须去，要不是你实力不够，我何必让怀安带你？"

连怜大步走出殿门，始终没有再回头。

"师姐。"

程怀安站在殿外，看连怜从殿内出来，直起身喊了一声。

连怜根本不理会他，径直朝自己的院落走去，程怀安默默跟在后面。

走进院中，连怜坐在白玉桌前，伸出双手看了看自己的指甲面上有些褪色，便将十根手指指甲上的蔻丹全卸了，再拿过桌面上摆着的蔻丹盒，开始重新上色。

连怜握着红玉杆狼毛细刷，想要给自己的指甲重新刷一层艳红色的蔻丹，手却抖得厉害。细刷上沾染的红颜料滴在她白皙的手指上，顺着流下，像极了鲜血。

那瞬间，连怜看着自己的手，脸色变得煞白，呼吸也乱了，甚至身体都开始抖起来。

"师姐，我来吧。"站在背后的程怀安走到她的对面坐下，握住她的手，拿出帕子将她的手指上的红颜料一点点拭去，再握住红玉杆狼毛细刷涂在她指甲上。

他动作流畅，仿佛做了不止一次。

程怀安垂眼道："师姐，不想蹭我的机缘，可以自己提升境界，荒城秘境便是个好机会。"

"你有没有见过渡劫期的符师？"连怜忽然问他，语气中带着不可忽略的尖锐。

"没有。"程怀安慢慢道，"总会有符师能成为渡劫期的大能，或许这个人是你、是我、是以后的符修。"

"天真。"连怜讽刺一笑，"以前没有渡劫期大能，将来也不会有，所以修真界那些人都看不起我们符修。"

程怀安抬眼，冷静地问道："师姐去学剑了，结果呢？"

连怜倏地将手收了回来："滚！"

"对不起。"程怀安深深吸了一口气，起身离开，"我从来不觉得符修低人一等，以前的师姐也从来不这么认为。"

走到院落门前，他顿住脚步："连怜，荒城秘境，我等你。"

第六章 · 荒城境

荒城秘境即将开启，无数修士从浮世大陆各处赶来，只为了进入其中，冒险寻得法宝秘籍等珍稀之物。

"听说了没？西面的冰阳秘境突然提前开启了，就在昨天。"

"冰阳秘境？唉，早知道不赶过来了。"

"我倒觉得荒城秘境不错，虽然十进九死，但这里有境界压制，只有金丹期和元婴期的修士能进。"

"对，冰阳秘境可没有境界压制，合体期的大佬都能进去，早就沦为昆仑派和万佛宗的弟子的试炼地，我们这些小宗小门进去指不定连汤都喝不到一口。"

今天一早，楼下便相当热闹，在后面客房内都能听见众多修士的议论声。

叶素下楼点了杯茶，坐在角落里听着他们说话。

冰阳秘境……确实已经算得上大宗派弟子的试炼地，原著中，宁浅瑶和陆沉寒便在这个秘境中再次相遇。

叶素一直都知道冰阳秘境在什么时候开启，却没有和任何人提起。

一是这次冰阳秘境开启得突然，连昆仑派那边都有些措手不及，由长老临时摆出传送阵，将陆沉寒等内门弟子送了进去。

二是叶素不想和他们进一个秘境，冰阳和荒城都是秘境，甚至荒城里面的天材地宝更丰富，只不过更危险。

她不在乎危险，在修真界不冒险，得不到好东西。

和叶素一样不在乎危险的修士不少，皆看中了荒城秘境的潜力更大。

在一楼听了半天，叶素才重新回到自己的房间，她这几天除了画符，便是炼制雾杀花。要想让法器进阶，需要炼器师重新配材料进去，但又不能毁坏原本的样式和法器效果。

这是一件费力的事情，很多炼器师更倾向于再炼制一件法器。

叶素这个人最不怕麻烦，费了极大的心力挑出适合的材料——赤金石。

她准备将赤金石炼化之后加入雾杀花，让其进阶。

从这一点上看，小师妹的玄阴血确实是修真界最珍贵的东西，无视材料属性，只要加进去炼化，便能提升法器的品阶，像是一个作弊器。

叶素一手灵火炼制着赤金石，另一只手控制雾杀花，让炼化后的赤金石渐渐融入进去。

赤金石被灵火炼化后变成了透明的雾气，没有任何溢出，全部被叶素用灵力裹挟进雾杀花中。

不过是这一步，她的额上就浮起了一层细密的汗，手却依旧稳当，丝毫没有犹豫停顿。

等到雾杀花闪过一道极强的光芒，叶素便知道它进阶成功了，她的手一勾，将雾杀花收了回来。

这只是第一次进阶，越到后面越难，大部分法器只能到大乘，再往上不光难，也不值了。

"叶素。"徐呈玉在外面敲门道，"我们该走了。"

叶素挥手解开结界，将桌子上的符收进乾坤袋，这才打开房门，问道："荒城秘境开了？"

徐呈玉点头道："客栈内的修士大部分已经赶过去了。"

叶素的视线落在他的身后，周云、马从秋还有吕九都已经出来了。

"稍等。"叶素快步走向游伏时的房间，径直推开，将还在睡觉的小师弟拉了起来："走了。"

在游伏时开口前，她主动将雾杀花戴在他的手腕上。

某位小师弟，光顾着看焕然一新的雾杀花，没有半点儿抱怨。

叶素带着游伏时，跟在徐呈玉几个人背后，一起赶往荒城秘境。

荒城秘境入口，站满了各种修士，不断有人飞进去。

徐呈玉收了剑，回头看着众人："我们一起进去。"

入口不小，几个人并排走进去绰绰有余。

叶素从乾坤袋中拿出几沓符，分给他们后，一行人才统一进入荒城秘境。

进入荒城秘境的瞬间，叶素能明显感觉身体有撕裂感，和以往进入那些小秘境的感受完全不同。

脚刚落地，她耳边便传来一声吼。

叶素后退一步，同时拉过旁边的游伏时，飞镜甲立刻被她扔了出去。

这时，徐呈玉的剑出鞘，一剑斩中等在秘境入口的妖兽，以凌厉的剑意将其头砍了下来。

妖兽的头掉落在地，随即滚了几圈，正好停在了叶素的脚旁。

她低头认出来了这是什么妖兽。

八目狗。

一头八目，每一次实力提升，便能睁开一目。

这只八目狗已经完全睁开了三只眼，相当于金丹后期修士的水平。

刚进秘境，便有这种等级的妖兽守在这儿，可想而知接下来的荒城探境之路会有多艰难。

"大家小心点儿。"徐呈玉转身道。他将八目狗的妖丹取了，其他东西留给叶素。

这是他们进来之前商议好的，谁斩杀的妖兽，谁拿妖丹，其他的东西全留给叶素。

接下来，徐呈玉站在最前面，周云和马从秋分别站在左右两侧，吕九则站在最后方，四个人默契地将叶素和游伏时围在中间。

荒城，顾名思义，里面有无数荒废的城，杀机同样数不清，导致进来的修士多数出不去，但能出去的修士基本收获颇丰。

"前面的荒城，我们吾剑派曾有弟子进去过，里面已经没有什么东西了。"徐呈玉道，"若想要找到好东西，得往西面走，那边少有修士过去。"

像这种存在久远的秘境，各大宗门的弟子出来后，皆会将里面的情况记载下来，不断汇总，流传到下一届弟子的手中。

"为什么西面少有人去？"叶素站在他的后面问道。

"最开始有修士在南面发现了法宝，带出去后引起轰动，等到荒城秘境开放时，无数修士便涌向了南面，后来又有其他人去了东面和北面，都收获颇丰。"徐呈玉解释，"只有西面，有一座城太难通过，十进九死便是从这里传出来的。"

"我们去那边。"叶素毫不犹豫道。

徐呈玉笑了笑道："正有此意。"

即便十进九死，去往西面那座城的修士也不少。

一路上，妖兽和各种法阵不少，这样又淘汰了一批修士，等走到西面那座城前时，只有不到最初一半的修士。

吕九和马从秋身上也带了伤，这两个人的剑招走的都是凶烈狠辣的路子，混在一起后，更是找到了知己，恨不得当场拜把子，结为姐弟。

他们一路砍过来，砍得酣畅淋漓。

"荒城。"叶素仰头看着五丈高的废旧城楼上刻着的两个字，念了出来。

即便这座城楼久经风霜，只站在下面，也能感受到迎面而来的古朴厚重，透过这道城门，便可以想象当时鼎盛辉煌时期的景象。

不知道是什么大能，竟然能将无数座城囊括其中，最惊讶的是如此庞大的规模，竟然只是秘境，而不是洞府或者传承之地。

"荒城秘境得名有两个原因。"周云在旁边积极解释，"其一是秘境中有无数荒城，其二便是因为这座城的名字叫荒城，同时也叫杀人城。"

正在这时，他们身后传来一声嗤笑。

"你们来春游吗？"

众人转头看去，便看到一身红衣的连怜和她旁边穿着五行宗暗绿色道袍的程怀安站在后面。

周云看到连怜，顿时不高兴了："关你什么事？"

"确实不关我们的事。"连怜一只手卷着自己的长发，"不过荒城……符箓阵、法阵极多，你们确信自己一定能走出来？"

符箓阵、法阵？

叶素垂眼掩去兴味，那她更要进去看看了。

"一剑破万物。"徐呈玉出声，"两位或许能跟在后面看看。"

相比之下，程怀安更冷静："此次进来，秘境险要，想必几位并不想最终留在这儿，若是有机会能合作，我们五行宗一定愿意。"

他这话一说出来，旁边连怜的脸色更难看，忍耐片刻，最后只能转头不理会程怀安。

荒城大门开着，叶素跟着徐呈玉往前走，她旁边就是游伏时，他今日精神不错，没有困。

走进城门，叶素闻到一股泥腥味，还未打量周围，眼前突然生起浓重的白雾，等白雾散开后，她的眼前出现了一个和自己长得一模一样的人。

叶素顿时挑眉，对面的人也和她一样挑了挑眉，只不过说出来的话和她不一样。

"千机门很快要被灭门了。"对面的"叶素"道，"你不想杀了易玄，阻止将来要发生的事吗？要想杀了他……"

叶素没耐心听完对面的人说话，从乾坤袋中摸出一沓易形符，先抽出一张，贴在自己的身上，顿时化成了徐呈玉的相貌身形。

对面的"叶素"也立刻变成了"徐呈玉"。

随后叶素又贴上一张易形符，幻化成吕九的模样。

这不算完，叶素别的不多，符是真的画得够多，她也不说话，一张接着一张地贴，从熟悉的人到见过的路人都能变上一变。

对面的人只能跟着她一起大变模样。

"好像没说只能幻化成人。"叶素若有所思，拿起一张符，啪的一声，贴在自己的额头上，整个人瞬间从人变成了一根柱子。

对面新出现的"柱子"："……"

叶素看着对面的柱子感叹："还真能化。"

她似乎对这件事起了浓厚的兴趣，一沓符用完了，干脆就地引气，当场画易形符。

之后变的东西越来越离谱，已经开始往叶素没亲眼见过，但馋了很久的妖兽材料上幻化。

对面幻化得太逼真，叶素贴上一张易形符，便朝对面"上下其手"，亲身感受这种拥有材料的快乐。

对面被迫不断投射变幻的东西裂开了，是真的裂开了。

叶素亲眼看着它一分为二，露出原本的样子——一只迷心飞虫。由于幻化成太多乱七八糟的东西，它的心境受到重创，自杀了。

迷心飞虫本体是一只半透明的飞虫，没有攻击力，尾器会散发出淡淡的泥腥味致幻，投射出受惑者的相貌和心境，从而迷惑修士的心神。

一旦修士被迷惑，沉溺于它设下的幻境中，迷心飞虫便会以修士的身体为养分，生出无数幼虫。

这种半透明的飞虫虽没有什么攻击力，但只要修士道心不稳，碰上它们，就极易出现问题。

传言，神殒期前的大宗门爱用迷心飞虫试炼弟子，每隔一段时间便会进行测试，若有弟子未通过，便会放任其被迷心飞虫当作孕育后代孵化虫卵的温床。

对上叶素的那只迷心飞虫一辈子也没经历过这么可怕的事，它从未在如此短时间内变幻成过这么多修士……以及各种乱七八糟的东西。

到最后，迷心飞虫尾器的致幻液用尽，不得不以自杀结尾，直接在叶素面前裂开。

它裂开的那瞬间，叶素便从幻化境中清醒过来。她转头看着周围，发现他们所有人还站在荒城通道之中，每个人的面前都悬浮着一只拇指大小的半透明的迷心飞虫。

唯独游伏时站在旁边把玩着手腕上的雾杀花。

游伏时抬眼看叶素，他仿佛只是来踏春，完全没有任何危机感："要走了？"

"先等等。"叶素刚说完，程怀安和徐呈玉便清醒过来，一个指尖钩动灵气在空中画符，另一个剑出鞘半寸，瞬间他们面前的两只迷心飞虫便被杀死。

"不好意思，让让。"叶素对程怀安说完，连忙上前，从乾坤袋中摸出一个空瓶子，收集摔在地上的迷心飞虫尾器内的致幻液。

等她再起身时，其他人也相继清醒过来，连怜则最晚清醒，脸色也是所有人中最难看的一个。

马从秋帮着叶素，用剑气将地上的迷心飞虫的致幻液逼出来，凝聚到她握着的瓶中："这东西也能炼器？"

"能，适合用在小法器上，也可以做成迷香。"叶素解释。

五行宗的两个人也没有继续往前走，而是站在旁边观望。连怜紧盯着叶素身上的道袍，似乎想起了什么，问道："千机门？你是一个炼器师？"

叶素正好将最后一只迷心飞虫的致幻液收集齐，合上瓶盖后道："是，若道友有需要，随时来找我们千机门。"

"一个炼器师，又不是剑修，跑来荒城秘境做什么？"连怜嘲讽道，"嫌弃命长？"

"剑修能进，为何炼器师不能进？"叶素道，"况且没听说过修真界有哪条法则规定炼器师不能进秘境。"

连怜的脸上泛起讥笑神色："是没有，不过你们炼器师除了炼制法器，还能做什么？遇到妖兽，只能逃命。"

"道友，此言差矣。"叶素认真道，"炼器师可以炼制杀伤力极强的法器，也可以炼制护身法器，只要法器够多，够强，自然能对付妖兽。剑修和炼器师不过是两条不同的修炼道路而已。"

连怜的神色几经变化，最后冷笑着道："自欺欺人！"

"得了吧。"周云忍不住道，"连怜你是黄蜂吗？成天只知道刺人。"

旁边的马从秋一时没控制好，闻言扑哧笑了出来。

连怜气道："我倒要看看你如何对付妖兽。"

两队人顺着荒城通道继续往前走，众人表面风轻云淡，实则心中警惕，他们一进门便遇到了迷心飞虫，可见后面不会太顺利。

"你不用搭理连怜。"周云走到叶素的身边，悄声说道，"我觉得她好几年前脑子就不好使了，成天说话刺人，还喜欢陆沉寒。"

"你以前不是也喜欢陆沉寒？"叶素还记得当初马从秋说的话。

周云："往事不可追，那时候我见识太少。"

她悄悄看了一眼叶素右手边的游伏时的脸，咽了咽口水才能呼吸通畅。

很早周云就发现千机门的这几位弟子长得都相当出色，相貌个顶个的好，身姿卓越，不开口的明流沙是典型的俊美青年，西玉则生得明眸皓齿，还有一派皎皎少年气的夏耳。

至于游伏时和正在吾剑派的易玄更不用说，路人看了能撞墙。

至于旁边的叶素，一张脸清高淡然，相貌照样常人不可及，偏偏无论谁第一面见她，只会记住她沉稳透彻的双目。

"其实，以前我和她还是朋友。"周云看着连怜走远，继续对叶素道，"但是后来连怜总是偷懒，不修符道，还经常靠嗑丹药提升境界，所以我们的关系就越来越差了。"

修真界主流传统便是靠自己修炼，若完全靠着丹药提升，遇到同水平的妖兽或修士，只会失败，且依赖丹药的修士最终难以升入大乘期。

说话间，他们脚下的地面突然下陷，速度极快，仿佛底下有个无限深渊，吞噬所有人。

几位剑修下意识地拔剑，想要御剑往上飞，结果发现始终飞不上去，似乎上面也在升高。

"无尽深渊？"马从秋往四处看了看，"长老分明说过后面才会遇到这关，怎么才进来就被我们碰上了？"

"你们不知道荒城是一座活城？"程怀安在画符阵，试图让自己缓下来，"各类机关、法阵每隔一段时间便会动。"

"无尽深渊是什么？"叶素调整自己下坠的姿态，顺便扯了一把准备躺下的小师弟，转头问附近的徐呈玉。

"意思是深渊无穷无尽，即便是御剑也无法飞上去。"徐呈玉解释，"没有人知道深渊下面是什么，逃出去的修士没有下去过，下去过的修士没有活着出来的。"

吕九诧异道："既然如此，为何你们会知道无尽深渊的情况？"

"会有弟子临死前传讯给在秘境但不在荒城的同门。"徐呈玉道，"这种事情发生得多了，自然而然大家也能知道些情况。"

"无尽深渊内会有一种石蝙蝠不断攻击修士。"周云握着剑道，"大家都要小心。"

"既然没人能活着出去，你以为我们就能出去？"连怜嗤道。

周云看着连怜的眼神中透着失望："试试总比你这种不试的好。"

"随你。"

坠落了半晌，什么也没有发生，众人都快麻木了。

"这么下去，我们不是被石蝙蝠咬死，而是耗尽辟谷丹饿死在这里。"马从秋有气无力道。

人一直下坠，五感开始变钝，会感到特别疲惫。

"叶素，你在做什么？"徐呈玉突然问道。

众人朝叶素看去，不知何时，她拿出来了一张皮子。

"一直这么下坠太累，准备点儿东西。"叶素手下的动作不停，之前八目狗的皮子和一些准备练手的别的皮子被她拿出来，打算做了一个大型降落伞。

不过她是炼器师，自然做的东西都是法器，皮料还得加其他东西。

作为一名处在贫困线上的炼器师，叶素的材料不算多，只能利用乾坤袋中的东西，尽可能做好。

飞镜甲是个不错的防身法器，不过这东西是全嘉英的，她没办法改动，便加在降落伞面内，只要灵力击中触发点，便能形成结界，抵抗外界的攻击。

于是，一伙剑修，一伙符修，外加一个貌似来踏青的游人，围观叶素炼器，直击第一现场。

"千机门的炼器师有些意思。"程怀安操控脚底踩的符篆法阵，靠近连怜，低声道。

连怜嗤了一声，目光却久久落在叶素的身上，望着她手中的灵火，始终无法移开视线。

又过了不知多久，徐呈玉等人试了无数次御剑向上，但还在下坠，而叶素终于炼制好这法器，她将半人高的降落伞往上一扬，这降落伞便瞬间撑开变大，足足能站进去十多人。

"进去。"叶素拉开吊篮的门，又从乾坤袋中掏出小马扎，递给小师弟，"可以坐着。"

游伏时想了想，当即接受这个凡人的建议。

"这东西……"马从秋操控剑身飘移了过来，目瞪口呆道，"我能进去吗？"一直御剑太累，任由这么下坠也不是事。

"都可以进去。"

叶素这么一说，吾剑派的三个人外加吕九纷纷进入吊篮内。

"两位要不要进来休息？"叶素问程怀安和连怜，"不贵，一万中品灵石一位。"

"好。"程怀安立刻答应，连怜还想说些什么，被他一把拉了进去。

叶素最后一个进去，将吊篮的门关上，随即仰头触发飞镜甲的防护，整个降落伞便被结界包裹住。

徐呈玉颇为震撼，他从未见过如此奇怪的法器，下意识地问道："叶素，你这法器叫什么？"

"将落山。"叶素脱口而出。

徐呈玉喃喃重复一遍："将落山？好名字。"

叶素不知道无尽深渊什么时候能到底，但不妨碍她继续赚钱。

她从乾坤袋中拿出几个大木块，这原本是准备给游伏时练手的，后来小师弟太懒，外加给了她紫梨瘿木，她就睁一只眼闭一只眼放水了，但木块还留在袋中。

"小马扎，一万中品灵石一个。"叶素花了半个时辰就凿出来一个马扎，自己坐下，开始就地起价。

"叶道友，你这马扎得来不易，我出两万。"徐呈玉对上叶素的目光，顿时哄抬物价，做给旁边五行宗的两个人看。

"我们买。"程怀安道，"还请叶道友先做两个。"

叶素的两只手都能用，她又是炼器师，操控灵力，便能轻易将木头凿出形状。

没多久，吊篮内人手一个小马扎，只差两张小桌子，便能开茶话会了。

徐呈玉坐了没多久，便主动站了起来："虽有防护罩结界，但我们还需轮流巡守。"

程怀安起身："若叶道友同意，我可以在里面刻符阵。"

"请。"叶素自然同意，她也想看看五行宗真正的弟子如何画符。

无尽深渊周边是地下泥岩，无论什么时候往下看，始终望不到底。

他们在这里已经失去了对时间的感知，还要警惕未知的危险。

叶素同意后，程怀安便决定在伞绳周围画上符阵。

他一只手的食指起竖笔，提、绕横笔回收，大拇指和小拇指一起下划，形成符杖，最后以中间三根手指横抹封篆，同时，他的另外一只手在前方绕了一圈，再画出几道斜痕。

程怀安两手相拍，随即空中一道泛着淡青色光的符篆出现，恰好飞进前面的金色圆圈中，镶嵌在由斜痕组成的长形中，完美对应，淡青色光顺着斜痕传输，将一整圈金色圆圈染成同样的青色。

这时，程怀安的右手往前一推，外圆内方的符阵便印在伞绳上，瞬间消失不见。

不用符纸，只用灵力便能画出符阵，这是元婴期符修才能做到的事。

叶素依然需要借助朱砂和黄表纸，不过她已经在脑中记下程怀安的指尖移动的方向。

"这是蛛网符。"程怀安在所有伞绳上皆画好了符阵，转头解释，"若是有石蝙蝠出现在三百尺内，我能最快察觉。"

符阵画好了，还有徐呈玉站在那儿值守，突然之间，众人陷入无所事事的状态中。

叶素坐在吊篮内，低头继续凿刻几块木头，最后将其拼成一张长桌。

游伏时坐在她的旁边，极为自然地从她的乾坤袋中摸出一个大食盒，放在长桌上。

也不知道小师弟什么毛病，腰间挂着新的乾坤袋，非到必要时刻，绝不会用，成天将自己的东西塞进她的乾坤袋中。

不过，叶素自己的东西少，被塞东西的次数多了，干脆专门留出一块位置，供游伏时放他的东西。

连怜坐在对面，望着游伏时拿出来的一个食盒，顿时失语。

这盒子盖上的图案正是归宗城一家专门卖灵果酒和点心的酒楼的标志，东西都价格不菲，关键不是这个，而是在如此时刻，他们不光坐了下来，居然还有人拿出来灵果酒和点心。

游伏时打开食盒盖，里面灵果酒和点心的香气便飘散出来，他大方地往叶素的面前推。

叶素看着大食盒，她没有关注游伏时往自己的乾坤袋里放了什么东西，但记得小师弟手上没有一枚灵石，不过此刻吊篮内还有外人在，她不便多问。

游伏时将食盒打开，里面的点心还有热气。

叶素拿起食盒一看，发现上面贴了一张热温符，能够让里面的灵果酒和点心维持在刚装盒的温度。

这符还是她之前在黑暗界中的第一面墙上才见到的，不得不说用在食盒上十分适宜。

游伏时垂眼拿起酒壶，往杯中倒了一杯灵果酒，刚准备喝，便被叶素收了过去。

"点心可以吃，酒不行。"叶素强硬地说道，上次他喝醉的情形还历历在目。

游伏时眼睁睁地看着这个凡人把他的灵果酒拿走，视线落在她手里的杯子上："已经倒好了。"

"嗯。"叶素忽然仰头将这杯酒一饮而尽。

游伏时蹙眉道："分明是你想喝。"

"我对酒不感兴趣。"叶素放下酒杯。

连怜在对面憋了许久，终于忍不住指着桌上的食盒问："这些卖不卖？开个价。"

"不卖，他的。"叶素直接道。

于是，一桌子人坐在那儿，看着游伏时吃点心。

换个正常人，多少会不好意思，偏偏这位从来不在乎任何人的目光，坐在小马扎上，脊背分明挺得笔直，却始终带着一丝懒散之意，慢悠悠地吃着点心，偶尔将碟子往叶素那边移，示意她吃。

"自己吃。"叶素推了回去。

程怀安忽然起身，几条伞绳上的符阵也亮了起来："有东西来了！"

所有人站了起来，除游伏时外。

"那是什么？"马从秋似乎看到隐隐有一片阴影朝他们这边冲过来。

徐呈玉神识外放："石蝙蝠。"

几句话的时间，那片阴影便出现在众人眼前，像是一块巨型石飘浮在空中，但是定睛一看会发现那是由一只又一只的石蝙蝠组成的"石团"。

这些石蝙蝠朝他们飞过来，却被飞镜甲的防护罩挡住。只是这些石蝙蝠成群结队，真的像极了巨型石团，一次又一次撞上来，将落山被撞得摇摇晃晃。

叶素仰头看了一眼飞镜甲，这是全嘉英的护身法器，可以抵挡住元婴期修士的攻击，但这些石蝙蝠不停撞击着，甚至有大量石蝙蝠张开嘴咬着结界，想要将其弄开。

这么下去始终不是办法。

她仔细回想，自己在黑暗界中学的那几百张符箓，从中选出几张能加强结界防护罩的符箓，便拿出笔、朱砂以及黄表纸，开始画符。

连怜第一眼便注意到叶素拿出来的三样东西，这架势太过眼熟了，但没往下想，之前叶素作为炼器师的身份已经深深刻在她的脑海中。

况且，正经修士谁会做凳子和桌子？

叶素低头抓紧时间画符，这些符她太过熟悉了，在黑暗界中不知道画了多少遍。

吊篮内程怀安和连怜是对符箓最为了解的两个人，他们站在旁边望着叶素一张接着一张画符，脸色几经变换，最终定格为麻木。

"你不是千机门的炼器师？"连怜忍不住问道。

"是。"叶素刚好画完一张符，诚挚道，"兼任符修而已。"

连怜心道：兼任而已？符修那么好当吗？

"之前在包厢拍下那些符书的人是你。"程怀安终于想了起来，他一直以为那个人是游伏时，毕竟千机门到底还是炼器门派。

"是我。"叶素又抽出一张黄表纸，"自学符箓，画得不太好。"

程怀安和连怜再次沉默，从叶素拍下初级符书来看，她分明是新手，偏偏还画得如此流畅，从头到尾没有一张废符。

若五行宗的弟子能达到如此天赋水平，早是内门的核心弟子。

画好的符全部被叶素贴在了四角处，她的手里还有一小沓符没用。

"我出去会会它们。"离石蝙蝠最近的徐呈玉终于忍不住出声道。

"徐兄，先等等。"叶素走过去，盯着石蝙蝠看了许久，最后问，"你知不知道石蝙蝠的弱点？"

"石蝙蝠聚拢在一起形似石团，被打散后又会继续不断重新聚拢。"徐呈玉道，"长老猜测石蝙蝠的身体比较坚硬。"

不过，徐呈玉相信自己的剑完全可以砍碎它们。

"既然如此，先试试符箓。"叶素将手中一沓符箓装进喷符枪中，快速解开一点儿结界，趁"石团"后退时，按下扳机，一沓符箓全部朝石蝙蝠击去，期间有单只石蝙蝠想要进来，被叶素扔符挡住了，在它们进来前，她率先将结界一角重新闭合。

不知是不是错觉，最靠近"石团"的程怀安、连怜发现一件事：石蝙蝠的嘴都慢慢闭上了，"石团"的攻击力也慢慢降低。

众人还未反应过来，正在吃点心的游伏时忽然放下筷子，将食盒装好，最后起身拎过来，放进叶素腰间的乾坤袋中。

没多久，符的效果逐渐显现，甚至渗透进结界内。

"哕！"马从秋毫不顾及形象，在吊篮内响亮地呕了一声，眼泪花都冒了出来，"什么味道？石蝙蝠这么臭？"

他也没听说过石蝙蝠的味道这么刺鼻啊！

连徐呈玉和吕九几个人都不约而同地伸出一只手捂住自己的鼻子，可见这股味释放后有多难闻，更不用提在外面被叶素的那些符打中的石蝙蝠。

甚至有些石蝙蝠被臭晕过去了，最后晃晃悠悠地掉出大部队。

"不是石蝙蝠发出来的味道。"叶素悠悠地说道，"符臭而已。"

"这是什么符？"程怀安问道，作为五行宗的亲传弟子，他竟然没有见过这种符箓。

叶素微微一笑："臭符。"

连怜皱眉道："你拍下的那些初级符书上没有臭符。"

旁边的程怀安闻言，不由得转头去看她。

"以前学的。"叶素随口道。

连怜盯着她道："修真界登记在册的符宗大大小小有一万七百六十一家，其中已经废宗或濒临废宗的小门派大概有一万，真正还能够运转、规模不算小的符宗不超过一百家，我从未在哪一家符宗内听说过臭符。"

叶素挑眉，终于明白为何吾剑派的几个人一直认为连怜有天赋却不学，周云提起连怜时又为何总带着恨铁不成钢的意味。

连怜能对符宗如此了解，确实让人很难相信她不去修炼符道，而是每个月嗑丹药。

叶素没有错过刚才程怀安的那一眼，很显然连他也不清楚初级符书中有没有臭符。

"在秘境中学的一招而已。"叶素的脸上并没有被揭穿的慌乱之色，"通往大道之路繁多，符箓种类更是数不胜数，连道友敢说自己知道所有的符箓图？"

连怜不语，她确实不敢说，何况她已经很长时间未正式修炼过符道。

这时，那些石蝙蝠已经被臭得头昏脑涨，打在石团上的那几张符形成了一面网，将它们笼罩其中，散发出一种说不清道不明的臭味，石蝙蝠的口全部闭得极紧，不敢再张口咬结界。

即便这时候，它们也不愿意放弃攻击，不断有石蝙蝠撑不住摔下去，同时又抱团一起撞在他们结界的防护罩上。

"这是杀敌一千，自损八百。"马从秋捏着鼻子道，"石蝙蝠还能坚持，我已经坚持不下去了。"

"再等等。"叶素看着外面的"石团"，她刚才用喷符枪打过去的可不只有臭符。

臭符并非真的发出臭味，而是以符箓为中心，开始扭曲空中稀薄的灵气，从而让周围百米内的人或妖兽陷入"臭"味中，严格意义上讲，这更像术师的幻术，只不过术师不需要借助符箓。

这种符并不能长久有效，有句话叫久闻不知其臭，时间长了，无论是什么味道，人或者妖兽都会习惯。

臭符不过是叶素掩盖另一种符箓的手段。

果不其然，很快有石蝙蝠发现同伴身上的不同，尖厉愤怒地嘶叫一声，飞上去用前指撕开臭符。

它的前指尖锐，轻而易举地将臭符表面划开，瞬间味道便散了一些。

这只石蝙蝠挥翅尖叫一声，向周围的同伴发出信号，很快其他石蝙蝠也开始寻找身上被贴了符的石蝙蝠，有样学样地划开臭符。

无尽深渊内的臭味渐渐消失，吊篮内周云见状，提醒叶素："臭符失效了。"

叶素笑了声："好戏才开始。"

之前画符时，她特地将两张黄表纸黏合在一起，上层画了臭符，底层画了另外的符箓，只要石蝙蝠撕开，便会触发符箓。

臭符不断被撕破，终于有石蝙蝠发现不对，一些臭符表面之下还有一层符箓，甚至散发出淡淡的白色结界。

这层结界并没有多强，仅仅能够抵御最初石蝙蝠尖爪的伤害，然而等它们想要再次撕碎底下的那层符时，已经晚了。

其中六张隐藏的音爆符突然发出声音，攻击石蝙蝠，让它们失去定位功能，又搅乱其大脑正常思考的能力。

最先发现隐藏符的那几只石蝙蝠，直接被声音刺激，发出凄厉的尖叫，头部陡然被炸开，血雾飞溅。

组成"石团"的石蝙蝠内部被打乱，尖叫声不断，石蝙蝠纷纷四散逃开。

偏偏这时，另外分散的四张隐藏锁符突然射出强烈的光芒，连接中间的一点，形成一个四棱锥状的结界，将所有石蝙蝠关在里面，

这一招先攻击石蝙蝠，后切去它们的逃路，完美闭环。

吊篮内的众人眼睁睁地看着原本还挤成"石团"的蝙蝠疯狂散开，想要逃离，偏偏前有结界，后有音爆符，最后要么生生撞死在结界上，要么扛不住音爆，炸成血雾，更有些石蝙蝠狂性大发，直接张口咬住旁边的石蝙蝠，互相残杀。

整个四棱锥状结界内一片惨乱，原本的狩猎者瞬间逆转成为被狩猎者。

"锁符结界并不牢固。"叶素望着里面不断死去的石蝙蝠，认真道，"若它们继续抱团，完全可以破开。"

马从秋转头惊恐地看着她，这是锁符结界牢不牢固的问题？任哪种妖兽乃至修士，这么一套下来，都会蒙了吧？

符不可怕，可怕的是叶素将一切都算好了。

石蝙蝠先是被臭符影响，对其产生厌恶，上去便用利爪将其撕碎，而不是撕开符箓，主动往死路上前进了一步。

随后音爆符起效，攻击石蝙蝠的耳朵，让其失去思考能力，疯狂逃窜，不再结团。

偏偏这时候出现结界，将它们全部拦住，最终它们一个个在死亡的道路上狂奔。

这根本就是连环套！

若一开始用音爆符也能造成伤害，只不过做不到这么干净利落，此刻锁符结界内的石蝙蝠已经死伤过九成。

"原来还能套符用。"周云感叹，"以前都没见过符修这么做过。"

别说剑修，连旁边的两位正经符宗大派的亲传弟子也没见过这种操作。

他们符修也有隐藏符，只不过是符纸和普通纸看起来无异，再用无色笔画出符箓来而已。

旁边的连怜忽然开口问："你是不是还用了转符？"

那几张藏在里面的符没有先发挥作用，她只想到了这个可能。

"臭符背面画了转符。"叶素眉梢微微上扬。连怜不愧是五行宗的符修，这么快就想通了。

转符能让表面的臭符先起效，等到臭符被破坏，转符也失去了效果，最后音爆符和锁符才起效。

看似一张符，实则有两张符纸，而叶素在上面画了三种符箓。

"叶道友对符道颇有研究。"程怀安最后只能说出这么一句话。

"不过是胡来，幸而有效。"叶素谦虚地回道。

她知道自己的优势，没有真正学过符道，全靠自己摸索，所以未形成符修的定势思维。

今天这一招纯粹是临时想出来的，那两面墙几百种稀奇古怪的符箓，有些符箓效用太过鸡肋，她从黑暗界中出来后，便一直在想如何用那些鸡肋的符。

叶素的信条便是不浪费任何资源，既然是符，就一定能用。

连怜的目光落在叶素的手上，她头一次看到这种符修，居然将符箓和算计一起融入攻击中。

符修最常用便是符箓和符阵，前者单张可起效，后者更繁复，需要多张符箓形成法阵，这便是纯粹符修的力量。

"修大道，方能渡劫成神。"连怜的语气带着嘲意，"你用这种取巧的手段，将来大道难成。"

叶素闻言，有些诧异地问道："何谓取巧？"

连怜冷声道："符师引天地灵气，得大道力量，化身藏符，绝不是你这类取巧的手段。"

"按照连道友所言，剑修的剑招也是取巧的手段？"叶素颇为不解，"修大道的前提是先活下来，死了你准备修鬼道？"

连怜："我不和你辩道。"

两个人本不熟悉，叶素也不再浪费口舌，只专心地看着锁符结界中剩下的一些石蝙蝠，不知道这东西有没有什么可以用来当作炼器材料的部位。

过了一会儿，连怜没忍住又问道："刚才那招谁教你的？"

叶素：？

这个连怜言语中分明透着一股说不清道不明的愤世嫉俗之感，偏偏过了会儿又硬生生打破别人对她的看法。

咚——

吊篮内众人的视线还在前方的石蝙蝠上，头顶伞面上突然像是有什么撞了过来，飞镜甲的结界摇摇欲碎。

所有人都安静下来，慢慢抬头朝上看去。

咚、咚咚——

一声、两声……顶上的撞击声一次又一次响起，吊篮摇晃得也越来越厉害。

"什么东西在上面。"马从秋握紧剑猜测，"会不会是另一团石蝙蝠？"

"不是。"叶素仰头看着顶上，"石蝙蝠撞击的力度和上面的不同。"

这更像是什么大型妖兽造成的动静。

"叶素，让我出去。"徐呈玉道。

"好。"叶素打开飞镜甲的结界，让他能出去。

徐呈玉提剑飞出吊篮，纵身拔高，瞬间消失在众人的视野中。

看到将落山顶上的妖兽，他的瞳孔不由得一缩：是相当于元婴修士的飞马兽，难怪程怀安的符阵失效了。

飞马兽形似马，通体红棕色，前脊生有一对翅膀，浑身长满了各种粗短刺，性情暴虐。此刻它正扇动翅膀，站在伞顶之上疯狂踩踏。

徐呈玉握剑的手微微一转，提气在空中几个踏步，朝飞马兽冲去。

"我再加个符箓。"程怀安听着顶上激烈打斗的声音，一只手扶着摇晃的吊篮边沿，随后抬起另外一只手，虚空朝上画好符。

待他将画好的符箓朝顶上一推，整个吊篮便稳定下来，不再摇晃。

"上面是什么东西？"周云有些着急，甚至想一起出去帮忙。

叶素拦住她："还不清楚状况，不能贸然出去。"

"可是，师兄一个人……"周云听长老说起过无尽深渊，这里太危险了，据说以前有位金丹后期的年轻天才就是在这里陨落的。

"稍等。"叶素将手伸进乾坤袋中摸了摸，从里面翻到一大块镜子。

"这是什么？"旁边的马从秋看着这一片不规则的镜面下意识地问道。

叶素："镜子。"

"我知道是镜子。"马从秋好奇地问，"这是什么法宝？可以照妖还是照心？"

叶素摇头道："照脸。"

马从秋："……"

这块大镜子是叶素自己做的，因为西玉十分在意自己的仪容，又想要各种镜子，所以大师姐为了省点儿钱，给三师妹弄了一块大镜片。

多年来，三师妹从上面敲了一大半走，做成各种镜子，随身携带。

叶素的东西本来就不多，干脆什么都装进了乾坤袋中，这块大镜片已经被她收了五六年。

掰下四块镜面来，叶素又拿刀将长桌劈成长棍。在众人迷惑不解的眼神中，她将镜子固定在长棍的一头，递给其他方向的三个人：吕九、马从秋以及连怜。

"我待会儿开结界，你们动作快一点儿。"叶素的手里举着一根长棍，长棍远处那端固定了一面不规则的镜片，她道，"将这根长棍插在吊篮外面，固定住。"

将长棍分发完，叶素又给每个人发了一张符："这是冰符，插完之后，贴上去就能固定住。"

连怜低头看着手里粗糙的长棍，想要拒绝，但最后不知道为何，还是跟着叶素一起做了这件事。

在结界打开的瞬间，四个人快速将带镜片的棍子插在吊篮四周，同时贴上冰符，棍子插在吊篮的连接处瞬间结冰。

"好了。"叶素后退一步，将结界重新封闭，伸手指着镜子对其他人道，"现在可以全方位观察顶上的情况了。"

众人盯着那几个不规则的寒酸镜片："……"

他们环顾四面镜子，居然真的前后左右都能看到顶上徐呈玉和一头妖兽对战的情况，还是三百六十度无死角地观看。

这就是炼器师的本事？吊篮内的众人齐齐在心中发出感叹。

"那是飞马兽？"周云望着镜子中的场景不由得蹙眉，这类妖兽明明已经消失多年了，怎么会出现在这里?

飞马兽性情暴虐,因为徐呈玉阻碍了它,便立刻转移目标,用力扇动翅膀,掀起一股灵气流,试图将徐呈玉拍飞。

徐呈玉闪身侧脸,下一刻飞马兽带起的灵气流撞在远处的石壁上,轰然炸出一个大洞。

徐呈玉抬手用两根手指重重抹过自己的脸颊,那里被飞马兽翅膀甩出来的一根刺划破了。

徐呈玉的右手一转,提剑挥去,剑意料峭凛然,直指飞马兽的一只翅膀。

一人一兽就此在伞顶打得昏天黑地,若不是程怀安贴了符,吊篮还会更晃。

"看起来,徐兄能对付这妖兽。"叶素通过边上的镜子总结道。

"我们该想想如何出去。"程怀安道。

底下一片深不见底,周围是灰黄色的泥石壁,只知道他们之前不停下降,仰头朝上看,会发现地面离他们越来越远。而前后都看不出来任何东西,就像他们摔入了一条长长的地缝中。

"那是……"吕九指着不远处,突然道,"一群飞马兽!"

众人顺着她指的方向看去,齐齐傻眼,一群飞马兽竟然从对面飞过来。

一头飞马兽,徐呈玉还能对付,这一群直接能把他们这些人踏成肉泥。

马从秋急道:"这次我们真完了。"

程怀安扫过吊篮周围:"结界挡不了多久。"

上又上不去,下去的速度又不够快,等那群飞马兽过来,正好能撞上他们。

"我们需要快速下降。"叶素道,无法向上,那只能冒险沉底,或许到达底部,会有意外的发现。

连怜靠在吊篮边,明艳的脸上看不出神情:"用千斤符。"

千斤符可施加重力,若是贴在修为低的人身上,甚至能将他们直接压死。不过要画这种符,境界最低要达到元婴中期才行。

"我来画。"程怀安走到吊篮中间,单膝跪地,一只手挥动,引周遭灵气,开始在吊篮底部画千斤符。

叶素站在旁边看着他勾勒每一笔,垂在身边的手无意识地跟着动,无声无息搅动灵气。

其他人没有察觉,只有连怜感受到一深一浅的灵气波动,左右看了看,最后视线落在叶素侧身摆动的手指上。

连怜皱眉,未借助道物竟然能引气,此人不是才金丹前期?虽无法勾勒出完整的千斤符,却隐隐能看到符形。

单膝跪在地上的程怀安在画最后一笔时，突然割破食指，以血封符。

那一笔似乎耗尽了他的心力，他的脸色瞬间苍白，他的另一只手撑在地上，才不至于倒地。

与此同时，地面刹时发出一道白光，整个吊篮开始疯狂下坠，连伞面也无法挡住。

"师兄，进来！"周云朝上面喊道。

顶上的徐呈玉没有强撑，伤了飞马兽一剑，便从侧面跳进来。

叶素及时撤开结界，只不过片刻，那头发狂的飞马兽便狠狠在伞面上踩了一脚，弄出一个大洞。好在吊篮下降速度太快，迅速远离了它。

叶素重新撑开结界，仰头看着伞面上的破洞，有点儿可惜，本来打算速降后把伞面拆了，以后有机会还能再用，结果被踩破了。

"程道友？"徐呈玉一进来便看到半跪在地上的程怀安，看他脸色异常苍白，不由得多问了一句，"你没事吧？"

"强行越级画符，需要耗费符师的灵血，过段时间能好。"连怜扶起程怀安，喂给他一颗疗伤丹药，平淡地说道。

徐呈玉也受了伤，他的肩膀上被插了不少短粗刺，周云过去帮他将刺都取出来，再敷上外伤药。

"我们还在往下。"叶素看着镜子，"飞马兽没有追下来。"

"是不是每一段都有不同的妖兽？"吕九猜测道。

"或许。"叶素看着外面。有了千斤符，他们降落的速度确实变得极快，连两边的泥石壁都快看不清楚了。

程怀安平复灵府中的激荡创伤，看着众人道："刚才最后封符时，我似乎感觉到了一股极为庞大的符意。"

他本就是符修中难得一见的天才，使用灵血封符，不光能够画出千斤符，那瞬间更能借天地灵气化做符箓道意。

然而程怀安觉得当时他借的不只是天地灵气，还掠夺了一丝底下未知的灵气。

连怜听完程怀安说的话，也有了猜测："这里之所以无穷无尽，只有一个原因。"

"什么？"马从秋问道。

"这里是通往界的路，只不过我们没有发现如何抵达界，才会陷入无穷无尽的深渊中。"连怜道。

马从秋皱眉想了想："可……什么界的路径中会有各种妖兽？"

"大能填海移山，什么做不到？"连怜反问。

这话倒也没错，先不说神殒期前的那些飞升的神了，单是现世的大能也个个能力滔天。

叶素听着他们交谈，下意识地想起了黑暗界，那也是一种界，但目前她还未从里面感受到任何危险，那更像是一种提供教学的界。

"若我们找不到进入界的方法，岂不是一辈子都会在这里不断下降？"马从秋看着周围，"可要怎么找？"

程怀安站了出来："既然刚才越级画符能隐约感受到什么，我可以多试几次，直到抓住那道完整的符意，或许我们便能出去"

"你会受伤。"徐呈玉道。

程怀安抬手将肩膀上一束头发往背后轻轻甩去，照旧半跪下来笑着道："受伤总比一直待在这儿好。"

他画的是一种搜符。

一道、两道……每一道都极为耗符师的心神。

程怀安整个人便如同从冷水中捞出来一般，全身湿透，即便抖得厉害，画符箓的那只手依然稳如磐石，又能灵活转动。

"道生道，符连意，封！"他的食指血迹斑驳，最后一笔封符，再狠狠用手掌将符压在地面上。

"找到了！"程怀安的喉中压着一口血，咬牙冲旁边的连怜喊了一声，"师姐，引出来！"

在众人不理解之时，连怜迅速上前一手扶住程怀安的肩膀，另一只手拿出一支青玉镶金笔，在空中画符箓。

她只是金丹后期，依旧需要借助道物，这笔便是媒介，且笔管中有金砂。

即便如此，连怜也画得十分艰难，手抖得厉害，不过是画完一道符箓，脸色居然差得可以和半跪在地上的程怀安相比。

吊篮内的其他人见状，虽然着急，但是帮不上任何忙。

连怜只勉强画出了一道符，根本没有办法再继续，原先一张明艳亮丽的脸变得惨白。她突然转头看向叶素："你来画。"

"画什么？"叶素看着递到自己面前的笔，不由得一愣。

连怜盯着她："我知道你记住刚才我画的符了，画这个。"

于是，叶素被赶鸭子上架，只能拿起青玉镶金笔。

"画。"连怜退开一步道。

关键时刻，叶素便不多问，按照刚才连怜的画法，引气入笔，再钩连天地符道，化虚为实，在空中挥笔，金色的符文一点点出现。

这是她第一次真正通过手中的笔确切感受到那股符道气，过往的笔只是普通的笔，和此刻手中的青玉镶金笔完全不同。

"再画这个。"连怜从乾坤袋中拿出一本符书，翻到一页，递到叶素面前。

叶素心想：这未免过于草率了？

"哪有当场学画符的？"周云都看不下去了，"万一没画……"

她的话没说完，就看到叶素已经开始提笔画了。

叶素还真能画出来……太离谱了。

吾剑派的三位剑修弟子也算经常和符修打交道，哪儿见过叶素这么生猛画符的，那些符修不是说一种符要学很长时间才能摸透？

连怜看叶素画完，拿着符书又翻了几页，最后停下："还有这个，三符阵，你全部画出来。"

叶素扫了一眼，符阵和符箓不太相同，外圆内角，成三点连接，每点是缩小版的符箓。

她盯着看了不到一刻钟，便移开视线，闭目沉心，最后睁开眼睛，提笔画符。

三符阵是金丹后期修士才能画的符箓，连金丹中期修士都要用灵血越阶。

这个叶素不过刚升入金丹期，却在这么短的时间将三符阵记下，甚至开始画符。

不过连怜此刻来不及多想，视线盯着叶素手中的笔，看着她画出来的符纹，担心出现错误。

符修画出错误的符纹，轻则毁符，重则伤己。

好在叶素每一笔都极稳，没有出现任何差错。

叶素毕竟是从黑暗界中练出来的，几百种符箓，每种纹路各不相同，甚至风格迥异，要想每一种都画出来，需要耗费大量的时间练习。

表面她没有接触多久符箓，但在黑暗界中，她画符的时间已经数不清了，练多了，手感便出来了。

学习一种陌生的符箓，对叶素而言，实在是家常便饭。

三符阵终究需要金丹后期的符修才能画出来，叶素画到最后一个符纹时，青玉镶金笔移动得十分艰难。

她想要学程怀安用灵血，但压根不知道如何调动。

偏偏这时候，她的识海又开始无端沸腾起来，搅得灵府内一片混乱。

叶素不断调息，试图让灵府内的识海稳定下来。

"怎么回事？"连怜见她的手速慢了下来，眼中闪过一抹焦急之色，随后在她的身边念道，"天道正形，符意随心，气净神灵，化！"

叶素无意识地跟着连怜念了一遍，灵府内的识海渐渐平静下去，手中的笔再次往下画，终于到了封符阵。

连怜见状道："驱血提境，聚道成符，成！"

叶素照旧跟着她说的做，指尖滴出灵血，封符结阵。

一时间，吊篮内光芒大盛，照耀得所有人睁不开眼睛，同时吊篮晃动得极为厉害。

叶素刚想要扶住什么东西，以支撑自己，却被一只微凉的手握住了。

吊篮摇晃得厉害，周围光芒大盛，让人看不清任何东西。

叶素被握住手腕的瞬间，便知道那人是小师弟，他的手向来微凉。

等到白光散去，众人终于能看清周围，叶素垂眼看向那只修长白皙的手，微微挑眉，雾杀花戴在他的手腕上，确实好看。

极致的黑与白交织，手背上淡淡的青色血管像是从手环上延伸出来的，并不突兀，反而漂亮至极，透着淡淡的、莫名的美感。

叶素伸手屈指敲了敲雾杀花，示意游伏时可以松手了，结果小师弟快速松手，摸了摸刚才被敲过的地方，还不悦地看了她一眼。

叶素心想：雾杀花应该还是我的吧？

"下面就是界吗？"吕九望着底部问道。

众人闻言往下看去，下方不再是深不见底的漆黑一片，而是荒凉的灰土地。

连怜扶着程怀安起来，连续喂了他几颗丹药，他的灵府内震荡严重，又强行跨阶画符太久，损耗太大。

"无尽深渊确实只是界的通道，只是我们没有机遇触发，所以才会一直往下掉，始终看不到底。"程怀安抬手擦拭嘴边的血渍道。

连怜将丹药瓶扔给叶素："剩下最后一颗丹药给你了。"

程怀安皱眉，看向叶素才发现她的脸色也好看不到哪里去。

刚才他单膝跪在地上，垂头控制符阵，加上连怜的手搭上来加持灵力，让他一直以为画符的人是连怜，还觉得师姐走出了心魔，关键时刻能画出符来了。

"师姐，引界符和三阵符是……"

"我给她看了符书，让她画的。"连怜无所谓地说道。

程怀安沉默片刻后道："这是五行宗的密法。"

连怜看向他："密法又如何？"

"不如何……"程怀安知道她最厌恶宗主那一套，便转移话题问叶素，"你只看了一遍就能画出来？"

这么短的时间她便能画出来？

饶是他，在金丹期时画一张符箓也需要研究几天才能画出来。

"运气好。"叶素谦虚道。她打开丹药瓶，倒出里面一颗丹药，这丹药是青色的，还散发着淡淡的清香。

"引界符和三阵符不是运气好能画出来的。"程怀安盯着她道，若一开始只觉得她对符箓的运用颇有新意，现在他已经能明显感受到叶素带来的压力。

没有哪个符修可以做到这种地步，至少不是她这样一个半路出家的符修。

叶素将丹药塞进口中，嚼了嚼咽下去，灵府瞬间泛起清凉之意，带走了灼烧般的疼痛。

她的视线落在下方："我们要掉下去了。"

她的话音刚落，吊篮便重重地砸在荒土之上，加上千斤符的作用，他们陷进去极深，头顶还落下来一堆土。

在其他人还在找支撑物站稳身体时，叶素已经先一步拉过游伏时，撑起灵力罩挡住从伞顶破洞掉下来的灰泥。

他们终于落地，众人互相看了看。

周云握着剑，几个跃步跳了上去道："我上去看看。"

"我也过去。"吕九跟着上去。

没多久，两个人便在上面喊他们出来。

叶素等他们上去后，把坑内的东西全收了，才带着旁边完全不动的游伏时一起上去。

小师弟这境界升了等于白升，完全不用。

众人上岸，看着灰蒙蒙的一片荒土，不由得沉默，这里甚至连灵气都极为稀薄。

不过对叶素而言，这种状况算得上熟悉，毕竟千机门稀薄的灵气和这里没有太大的差别。

"看起来这里才像是真正的荒城秘境。"马从秋转了一圈，没有发现任何东西，只有广袤无际的平地。

徐呈玉握剑站在原地，释放出神识，快速掠过远处，查探情况。

良久后，他收回神识道："前面有东西。"

"师兄，有什么？"周云问道。

徐呈玉摇头道："我的神识被什么挡住了。"

这里是一片荒地，要想离开，只能往那边走，以便找到出口。

"我们走。"徐呈玉领路往挡住他的神识窥探的地方走去。

叶素跟在后面，顺手从乾坤袋中摸出一瓶辟谷丹给小师弟："要不要？"

游伏时默默伸手拿走，有时候这个凡人还算上道，虽然这东西难吃。

"我的笔好用吗？"身后的连怜，忽然快步走上前，问道。

叶素诧异地看她："好用。"

连怜嗤了一声："青玉镶金笔是道物，你那笔是破烂。"

"嗯，便宜货。"叶素直接承认，这笔是她花了五千下品灵石买的，一把十支，已经用断了七支。

连怜的话被堵得干干净净。

她拿出那支青玉镶金笔扔给叶素，嫌弃道："我不会再用被人用过的笔，这笔你用过，就给你了。"

跟在后面的程怀安骤然抬眼看向连怜，青玉镶金笔是极好的道物，是五年前她在符师大会上获得头名才得到的奖品。

那前后两年是连怜最风光的时候，她的风头一度压过程怀安，但昙花一现，她随即跌落，以至于后来所有人都认为那次符师大会的名次有内幕——那时的连怜不过十二三岁，何来的本事超过青年符师？

"师姐。"程怀安出声想要阻止，却被连怜回首瞪了一眼。

叶素看着自己手里的青玉镶金笔，问她："你用什么？"

连怜从乾坤袋中摸出另外一支笔："符笔多的是。"

叶素是炼器师，对法器，即便是这种没有接触过的道物，也有极强的敏锐度。

这支青玉镶金笔，玉质和润，触之生温，是一块上好的暖玉制成的，且笔杆并非分节拼凑的，而是一整块长玉雕刻而成，笔杆三节镶金环上刻有繁复的符箓纹。

叶素可以确定，连怜新拿出来的符笔根本比不过她手里的这支青玉镶金笔。

"你是不是瞧不起我？"连怜眉梢竖起，明艳的脸上带了怒意，"觉得我的笔配不上你？"

叶素：？

"今天你碰了我的笔，就必须带走它！"

叶素："要给多少钱？"

连怜噎住，被叶素的这句话堵得说不出话来，她难道以为自己在强买强卖吗？

"叶道友，若不嫌弃就收下这支笔。"程怀安上前道，"它放在师姐这里也无用。"

"叶素，她要给，你就收。"周云回头道，"反正五行宗的宗主好东西多得是，她连怜什么都不缺。"

连怜对周云嗤了一声："多管闲事。"

最后，叶素将那支青玉镶金笔放了起来，却没有说自己收下了，只道先放在她那儿。

等其他人走到前面，程怀安转头看着连怜道："师姐。"

连怜对上他的目光，别扭道："看什么？我只是不要那支笔了，又不是以后不用笔了。"

程怀安笑了笑道："师姐不嫌弃，可以用我的。"

"不用，"连怜拒绝道，"用着不顺手。"

这里的灵气太稀薄，若是御剑，需要耗费极多的灵力，便干脆走路。

一行人走了许久，始终在荒地打转。

"天黑得好快。"马从秋回头看着黑下来的天，"师兄，我们什么时候才能到？"

徐呈玉道："天没黑。"

马从秋啊了一声，仰头看着黑下来的天："这不是天黑了？"

周云摇头道："天是突然黑的，师兄，刚才天还是亮的。"

"像是黑沙尘暴。"吕九望着背后黑压压的一片道，"以前我遇到过一次类似的黑天，但没有这里蔓延得这么快。"

"你那次情况如何？"徐呈玉问道。

"死伤十之八九。"

叶素抓起小师弟的手迅速往前跑去，余音远远地传来："我们该跑了。"

众人目瞪口呆地看着两道残影，顿时也跟着拔腿就跑。

此时，身后的黑暗越发浓郁，像是要吞噬一切。

马从秋边跑边抽空回头朝后看去，这一看吓了一跳，沙尘暴摧枯拉朽，席卷而来："真的是沙尘暴！"

不光是身后，沙尘暴也在左右两边的平地生起，朝着他们逼来。

这种时候，连费灵力御剑都没有办法，只会被席卷进去。

"前面有高坡！"跑在最前面的叶素喊道。

她透过昏沉的漫天飞沙，隐隐约约看到远处的起伏，立刻对后面的人道。

一行人疯狂奔跑，叶素率先抵达，立刻拉着游伏时翻进高坡。

她将游伏时按在地上："你趴在这儿，不要乱走。"

叶素起身重新跑回去，掌心冒出灵火，红色火焰在昏暗的黑色沙尘暴中不算显眼，但足够让徐呈玉发现。

"这里。"徐呈玉一手拎着马从秋，一手拎着吕九，带着两个人翻进高坡。

叶素侧身让开，同时伸手抓住后面的周云："上来！"

等周云翻进去后，叶素继续用灵火指路："程道友，连道友？"

黑色沙尘暴席卷肆虐，眼前一片灰蒙，沙尘扑在脸上，让人根本睁不开眼睛。

"叶素！下来！"

就在她还在试图往远处看程怀安和连怜的迹象时，徐呈玉一把将叶素拉了下来，撑起结界。

不只他，所有趴在地上的人都撑起了结界，汇聚成一个大的灵力结界，把他们全部笼罩其中。

沙尘暴席卷过来的沙子打在结界上，惊心动魄，所有人都能感受到结界摇摇欲碎，沙尘暴明明已经被高坡消除了一半威力，竟然还如此恐怖。

结界内的众人心下一沉，程怀安和连怜没有跑进来，还在外面。

叶素被徐呈玉用手掌用力压住后背，她艰难地转头，却没有发现本该趴在那里的小师弟。

她冷静地重新打量一圈，依旧没有看到人："游伏时？"

无人应。

"徐兄，你们进来时，有没有看到我的小师弟？"叶素转头问道。

徐呈玉皱眉道："他不在这儿。"

叶素心中一窒，不可能，她亲手将人按在这里的。

风沙呼啸，结界摇摇欲碎，外面的沙尘暴还在，粗粝的沙子像是无数把小刀，要将所有东西割裂。

叶素想去找游伏时，但她要离开势必要打开结界，而如今结界是护住所有人唯一的屏障。

"等沙尘暴散了，我们再去找他们。"徐呈玉将叶素重新按下来，喊道，"现在先护好自己！"

叶素低头趴了下来，一只手朝地上释放灵力，和其他人一起支撑结界，另一只手点开传讯玉碟，想要联络游伏时。

没有反应，传讯玉碟失效了。

五个人皆是金丹及以上境界的修士，联手撑起的结界，依然抵挡不住外界的风沙。

马从秋一时没撑住，他那一边的结界瞬间破裂，无数风沙席卷而来。

"师兄！"

"从秋！"

旁边的吕九伸出一只手想要拉住马从秋，但沙尘暴太强悍，她还要顾着结界，根本没有多余的力气。

千钧一发之刻，叶素飞出一张遁地符，砸贴在马从秋的后脑勺上。

但底下这个界太奇怪，遁地符贴上去也不太好使，马从秋的头和上半身瞬间被埋进荒土之下，基本维持一个倒栽葱的状态，但他坚强地伸出一只手，努力地再次撑起结界。

"别贴我！"吕九瞅见马从秋的"惨状"，立刻慌张地对叶素道。她不知道从哪儿来的力量，再次从快枯竭的灵府中挤出灵力，加固结界。

叶素："……"

"其实……这样挺好的。"马从秋半截身体埋在土里，齆声齆气地说道，"我都听不见外面刺耳的风声，你们可以试试。"

"师兄，你省点儿力气。"周云无奈地说道。

徐呈玉仰头看着近在眼前的黑色沙尘暴，道："不知道它们会停留多久，我们撑不了多长时间。"

叶素没有回话，她在找有什么可以用的符，但几乎每一张符效果都大减。

"从秋，把灵石拿出来。"徐呈玉道。他撑起周云的大半结界，周云又接了吕九的一半结界，这么接下去，好让马从秋有所缓冲。

"等我一会儿。"马从秋的上半身还在地里，艰难地用一只手解开乾坤袋，自己抓了一把，先填补灵府，恢复了一些灵力，随后倒了点儿上品灵石留下，其他的全部传了过去。

"黑色沙尘暴不可能一直都在，只要我们坚持一段时间，等它们散去。"徐呈玉留了一些灵石，紧接着将灵石袋递给叶素。

叶素趴在地上，捏碎手中的灵石，灵府中暗淡的识海又渐渐充盈起来。

她望着那旋转的黑色沙尘暴，忽然闭上眼，内视灵府。

她依旧靠近不了识海，只能远远地看着。

叶素盯着那片识海，这里是她的灵府，里面所有东西都该由她控制，一片识海，再厉害，不能为自己所用，便该滚出灵府。

也许是感应到灵府主人的情绪，那片金色的识海翻滚激烈，浪涛不断拍打边缘。

叶素面无表情地内视着自己灵府中的识海，金色的灵府光芒越盛，识海越暗淡。

良久，识海渐渐平稳下来，看起来变得异常温顺。

叶素心神一动，便移到了识海正上方，这是她第一次看到识海的真面目。

识海远看像是一片海，在上方俯视它却又像一条金色的河，神识缓缓流淌。

叶素看不见她的金丹，看来它真的溶于识海了。

她贴近识海，意识中伸手去触碰，不是冰冷的水流感，而是无数神识从她的指缝中流过，带着缥缈雾气。

叶素心神一动，捞起一把神识，金色的光芒如同缥缈的烟雾生起。

她睁眼望着结界外的沙尘暴，再闭眼时，神识带来的视野掠过千里，皆是荒原黑土，沙尘暴在这片大地上肆虐。

高坡之下的几个人，只有到了元婴前期的徐呈玉察觉突然出现的一股神识。

他们离得太近，徐呈玉想不知道是谁都不行。

叶素怎么会有神识？难道她一直隐藏着境界？

他心中疑惑不解，却不敢多分神，只能再加固结界。

叶素的神识仿佛没有限制，不断延伸扩展，但始终没有发现失踪的三个人。

正当她准备收回神识时，忽然察觉离高坡不远处有一处凹陷的洞穴。

叶素的神识停下，毫不犹豫地顺着洞穴进去。

洞穴中，程怀安和连怜晕睡过去，趴在地上，腰间还被两根兽皮绳捆住，中间一头乱发、满脸胡子的长眉男人把绳子拎在手里。

程怀安和连怜两个人呼吸平稳，看样子没有受什么伤。叶素刚松一口气，趴在地上的长胡长眉的男人似乎发现有神识在窥探，忽然抬眼，伸指一点："呿！"

那瞬间，叶素的神识便被弹了回来。

高坡上结界内，叶素浑身一颤，睁开眼，神识再次归于识海。

旁边的徐呈玉对叶素这种反应不陌生："有人发现你了？"

叶素并不惊讶他发现自己用了神识，只道："程怀安和连怜暂时无事，这里面有其他人。"

她想起那个人的长相打扮，又补充道："那个人进来很久了。"

"进来很久？"徐呈玉的思绪稍微一转，便明白过来，"是以前进荒城秘境的人？"

"应该是，他们两个人在他的手里。"叶素依旧没有发现游伏时的踪迹。

她将人带过来，得将人完整带出去才行。

"既然有人在下面活着，这黑沙尘暴一定会散去。"徐呈玉微微放松下来，"我们得坚持到它们消失。"

好在马从秋身上还有一万上品灵石，够他们支撑一段时间。

大概过去了十二个时辰，黑色沙尘暴的势头终于渐渐减弱，甚至有消退的迹象。

五个人怕那只是假象，或许沙尘暴还会重新席卷而来，便又等了一个时辰，才撤了结界。

"吕道友，周师妹。"马从秋抖着双手撑着地面，"帮个忙，把我拔出来。"

吕九和周云忍着笑，一个人抱住他的一条腿，将人扯了出来。

马从秋一出来，就将自己后脑勺的遁地符取了，坐在地上看向叶素道："你画的符未免效果太好了。"

叶素看了他一眼，忽然和徐呈玉一起踩上高坡，远远地望着从消退的沙尘暴中走出来的男人。

那男人一身袍子脏污破烂，头发花白，脸上长满胡子，压根看不出长相。

"那是谁？"马从秋几个人也跟着站上去，看到远处的人不由得问道。

"后面那两个人是程怀安和连怜！"周云抬手挡在眼前，看了一会儿道，"他们还活着！"

吕九喃喃道："怎么感觉他走得特别快？"

"缩地成寸！"徐呈玉的瞳孔一缩，这分明是合体期的修士才能做到的招式。

明明初看那男人还在远处，不过眨眼间，他便出现在众人的面前，他的后面还绑着连怜和程怀安，两个人眼中都带着点儿茫然，显然对一切都有说不清的疑惑。

乱发花白的高壮男人瞬间走到高坡上，将手中的兽皮绳一松，放开程怀安和连怜，视线在这些人身上转了转，吕九无门无派，但叶素身上那张扬的三个大字，除了文盲，谁都认识。

他的声音粗粝沙哑，像是许久没有发过声，连咬字都有些模糊："千机门还没有废宗？"

叶素道："前辈嗓子不好就不要出声了。"

男人呵了一声，又看向旁边的几个人，最终视线落在徐呈玉的身上："吾剑派的弟子？之前是你用了神识？怎么连隐匿都不会？"

徐呈玉朝叶素看了一眼，随后道："才升元婴期，控制神识不太熟练。"

"你们没事吧？"旁边的马从秋问程怀安两个人。

"无事。"程怀安看着前面的男人道："还要多谢前辈搭救。"

符修的体力上比不过剑修，当时他和连怜反应最慢，便落在最后面，等到快接近高坡时，从斜面突然出现一股黑沙尘暴，将他们两个人直接卷走了。

程怀安和连怜撑起结界，但他们已经在沙尘暴最危险的地带，结界根本撑不了多久，等到结界一破，两个人便被卷晕过去了。

他们再醒来就在地下山洞内，被这个男人用兽皮绳捆住，等到后面沙尘暴消散，这个男人便带着他们往高坡这边走。

男人身上的衣袍早已经破烂不堪，压根看不出任何东西，徐呈玉犹豫片刻，拱手问道："我们误入无尽深渊才来到这里，敢问前辈何宗何派？"

他能知道千机门快废宗了，一定是这几百年期间才进来的。

男人声音嘶哑地开口："我乃万佛宗的屠世。"

"你就是那个在荒城秘境失踪的佛子？！"周云震惊道。

两百年前万佛宗的佛子跑到归宗城附近，进入荒城秘境，从此没有再出现过，连命灯都灭了。

万佛宗每五百年便会从弟子中挑选出佛子或圣女，以便将来担任宗主。但一直有传言这个屠世不适合当佛子，他人长得太粗蛮，和往任清俊的佛子大相径庭，连名字都和普度众生的佛意相违背。他还是万佛宗任期最短的佛子，任期只有一年。

"两百年了，终于有人进来了。"屠世瞥了瞥叶素等人，"还算有点儿本事，不过来了就别想走了，这里出不去。"

叶素看着屠世的头发，心想两百年光头都长发及腰了，可见出去确实困难。

"屠前辈，这里是什么地方？"徐呈玉问道。

"这里……谁？"屠世说到一半，突然对着高坡后大吼一声。

众人顺着他目光往后看去，原本高坡后的平地忽而变了模样，荒土逐渐扭曲变化成灰败林立的碑林。

那些高大林立的石碑有的断裂，有的碑面磨损模糊不清，正中间的石碑前立着一根法杖，但已经被人拔了起来。

叶素皱眉望着中间拿着法杖的人——小师弟？

屠世的脸色极为难看，缩地成寸，瞬间赶过去，手已经抬起成爪。

"前辈手下留情！"叶素当即贴了一张疾速符，竟然追上了屠世，挡在游伏时的面前，撑起了飞镜甲，"误会一场。"

飞镜甲对付不了合体期的修士，但能稍微拖延时间。

屠世皱眉停下手，打量游伏时："竟然能破我的法阵，你是何人？"

游伏时转着法杖，压根没有听屠世说话，反而戳了戳前面的叶素："饿了。"

叶素："……"

屠世被叶素的速度惊住，看她从背后扯出一张符才明白为何一个金丹期的人追上了自己。

"那个千机门的小师弟乍一看倒是比屠世更像佛子。"连怜在后面远远望着，有点儿可惜，"就是平时站没站相，坐没坐相。"

周云闻言颇有些得意："那是你没见过千机门的另一个小师弟，身姿挺拔如松，静如孤月，陆沉寒长得都没他好看。"

"胡言乱语！"连怜不信，陆沉寒的长相、气度和修为，乃当今年轻一代中的佼佼者。

"不信算了。"周云美滋滋道，"他就在我们吾剑派学剑，以后也是我的师弟了。"

连怜犹豫地问道："当真比陆沉寒还好看？"

"和游公子不相上下。"周云道。

他们平时一般用道友或名字相称，但师兄不知道为何总是喊千机门的小师弟游公子，所以周云和马从秋也跟着这么喊了。

屠世眼中冒着杀意，嘶哑着声音道："法杖，还来。"

叶素侧身从游伏时手里拿过法杖，一拿在手里，便不由得挑了挑眉，这法杖的刻工像极了师父的风格，但张峰峰也才两百出头，这佛子掉进来都待了两百年了。

"我的小师弟只是见这法杖的刻工熟悉，像是师祖的风格。"叶素将法杖递过去道。

屠世皱眉道："师祖？如今千机门的掌门是谁？"

"张峰峰。"叶素道，"佛子可认识？"

"他？我记得，当年才到我的膝盖。"屠世的眼中闪过一丝惘然，语气温和了点儿，"这法杖是你们师祖替我炼制的。"

在他解释后，众人才知道原来当选佛子后需要去佛塔挑选四棱莲台法杖。当时佛塔内的法杖没有一根适合屠世，万佛宗认为他无法担当佛子，想要收回加持佛珠。直到屠世找到千机门，张峰峰的师父帮他炼制出了一根法杖，才没有被褫夺佛子的名头。

"两百年了，万佛宗如今可有佛子或圣女？"屠世问道。

叶素不清楚这些大宗门的事情，其他人互相看了看，最后徐呈玉走上前一步道："万佛宗百余年前曾有过一名圣女，后……陨落，此后二十年未选出佛子或圣女。"

二十年，在修真人士的眼中不算太长。

"前辈，万佛宗那边见您的命灯灭了，以为您遭遇不测，所以才会找佛子和圣女接任。"周云道，"等您出去后，可以继续当佛子。"

屠世摇头道："这个界出不去，每到月末二十九日便会刮起黑沙尘暴，两百年我试过无数次，始终未找到任何出口。"

"没有发现界的通道，会被饿死或者被妖兽吃掉，发现通道，进来后便出不去了。"屠世嘲了声，"无论怎么走，这是一条死路。"

"这是什么地方？"叶素突然指着这些石碑问道。

"不知道，大概是界中心。"屠世道。

当年他察觉无尽深渊连接着界，用法阵打开了通道，掉入这里，正好碰上了黑沙尘暴，金丹破裂，这也导致他在佛塔内的命灯灭了。

好在他死里逃生，竟又在这里成功结丹，花了两百年时间升到合体期。

"每一次黑沙尘暴卷来，都会造成石碑破损。"屠世道，"一开始我没有在意，但这一百年来，石碑不断裂开，灵气不知为何也逐渐干涸，所以我才在这里设了法阵，勉强留下了一点儿灵气。"

界内一旦没有灵气支撑，里面所有东西便会随着界一起消失。

众人沉默，从他们进来就没有碰见过好事。

程怀安和连怜往碑林走去，想要看看这些石碑上的内容。

其他人见状，也四散到处观察。

"这些像是符纹。"不远处的连怜道。

屠世立刻走了过去，想知道她发现了什么。

叶素的视线扫过周围的碑林，觉得这里很眼熟，不光是碑林，连……之前站在碑前的小师弟都异常让她感到熟悉，似乎她在哪儿见过。

碑林她只在第一次进的那个小秘境见过，至于游伏时……

"小师弟，转个身。"叶素转身对后面的游伏时道。

游伏时手里拿着辟谷丹，抬眼看向对面的凡人，随即又垂下眼去数掌心的辟谷丹，当没听见。

叶素见状，直接伸手搭在他的肩上，随后用力一转，让他转了过去。

小师弟再换身黑衣服，不就是秘境中她见到过的那个背影？

她走到游伏时的旁边，问道："小师弟，你是不是甩过我？"

装听不见，游伏时低头数辟谷丹。

"刚才那一半数过了。"叶素瞥向他的掌心道。

游伏时的手指一顿，换一另半继续数。

"所以你是那个小秘境的妖兽？"叶素若有所思地问道，"无极丹也是你扔进来的？"

往她乾坤袋中扔东西，一扔还是珍稀的丹药，能做出这种事情的人，目前只有小师弟一个人。

游伏时终于说了两个字："不是。"

"好，不是。"叶素扬眉，只当自己信了。

不过既然无极丹在游伏时的手上，原著中宁浅瑶见过他？

就在两个人并列无言时，前方再度热闹起来。

"这应该是符纹的一种。"程怀安仔细看了看一块断裂的石碑，确认道，"五行宗古籍上有类似的符纹。"

"你知道这是什么符纹？"屠世的声音稍微清透了一点儿，没有那么嘶哑。

程怀安摇头道："那本古籍是五行宗的禁典，我只在外面擦拭清洁书籍时见过封皮。"

叶素走了过来，看着断碑上的图案片刻，随即半跪下来，伸出手指在石碑已经模糊的地方画了几个连笔："这上半部分，可以这么画。"

她的手指移动得很快，旁边的徐呈玉等人看完了也没反应过来，但程怀安和连怜几乎立刻记住了。

"你怎么知道？"连怜诧异地问道，刚才叶素补出来的那几笔，她虽然不认识是什么符篆，但绝对是完整的符纹。

"之前在一个小秘境中，我见过类似的石碑，那里的图纹还算完整。"叶素起身看向其他石碑，顿了顿道，"或许可以试试将这些碑文补齐。"

"你还懂符？"屠世疑惑地看着叶素身上的几个大字。两百年过去,千机门换了业务？

当年他看那张峰峰小小年纪就不正经，现如今当上掌门，肯定更加无法无天。

叶素随口道："自学过一点儿。"

连怜和程怀安："……"

这是自学过一点儿？他们学了快二十年，都不懂这个石碑上的符。

叶素看着断碑，它足足有七尺，还仅仅是碑体的三分之一，她弯腰摸了摸断碑的裂口，这石碑的材质太特殊，她从来没有见过，即便书中也没有描述过。

"怎么了？"屠世问道。

"需要将断碑拼接好，我试试能不能先将裂口补好。"叶素指了指满地的断碑道。

她的手里有几种黏合土，但由于石碑材质的原因，不知道哪种可以用，只能一个个来试。

叶素从乾坤袋中拿出所有的黏合土，每一样都试过去，然而这些黏合土完全不起作用。

完全粘不上，只可能存在一种情况，这个石碑需要更好的黏合土。

叶素连一指甲盖大小的迦蓝泥都挑了一针抹上去，这是之前她花了一大笔灵石从黄二钱那里进的黏合土，准备送给二师弟明流沙，当他的成年礼物。

这泥是修复小法器最好用的材料，几乎能黏合任何材料的法器，没想到对石碑依旧不起作用。

叶素蹲在断碑前有点儿发愣，这到底是什么石料，连用迦蓝泥都没办法修复。

游伏时也一直蹲在旁边，还拿叶素的下摆擦手，擦了好几回。

这种事他做了太多次，叶素甚至没心情多看一眼，任由小师弟把自己的衣服下摆当擦手巾。

"怎么样？"徐呈玉问道。

"黏合土没……"叶素站起身，正要顺手对自己的衣服下摆施个清洁术，一低头，人麻了。

她的下摆被粘了几个厚厚的乳白色泥手印，关键不在于此，而是这泥看起来太熟悉了！

炼器师必记百宝手札中，这个宝物排行第三。

万年寒土地下结成的寒晶泥，通体呈乳白色，气清味寒，触之发热，量少效高，一滴便可修复万物，传言乃神殒期之前修复神器的黏合土。

叶素拎起下摆，便闻到一股清寒味，伸出手指轻轻捻了一点儿，果然那东西开始发热。

"黏合土怎么了？"徐呈玉始终没有听到叶素继续说下半句，便问道。

"黏合土没有问题。"叶素抬头若无其事道，"麻烦诸位去查探所有断碑，将它们放在碑体的旁边。"

在场所有人都不是炼器师，对这种黏合土不甚了解，尤其吾剑派的人和吕九，这四个人早对游伏时的行为有所见识，以为叶素在介意下摆上的白手印，主动转身去找和碑体一致的断碑。

马从秋还抽空和屠世、五行宗的两个人解释。

叶素转头看着站起来的游伏时："这是寒晶泥，你……下次别这么浪费。"

虽然早见识他的"豪无人性"，但依旧无法接受。

游伏时不语，听不懂，也听不见。

他之前见叶素拿出一堆泥巴，刚好那个瞬间不知为何突然连到了自己的空间，心神一动，手中便多了一坨白泥。

等游伏时反应过来，那空间又连不上了，他不喜欢手中白泥黏腻的触觉，捏了几次，弄得满手都是，便往叶素的衣服下摆上擦，反正这个凡人会弄干净。

"手。"叶素让他把手伸过来。

游伏时不伸手，还侧身试图背对着她。

"不拿雾杀花。"叶素顿了顿道，"把你手上的泥全部擦干净。"

游伏时一听，立刻转身将手伸到叶素的面前，让这个凡人帮自己擦手。

叶素把自己道袍粘上白泥的下摆直接撕了放好，这才握住小师弟的手，垂首用手帕将他的手指缝剩余的一点儿白泥擦拭干净，连指甲缝都要擦过一遍。

游伏时坦然又习惯地任由她擦，手指张开，一时间不知道是寒晶泥白还是他的手白。

"这里还有。"小师弟理直气壮地动了动无名指，示意指腹上还沾了一点儿白泥。

"回去之后，你得背一背百宝手札，省得把珍宝当草。"叶素抬眼看他，"游伏时，别装听不见。"

"你没问我泥巴从哪儿来的。"游伏时忽然道。

"是寒晶泥。"叶素纠正，随后道，"你想说就说，不说我不问。"

"不说。"

"行，寒晶泥我先用了。"

叶素小心翼翼地把所有寒晶泥收集起来，再用灵火托住，将其加热熔化，光是这一过程，便耗费了十几个时辰，和之前的黏合土完全不同。

不过好在黏合土性质温软，金丹期的灵火多耗费些时间就能炼化，但这里灵气稀薄，叶素用了两块上品灵石才勉强撑住。

等她将寒晶泥炼化之后，装进一个空盒内，其他人也找到了所有断裂的石碑对应的碑体，其中几块石碑连底座一起翻倒，他们花了一段时间才分好。

叶素从盒中挑出几滴炼化的寒晶泥，将其不断拉平涂抹在石碑断裂口处，直到其变得透明。

将面前石碑的断裂口涂好之后，她看向其他人："我们需要将它粘上去。"

屠世闻言弯腰，双臂用力，直接抬起这块断碑，轻松一跃，将断碑对准碑体压下去，整个人站在碑顶，问："这样如何？"

徐呈玉主动御剑而起，带着叶素飞到石碑断裂处去看。

"好了。"叶素将流淌出来的多余寒晶泥刮去，继续去修复其他的石碑。

五天后。

"她真的不需要休息？"程怀安望着依旧在修复石碑的叶素，无法理解。

修士可以很长一段时间不用睡觉，但也需要打坐休息，像他们已经轮流在这里休息过三次了。

"叶道友兴致上来，就会这样。"吕九作为这里认识叶素最久的人，还是了解一点儿的。

"只剩下几块石碑。"徐呈玉道，"她应该是想把它们全部修复好。"

屠世握着法杖，望向叶素，心想：到底不愧是千机门的弟子。

要将炼化后的寒晶泥有效覆盖在断碑裂口处，还需要炼器师用灵力将其拉平填补，叶素做这种事情极有耐心，只不过避免不了透支灵力。

她灵府中的识海又开始翻滚沸腾，只不过这次是隐隐带着焦灼的意味。

叶素退后一步，有些疲惫地说道："石碑全部修复好了。"

她看着最后一块被修复好的石碑，手中盒子内还剩浅浅的一层寒晶泥。

众人环顾四周的石碑林，顿时发现稀薄的灵气渐渐开始缓慢流动起来。

"灵气消失的速度减慢了。"屠世最先感受到，他的修为最高，又对这里最熟悉。

"你先去休息一会儿。"徐呈玉道，"这里我们先守着。"

"好。"叶素也不拒绝，找了一块空地，坐下入定休息。

屠世站在石碑中间，左右看了看，忽然摇头道："不对，不对。"

他像是疯了一样绕着所有修复好的石碑跑了一圈又一圈，随后停下来，双膝跪地用手指在荒土上写写画画，将所有石碑的位置记下来，最后连出来一个法阵

"哈哈哈哈哈！"屠世满眼热泪，喊道，"法阵！竟然是法阵！"

徐呈玉几个人皱眉看向前佛子，心中皆生起疑虑。

"两百年，整整两百年！"屠世紧紧握着法杖，"我居然没有发现这里是法阵！"

符修和法修虽不是一脉，但有类似之处，程怀安有些能理解屠世的想法，这石碑竟

然是一座大型法阵，而作为法修的他，在这里待了两百年却没有发现这座法阵，任谁都无法立刻接受。

屠世跪在地上，突然连吐几口血，将几个人吓了一跳。

"前辈！"周云立刻上前，想要扶住他，问道，"您没事吧？"

屠世挥手，自己站了起来，道："我没事，这法阵的力量强大，我光是记下它的法阵图便损了心神。"

"既然是法阵，一定有阵眼。"连怜上前道，"前辈可有办法破阵？"

屠世平复心绪后，摇头道："先不说我能不能找到阵眼，但这阵不能破。"

"为何？"连怜问道。

"此阵浩瀚庞大，非常人所设。"屠世的理智回笼，"镇锁为中，生死门皆断，这法阵在镇压什么东西。"

修真界曾经大能无数，甚至神殒期之前，还有各路神降世，总有些地方镇压着邪物或妖兽。

屠世观这法阵，底下镇压之物一定非比寻常。

"界中灵气减少，极有可能是因为法阵受损。"他道，"我们不能破阵，反而要修阵。"

无人有异议。

"我们二人虽是符修，但未见过这些符文，还需要学习一段时间。"程怀安道，"不如先等叶道友休息好，再做打算。"

"你们在此等着。"屠世握着法杖往地上重重一杵，"石碑上一定不只有符文，如此庞大的法阵，必然还有其他小法阵连接在一起，我先去看看。"

屠世挑选法阵中的一点，开始寻找痕迹。

千机门，灵气凋敝，濒临废宗。

大师姐叶素，背负复兴宗门的期望，日复一日地努力修炼。

为了生存，叶素在提升炼器本领的同时，一边尝试画符，一边研习阵法。

在她的带领下，千机门弟子去破元门切磋，与吾剑派合作，境况蒸蒸日上。

荒城秘境开启，众人结伴历练，却意外遇险。

千钧一发之际，他们是否能逆转法阵，逃离秘境？

Staread
星文文化

红刺北

著

下册

长江出版社
CHANGJIANGPRESS

目录

第七章 · 逆转阵

　　叶素双手各握着一块马从秋送过来的上品灵石，随即入定内视灵府，识海星光暗淡，她不断靠近"海面"，一直沉进去。

　　识海瞬间将她包围起来，无数记忆飘过。

　　叶素凝神看着记忆擦肩而过，等到找到自己想要的记忆，立刻点开——是第一小秘境内的石碑林。

　　奇怪，那里也有几块破损的石碑，但没有倒下。

　　叶素余光看到什么，那是……

　　识海只能重现她见过的东西，叶素想要仔细看，也只能看到那一个角度。

　　但那东西，她这几天太熟悉了，是寒晶泥，挂在石碑的破损处。

　　刹那间，叶素便想起了游伏时。

　　上一个小秘境的石碑林中，游伏时便出现过，这次又突然一个人跑进被法阵隐匿起来的石碑林中。无论怎么看，小师弟都和石碑林之间有什么关系。

　　还有寒晶泥。

　　上次小秘境中的石碑裂口处似乎有寒晶泥的痕迹，但叶素当时被石碑上的纹路吸引，完全忽略了其他东西。

　　既然游伏时也在，那这次他的手指沾的一堆寒晶泥是从之前的秘境中的碑体上刮来的？

　　叶素想了想小师弟的行事风格，下意识地想排除这个可能性，他太懒了。

　　小师弟的身份成谜，他又偶尔会扔出极为珍稀的材料，也不知道他到底是什么身份，叶素并不多问，左右也问不出来，多半他又会假装听不见。

将记忆中的石碑纹路重新回顾一遍后，叶素便从识海的记忆碎片中退了出来，却只看到徐呈玉几个人，屠世、连怜和程怀安都不在。

"你醒了。"徐呈玉走过来，"屠前辈去研究法阵了，程怀安他们在拓符文。"

"法阵？"

"屠前辈说整个石碑林都是法阵，之前断碑太多，失去了阵形，他没有发现。"周云站在旁边解释。

屠世进来时只有一个人，金丹破裂，九死一生，两百年中一边求生存，一边重新修炼，在这片荒原中和各种妖兽搏斗，过着茹毛饮血的生活。

直到近些年，界内灵气日渐稀少，妖兽也逐渐消失，他才重新将目光转向石碑，并在此设立法阵护碑，却始终不知道原来这石碑林本身就是一座大型法阵。

游伏时屈膝靠在碑林正中间的那块最高的石碑的底座前，看样子是又睡着了。

"我过去看看。"叶素往碑林正中间走去。

"你踩到我的衣服了。"叶素刚刚走近，游伏时便睁开眼睛，仰头看着旁边的凡人，不太高兴地说道。

叶素闻言立刻抬脚，低头看去，仅仅鞋面前端将碰未碰到他的衣角而已，不过她还是对上游伏时的眼睛道："抱歉。"

小师弟的眼睛确实漂亮，瞳孔极黑，有时候甚至会让人隐隐看错成深紫色，宛如璀璨宝玉，透着奢靡的清贵。

这时，靠坐在石碑底座前的游伏时忽然对叶素伸出一只手。

叶素正对着小师弟的眼睛出神，还未来得及做任何反应。

这个凡人一点儿也不上道，游伏时皱眉，将自己的手再次在叶素的面前晃了晃。

叶素的视线转移到他的手上，犹豫片刻，这才握住小师弟的手，将人拉了起来。

游伏时顺势起身，决定勉为其难地原谅她。

"怎么坐在这儿？"叶素问道。小师弟向来不喜欢脏的地方，平时在外面坐凳子，都得拿她的衣摆垫一垫。

"这里凉。"游伏时懒散道。

叶素扬眉，这不是错觉？之前在修复断碑时，她便觉得碑林中正中心最高的这块石碑附近隐隐散着阴冷。

叶素将人拉到旁边后才松开手。

她仰头看向石碑，这块石碑并未断裂，只是碑体上的纹路也被磨损风化得厉害，几乎看不清上面曾经写过什么。

叶素上前靠近石碑，抬手去碰碑体上的一处，那似乎是字的残留痕迹。

那次小秘境中有块石碑也有一列字形，但那应该是古字，她并不认识。

之前叶素从那个小秘境出来后，倒是想过要去查查那一列古字，但如今修真界讲古字的书籍不多，千机门也不再是什么大门派，关系网全部断裂，压根没手段查，这事便搁置了。

"有没有看出什么？"徐呈玉走过来问道。

叶素将古字的事说了一遍，随后拿出纸笔，试图将那些古字写出来，让他们看看。

那些字她记得，提笔却写不出来，仿佛有股力量在压制。

"怎么了？"跟来的周云看她迟迟不下笔，问道。

这种情况像是那些古字具有庞大的压制力量，若书写之人的境界太低，便无法突破禁锢。

"太复杂，忘记了。"叶素找了个借口道。

"古字确实难记。"徐呈玉道，"我曾经见过一本古籍书，书名至今为止我也未记清。"

这事暂且被搁置一边，叶素仰头继续观察石碑，她只能看懂符文的走向。

"我先试试能不能将符文填补完成。"叶素从乾坤袋中顺手拿出笔，余光看到笔身，顿了顿，最后还是换成了连怜给的青玉镶金笔。

这石碑林法阵庞大，符箓繁复高深，普通的笔恐怕承受不住。

"灵石先备着。"徐呈玉从马从秋的手中抓过一把上品灵石，"以防你灵力枯竭。"

需要齐心协力的关键时刻，灵石省不得。

"多谢。"叶素接过灵石御剑靠近石碑，单手握住青玉镶金笔，停在石碑的最高处，扫过整座碑林，随即微微闭眼。

以正中心这块石碑为圆心，其他石碑乃至修补好的断裂石碑，轰然林立竖起在叶素的识海之上，所有她见过、触碰过的石碑每一处纹理裂口都清晰可见。

无数石碑上的残纹皆汇聚于叶素的眼中，她的心神一动，识海中那些石碑残纹开始不断填补、修改，直至最后成形。

没有一个符修会这么做，先不说能不能全部记住，光填补、推断符箓纹路便是一件极为复杂的事。

但叶素心神转得太快，又是同时进行填补、推断，再加上小秘境中遇见过类似的石碑，竟然不过三个时辰便将所有石碑的纹路复原。

这期间她的识海不停翻滚沸腾，几乎要掀起巨浪，灵府摇摇欲坠，好在还有上品灵石提供灵力，勉强让她支撑着。

在最后正中心的石碑上的纹路被推演完成的那个瞬间，她的最后一个念头是：果然万类相通，符、纹不分家。

灵石用完，灵力耗尽，叶素连人带剑直接摔下来。

正中心最高的石碑足有三丈，她掉下来的瞬间，靠在底座上打瞌睡的游伏时忽然睁开眼，瞳中隐有紫光显现，他骤然闪身出现在叶素的身边，将其揽腰抱住，期间还想了想要不要接她的剑。

最后游伏时没接，任由那把破剑掉在地上。

不过眨眼间，他便将人带着站在荒土的地面上。

叶素耗费大量神识，灵力又耗尽，直接晕了过去。

游伏时犹豫了一会儿，改为捏着她的衣领，让叶素站着靠在石碑上。

等徐呈玉他们回来时，远远看到的便是两个人站着靠在石碑底座上的场景。

"她睡着了？"连怜抱着手臂，打量着问道。

游伏时不理她，而是看向后方的马从秋，伸出手："灵石。"

马从秋一愣，居然没来得及思考，下意识地便将灵石袋拿了出来。

游伏时从里面抓了一把灵石，塞到叶素的手里，他半握着她的手，帮着化开灵石，让她吸收。

这个凡人太过分，晕过去把他一个人扔在这儿。

"灵力枯竭了。"屠世从远处走过来，扫了一眼叶素便发现问题，"如今的小孩可真敢。"

灵力枯竭的危害太大，会让修士失去一切抵抗能力，除非迫不得已，谁也不会这么做。

等用完七枚上品灵石后，叶素才渐渐恢复意识，她睁开眼便看到周围所有人都在看着自己。

"你好点儿了没？"周云率先问道。

"我没事。"叶素偏头看了一眼游伏时，随后又面向石碑道，"所有纹路我已经推演完成，可以试着补上去了。"

程怀安愣了愣，道："全部？"

叶素点头道："全部。"

"这石碑林中含有法阵，我走了一遍，你要修补符文，先从北面开始，其次东、南、西，最后再填补阵眼。"屠世指了指正中间的石碑道，"如此才会激发法阵。"

第二天，叶素从北面的碑开始填补、修复石碑上的符文。

"青玉镶金笔可以随心所动。"连怜仰头对着上面的叶素道，"你想要画大符箓，便下手重一点儿。"

叶素侧身试了一笔力度，果然符笔可以画得和石碑上的符纹一样粗。

她正对石碑，剑随心动，同时挥笔顺着石碑模糊的边界开始，将之前推演好的符纹画上去。

没有想象中的那么简单，石碑上的符纹乃大能所画，她不过金丹期，要照葫芦画瓢也非易事。每画一笔，她都必须用上数块上品灵石。

"她的境界……"下方的程怀安若有所思地望着叶素，总感觉在她画符时，她的境界看不透了。

"成了！"周云看到石碑上一阵光芒闪过，碑面原本模糊的符纹变成淡金色。

叶素落地收剑，手扶着底座，才不至于摔倒。

她仰头看着石碑，这符纹原本有两尺的深度，但如今画上去的不过是浅浅一层涂料。

这就是大能和普通修士的区别。

连怜和程怀安看向石碑，同一时间陷了进去，被碑面上的符纹吸引，久久不能动。

石碑太多，叶素一个人在几天之内完不成，只能停停歇歇，补充灵力。

马从秋的一万块上品灵石已经少了一大半。

北、东两面被叶素一个人补完，期间连怜和程怀安围观石碑符纹，竟然三番两次有了顿悟。

若不是这里灵气稀少，他们恐怕要直接进阶了，尤其是连怜。

到后面叶素将符纹全部画了下来，交给程怀安和连怜，南面的碑由三个人共同补完。

至于西面，是断碑最多的地方，几乎全部倒塌。

叶素望着西面的九座石碑，继续按照之前的步调，想要复原符纹，却未料两边的程怀安和连怜刚提笔，便仿佛受到重创，吐出大口血。

御剑带着他们的徐呈玉和周云下意识地拉住两个人，只见程怀安和连怜脸色煞白，似被反噬。

一直在研究法阵，许久不见的屠世突然出现，封住两个人的灵府心脉，抬头对叶素道："你先下来。"

屠世平静地让叶素下来。

叶素从上面落地，皱眉看着被封住灵府心脉的程怀安和连怜，之前的石碑符纹画起来虽然费力，却从未让他们受过这么重的伤。

"符法同阵，两个阵眼分别位于西面和中心。"屠世手握法杖，冷静道，"西面石碑断裂十之八九，法阵煞气皆汇聚于此，乃大凶。"

"屠前辈，我们该怎么解决？"徐呈玉问。

"这阵已死，若无渡劫大能在此，将符纹补齐，其他人触之，死路一条。"屠世看向叶素道，"唯一的解决之道，便是我将西面法阵煞气除去后，你和他二人再将西面以及正中心的那块石碑上的符纹补齐，同时开启两个阵眼，逆转生死阵，方能离开。"

徐呈玉闻言，松了一口气，还有办法出去。

屠世没有立刻开始除西面法阵的煞气，而是先等程怀安和连怜疗伤，看着他们吃下丹药。

"你有匕首吗？"屠世问叶素。

"有。"叶素从乾坤袋中拿出一把匕首，递给他。

"镜子呢？"

"也有。"

屠世半点儿不惊讶："要论东西，还是你们炼器师多。"

他席地盘腿而坐，将镜子放在大腿上，再一手捏着头发，一手用匕首割断。

如此往复，屠世将自己花白的乱发以及长眉、胡须全部剃了，露出一张英俊的青年的脸。

连向来打瞌睡的游伏时都转头去看他，叶素更不可能没注意到。

屠世站起身，将匕首和镜子还给叶素。

"这是？"叶素摊开裹着匕首的一沓裁订好的手札，抬眼看向屠世。

屠世颇为自傲地回道："这是我在这里两百年研究出来的法阵，可与万佛宗的法阵对抗，最后几页是我从这个法阵中得到的灵感。"

他顿了顿，又道："你师祖的情，我还未来得及还，这本手札送予你，便当我还了人情。"

叶素并没有多高兴，皱眉道："屠前辈，人情手札该您亲自送到我师父的手里。"

"你师父是你师祖的弟子，你又是你师父的弟子。"屠世不在乎道，"都是弟子，交给谁没区别。"

"前辈要用什么方法除煞气？"叶素突然问道。

屠世道："自然是用我的方法，你一个炼器师也想懂法阵？"

叶素换了个方式问："逆转生死阵，要付出什么代价？"

良久后。

"以己之身，引煞集凶，度他人活。"屠世深深看了一眼叶素，"这就是逆转生死阵的代价。"

"什么意思？"旁边的马从秋没听明白，"度他人活，那屠前辈呢？"

"屠前辈要以一人度我们？"叶素站在屠世对面，冷静道，"两百年，您在这里待了两百年，难道不想出去看看？我们再想其他办法，一定能全部出去。"

"天真。"屠世握着法杖，仰头大笑，"石碑符法双阵闻所未闻，杀意超凡，若非你能补齐符纹，我们这些人只会随着灵气干涸，彻底消失。"

这里是界，夹在虚实之间，和千机门灵气干涸不同，这里没有了灵气，界便会和里面的所有东西一起灰飞烟灭。

"想来我命中该绝，幸而死前能见到新人，也算了却遗愿。"屠世紧握法杖，一字一顿地说道，"万佛度人，即为度己。"

叶素三个人修填符纹时，屠世便在研究石碑法阵，从最开始研究得到灵感，推演出另外几种法阵，到后面发现死阵煞气，他不是没有挣扎过。

两百年，整整两百年，屠世怀着希望，重新修炼，等着有朝一日可以出去。这一天终于要到来，却突然被截断。

几番挣扎犹豫，到最后屠世做出了选择。

眼前只剩下这一条路可以走，再不走，界即将破碎消失。

"待到来年，万佛宗选出佛子，你们可以给我倒杯酒说说。"屠世洒脱一笑，"我还从未喝过酒，左右死了，得尝一尝。"

众人沉默许久，无人应声。

直到吕九问："前辈已经到合体期，早结成元婴，不是仍有一线生机？"

修士结婴之后，相当于有了第二条生命，只要元婴未损，将来有契机能重新投世。若为大能，还可保持记忆。

但引煞集凶，万般炼狱，无尽痛楚，元婴期修士也不能摆脱。

"是，仍有一线生机，所以我是最适合的人。"屠世没有将心中所想说出来，反而顺着吕九的话，指着徐呈玉和程怀安道，"何况这两个小子连法阵都不会，更别谈如何度他人活。"

屠世原本还想先进杀阵，等到后面没有办法后悔，再告知他们，没想到叶素如此敏锐。

"前辈，你若是回不来，我拿着这本法阵手札学一学，到时候专门去打压你们万佛宗。"叶素忽然道。

屠世：这个年轻人在说什么？

"我交给你，只不过是想将来会有人学我的法阵。"既然说穿了，屠世也不遮遮掩掩，看着叶素摇头道，"你当法阵是符箓，随便学学就会了？"

才悠悠转醒的连怜和程怀安闻言："……"

"时间所剩无几，我能察觉界开始不稳了，既然你们二人醒了，便继续。"屠世缩地成寸，骤然立在西面的石碑前，"叶素，记住阵眼开启的同时，逆转生死阵。"

他单手在空中画法阵，一手握紧法杖，口中念咒："万变不离，佛生法无，生死逆转！"

随着最后一个字出口，他抬起法杖在地上重重一杵。

西面的石碑底座生起无边煞气，将屠世团团围住，仿佛要将其撕裂。

屠世还在念咒，法阵画了一遍又一遍，所有煞气只往他一人身上灌。

"走！"叶素面无表情地对连怜和程怀安道。

叶素负责正中心的那块最高的石碑，程怀安和连怜依旧去补修西面的石碑。

这一次两个人果真没有受到煞气反扑，连怜余光看到地面的和尚一动不动，任由无边煞气灌进他的身体，她的手抖得厉害。

她顿悟次数多，其实画得并不多，算起来不过完成了一个半石碑，一直都是程怀安在帮忙。

"佛生法无……"到后面屠世的身体已经开始膨胀了，他不再画法阵，只是双手合十，开始断断续续地念咒。

连怜收回目光，左手用力抓住自己的右手，深深地吸了一口气，开始画符纹，一笔、两笔……似乎也没有那么难下笔，至少没有下面的屠前辈那么痛苦。

"一、二、三……还有两块石碑！"周云数着喊道。

"黑沙尘暴来了！"吕九望着远处，立刻通知所有人，"时间不多了。"

这些黑沙尘暴竟然比之前还要庞大数倍，这一次出不去，恐怕只能将尸骨永远留在这里了。

天空逐渐昏暗，黑色沙尘暴席卷而来，隐隐有遮天蔽日的势头，仿佛知道有人要逃出去，所以要将一切东西摧毁。

不祥的气息在整个界中蔓延，所有人深知若这次出不去，可能再也没有机会出去了。

程怀安提笔再次加快速度，他完成得极快。

叶素也不慢，但正中心那块碑上的符纹太过复杂，又极为耗神，还未完成。

至于连怜，符阵画到一半时，她握笔的右手在发抖，始终无法继续下去。

疼，那种从骨缝里透出来的疼痛让她的手抖得厉害，连怜下意识地只想逃避。

"你怎么了？"周云负责御剑带她，见连怜久久不动笔，不由得问道。

"无事。"连怜用左手用力地紧紧扣住右手，强制自己继续下去。

她的伤已经好了，不应该会感觉到疼。

连怜的脸色苍白，她紧咬着牙关，左手用力带着右手继续。

等到她最后封符时，浑身湿透，再被近在咫尺的风沙一吹，感到刺骨的寒冷，心中却升起一股热意：她画出来了！不再只画完一个符箓便画不下去，她能做到！

西边的石碑上的符纹一补充完，明显能感受到界内的气息流动在发生变化，那股令人不适的感觉开始消失，甚至有灵气慢慢回流，但黑色沙尘暴却愈演愈烈。

"撤过来！"徐呈玉冲连怜和周云喊道，让他们往正中心的石碑走，他腾空飞上去，握住剑，朝逼近的黑色沙尘暴劈去。

剑意料峭凛然，直直劈向那股巨大如长龙的沙尘暴。

"屠前辈……"周云回头看着身体已经膨胀到极致的屠世被黑色沙尘暴包裹，眼中一股涩意弥漫开来。

众人围在正中心的石碑前，替叶素挡去黑沙尘暴的袭击，但周边的石碑又开始被卷吹得摇摇欲坠，极有可能二次倒塌。

所有人皆未注意到，正在石碑前填补符纹的叶素身上也被煞气所攻击，因为她的速度没有慢下来过，一直如常。

叶素全神贯注地盯着石碑上的纹路，手不停地往下画，只腾出一点儿灵气护住自己的灵府识海。

"符成。"

叶素将碑上的符纹填补完后，整个界内仿佛瞬间凝固，石碑林中金光一闪，符阵启动，黑色的沙尘暴竟然慢慢开始退去。

只是这里依旧是死局，无人能出去。

"屠前辈！"马从秋眼尖地发现黑色沙尘暴散去后，西面的碑前半跪着屠世。

或者说屠世的双腿已经没有了，甚至连法阵都倒地，因为他的手也炸了。

"生死逆转，法阵由我。"屠世盯着正中心石碑前的叶素，念着这句法咒。

他的脸已经裂开，透着灰败的白光，仿佛下一秒炸开的将是他的头。

同一时间，叶素也在念这句法咒："生死逆转，法阵由我。"

从两个人站立的位置开始，法阵结成、旋转。

逆生死，阵成！

界内一片光芒照耀，正中间石碑前的众人，离开时眼中最后一幕便是屠世以身饲阵，元婴破裂，本相彻底消失。

是从什么时候开始的，屠世记不清了。

他后来才进的万佛宗，每天跟着师父们修禅问道，学习法阵。

日复一日，年复一年，他的愿望从吃饱到学好法阵，再到当佛子，每一个都实现了。

他记不清是一直有人认为他不行，还是他当上佛子之后才有人有异议，别人觉得他无论从性格还是外在都不适合当佛子，但他不在意，甚至将下一个目标定为顺利继承万佛宗。

可惜，佛子一年都未当完，他一脚踩进这个秘境，再也出不去了。

金丹破裂的那瞬间，他以为自己要死了，但他不甘心，挣扎了两百年，重修金丹，结元婴，入化神，甚至到了合体期。

有时候屠世会想，不如干脆自己在这里渡劫成神，直接飞升算了。但界内的灵气日益稀少，他终究要面对消失的可能。

偏偏这时候又有几个年轻的修士掉了进来，还找到了可能出去的方法。

屠世觉得是佛神冥冥之中保佑自己，为自己带来一线生机，只是这份高兴并未维持多久，他发现这个法阵是个死阵，西面的石碑断裂，煞气冲天，要想逆转生死阵，须得有一人留下来引煞气。

屠世不是没有过挣扎，也确实想要出去看看外面变成了什么样。

不过……

屠世双手合十，忍着身体膨胀撕裂的痛苦，定住煞气。

在死之前，他甚至面带笑意：万佛度人，他屠世无愧佛子之称。

生死阵逆转，众人得以逃出无尽深渊，荒城秘境开始崩塌，将里面所有修士踢出去。

一行人矗立在外，久久无法回神。

一个才认识不久的前辈，就这么以如此惨烈的形式牺牲在他们的眼前，任谁也无法接受。

叶素低头看着屠世给她的手札，这或许是唯一证明前佛子还活了两百年的证据。

"荒城秘境居然塌了。"

"镇境之宝被谁拿了吗？"

"谁啊？这么厉害！"

"快看，那不是五行宗的程怀安和连怜？"

"旁边那是吾剑派的弟子吧，一定是这两个宗门联手将镇境之宝拿走了。"

"不知道荒城秘境中的镇境之宝是什么，应该是好东西。"

被踢出来的修士聚在一起议论纷纷。

只有叶素他们知道，他们什么也没有拿到手，甚至为了让他们出来，屠世前辈牺牲了自己。

"我要进阶了。"连怜突然道。

程怀安立刻向几个人告辞，指尖一动，露出两张传送符，往地面上甩去，两个人瞬间消失在众人的视野中。

"师兄。"马从秋看了一眼传讯玉碟，对徐呈玉道，"我们差不多该回吾剑派抢宗门大比的名额了。"

叶素正好也要去看看师弟师妹，打算和他们一起回吾剑派。

至于吕九，她也想参加宗门大比，由于无门无派，她只能以无名宗的名义加入，还要先取得一张通行单。

各方有一定的名额，散修直接参加选拔，即能赢得通行单。

"我也去图首城。"吕九道。她既然是剑修，自然该去和剑修争夺通行单。

"传送卷轴没了。"徐呈玉道，"我们坐传送阵回去。"

"师兄。"周云提醒，"我们没有灵石了。"

在界中，马从秋的那些灵石也都被用干净了，如今他们灵府内的灵力也暂未完全恢复，御剑恐怕坚持不了多久。

"若你们不介意，可以先等我卖完符凑齐传送阵的灵石再走。"叶素拿出一沓符道。

马从秋有些怀疑："归宗符到处是符师，大街上小巷里，是个人都会画符，你的符能卖出去吗？"

"试试。"叶素仔细想了想道，"不行的话，可以贱卖。"再不济，黄二钱那边总应该有点儿余钱。

黄二钱没有钱，还欠了一屁股债。

"你们在荒城秘境也被打劫了吗？"传讯玉碟上，黄二钱苦着一张脸问。

"也？你被打劫了？"叶素诧异地问。向来不是黄二钱在秘境中趁火打劫，坐地起价？

"别提了，冰阳秘境听说过没？我去了那里。"黄二钱伸出手指数道，"昆仑派、吾剑派、万佛宗、合欢宗，还有五行宗和丹宗，但凡有点儿名气的宗门，都派弟子去了，更不用提各种小门派和散修，整个秘境修士爆满。"

叶素点头道："所以你打算过去浑水摸鱼，结果没赚到钱，还被打劫了？"

今天的黄二钱选择沉默。

叶素又问："你被谁打劫了？"

"合欢宗。"黄二钱提起这件事相当气愤，"不过是顺手捎我一程出去，他们居然说我长得太丑，要交'丑人费'！要不是我的卷轴被妖兽抢走了，我才不会求着他们。"

"妖兽抢卷轴？"叶素想起什么，皱了皱眉问，"开智的妖兽？"

"不知道，那长毛畜生蹿得太快了，我没看清。"黄二钱心痛地摸着自己的胸口，"那可是我们文东材料行最后一个传家的宝贝。"

当时他整个人都不好了，因为冰阳秘境中宝物、秘笈多，他还急着去兜售各种东西，顺便当场收材料，把钱花得七七八八，哪知道会突然遇险，正准备马上离开，结果手中的卷轴才拿出来就被抢了。

他差点儿没能活着出来，最后还是死皮赖脸求着合欢宗的弟子带他出去，把身上仅剩的一点儿灵石全花完了。

"那妖兽什么颜色？大概多大？"叶素问。

"白色，也不大，就唰的一下，把我的卷轴抢走了。"黄二钱提起来又是一阵火大，"畜生眼光倒好。"

叶素不语，怎么可能眼光不好，那可是狐王。

原著中狐王送了不少宝物给宁浅瑶，其中有一个万境通卷轴后来是她在各种危险之地死里逃生的重要道具，但书中并未写狐王从何得来的这些东西。

直到刚刚，叶素才想起黄二钱手中的那卷轴的作用和万境通卷轴的作用一模一样。

所以原著中万境通卷轴也是狐王从黄二钱手中抢来的？

若她能炼制类似的卷轴法器，或许这次屠前辈也不用死。

"冰阳秘境可还发生了什么有趣的事？"既然想起小师妹和狐王的事，叶素便继续问道。算算时间，小师妹也该和昆仑派的陆沉寒碰上了。

"趣事没有，乱七八糟的事一堆。"黄二钱啧啧感叹，"你没看见昆仑派的那些人，一个个走路带风，护身法器、符箓多得让人眼红。在秘境中，吾剑派的弟子还和昆仑派的弟子打了起来，但是吾剑派领头的弟子实力不太行，又碰上了陆沉寒，输得很难看。"

和男主角作对，很少有人不吃亏，叶素皱了皱眉道："我有一滴寒晶泥，你帮着出售。"

黄二钱一听，顿时瞪大眼睛，搓了搓耳朵，问道："什么泥？"

"寒晶泥。"叶素重复一遍。

这东西有市无价，剩余的也不多，千机门又是炼器宗门，本不应该拿出来，但既然文东材料行已经在了千机门的门下，总该得点儿甜头。

"你们路多，私下卖了吧。"叶素只愿意拿出一滴，但够一些修复、炼制小法器的炼器师用了，"让一些炼器师知道文东材料行还在。"

黄二钱的手都在哆嗦："行，我一定弄好这件事。那要不我现在就去找你？"

那可是寒晶泥，传言中可以修复神器的东西，他不放心经其他人的手。

"可以，我们这些天还留在归宗城。"叶素同意。

黄二钱还在咂舌："荒城秘境中居然有寒晶泥，被人知道，下一次一定会引起轰动，肯定比这次冰阳秘境还热闹。"

"你不知道？"叶素淡淡道，"荒城秘境塌了。"

黄二钱震惊之余，想起什么，问道："你进一个秘境塌一个吗？"

叶素："倒也不至于。"

将传讯玉碟关了，叶素转身从房间内出来。

那天他们回归宗城，叶素试图拿出符篆来卖，但并没有卖出去多少，这里符修太多，互相瞧不上，尤其是在街头卖符的人，一律被打为最差的那一种符修。

最后只卖给剑修二十来张符，这还是因为叶素让徐呈玉几个人穿着吾剑派的道袍，做托儿来买符，才吸引了几个年轻剑修。

但卖了没多久，有好心符修在周围对其他想买符的剑修道："别被骗了！你们谁听说过吾剑派的弟子会在街头买符？他们去的都是全典行。大街上冒充吾剑派的弟子，你们也就敢在归宗城这么做，要是在图首城，恐怕早被人一剑砍了。"

其他剑修仔细想想，觉得言之有理，最后都散了。

叶素都没来得及演示符的效用。

好在他们已经卖了一些符，够住在一家最便宜的客栈，只是房间内没有聚灵阵。

这种情况，叶素和吕九都算习惯，但徐呈玉三个人就不太适应，成天坐在房间内入定，也没入定出个所以然。

周云都想把自己身上值钱的护身法器当一当，凑齐路费先回去，被师兄拦住了。

他们这里一当，恐怕没多久吾剑派那边就能知道。徐呈玉并不想让宗门担忧，他们没有受伤，还好好的，没必要让师门担心。

叶素站在游伏时的房门前敲了敲，没有人应，她便直接推开门进去。

果不其然，小师弟又懒懒散散地趴在床上，一头极黑的长发散乱地披在身后，将他的脸遮了大半。

"春困夏倦，秋乏冬眠。"叶素站在床边问，"小师弟，你有不睡觉的时候吗？"

游伏时没有理她，这也正常，叶素本该习惯了，但不知为何，总觉得哪里不对劲。她皱了皱眉，上前一步，伸手将他散乱的头发拨开，便看到小师弟一张脸极为苍白，鬓角微微汗湿，显然不舒服。

"游伏时？"叶素摸着小师弟的额头，果然滚烫一片。

从秘境中出来，他便格外安静，跟在身后未说一句话，连住宿的地方也没有挑剔过。

叶素回想前天的情形，游伏时那天被她拉出秘境后，似乎便一直沉默安静，和往常那种不出声却始终吸引人注目的样子不同。

"我去找医……"叶素原本想说找医修，但又想起这位小师弟身份成谜，不好被人发现，"我去找徐呈玉，看他有没有丹药。"

她后退转身匆匆朝外面走去，没有发现游伏时的脸上若隐若现的黑鳞片。

房门一关，游伏时便睁开眼，紫眸流光，寒霜凝聚，他慢慢坐了起来，摊开手心，露出一团黑煞气。

西面的断碑虽煞气浓郁，但大部分被屠世引去，当时程怀安和连怜反而没有受到任何攻击。叶素却在画符纹时，被正中心的石碑下藏着的煞气攻击。

她以为自己没事，是因为出来后，荒城秘境崩塌，所以煞气一并消失。

实际上，那些煞气转到了游伏时的身上。

这个凡人要死了，他的雾杀花就没人继续炼制进阶了。

和平时懒散的模样不同，游伏时仿佛天生克这些东西，他骨节分明的手指微微拢起，那团黑煞气便在掌心疯狂挣扎，但到游伏时合掌，这团黑煞气也没有任何反抗之力，被硬生生捏碎。

"徐兄。"叶素找到徐呈玉，问他有没有丹药可以借。

"你要外伤还是治疗灵府的丹药？"徐呈玉看了看叶素，干脆将两种都拿了出来，"是游公子身体不适？"

叶素点头道："可能在里面受了伤。"

"要不要请医修？"徐呈玉问道。

"先不用，我们也没有灵石请。"叶素举起丹药瓶，"多谢。"

叶素匆匆赶回去，等推开门却看到游伏时侧躺在床上，单手撑着额头，另一只手在拨弄放在榻上的雾杀花。

"你没事了？"叶素一时间竟然不知道该作何表情。

游伏时抬眼看她，不解地问："什么？"

"你没事就行。"叶素把丹药收了起来。

妖都这么善变？他刚才还一副罹患大病的模样，她不过下去借了一趟丹药，回来他又突然好了。

饶是对小师弟无语，大师姐还是尽责地上前，俯身抬手碰了碰他的额头，想知道他好了没。

游伏时偏头躲开叶素的手，一副十分不情愿被碰的样子。

叶素的手停在半空，视线落在他的鬓角上，原先微湿的痕迹已经消失得无影无踪，她垂手直起身，正要走，忽然又俯身在小师弟的身上嗅了嗅："这两天，你没洗澡？"

她似乎又闻到了那个界内的气息。

游伏时的眉尾高高抬起，极为不悦，抬手便捂住叶素的下半张脸，将她推开："出去。"

他从来没有哪一刻会觉得这个凡人这么讨人嫌！她才没洗澡！

叶素从善如流地退开："既然没事，就好好练字。"

游伏时抬手捂住自己的耳朵，背对着这个凡人。

他听不见。

"记得，不要忘了。"叶素走出去，顺便帮他带上房门。

才离开没几步，叶素便停了下来，若有所思地朝游伏时的那间房看去。她从来不怀疑自己的感官，小师弟的身上确实有一股熟悉的界内的气息，只是不知道他做了什么。

叶素只觉得从游伏时出现后，他的所有都是一团谜，当然除了那些一眼便能看出来的行为。

冰阳秘境和荒城秘境相继终结，自然而然在修真界内引发了一阵讨论，最先关闭的冰阳秘境中有不少让人津津乐道的事，当然最后也没有荒城秘境坍塌劲爆。

各大宗门内部都在讨论其中的缘由，甚至消息灵通的人已经知道吾剑派的大弟子就在里面，还有五行宗的亲传弟子也去了。

所有人都在猜测，是不是两派其中的人找到了荒城秘境的镇境之宝。

"这次吾剑派的徐呈玉、周云和马从秋都不在冰阳秘境，听说去了荒城秘境。"

"荒城秘境？不是塌……难道他们拿到了镇境之宝？"

"不能吧，那个徐呈玉也没厉害到那种程度。"

"可我听人说，他也到元婴期了，这次宗门大比可能是我们强劲的对手。"

"元婴期怎么了，你觉得哪个元婴期的修士能打得过我们陆师兄？"

"陆师兄。"旁边的人喊道。

"对吧？"说话的人还要继续说，但看到其他人的神色不对，终于慢半拍地回过头，便看到白衣黑发的陆沉寒从后面走过。

陆沉寒身材高大修长，面容极俊美，眸似寒潭，只留下冷淡的一句："昆仑殿外噤声。"

在场的六个人，皆慌忙跪下道："请师兄责罚。"

陆沉寒未理他们，径直朝前走去。跟在他后面的一位师兄瞥了一眼这几个人，道："自去刑堂领罚。"

众人这才微微松了口气，若是被陆师兄带去刑堂，让长老知道，他们也不用再待在昆仑了。

等陆沉寒二人离开后，这六个人不敢再出声，连忙赶去刑堂领罚。

等所有人散了之后，昆仑大殿旁走出两个人，一老一少，年轻男人看着陆沉寒离开的方向冷笑，眼神阴沉："没死就是这么嚣张。"

"这次他在冰阳秘境中拿到了不少好东西，"年长的那个人道，"还带了个姑娘进昆仑，你找个机会去探探底。"

"姑娘？他陆沉寒也有看上的人？"年轻男人生起兴趣，"那我倒要好好招待。"

归宗城内，黄二钱赶了过来，从叶素手中拿到一滴寒晶泥。

"你几个师弟师妹又交了一批法器卖，他们说这些到时候都给你，来的路上我全部出手了。"他从乾坤袋中摸出一小袋灵石递给叶素，又拿出几样材料，"还有你要的东西。"

"以木几的名头？"叶素收下问道。

"对，木几。"黄二钱点头，竖起大拇指，"虽然法器等级不高，但你师弟师妹弄出来的法器确实是同等级中水平最高的那档。最近修真界都在流传，木几大师是出来做慈善的，专门炼制这么一批等级不高的法器给那些还在上升期的修士用。"

叶素一针见血道："这传言是你放出来的？"

黄二钱咳了一声："那不还是为了我们扩大知名度，现如今斩金宗那两位天才炼器师都已经到了金丹后期境界，做出来的法器更是直逼元婴修为的炼器师，百青榜排名唰地升到了前五十，再这么下去不得了。"

叶素闻言皱眉，那两个人果然在隐藏实力。她问道："全嘉英如何？"

"全嘉英？"黄二钱努力回想，终于记起来了，"破元门那个？排名升得也挺快，九十九了，可惜珠玉在前，对比起来他稍微逊色了点儿。"

这么短的时间内，全嘉英进步也十分快，却依旧比不过斩金宗那两个人，也不知道他会有什么感想。

"你什么时候也参加百青榜评选？"黄二钱八卦地问道。他太好奇了，总觉得叶素的排名不会低。

"等两年。"叶素微微一笑，"先参加完宗门大比。"

黄二钱问："你真打算参加？其实符修往年也拿不到什么好名次，前十名有六七名是剑修，其他名次又被万佛宗、合欢宗分得七七八八，符修能进一个都了不起。"

"总要试试才知道。"叶素扬眉道，"万一能拿到名次也不亏。"

说话间，游伏时从外面进来，他的长袖懒懒散散地挥开，坐在叶素的旁边，也不说话，将一沓写满字的纸推给她。

黄二钱瞧了眼他，悄悄将嘴闭上了，这位长得真是……晃眼，无论看几次都会被惊艳。

"我先走了。"黄二钱道，"以后不能再随心所欲地去秘境，可能会一直在材料行内，有什么问题，我再联络你。"

他这话说出来很随意，眼底却藏着一抹掩不住的哀意，这是文东材料行还留存着最有价值的一样东西，代表了全盛时期的文东材料行。

等黄二钱转身快走出去时，叶素突然喊住他："卷轴……以后有机会帮你找回来。"

"多谢。"黄二钱并未当真，毕竟连他自己都未看清那畜生长什么样，"对了，我这几天都在，你那法器重炼完成，可以拿过来，我帮你出手。"

他留下了一个地址。

叶素看着人离开，随后收回目光，将桌子上一沓纸拿起来翻了翻："练了多少张字？"

"一百张。"游伏时懒洋洋道。

纸上的字虽然日渐熟练，但总带着一种轻飘飘的感觉，叶素拿笔在旁边纠正了几个字后，便道："下次再写这几个字。"

游伏时不说话，趴在桌上玩茶杯，将旁边的粗茶放在鼻下嗅了嗅，又嫌弃地扔到一旁。

叶素将桌上的灵石袋打开，发现都是中品灵石，其中还有几块上品灵石，根据师弟师妹的炼器水平来看，这显然是黄二钱自己又凑了点儿灵石。

她把几块上品灵石挑了出来，随手塞给旁边的游伏时。

游伏时垂眼望着自己手里的上品灵石，抬眼看向这个凡人，有些不解。

"拿着修炼用。"叶素算了算剩下的灵石，打算待会儿拿给徐呈玉他们，"以后有妖丹再给你。"

那天游伏时面色苍白的样子，她还记得，虽然他后面又好了，但总归出了什么问题。

几块上品灵石解决不了问题，但总比没有好。

这回小师弟听到了，他握住灵石，稍微一捏，便将几块上品灵石吸收干净，然后摊开手道："没有了。"

叶素也摊手道："我也没有了。"

她起身准备出去，游伏时便跟在后面。

两个人一前一后出门，游伏时慢慢地踩着叶素的影子走，似乎这样十分有趣。

叶素走到后庭院，徐呈玉正在和吕九对剑喂招，看到她，旁边的周云过来问她有什么事。

"这里有点儿灵石，可以付四个人坐传送阵的费用。"叶素将灵石袋拿出来，"过两天我还有一把法器要卖。"

月牙铲，她准备卖了。

之前在荒城秘境中弄到了八目狗的皮子还有眼睛，她给了黄二钱，换了几样材料，准备将月牙铲加材料炼制完成。

以她现在金丹期的境界，可以做得更好。

另外，叶素有段时间没有炼器了，便没有将八目狗直接换灵石，而是选择重炼。

"好。"周云接过来，"待会儿我给师兄。"

这时候马从秋不知道从哪儿回来，看到他们立刻跑过来道："连怜正在结婴，这些天五行宗上有大动静。"

周云满脸复杂之色，道："希望她能结婴成功，以后认真修道。"

"我刚刚在大街上听别人说的。"马从秋道，"说她又嗑了不少丹药才能结婴。"

"她在秘境中接连顿悟了几次，怎么是靠嗑药？"周云不悦道，"这些人是亲眼看见了？"

马从秋瞥了一眼周云，小心翼翼道："师妹，你以前也说她嗑药。"

"我那是亲眼看见的！"周云想起那年的事，脸色更不好看，"五行宗的宗主拿出妙灵丹给她进阶，她都不用怎么修炼。"

当时，五行宗的宗主出来后，周云眼看着连怜要把丹药吃下去，没忍住走出来嘲讽，说连怜没用，要靠妙灵丹才能进阶。

妙灵丹可提升境界确实不错，上品妙灵丹更是被一些人争得热火朝天，但讲究的大宗门都不会用，因为用了它之后，会对将来的大道有影响，最明显的便是修为会停滞在合体期，频发心魔。

"是，是。"马从秋闭嘴不说了。

周云又憋不住道："传言确实不太可信，还传我们都喜欢陆沉寒呢。我们不就是多看了他几眼？"

马从秋欲言又止，师妹以前不就是喜欢陆沉寒吗？只不过后来移情别恋了。

想到这儿，他又看了一眼站在叶素和她影子里的游伏时，大师兄没说错，千机门的弟子确实一个个长相非凡。

最后周云没忍住，和徐呈玉打了个招呼，决定去五行宗看看。

叶素重新上楼，开始着手月牙铲的二次炼制，既然要拿出去卖，自然要让这法器有亮眼的地方。

月牙铲是一个十分完善的法器品类，多加或减掉上面的东西都不够好，所以叶素决定先将其材料的品质提升，最后再在上面刻符纹——幻音符。

叶素最后在月牙铲的每个环上都刻上了幻音符，加强它迷幻敌人的效果，在打斗中，圆环摇晃，法器拥有者能够攻击对手的心智。

这符不好画，结构复杂又密集，她还要在一个细圆环上刻出来，需要对灵力的控制极为精细。

叶素握着青玉镶金笔在纸上画了数遍，才敢在两个细圆环上慢慢刻幻音符。

她刻符时不敢分神，连呼吸都轻了不少，一笔又一笔。但等刻完所有圆环后，她忽然又想在柱身上加个遁地符，没别的意思，就是想给月牙铲的主人多加一个逃生手段。

柱身都加了，月牙铲的两头，一个弯月铲，一个斧形铲，不加点儿东西，似乎有点儿空。

叶素继续加符，金刚符得加上，不如疾速符也加上去？

到最后，整个月牙铲但凡是光面的地方都被她刻满了符纹，诡异又繁复。

一把符铲就此诞生。

等法器炼成之时，竟然有一道金光从天而降，径直穿过屋顶，照耀在月牙铲上，隐隐带着五彩之光，把旁边房间的徐呈玉几个人都吸引了过来。

叶素微微扬眉，有些诡异，人却没动，直到那道光渐渐消失，才伸手去拿月牙铲，触之有暖意。月牙铲弯月状的边缘被留下了一个雪花状的特殊纹路，这是天道祝愿留下的痕迹。

叶素拿着月牙铲出来时，几个人站在门外，瞬间转头看过来。

"我以为你又突破了。"徐呈玉上上下下打量完叶素后，才发现她的境界并未有波动。

"是法器，"叶素笑了笑道，"偶尔会有法器炼制完成后会有道光。在炼器师这行，管这道光叫天道的祝愿。"

"天道的祝愿？我记得有一年百青榜上有个筑基期的炼器师炼制了一把法器，看着很普通，但因为有天道的祝愿，直接被评选成前一百位。"马从秋激动地说道，"后来那个炼器师成了斩金宗的宗主。"

"这么好的法器要卖掉吗？"徐呈玉有些可惜地问。

叶素点头道："一把法器而已，有这个或许能卖得更好。"

当天晚上，叶素便拿着这把接受了天道的祝愿的月牙铲去找黄二钱。

"麻烦你帮忙出手了。"叶素道。

"顺手的事。"黄二钱把月牙铲拿在手里打量，"这上面的纹路……都是符篆？"

叶素便将每一道符篆的作用都讲了一遍。

黄二钱目瞪口呆道："这么多用处？能用得过来吗？"

"你看着卖就是。"叶素也是兴致上来，炼器画符的瘾同时起了，才将它弄成如今这副样子。

"行，行。"黄二钱拍着胸膛道，"放心，好出手得很，这种法器，一些冤大头肯定喜欢。"

黄二钱看到月牙铲弯月状的那头有个特殊的痕迹，不由得笑着道："你还做了个被天道祝愿的标志？"

以前很多炼器师喜欢仿照天道的祝愿留下的特殊痕迹，胆子大的直接喊自己炼制的法器被天道祝愿过，但实际上是不是真的试一试法器就知道了。

但凡被天道祝愿过的法器，使用起来效果会提升一倍，且使用者用起来会有一种暖意。

不过被天道祝愿的法器太少，条件也不可捉摸，后来有些人还是喜欢仿造天道的祝愿的痕迹，以图吉利。

叶素点了点头道："嗯，被天道祝愿了，叫价可以贵点儿。"

正在上下摸着月牙铲的黄二钱身体一僵，缓缓地抬头道："是真的天道祝愿？"

"真的。"叶素看他，"你可以试试。"

黄二钱突然冲上来握住叶素的手："这是天道的祝愿！！！你为什么这么冷静？！"

"天道的祝愿而已。"叶素对这种偶然性的东西并不是太在乎，得到了也不代表她的炼器实力得到了提升，"不过应该能卖个好价钱。"

黄二钱还处于震惊的状态中，脑中不停回荡着"天道的祝愿而已"，他瞪大眼睛看着叶素，干瘦的脸上都泛起了激动的红潮："什么应该？！你知不知道被天道祝愿的法器到底有多值钱？我跟你说，这次发了！"

"自己炼制出来的好法器才稳定，不用将希望寄托给虚无缥缈的天道。"叶素淡淡道，"到时候就拜托你卖个好价钱。"

"那肯定。"黄二钱快感动到流泪，"当初我还怀疑过你行不行，幸好我答应了文东材料行并入千机门。"

这又是寒晶泥，又是被天道祝愿的法器的，他跟对人了！

"放心，我一定好好卖！"黄二钱立马小心翼翼地放开叶素的手，"您这手得好好护着，这可是炼制出被天道祝愿的法器的手。"

叶素："……"

回到客栈时，叶素看到徐呈玉在大堂和陌生人说话，她微微一顿，随即回到自己的房间。

后面她才知道天道祝愿的动静被有心人看到了，不过幸而外面的人看不出具体是什么，徐呈玉上去挡了挡，说是自己顿悟，才引发了异象。

"你暂时不想让人知道，所以我自作主张挡了。"徐呈玉回来解释道。

"多谢徐兄。"叶素道谢，看了一眼站在他背后的马从秋，"周云还没回来？"

"还在五行宗。"徐呈玉道，"不知道连怜结婴能不能成功。"

结婴时间不定，全看个人。

没几天，一把拥有天道祝愿、还刻满符箓的月牙铲横空出世，由木几大师亲手制作，通过公拍的形式出售的消息，在修真界传遍了。

黄二钱极会造势，用积攒多年的人脉，悄悄找人用溯洄影像拍了个修士使用月牙铲的过程，发在了公共频道，同时说明这把月牙铲三天后进行公拍，价高者得。

他让"木几大师"再一次进入大众的视野，说大师不为钱，只为了让所有人都有个机会得到好法器。

哪怕有人嗤之以鼻，但还是有相当多的人心动，想要拍下月牙铲。

三天后，传讯公频快被挤爆了，只为了竞拍月牙铲。

叶素原本想上去看看，结果被挤下来了，她的传讯玉碟太差了。

她最后还是借着徐呈玉的传讯玉碟看完了整个竞拍过程，月牙铲的起拍价是一万上品灵石。

价一出来，不少人觉得太高了，一把月牙铲而已，虽然威力不错，还加了各种乱七八糟的符箓，还有天道的祝愿，但一万上品灵石太高了。

结果等一开拍，加价加得飞起，价格不停往上蹿。

最后月牙铲被一个叫"合欢宗不要丑八怪"的人拍出了五万上品灵石的高价。

黄二钱看到这个名字，脸都青了，叫这么直白的名字，还能拿出来五万上品灵石，不用想对方肯定是合欢宗的人。

不过，他不和钱过不去，接下这个竞拍价，最后结契成功。

合欢宗的那个人十分迅速，问了地址，直接用传送卷轴就传送过来了，看到黄二钱，顿时嫌弃地捂住眼睛，说道："怎么又是你？"

"五万灵石。"黄二钱伸手道。

对方扔过来一个灵石袋："五万灵石，我的月牙铲呢？"

黄二钱用灵识探了探，确定是五万上品灵石，便将月牙铲交给了对方。

"这月牙铲长得不错，我还是第一次见到有天道祝愿的法器。"对方把月牙铲拿在手里就说了这么一句话，便消失原地。

黄二钱："……"

算了，有钱的就是大爷。

黄二钱打开灵石袋，看着里面的灵石，顿时咽了咽口水，这些灵石应该是合欢宗从自己的灵脉上采下来的，个个形状统一漂亮，一看便知道灵气充沛。

他很快赶到客栈去见叶素，将灵石交给她："五万灵石，被合欢宗的亲传弟子买去了。"

叶素没想到这么快就能拿到灵石，拿出两万上品灵石交给黄二钱："一万送去千机门，另一万是你的。"

黄二钱原本正要接过来，闻言又停下来，想要拒绝："我没做什么……"

"以后文东材料行也是千机门的一部分。"叶素看向他，"卷轴不是被抢了？以后你待在材料行也需要灵石购买材料，这一万先用着。文东材料行发展起来，我们也好做事。"

黄二钱沉默良久，郑重地将灵石接了下来，鞠躬道："定不会辜负叶主的期望。"

叶素皱眉转到一旁，将人扶起来："不至于，你我都是千机门的人。"

黄二钱的眼睛转了转，嘿嘿一笑，然后无耻地喊了一声："叶师姐说得对。"

叶素："……"

"行了，你去忙你的，我们也快去吾剑派了。"叶素摆手道。

"得嘞。"黄二钱浑身又充满了干劲，神气地离开了客栈。

叶素手里还有三万上品灵石，她低头看了一眼，总觉得灵石来得有点儿快。

她自己觉得这月牙铲不值这么高的价格，公拍她也看了，后面价格之所以飙这么高，是因为那个叫"合欢宗不要丑八怪"的人和另外一个匿名的人一直在竞拍。

当时叶素都以为匿名的那位是黄二钱找的人，不过刚才问过了，不是他安排的。

传送阵的费用早够了，叶素还拿出一万上品灵石还给了马从秋。

"你们炼器师炼一把好的法器真值钱。"马从秋感叹，"我那两万上品灵石都是这些年一直出任务攒下来的。"

叶素笑了笑，这也是她头一回得了这么多灵石，往年他们千机门连发布任务的机会都没有，毕竟掌门压根没有灵石发放。

月牙铲这件事并没有过去。

当天晚上一过，修真界便大肆流传一个消息：木几大师是斩金宗的人。

第二天早上，叶素一起来便在客栈一楼听见不少人在讨论这个消息。

"我就知道木几大师是斩金宗的人，其实我最开始怀疑他是斩金宗的那两位弟子。"

"那么早就怀疑了？你可真敏锐。"

"那可不，你想想如今哪个炼器师不图名声，也就是斩金宗的炼器师敢隐姓埋名做好事了。"

"天道祝愿，最近这几百年来，也就斩金宗的宗主一个人有过吧。"

"不止，我听说斩金宗其实还有几位厉害的炼器师曾经炼制出过有天道祝愿的法器，还有人说这月牙铲就是斩金宗的那两位天才合炼出来的试手法器。"

"真的假的？"

"合欢宗不就把那法器拍走了吗？花了五万上品灵石！肯定是提前得到了什么小道消息。"

叶素站在楼道间，听着楼下的议论，脸色难得一见地沉了下来。

才短短几天，木几大师出自斩金宗的传言愈演愈烈。

斩金宗那边既没有人承认，也没有人否认，这种暧昧的态度让外人更加相信木几大师和斩金宗有关。

黄二钱都没能阻止流言的散播，他在传讯玉碟上恼火地说道："能在这么短时间传遍修真界，我不信没人在背后捣鬼。"

他明明放出消息，澄清木几大师不是斩金宗的人，偏偏没人信，还说斩金宗那边故意让他这边否认。

"斩金宗想蹭名声罢了。"叶素面无表情地直接道。能联合全典行封杀千机门的宗门，想来也不会是什么善茬儿。

"这么大的门派还要做出这种无耻的事。"黄二钱出离愤怒了，"脸都不要了。"

叶素垂眼看着自己手指，淡漠道："大概想要为谁造势。"

还有一年多要宗门大比，大比之后不少宗门的弟子的法器或多或少会出现问题，到时候名声最大的炼器宗门自然可以和这些宗门的弟子搭上关系。

这种紧要关头，斩金宗又怎么可能放任木几大师横空出世？

木几大师不出头便算了，若真出来说自己不是斩金宗的人，怕过不了多久也将被打压下去。

想到这儿，叶素身上的冷意又重了几分。没有足够的实力，他们只能任由人欺负。

她看向黄二钱："这段时间低调一点儿，不用去着急否认，他们造势越大，摔下来只会更惨。"

"你……"黄二钱犹豫地问道，"炼器期间用了溯洄影像吗？"

"没有。"虽然全嘉英给了她溯洄玉盘，但她一直不习惯用，炼器的想法上来了，脑中只剩下法器的结构，根本记不起还要开溯洄玉盘，"不过有之前炼制月牙铲初版的溯洄影像。"

这月牙铲用的材料和普通月牙铲不同，配比是叶素自己算出来的，但凡懂行的炼器师一眼便能看得出来，即便后期法器进阶，还加了一堆乱七八糟的符箓，但核心未变。

"那就行。"黄二钱稍微放下心。

等到晚上，叶素还未准备去联络全嘉英，便先一步收到了全嘉英发来的讯息。

叶道友，近来安好？恭喜你得到天道的祝愿。

全嘉英的话直白又简单，第一句便让叶素笑出了声。

有关斩金宗的传闻，我们都听到了，之前你炼制月牙铲的溯洄影像我已拷

制万份，你有需要说一声，万份溯洄影像随时可发向各大宗门。

叶素的嘴角忍不住上扬，全兄的手段未免粗暴了些，她喜欢。

叶素点开传讯玉碟，将自己的话发过去：

> 多谢全兄好意，还请保存好万份溯洄影像，宗门大比之时，我会用上。

等宗门大比开始，斩金宗想要打压她，也要看看其他宗门的修士愿不愿意，没人不想要好法器。

因为黄二钱那边没了动静，修真界越来越多人认为木几大师就是斩金宗的人，慢慢到最后，几乎所有人都确信木几大师其实是斩金宗的那两位年轻天才炼器师。

自此斩金宗的花代玉、左文宣和木几大师紧紧地捆绑在一起。

叶素一行人离开归宗城的前一天，连怜结婴成功了。

五行宗上，金光异动，高空甚至隐隐有雷鸣之声，将下面一众人看呆了，他们心中不约而同地有一个疑问：这是一直嗑药的人能引出来的异象？

"这结婴太轰动了。"马从秋仰头看着远处的金光雷鸣，"想不到连怜还是有几分本事的。"

这时候，只有金光笼罩下的连怜知道自己的处境有多危险。

本相初现，元婴待结，但她的心境太不稳了。

无数过往从心头掠过，像是梦魇缠绕着她不放。

从一开始她成为天才符修的意气风发，到后面她发现修真界没有任何符师成功飞升过，因为对大道飞升的执念，她私下弃符练剑。

因为独自练剑，试图以剑证道，她到处去猎杀妖兽，反而被妖兽捉住重伤戏弄，一双手被完全剥皮捏碎。

若不是程怀安找来，她连活都活不下来。

即便活了下来，找了最好的医修将手指碎骨一点儿一点儿复原，连怜也永远忘不了亲眼看到手指被剥皮捏碎的场面。

不用谈拿剑，她甚至再也无法握住笔。

父亲对这一切都不知晓，只以为他的女儿小时了了，为了不丢五行宗的宗主的面子，千方百计找来妙灵丹，要她吃下。

既然拿不起剑，握不了笔，她也没有什么大道可言，吃下妙灵丹对大家都好。

金光下的连怜额头上布满汗珠，刚形成的神识不受控制地往外掠去。

门外站着她的父亲，他满脸的骄傲和激动之色，连怜的神识几乎没有多停留便继续往外扩。

她"看"到了程怀安还有……周云。

那两个人并排站在较远的地方，远远朝着连怜的闭关处看去，脸色凝重。

连怜忽然顿了下来，她还记得程怀安抱着她去找医修，每日每夜陪在她的身边，既要安抚她，还要挡住五行宗那边收到消息。

那时候……他也不大，不知道为什么可以那么稳重，明明也是个叛逆心极强的人，大概全靠扮老、卖符发泄了。

金光中的连怜面容渐渐平缓下来，甚至带了些笑意，神识再落在周云的身上。当年是周云拦住她吃妙灵丹，把她骂得狗血淋头，两个人从此不再交好，偏偏这时候周云还要跑来五行宗，眼中的担忧之色掩都掩不住。

神识越来越快地扩展，甚至跃出了五行宗。

连怜看到了太多人，城中那些符修脸上的神色不一，但每一张脸上的神情都有对大道充满的希冀和期待。

她看到了客栈外的徐呈玉、马从秋，还看到了叶素。

叶素，一个奇怪的人，身上始终带着一种笃定，似乎没有什么她做不到的事，会炼器还会画符，那种对符箓的敏感，甚至比当年的她还要强上不少。

连怜的神识落在叶素掌中的手札上，那是屠前辈的东西。

屠世前辈金丹被毁，差点儿命丧荒城秘境，却又努力地活了下来，甚至重结金丹，现本相元婴，乃至到了合体期。

他明明熬了整整两百年，在有出去的机会时，却为了让他们离开，牺牲了自己。

有那么多人在帮她，她还有什么理由自怨自艾？

叶素背后的房门打开，游伏时从里面走出来，撩起眼皮，淡淡地朝虚空处一瞥。

金光中的连怜身体一抖，神识瞬间归位，却没有就此结束。

"快看！"

街道上越来越多的人走了出来，朝五行宗的那个方向看去。

"什么情况？金光越来越盛了！"

"是再次突破。"有厉害的修士懂，不由得感叹道，"竟然连升两阶，她不愧是五行宗之女。"

"她不是嗑药嗑出来的？这次多半是嗑了什么厉害的丹药吧。"

"无知，这异象又怎么会是靠丹药出现的，除非五行宗的宗主找到了神品丹药。"

神品丹药只存在于神殒期前，如今哪里会有这等品级的丹药，即便是有也不会给一个黄毛丫头吃，随便哪个大能吃了，恐怕都可以雄踞一方。

叶素朝站在楼上远远望了一眼，便收了目光，回头看向刚从房间内出来的游伏时："饿不饿？"

小师弟当即伸出手，放在大师姐的面前："饿。"半点儿没有不好意思。

叶素拿出一瓶辟谷丹和百枚上品灵石："新买的辟谷丹，听说等级不错，试试。"

"你有钱了？"游伏时接过凡人手里的丹药瓶和灵石，多问了一句。

叶素微微扬眉，小师弟总算有点儿进步，知道人间疾苦了："目前赚了点儿钱。"

"等我的东西找到了。"游伏时大方道，"给你灵石。"

明明他连自己要找什么也不知道，叶素并未当真："行，我等着。"

当天晚上，连怜再一次进阶，从金丹后期升到元婴中期，归宗城内一片哗然。

五行宗的宗主大喜，连夜发了庆贺帖给各大宗门炫耀。

连怜一出来，他便上前说她不愧是自己的女儿。

"父亲，您当年在百岁之后才结的婴，我们可能不太一样。"连怜冷漠道。

五行宗的宗主脸色变了变，但这时候他长脸，不介意连怜话中的讽刺之意："如今年轻一代中元婴境界的屈指可数，你还是头一个连升两阶的人，宗门大比你定能取得好成绩，好好练符道。"

连怜泼冷水道："离宗门大比还有一年多的时间，期间不知道还会有多少天才冒出来。"

"你……"五行宗的宗主的脸色终于有点儿难看起来。

"宗主，师姐刚刚进阶，应该有些累了。"程怀安走过来，"不如先让她好好休息。"

"怀安，还是你懂事。"五行宗的宗主叹气，对连怜指了指，挥袖离开。

将人送走之后，程怀安才重新回来。

"周云呢？"连怜站在庭院中问他，她还记得神识外放那会儿看见了周云。

"她回吾剑派了，是徐呈玉过来接她离开的。"程怀安说完顿了顿，又认真地说道，"师姐，恭喜。"

"我练不好剑。"连怜突然道。

程怀安不语，安静地等着她后面的话。

"但我还可以画符。"连怜明艳的脸上迸发出让人炫目的神采，"所谓大道飞升，万年来也只有寥寥数人，我不一定要做这些人才过得好。"

　　程怀安嗯了一声："我陪你。"

　　"到时候你可以变成真正的老头子。"连怜露出笑，"下次我也试试扮老婆子是什么感受，有人发现过你吗？"

　　程怀安点头道："上次贴了改容符，被人发现过。"

　　"你的改容符没画好？"连怜道，"下次我来画。"

　　"好。"

　　"谁发现你了？"连怜好奇地问道。

　　"叶素。"

　　"叶素？那是什么时候的事？"

　　院中两个人的交谈声许久后才结束，而被谈论的人已经坐上传送阵，往吾剑派赶了。

　　修真界的出行方式多样，御剑、辰飞兽、用传送卷轴、坐传送阵，还有一种飞舟可乘。

　　前两种方式自由度最高，传送卷轴和传送阵一般有限制，固定了目的地，至于飞舟……一般都是大宗门办什么大型活动时用，比如之后的宗门大比，其他宗门要赶去昆仑，势必会用上飞舟，载一干弟子过去，算是一种门面。

　　这是叶素第一次坐传送阵，感觉还是颇为奇妙。

　　卷轴比传送阵要快，能直接将人送到目的地，传送阵要慢不少。

　　他们交完灵石后，站在传送阵内，负责启动传送阵的修士境界都在化神期以上，灵石都是给他们。

　　待传送阵启动后，地上生起光，将所有人笼罩其中，包括三位共同起阵的修士。

　　叶素只觉得眼前一阵模糊，他们周围的空间开始扭曲，似乎在穿梭，但速度太快，根本看不清周围的景象。

　　"传送阵是以法阵破空，移动到目的地。"徐呈玉看叶素一直打量周围，便解释道，"卷轴本身就是大能破开的空间，直接进入便能到达目的地。"

　　这也是卷轴更珍贵的原因。

　　因为能做法阵的人多，而卷轴一般只能由大乘期的修士来做。

　　即便在大宗门内，大乘期的修士也是有头有脸的人物，自然不可能轻易出手，除非给自己宗门的弟子做。

　　叶素若有所思地点头，视线落在法阵内三位化神期的修士身上，大概明白了。

　　这传送阵相当于一种法器，修士驱阵便像是在用法器，带着他们不断破开空间，最终到达目的地。

　　传送阵要比御剑快，且每次能传送上千人，大概一天的时间便到了，停在图首城外。

"到了。"负责传送阵的修士只带一趟，便下去和图首城外守着的其他修士轮班。

马从秋走到图首城门口，颇为怀念地说道："终于回来了。"

以往出去还没有这么深的感受，这次差点儿命丧荒城秘境，他格外想念吾剑派。

"本来还说去荒城秘境中历练，结果我们的境界还在原地不动。"周云叹气，"到时候去参加宗门大比要垫底了。"

徐呈玉笑了笑，安慰道："还有一年多，没有谁的境界能一个月升上去的。"

"大师兄说得对。"周云突然振奋起来，"那我继续努力，连怜都能升到元婴中期！我要超过她！"

"连怜一下子连大师兄都超过了。"马从秋在旁边补刀，"你，难！"

周云扭头瞪他："你烦死了。"

"走吧。"徐呈玉看着师弟师妹拌嘴，笑着道，"该回门派了。"

"哦。"

两个人齐声应道，跟着往图首城内走去。

叶素落在后面，回头看着不想走路的游伏时，伸手将人牵了过来："图首城内不允许御剑。"

他们在传送阵内站了一天，难为成天不是坐就是躺的小师弟了。

归宗城到图首城的人不少，传送阵为了尽可能带人，所有人都站着，人与人之间相隔不过一拳距离。

游伏时想要拉着叶素一起坐在地上都不行，当然拉她坐下只是为了用大师姐的衣服下摆。

"以后有钱，大师姐给你专门弄一艘大飞舟。"叶素夸下海口。

游伏时抬眼看她，这才勉强愿意跟着叶素往城内走。

徐呈玉才到吾剑派的山脚下，整个门派便知道大师兄回来了，老远有人冲过来喊。

"大师姐！"

"大师兄！"

一群人从远处山上冲下来，有半空御剑的，还有路上跑的。

不过最先冲到前面的人竟然不是吾剑派的弟子，而是御剑飞下来的易玄。

山下的几个人远远看到明流沙双手扒拉着易玄的剑柄，西玉抱着明流沙的腿，而夏耳则紧紧抱着西玉的腿，三个人像是串冰糖葫芦一样，串在一起，跟着荡过来。

中间明流沙还摸出来一张明显是叶素画的疾速符，往易玄的剑身一贴。

叶素清晰地看到易玄的剑身猛地往前一蹿，他张开双臂才勉强维持住身形。

很快易玄便率先停在几个人的面前，他收剑下来后，也不开口喊人，只看了叶素片刻，才道："我升到金丹后期了。"

旁边的周云立马戳了戳徐呈玉道："大师兄，真有人进阶论月来的。"

徐呈玉："……"

这大概就是人比人气死人，货比货得丢货。

"我也到金丹期了！"夏耳紧跟着道。

"我也是！"西玉举手，"不过是金丹前期。"

"金丹前期。"明流沙慢吞吞道。

马从秋只觉得震撼无比："我们出去历练一回都没进阶，你们做了什么，升得这么快？"

"我们炼了很多法器。"夏耳兴冲冲道，"你们吾剑派的灵气太足了，每天醒了就能修炼，睡觉都能吸收灵气。"

叶素的目光落在师弟师妹的眼下，果然他们一个个眼下青黑，显然不知道有多久没休息了。

"今天晚上回去好好休息。"叶素对明流沙三个人道，"不必这么急。"

"大师兄，你们从荒城秘境回来了！"后面那些吾剑派的弟子也赶了过来。

人群自然而然地分成了两群，叶素朝徐呈玉点了点头，伸手拉着游伏时，带着师弟师妹往门派内走。

易玄一个人默默地跟在后面，也不再说话。

"金丹后期，快到元婴期了。"走到半路，叶素回头问易玄，"宗门大比去不去？"

易玄抬眼看她："去。"

"正好，我也参加。"叶素转身继续道，"不过得先拿到通行单。"

图首城和归宗城等都属于东方位，到时候要共同瓜分一千个名额。

"嗯。"

走在中间的明流沙三个人自动落后，让易玄走上前到叶素的左手边。

"剑练得怎么样了？"叶素偏头问他。

易玄垂眼，看着脚下的石子路道："二师父说还行。"

"二师父，辛沈子？"叶素诧异地问。

"嗯。"

两个人一直在交谈，被叶素的右手牵着的游伏时不太高兴，这个凡人今天啰里啰唆的。

他转头看了一眼旁边的易玄——长得妖里妖气的，难看！

易玄察觉什么，转头便看到那个师父新收的小师弟在看自己，他的目光落在游伏时被牵住的手上，眼中掠过一丝嘲讽之意。

新小师弟倒是和大师姐关系融洽，连其他师兄师姐都没有过这么好的待遇。

"小师弟的手断了吗？"易玄佯装不懂地问道。

"什么？"叶素不解地回头，顺着他的视线看去，才明白他是在说游伏时，"小师弟站一天站累了。"

易玄十分不解，修道之人何谈累？还只是站。

"大师姐，溺爱于修道无益。"易玄意有所指。

叶素沉默。

此刻叶素站在中间，两边站着新旧小师弟，内心觉得旧小师弟说的话十分正确，自己老牵着游伏时，确实不太像样。

她正准备松手，右边的游伏时忽然反抓住她的手，看向半空中其他御剑的人道："叶素，这里没有飞舟，但可以御剑。"

不久前才夸下海口有钱要给小师弟造大飞舟的叶素顿了顿，道："行，我带你上去。"

于是，叶素不再牵新小师弟，改成游伏时站在后面拉着大师姐的衣服。

"大师姐也站了一天，我御剑带他上去。"易玄想要伸手将游伏时一把拉下来，却被游伏时躲开了。

游伏时瞥了他一眼，站在叶素背后，无声地说了一句话："丑人事多。"

易玄握紧剑，仿佛下一刻便会抽出剑来对着他劈去。

"大师姐，你们先去休息吧。"夏耳上前拦住易玄道，以防发生同门相残的情况。

等叶素和游伏时离开后，明流沙才走近一步，慢吞吞地说道："新小师弟比你命好。"

西玉撞了撞明流沙，解释道："是小师弟平时就这么懒习惯了，大师姐也治不了他，才随着他。"

"没错，你可是千机门第一个升到金丹后期的弟子。"夏耳与有荣焉地说道，"到时候你和大师姐一起拿到通行单去宗门大比，我们都在下面看着。"

易玄眉心的红痣艳了几分。他抬眼问："小师弟不参加？"

夏耳挠头道："他应该不参加吧，我没看出小师弟有什么本事。"

"睡觉。"明流沙在后面慢慢地补充。

"对，小师弟挺能睡的。"夏耳点头赞同，"能从早睡到晚，从春睡到冬。"

连西玉都忍不住加入讨论当中："比睡，小师弟一定能拿头名。"

原来小师弟是个完全没用的人，易玄垂眸扬唇，不再计较刚才发生的事。

"完全没用的人"此刻进了房间，又准备睡觉，手上还握着雾杀花，仿佛那是个伴睡宝物。

游伏时的手微微一挥，周围便陡然升起一层透明的结界，他半趴伏在床榻上，墨发散披在肩上，宛如上好的绸缎。

良久，床榻上的人突然消失不见，只剩下紫色的衣袍还在，雾杀花孤零零地转着，像是临时从手上掉落。

随即一条黑色尾巴从衣袍底下伸出，钩住雾杀花。

衣袍下面一条和雾杀花几乎一样的小黑蛇缠住手环，张口咬了咬雾杀花，片刻后又觉得无趣，便只缠着手环，一起睡着了。

若有人看到衣袍下面的一幕，恐怕会以为是蛇型手环上，又缠了一个蛇型装饰。

黑色小蛇身上淡淡的紫气一点点往雾杀花上渡去，有什么在渐渐发生改变，但表面上看似乎又什么也没有发生。

隔壁房间的叶素早进入了黑暗界中，她在学符，界中的符墙已经出现三面了。

她要明流沙几个人多休息，实际上她自己休息的时间也不多，炼器和学符每一样都没落下。

千机门还没有崛起，他们需要积蓄实力，才不会任人宰割。

第三面符墙上的符箓明显更加复杂，叶素却觉得简单。

自从在荒城秘境的那个界内补完石碑上的符纹后，她看符箓的水平似乎提高了不少，有时候入定了，脑海中还总会出现石碑上的那些符纹。

站在符墙面前，叶素点开符箓，一个一个画起来，这一画又是几天才出来。

期间徐呈玉也来看过她，大概猜到她在入定修炼，只在外面和明流沙他们说了几句话便离开了。

"所以说，小师弟能睡。"夏耳坐在院子内的桌前摇头，"大师姐修炼几天，小师弟就能睡几天。"

"说不定小师弟醒来就进阶了，像上次无声无息地到了金丹期一样。"西玉托腮道。

三个人到了吾剑派没日没夜地修炼，有一部分原因是受了小师弟的刺激。他们因为没有到金丹期，所以无法跟着大师姐一起进秘境，但小师弟到了金丹期，当时就能跟着大师姐一起去秘境。

"师弟，你练完剑了？"夏耳看着站在院门口的易玄，挥手打招呼。

易玄从外面进来，着一身黑色劲装，腰线收得极紧，身上还带着练功后的热气。

少年的身形略显单薄，却充满了力量，一头长发束得极为规整，面容沉静，只不过眉心那颗痣太过艳，让他身上这份沉静冷淡之感被冲淡了几分。

易玄看向叶素的房间："大师姐还在入定？"

夏耳连连点头，信誓旦旦道："我猜大师姐肯定要进阶。"

这次几个人从荒城秘境中出来，除了五行宗的连怜进阶了，其他人都没有动静，难免让人多想。

徐呈玉那边已经将秘境中发生的事告诉了师父和长老，易玄有个吾剑派的师父，自然也在第一时间知晓他们在荒城秘境中遇到了危险。

他没想到叶素对符箓的天赋高到能和五行宗的两名亲传弟子相比，从小到大，似乎没有大师姐做不到的事。

"小师弟日日睡觉，总不好。"易玄的目光落在隔壁的房门上，自从游伏时出现，易玄便十分讨厌这位新小师弟。易玄绝不会承认自己是因为被游伏时抢了小师弟的位置，才讨厌他。

"可能睡觉是他修炼的功法。"明流沙仰头喝完一杯灵茶道，"像龟息功。"

"我从未见过这种功法。"易玄脚步一抬，转而朝游伏时的房间走去。

院子里的三个人也不阻拦，甚至同步站了起来，紧跟在五师弟后面，探头探脑地试图看看里面的小师弟在干什么。

"这不太好。"西玉流于表面形式地阻拦。

"万一小师弟真在修炼，打扰了不好。"夏耳也"努力"劝道。

至于明流沙最直接，假装摔了一跤，跌在易玄的身上，让他更快向前推开门。

房门打开的瞬间，游伏时从床上懒懒散散地起来，半靠在床头，转头看向外面的四个人，皱眉吐出一个字："吵。"

西玉第一个捂着鼻子转身："小师弟，对不起，我现在就走。"

她没走成，撞上了叶素。

叶素一出来便看到这几个人围在隔壁房门前，便走过来，问道："你们在这儿做什么？"

"五师弟说要喊小师弟起来。"明流沙飞快丢下一句，便逃了。

西玉和夏耳有样学样，脚底抹油跑得飞快，门口只剩下易玄和叶素。

叶素朝屋内看去，便看到小师弟一身紫色外袍松松垮垮地套在身上，墨发散乱得到处都是，偏偏那张脸极清贵矜持，两相交织有种说不清的魅惑感。

无论是他的脸还是修长的身形皆惑人迷心，难怪西玉捂着鼻子落荒而逃，不过大师姐早看习惯了。

"睡了几天？也该起来了。"叶素平静地对房内的游伏时道。

游伏时勉强听这个凡人的话，缓缓站了起来，举手投足间带着慵懒散漫之意。

易玄的视线掠过游伏时，最后落在叶素的脸上，她竟然没有半点儿不悦，似乎对方不搭话是一件极为寻常的事。

在千机门内，易玄从未睡过一次懒觉，他要强，从不想认输，还时常想要比叶素修炼的时间长。

易玄未想过有一天会多出一个小师弟，对方不仅不修炼，还理直气壮地睡懒觉，偏偏大师姐听之任之。

"既然是千机门的弟子，该按时晨起修炼。"易玄看向叶素，一板一眼道，"大师姐，这是以前你说的。"

叶素："他……修炼的方法和常人不同。"

她能对一只妖有什么要求？

这时，游伏时已经走了过来，他的衣袍松松垮垮地披在身上，看也不看易玄，仿佛完全没有听见刚才门口两个人讨论的对象是自己。

他径直朝叶素走去，伸出修长白皙的手，甚至不用开口，大师姐便拿出一把灵石，塞给小师弟，顺便抬手帮他把快滑到颈肩的衣服拉上来——实在有碍观瞻。

易玄沉默地看着这两个人的一举一动，难以忽略心中烦躁的情绪，这两个人之间的氛围似乎所有人都插不进去，原来有人可以不修炼便能轻易得到叶素所有的关注。

"这个给你。"叶素分出五千上品灵石递给易玄，"留着用。"

易玄回神，看着面前的灵石袋一愣，片刻后，他偏头看向院外："我不需要。"

"这里灵气虽然充沛，但也需要花销，正好前段时间我赚了一点儿灵石。"叶素道，"我来之前打听过了，吾剑派可以接任务挣灵石，但这段时间你还是好好花时间修炼，准备拿到通行单。"

五千上品灵石并不算少，每次她给游伏时也只给十枚，最多也就是一百枚。但叶素考虑到易玄如今待在辛沈子门下，开销比他们要大，所以多给了他一些。

"前几天忘了这事，一直拖到现在。"叶素将灵石袋扔到易玄的怀里，"拿着。"

易玄拒绝的话到了嘴边，目光触及游伏时，反而将灵石收了起来，还特意多看了几眼游伏时手中的灵石，不过几枚而已。

"徒弟！"辛沈子不知道突然从哪儿冒出来，不满道，"二师父的灵石不收，你师姐的灵石就可以收，怎么还区别对待？"

正如叶素所想，作为一峰的亲传弟子，易玄有一些必要的花销，辛沈子几次三番塞灵石，他都没收，而是自己在吾剑派替人做事换取灵石。

辛沈子从自己的乾坤袋中掏出几袋灵石，全塞给易玄："今日我的灵石你必须得收。"

易玄："……"

辛沈子觉得不甘心："喊二师父也就算了，怎么师父给徒弟一点儿东西都不行？如今吾剑派上下都以为我虐待弟子。"

"二师父。"易玄看到辛沈子，颇为头疼。

辛沈子行事张扬，总带着他在吾剑派"呼风唤雨"，对易玄而言实在需要克服心理障碍。

叶素望着易玄，眼中闪过兴味，这才不到一年的时间，他的情绪开始慢慢外露了，也是一件好事。

易玄太认死理，又犟，还喜欢将所有情绪藏在心中，太容易钻牛角尖。

希望如今辛沈子能感染得他外放一些。

"反正老子的徒弟，不能没有好东西，你全都收着。"辛沈子拍着易玄的肩膀道，"徐呈玉他们也都回来了，这段时间你和他们对招，我已经打好招呼了。"

千机门的四个人自幼长在没有灵脉的千机门中，境界一直被压制，如今来到灵气丰盈的吾剑派，像是被浇灌的苗，成长得极快，不过境界虽升了上来，但缺乏一些经验。

前段时间，易玄挑战了吾剑派各峰上的弟子，但最厉害的徐呈玉几个人外出没回来。

"我今日便去。"易玄余光瞥向游伏时，"大师姐可以过来观战。"

看看他这么长时间的进步，再想想新来的小师弟如何没用。

叶素自然答应，至于某位被针对的小师弟，完全没有明白其中的含义，甚至有些想打瞌睡。

下午，吾剑派的练剑场上空出了一大片，中间站着徐呈玉和易玄二人，底下一群人在围观。

"大师兄打他！"

"大师兄必胜！"

类似的喊话层出不穷。

吾剑派上下的氛围不错，按理来说没有那么排外，叶素见到如此一致的口号，不由得皱眉。

"大师姐，你在外面那段时间，五师弟把吾剑派各峰上的弟子挑战了个遍。"夏耳悄声道，"每赢一个，他的师父辛沈子就到处喊话，所有人心中都憋着一口气呢。"

大概这是辛沈子第一次收徒，对易玄的每一场比试都不落下，打完之后，还非得点评一番。吾剑派的那些弟子被一个练剑没多久的新手打败，再被他的师父评判，心中难免郁卒。

叶素眉心微松，看向台上的两个人。

徐呈玉穿着天蓝色的剑影道袍，手握剑柄，气宇轩昂。易玄则着一袭黑色长袍，长袍前后简单绣有"千机门"三个字，身形稍显单薄，整个人却似一把即将出鞘的剑，顶天立地站在场中央。

"易师弟，请。"徐呈玉微微拱手。

话音刚落，两个人便骤然拔剑，两道剑意于场中顿现。

剑意随心，可攻可守。

易玄最初甚至无法形成剑意，他的心思纷杂，又拘泥于自己的世界，即便有辛沈子指导，形成的剑意也总不尽如人意。

在辛沈子看来，易玄的剑意不够宽阔潇洒，甚至有些阴鸷，可是他太喜欢这徒弟在生死一线时露出来的不甘和渴望，所以他一次又一次挥剑指导，再让易玄去和其他峰的弟子比试。

也不知道从什么时候，易玄的剑意渐渐变了。

冷、煞是易玄的剑意给人最初的印象，但仔细看，又会察觉其中还带着一丝若有若无的朝气。

辛沈子双手抱臂，在心中点头，这才该是少年人的剑意。

再看徐呈玉的剑意，竟然和以前也有相当大的变化。

坚定锋利时似乎可以破万物，但挡住易玄的剑招时，又变得浑厚，似乎可以包容一切。

辛沈子放下双手，若有所思地朝叶素那边看了一眼，陪着他们一起出去，想来徐呈玉收获不少。

徐呈玉竟然能在剑意上进步如此之大，浑厚又坚定，这份道心难得。

场上两个人已经再度交锋，剑与剑之间擦出火花，如出一辙的剑招，只不过一个更加熟练，另一个大胆又莽撞。

辛沈子看了一会儿，即便徐呈玉还是金丹后期，凭着剑意，照样能赢，更何况他此刻已经是元婴前期修为了。

"周云，三轮过后，你上去和老子的徒弟打一场。"

"哦。"旁边的周云听到辛长老的话，应道。

"之后马从秋再上去。"辛沈子补充道。

"车轮战不好吧。"马从秋犹豫着道。

辛沈子看他："你不上去？"

"上，我上。"马从秋立刻举手，生怕举晚了被辛长老记仇。

台上徐呈玉的剑仿佛一湾水，易玄冰冷带煞气的剑意碰上去，不是被挡开，便是被化开。

易玄从来不放弃，一次又一次重复挥剑，却被徐呈玉找到破绽，一剑挑了。

锵——

易玄只觉握剑的手一麻，再也无法动弹，下一刻徐呈玉的剑尖便刺向他的喉间。

场中一片寂静。

片刻，徐呈玉放下剑，拱手笑着道："易师弟，剑招还有待熟练。"

易玄垂眼看着地面，他讨厌输，讨厌失败，尤其下面站着千机门的人。

他甚至只接住了徐呈玉的一招。

易玄余光看向场下叶素在的方向，她后面的明师兄三个人都对他抬手竖起大拇指。

这有什么好称赞的？他输了。

虽这么想着，易玄心中堆积的压抑情绪却消失了。

"换人。"辛沈子示意周云上去。

等徐呈玉下来后，辛沈子看他："出去一趟，进步不少。"

"辛长老过奖。"徐呈玉笑了笑，"易师弟也进步得很快。"

"老子的徒弟当然进步快。"辛沈子得意道，随后又说，"信不信过不了多久，他能追上你。"

"信。"徐呈玉站在叶素那边，转身看向场上。

辛沈子看向叶素："听说你们在荒城秘境中遇到了屠世。"

"前辈认识屠世？"叶素转头问道。

"以前见过几次面。"辛沈子眼中怅然，"还不如不知道他的消息，两百年了，他最后还是留在了荒城秘境。"

"我听说周宗主已经派人告知了万佛宗。"叶素询问，"那边有什么反应？"

虽然徐呈玉向宗门告知了屠世的事，却没有将那本手札的事一起说出来。当时屠前辈并没有说要将手札交给万佛宗，徐呈玉觉得还是由叶素自己处理更好。

"能有什么反应。"辛沈子冷嗤一声，"屠世又没活着回来，他们都准备选新佛子了。"

叶素的指尖碰了碰自己的乾坤袋，里面还留着屠前辈的法阵手札。

"屠世前辈可还有什么亲人？"叶素问道。

辛沈子的目光落在场上的两个人的身上，随口道："没有，屠世流民出身，为了吃饱饭才意外找上了万佛宗。"

万佛宗……

叶素手里有两样东西，一样是神殒期前的法杖，另一样是屠世前辈留下的法阵手札。

她要想想，如何处理这两样东西。

这时候，场下一片惊呼，原来是周云将易玄的剑砍断了。

易玄先是和元婴期的徐呈玉对招，紧跟着周云又上来，她的剑招凌厉，易玄同样毫不收敛，招招冷煞。

两个人境界相当，只不过还是同样的问题，无论是剑招还是剑意，易玄都不如周云纯熟，但他招招都全力以赴，从不留手。

被易玄逼急了，周云出招的力道未控制好，一剑全力劈下去，便斩断了他的剑。

断剑对剑修而言是一件不小的事情，周云当即便停手道歉："我没控制好，抱歉……"

易玄半跪下将那半截剑捡起来，这是师父送给自己的剑，他记得那时候师父很高兴地对自己说的话。

"小易玄也终于有了自己想走的道，不炼器也没关系，以后就练剑。"

这把剑很好，至少锻造技术够强，才足以让易玄撑了这么长时间，只不过材料不够上等，比不过周云手上的那把剑。

场下，徐呈玉的手一动，拿出自己的剑，飞到易玄的面前："易师弟，先用我的剑。"

易玄偏头第一眼看的不是徐呈玉，也不是辛沈子，而是旁边的叶素，手中紧紧握着断剑。

"继续比。"叶素对上易玄的眼睛道。

易玄这才缓缓伸手，握住徐呈玉的剑，触之便有股陌生的剑意，刺得他的掌心微微生疼。

他将断剑收了起来，再次对上周云，剑意凛然。

周云显然对刚才砍断对方的剑心有芥蒂，出招慢了下来，完全靠着本能抵挡易玄的剑招。

两个人错身而过的瞬间，易玄低声道："我不需要你让。"

周云啊了一声："我才不是放水的人。"

她一个激灵清醒过来，这要是被下面的辛长老发现，到时候得被捉住骂得全吾剑派尽人皆知。

辛长老什么都干得出来。

周云回神，剑起破风，如游龙闪电，刺向易玄。

易玄的手腕微微一转，横臂举剑，剑身挡在自己喉间，抵住她的剑尖，不断往后退去。

周云紧握着剑，整个人腾空再度用力，剑尖刺在易玄手中的剑身上，只不过两把剑都是上好的剑，一时半会儿僵持不下。

易玄忽然撤了剑，将整个人暴露在外。

周云吓一跳，连忙收剑，不料易玄突然发难，一剑刺来，直指她的心口。

易玄收招，面无表情道："你说过不放水。"

"这是切磋！"周云颇为恼火地说道，"居然试探我。"

场下，马从秋立刻跳上来道："换我！换我！"

他一直输给师兄，如今师兄的剑到了易玄的手里，如果能赢一回师兄的剑，他也满足了。

只是马从秋低估了易玄进步的速度，从徐呈玉到周云，两个人纯熟的剑招已经让他熟悉，同时也在适应徐呈玉的剑。

这时候上来的马从秋优势已经一降再降。

果不其然，第三场马从秋竟然打得艰难，不输以往和大师兄对招的程度，到最后还是输给了易玄。

"不打了，不打了，千机门的人怎么都一个样？"马从秋觉得自己的内心受到了严重打击，一个个长得好就算了，进步还飞快。

易玄下来，将剑还给徐呈玉："多谢。"

他的脸上并没有赢了两场的喜悦之色。

"大师姐。"易玄将断剑拿了出来，"这剑能不能修复？"

断剑修复是炼器师必学的项目，叶素当然会，但她还未开口，便收到了密耳传音。

"你说修不了！吾剑派的弟子到了金丹期，都能去剑冢挑一把剑。"

毫无疑问，在场会密耳传音术的人只有辛沈子一个。

"能修。"叶素才说出口，便被辛沈子瞪了一眼，她自顾自地说道，"但这把剑不适合你了。"

易玄低头看着手中的断剑，剑柄上还刻了"顺遂"两个字，是师父对他最好的祝愿。

"易师弟，吾剑派的剑冢过段时间要开了。"同样收到辛长老密耳传音的徐呈玉道，"你也是我们吾剑派的弟子，到时候可以去里面挑一把好剑。"

辛沈子满意地看了一眼徐呈玉，决定下次揍他下手轻一点儿。

叶素将易玄手中的断剑拿过来："我帮你修复好，以后留作纪念。等剑冢开了，你去挑一把剑。"

剑冢中的剑，经过时间考验，又从前人手中传下来，一般会更有灵性，当然也要剑能认主才行。

"你大师父做了一把剑，如今二师父送一把剑，正好合适。"辛沈子在旁边道。

在你一言我一语中，易玄终于答应进剑冢中选剑。

第八章 · 劍冢行

　　剑冢开放是一件大事，不过吾剑派并不一定每年都有很多金丹弟子，今年除了易玄一个并宗弟子，只有其他几个峰上的弟子过来。

　　两峰上的长老都过来了，还有一些内门弟子过来看热闹。

　　所有人聚集在一座崖上，崖底云雾缭绕，看不清任何东西。

　　"进去之后，你就选自己看着最顺眼的剑，选中之后，其他的不用管，一直往前走。"辛沈子看起来比要进去的易玄还紧张，不停嘱咐他，"中途有些剑带有血煞气，会让人陷入嗜杀的状态中，但一般道心稍微坚定一点儿都没事，不用担心。"

　　"辛长老。"另外一峰的长老无语道，"剑冢内的事，不得提醒过多。"

　　这辛沈子平时张狂得要死，如今收了个徒弟，居然变得絮絮叨叨起来。

　　"不说就不说了。"辛沈子双手背在身后，一副老子跩霸天的样子，然后又悄悄对易玄补了一句，"实在不会挑，就选能拔得起来的剑。"

　　吾剑派的宗主周奇站在崖边最前端，面前立着一块圆盘，上面密密麻麻地刻着各种让人看不懂的符号。

　　风吹过他的衣袍，周奇手腕一转，拔出莫问剑，直指苍穹，剑意浩瀚，他的左手掐了一个法诀，随即右手将莫问剑直直插入崖边的石盘正中间。

　　崖下传来轰隆声，仿佛打开了什么，连翻腾的云雾都散了不少。

　　吾剑派的宗主周奇回身道："剑冢已开，你们有五天的时间挑选属于自己的剑，时间一到，无论有没有选中剑，钟声一响，你们必须快速从剑道走出来。"

　　众人的目光不约而同地落在圆盘旁边的一座古钟之上。

"去吧。"周奇道，"愿诸位弟子能寻得心仪之剑。"

易玄回头朝千机门的几个人看了一眼，随后便跟着其他几位弟子往前走，——跳入云海之中，消失不见。

"我们前两年入的剑冢。"周云站在边上跟吕九、叶素他们说话，"马师兄最后关头才找到自己的剑，差点儿急哭了。"

"胡说，我只是不想再等一年了。"马从秋听到了立刻反驳。

叶素听着他们争执，唇边才扬起弧度，一转头便看到小师弟不知何时走到了崖边，一只脚已经往云海中跨。

"游伏时！"叶素迅速走过去，伸手拉住他的手，不料反被一股巨大吸力带了下去。

两个人就这么消失在众人眼前。

崖边一阵骚动，明流沙、西玉和夏耳三个人下意识地想冲过去，被徐呈玉拦住了。

"你们赶过去，也会被吸下去。"徐呈玉回头看了一眼道，"他们只是进了剑冢，五天之后应该能一起出来。"

吾剑派的宗主周奇摇了摇头道："其他人都离远些，下次剑冢开启，周边还是要拉起结界。"

游伏时拉着叶素一起坠入云海，没过多久两个人便落进剑冢内，两边插着各式各样的剑，中间一条长长的剑道。

叶素垂眼看着剑道上的脚印，显然易玄他们已经往前走了。

"为什么突然要往崖下走？"她转头松开游伏时的手问道。

"找东西。"游伏时往四周看。

叶素站在原地："剑冢内只有剑，你还会用剑？"

"不知道。"游伏时抬眼看着她，"叶素，你帮我一起找。"

叶素只希望出去之后，吾剑派的宗主不要太生气。

两个外宗的人跑到他们门派的核心剑冢，任谁心中都可能会有芥蒂。

偏偏游伏时走到剑冢的一边，开始拔剑，一把一把地拔起来打量。

叶素头都大了，即便她不是剑修，也知道正常剑修在剑冢内不可能每把剑都能拔出来。

游伏时简直轻而易举地将每把剑都拔了起来，又轻轻松松地插了回去。

"你看可以，别拔了。"叶素拦住小师弟道，"这是别人宗门的剑冢。"

游伏时勉强松开手中握着的剑，只在旁边看。

"大师姐？"易玄听见后面的声音，转身回来，没想到看到了叶素和游伏时，脸色顿时复杂起来，"你们怎么会下来？"

"意外。"叶素将游伏时拉了下来，走回剑道上，对易玄道，"你去选剑，别浪费时间。"

五天时间，要在这么多剑中挑选出适合自己的剑，确实不是一件容易的事，这也是前面的那几位弟子不愿意转身回来的缘故。

易玄看着游伏时，很想问他是不是跟屁虫，成天跟在叶素身边，但易玄最终也只是继续回去选剑。

这里的剑千姿百态，叶素原本注意力还在游伏时的身上，看着看着便开始观察这些剑，分析这些剑用了什么材料铸成，剑身上的纹路又是如何形成的。

太多剑了，饶是叶素记忆力好，也有些看不过来。

他们慢慢往前走着，不到中途，便已经有弟子找到了适合自己的剑，上前将剑拔了出来。

还有弟子有看中的剑，却始终拔不出来，最后只能放弃。

易玄的视线从两边的剑上掠过，并未找到自己喜欢的剑。

等走到中间的剑道时，果然一股血煞气瞬间扑向剑道内的所有人，令人窒息。

易玄眉心的那颗痣极艳，他踉跄几步，朝右边的剑堆走去，此刻一把缺口剑自己飞起，朝他这个方向飞来。

眼看着易玄要抬手接住，半道伸出一只修长白皙的手，将这把剑截住。

"我的。"游伏时握着这把剑道。

血煞戾气不知道什么时候消失不见，剑道中间的三个人前后站立，游伏时的手横握住那把主动飞过来的剑。

这把剑通体古银色，剑柄却是红玉，剑身繁复纹路刻得细密，两边都有缺口，像是饱经沧桑、历经无数战斗的古剑，最诡异的是剑身缺口竟是红色，看久了甚至觉得那缺口隐隐有流动的感觉。

"你做什么？"易玄神色冰冷地看向游伏时。

游伏时握着剑，再次重复道："我的。"

大概是他们的动静太大，已经走到剑道中间的一位弟子回头警告道："剑冢内禁止争夺打斗。"

叶素在走神，她记得这把隐隐带着血光流动的剑是原著中易玄后来用的剑。

泣血剑，每杀一人，剑身便会自动沁出血珠，是以名为泣血。

整把剑由一块完整血玉铸成，据传曾饱饮数位神魔的血，拥有滔天力量，但无风起煞，愈强愈会让持剑人迷失心智，剑身包裹着一层古银便是为了压制血煞戾气。

原著中易玄将它拿到手时，剑身那层古银已经破口，等他将古银完全去掉，便凭着泣血剑一度击败各大宗门的大能，但也彻底入魔。

叶素蹙眉，原著中没提过易玄从哪儿来的剑，如今看来这把剑是他从剑冢中拿到的。

剑道内一时异常寂静，易玄转头看向叶素，始终没有言语。

叶素回神，便对上易玄的目光，显然他在等她出声。

"剑拿过来。"叶素上前从游伏时的手中拿过剑，那刻滔天杀意从剑柄传到她的灵府内，甚至连识海都在震荡。

她顿了顿，把识海内无端生起的暴虐杀气反向通过掌心传给了手中的剑。

有那么一瞬间，剑身缺口的血气停止流动了。

叶素双手握住剑柄，猛地往剑冢一边插进去："剑冢选剑是相互的，你们轮流来拔。"

这剑的杀气太重，极不适合易玄，叶素也不想他走原著中的路子，但这时候易玄显然更想要这把剑。

她只能赌，赌游伏时的不一般。

这个从未在原著中出现过的人，或者说妖，也许能带来什么转机。

易玄先动，他朝那把剑走去，伸出一只手，握紧剑柄，用力拔剑。

剑纹丝不动。

易玄愣住，他拔不出来。

"咦？"后面选好剑的弟子走过来，奇怪地说道，"剑冢内拔不出来的剑，就代表剑不想选你。"

可之前他在后面明显看到这把出了名的爱扰乱弟子心智的剑是直挺挺地朝易玄飞过去的，如果不是有人横插一手的话。

易玄怔忪，眉心渐渐微蹙，他握着这把剑，之前那种非它不可的感觉却完全消失了。

原本被拿走剑便不高兴的游伏时，专门拉起叶素的衣服下摆擦了擦剑柄。

叶素："……"

大师姐开始反省，是不是该为小师弟准备手帕。

紧接着，在几个人的注视下，游伏时以极其轻松的姿态将插进去的剑拔了出来，仿佛剑只是插在松软的泥土中一般。

叶素挑眉，小师弟果然不一般，她离得比后面那位弟子更近，看得更清楚，这把泣血剑分明就是朝着易玄冲来的。

"原来是我眼花了，你才是这把剑选中的人。"那名凑热闹的弟子挠着头对游伏时道。

易玄沉默片刻，情绪复杂，他以为游伏时什么都要抢自己的，但其实这把剑看中的主人本就不是他？

叶素难得松了一口气，走到易玄的旁边，转头看他："前面应该还有很多剑。"

"易师弟，不是这把剑也没事。"那弟子安慰道，"剑道越往后，厉害的剑越多，尤其是剑冢尽头的剑座周围全是好剑，你要是能在那边拔出来一把剑，那个比这个好多了，而且辛长老的剑也是在那边拔的。"

"走吧。"叶素道。

易玄点了点头，往前走去。

走了一段路，叶素忍无可忍地回头，看向游伏时："你在做什么？"

自从那把剑被小师弟拔出来后，他既不把剑放起来，也不提着剑，只是握着剑柄，一路拖行，发出刺耳的声音，剑尖所经之处皆留下深深的剑痕。

叶素的目光落在剑上，居然看到剑身沁出几滴血，不是说杀人泣血？这时候反倒像是剑在流泪。

左右也不是一把什么好剑，大师姐并不在乎一把会引人入魔的剑。

她指了指被拖行在地上的泣血剑："剑收起来，吵。"

游伏时勉强听这个凡人的话，将剑收起来，犹豫片刻，最后还是放进了自己的乾坤袋，小声说了一句："破剑。"

等叶素再转回头往前走时，易玄已经走远，并看中了一把剑。

这把剑十分漂亮，泛着淡青色，剑身流畅，怎么看都是一把好剑，连后面赶过来的叶素都忍不住多看一眼。

易玄伸手握住这把剑，随即剑身晃动并发出青光，却不是被他拔了出来，而是往里缩，整把剑都透着拒绝的气息。

他再次愣住，没想到自己会再次被剑冢内的剑拒绝。

然而更让所有人意外的是，接下来无论易玄看中哪一把剑，均被剑拒绝了。

一把、两把、三把……越来越多的剑拒绝认主，易玄到后面甚至都没有再看，想要随手拔出一把剑，照旧被拒绝。

"这……剑冢的剑皆有灵，可能是有什么缘故才导致无法认主，要不等出去后，你可以问问宗主。"后面那位弟子跟上来道，"也许是剑冢出了什么问题。"

他的话刚说完，前面不远处的另一个峰的弟子终于选到了自己的剑，伸手将剑拔了出来。

说话的弟子："……"

"这些剑配不上你。"叶素扫过剑冢两边的剑开口道。

原本眼神晦涩的易玄骤然抬眼看向叶素，垂在身边的手紧紧握了握，又悄然松开："大师姐，不必安慰我。"

叶素并不是安慰易玄，她只要稍微想一想便明白这些剑为什么拒绝五师弟——因为他身上的半魔血脉。

这些剑周身正气萦绕，会拒绝一个有半魔血脉的人实属正常。

也正是如此，叶素说这些剑配不上易玄。

剑冢之剑有灵，却害怕、厌恶一个有半魔血脉的人，便足以说明这些剑不够强，无法抗衡易玄。

"继续走。"叶素看着易玄的眼睛，认真道，"前面还有剑座。"

"若那里的剑也不认主呢？"易玄低声问道。

"那便是这个剑冢内的剑都配不上你。"叶素自然地说道。

听见她的话，易玄的脸上忽然露出一抹笑，他本就长得艳丽，平时冷漠寡言才压住了一些，这一笑，如海棠乍放，刹那间让所有人都失了神。

"叶素。"游伏时打断旁边某个人的出神，"我饿了。"

叶素问："辟谷丹还是灵石？"

"两个都要。"游伏时朝她伸出自己干净的手。

大师姐从乾坤袋中拿出辟谷丹和灵石，道："安分点儿。"

长这么大，头一回看到易玄如此真心的笑，叶素竟有种自家孩子终于要走正路的欣慰感。

一行人继续往剑冢尽头走去，此时进来的弟子皆找到了属于自己的剑，只剩下易玄一人还在寻找。

他们来到尽头的剑座之前，仰头看着上方那巨大的石头座椅，那周围都插满了剑，每一把剑，多看上一眼似乎都会被剑气所伤。

最瞩目的还是剑座中间插着的那把刀，没有刀鞘，漆黑刀身覆满贝龟纹，让刀气反而没有那么尖锐，反而充满了厚重之感。

易玄从第一眼看到这把刀后，便始终无法将目光移开，牢牢盯着剑座中间的这把刀，甚至不敢上前。

"这把叫重明刀，好像在这里很长时间了，还没有人能把它拔出来。"其他峰的弟子解释，"我师父说重明是唯一一把能和昆仑派那把七绝剑相提并论的刀，可惜没几个人能拔出来。"

"去试试。"叶素上前，走在易玄的旁边拍了拍他的肩膀道。

易玄偏头深深看了一眼叶素，一步一步往剑座上走去，站立在那把刀的面前。

离得越近，越能感受到这把刀的无上力量，厚重浩瀚，定力稍微弱一些的人，便产生了跪下的冲动。

易玄久久望着这把刀，终于抬手握住刀柄，刹那间一股庞大的气息朝他的灵府袭来。

没有反抗，没有拒绝，易玄任由这股气息冲过来，但并未受伤。

那刀意转而变得包容宽厚，甚至给他带来微微暖意。

易玄闭上眼睛，双手握住刀柄，手上稍稍用力，这把从未被人拔出来的刀，终于离开了剑座，重现人间。

在重明刀被拔出来的瞬间，整个剑冢都为之一震，甚至开始摇晃。

此刻站在崖边等待的宗主、长老等人也发现了异常。

"怎么回事？"

"剑冢出了什么问题？"

吾剑派的宗主抬手抚上圆盘，合上眼睛，片刻道："重明刀现世。"

"谁这么有本事拔出了重明刀？老子当年都没拔出来。"辛沈子探头往下看了看，要是那个叶素和她那个小师弟没下去，他百分百觉得是自己的徒弟，但有那两个人在，他难得犹豫了。

"辛沈子你闭嘴吧。"旁边的长老不满道，"妖魔异动，重明现世，又不是一件好事。"

"妖魔是妖魔，能拔出重明刀的人实在不错。"辛沈子不自觉地活动身体，眼中战意昂然。

剑冢内。

易玄拔出刀后，睁开眼转身。

"咦，这刀……居然是断刀。"在旁边紧张地看着的其他弟子诧异望着易玄手中的刀道。

易玄低头看着手中重明刀，果然只有普通刀的长度的三分之二，没有刀尖，只有断口。

他慢慢从剑座上走下来，站在叶素的面前："大师姐，这是我的'剑'。"

叶素的视线落在重明刀的断口处，微微讶异，刀和剑最大的区别是单刃还是双刃，至于长度和宽度都要具体而论。

她便见过有的剑比普通的刀还要宽，或者有些刀比剑还长。

"我看看。"叶素向易玄要来重明刀。

她拿到手上瞬间察觉出来哪里不对，这断口并非真正的断口，或者说从这把刀成型后便是这副样子。

叶素的手指在刀脊上轻轻抹了一把："这刀……原本应是一把剑。"

那位炼器师最初应该是炼制了一把剑出来，不知为何临到头忽然改变了主意，切断一截剑尖，封了一边刃。

藏锋断尾……有意思。

"这刀适合你。"叶素将重明刀递还给易玄，"不过剑招可能要换一换。"

易玄低头仔细摸着这把刀，心生欢喜，面上却克制："没关系。"

"可以滴血认主了。"旁边的弟子激动地说道，"易师弟，你快点儿，让我们看看重明刀认主！"

吾剑派几个峰的弟子纷纷跟着过来，个个都想见证这历史性的一刻。

易玄的唇角掩不住地微微上扬，他紧握着重明刀，垂眸望着它良久，才伸出两根手指在刀刃上用力一抹，血瞬间沾染在刀身上。

一道耀眼的白光闪过，认主契约顺利结成。

契刚成，剑冢内突然万剑齐鸣，似乎都在为重明刀认主庆贺。

"不愧是重明刀，能有这么大的动静。"其他峰的弟子甚至要压制一下自己刚结契的剑，让它们不要试图鸣动。

等到万剑安静下来，他们脚底下又出现了一个传送法阵，是剑冢开放的时间到了。

"过来。"叶素见状，伸手将法阵外的游伏时拉进来，"我们该走了。"

游伏时任由她牵着，另一只手里慢慢捏着灵石，吸收里面纯粹的灵气。

他们出现在云雾上时，吾剑派的宗主一扬手便将他们拉上崖，随后拔出莫问剑，关闭剑冢最后的通道。

"哪个拔出了重明刀？"辛沈子最先冲上前，率先朝自己的徒弟手中看去，结果真的看到那把眼熟的刀，顿时喜上眉梢，得意道，"徒弟，我就猜是你！"

他一把揽住易玄，对周边长老道："老子是没能拔出来，但老子的徒弟拔出来了！哈哈哈哈。"

无论多少次，易玄对辛沈子这么热情的态度都不太习惯，但也慢慢地不再躲开，当然他也躲不开。

"周宗主，实在抱歉。"叶素已经拉着游伏时过去道歉，"我们并非故意想要进剑冢。"

"无碍。"周奇并不介意，"是我们没有加固崖边的防护。"

叶素道歉不只为了这一件事，还有另外一件事。

"小师弟，把剑拿出来。"叶素转头对游伏时道。

等游伏时慢吞吞地从乾坤袋中拎出来那把泣血剑，叶素才再次对周奇道："周宗主，这把剑可否卖与千机门，我们灵石暂时没有那么多，能不能打个欠条？"

血泣剑被拿出来的一刹那，周边又是一静，无论周宗主还是长老，连辛沈子也震惊地看过来。

"这剑居然也被拔了出来？！"马从秋目瞪口呆，喃喃道，"千机门出来的人，拔剑都要比别人强吗？"

周奇到底是一宗之主，很快回神，颇为镇定地问游伏时："这剑是小友拔出来的？"

游伏时勉为其难地点了点头。

"叶小友。"周奇亲切地看向叶素，"既然他能将剑拔出来，那便是有缘，谈灵石太俗了，当是吾剑派送的如何？"

这么好？

叶素眼中露出一丝怀疑之色。

"拿着吧，我们早想把这剑拔了扔掉。"辛沈子戳穿道，"偏偏这剑和重明刀一样，拔不出来。"

重明刀来历正当，有详细的记录，是自吾剑派立宗以来就在的法器，一旦出世，便意味着修真界妖魔异动。但游伏时拔出来的这把剑却完全没有记载，只知道这把剑能惑人心，每次弟子过剑道，一不小心总会中招。

随着时间的推移，这剑的血气越发浓重，吾剑派倒是想将剑拿出来，省得出意外，但这剑谁也拔不出来，甚至待在剑冢内的时间比重明刀还久。

既然如此，叶素便让游伏时将剑收下，不过心中也记下这份情。

自从他们从剑冢内出来，易玄受到了吾剑派上下所有人的关注，上至大长老，下至新入门的小弟子，都想一睹重明刀的风采。

"这重明可是能和昆仑派那把七绝剑相提并论的刀，你们想想有多厉害。"马从秋一脚踩在石桌上，双手比画着道，"重明七绝，听听，咱们宗的重明甚至排在七绝前面！"

"没错，重明刀一出，到时候宗门大比，我们一定能赢！"

"马师兄，如今七绝剑在谁的手里？"

"这……肯定在他们昆仑里面。"马从秋挠头，他听过七绝剑，但不知道在谁的手里。

七绝剑比重明刀的名声要大得多，因为万年来，昆仑不少名声极大的天才都用过这把剑，不过现如今昆仑年轻一代中最耀眼的那位，手中是另外一把名剑——孤沧剑。

"总之，这次宗门大比，我们吾剑派肯定会光芒万丈！"马从秋双手朝天，仰头感叹。

"快看！是易师兄！"原本围着马从秋的一群小弟子纷纷冲过去，一边偷偷摸摸地看着易玄手中的刀，一边感叹，"这就是重明刀啊！"

马从秋："……"

易玄握着刀，旁边还有吕九、徐呈玉，三个人一起往练剑场走去。

这段时间，辛沈子兴致大发，天天要指点他们练剑。

至于马从秋和周云，他们被嫌弃了，辛沈子嫌他们两个人没意思，他们还有自己的师父，为什么还要自己指点。

这边重明刀和重明刀的主人备受瞩目，另一边泣血剑几乎无人关注。

游伏时把泣血剑带回来后，自然不可能会练剑，毕竟他连入定修炼都没怎么做过。

泣血剑唯一的归宿便是待在一个便宜的乾坤袋内。

不过今日它终于得以重见天日，夏耳想要看看这把剑，他爱剑，每一把剑都值得他观察。

此时此刻，泣血剑正摆在院中的石桌上，它的主人坐在一旁，手指转着一个茶杯，偶尔伸到叶素面前，要她倒满灵茶，完全不多分一丝目光给泣血剑。

"大师姐，这上面的古银材质极佳，刮一点儿下来，肯定价值斐然。"夏耳看着看着，眼睛发光道。

叶素从游伏时的手中拿过茶杯，另一只手抬起茶壶，将杯中倒满茶后，才悠悠地把杯子递还给他："古银能压制血玉煞气，不能刮。"

石桌上的泣血剑在日光下显得极其无害，莹润的血玉剑柄外露，内里隐含虹光，中间似有一个圆形徽记，但早已模糊不清，像是被特意磨掉了。原本完全包裹剑身的古银有些脱落，缺口处露出血玉。

明流沙伸出手指摸了摸泣血剑身上的那层古银："好东西。"

这血玉一看便知非凡物，但古银裹在剑身上竟丝毫不逊色，甚至能压制血煞气，也不知道这古银是什么材料调制成的。

西玉凑近看着剑身表面那层繁复的花纹，然后晃了晃头，觉得晕。她疑惑地问道："这上面有法阵和符箓？"

叶素瞥了一眼泣血剑，微微仰头喝尽杯中的茶："有，大概是用来镇压血玉的。"

之前在剑冢内，她握住剑的时候看过，看不懂。

不过可以确定，那位炼器师选了如此邪物来当剑坯，又在血玉剑坯上裹上古银，再花大量心神在剑身上刻下各种符纹、法阵镇压煞气，只为了一件事——让持剑人不受血煞气的任何影响。

叶素转头看向旁边的游伏时，若真如小师弟所言，这剑是他的，也不知道那位炼器师看到自己炼制的剑被他拖在地上磨是什么感受，小师弟明显不是什么惜剑如命的剑修。

至于当事人游伏时，心思根本不在泣血剑上，他抱着茶杯暖完手，便想将凉了的灵茶往地上倒，再去换新的。

"别养成浪费的习惯。"叶素见状，皱着眉道。

游伏时看向叶素，一双极漂亮的眼睛深黑又纯粹："凉了。"

大概是觉得这个凡人待会儿要说自己，他还是把手收了回来，准备将杯中的灵茶喝掉。

叶素抓住游伏时的手腕，微微一伸手，将茶杯夺了过来，期间碰到他的手指，凉意惊人。她不由得皱了皱眉，之前下剑冢时，他的掌心温度没有这么低，是碰了泣血剑的缘故？

叶素不动声色地用灵火加热杯中的茶水，再递给游伏时："可以了。"

她的灵火温度控制得极好，那瞬间没有烧毁茶杯，只让里面的茶水热了。

游伏时接过来，开始慢慢喝着热茶，决定以后的茶水也交给这个凡人温了。

"大师姐，我也要。"明流沙见状，当即摸过自己的杯子，慢吞吞地要叶素温茶。

叶素微微一笑："到现在还不会掌控灵火？不如今天多温一温茶来练手。"

明流沙默默收回茶杯，左右看了看："今日灵气充沛，我也该去修炼了。"

丢下这句话，他便迅速溜走，十分利索。

西玉和夏耳看完泣血剑，也不再多留，纷纷跟去修炼。

看着师弟师妹迅速逃窜的背影，叶素不由得摇头，这几个人要不是今日被她喊出来看泣血剑，还在疯狂修炼。

难得有这么好的环境，灵气充沛还不用担心被攻击，明流沙三个人极为珍惜，不分昼夜地修炼和炼器，休息得很少。

想到这儿，叶素唇边的笑意稍稍收敛，若是千机门有灵脉，也不至于此。

她回神，视线触及石桌上的泣血剑，突然想起一件事，便转头问小师弟："你多少岁了？"

光看泣血剑表面那层古银便能看得出来，这把剑炼制的时代久远，起码在神殒期之前，因为古银和如今修真界的任何材质都对不上。

若游伏时真是泣血剑唯一的主人，那他的年龄……

见小师弟又在装听不见，叶素微微挑眉，往他那边靠了靠，戏谑地问道："你是万年妖精？"

游伏时转头看着这个凡人，眉眼间泛起不悦之色，随后当着她的面，抬起双手捂住自己的耳朵，示意自己听不见。

叶素没忍住笑出了声，她头一回看到小师弟这么抗拒的神情。

"走吧，去修炼。"笑过后，叶素起身看着桌上的剑，拨开他的手问，"会不会用剑？"

游伏时不情不愿地起身："会几招。"

叶素眼尖地发现他握住泣血剑时，剑身又沁出几滴血珠，整把剑似乎透着生无可恋的气息。

"去练剑场试试。"叶素道。吾剑派所有剑修都在那边练剑，随时还有比试，很适合练剑，像吕九和易玄便几乎每天都在练剑场。

游伏时带着泣血剑过去，很快引起了很多人的注意，当然他不带剑也照样能吸引所有人的目光。

"叶素，游公子，你们怎么过来了？"徐呈玉刚和易玄对招下来，额上带着薄汗，手臂上还有几道剑伤，他的视线落在垂在地上的泣血剑上，手指忍不住一动。

作为视剑如命的剑修，实在不习惯看到有人对剑这么敷衍，虽然这剑邪里邪气的。

"带他过来看看。"叶素道。小师弟记性不太好，指不定怎么挥剑也忘了。

徐呈玉指了指旁边的一个台子："待会儿那边会开擂台赛，游公子有兴趣可以去试试。"

叶素点了点头，看向前方台子上正在和吕九对战的易玄，若有所思："他的剑意似乎有点儿变化。"

"连你都看出来了？"附近的辛沈子走过来，上下挑剔地看了看叶素，又十分自豪道，"知道什么叫断剑重生吗？要老子说，你们千机门那边给的剑就不行……"

"那是易玄的大师父亲手炼制的。"叶素幽幽道。

辛沈子一卡，生生把后面的话憋了回去，下意识地解释："剑是挺好的，就是不太适合我的徒弟。"

带易玄有一段时间了，辛沈子自然知道徒弟对自己的师门极其看重，接受不了有人说千机门的坏话，他这个二师父也不行。

"重明刀单刃，少了一面锋刃，更加沉稳厚重。"叶素仰头看着台上的易玄道，"很适合他。"

此刀有灵，不厌恶、抗拒半魔血脉，甚至愿意包容，意外地适合易玄这种性格极端、固执的人。

辛沈子听了这话，心情不错，高兴之余，扫了几眼懒懒散散地站在旁边的游伏时，抬起下巴点了点另一个擂台："你上去练练剑，我看看。"

这话是要指点的意思了。

易玄未拜入八荒峰之前，在吾剑派，辛沈子除了成天和长老、大长老打架，可从来不指点下面的弟子。

即便是现在徐呈玉、吕九几个人也是勉强趁着陪易玄练剑的机会，才能被指点。

然而得到这么好机会的游伏时根本没听进去辛沈子的话，站在叶素的旁边，一只手转着腕上的雾杀花。

辛沈子等了半天，没得到回应。

"等会儿上去练练剑。"叶素偏头对游伏时道。

游伏时杵着泣血剑，把它当支撑的拐杖，漫不经心地点头，以示听见了这个凡人的话。

一生放荡不羁的辛沈子："……"

居然还有人比他狂？

台上的吕九凭借着经验，虚晃一招，终于赢了易玄，此刻两个人身上没有一块好地方，手脚都有伤，衣袍上洇出不少血迹。

"吕九的剑招太凌乱，碰到稍微厉害一点儿的人完全没用。"辛沈子上去，给一人扔了一瓶丹药，又挥剑在她的身上点了几处刚才暴露的地方，再调整了几个剑招，"你的剑招已经成形，稍微改一改就行。"

吕九一路摸爬打滚出来的，剑招不算美观，但适合她自己。

辛沈子没有点评易玄，只想徒弟感受一下吕九这种宁愿自损八百也要杀敌一千的气势，这是大部分吾剑派的弟子没有的意识。

"大师姐。"易玄握着重明刀走下来，向叶素问好，较之以往更平和。

叶素点了点头道："感觉如何？"

易玄的脸上还有之前被徐呈玉的剑意划伤的一道口子，微微刺痛，但他并不在意："重明刀……很好。"

他余光看到杵在地上的泣血剑，心中也没有太大的波动，这剑不属于自己。

"别磨蹭了，那谁，"台上的辛沈子举剑指着下面的游伏时，"去旁边对赛。"

旁边的擂台赛快开始了，周围站了不少吾剑派的弟子，等着拉钟就上去。

"游公子，这是我们吾剑派的守擂台，上去之后保持不被打下来便可。"徐呈玉在旁边解释，"目前最高纪录是四百六十一场，辛长老在弟子时期创下的，打了五天四夜。"

从那以后，辛沈子的狂剑之名就传开了。

"上去试试。"叶素对小师弟道，"多打几场。"

游伏时慢吞吞地拖着泣血剑往擂台上走，连走台阶都不愿意多抬高手，任由它一路磕磕碰碰。

叶素忍不住抬手捂住自己的脸，周围一圈剑修的目光可以杀人了。

剑修个个视剑如对象，自己一身狼狈、伤痕累累、吃不饱穿不暖可以，但剑必须保持最完美的状态。谁能忍受对象这么被拖行在地上？！别人的对象也不行！！！

好在路程不长，在众人带着三分谴责七分杀气的目光中，游伏时站定在擂台中央，等着开始。

"我先上！"一个金丹期修士，也是和他们一起进剑冢的弟子跳上来，在主持擂台赛的弟子拉响钟时，拱手道，"请赐教。"

即便对面的人挥剑冲了过来，游伏时也站在擂台中间一动不动。他低头看了一眼手中的泣血剑，随后松手放开它。

泣血剑没有就此倒下，反而倏地飞了起来，迎着对面弟子的剑招而去。

于是，擂台上，游伏时安安静静地站着，专注地把玩着雾杀花，那位弟子则拼命挥剑对付泣血剑。

别说，这弟子压根打不过泣血剑，招招被压制，没一会儿便被一把剑挑了下去。

铛——

台下主持的弟子高喊："下一位。"

泣血剑在擂台上勤勤恳恳一挑众弟子，游伏时站累了甚至想坐下来，不过没有叶素的衣服下摆垫着，他嫌脏，只能继续站着发呆。

正准备指点指点剑招的辛沈子："……"

离谱！

擂台上画面诡异，中间的游伏时从头到尾都未动过手，只有泣血剑自己一把剑在奋力挑战上来的吾剑派的弟子。

有些弟子认为游伏时在暗中操控泣血剑，所以想趁机拿下他，结果根本近不了他的身，稍微靠近一点儿，下一刻泣血剑便发狂似的将台上的对手挑开。

"神识操控？"辛沈子盯着上面的游伏时片刻，随后否认了自己的猜测，"他只有金丹前期的修为，没有神识。"

金丹前期修为但已经用过神识的叶素在一旁默默不说话。

等台上的弟子被泣血剑挑下来后，辛沈子示意其他人暂停，自己一跃而起，踏上场中间，想要抓住泣血剑观察。

然而手刚碰到泣血剑的剑柄，一股庞大的血煞气便扑面而来，几乎令人窒息，辛沈子一愣神，泣血剑便瞬间朝游伏时飞去，最后立在他的手边，相当安分的样子。

辛沈子："……"

游伏时转过头看着下面的叶素，问道："我能下去了吗？"他站累了。

台上，辛沈子眉头紧锁，显然还在思索什么事。

"下来吧。"叶素点头道。她原先还指望他摆几个剑招，结果他在台上甚至没多走一步路。

游伏时立刻转身往台下走，走了一步才想起来没拿泣血剑，回手握着泣血剑，继续将它拖地行走。

本来剑身缺口处红光隐现的泣血剑，马上又直挺挺地暗淡下来，仿佛一条死鱼，失去了所有希望。

当游伏时走下两个台阶，擂台中央的辛沈子骤然动了，剑出鞘，碧蓝光闪现，带着绝对的威压，直直朝着他的后背刺来。

刹那间，因为辛沈子的速度太快，练剑场上的人甚至没有来得及感受到合体境界的威压。

游伏时连剑都不愿意握着，后背更是空门大开，完全没有反应，倒是叶素出奇地敏锐。

在辛沈子拔剑的那一刻，她便捏了疾速符，朝游伏时的方向而去，拉住小师弟的手，两个人面对面微微交错相撞，她同时打出数张防御符。

但，来不及了！

此时，辛沈子已经飞身跃来，人剑合一，剑尖直指游伏时的后背，防御符的结界还未完全升起。

叶素瞳孔一缩，想要抓着游伏时直接从台阶上坠下，躲过这一剑。

铮——

千钧一发之际，游伏时手中的泣血剑主动飞起，硬生生挡住辛沈子这一剑，两剑相碰，无边血煞气从泣血剑上传来，甚至影响了周围弟子的心境。

辛沈子退后一步，想要收手，结果泣血剑不依不饶，疯狂刺他。

辛沈子本来就没有真杀游伏时的意思，临到被刺中关头，便收了剑意。

剑意逆流，对持剑者是一件极其危险的事，不过辛沈子向来又狂又疯，只想验证自己的猜测。

被自己的逆流的剑意而伤，又要抵挡疯狂试图戳穿他的泣血剑，辛沈子免不了一口血吐了出来，连连后退。

游伏时将大半身体靠在叶素的身上，还完全处于状态之外，转头看着叶素，不解又茫然，不明白这个凡人在做什么。

叶素知道自己反应过度，便将防御符撤了，望着台上疯狂追人的泣血剑，对游伏时道：“让泣血剑停下来。”

游伏时转身朝台上看去，抬手只说了一句：“回来。”

正追人追得上头的泣血剑浑身一僵，下一刻便迅速飞回游伏时的手中。

辛沈子本来就乱七八糟的头发，此刻被削去了一大半，他擦了擦嘴边的血，转身看着游伏时，酸酸地说道：“你小子走狗屎运，这剑里居然有剑灵。”

用神识操控，能不触碰剑就可让剑攻击，但这千机门的弟子的境界只有金丹前期，明显不会用神识。

　　刚才在擂台上泣血剑表现得太好，所以辛沈子大胆猜测，这剑内可能有剑灵。

　　若有剑灵，他攻击游伏时，泣血剑便会为了保护剑主而主动发起攻击。

　　辛沈子试出来了，泣血剑果然有剑灵。

　　叶素已经拉着游伏时走下台阶，让他将泣血剑收起来，整个练剑场上还飘着一股血煞气，影响人心中产生不好的情绪。

　　台上的辛沈子将自己的剑归鞘，走下去没有看泣血剑，反而多看了几眼叶素："你反应还挺快。"

　　他记得第一次见面，也是叶素率先察觉自己。

　　"剑灵……"徐呈玉从刚才发生的一系列事中回神，"辛长老，您是说这剑内有剑灵？"

　　"你见过谁的剑不用神识操控便可以这么用？"辛沈子看向游伏时，"这是一把邪剑，若以后你的境界不高，压制不了它，恐怕会反过来被它控制。"

　　邪剑有灵，不一定是好事。

　　游伏时抬眸扫了辛沈子一眼，又移开目光，漫不经心地想着旁边那个凡人身上的味道挺好闻的。

　　"老子估计这剑灵也只是有一缕意识，否则你这种境界的人早被反噬。"辛沈子道，"行了，都去做自己的事。走，徒弟，我陪你继续练剑。"

　　易玄应了一声，朝叶素和游伏时看去一眼才跟着二师父离开。

　　等辛沈子他们一走，周边的弟子顿时议论开来，纷纷盯着游伏时看。

　　剑灵是一个很缥缈的词，据传在神殒期之前，剑灵是真正的灵，甚至可以变成人形。不过神殒期之后，别说剑变成人，能炼制出有剑灵的剑都少之又少，每一把都能引起轰动，让各个剑宗为之大打出手。

　　重明、七绝这两把神殒期之前遗留下来的刀剑，便有传言其剑灵可化成人，不过无人见过。

　　还有其他的一些年代久远、遗留下来的剑，若是完好，或许也会残留下一些剑灵意识，皆算好剑。

　　在修真界内，剑修大能手里的剑多半存在剑灵意识，一类是剑本身带有剑意志，另一类则是随着剑主的境界提升，神识不断强大，影响了剑，剑才会逐渐产生一抹剑灵意识。

　　"徐兄，我们先回去了。"叶素对徐呈玉说完，便带着游伏时往住处走。

　　"好。"

　　等回到住处，叶素没有回自己的房间，而是问游伏时："泣血剑对你有没有影响？"

易玄没有选这把剑，被心魔控制的可能大大降低，但她不希望类似的事情发生在小师弟的身上。

游伏时手一翻，将泣血剑拿出来看了看，不太理解："它影响我什么？"剑都破了。

叶素："不会影响你便行，接下来好好修炼。"她到底将辛沈子刚才所说的反噬放在了心上。

游伏时漫不经心地应了一声，随后拉起衣袖，将自己的左手腕递到叶素的面前："被你捏红了。"

正在思考剑灵反噬的大师姐看着伸到面前的一截修长手腕："……"

某位小师弟光明正大地碰瓷，必然有所图谋，但她假装不知道，抬眼看去："所以？"

"手疼，"游伏时继续将手往这个凡人面前伸，让她看清自己的手腕上那薄薄一层红，"写不了字。"

大师姐的视线不自觉下移，面前的手白如瓷，指头微微透着粉，但手背凸起的几道青色筋络又能明显看出来是一个男人的手。

漂亮。

叶素只能想起这一个形容词。

大概是不满对方的沉默，游伏时将那只手在她的眼前挥了挥："叶素，我不写字了。"

"嗯。"叶素偏开目光，随口应下。

"那雾杀花借我。"游伏时立刻说出自己的最终目的。

"戴着吧。"叶素匆匆看了一眼他腕上的黑金色手环，"我还要修炼，先走了。"

游伏时望着叶素离开的背影，心中略微诧异，这个凡人今日意外地好说话。

于是某位万年妖精若有所思，得寸进尺地想道：早知道让她把雾杀花送给自己了。

四方位各有一千能参加宗门大比的名额，其中尤其以东方位竞争激烈，因为归宗城和图首城皆被划为东方位，符修和剑修需要共同争夺一千张通行单。

另外，由于西方位的昆仑派单独有名额，不参与宗门大比前赛，且万佛宗为了给其他宗门留名额，每届只允许三百名弟子参加，所以西方位的名额较宽松一点儿。但这导致很多散修会专门过去参赛，同样热度居高不下。

总之，无论哪方位竞争都不小。

越临近三月前赛，吾剑派的弟子越紧张，日日夜夜练剑、入定……

连宗主和各位大长老都感受到门派内弟子修炼得热火朝天。

"这届参加前赛的弟子怎么比往届要勤奋许多？"周奇坐在终南峰大殿上问道。他几次路过练剑场，皆未看到有一个空擂台。

左边一位大长老轻轻啜了口茶水："我还听说有弟子日夜修炼，导致体力不支，倒在了剑场上。"

"竟有此事？"周奇大为诧异。

"何止，掌门不知这段时间医堂爆满，每日都有弟子被抬过去。"另一位大长老摇头道，"完全没有了节制。"

周奇问道："这是为何？"

"还不是那几位外宗弟子带起来的风气。"喝茶的那位大长老无奈地回道，"明明有几个也不参加宗门大比，还成天疯狂修炼，让那些弟子看了，现如今个个都在没日没夜地修炼呢。"

吾剑派的弟子去练剑场就能看到易玄和吕九、徐呈玉几个人对招，白天衣袍翩翩去，晚上遍体鳞伤回。

耳濡目染下，众弟子自然认真许多，但偶尔不去练剑场，去灵气室入定，又看到千机门那群炼器师在疯狂修炼！

是，这几个人不练剑，但他们炼器啊！

灵气室内隔三岔五发出各种爆炸声，好家伙，不知道的还以为他们吾剑派新搬来了炼丹的丹修。

哦，有时候，还能看到那几个人一身乌漆墨黑地走出来的惨状，像极了炸炉的丹修。

独立间的灵气室没有打打杀杀，只有聚灵阵提供灵气入定修炼，但这帮人行事作风明显比练剑场的那几位还疯，据说是在日夜无休研究到手的材料配比。

以至于到后面，他们千机门的那几间灵气室周围空无一人，吾剑派的弟子宁愿去练剑，也不愿意靠近，生怕遭殃。

关键在于，人家几个人前段时间才升入金丹前期，这才多久，又升到了中期！还是两个人！！！

一个个这么疯，周围的弟子也疯了，谁不想进阶？！

当然在修炼的热火朝天的氛围中，还是有一个人我行我素，成天睡大觉。

游伏时每次跟着叶素去灵气室，除了睡觉就是玩，醒过来就开始用手中的雾杀花对准泣血剑攻击。

"叶素。"游伏时从自己的灵气室出来，走到隔壁的灵气室门前，里面无人应，他便径直推门而入。

若此时有人看到这一幕，恐怕会大吃一惊，所有灵气室都被下了结界，一旦门从里面关上，合体期以下的修士都不可能破开，却被他轻松推开。

游伏时走进去，随手将门关上，看到叶素正在聚灵阵中心入定打坐，她的边上还放了几个炼制好的法器，材料散落在地上。

他有些无聊地坐在对面，这儿碰碰，那儿摸摸，最后盯着叶素的脸发呆。

黑暗界中，叶素对外面的情况一概不知。

她已经将之前闪现的三道符全部画了出来，同时界内也出现了三面符墙。

在叶素画完最后一道符时，墙全部暗了下去。

三面墙，数百道符全部习得，她的基础符术水平大大提高。

站在黑暗界中，叶素没有任何举动，她在等，等接下来出现什么。

正如她所料，界内突然发生变化，三面墙快速移动，分边而立，将叶素围在其中，墙面也开始变化，与此同时，她脚下各方位亮起，皆是符箓。

叶素微仰头，便看到正上方同样出现了数道符箓。

自己这是入了符阵内？

她的视线一一扫过所有符箓，墙面上原先有的各种小符箓已经消失不见，只剩下看不懂的纹路。

叶素想要往前走一走，却动弹不得，仿佛被无形的屏障挡住，伸手也碰不到任何符箓。

她试图离开黑暗界，果然出不去。

自己被困住了。

叶素完全不认识这些符箓，也无法触碰。

若解不了法阵，恐怕她只能一直被困于此，届时只有死路一条。

叶素一遍又一遍看着这些符箓，思绪有些发散。

炼器师对材料向来看重，不同的配比能导致同样的材料炼制出来的法器威力完全不同，有时候材料还能互相替换，或者完全对立。

对立消解，所以有时候改造法器，便需要用到完全对立的材料去清除旧材料。

符箓是不是也能如此？

叶素席地而坐，闭上眼睛，识海中同时浮现出数百道符箓。她特意忘记每一道符箓的名称、用途，单从结构观察，将所有符纹拆解分开，最后总结。

符箓本就复杂，何况还要拆解，很多符还是一笔画成的，拆解难度极大，有时候归类到一半，会发现新的结构，导致这种分类全部作废。但她耐心极强，一次又一次试着。

不知过了多久，那几百道符被叶素翻来覆去地拆解划分，她熟悉得不能再熟悉，终于从其中找出了一些规律。

叶素睁开眼，再一次扫过黑暗界中的这些符箓，竟然真的能从它们的结构中发现有和符墙上完全对立的符箓。

她毫不犹豫地起身，用灵力在空中画出一道对立的符箓，符一成，便朝东南方位的那道符打去。

黑暗界中似乎有什么无形的东西碎开，那道被打中的符箓瞬间散了，叶素往东南方向试探着走了走，可以动，但两步之后，便走不动了。

此法有效！但需要将整个符阵破坏。

叶素心中一松，再一次观察出现的每一张符，能从符墙上找到所有对立的符箓。

符墙上的那些符箓她已经会画了，画出来时得心应手，一道又一道打中上方和脚下的符箓，让它们消失后，她终于能随意走动。

三面墙转而移动并拢立在她的面前。

叶素望着墙面的纹路再一次消失，继而又出现刚才被打散的符箓，同时最下方还有一行字。

符对阵散，《界符》第一章完。

界符？这是符书的名字？第一章完，也就是说接下来应该还有其他章节。

叶素伸手点开重新出现在墙面的未知符箓，下一刻便出现了符解。

她全部点开扫了一遍，知道这些是什么符箓后，并没有立刻画，而是选择从黑暗界中出来。

一睁开眼，叶素便察觉出异样，肩膀很沉。

她的手中已经拿出攻击符箓，偏头看去，才发现是游伏时靠在自己的肩膀上。

将符箓收了起来，叶素推了推小师弟："醒醒。"

游伏时皱眉睁开眼，顺着她推的力度直起身。

之前他坐在对面盯着叶素看，过了许久，这个凡人还是不醒，他等困了，想要睡觉，又不想走回去，到最后干脆移到她的旁边，靠着她睡着了。

"你怎么进来的？"叶素看了眼灵气室的门问道。

游伏时向来擅长忽略别人的问话，自顾自地对叶素道："我想要木鱼。"

叶素：？

灵气室内忽然寂静，叶素好半天在怀疑自己的耳朵是不是出了问题。

"你要什么？"叶素决定再听一遍。

"木鱼。"游伏时的声音中还有着未睡醒的散漫之意，"我要木鱼。"

向来波澜不惊的大师姐："……"

良久，叶素才找回自己的声音："你想要去当佛修？"

小师弟莫名其妙要敲什么木鱼，大师姐不理解，并十分茫然。

"不当。"游伏时只道，"木鱼。"

叶素起身拉着他往外走，正好几个师弟师妹回去了，她全部问了一遍，也没发现谁在小师弟面前提过木鱼。

"小师弟，你要木鱼做什么？"夏耳也觉得不解，木鱼是佛修喜欢用的东西。

难得，游伏时搭理他："敲。"

众人："……"

叶素根本问不出来缘故，最后无解，只能为他随便刻了一个木鱼。

于是，从此之后，吾剑派门内的弟子时常能听见有人在敲木鱼，尤其在半夜三更最为频繁。

叶素有时候去找游伏时，想让小师弟别敲了，看到他半跪着敲木鱼敲得十分之认真，颇有佛性。

她站在外面听久了，甚至真的隐隐觉得令人心静。

她一头雾水地离开，心想：难道小师弟的最终归宿是佛修？

自从小师弟有了木鱼后，越敲越频繁，一改从前的懒散，比修炼还要勤奋。

月余过去，众人竟然渐渐习惯夜晚响起的木鱼声。

房间西窗外开，月光透过窗沿洒进屋内，风拂帘动，屋内逐渐散出一股若有若无的异香。

半垂未收的帘子挡住了床上侧卧的人，只能看到黑色长袍下的一双长腿。再往上，游伏时双眼微合，额上覆着一层薄汗，指尖无意识地扣在枕边，甚至有些泛白。

"这……是什么？"

游伏时听到了自己的声音，有些生涩磕巴，像是很少开口说话。

他朝那边看过去，只能看到两个模糊的人影，但潜意识知道面对着他的那个人是自己。

"木鱼。"背对着游伏时的人将木鱼推给对面的他，又拿出一本书，"还有清心咒，我翻了翻，大概有三十多种，一边敲一边念，你应该能好点儿。"

"不敲，不念。"对面的自己拒绝，并将书和木鱼扫到地上。

木鱼摔在地上，发出厚重沉稳的声音，一听便知道并非凡物。

另一个人重新将木鱼和书捡起来，有些无奈地说道："你刚化形，情期难熬，若你有伴，也不用其他手段。"

对方或许是为了让他能听懂，语速放慢了不少。

"这些天先试试，我已经向丹宗订了妖静丹，到时候你吃了便能压制情期。"

　　游伏时看着那人翻开书，慢慢教自己一句一句念着清心咒，一遍敲着木鱼。

　　他无意识地跟着默念，那股涌起来情潮似乎真的被渐渐压制。

　　床上的游伏时候地睁开眼睛，盯着帘上的花纹良久，单手撑起身体，从床头摸出木鱼，开始缓缓敲了起来，心中默念着梦中被教着念的清心咒。

　　隔壁还在熬夜画符的大师姐："……"

　　小师弟这是又开始了，每夜敲得她人都"佛"了。

　　离宗门大比前赛没有几天了，叶素想尽可能多研究攻击性的符箓，黑暗界中那合并成一面墙的符箓被她画完后，确实又闪现了一道金符，但她到目前为止，也无法将其完整地画出来。

　　所以叶素便同步开始研究符阵，用自己所会的符箓试图画出符阵。甚至连屠世写的那本法阵手札都看过了。

　　叶素停笔听了一会儿隔壁传来的木鱼声，最后无奈地摇头，继续埋头研究符阵。

　　三月一日，宗门大比前赛正式开始，无数修士赶往图首城设立的赛场点。

　　"大师姐还是金丹前期。"夏耳长叹一声，"都好几个月了。"

　　路过的马从秋闻言翻了白眼："修士好几年不进阶才正常。"

　　"可我和三师姐都金丹中期了。"夏耳一拳捶在掌心，忽然了然，"我知道了，大师姐到时候一定是连升几阶！就像那个五行宗的连怜一样。"

　　马从秋摆摆手，表示自己先走了："你们慢慢想。"

　　和一个"叶素吹"是讲不明白道理的，反而容易把自己带沟里去。

　　这段时间内，进阶的人只有夏耳和西玉，大概是周围都是剑修的缘故，夏耳在炼剑时接连顿悟了两次，直接进阶到金丹中期。他炼制出来的剑还没交给黄二钱，便被吾剑派的一位弟子买去了。

　　至于西玉，则是在入定时突破的。

　　"大师姐就在前面。"西玉示意明流沙和夏耳往前挤，"前赛快要开始了。"

　　几个人挤过去时，徐呈玉正在分玉简。

　　"在这枚玉简上刻上自己的名字和宗派，届时可以记录参赛修士的得分，赛场全天开放，可随便选擂台。输一场扣一分，赢一场得一分。"徐呈玉对叶素和后面的其他弟子解释前赛的规则，"只要能保留玉简的初始分，便可一直上擂台。另外前赛为期两个月，后一个月会有混赛开启，你们若想要参与，注意扣分规则的不同。"

　　叶素用一指灵力在玉简上刻了"千机门"，再刻上自己的名字，点开玉简，便看到里面有一分。

"每日随时更换积分排名，但只显示一千位。"徐呈玉指着赛场最前方一块数丈高的石碑道，"最后一次更换，还能在石碑上的人便可以拿到通行单。"

吕九站在叶素的旁边，一边走神，一边听着徐呈玉的话，注意力又被叶素衣袍上硕大的"千机门"吸引，无意识地在玉简上写下"千机门"。

等她反应过来，已经晚了，玉简将她的名字和千机门关联上了。

"这……"吕九愣住。

叶素似有所觉，转头看到她手中的玉简，不由得笑了声道："你不介意，可以来我们千机门。"

"我……"吕九不好意思地问，"可以吗？"

她只是一个无门无派的修士。

"掌门不一定收徒，也没办法教你。"叶素笑着道，"待千机门重归大宗，或许你能开峰收徒弟，以后千机门也有剑修师父了。"

吕九想起那个场面便心潮澎湃，眼眶莫名有些湿润，用力地点头道："好！"

画完大饼的大师姐又去看小师弟，他的手里也有枚玉简，是他硬从徐呈玉的手里弄来的。

"你也参赛？"叶素的目光掠过游伏时隐隐有薄红的眼尾，提醒道，"两个月的比赛，很累。"

这段时间小师弟成夜敲木鱼，精神看起来也不太对，懒觉是不睡了，莫名多了一种锋利的脆弱感。

游伏时举起拖在地上的泣血剑："累它。"

叶素："……"

石碑下，有一口巨钟，当敲响第一声时，所有人便知道前赛正式开始了。

不少人抢先登上擂台，想要率先争得一点儿时间，多得分，不过往往也最容易提前出局。

这时候所有人只有一次机会。

聪明一点儿的修士会等上几局，观察好形势再动手，当然实力够强的人也不在乎。

叶素转了一会儿，随便挑了一个擂台上去，对面上来的正好也是符师，青年模样，一上来便掏出两把喷符枪，开始疯狂朝她喷符。

台下观战的明流沙几个人都看沉默了。

"居然用喷符枪对付大师姐。"夏耳叹气，"什么叫班门弄斧？这就是。"

那位青年符师看到自己的符篆喷发出去，眼中闪过得意，这两把喷符枪可是他花高价买来的，他有信心，它绝对能让自己进前一千名！

叶素身形一动，躲开符箓的攻击，拿出一支笔和一沓黄表纸，当场画符。

"你也是符修？"青年符师大怒，哪有符修在擂台上画符的？她又不是什么元婴期的符师，这还是单人战！

他一生气，手中的喷符枪突突得更厉害。

叶素灵活地躲过对方射过来的符箓，仿佛能事先窥探到他符箓的轨迹，快速画了一沓符，她突然停住脚步转身正对着台上的符师。

青年符师还以为她终于力竭，兴奋地举高手中的喷符枪，对准叶素喷去。

啪、啪……

他只听见一连串符炸开的声音，发出的符箓全被炸成漫天黄纸屑，中途又化成灰烬。

青年符师震惊地看着对面的叶素，她居然也有喷符枪，用得比自己还好！

刚才叶素在喷符枪里面装了爆符，能摧毁同境界的符箓，何况对方的境界还未到达金丹期。

"你可以开始躲了。"叶素悠悠地说道。

对面那位符师还沉浸在叶素也有喷符枪的悲痛之中，根本听不进去她说什么。

叶素摇了摇头，从乾坤袋中掏出一个修真版火箭筒，架在肩膀上，往里面加了一张符，对准青年符师轰去。

咚！

青年符师一脸蒙地被轰下台，整个人镶嵌在另一个擂台的台座上。他艰难地眨了眨眼睛："这……这是什么？你……在……哪儿买的？"

叶素放下火箭筒，对着台下一干目瞪口呆的修士道："符炮筒，五万中品灵石，有人要吗？"

无人出声，皆未反应过来。

嵌在台座上的青年符师不顾内伤，奋力挣扎着伸出一只手："我！我要！"

"卖给我！我要！"青年符师努力挣扎出来，扒在擂台上，仰头问叶素，"这是什么法器，怎么如此厉害？"

叶素扛着符炮筒跳下来，摸了摸炮体："符炮筒，里面刻了一个小型加强符阵，你往里面加符箓，射出去的效果可加强两倍。"

刚才她放进去的也是爆符，经过符炮筒加强后，便能直接将对手轰下台。

"符阵……可以用多少次？"青年也是符师，知道符箓的使用次数有限。

"符阵是用上好的朱砂刻上去的，起码可以用个十次。"叶素拍了拍符炮筒道，"失效之后，你只需再加符箓进去便可再次形成符阵。"

她将符阵所需要的符箓画给了对方。

虽然这个符炮筒有次数限制，但青年符师还是拿出灵石，扔给叶素，道："行，我买了。"

叶素接过灵石袋，确认数目没错后，将符炮筒递给他："交易愉快。"

等人扛着符炮筒离开后，叶素将灵石袋扔给走过来的明流沙："拿好。"

"刚刚那个符炮筒看起来真不错。"夏耳一脸感叹崇拜之色，"不愧是大师姐！"

"想要？下次给你们每人做一个。"叶素拿出玉简，低头看了一眼，上面已经变成两分了，"我去继续比赛了。"

叶素不是剑修，也没学过剑招，但她炼制的法器不少，用这些对付他们，一旦对手下台，便开始站在擂台上吆喝兜售手里的小法器。

每赢一场，她便站在擂台上推销一番，用事实告诉大家自己所言非虚。

来这里的人，谁不是求胜心切？又亲眼看到法器的效果，个个争先恐后地要买，毕竟多一个法器，多一分希望。

"牙钉，可随修士的意志攻击人，用法多样，像刚才一化成百，形成钉网便能将对手一网打尽，不贵，只需四万八中品灵石。"

"飞羽针，携带方便，杀伤力强，三万九千九中品灵石带回家，师兄师妹见了夸。"

"哭环，不用学音律杀招，随便敲一敲，就能扰乱对手的听觉和情绪，仅需六万六千中品灵石，下一个音修奇才就是你。"

不得不说，大师姐现场带货的能力一流。

不出十日，有人在台上卖法器的事便传遍了整个东方位赛场，最关键的是买了法器的那些人的积分居然真的在噌噌往上涨。

"你们卖不卖剑？"

叶素今天刚出来，还没挑擂台上去，便被一个年轻女子拦住，对方手里拿着把断剑，焦急地问道。

"剑……"叶素转头看向夏耳，问道，"有没有剑？"

"有！"夏耳立刻从乾坤袋中拿出一大把剑，"道友，您要哪把？"

年轻女修士突然有点儿后悔。

她一早出来打擂台赛，碰上个厉害的高手，剑被打断了。

因为听说这附近有人在卖法器，件件都不错，所以没有立刻去城内的全典行，而是选择蹲守那个卖法器的人，想要搏一搏。

如今看来，这人怎么有点儿不靠谱？

夏耳的目光落在对方手里的断剑上："道友不介意的话，可以把剑拿过来，让我看一看。"

年轻女修士只能死马当活马医，把断剑递给他："我想要一把称心的剑。"

"没问题。"夏耳仔细观察断剑的剑柄磨损痕迹，又看了看剑身，最后挑出两把剑，"道友，你可以试试这两把剑。"

年轻女修士拿着他推荐的剑在空地上舞了几招，意外发现手感不错，不过多少还是有一些陌生的感觉。

"这把。"她挑了其中一把，决定先试试，不行再去全典行买一把。

夏耳却将那把剑也一起拿了回来："我再帮你改一改剑柄，或许会更适应。"

"改？"年轻女修士还是头一回听说炼制好的剑还能改。

"我们炼器师能改。"夏耳和叶素他们打了一声招呼，找了个角落开始用灵火慢慢改制剑柄，尽全力修正做旧。

一个时辰之后，年轻女修士惊喜地离开，这次过后，又多了一群人想找他们买剑。

叶素已经打了五场，卖了五场法器。

才下台，易玄忽然找过来，对她道："我呢？"

叶素诡异地问："什么？"

"我也是千机门的弟子。"易玄指了指自己衣袍上的字，"可以卖法器。"

叶素笑了声："行，刀、剑随你卖，去找夏耳和西玉。"

不只他，连吕九也开始帮着一起在擂台上卖剑。

参赛的修士虽众多，但真正竞争的高手不算多，尤其通行单有一千张，易玄和吕九并不太紧张，换剑使用完全能应付。

"真的是你。"

叶素听见声音，回头看去，看到了一身红衣、明艳照人的连怜以及她旁边站着的程怀安。

"好久不见，程道友，连道友。"叶素笑着打招呼。

连怜抱着臂走过来，颇有兴味地说道："这些天，一直听说有人不务正业，在擂台上不好好比赛，成天贩卖法器。我一猜就知道是你。"

叶素挑眉："你们也想买点儿法器？"

"那倒不用，只是来看看你怎么卖法器的。"连怜上下打量叶素，"我还以为你要用符修的身份比赛。"

"不才，什么都胡乱修点儿。"叶素微微一笑，"简称胡修。"

连怜："……"

"我看到你们千机门有四个人参赛了。"旁边的程怀安好奇地问道，"另外两个是谁？"

千机门的四个人中还有一个并宗弟子。

"另外两位是千机门将来剑修的带领人。"叶素认真道，"作为一个即将崛起的宗门，综合实力强才是真的强。"

"可真敢想。"连怜还是原来的脾性，啧了一声，"你们千机门还想成为第二个昆仑派吗？"

昆仑派虽主流是修剑，但其他修士也有，甚至有专门的丹堂、符堂等等，个个走出来不输其他大宗门。

几个人正在说话，不远处又换了人上擂台，那人是易玄。

叶素还没有什么反应，旁边的连怜突然激动了起来："师弟，你快看，那边擂台上的人长得真好看。"

程怀安："……"

"他的眼神真冷漠，我喜欢。"连怜双手捧着脸，哪还有什么明艳大小姐的模样。

叶素："……"

恐怕当初那些关于这位和男主角的流言就是这么传出来的吧。

"师姐，我们该去比赛了。"程怀安面无表情地说道。

"不急。"连怜拉着他，往那边挤过去，"先看看。"

擂台上，易玄手中拿着的是西玉炼制的一把刀，由于他现在用重明刀，辛沈子特意扒拉出数本有关刀招的书籍，再来指导他。

如今易玄也渐渐适应了单刃的刀。

对面的剑修是金丹前期修为，境界不算低，只不过对上易玄还是差了不少，没有几招便落下阵来。

易玄原本可以一招赢，但为了充分展示手中这把刀，特意花了些时间。

等到对面的修士彻底跌下擂台时，他才将手中的刀拿到身前："这刀，有人要吗？只要……八万八。"

正看得如痴如醉的连怜："怎么又是一个卖货的？"

"他是我的师弟。"叶素不知何时站在了她的旁边，幽幽地说道，"千机门的人都卖货。"

连怜这时候才舍得将目光从易玄的脸上移到身上，盯着那金光闪闪的"千机门"三个大字，无语了。

"好看的人都跑到你们千机门去了？"连怜抬头看着台上年轻的剑修，捂着胸口，"暴殄天物。"如此好看的人，为什么沦落到当众卖货？！

底下立马有人举手说要买，明显蹲守了许久，就等他说这么一句。

易玄将刀卖了，正好看到叶素也在，便走了过来："大师姐。"

近距离看到易玄，连怜的心跳得更快，不过下一秒便被程怀安捂住了眼睛。

"我们先去比赛了。"程怀安客气地对叶素道，"下次见。"

叶素看着两个人离开，回头对易玄道："你价格报高了。"

"他们愿意买。"易玄无所谓地说道，刚才在台上他故意用那么多招式，便是想突出这把刀的威力。

"也行，西玉知道了，炼制会更努力。"叶素点头道。因为法器卖得不错，这些天明流沙、西玉和夏耳也忙了起来。

一个月过后，前赛石碑上的名字已经变了好几番，但有些人的名字开始固定下来，没有再消失过。

原本众人以为徐呈玉、易玄几个人的积分应该靠前，结果谁也未料到领先的人居然是千机门的游伏时。

前赛全天开放擂台，随时随地都有人上去，吾剑派的弟子以及叶素几个人都在白天比赛，等到晚上便休息，只有游伏时占据了一个擂台不挪窝，泣血剑无时无刻不在擂台上挑战人。

游伏时的积分噌噌往上涨，根本不带停歇，直接飙到第一。

至于游伏时自己，在擂台上基本没有动静，要么站在那儿，要么坐在躺椅上，偶尔还能打坐入定。

哦，小师弟还有一个草垫子，叶素专门给他准备的，他坐着的时候，还能敲一敲木鱼。

不过游伏时懒，敲木鱼都能有一下没一下的。

"怎么最近又不爱敲了？"叶素看着游伏时终于从擂台上下来，问他。

小师弟这几天似乎没有那么心烦气躁了，连木鱼都扔还给了她。

"好了。"游伏时抬眼看着叶素，慢慢地说道。

大师姐没听明白什么意思，不过她来是为了另外一件事。

游伏时这边擂台上的人越来越少，因为从未输过，除了想要来试一试的人，基本上其他修士都不愿意过来。

"接下来一个月，会随机出现混赛。"叶素道，"混赛输一场便扣除之前所有积分，只保留初始分，赢一场可以得到其他人手里的积分。"

混赛一出现，为了维持名次，绝大部分修士得参加，最关键的是，只要在结束后还留在擂台上，便可以和其他人平分积分。

如此，多了不少可操作的空间，厉害的修士甚至可以将实力次的修士带上来。

当叶素说完后，在擂台上待腻了的游伏时干脆地说道："不想去。"那听起来很累。

"目前你的积分最高，如果还在一千名以内，也不用参加混赛。"叶素过来告知小师弟接下来一个月可能会出现的情况，倒也没指望他能拿到多少名次。

游伏时忽然犹豫地看向远处的石碑："那些人的名字会在我的上面？"

叶素："积分高自然会上去。"

"我参加。"游伏时当即改变主意。他不想别人的名字在自己的名字上面，只能辛苦在擂台上多站一会儿了。

立在旁边的泣血剑默默沁出了几滴血泪。

叶素并不意外小师弟的反复无常，笑了声道："随你，只要在混赛擂台结束时还留在台上便行。"

如叶素所言，第二日赛场上便多了不少大擂台，混赛正式开启。

"比起上个月，少了很多人。"徐呈玉抱着剑转脸对易玄道。

"嗯。"易玄还是寡言，但眉宇间的尖锐之意弱了几分。

两个人并排站在赛场边上的阁楼上，这里是吾剑派的驻守地。

"按照往届规律看，金丹以下的修士，无法拿到通行单，有些金丹前期的修士也容易被淘汰。"徐呈玉道，"叶素的积分不多，勉强够到千名以内。"

实际上个月，她的排名还掉下去了好几次。

"你觉得她拿不到通行单？"易玄面上终于有了波动。

"那倒不是。"徐呈玉摇头，"既然叶素要参加宗门大比，就一定能拿到通行单。只是……我很想和她对一局。"

易玄闻言拧眉："她不是剑修。"

"确实不是。"徐呈玉的视线落在下方的擂台上，"你不觉得她会用剑吗？"

很早之前，徐呈玉就想知道叶素挥剑是什么样子了。

初见面时，对方剑下挂着三个人还能追上来，他便十分好奇，还以为她是剑修。后来他们认识、熟悉之后，叶素始终只御过剑。

不过徐呈玉发现她学得极快，只旁观他们吾剑派的弟子如何御剑，不用指点，很快便能使出同样的御剑技巧。

"她没有学过剑招。"易玄垂眼看着栏杆道。

"叶素这里……"徐呈玉抬起一只手指了指脑子，"过目不忘。"

在吾剑派的几个月里，连夏耳为了感受剑的气息流动，偶尔都会拿着剑试着练几招，但叶素从来没做过这样的事。

认识这么长时间，他太知道叶素的恐怖之处了，所见所闻，她完全不会忘记，举一反三的能力极强。

且叶素好学，她能迅速汲取周边所有新鲜的东西，并迅速运用。

从有记忆以来，他只见过另外一个人给过自己同样的感受，那个人是昆仑的陆沉寒。

叶素唯独不学剑，对于这件事的疑惑，他压在心里许久了。

"即便叶素不会剑，我也想和她对战一局。"徐呈玉笑着道，"她很会用符，我在秘境中见过。"

提起秘境，易玄便想起他只有一次和叶素他们在同一个秘境中，还不是一队。

听见徐呈玉的话后，易玄察觉自己竟然有些想要和叶素他们一起闯秘境，甚至也想和叶素对战一局。

十多年，他不知道多少次想和大师姐比较，偏偏他于炼器一道上完全不通。

"前赛自由度高，机会多。"徐呈玉转身走下楼梯前，又回头对易玄道，"我准备去和叶素对战一局，你想去可以抓紧机会。"

易玄愣住，未料到自己的心思被看穿。

"走吧，比赛了，易师弟。"徐呈玉人已经走下了楼梯，只留下一句余音。

混赛擂台一开，石碑的排名顿时发生了翻天覆地的变化，有些明明已经在前面的人，直接哐当掉出了排名。

每时每刻都有名字掉下来，新的名字再替换上去。

游伏时看着自己的排名瞬间掉下来好几位，当即拖着泣血剑走上一个混赛擂台。

明明混赛擂台上人数众多，底下的人还是一眼能看到游伏时，他太显眼了，无论长相还是拖剑的姿态。

"入赛五十人，混赛即将开始。"负责主持的修士记录完，随手便支起结界，以防擂台上的人误伤周围。

这些修士都是各宗门内长老执事级别的，境界皆在化神期及以上。

游伏时站在擂台边上，一松开手，泣血剑便腾空而起，悬停在他的身侧。

"开始！"主持修士喊道。

擂台上的修士纷纷动手，混战正式开始。

游伏时偏头瞥向身侧的剑，泣血剑顿时红光隐现，仿佛打了一个激灵，瞬间冲入对战的人群中。

一把剑孤零零地挑战五十名修士，像是在发泄，一个人都不放过。

叶素站在不远处，看着游伏时站在擂台的角落里，不由得皱眉：泣血剑离得太远了，只要有人转身朝他冲过去，泣血剑不一定能护住他。

这种想法一闪而过，擂台上被挤到边上的五六名修士已经回头看到了游伏时一个人，抬剑封路，狠狠刺向他。

没有人看到游伏时怎么做到的，只看到他长袖一挥，那五六个人便被拍飞，砸向人群中。

刚挑飞一个修士的泣血剑一顿，似乎心虚了，剑身凌空一鸣，狂扫众人。

整个擂台上几乎无人能抵挡，比赛沦为泣血剑的独秀。

时辰还未到，擂台上便只剩下一人一剑。

主持修士："……"

下一刻游伏时积分暴涨，再次升至第一。

"他又进阶了？"远处的连怜也刚下台，看到游伏时这边的动静，颇为诧异道，"金丹后期了。"

千机门的那帮人境界提升得还真快，不过叶素怎么还是金丹前期境界？

"师弟，我们去找叶素对战一局怎么样？"连怜忽然道。

程怀安犹豫了一刻："我们的境界高于叶素。"尤其连怜已经是元婴中期了。

"那又如何？我很早就想试一试了。"连怜摩拳擦掌，跃跃欲试，"她成天那副波澜不惊的样子，看得我不爽。"

实不相瞒，程怀安也想和叶素比一比符箓水平。

"她往混赛擂台上走了。"连怜拉着程怀安往那边跑，"我俩一起上去。"

左右时间还早，叶素的积分掉了，再打几场混赛就能回来，大不了到时候自己带着她涨分。

叶素看着游伏时下来之后，递给他几块灵石，才走上另一个混赛擂台，有不少修士也正往这边来。

"什么情况？"

"怎么都往这个擂台上来？"

"吾剑派的大弟子还有五行宗的人都来了！"

"完了，早知道我不上这个擂台了。"

叶素低头清点完自己还剩下的法器，再抬头时便听见一阵骚动，她的视线落在那几个熟悉的人身上，抬手道："好巧。"

徐呈玉和易玄，还有刚刚赶来的连怜、程怀安面面相觑，他们四个人几乎同时落在擂台上。

上了擂台便会被玉简记录，再下去只会被视为弃权，保留初始分，扣掉所有其他积分。

这四个人来之前分别参与了混赛，积分全部暴涨了一轮。

他们一上来，这个擂台瞬间成为全场总积分最高的一场混赛。

"你想和我们打一局？"连怜问对面的徐呈玉。

徐呈玉否认："我来找叶素。"

"你呢？"连怜的目光移向易玄，她记得这个人是吾剑派和千机门的并宗弟子。

易玄扫了一眼连怜和程怀安，这两个人的境界他看不透，他们很强。

"他也是来找叶素的。"徐呈玉替易玄回答。

程怀安微微拱手："我们二人也是来找叶素的，徐道友，不如先联手把台上清一清？"

徐呈玉点头道："正有此意。"

台上众人：？？？

"我弃权。"

"先走了。"

当即有些修士干脆利落地跳下擂台，早点儿走，早点儿去赚回积分。

也有一些不服输的修士，非要和这几个人硬来。

四个人当中，三个元婴期，按往届规律，都是夺冠热门，和他们对上的结果，可想而知。

叶素眼睁睁地看着擂台上的人减少，最后只剩下她和徐呈玉四个人。

"你们……"叶素不理解，"想和我打，为什么不挑单人赛？"

"积分高，刺激。"连怜率先道。

"一样。"程怀安跟着道。

"你在卖法器，不好打扰。"徐呈玉给出解释。

叶素的目光落在易玄的身上，等着他给出一个理由。

易玄缓缓开口："我要卖刀。"

叶素没忍住笑了声："行，你们想怎么打？"

今天这积分是保不住了。

擂台上的人是没几个了，但擂台下面围着的人越来越多。

明流沙、西玉和夏耳都站在最前面，今日旁边还多了一个游伏时，他还有一把叶素给的椅子，就坐在那儿，成功得到了主持修士的眼刀。

"大师兄和易师弟……还有连怜、程怀安，他们怎么全上去了？"听到有热闹看，马从秋赛都不比了，赶忙挤进来，问千机门的几个人。

"都想和我大师姐对战呢。"夏耳感叹道，"大师姐这么厉害，他们一定是想从中学到什么。"

马从秋已经在传讯给周云，让她一起过来凑热闹。

"先记录下来。"周云一来，就兴奋地拿出溯洄玉盘。

擂台上，徐呈玉道："叶素，我想要和你比剑。"

叶素微微偏头挑眉："我不是剑修。"

"不是剑修，能用剑也行。"徐呈玉抽出自己的剑，横在面前道。

"我没有用剑的习惯，打吧。"叶素摇头道，"一起。"

四个人互相看了看，皆朝叶素冲了过去。

五个人混战，却不是专门针对叶素，反而程怀安和易玄先对上，连怜靠着元婴中期的修为短暂压制了徐呈玉，抢先对叶素出手，往她身上扔去一道符。

叶素微微眯眼，身形瞬移，下一刻，徐呈玉忽然出现在她的面前。

突如其来的剑刺向叶素，挡住去路，前面持剑的徐呈玉双眼带着浅浅笑意，手中剑意却凛然冰冷，身后连怜甩符追来，毫不留情。

叶素来不及思考，矮身往边上移，两只手分别甩出两张千斤符，阻拦徐呈玉和连怜。

然而这时候，正在打斗的程怀安忽然朝她这扔来一张定身符，叶素眼看着要径直撞上去，立刻手撑地，翻了过去。

这不算完，紧跟着易玄的一道剑意劈来，叶素撑起两张金刚符，全部被劈碎了，才勉强挡住了攻击。

叶素："……"

这帮人不讲武德！

大师姐前有狼后有虎，隔壁还有百忙之中都要插个手的易玄和程怀安，情况十分危急。

明流沙不知道从哪儿摸出了一碟瓜子，一边嗑，一边慢吞吞道："小师弟一个人围殴一群人，大师姐被一群人围殴。"

"天道好轮回？"马从秋接嘴道，并神态自若地试图从碟子里摸一把瓜子。

此话一出，另一边的夏耳顿时伸手拍开马从秋的手："说什么呢？"

周云站在马从秋的后方，横插一只手用尽十九年的功力，悄悄地快速抓了一把瓜子。

"我的意思是他们打起来一定好看。"马从秋闻着瓜子香，咂了下嘴，再次伸出手去抓，"就嗑一把。"

"谁还要？"明流沙拿着碟子前后左右转了一圈。

"我。"吕九刚下擂台，听说叶素、徐呈玉他们在打架，赶忙冲了过来围观。

游伏时默不作声地抓了一把瓜子，没吃，握在手里。

"师兄，我也要。"夏耳探手道。

"还有我。"西玉同样抓了一把瓜子。

众人就这么把瓜子分完了。

于是台上激烈打斗，台下闲聊嗑瓜子，一派和谐。

接连被围殴，叶素只能试图拉开距离，东躲西藏，这儿丢一张符，那儿丢一张符，基本上打不中四个人，最多阻碍他们的脚步。

"锁风禁月。"连怜扔出数张符，与此同时手虚点画出阵眼符，一道庞大的符意自上而下，朝叶素挤压而去。

元婴中期的符意足够让金丹修士的身体乍然停顿，无法抵抗。

叶素早有准备，贴上数张疾速符，想要强行躲开符阵，但紧跟着程怀安同样的符阵从另一边推来。

真是阴魂不散。

叶素无法直接画出符篆，必须借助符物，碰到寻常对手还能在台上画，对上这几位根本来不及，只能从乾坤袋中不断拿出符篆，设阵。

连怜和程怀安又不是吃素的，解符阵的速度极快。但叶素还在疯狂扔符，她的符阵多且复杂，数目一多，终于稍微拦住了两个人。

叶素的额上布满汗水，她才停下来，一口气未喘匀，身后的易玄和徐呈玉飞身挥剑过来。

大师姐心累地闭了闭眼，但还是从乾坤袋中摸出一把骨扇，猛然转身，后仰躲开两个人的剑，残影剑意削断她的发丝，发丝缓缓落地。

叶素抬起扇子，左右一挥，挡开他们的剑。

锵！当——

骨扇和剑相击的声音。

叶素用扇子挥开两个人的剑，重新站了起来，手一转，扇子便被撑开，轻轻一扇，扇面便飞出数根银针。

徐呈玉和易玄皆后退，提剑挡劈这些银针。

这时候，连怜和程怀安也破开了符阵，四个人再一次齐齐围了上来。

他们没有用境界压制，纯粹是用招数，这是叶素撑了这么久的原因。

叶素一手挥扇，飞出银针，另一只手忽然摸出鞭子，朝程怀安甩去，被他躲开。但鞭子打在擂台上，瞬间出现一条深痕，足见其威力巨大。

"文骨扇，六万六，需要的举手，现场交易。"叶素抽空对台下喊了两句，把扇子和鞭子全往明流沙那边扔，"黑浪鞭，九万九千九中品灵石，威力看得见。"

台上台下："……"你还在比赛，卖什么货？！

下面的明流沙立马拍干净手，捡起扇子和鞭子，转身喊："道友们，机不可失，时不再来！"

"那鞭子，好用吗？"有人犹豫地问道。

"刚才那一鞭子可是把擂台直接甩出一道深痕，不是好东西，可做不到这个地步。"明流沙飞速道，"九万九千九中品灵石，真不亏，上不了当的。道友，信我！"

有人举手道："我买了。"

叶素将乾坤袋中的各种法器一件一件掏出来，用完就往下丢。台上台下联合推销，效果出奇好。

"你太过分了。"连怜感受到了十足的轻视，双手在虚空开始画符，她准备让叶素见识见识元婴中期符修的厉害。

叶素低头看了一眼乾坤袋，最近炼制的法器只剩下一支笛子，她若有所思地说道："我觉得也差不多了。"

所有人都没明白她话里的意思。

只见叶素微微一笑，左手掌心朝上，缓缓一抬，擂台上一些符箓忽然飞了起来，发出金光，连成数条线。

徐呈玉的颈脖后顿时自上而下起了一阵寒意，他的手紧握佩剑。

不光他，易玄、连怜和程怀安，眼中皆生起浓厚的警惕之意。

"你暗中设下符阵？"程怀安反应过来，难怪之前叶素设下的符阵有错误，里面总夹杂着一些无效符箓，他还以为是她对符阵不够了解的缘故。

连怜的符甚至没有画完，叶素的符阵便起了作用。

她抬手冲四个人挥了挥手后，立马撑起飞镜甲挡住自己。

轰——

符阵成，擂台碎。

一阵山摇地动过后，这座大擂台被彻底炸了，五人直接被轰飞了，结界也荡然无存。

幸而混赛擂台周边有好几位主持修士，刹那间共同再次撑起数层结界，但炸开的擂台石块连连冲破结界，眼看着要飞出来攻击到其他人。

众人纷纷四散逃开，个个急着撑开灵力罩。

这时，吾剑派的宗主周奇飞来，手一挥便竖起一道结界，与此同时结界内所有石块全部停滞，随即又轰然倒下。

"收拾好，换个擂台。"周奇留下一句，便飞身离开。

众人这才松了一口气。

"刚刚是吾剑派的宗主？"

"对，大乘境界的厉害人物。"

"擂台都没了。"

所有人的目光再次聚焦到原本擂台的位置，此刻擂台没了，炸飞的五人个个灰头土脸。

徐呈玉想开口说什么，张口就是一嘴灰飘出来。

对面的叶素也一身灰，几乎看不出模样。她低头看手中的飞镜甲：完了，这法宝被自己搞碎了。

"你这是什么符阵？"连怜最快清醒，连忙用数个清洁术把自己清理了一遍，但是她的腰刚才猝不及防被石块砸了，完全直不起来。

"爆压……"叶素才说了两个字，忽然吐出一大口血，整个人直接跪倒在地上。

这次玩大了。

"喂！"连怜顾不上自己被砸伤的腰，跑到叶素的旁边，摸了摸自己的乾坤袋，却没找到疗伤的丹药，正要转头问程怀安要。

"大师姐。"易玄从另一边过来，拿出一枚丹药塞到叶素的口中，这还是辛沈子强行塞给他的。

叶素低着头又咳出几口血："我没事。"

"你这是被反噬了。"程怀安走过来问道，"刚才是什么符阵？"

他完全没见过，威力太强了，根本不是一个金丹期符修能弄出来的符阵。

叶素吃下丹药，好了不少，虽然灵府依旧刺痛无比。她咬牙站起来，结果才起身，不知道什么时候出现的游伏时忽然劈头盖脸几个清洁术砸过来。

"多谢小师弟。"叶素把手中还握着的碎成两半的飞镜甲收了起来，无奈道，"爆压阵，我改的符阵，没料到威力这么大。"

她从一开始就在为设阵做准备，每次扔的符都有自己的用意，不光是为了对付他们，也为了掩盖爆压阵符箓的痕迹。

叶素没试过这个符阵，爆压阵的作用很简单，整个阵像一个罐头，阵中所有灵力都是罐头内的气体，会被不断收集，等到符阵成，最后会发生爆炸。

她未料到威力如此之大，超过了自己能控制的水平。

"这符阵，没事别用。"徐呈玉缓缓走过来道。他受过伤，流过血，还从未在众目睽睽之下被炸飞过。

"我知道。"叶素也不敢乱用了，这不该叫爆压阵，实属同归于尽符阵。

一群人从乱石中走出来，马从秋忽然拍了拍易玄的肩膀："易师弟，有句话我很早想告诉你了。"

"什么？"易玄转头看向对方，他身上的灰尘已经清了，下颌处还有一道划伤，却丝毫不影响他俊美的相貌，甚至配着眉间那颗红痣，无端多了孤艳。

马从秋低下头清了清嗓子，伸出一根手指，点了点他的后背："你的衣服破了。"

那瞬间，易玄犹豫了，缓缓伸手摸了摸背，然后浑身僵硬——他的衣袍后背被炸开了一大块。

下一刻，众人便看到空中一个御剑的身影极速离开，那身影还透着几分狼狈。

周云有点儿可惜地摸了摸脸，假装什么也没看到。

附近神魂未定的主持修士忽然问旁边的同伴："擂台都炸了，积分怎么办？"

"时间结束，既然没人站在擂台上，所有人的分都扣掉。"

"扣了给谁？"

"这……那不扣了？"

"算了，不扣了，这场所有人的分全归还。"

这场擂台混赛，所有人的积分全部归还，白比一场，还损失了一个大擂台。

叶素没有留在赛场中，她的灵府受伤，只能先回去休息疗伤。

路上，游伏时站在叶素身的边，默不作声地拿出一把瓜子递给她。

叶素唇色发白，面上一如既往地平静，她接过来问："谁的？"

"明流沙的。"游伏时看那些人都在吃，所以决定抓一把，留给这个凡人。

叶素想也知道是那几个师弟师妹的，这种便宜的吃食，他们爱买。

爆压阵的威力远超寻常符阵，这让叶素不光受了外伤，连灵府都被波及。

易玄的那枚丹药是好东西，吃下之后她的外伤痊愈了，但叶素能明显察觉灵府并没有得到修复。她状若无事，回去休息时甚至和夏耳几个人算了算卖出去多少件法器。

她坐在桌边，拿过茶杯，和明流沙他们说着话，顺手把瓜子剥了，将完整的瓜子仁放入杯中。

"等拿到通行单后，我们会立刻赶去昆仑参加宗门大比，有很长一段时间不回去。"叶素对明流沙道，"这些天拿到的一半灵石寄去千机门。"

"知道。"明流沙全部记下。

"大师姐，你的伤都没事了？"夏耳站在旁边紧张地问道，语气中还有遮掩不住的担忧。

叶素剥完最后一颗瓜子，将茶杯推给坐在旁边的游伏时，看向夏耳道："我没事，你们多看一看外面修士的对战也有好处。"

　　炼器师需要多见识各种不同的法器，这次前赛是最好不过的机会，剑修众多，每一把剑都有自己独特的风格，况且还有相当一部分修士使用其他法器，多看看对明流沙和西玉有好处。

　　游伏时垂眸看着手边的茶杯，里面堆满了瓜子仁，他盯着看了一会儿，没动。

　　"大师姐，我们先走了。"西玉起身，跟着明流沙和夏耳一起离开。

　　等他们走之后，叶素转头，看到茶杯里的东西没怎么动，问："不好吃？"

　　"不知道。"游伏时将茶杯重新推给叶素，"你的。"

　　这时候，大师姐终于明过来小师弟之前的意思："给我的？"

　　游伏时不说话，半趴在桌上，手臂垫着侧脸，过了一会儿，才有些百无聊赖地说道："叶素，前赛什么时候结束？"

　　"还有二十几天，很快。"叶素看着茶杯中的瓜子仁，有些失笑，她以为小师弟是让自己剥好给他。

　　大师姐自己拿了一粒瓜子仁吃，随即又拿了一粒放在小师弟的唇边："尝尝。"

　　游伏时撩起眼皮，一双漆黑的眼瞳定定地望了叶素片刻，才任由她将那粒瓜子仁放进口中。

　　"好吃吗？"叶素笑了声问道。

　　"没有什么灵气。"游伏时想了想补充道，"好吃。"

　　"这是最便宜的那种瓜子，香气浓，以后有钱可以买灵气浓郁的瓜子试试。"叶素起身，"我先去休息，你想去比赛或者休息一天都可以。"

　　她一走进自己的房间，关上门，便又是一口血吐了出来。

　　叶素抬手擦了，有些踉跄地走到床边，坐了下来，开始入定。

　　她内视灵府，发现整个识海都暗淡无光，之前在擂台上起阵时，过度消耗自己的灵力，这是导致灵府识海受损的直接原因。

　　叶素还没转完灵府，突然发现上面有一块塌了。

　　灵府塌了一角？

　　金光笼罩着的灵府，看起来像是一个不断延伸的屋顶罩子，但此时此刻上面有一角缺失，似乎被什么从内撞开。

　　叶素愣了半晌，只能捏碎几块上品灵石，勉强开始修复灵府。

　　看来得多休息一段时间了，这爆压阵实在对使用者的伤害太大了。

　　叶素这一补，补了二十来天，明流沙几个人每日来来回回在门外等着，焦急不已。

直到叶素出来后，见她没事，几个人才松了一口气。

"大师姐，你再不出来，前赛都要结束了。"西玉连忙道，"还有时间，现在去比还来得及。"

等到叶素再次回到赛场时，积分还是原来的积分，但名次早已经掉了下来，这时候石碑上前面一部分人基本稳定下来，和后半部分人拉开了相当大的距离。

游伏时、连怜、程怀安以及徐呈玉和易玄等人都在前十名，整个石碑的排名一溜儿下来，吾剑派和五行宗出现的次数最为频繁。

叶素看了看自己的积分，确实差得有点儿远。

"这里！"周云眼尖看到了她，连忙挥手，"这边还有一个混赛擂台，你快上去赢一场，速度要快，时间不多了。"

这些天，他们几次去看叶素，又怕她在突破，不敢多打扰，眼看着前赛快要结束，还以为叶素要拿不到通行单了。

"我知道了。"叶素扫了一眼石碑上的排名积分，准备跳上擂台。

游伏时不知道从哪儿出现，一言不发将雾杀花塞给她。

叶素握在手里，扬眉道："舍得还给我了？"

"先给你用一次。"游伏时理直气壮地回道，仿佛雾杀花已经是他的。

"行。"叶素拿着雾杀花上台。

这是最后一天，大部分人为了维稳，基本上不再参加混赛，这一场几乎全部是最后一搏的修士，金丹期的修士竟然有十一个。

叶素一个金丹前期的修士，在里面毫不起眼。

混赛擂台上一个身材高大的金丹中期修士信心十足，他这次运气不好，几次参加混赛都碰上厉害的人，积分扣没了，好不容易从头攒了点儿积分，这场是他最后的机会，一定可以赢！

另外一边也有两个符师对视一眼，准备合作，将这些人全部弄下去，最后平分积分。

比赛一开始，所有人各有心思，叶素没那么多心思，从自己那一角开始扫去，遇上一个打一个，符不要钱似的扔。

剑修没她符多，符修没她法器多，一个接一个被踢下去。

那几个金丹期的修士一看，毫不犹豫地决定一起先将叶素赶下去。

"大师姐，时间不多了。"夏耳在下面喊，"早点儿把他们解决了。"

叶素转头看向擂台下方，似乎丝毫没有发觉对面的几个人攻击迅猛，但她的手指碰在雾杀花上，稍稍一动。

黑金色手环的蛇形头部瞬间吐出冰蛛丝，朝他们射去，只是在半空中便炸开，如同雨雾薄纱，朦胧的诡异美感遍布整个擂台。然而在接近那些人时，细雾拉长乍变，无数细蛇张大口，朝这些人咬去，漫天细雾，躲无可躲！

台上这几个人上一刻还沉浸在突如其来的细雾薄雨似的美感中，下一刻便被无数蛇口咬中，心中惊骇，连番躲避逃窜。

叶素又如鬼魅般出现在他们的身侧，推了最后一把。

"这是什么法器？"周云仰头，目瞪口呆，喃喃地问道，"卖吗？"

叶素从擂台上跳下来，笑着道："这个不卖。"

"糟了！"明流沙急忙道，"大师姐，你还差一分，刚才第一千名换了个人。"

叶素一愣，比赛已接近尾声，这时候没人再比了。

游伏时忽然伸手拉着叶素走上旁边的双人擂台，对主持修士道："我们要比赛。"

"现在？"主持修士才说开始。

游伏时又从台上下来："弃权。"

主持修士还没有反应过来，他又上去："比赛。"

说完又下来："弃权。"

梅开二度。

主持修士："……"

游伏时刚弃完权，叶素的名字便跳上了石碑最后一个位置，与此同时，代表前赛结束的钟也被敲响。

前赛结束了。

"上了！上了！"西玉拍了拍旁边的明流沙，兴奋地喊道。

夏耳居然在抹眼泪："太不容易了。"

周云："你指哪个不容易？"

没看见主持修士的脸都绿了吗？还在这儿火上浇油。

这种前赛，人数众多，有些宗门为了让弟子多进一个，弟子之间假打，刷积分太正常了，散修吃亏。不过混赛后，也有不少散修结盟，但主持修士还是头一回看到如此堂而皇之、毫不掩饰、大摇大摆地打假赛的人！

不对，他们压根没打！

这位甚至都没走到擂台中间，站在擂台边缘台阶上上下下，来回弃了两次权！

"你们行！"主持修士伸出一根手指狠狠指着游伏时和叶素道，"装样子都不装！"

"赛场规定，弃权属于正当行为。"徐呈玉从对面走来道。

主持修士看到吾剑派的大弟子，显然认出来徐呈玉："他弃了两次权！"

"赛场也没规定不能多次弃权。"徐呈玉看到叶素成功进了前一千名，松了一口气，这些天他和易玄几个人都在后悔之前挤一个混赛擂台，还以为她得比赛结束之后才醒过来。

"总之，这种行为太可恨！"主持修士道。他必须上报！一定要杜绝下一届出现此类的情况！居然连假打都不打！

"行了。"一名吾剑派的长老从远处御剑下来，"规则之内，不算犯规。"

"这些人是要去参加大比的。"主持修士还想说什么，有时候睁一只眼闭一眼也不能太过分。

"弃权那个是石碑排名第一。"长老拉过主持修士低声道，"站在擂台上那个，就是前段时间把擂台炸了的人。"

听到炸擂台，主持修士愣住，随后回神低声问："居然是他们？"

"对，这下你可以放心了？他们总比其他人强，至少不会丢东边的脸。"长老道。

宗门大比也不只是各宗门之间的较量，还涉及东南西北各方位的名声，例如西边有万佛宗以及独立出来修真第一宗门——昆仑，这导致西边修士天然地地位、名气高于其他方位出身的修士。

也就是说这一千名拿到通行单的修士不光要为自己的宗门争光，他们还隐隐代表着东方位所有修士的脸面。

所以来参赛的弟子，只要能达到相应的境界水平，偶尔水点儿分，不太过分，主持修士也不会干涉。

主持修士咳了几声，对游伏时和叶素两个人道："比赛也结束了，你们站在这儿干什么？还不赶紧去拿自己的通行单？！"

"叶素，走了。"徐呈玉在下面喊。

叶素从擂台上走下来，顺手拉着站在台阶上的游伏时，一起往石碑那边走去。

"就差一点儿，大师姐你就没拿到通行单。"夏耳心有余悸道。

"还要谢谢小师弟。"叶素松开手，转头看向游伏时笑着道。

当时她参加的那个混赛擂台已经是最后一个，连双人擂台也没有人比了。

叶素第一反应是看向台下没有比赛的周云，那瞬间脑海中闪过无数种想法，如何快速打败她。

同积分，看输赢场数，除了炸开混赛擂台的那场，叶素还未输过，赢一场就够了。

不过，谁也没料到游伏时的反应那么快。

"我第一，你最后。"游伏时看着石碑上的名字，神情满意，他都在，这个凡人也得在。

等走近石碑时，那边吕九立刻朝他们挥手："这里。"

连怜站在旁边，对叶素道："我以为你进不了。"

"运气好。"叶素道。

"前后被你们千机门包围，突然觉得五行宗的名字也没那么耀眼了。"连怜若有所思地说道。

石碑上一千个人的名字，中间五行宗和吾剑派交织，尤以中上层最多，但无论正看还是反看，首先看到的宗门都是千机门。

叶素眉尾一挑："我不介意你们加入千机门。"

"那还是算了。"连怜仰头看着石碑上的排名。

前十名从上到下依次是：游伏时、连怜、徐呈玉、程怀安、易玄、吕九、周云、马从秋、章山、黎寺。

除去突然冒出来的三个千机门的弟子，一如既往全部是吾剑派和五行宗的弟子。

"前赛结束，将有千位修士可拿到通行单去往昆仑参加大比。"吾剑派的宗主周奇悬立在空中，微微动手，灵力覆盖整个赛场，"诸位手中的玉牌便是通行单。"

瞬间，场内无数人手中的玉牌碎裂，只有排名前一千名的人的玉牌才发出亮光，上面的内容也出现变化。

叶素低头看着自己手里的玉牌。

通行单：叶素，千机门

"六月十四日将在昆仑举行宗门大比，你们有近半个月的时间去报到。"周奇的目光落在下方的年轻修士的身上，不知这届会有多少天才冒出来。每届有昆仑压制，哪个宗门都讨不到好，何况本届昆仑还出了个陆沉寒。

说实话，前几年私下有消息传他出事，各大宗门皆松了口气，谁也未料到他又完好无损地回来了，甚至境界提升更快。

五行宗的连怜虽同样是元婴中期境界，但和已经能斩杀天魔的陆沉寒相比，还是有不小的差距。

至于目前石碑排名第一的游伏时，周奇还未看在眼里，整整两个月赛期，从头到尾都是泣血剑动的手，若这剑没有灵识，也不知道游伏时能排多少名，估摸着他的水平也就平平无奇。

周奇不明白什么缘分让游伏时把这把剑拔了出来。

好剑跟了普通人，在修真界也不是一次两次了，何况这还是把妖剑，擅长蛊惑人心。

周奇扫了一圈底下的年轻弟子，他们的脸上或多或少都带着希冀之色，他在心中叹了口气，凭这次前赛来看，能和陆沉寒相较高低的人，几乎没有。

不是这些弟子不够好，无论是徐呈玉，还是新来的并宗弟子，看潜力都比往届要好不少，就连五行宗的两位亲传弟子程怀安、连怜，境界水平也远超往届弟子，是昆仑的陆沉寒太强了。

周奇收敛思绪，朗声道："此去路途漫漫，望诸位前程顺利，旗开得胜。"

通行单拿到手的修士喜不自胜，纷纷祝贺，互相道喜，一时间赛场上热闹非凡。

周奇灵力一收，双手交握，背在身后，脚尖轻点落地。他余光瞥见叶素，稍稍一怔：差点儿忘了千机门这个弟子，看着行事风格倒像个人物，可惜境界太低。

"十四天的报到期，大师姐，我们要坐传送阵去吗？"夏耳挤过来问，"那边太远，御剑好像太赶了。"

"传送阵贵吗？"明流沙最关心这个问题。

徐呈玉笑着道："你们不介意，完全可以搭吾剑派的飞舟一起去。"

"我们有门有派，坐别的宗派的飞舟去似乎不太好。"西玉想了想道。

叶素若有所思地问道："徐兄，中途能不能离开？"

"快到昆仑的时候，你们再下来也可以。"徐呈玉完全能理解。

往届宗门大比，攀比飞舟也是各大宗门的一大盛事。

"如此，还要多谢。"叶素微微弯腰，拱手道。

"不是什么大事。"徐呈玉忽然想起一件事，靠近叶素低声道，"前几天，你师弟特意找了辛长老，想求医修替你看一看。"

叶素眼中露出诧异之色，她一听便知道这个师弟一定是指易玄。

"不过辛长老站在你房门前看了一眼，说你气息沉稳，没有大碍，不必请医修。"徐呈玉道，"所以我们还以为你在顿悟突破。"

结果叶素出来还是金丹前期境界。

"不是顿悟突破。"叶素摆手随意道，"我的灵府塌了。"

徐呈玉缓缓歪头，怀疑自己的耳朵出问题了："什么塌了？"

"灵府。"叶素伸手挡住前面要撞过来的修士，"没什么事，已经修好了。"

徐呈玉：？？？

就在他还在思索灵府塌了是什么状况时，易玄不知道从哪边走过来，摊开手露出玉牌，对叶素道："通行单拿到了。"

叶素看到他，便想起刚才徐呈玉的话，道："师弟，医修的事，谢了。"

易玄握住玉牌，垂下手，有些不自在地偏过脸："在千机门，你也帮了我。"

他是说刚筑基那次。

叶素想起以前的事，不由得笑了声道："你变化很大。"

游伏时的一只手忽然插进两个人中间，他把玉牌塞给叶素，理直气壮道："你保管。"

对面的易玄："……"

他有一瞬间的冲动，也想把玉牌塞给叶素，但最后还是作罢。自己是一个正常有底线的人，和游伏时不同。

东方位前赛结束的同一时间，其他各方位的比赛也结束了，四千名拿到通行单年轻修士的名字出现在修真界所有消息渠道上。

本届前赛结束，两个方位最受人瞩目。

一是东方位前赛的第一，竟然不是五行宗也不是吾剑派的弟子，而是出身千机门。

看到这三个字，修真界所有人脑中第一反应，浮现的都是一个曾经辉煌过、如今靠打秋风闻名、即将废宗的炼器门派，第二反应是哪个宗门竟然取这么一个同名，也不嫌晦气，结果再一打听，居然不是新立的宗门，还真是那个打秋风炼器的千机门。

据传他们的弟子在比赛中还卖法器，这种事乍听离谱，但出现在千机门的弟子身上，似乎半点儿都不违和了。

另一个是西方位，不是关于前赛排名，而是万佛宗内出了一件大事——新佛子终于出现了。

第九章・宗門比

早在前赛开始前，或者说更早，吾剑派已经在准备飞舟了，等他们的弟子一拿到通行单，宗主和长老处理交接完手中的事，便准备启程。

连怜和程怀安离开前，还特地问了叶素，要不要坐他们的飞舟去。

叶素谢过他们的好意："我们已经和吾剑派说好了。"

连怜嗤了一声："剑修的飞舟肯定没有我们符修的飞舟稳。"

"但我们的飞舟比你们快。"周云反驳。

"今年谁快谁慢还说不定呢。"连怜颇有些得意地说道，"你们拭目以待，五行宗的飞舟一定会惊艳众派。"

他们离开后，吾剑派也开始准备赶赴昆仑参加宗门大比。

本届前赛，吾剑派拿到通行单的弟子一共四百五十一人，准备的飞舟有上下五层，每一层皆可供百人住宿。

"这就是飞舟？"夏耳仰头看着空中的庞然大物，不由得目瞪口呆。

"以后我们千机门可以照着这种规格多造几艘飞舟！"西玉幻想道。

明流沙啧了一声："烧钱。"

光是悬浮在空中这一小段时间，就要耗费大量的灵石，即便是大宗门，也只在有重要的事情和活动时才会使用飞舟。

三个人一起看向旁边的大师姐，她背对着飞舟，手中拿着传讯玉碟，正在和师父说话。

三个人立马凑过去齐声喊了一句："师父。"

张峰峰全部应下。

"师父，我们马上要去昆仑了。"叶素侧身指了指后面的飞舟，"这是吾剑派的飞舟，你等我们拿名次回来。"

她要在宗门大比扬名，让所有人都知道千机门还在，千机门炼器的水平还在。

"好，你们在外要时刻注意安全。"张峰峰又道，"你师弟师妹炼了不少法器，有些不错的，我托黄二钱拿出去偷偷卖了。"

虽然不能挂千机门的名，但好歹能赚回来一点儿灵石，就是这些弟子境界不高，法器也卖不上价。

"我听说好些人筑基了。"叶素笑着道，"灵石别舍不得用。"

"放心，我都监督了，让他们在课上把灵石全用掉。"张峰峰乐呵呵道。

"师父，我说的是你。"叶素面无表情说道，"别把灵石往灵脉丢，没用。"

张峰峰心虚地摸了摸胡子："胡说什么呢？师父好端端地丢灵石干什么？"

"我以前看到了。"叶素揭穿他，"千机门的灵脉早枯竭了，你把灵石内的灵气引过去，也只会消散在空中。"

"不和你说了。"张峰峰说着就要关掉传讯玉碟。

叶素喊他："张峰峰，那些灵石拿着好好修炼，再不修炼，我们都要超过你了。"

张峰峰听见她喊自己的名字，就脑门一紧，随后不在意道："天才弟子超过师父，太常见了！"

"忘了你不要面子的。"叶素低声说了一句，她看着师父，片刻后改口道，"快要比赛了，别让我们担心。"

果然，张峰峰神情犹豫，最后道："知道了，我用。"

这时候辛沈子不知道从哪儿冒出来，手握着剑，伸过来一个头："这谁，我徒弟的大师父？两百岁就这么老？"

张峰峰："……"

跟在后面过来的易玄："……"

"你是'辛疯子'？"张峰峰一眼认出来辛沈子，他以前跟着师父远远见过。

"哟，还是认识我的。"辛沈子上下打量对面的张峰峰，就是这个人占了徒弟大师父的名头？

"师父。"易玄走过来喊了一声。

"剑练得怎么样了？在外面要听你另一个师父的话。"张峰峰嘱咐道。

"嗯。"易玄低低应了一声。

"你们是不是要启程了？"张峰峰道，"快去吧。"

众人转身御剑上飞舟，叶素关掉传讯玉碟前，又听见张峰峰小声问："师父很老吗？"

他明明比"辛疯子"要小！

叶素想了想道："师父，胡子该刮了。"

一门之主的张峰峰拍着胸膛道："你师父不光要刮胡子，还要提升修为！"

叶素笑着道："行，希望回去能见到焕然一新的师父。"

将传讯玉碟收起来后，叶素转头看见站在边上的游伏时："怎么还没上去？"

游伏时指了指她的手腕，这个凡人不太自觉。

叶素顺着他的手指低头，才想明白什么事："要雾杀花？"

她也不清楚为什么小师弟这么喜欢这件法器，不过看着他总讨要法器的样子，确实有趣。

"该上去了。"叶素将雾杀花取了下来，递给游伏时，在他伸手接住时，顺势拉着小师弟一起上飞舟。

飞舟上下五层，和陆地上的房间并无不同，每个房间内还有聚灵阵，可供修炼，甚至连练剑的场地都有。

叶素一行人被安排在中间一层，最上面一层和最下面一层都住着一同前去的长老。

此次一起随同前去的还有吾剑派的宗主周奇，宗门大比，宗主都必须出席，门派内则有长老打理。

叶素几个人都没有闲着，但不是修炼，而是在做东西。

临近昆仑时，千机门要下飞舟，他们得准备点儿拉风显眼的东西，一起下去。

既然要把千机门搞大，首先第一步从落地开始！自从知道有攀比飞舟这件事后，叶素连各种材料都提前准备好了。

房间内，千机门的四位炼器师摩拳擦掌，撸起袖子，准备大干一场。

昆仑境内，恢宏大殿中，坐着几位大乘期的高手，每一位周身皆带着磅礴威压，中间站着数百位昆仑弟子。

"千机门？"斜上方一位褐发老人指尖微微一弹，打碎殿前浮着的东方位排名，"吾剑派和五行宗的弟子如此不堪一击？竟然被一个炼器宗门占了头名，可笑。"

"其他方位的排名和往届大同小异。"褐发老人右边坐着一位面容清冷姣美的白衣女子，声音清缓如同溪水，"西方位前十多出两个无名宗的弟子。"

大殿顿时起了一阵议论声。

无名宗是散修的统称，他们统一被记录成无名宗，南北两个方位竞争力稍弱，前十出现无名宗的弟子的概率大一点儿，但西方位前十已经太久没有出现过无名宗的修士了。

昆仑不参与前赛，西方位只有万佛宗一个大宗门，而万佛宗又限制本宗弟子的名额，来这里的散修虽多，但万佛宗有绝对的实力霸榜。

也因此能在西方位杀出重围到前十的散修皆不是常人，至少有七八成可能会在宗门大比中取得不错的成绩。

这次竟然有两个散修进了西方位前十！

"静。"女子轻扬手，殿中灵力微微一荡。

所有弟子瞬间噤声，安静地低下头。

"这个无名宗的修士排在第二，仅次于万佛宗的谷梁天。"清冷女子顿了顿道，"谷梁天，万佛宗的新任佛子。"

左边另一位白发男子看向弟子中最中间的一个人："沉寒，此次这两个人你得注意了。"

最中间的年轻男子身形挺拔，一袭白衣，面容俊美，眉骨间还有一道新伤，却丝毫无损他的气质。

陆沉寒长眸微抬，看向女子："师父，还有一个人。"

"排在第三。"座上的女子手一挥，半空中那张西方位排名的单子便缩小飞入她弟子的手中。

陆沉寒接过名单，低头看去，谷梁天、简湖……第三位赫然是他熟悉的三个字——宁浅瑶。

是她？

西边某城客栈内。

宁浅瑶坐在二楼，桌上摆满酒菜，她却没有心思动筷子，手中拿着四张名单。

怎么可能？

宁浅瑶死死盯着其中一张单子，看着熟悉的名字以及名字后面代表的宗门。

他们怎么会参加这种比赛，还取得了通行单？吕九、游伏时又是谁？他们怎么会是千机门的弟子？易师兄为什么又成了并宗弟子？

一连串问题浮上她的心头。

宁浅瑶渐渐握紧那张名单，他们要来参加宗门大比，极有可能遇见自己。

"怎么不吃？"对面的人看她迟迟不动，问道。

宁浅瑶回神，勉强笑着道："我有些不舒服，先回房休息，你吃吧。"

"不舒服？我们去找医修。"对面的人顿时紧张地说道。

"明日还要动身去昆仑，你先吃。"宁浅瑶起身，"我睡一觉便好，不用担心。"

她快步回房，走了几圈，始终想不明白发生了什么。

宁浅瑶从未想过千机门，她一直忙着修炼提升境界，也没有怎么联络过师父，只知道叶素从小秘境中回来了，后面便完全不清楚千机门的事。

千机门攀上了吾剑派吗？

宁浅瑶想起易玄背后那两个宗派的名字，心思一动，便打开了传讯玉碟。

"师妹？"易玄刚和辛沈子对完招，看到传讯玉碟亮起，便点开，看到宁浅瑶的脸，有瞬间恍神。

"小师兄。"宁浅瑶弯眼笑着道，"我看到宗门大比的名单，才知道你也通过前赛了。"

"师妹、师兄？"辛沈子踩着剑飘过来，幽幽道，"徒弟，难道你还有第三个师父？"

"她也是千机门的弟子。"易玄解释。

辛沈子闻言诧异道："好像从来没听叶素他们提过，你居然还有师妹？"

对面宁浅瑶望着辛沈子的道袍，又听见他这话，心中不由得一沉：叶素果然攀上了吾剑派。

易玄再次解释："是另外一峰的师妹。"

"哦。"辛沈子失去了兴趣，"我先走了，去看看你师姐在搞什么东西。"

最近叶素在飞舟上的动静不小，不知道在搞些什么，他十分好奇。

"嗯。"

等辛沈子走了，宁浅瑶才继续问道："小师兄，你和大师姐他们在一起？"

她以为在定海城等到叶素后，易玄会自己一个人离开。

"你别叫我小师兄。"易玄忽然道。

"什么？"宁浅瑶一愣。

"师父又收了弟子。"易玄面无表情道，"如今我是五弟子。"

"五弟子？"宁浅瑶一怔，随后弯眼笑着道，"原来那两位是掌门新收的弟子，那以后我也是师姐了？"

她长得娇俏可爱，一双鹿眼清澈，又爱笑，很难让人讨厌。

易玄却直白地说道："他们不会叫你师姐。"

吕九只是挂名，更像千机门的客卿，何况……

易玄想起那个游伏时平日的一举一动——他都不喊叶素师姐，又怎么可能会喊宁浅瑶师姐？

"那我只能继续当小师妹啦。"宁浅瑶面上依旧带着甜笑，"易师兄，大师姐怎么也会参加前赛，我以为她在炼器。"

"太闲了。"易玄言简意赅道。

宁浅瑶的笑有瞬间几乎维持不住，她向来知道易玄和叶素关系不好，但他从不评判叶素的行为。

这句话听起来像在嘲讽，却分明证实两个人的关系变得融洽。

宁浅瑶咬了咬唇，犹豫片刻道："易师兄，我也参加了前赛。"

"嗯。"易玄没什么反应，无音宗一定会参加比赛，她常年跟着那些人，会参加前赛，也不算意外。

"我排第……"宁浅瑶还想说什么。

易玄已经伸手关了传讯玉碟，只留下一句："我去修炼。"

客栈房间内的宁浅瑶深深吸了一口气，她其实习惯易玄的行事，在千机门内，他一向如此，只是今日让她格外不舒服。

宁浅瑶想了想，最后决定联络师父，问问这段时间千机门都发生了什么事。

对面很快出现了杨谈的脸，他看到宁浅瑶，颇为高兴道："瑶瑶，刚刚师父才看见你的名字在名单上，正想联络你。"

"师父，为什么叶素他们也去参加了前赛？"这时候宁浅瑶脸上的笑已经淡了下来，没有面对易玄时那么甜。

"为师也不清楚。"杨谈摇头，又道，"易玄果然天赋过人，竟然被吾剑派收为并宗弟子。"

宁浅瑶用力咬了咬唇："叶素他们也攀上了吾剑派，我听见了，他们似乎和易玄在一起。"

杨谈的面色冷下来："张峰峰收的这个大弟子心眼向来多，借着易玄攀关系也正常，倒是比张峰峰厉害。"

他说完，看到对面的宁浅瑶，神情又变得缓和："瑶瑶，你别在意他们这些人，师父看到你在西方位拿到了第三，如今境界到了哪一层？"

"元婴中期而已。"宁浅瑶谦和地说道，"不算什么。"

"昆仑陆沉寒也不过元婴中期。"杨谈猛地站起身，原地走了几圈，激动道，"瑶瑶，此次宗门大比后，你定能扬名整片大陆！"

"师父。"宁浅瑶喊住杨谈，"千机门这两年发生了什么事？游伏时和吕九又是谁？我看见东方位名单的第一是千机门的游伏时。"

"千机门能有什么变化？一群人成天过来蹭灵气，还真让他们一些人进阶了。"杨谈想起游伏时，脸色冷了下来，"没听过吕九，那个游伏时是张峰峰新收的弟子，估计是碰了什么大运才拿了前赛第一。"

宁浅瑶低头思索，叶素一定是知道易玄的潜力，所以才会重修两个人的关系，从而搭着他一起参加比赛。

"瑶瑶，宗门大比快开始了。"杨谈道，"你的心思放在比赛上，别被叶素这些人耽误了。"

"我知道。"宁浅瑶抬头，叶素再厉害也不过是第一千名，又怎么可能比得过自己？

自六月一日开始，昆仑境内逐渐热闹起来，一艘又一艘飞舟从远处驶来。

已经报到过的宗门弟子每日都能看到各种飞舟，大的小的，各自点评一番。

"万佛宗怎么还不来？他们不是离得最近？"

"今年选了新佛子，宗内肯定忙着加冕，晚来太正常了。"

"你们第一次参加宗门大比吧，万佛宗不用飞舟，届时他们会走过来，数百人赤着脚，手握法杖，一步一步踩着台阶，走到昆仑仙台上。那种震撼，你们看了就会知道。"

"我只想知道合欢宗的人什么时候来，听说每届他们的飞舟最花里胡哨。"

"啧啧，跟你说，合欢宗内连扫地的童子都长得俊俏美丽，有次我跟着师父去过一次，那里面……说是仙境也不为过！"

"他们真的长得都那么好看？"

"那当然，他们宗门守则第一条就是不收丑人。"

"我挺想看看五行宗的，听说宗主之女为跟上陆沉寒的脚步，生生嗑了十瓶药，才连升两阶，到了元婴中期。"

修真界大大小小宗门齐聚，每日都有站在昆仑仙台上的修士八卦，什么话题都有。

"你从哪儿听来的？"边上的人回头道，"能连升两阶，非上品丹药不可，五行宗哪来的十瓶上品丹药？"

周围的人还想反驳，看到对方腰间的丹炉，最后还是闭嘴了。

宗门大比，不只有参赛的宗派，其他一起不参赛的宗门也会来看热闹。

"快看，是上阙宗！"

忽然有人指着空中喊道。

众人仰头看去，才发现远处云雾中缓缓驶来一艘庞大的飞舟，它像个大型琵琶，再仔细看则会发现船体是由各种乐器组成的，连房间的窗户都可以看出乐器的形状。

整整四层的飞舟驶过来时，庞大却轻盈，昆仑仙台上的人甚至能听见船檐上铃铛的声音，灵府为之一荡，变得轻灵，所有喧哗渐渐消失。

上阙宗，五大宗之一，主音修，北方位最大的宗门，此次入选的弟子名额达到三百二十六位。

船帆上写了"上阙宗"，但即便没有写，船体也是最显眼的标志，任谁见了都知道他们是哪个宗门。

昆仑仙台上虽站了不少人，但这个平台极广极大，足够停十多艘大型飞舟。

众人盯着上阙宗的飞舟驶来，最终停在仙台中间。

庞大的飞舟停下，底触及仙台地面却未发出响声，只有船檐铃铛齐齐发出一阵悦耳的声音。随即船门大开，里面率先走出两排弟子，上阙宗的宗主才缓缓出来，身后跟着本宗的音修弟子，所有人着一身鹅黄色飘纱道袍，面上平静，所持乐器各异。

这便是上阙宗。

宁浅瑶挤在人群中，远远望着从飞舟中走出来的上阙宗的弟子，光是那一身道袍看起来都比无音宗的宗主的好。

同样是音修宗门，两者之间的差距宛如天堑。

宁浅瑶想起昨天收到的传讯，辛鑫说自己在南方位拿到了通行单。

无音宗，三年前她以为厉害的宗门，如今却只有一位弟子拿到了通行单。

宁浅瑶垂眼，掩住自己的情绪。幸好自己离开了他们，一个人历练。

"五行宗来了！"

"还有吾剑派！"

昆仑仙台再一次热闹起来，众人纷纷抬头去看空中新出现的两艘飞舟。

五行宗稍稍领先，他们的船同样是四层，船形中规中矩，但整个船体上都刻满了符篆，桅杆黄底红迹，未写宗派的名字，但庞大的旗帜上画出来的符篆已经是最好的标志。

毫无疑问，任谁贸然攻击船体，一定会遭受猛烈的攻击。

稍稍落后的吾剑派的飞舟则有五层，桅杆上用剑挑墨写有"吾剑"二字，从底下看是一把剑的形状，船体周围萦绕着剑意，宏伟浩瀚，旁人目触即移，唯恐被刺伤。

"北音南幻，上阙宗都来了，合欢宗怎么还没来？"

"合欢宗肯定最后一个来，每届都这样。"

"我记得他们还会一路撒花过来。"

"吾剑派今年居然没有拿到前赛第一，那个千机门的也不知道从哪儿冒出来的。"

"什么冒出来，那就是那个千机门。"

"哪个？"

"全是炼器师的那个千机门。"

宁浅瑶听着两边人的交谈，视线落在停下来的吾剑派的飞舟上，不出意外，易玄应该就在这艘飞舟上，那次两个人传讯时，她看到了飞舟的桅杆。

下一刻，五行宗和吾剑派的船门皆打开，从里面走出两宗的人。

所有人都出来后，宁浅瑶也未看到易玄的踪迹。

怎么会？

连怜从飞舟上下来，不顾五行宗的宗主的眼色，大大咧咧地往吾剑派这边走，程怀安跟在她的身后。

"叶素他们呢？"连怜问周云，"她不是说和你们一起过来？"

周云伸出手指了指空中："后面。"

连怜不解，顺着她的手指往上看去。

这一看，呆住了。

空中一把红光闪现的剑打头，剑身疯狂往前飞，剑柄绑着一根绳子，后面拉着一艘怪异的飞舟。舟内分两列四排坐着七个人，叶素一个人坐在最前面，游伏时和易玄坐在第二排，夏耳和吕九坐在第三排，最后一排坐着明流沙和西玉。

飞舟不大，小得很，但十分耀眼。

因为整个舟体都被灵火包围了。

"这……就是合欢宗的弟子吗？"有人愣愣地出声道，"如此相貌，果然名不虚传。"

"合欢宗怎么可能就这几个人。"

"他们在干什么？"

只见这小飞舟并不直接降落到仙台上，反而开始盘旋打转，这时候众人才发现飞舟屁股后面还有一条长长的横幅，黑底金字，上书"千机门"。

不光如此，飞舟屁股后面还在放烟，五彩烟！

随着飞舟在上空转圈，烟不断留在空中，最后形成了三个字，依旧是"千机门"！

"大师姐，是不是该放炮了？"坐在飞舟上的西玉看烟快散完了，问道。

叶素扛起符炮筒，道："放吧。"

西玉和明流沙忽然也各自扛起符炮筒，三个人一起朝天连续射了几发炮，无数张符箓飞上更高的天空，这些声符发出尖厉的声音，最后悬浮着再次形成"千机门"三个字。

千机门、千机门……还是千机门！

昆仑仙台上的众人此刻脑中只有这一个想法。

这些符箓汇集发出的声音甚至惊动了昆仑守卫，他们纷纷戒备地出来，结果抬头只看到一艘小得不能再小的飞舟在空中到处打转，硬生生弄出比大宗门的飞舟还大的动静。

吾剑派一众人也看得目瞪口呆，叶素几个人一直在房间内搞东搞西，他们都是知道的。

快到昆仑仙台时，千机门的几个人提前下飞舟，拿出一个古里古怪的小飞舟，底下贴了几张符，可以悬浮，甚至没有灵石烧，只能靠着泣血剑在前面拉。

当时望着叶素一行人坐着小飞舟离开，吾剑派的弟子心酸又同情。

现如今……什么同情？什么心酸？全部消失得一干二净，千机门好得很，比他们的大飞舟还嚣张！

马从秋咽了咽口水，还有点儿羡慕。

徐呈玉仰头看着慢慢朝这边降落的飞舟，语带笑意言道："不愧是叶素。"只有他们千机门才想得出来这种东西。

周围喧嚣尤甚，所有人都在讨论千机门到底是什么宗门，毕竟没点儿本事还真干不出来这种事，还有人拿出溯洄玉盘把空中这幕记录下来。

"这是飞舟吗？"

"看着不像，那里面好像还放了椅子，不对，是和飞舟连在一起了。"

"这是哪家行铺造出来的飞舟？造孽哟！"

"都长成这样，他们真是千机门的弟子，而不是合欢宗的人？"还有人发出灵魂一问。

宁浅瑶站在人群中，听着周围人不停讨论千机门，只觉得浑身发烫，那种令人窒息的尴尬弥漫心头。

她如今境界到了元婴中期，拥有神识，耳目皆比寻常修士要清明。

宁浅瑶可以清晰地听见，那个从五行宗的飞舟上走出来的一袭明艳红衣的年轻女子嗤了一声，说："花里胡哨。"

如果附近的修士没说错，这个人就是五行宗的宗主之女连怜了。

听见连怜的嘲笑声的那刻，宁浅瑶甚至连耳尖也红了起来，心生几分恼意，不明白为什么叶素要来宗门大比丢人。

小飞舟搞完这些大动静之后，降落的时候明显有点儿后劲不足，尤其等叶素把泣血剑收了回来，还给游伏时，整个飞舟开始吭哧吭哧地动，仿佛抽搐，好在最终一摇一摇地平安落下来。

"这飞舟有待改进。"明流沙慢吞吞地蹦字。

"确实。"西玉扶了扶自己的发簪，点头十分赞同。

"下次再改改。"叶素停好小飞舟，起身跨了出来，余光看到小师弟伸出一只手，下意识地握住，牵着他走出来。

"他的腿又断了？"易玄正要往另一边跨出去，看到两个人的举动，不由得停下问叶素。

叶素清了清嗓子，问："五师弟也想我牵你？"

易玄的脸色一变："不需要。"

他飞快地跨了出去，只留下一个落荒而逃的背影。

原本从来不搭理易玄的游伏时皱眉看着叶素："你牵他做什么？"

叶素："……"

他们一从小飞舟上下来便受到了万众瞩目,宁浅瑶悄无声息地往后退,不想被叶素几个人看到自己,更不想和他们扯上关系。

"不看了?"一直在边上护着宁浅瑶的那位长相俊美的凤眼男子低头问道。

"不看了,简湖,我们回去吧。"宁浅瑶扯了扯他的衣袖。

然而就在转身离开前,宁浅瑶又看到连怜走到了叶素的旁边,她迟疑了一会儿,想知道后面会发生什么。

那个五行宗的宗主之女,看起来不像好说话的人。

"你这飞舟看着花里胡哨的。"连怜双手抱臂,微抬下巴问道,"让我也试试。"

叶素悠悠地说道:"一趟给五千上品灵石。"

"五千上品灵石可以买下你这个小飞舟了。"连怜觉得叶素在坑自己。

"小飞舟不贵,让有剑灵的剑拉一趟贵。"叶素说完,笑了声道,"有机会让你试一下,还得看小师弟愿不愿意。"

吾剑派那边的弟子也围了过来,稀奇地看着这小飞舟,你一言我一语的。

原本心中隐隐等着好戏开场的宁浅瑶脸上最后一点儿笑意落下。他们居然认识?

"怎么了?"简湖看宁浅瑶的脸色忽然变得不好,便问道。

宁浅瑶摇头,重新扬起笑脸,扯着凤眸男人匆匆离开。

昆仑仙台上的人还久久沉浸在千机门的"轰炸"中,无法回神,以至于等到万佛宗那边徒步走上仙台,合欢宗的飞舟一路撒花过来,都失去了震撼的情绪——他们已经感受到足够的冲击力了。

"下面那些人为什么面容如此扭曲?"合欢宗的亲传弟子颜好着一身浅粉纱袍,站在窗户前,望着昆仑仙台上的修士,不解地问。这和她想象中,修士露出来的震撼、惊艳的表情有些不太一样。

"必定是被我们合欢宗优美庞大的飞舟所震撼。"另一位亲传弟子梅仇仁自傲地说道,"更何况这一路撒芡花,除了我们合欢宗,还有哪个宗门可以造成如此轰动的效果。"

等飞舟停好后,合欢宗的弟子皆身穿浅粉纱袍,踏着淡淡的香风出来,每一位弟子相貌果真极好,且美人风格各异,耀眼夺目,连日光都暗淡几分。

按理,如此多的美人乍然出现,昆仑仙台上这些看热闹的修士该露出一副震撼、惊艳的神情。为此,合欢宗的弟子已做好了准备。

然而,周围气氛微妙,颜好隐隐察觉有人甚至露出失望的情绪。

失望?为何?

"唉,是不是搞错了?怎么千机门的人比合欢宗的人还好看?"

被轰炸过的修士对这些香风花草根本没兴趣，就靠着合欢宗美人弟子多的传言撑到现在，结果下来的这些弟子好看是好看，但也没见着比那几个千机门的人好看。

众人不由得大失所望。

随着讨论声越来越大，梅仇仁抓住重要信息，和师妹颜好对视一眼，决定先去一探究竟。

结果他们刚凑过去，就看到吾剑派的弟子中间的叶素几个人，顿时一阵惊艳，正巧游伏时转身回头，一张脸被梅仇仁和颜好看得清清楚楚。

两个人愣在原地，倒吸一口气。

良久，他们迅速转身去找合欢宗的宗主吴月。

梅仇仁喊道："师父，您是不是还有几个弟子流落在外？"

吴月刚和五行宗的宗主唠上嗑，回头眯眼道："什么东西？"

"师父，您看。"颜好伸手指着叶素他们。

吴月眼中精光大亮，随即一本正经道："大概是我流落在外的弟子。"

什么宗门寒暄，被她抛之脑后，吴月领着两个亲传弟子，气势汹汹地朝对面走去。

"昆仑境内极大，五宗会被划分在一起，其他宗门需要先交一笔灵石，再凭通行单开房。"徐呈玉正在对叶素解释规则，"每张通行单除去自己外，还可带一人。"

叶素点头道："我们顺着人群走过去。"

两个人还在说话，一阵香风飘来。

"徒弟们，我终于找到你们了。"吴月上来就要拉游伏时和易玄的手。

游伏时和易玄一直分开站在叶素的两边，吴月想一只手牵一个，叶素被夹在中间。

易玄冷脸躲开那只手，叶素皱眉拍下另外一只手，却拍了个空。

叶素当即偏头，伸手拉着游伏时往后退去。

"这是？"

泣血剑暴起刺过来，让吴月不得不收手，她惊疑不定地看着悬浮在眼前的剑。

这时候，叶素感受到不对劲，转身看去，发现自己刚才伸手握着的是一团空，而旁边的其他人皆眼露迷茫和惊讶之意，似乎才看到突然出现的吴月。

幻术！

游伏时收回泣血剑，重新站在叶素身边，不解地问她："你往后躲什么？"

叶素没有回话，看向前面面露冷意的易玄，显然他刚才被握住了手。

"吴宗主，这几位是千机门的弟子。"吾剑派的宗主从远处过来道，"别吓着他们。"

周奇又对叶素一行人解释："这位是合欢宗的宗主，她的脾气怪了些，不用在意。"

合欢宗全宗自上而下，出了名的没一个正常人。

吴月听见"千机门"三个字，神色略微发生了些变化："又是千机门。"

叶素微微弯腰，拱手道："原来是吴宗主，久闻大名。"

"你听说过我？"吴月上下打量她，"我觉得你也是我流落在外的弟子。"

"一百多年前，吴宗主也是这么对我师父说的。"叶素直起身，真诚地说道，"或许您该改一改词了。"

"张峰峰是你的师父？"吴月又仔细地看了一遍叶素，"我听说他如今成了丑八怪。"

叶素："……"

吴月这一口一个丑八怪，和小师弟倒是颇为相像。

"你们千机门的弟子跑这儿来做什么？"吴月又问道。

"师父，他们千机门拿到了通行单。"颜好悄无声息地出现，还拿出来一张东方位的名单。

吴月接过来一看："原来真是你们千机门，居然还有拿第一的。"

她收起名单，转头对徐呈玉道："小玉，你这境界是不是弱了点儿？"

"刚才那把剑的威力，吴宗主不是见识到了？"周奇意有所指道，"呈玉积分低一些，也情有可原。"

何况游伏时那把剑日夜都在挑战，积分不高才怪。

吴月稍微思索了一会儿，看向游伏时："你是东方位第一？"

她十分满意地打量："相貌极好，又有一把带剑灵的剑，金丹后期，境界也不错，你来我们合欢宗，大弟子的名号给你。"

旁边的梅仇仁当即对游伏时喊道："师兄！"丝毫不介意自己大弟子的名号被褫去。

游伏时轻飘飘地瞥了一眼三个人，只说了一句："丑，不去。"

合欢宗的三个人："……"

从来只有他们嫌弃别人丑的份儿，今日他们居然也会被人嫌弃长得丑？

合欢宗的宗主吴月想要反驳，但对上游伏时的脸，默默把话咽了下去——他长得好看，说什么都是对的。

几大宗门的人并未在此停留太久，昆仑已派人出来迎接，带着他们前去休息。

千机门一行人也准备顺着人群移动方向去报到办理入住，没走多远，后面传来骚动。

"万佛宗来了。"

"左边那人是他们的新佛子？"

"对，谷梁天。"

叶素听见后，忽然停了下来，明流沙等人也跟着她一起站在边上。

笃、笃、笃……

法杖杵在仙台地面发出沉闷的声音，每一次法杖敲击地面似乎都能引起周边灵气动荡，让所有人不由自主地安静下来。

叶素抬眼看向后面，两百名万佛宗弟子身穿灰蓝色袍子，男女皆有，并未剃度，只是用同样灰蓝的帽子将头发盘起，他们一手持法杖，一手握念珠，赤着脚缓缓走来。

领头的人是万佛宗的宗主乐忌，看着四十出头，样貌威严端庄，握着念珠的手指可以明显看见裂口。

——乐忌，大乘后期境界，过千岁，执掌万佛宗已有七百年。据传他同时是一名体修，皲裂的手指便是炼体造成的。

叶素只看了一眼，目光便转向右边更为年轻的佛修——万佛宗新佛子谷梁天。

二十出头的青年佛修，身形修长，偏瘦，面色淡然，周身如雾笼罩，似乎萦绕着一层佛意。

只从外表看来，佛子一称，他当之无愧，至少比身形高大、浓眉厉眼的屠前辈更像。

"谷梁天前段时间也到了元婴中期。"

"这届几个大宗门的弟子不给人留活路了，全升到元婴中期，我们完全没机会赢了。"

"说的好像他们不是元婴中期，我们就能赢一样。"

"总比现在好。"

叶素听着周围渐起的议论声，偏头对师弟师妹道："走吧。"

新佛子已立，谁还记得旧佛子。

只是在她看来，除了屠世，没有人更符合佛子的称号。

昆仑境内极大，容纳这些参加宗门大比的人绰绰有余，同时还有一批可以进来参观大比的宗门修士，只需要花钱买位子便可，在外围也有住处。

至于参加宗门大比的人，可凭通行单去昆仑设点处，有专人安排住处。

"你们都是一起的？"一名昆仑执事抬头看着叶素几个人问道。

"是，一个宗门。"叶素将通行单递过去。

"要单独的房间，还是要一个院落？"对方低头记下几个人的通行单内容，"你们来的有点儿晚，院落的话，位置比较偏。"

"院落。"叶素道。

"行。"昆仑执事抬头，往通行单上注入灵力，随后打了一个响指，凭空出现一只蝴蝶，"你们跟着它过去。"

如对方所言，这个院落位置确实偏些，叶素一行人从人声鼎沸的地方一直走，路过一片竹林，直到走出去后，又绕了一片石山，才到了院落。

那边有四五座大院落，他们隔壁的院落已经有修士住进去了。

门一推开，一直飞在前面的蝴蝶便瞬间消失。

"大师姐，这里的灵气……"夏耳率先进去感受了一番，"真浓厚。"

灵气浓度甚至不比吾剑派的灵气室差多少。

"昆仑能成为修真第一宗门，不光剑意横绝，灵气也远超各宗。"吕九站在院子内道，"我来过两次昆仑，想要入门拜师。"

一听这话，明流沙和西玉立刻围了过来，八卦地看着她。

吕九不好意思地说道："昆仑只要天赋高的弟子，我的天赋太一般，两次测试都没过关。"

"如今你可以和他们的弟子一较高下。"叶素坐在院内的石凳上，淡淡道。

吕九愣住，随后笑了起来："对，我还是进了昆仑，甚至能和他们比一比。"

放在以前，她根本不敢想，想不到自己如今境界能到金丹后期，想不到能得到吾剑派的长老的指导，甚至能和吾剑派的弟子对战。

吕九目光落在叶素的身上，若不是自己当初咬牙买下那几张符箓，或许她们不会有太多交集，也就没有了后来闯秘境历练的事，自己也不会进阶这么快。

"待会儿你去一趟吾剑派那边。"叶素看了眼传讯玉碟，对易玄道，"并宗弟子有两个房间，你还要去那边报到。"

"嗯。"易玄应了声，忽然想起什么，"小师妹也参加了前赛。"

叶素的情绪完全没有任何波澜，虽然这些天忙着搞小飞舟，没看过其他方位前赛名单，但原著的剧情应该没有发生太大变动。

"小师妹？"西玉正在照镜子，听到易玄这句话，半天才反应过来小师妹是谁，"她拿到通行单了？"

"如果没拿到通行单，应该不会让我们知道她参加了前赛。"明流沙慢吞吞道。

这话若被小师妹听见，她恐怕要生气了。

夏耳倒是没想那么多，兴奋地问："小师妹在哪个方位参赛，排多少位？那我们千机门又多了一个弟子了。"队伍又壮大了！

易玄："不知道。"他一直忙着训练，每日脑中只有如何拆解别人的剑招，提升自己的刀意。

"你们小师妹叫什么？"吕九从怀里掏出四张名单，"我这有单子。"

西玉当即把镜子收了，拉着她一起向石桌走去。

一群人也不去挑自己的房间，坐在院子里的石桌旁，中间摆着四张前赛入选名单。

"除了东方位，我好像没见到有千机门的弟子。"吕九诧异道。

"这个。"吕九一放上去，明流沙便伸出手指着自己面前那张名单道，"宁浅瑶，无名宗。"

此话一出，院内一片沉默。

果然。

叶素微微挑眉，他们在东边历练，和女主角的路线完全错开，并没有影响到原著的剧情发展。

吕九微妙地察觉不太对劲，默默将名单全部收了起来。

最后这件事无声揭过，众人各自挑选房间休息，易玄转身去找吾剑派报到。

叶素住最边上的一间房，隔壁是游伏时，她推门进去，腰间的传讯玉碟便亮了起来。

她以为是吾剑派那边，拿起来点开才发现是全嘉英。

"叶素，我听说你们到了昆仑。"许久不见，全嘉英还是原来的样子，只是脸上添了几分坚毅之色，"我们在外围住了一段时间，今天刚走出来就听见周围人在议论千机门。"

当时他还以为千机门出了什么事，上前一打听才知道，原来是因为千机门搞了一个稀奇古怪的小飞舟，在昆仑仙台闹出了大动静。

这一听，他便知道叶素来了。

参观大比的宗门修士不能擅自前往参赛弟子的住处，所以他只能第一时间用传讯玉碟传讯问问。

"听说你们在参赛擂台上还要卖法器。"全嘉英道，"消息传得很快，斩金宗应该也会知道。"

"他们在这儿？"叶素问。

全嘉英点头道："他们的地位特殊一些，住在五大宗门附近。"

凡各类第一的宗门皆被昆仑安排在离参赛处更近的地方，像破元门实力稍逊，只能付钱住在外围。

叶素眯眼，微微偏头。她怎么忽然觉得全嘉英整个人都透着一股按捺不住想看好戏的味道。

"万份溯洄玉盘，我带了过来。"下一刻，全嘉英从乾坤袋中掏出一把玉盘，"叶素，你准备什么时候发给各宗门？"

叶素："……"

她依稀记得当初第一次见全嘉英，对方还是个很典型的正派弟子。

"过两天发。"叶素道。

不过既然昆仑仙台一飞得到了关注，便干脆趁热打铁，再一次让千机门轰炸所有人的耳目。

"行，到时候你说一声，我全部传过去。"全嘉英重新将溯洄玉盘收了起来。

等关了传讯玉碟后，叶素思索片刻，又传了消息给黄二钱，要他开始光明正大地用木几大师的名头把之前积压的法器出货，同时将木几大师是千机门人的消息散布出去。

原本这种八卦消息，还是在宗门大比开始前夕，压根不会传得这么广，这么快。但黄二钱一直压着寒晶泥没有卖，为的就是捆绑这个消息一起传出去，以文东材料行的名头。

寒晶泥是什么？

神殒期之前的东西，可以修复神器的材料，虽只有一滴，但足够引起整个修真界注意了。

文东材料行、千机门、木几大师头一回光明正大地出现在众人的视野中。

初听此消息，有修士嗤笑，认为千机门在恶意蹭斩金宗的名声。

"一个快废宗的门派，能炼制出有天道祝愿的法器？笑话！"

"文东材料行哪里来的寒晶泥？怕不是用不正当手段得来的吧。"

"千机门的弟子的水平不在百青榜上摆着吗？这种水平能炼制出什么像样的法器？还有天道祝愿？"

也有人怀疑道："木几合并起来不正是机？和千机门倒也扯得上关系，反倒是斩金宗，如果是他们，为什么不取车斤大师的名号？"

叶素等了两天，斩金宗的人始终未站出来，依旧既不承认，也不否认。

只是暗地里关于天道祝愿的流言更甚，矛头直指千机门无法炼制出有天道祝愿的法器。

"全兄，溯洄玉盘该发了。"叶素向全嘉英传了消息过去。

万份溯洄玉盘，全嘉英不止在昆仑境内发了，连其他方位各城，皆统一收到了。

"破元门在各城都有分部，我早将溯洄玉盘发了出去，只要说一声，就能传出来。"全嘉英有一种参与了大事的错觉，这比炼器还刺激。

溯洄玉盘到处流传，全是叶素炼制月牙铲的画面，明眼人一看便知道那把带有天道祝愿的法器便是这把月牙铲改造出来的。

原本信誓旦旦说那把带有天道祝愿的法器一定是斩金宗炼制出来的修士全部闭了嘴。

此时，千机门再一次在昆仑境内被众人讨论得热火朝天，五大宗都没这待遇。

来观看宗门大比的门派来这儿都有各自的目的，无外乎看看大比，再多和青年俊杰接触。

斩金宗也不例外，其宗主早早便带着弟子过来。何况每届他们都会为各大宗门修士提供修复法器的服务，地位特殊。

与他们类似的还有丹宗、医宗等，都住在五大宗附近一圈。

此刻，斩金宗驻扎的殿宇内，一个男人握着手中的溯洄玉盘，面色冰冷地看着跪在地上的执事："这是什么东西？"

"有人特意放出来的，我们查不到来源。"跪在地上的执事满头大汗道，"不知道为什么大家都说这个人是千机门的人。"

他来回看了十多遍，只看到一张侧脸，也没看到这个人身上有什么明显的标志，虽然千机门的道袍确实是黑色。

"你当然不知道。"男人用力将溯洄玉盘狠狠地砸向执事的头，玉盘反弹落地，直接被摔碎，"千机门这个人前几日当着整个昆仑的面，用一艘破飞舟在仙台上胡搞一通，那张脸现在刻在仙台上所有人的脑子里了！他们只要不瞎，都知道她是谁！"

前几天还没来昆仑的执事一头雾水，但关键时刻他也不敢问，只低头认错。

站在殿上的男人深深吸了一口气，又问："千机门在东方位参加比赛，还在擂台上卖法器的事，为何我从未听说过？"

他知道东方位名单上有几个千机门出身的人，但完全没听过，只记得百青榜有两个千机门的弟子，水平一般。所以他一直认为那只是同名的宗派，底下竟然也没人向他汇报。

跪在地上的执事悄悄地抬头看向旁边的女人："属下之前汇报过。"

殿上的男人目光移向左手边着明黄道袍的女子，语气森冷："范长老，这事情你知道？"

着明黄道袍的女子站出来一步，拱手道："宗主，他们贩卖的法器，我已经调查过了，实属一般。加之前段时间您刚刚进阶，有很多事处理，我便没有过多打扰。"

她的手一动，拿出一幅卷轴，传给对面的男人。

左盛元打开卷轴，千机门在东方位每一样售卖出去的法器，卷轴上面皆有记载，看起来确实都是普通的法器，并无亮点。

"我只是怕范长老还惦念着旧宗门。"左盛元收起卷轴，扔还给她，露出一抹笑，"以后千机门的事，不管我多忙，全部上报。"

"父亲，这是……"着一袭明黄衣袍，玉冠黑发的青年走进来时，看到跪在殿前的执事和依旧拱手而立的范长老，略微有些诧异。

"无事，怎么只有你回来了？"左盛元问，"代玉呢？"

"在璇玑峰陪苏真人。"左文宣道。

左盛元面色稍缓，昆仑陆沉寒的师父便在璇玑峰，花代玉待在上面，极有可能碰上陆沉寒。

"父亲，这溯洄玉盘，我昨日看到不少人手中有。"左文宣俯身捡起溯洄玉盘，"那把有天道祝愿的月牙铲便是里面这人炼制的。"

"天道祝愿不过是运道好罢了。"左盛元冷嗤道，"谁也不可能一直运道好。"

"既然那把月牙铲是千机门炼出来的，还望以后他们别打着我们斩金宗的旗号蹭名声。"左文宣捏着一片碎玉盘，颇为不耐道，"前几个月，总有人让我和代玉再炼制一把有天道祝愿的法器。"

为这事暗中推波助澜的左盛元："……"

"关于寒晶泥，有没有打探到什么消息？"左盛元继续问跪在地上的执事，"文东材料行从哪儿找到的，还敢拿出来。"

"只知道是他们突然拿出来的，他们说是行当珍藏许久的材料。"执事低头道，"为了活下去，不得不拿出来卖。"

左盛元用力转了转大拇指上的扳指："别让他卖出去，文东材料行要拍卖，让人搅黄了。"

执事沉默良久道："这消息是文东材料行找好了买家才爆出来的。"

左盛元胸膛明显上下起伏了几回，他用力一挥灵力，将执事拍倒："让你们收集消息，全收到狗肚子里去了？"

执事翻倒之后，连忙爬过来继续跪好："买家是上阙宗。"

上阙宗是五大宗之一，想要掩盖消息不让其他宗派知道，并不是难事。

"上阙宗？"左盛元这时想起来了，"他们想修那把古琴。"

"宗主，既然上阙宗想要修古琴，最后一定会亲手将寒晶泥送来。"范长老抬头，"除了我们斩金宗，哪个宗门的人可以修复那把古琴？何况文东材料行根本无足轻重，一个没有材料的材料行，只凭借一滴寒晶泥，救不了自己。"

听到这话，左盛元略微思索，重新恢复冷静，挥手让执事退下："你说得不错。"

"如今宗主已经到了大乘中期，想必不用太久，上阙宗便会请您亲自修复那把古琴。"范长老继续道。

"你们也下去吧。"左盛元坐下来，"我需要找一找有关修复古琴的手札书籍。"

叶素对斩金宗发生的事毫不知情，她正在去宗门大比的赛场路上。今日四方位加上昆仑弟子，共五千张通行单要交上去，准备抽签排赛。

明流沙三个人则留在院落内炼制法器，整理黄二钱送来的材料。

"我们所有人的通行单全部放进去。"吕九难得紧张地说道，"如果抽到自己人，就麻烦了。"

宗门大比和前赛不同，开场赛四方位的人加上昆仑弟子，共五千人抽签，各自抽中之后比赛，输了一场直接出局。

往届有的人运气不好，本来可以进前十，碰到高手，直接第一场就出局的情况也不是没有。

"尽全力便行。"叶素手中拿着两张通行单，一张自己的，一张小师弟的。

游伏时就跟在她的身后，但两手空空，泣血剑也被他塞回乾坤袋里了。

一路走过来，所有人都忍不住偷偷打量他。

宗门大比第一日只抽签，但所有人都必须到。

北方位第一上阙宗弟子，南方位第一合欢宗弟子，西方位第一万佛宗新佛子，皆早已站在了赛场最前方。

昆仑陆沉寒走出来时，全场一静，所有人不自觉地被他吸引，屏住呼吸——这就是修真界年轻一代第一人！他只是站在那儿，便让人感受到一股强大的剑意，光耀夺目。

宁浅瑶站在人群中远远望着陆沉寒，一双鹿眼微含水光，双颊泛红。无论何时何地，陆哥哥永远是最耀眼的那个人。

陆沉寒持剑走进赛场，对周围那些带着各种情绪的视线早已习惯，且毫不在意。

这些不过是迟早被淘汰的人罢了。

他停下来，想要找到自己想见的人，正对上西方位的新佛子谷梁天。

两个人目光一触，整个赛场的氛围似乎开始变得压抑，有些境界低的剑修甚至握不住自己的剑，它们开始震鸣起来。

"让开。"游伏时不知何时站在了陆沉寒的旁边，指着地上的东一标志，不耐烦道，"我的位置。"

那个凡人拿着通行单去上交，让自己一个人找到位置站好，结果他过来就看到一个比易玄还丑的人占了自己的位置。

陆沉寒心中一震，因为他丝毫没有发现有人靠近自己。

游伏时一出来，整个赛场似乎忽然"活"了起来。原本看着十分出色的陆沉寒被映衬得瞬间沦落到六分。

所有人无意识地忽略了昆仑陆沉寒，开始讨论起他旁边的游伏时。

"这一定就是东方位那个第一！"

"师叔果然没说错，只要他一出现就知道是谁了。"

"我师伯也说，最好看的那个一定是东方位第一。"

"那天在仙台上，我看他旁边坐着的那个修士长得也极为不错。"

"只一个？我看那一飞舟就没丑人。"

"喊我有事？"梅仇仁回头看着后几排的人问。

南方位后排的人："……"

陆沉寒往前走了几步，转身道："你是东方位第一游伏时？我期待接下来的大比交锋。"

游伏时压根不搭理陌生人，尤其是丑人。他低头踩在东一的标志上，然后站在那儿，等着叶素回来。

早已经竖起耳朵的周围之人不由得倒吸一口气。

这东方位第一，相貌出色也就罢了，行事也够直接的。

叶素刚交完通行单，和易玄一起回来，走过来就看到陆沉寒站在游伏时面前。

"待会儿主持长老会开始随机选通行单。"叶素扫了一眼，便收回目光，从乾坤袋中拿出一把椅子，推到游伏时的旁边，"结束之后才能走。"

待看到游伏时真坐下去时，众人又抽了一口气，这旁边站着昆仑最强的弟子陆沉寒，你们千机门不搭理也就罢了，还拿出椅子坐了下来。

嚣张，太嚣张了。

陆沉寒心中如何想的，并未表现在脸上，甚至又朝游伏时点了点头，才离开。

所有人交完通行单后，需要等随机抽签的对手出来，从各方位排位第一开始抽起。

叶素也拿出了一把椅子，坐在最后面的位置慢慢等着。

负责主持本次大比抽签的昆仑长老环视一圈，目光落在最前方游伏时的身上，眉宇间显然掠过一丝不悦，最终竟没有多说什么——宗门大比未规定抽签期间不能坐在椅子上。

"早知道我也带一把软椅过来了。"梅仇仁转头对颜好道，"他们炼器的，花样就是多。"

颜好手拿一把粉色羽扇，缓缓摇着："下次干什么，你先去问问他们。"

"本届宗门大比抽签正式开始，请昆仑第一以及四方位第一上前。"主持长老朗声喊道。

抽完签第二日才开始比赛，排期十天，这一次比赛差不多能淘汰一半的人。

主持长老手一扬，一幅卷轴便腾空悬浮展开，上面率先出现陆沉寒的名字，片刻另外一个名字也显示出来——章山。

东方位排第九的章山，看到卷轴上出现自己的名字，顿时脸色灰白——他恐怕要直接折损在第一场。

"不是所有人都能和陆沉寒对上。"程怀安转身对后排的章山道，"可以抓住这次机会。"倘若章山表现得亮眼，也能在修真界扬名。

抽签时间不算短，卷轴显示名字后，两个人要上去拿着对方的通行单，因为等到比赛结束，赢者需捏碎输者的通行单，以示淘汰。

游伏时抽中西方位一个散修，看位置排在最后面，易玄则抽中东方位一个排五百多名的修士。

五大宗的宗主分坐在昆仑大殿之上，其他宗主并坐在殿中两侧，大殿中间摆着数面水云镜，可看见场内所有情况。

"这次相近排位的人凑一对的情况不多。"吴月用手支着额头道，"没什么好戏看。"

她记得有一届上来就有七八对临近排名的弟子比赛，打得你死我活，热闹！

"那两个一前一后坐在椅子上的是千机门的弟子？"上阙宗的宗主指着一面水云镜问道，"倒是比在场所有人都嚣张。"

"长得好看，嚣张一点儿无伤大雅。"吴月随口道。

五行宗的宗主喝了一口茶道："千机门似乎只有弟子来了，如此重要的大比，师父也不来，不知道怎么想的。"

"大概是千机门的弟子独立，不需要师父担心。"吾剑派的宗主周奇也慢悠悠地端起茶杯道。

才一件事，四个宗门便开始针锋相对起来，座下两边其他宗门的宗主纷纷埋头不语，当鹌鹑。

唯独斩金宗的宗主左盛元抬头多看了几眼周奇和吴月，千机门和吾剑派搭上关系，他已经知道了，怎么合欢宗也为千机门说话？就因为那几个弟子长得好看？

叶素坐在椅子上，从乾坤袋里摸出一袋瓜子，这是她昨天晚上从明流沙的库存里抢来的，闲着无聊，准备把壳剥了。

不过剥下来的壳没地方放，她又从乾坤袋中拿出以前在秘境中做出来的桌子，旁若无人地摆在一边，反正她坐在最后面，没什么人看见。空碟子也放在桌子上，装瓜子仁。

叶素把袋子里的瓜子剥了一小半，碟子也装满一层。她伸手拍了拍前面的修士："道友，麻烦往前传一传，给游伏时，谢了。"

游伏时，谁不知道？尤其是东方位的这些修士。

于是在气氛紧张的赛场内，东方位这条长队开始了一轮传碟行为，异常扎眼。

"传给游伏时。"吕九将碟子递给前面的易玄道。

易玄接过来，皱眉看着手中一碟瓜子仁，只给游伏时一人便算了，叶素连壳都要替他剥？

五师弟转身朝最后面坐着的叶素看去。

叶素正在可惜自己没有灵茶，不然还能泡杯茶喝，察觉尖锐的目光，抬头发现五师弟正拿着碟子看自己。她露出笑，并挥了挥手打招呼。

易玄："……"

于是在叶素的目光下，易玄举起碟子，从里面抓走了一半瓜子仁，再转身递给程怀安："给游伏时。"

站在后面看得一清二楚的吕九沉默了，她记得最初见到的易玄十分在乎面子，什么事都憋在心中。

叶素也看愣了，主要是她想着以易玄的性格，应该不会在这种场合吃瓜子，没想到失算了。

等游伏时接到碟子时，里面明晃晃少了一半，他以为是叶素拿了一半，结果便听见后几排传来咬开瓜子仁的声音。

游伏时转头去看，果然发现易玄在一粒一粒地吃着瓜子仁。

新旧师弟对视，空气中弥漫着硝烟的味道……以及瓜子仁的香气。

"给我闻饿了。"马从秋咂吧了几下嘴道，"叶素怎么只给她的师弟吃的啊？"

连怜更是打开传讯玉碟，直接问叶素："还有没有瓜子？我们也想尝尝。"平时不碰的东西，这时候她竟觉得格外香。

很快叶素便发来消息："还有一点儿，接着。"

叶素从椅子上起来，伸了伸腰，随即握着袋子，以抛橄榄球的姿态将一袋瓜子扔了过去。

为了送到前面几个人手里，叶素将这袋瓜子抛出了优美的弧线，其他方位的人看得清清楚楚，明明白白。

徐呈玉伸手接住这袋珍贵的、来之不易的瓜子，率先抓了一小把，再分给前后几个人。

于是东方位前后开始集体嗑瓜子。

"我们的糕点怎么感觉没滋没味了？"梅仇仁望着手里一盘精美的点心，自言自语道。

颜好往游伏时和易玄那边看了看："多看看他们的脸，就能吃下去了。"

"阳泽宗马尚奏对千机门的叶素，上来交换通行单。"主持长老喊道。

对方是东方位的宗门弟子，排在六百多位。

叶素走上去，发现此人是买下自己符炮筒的那个青年符师，两个人交换通行单后，便各自归位，等待后面的人分配完。

这一抽签分配直到申时才结束。

叶素收了桌椅，还没等离开，宁浅瑶找了过来。

宁浅瑶今日穿了身鹅黄色裙袍，越发显得娇俏可爱。

"大师姐，我看到名单上有你们，高兴了好久。"宁浅瑶弯眼笑着道，还伸手试图挽住叶素的手臂。

叶素是没躲，但游伏时横插一手，扯着她后背的衣服，愣是让她倒退几步。

小师弟评价之前那盘瓜子仁："难吃。"因为它被易玄碰了。

"下次不吃了。"叶素随口说了一句。

游伏时皱眉道："不行。"

两个人一起说话，吕九也不认识什么小师妹，易玄更是寡言少语。

宁浅瑶一个人站在这儿，没人回应，脸上的笑快挂不住了。

"你在这儿。"简湖一转头便没看见她，找了一圈才发现她在这里。

"大师姐，这位是我新认识的朋友简湖。"宁浅瑶转身拉着简湖介绍，"她是大师姐，他是小师兄。"

叶素转头正在和游伏时说话，听到"简湖"两个字，眼中最后一点儿情绪彻底消失。

简湖，捡狐，这是原著中小师妹给狐王取的名字。

黄二钱的卷轴便是被他抢走了。

"大师姐，你是在生气吗？"宁浅瑶有些低落地说道，"用无名宗的身份参加宗门大比是我不对，可我只是怕掌门不同意我参加，所以才……"

她还扯上了师父。

"你为什么会觉得掌门不同意？"叶素转身，忽然伸手抓起宁浅瑶的下巴，微微俯身道，"小师妹，话不可以乱说，整个千机门不都是围着你师父转？你要怕也是怕你师父才对。"

宁浅瑶愣在原地，没料到叶素会当着这么多人的面来这么一招。

"我……不是……"宁浅瑶后退一步，试图挣脱开叶素的手。

旁边的简湖见宁浅瑶如此，手中聚集灵力，便往叶素身上打来。

易玄抽出重明刀，朝飞来的灵力球劈去，将其一分为二。

分裂的灵球砸在赛场内，轰然发出炸响声，让周围还未完全离开的宗门弟子全部停了下来。

叶素脸上露出一个奇怪的笑，松开宁浅瑶，径直朝简湖奔去。

谁也没料到简湖会突然出手，更没有人料到叶素竟然会迎上去。

一个西方位排名第二，一个是东方位倒数第一，众人用脚都能想到谁赢。

叶素却丝毫不惧，朝简湖奔去时，手中丢出数道符箓。

狐王为妖，在修真界天然被压制，且有伤在身，境界受损跌落。根据原著所写，女主角宁浅瑶捡到狐妖，与之结契约，共享境界，从元婴初期升至中期。

这时候的简湖，应该是元婴中期。

"雕虫小技。"简湖凤眼一瞥，嘴角扬起一丝冷笑，几张符箓也想对付他？不知天高地厚。

他随手在虚空一抓，便将飞来的符箓撕碎，与此同时，脚尖轻点，一跃而起，朝叶素冲来，掌心的灵球较之前又大了几分。

远远站在赛场出口的徐呈玉等人都能察觉其中的威胁之意。

"你不去帮忙？"连怜问站在前面的徐呈玉。

"叶素主动迎上去。"徐呈玉抱着剑，"她从不做没把握的事。"

"不一定。"马从秋在旁边横插了一嘴，"我老觉得叶素骨子里疯得很。"

这时候，简湖已经将灵球扔到了叶素面前。眼看要被打中，叶素竟然躲也不躲，只是双手忽然拉开，面前出现一个金色法阵，灵球砸进去立刻消失。

"不见了。"周云瞪大眼睛道。

西边，谷梁天似乎察觉什么，顿住脚步，扭头朝赛场中间看去，看清那道法阵后，又收回目光，拿起法杖走了出去。

灵球消失得无影无踪，连简湖也愣了片刻，惊疑不定地打量着叶素——她不过是金丹前期而已。

他双手再次凝聚灵球，朝着叶素攻击而去。

叶素照单全收，双手交握，大拇指和食指相抵结阵，随后张开双掌，往两边分划，金光法阵扩大，灵球依旧碰上便消失。

众人目瞪口呆，这是什么法阵，竟然让人察觉不出来任何波动。

然而，不远处的宁浅瑶面前忽然闪过一道金光，最早消失的灵球再一次出现，径直砸向她。

宁浅瑶反应不算慢，当即撑起灵力罩，但那灵球离得实在太近，虽然两者相撞，碎裂消弭，但她还是受到了不小的冲击。

这还不算完，刚才消失的灵球此刻全部冒了出来，一股脑儿贴着宁浅瑶攻击。

宁浅瑶接连支起的三道灵力罩全部碎裂，她更是直接受创吐出了血，眼中露出真实的茫然无措，不明白发生了什么。

简湖不知道对面叶素用了什么邪法，但看到宁浅瑶受伤，行动难免受桎梏，不敢再用灵力攻击。

最关键的是，两个人结契，宁浅瑶受伤，简湖也会受到同样的伤，只是他忍住了，没有表现出来。

简湖一双凤眸中俱是滔天怒意，他不再使用灵力，而是选择逼近叶素，手指成爪，朝她攻击。

元婴中期境界，在场没几个人能看得清他的身形，普通金丹后期都不一定能躲得过他这一爪，只可惜叶素看到了——用神识。

只是叶素并未躲闪，双手微微上抬，场中但凡她刚才站立过的位置皆出现了金光。

简湖挥手打碎一道、两道，却不想踩中地上一道残符箓，又一道金光法阵从他脚下亮起，直接将他的脚传送了，踩在了不远处的宁浅瑶的脚面上。

被重重踩了一脚的宁浅瑶低头："……"

众人："……"

"那个好像是传送法阵？"赛场中终于有修士犹豫着道。

头一回看到有人用传送阵来传送攻击的，所以他们才半天没反应过来。

"可是她什么时候设的法阵？"

众所周知，传送法阵需要在不同地方设立，再用灵力启动，才可以开启传送。

"脸。"有人猜测，"应该之前她伸手掐住黄衣服女修的脸时，便已经设下了传送阵点。"

此人猜测没有错，叶素就是在捏住宁浅瑶的脸的瞬间，另一只手在她的鞋面上印了个传送阵。

叶素摇着头颇为遗憾地想道：技艺不精，没办法传送整个人。

原本她只是想自学传送阵，以后省点儿灵石，不过目前实力有限，距离远没办法传送，也没办法传送整个人。当然，也和她摸索着学的传送阵太简单有关系。

"这么个破烂传送阵。"连怜抱着臂道，"也就是叶素敢想敢用。"

那传送过去的半只脚简直令人惊奇又无语。

等简湖察觉这些时不时闪现的金光是什么后，手猛然按地，将所有传送阵全部毁去，瞬间移动到叶素面前，伸出手去掐她的脖子。

这一招带着被戏弄过后的泼天怒意，毫无疑问足够掐断一个金丹修士的脖子。

铮——

一道红影骤然出现，简湖躲闪不及，手被刺伤。他捂着流血的伤口，心中顿时闪过浓烈的危机感，定睛一看，却只看到了一把剑。

泣血剑尝到了血，更加兴奋，剑尖掉转方向，直指简湖，兴奋地振动，似乎想要将他一剑穿心。

简湖不由得狼狈地后退两步。他能清晰感受到这把剑嗜血，它想要继续尝他的血。

这是什么剑？

他元婴中期境界，还未做出反应，泣血剑又飞来，这把剑专挑他的脸刺。

简湖气血翻涌，旧伤新伤堆积，招式不由得乱了。

"叶素，你好慢。"游伏时站在原地半晌，这个凡人都不解决对面的妖，他心中生出烦躁，最后没忍住出了手。

大师姐一愣。

"大比尚未开始，勿在场中闹事。"主持长老姗姗来迟，踩着剑高声警告众人，"速速离去！"

原本还想多看几眼的围观群众，只能纷纷离开。

"大师姐。"宁浅瑶面色苍白地挡在简湖身前，又咳出了一口血，"我只是怕他们不让炼器师参加大比，才会报无名宗的。"

"没人关心这个。"叶素几步走过去，忽然一把扯下她腰间的乾坤袋。

宁浅瑶眼瞳一缩，伸手想要抢回来。

"别动。"叶素制住她的手，"我朋友有个宝贝被一只畜生抢走了，师妹的乾坤袋刚巧沾上了点儿熟悉的味道。"

听见她的话，宁浅瑶浑身一僵，不知道是因为前半句，还是因为后半句。

叶素低头看着手中的乾坤袋，晃了晃，让她闻到那股若有若无的香气，再放在她的面前道："解了。"

"大师姐，我不知你在说什么。"宁浅瑶一双鹿眼透着几分委屈，"你在怀疑我拿了你朋友的东西？"

叶素笑了一声，附在宁浅瑶耳旁，眼睛却盯着后面的简湖道："那畜生抢走的是一幅卷轴，一个可以在任何地方传送的宝物。"

"不巧，卷轴有异香，经久不散。"叶素直起身，拿出一方手帕，替宁浅瑶擦了擦嘴边的血渍，"或许小师妹买了什么东西，也一起沾上了。"

易玄正在看着宁浅瑶，游伏时那把剑依然未收，盯着后面的简湖。

——不能暴露简湖的身份。

"大师姐。"宁浅瑶大方地解开乾坤袋的禁锢，对上叶素的眼睛道："这两年我买了很多东西，还有些是从秘境中捡到的，你喜欢哪个都可以拿走。"

对这种抢占先机的话，叶素不放心上，也不多看她乾坤袋内有什么东西，伸手精准地将里面一幅卷轴拿了出来。

"这个是小师妹在秘境中捡到的？"叶素拿出来问道，"看来那畜生抢完之后就扔了。"

左一句畜生，右一句畜生，她身后的简湖脸色异常难看。

宁浅瑶掐着自己的手，最后摇头道："我不清楚，明日还有对战，大师姐，我们先回去了。"

她转身拉着简湖匆匆离开。

"他不出手，你打算怎么办？"路上，易玄面无表情地问叶素。

"船到桥头自然直。"叶素笑了一声，低头将卷轴收了起来，打算传讯给黄二钱，让他过来拿。

易玄和她分开前，冷着脸提醒："你只是金丹前期修为。"

叶素扬眉，她自然知道自己的境界，不过简湖当时那一招，她完全无惧，甚至已经想好如何用神识回击。

她神识天生，在前赛那段时间，用的便是神识来修复灵府，已经有相当一部分神识可控，元婴中期的神识完全比不过她。

"师弟。"叶素喊住转身离开的易玄，"你不问问卷轴的事？"

易玄转头："问什么？你抢了她的东西？"

刚才他第一回清晰地看到小师妹脸上情绪的变化，虽然她的神情转换得极快，但那被发现真相后的狼狈神情，清晰出现过。

"大概吧。"叶素意味不明地笑了声，"回去了。"

一路上，游伏时都不说话，也不知道在想什么。

直到走近院落时，他忽然开口："你想收他当小师弟？"

"谁？"叶素诧异，思索片刻，"你在说简湖？"

游伏时不语，这个凡人和那只妖纠缠那么长时间，也不用神识，他怀疑她的用心。

"不是谁都能当我的小师弟。"叶素对游伏时伸手，"丑的不要。"

游伏时理所当然地将手递过去，任由她牵着："他长得丑。"

小师弟的思维太过跳跃，大师姐要勉强才能跟上。

"什么？卷轴拿回来了？"传讯玉碟中，黄二钱听完叶素说的话，一蹦三尺高，兴奋了半天才搓着手问，"你从哪儿拿到的？"

这幅卷轴被抢走时他连那头畜生的身影都没看清楚。

"千机门的小师妹在秘境里捡到了。"叶素不好解释自己怎么知道的，便干脆用了宁浅瑶的借口，"她的乾坤袋碰到了卷轴，有淡淡的异香。"

"那畜生肯定是抢了之后就扔在秘境里了！"黄二钱没有怀疑叶素的话。

"你过来把它拿走。"叶素道，"另外我给一张单子，还要麻烦你凑齐上面的材料，到时候灵石从账上扣。"

"没问题。"黄二钱喜滋滋道。他那滴寒晶泥经过多方拜托，终于找到了上阙宗当买家，得到了一笔不菲的报酬。

"我还等着千机门在大比中取得好成绩，让文东材料行也沾沾光。"黄二钱兴奋道，"注都下好了！"

叶素从黄二钱那里得到消息，得知修真界已经开始下注赌本届大比哪个宗门会赢。

"你押了哪个？"叶素问他。

黄二钱咳了咳，道："昆仑。"

"刚才你还说想沾光，我以为你押了千机门。"叶素诧异道。

"我改天就押！"黄二钱道，"您都替我找回卷轴了，押，我全押千机门。"

"随你。"叶素只嘱咐他记得把材料配齐。

五千人抽签对战分了几批。

游伏时和易玄都是第一天对战，吕九和叶素在第二天。

一大早，叶素便去敲小师弟的门，把人从床上拉起来，带着去了赛场。

第一日有陆沉寒和章山的对战，几乎所有宗门弟子都来了，各方位排名前的人基本都在那个擂台附近。

"你们也来看陆沉寒对战？"梅仇仁看到叶素十分热情地上前道，"真有缘。"

叶素："我们来这儿对战。"

游伏时的擂台就在陆沉寒的擂台的旁边，还同样是第二场。

梅仇仁手捏着一枝花，凑过来道："我们的缘分可不止这个。"

"你说那把天道祝愿的月牙铲？"叶素淡定地说道，知道他的名字后，她便明白当初买下月牙铲的人是谁了，"以后坏了，可以帮你修一次，不要灵石。"

梅仇仁顿时说道："果然长得好的人，心地都善良。"

叶素："讨好无用，我们不会加入合欢宗的。"

梅仇仁看了看叶素，又看了看游伏时，长叹一声："我的毕生愿望就是修真界内没有丑人，你们加入合欢宗，我们这股力量就壮大了几分，离我的愿望又近了一步。"

叶素："……"师父没说错，合欢宗的人确实无可救药。

"师兄，陆沉寒比了吗？"颜好从另一头的擂台上急匆匆地赶来，显然刚对战完。看到游伏时和叶素，她的眼前一亮，说的话和梅仇仁如出一辙："真有缘。"

以至于叶素怀疑合欢宗弟子专门练过蹩脚的搭讪话术。

这时候前面两个擂台的人刚好一前一后结束对战，轮到第二场的人上去。

叶素拿出一袋灵石给游伏时，以防他待会儿可能需要用。

游伏时接过去，慢吞吞地拖着泣血剑上去。

另一个擂台，陆沉寒从远处御剑飞来，只留下一道残影，待众人看过去时，他已经站在了上面。

"小心。"程怀安拍了拍章山的肩膀道。

第一天就能看到东方位第一和昆仑第一人出手，围过来的人越来越多。

章山一步一步踩着台阶上去，像是踩在了所有人的心上。

在第一场便碰到了昆仑第一人，任谁都不会轻松。

陆沉寒并未将对面的章山放在眼里，视线越过他，落在隔壁擂台的游伏时的身上。

"陆道友，请。"章山拱手道。

陆沉寒站在擂台中央，单手持剑，并未回话，只是稍稍颔首。

章山双指夹符，选择主动攻击，一符生万符，双手狠狠朝前打去，符箓如同万箭飞向陆沉寒。

在昆仑陆沉寒这个名头的重压下，章山这一招可以说发挥超常，然而陆沉寒的剑甚至未出鞘，只是那么转圈一挥，所有符箓便被他搅散炸开。

主动一招失败，同时陆沉寒身形一移，消失在眼前，章山额上不由得落下一滴汗，汗毛竖起，顿时大张开双手，两张符箓成圈，猛然往身后一挡。

陆沉寒剑鞘刺在章山的符箓阵上，擂台周围灵力震荡。

章山反应已经足够快了，只是还差了点儿，陆沉寒单手持剑微微一转，章山的符箓阵就仿佛刀切豆腐般碎开。

"现在下去，我不伤你。"陆沉寒持剑而立。

章山不语，手往后，指间再次出现符箓，但这一次他没有出手的机会。因为陆沉寒一斩，挟裹着剑意，横劈向他，他整个人高高飞起，再重重地砸在擂台地面上，毫无抵抗之力。

——隔鞘生剑意，陆沉寒的实力已经恐怖到这种境界。

章山想要站起来，却只能动几根手指，躺在擂台上，连头也无法转动，甚至看不到陆沉寒。

陆沉寒脚步一转，走到章山面前，伸手捏碎他的通行单，随后张开手掌，扬了。

台下一片沉默，连怜和程怀安的脸色皆冰冷难看，远处万佛宗的佛子谷梁天，手转念珠一顿，随即转身离开。

比起这边，隔壁擂台更安静。

游伏时一上去，泣血剑便开始"自力更生"，对手本身不强，但见自己还能和剑来几招，信心大增。

然后台下的人就看见游伏时从乾坤袋中拿出一个坐垫，他拍了拍，自然而然地坐下来打坐。

　　叶素的注意力一直在游伏时这里，看到他打坐，皱了皱眉，偏头问旁边对完战的徐呈玉："比完赛能不能在擂台上继续待？"

　　徐呈玉不解："后面还有人对战。"

　　"他应该要进阶了。"叶素道。

　　"进阶？"徐呈玉看台上打坐的游伏时确实是难得一见的端正姿态，"这种情况，可以继续待，主持长老会另开擂台。"

　　台上的另一名修士很快被挑了下去，周围的灵气开始朝着游伏时涌去。这般大的动静引来了几名主持长老，他们凑在一起说了几句，便在擂台上又加了一层结界，以防有人打扰。

　　宗门大比，太多双眼睛看着，游伏时又比完了，这种进阶不能随意干扰。

　　"怎么突然就进阶？也没看他们打出什么花来。"有人不解。

　　"天才的事，我们少管。"

　　"说得也是。"

　　陆沉寒走下来，转身看着台上的游伏时，一双寒眸沉沉，看不出在想什么。

　　他离开时，周围人主动分开一条道。

　　一天过去，游伏时还在台上进阶，没有其他动静。

　　"大师姐，你明天还有对战。"夏耳找了过来，"先回去休息。"

　　"不用。"叶素转身问他，"有没有人找你们修复法器？"

　　明流沙三个人来这儿不光是看大比，还见缝插针给人修复法器。

　　"只有东方位一些人愿意找我们，其他修士都去找斩金宗和破元门的炼器师了。"夏耳道。

　　"不急。"叶素示意他先回去，"明天早上第一场就是我的对战，我就在这儿待一晚。"

　　夏耳向来听大师姐的话，很快便离开。

　　倒是易玄又回来了。

　　他也不说话，就站在旁边。

　　叶素转头看他："不回去修炼？"

　　"在这里一样修炼。"易玄说完，真的坐了下来。

　　赛场上的人早走得一干二净，只剩下他们这一个擂台上有人。

　　日落日升，第二天游伏时还未有动静，易玄起身道："你该去比赛了。"

　　叶素抬头看了一眼台上的游伏时，对易玄道："我待会儿过来。"

　　找到自己要对战的擂台，叶素走了上去。

　　"又见面了。"叶素看着对面的青年符师道。

"等等！"马尚奏在她出手前先出声，"托你的符炮筒，我拿到了通行单。"

"嗯。"叶素问他，"你还想买？"

马尚奏疯狂摇头道："昨天借给人用，被打坏了，你能不能先帮我修好？"

叶素一愣："行，拿过来我看看。"

于是旁边零星几个随便游荡过来看对战的人，望着擂台上的两个人，一脸莫名其妙的表情。他们等了半天，光见着两个人凑在一起，没见着两个人动手。

"你们还打不打了？"

马尚奏举手："马上马上，你们不要急，先等我的符炮筒修好。"

台下几个人无语："……"

"被剑修砍了？"叶素看着符炮筒上的痕迹问。

"对，我师兄昨天被剑修砍了。"马尚奏挠头，"我的符炮筒也被砍坏了。"

"那剑修水平不错。"叶素从乾坤袋里翻出几样材料，"我给你改一改，加固一下。"

"你们俩在上面过家家吗？"下面几个人等得不耐烦，终于有人怒道，"等着！"

转头那人去喊了主持长老过来，举报这两个人占着擂台不对战。

"你们俩还比不比？"主持长老不耐烦道。他还想着去看万佛宗那个新佛子对战。

马尚奏迅速站起身："比！"

叶素扛着符炮筒，凭借职业本能往里塞了一张爆符："我先试试。"

她对着天上来了一发。

只不过她忘记了整个擂台是设了结界的。

轰隆声在擂台上方炸开，台上台下的人都吓了一跳。

"裂……裂了！"马尚奏捂头蹲在擂台上，手指着有些开裂的结界，磕磕巴巴道。

主持长老也被吓了一跳，盯着叶素手上的符炮筒——这结界可是化神修士设的。

台下举报他俩的修士此刻张大嘴，开始后悔自己太鲁莽，怕万一被二人记仇。

"你的符真厉害。"马尚奏起身心有余悸道。

叶素低头看了一眼自己的手，这符是昨天晚上无聊时画的，似乎比以前更强了。

马尚奏悄悄抱回自己的符炮筒，还塞了一笔灵石给叶素："那个，我不比了行吗？"

"不比？"叶素之前看他噼里啪啦说了一堆话，还要修好符炮筒，以为他要大展身手。

"我师兄昨天被砍得半身不遂，将来我要养师兄，还要给我师父送终，不能也废了。"马尚奏将叶素的通行单扔了过去，挪到擂台的边缘，敲结界，对外面的主持长老道，"放我出去，弃权，我弃权。"

主持长老："……"

结界一开，马尚奏扛着符炮筒立马一溜烟跑了。

叶素："……"

往游伏时那边走去时，路上她碰到了刚比完赛的吕九。

"叶素，你对战如何？"

"没比。"

吕九以为发生了什么："怎么会没比？"

"他弃权了。"叶素还想着待会儿试试改造后的符炮筒。

"这样。"吕九松了一口气，"第一轮抽签赛，千机门全进了。"

两个人正说着话，远处天边突然撒下金光。

叶素拧眉看去，是游伏时那个方向。

叶素赶到擂台边时，已经有不少人围了过来，台上的游伏时依旧在疯狂吸纳周边的灵气，头顶上空有一道金光照下来，像是给他整个人都披上一层薄金纱，他耀眼夺目得犹如神祇。

泣血剑安静地立在他的身旁，没有任何异动，安分得不像一把妖剑。

叶素沉默地站在人群中。

很奇怪，她竟然在紧张。

"游公子应该能结婴成功。"徐呈玉走过来，站在叶素的旁边道。

大概是他语气中的安慰太过明显，让叶素不由得转头看了过去。

徐呈玉察觉，对上叶素的眼睛道："你看起来在担心他。"

"有点儿。"叶素承认，只是此担心非彼担心。

她不清楚妖和人之间修道的区别，这里又是昆仑，大能不少，或许有人会看出端倪。

"不到两天，已经隐有迹象。"徐呈玉到底是结过两次婴的人，颇为老练道，"游公子很快就能结婴。"

修士结元婴，时间不一，快则几天，慢则长达一年的都有，不过一旦天道降下异象，基本就要结束了。

叶素仰头望着天空上方的金光，随后视线落在游伏时的身上。小师弟打坐两天，也算是破了纪录。

良久，周围灵气一凝，所有金光被游伏时吸纳得一干二净，擂台上的结界像是被无形的东西震碎，那股气流让擂台下方的众人纷纷往后退。

叶素不退反进，往擂台边靠。

此刻，游伏时终于动了，却只是转头往台下看去，他第一眼便对上叶素的目光。

大师姐毫不意外，几步走上擂台，靠近小师弟，伸出手："回去了。"

游伏时仰头看叶素，似乎确认了什么，这才搭住她的手，被一把拉起来，两个人前后走下擂台。

泣血剑立在那儿半天，发现没人把它带走，剑身闪了闪光，只能认命地跟上去。

"元婴前期吗？"

"应该是吧。"

周围人小声议论，徐呈玉朝游伏时看去，发现一会儿能感受到两个人相近的境界，一会儿又感受不到。

"元婴前期巅峰。"有个主持长老道，"可惜了，再晚一会儿结婴，或许能直接到中期。"

"这也太可惜了。"

"这届宗门大比能到元婴中期的弟子，应该都是夺冠热门。"

"几个了？"

"四个。昆仑陆沉寒，五行宗连怜，还有西方位两个无名宗，好像叫什么宁浅瑶和简湖。"

"万佛宗的谷梁天居然没有到元婴中期？"

"万佛秘法修炼困难，最擅长越级挑战，谷梁天差不多可以看作元婴中期。"

"要我说，元婴中期都是虚的，谁能做到在元婴中期斩杀天魔？光这一点，陆沉寒就比所有人强。"

"有一把好剑也不错。"有人示意旁边人看那边跟在游伏时身后的剑，"带剑灵的剑，前天不是挑了无名宗一个元婴中期？"

"咱们都比不过，只求在赛中多弄点东西。"

"下一场就是了。"

"游公子，恭喜进阶。"徐呈玉几个人走过来祝贺。

"师弟，你是不是坐不住，就不升了？"明流沙慢吞吞问道，他刚才听见那个主持长老说的话，第一反应就是这个。

游伏时假装没听见。累了不进阶有什么问题吗？旁边这个凡人都不说他。

合欢宗的颜好不知道从哪儿冒出来，这回注意力不在游伏时他们身上，而是径直走向明流沙，一把抓住他的手："好好的人，怎么结巴了？来合欢宗，我们给你请医修治。"

明流沙起了一身鸡皮疙瘩，猛地抽出自己的手："男女授受不亲，谁要去你们合欢宗？我不想当你们的炉鼎！"

颜好被他一连串不带停顿的话轰炸，蒙了一会儿才反应过来道："你不结巴？"

"他只是爱这么说话。"旁边的西玉照着镜子，插了一句，他们千机门自己人都被坑了好几年，也不怪颜好误会。

"这样。"颜好为合欢宗正名，"话本都是乱写的，我们合欢宗不搞炉鼎这套，也不和佛修纠缠不清，是正经的宗门。"

西玉道："虽然你们是正经宗门，但我们不会做合欢宗弟子的。"

"宁死不屈。"明流沙补充。

叶素回头看了一眼还在试图拉拢人的颜好，严重怀疑合欢宗是一个修真界的传销窝点，专门骗年轻貌美的少男少女，给他们洗脑。

"我们正在壮大千机门。"叶素对颜好反向拉拢，"不如你们来千机门，如此还能天天见到我们。不介意你们拖家带口，也十分欢迎你们携财产入宗。"

颜好愣住，随即退后一步，僵硬地摆手道："不了，合欢宗挺好，再见。"

她飞速离开，混入人群，仿佛身后有什么可怕的东西在追赶。

叶素对师弟师妹挑眉，示意他们学学和合欢宗弟子的正确的对话方式。

在下一场赛开始前，黄二钱带着材料赶到了昆仑境内，他没办法进去，只能在外围等着叶素过来。

"卷轴。"叶素从乾坤袋中拿出卷轴，还给黄二钱。

黄二钱抱起卷轴，低头半晌，再抬头时，眼睛红了一圈："我以为找不回来了。"

这是代表文东材料行巅峰时期的最后一件物件。

"大概命里不该丢。"叶素仰头喝了一杯茶道。那天她直接抢回来，便是猜宁浅瑶不敢暴露简湖的身份。

妖在修真界并不受欢迎，地位只比在修士完全对立面的魔稍微好些。

那两个人又才结契不久，一损俱损。

也多亏狐王在结契之后便将卷轴送给了小师妹，否则还在他的手里，叶素不一定能拿得回来。

黄二钱平复心情，把叶素需要的材料全部拿了出来："单子上的材料都在这儿。"

"文东材料行最近怎么样？"叶素问。

"还好。"黄二钱想也不想道。

"是吗？"叶素放下茶杯，抬眼看他，"我听破元门的人说，定海城那边的文东材料行被砸了。"

"开店嘛，总有闹事的人。"黄二钱讪讪地笑着道。

叶素不语，包厢内一片沉默。

"最近关注千机门的人越来越多了。"黄二钱转移话题，"我看到也有人押千机门赢，好几个！"

当然押其他宗门的，尤其是押昆仑的，数都数不过来。

"不会太长时间。"叶素忽然道。

斩金宗、全典再强，他们也没有办法阻碍千机门的人炼器。

只要炼出他们也没有办法炼出来的法器，修真界总会有人出手要。

从包厢内走出来，叶素看到等在外面的全嘉英。

"昨夜你说的事，我考虑过了。"全嘉英走到她的面前道，"我答应。"

叶素露出笑："好。"

抽签赛还在进行，叶素搬到外围和全嘉英一起准备合炼法器。

炼器师合炼法器不算少见，只是全嘉英和叶素合作，基本代表破元门明面上和千机门交好了。

昨夜听了叶素的提议，全嘉英便告知了他父亲，破元门连夜紧急商议。

"三年，千机门那几个弟子就能从筑基期到金丹期，还有一名弟子被辛疯子收为徒弟。"容初秋道，"这足以证明他们的天赋，何况东方位第一，听说也是千机门。"

"那个不太算数。"张长老道，"我听说是因为那把剑有剑灵，不分日夜在擂台上打，所以积分才高。"

"能操控剑灵的人，基本上都不会弱。"容初秋看向破元门的宗主，"再者文东材料行和千机门扯上关系后，才拿出寒晶泥，很难让人不怀疑其中的关联。"

全宗主抬手压了压，看向全嘉英："你怎么想的？"

"我想和叶素合炼法器。"全嘉英道，"也许能寻求到突破的机会。"

最终破元门决定搏一搏，押千机门能翻身，同意全嘉英和叶素合炼法器。

由于时间仓促，两个人只能分别将材料炼化，但炼化程度必须分毫不差。

全嘉英头一回和人站在一间炼器室内，最开始有些不自在，炼化材料时，难免走神。

"刀、锏、叉、剑，由你来。"叶素转头看他，"枪、镰、鞭、弩，我来。"

他们打算合炼一把能够变换形状的法器，每人负责四种，最后合炼成一把法器。

"全兄，你现在还可以后悔。"叶素见他走神，认真道。

"我只是不太习惯。"全嘉英摇头道，"继续吧。"

材料由两个人各自出，再炼化。

若是以前，全嘉英光是炼化，也要花上一段时间，但有了叶素做对比，他心生紧迫感，之后全身心投入其中，竟然比往日快上一半，只不过灵力也耗得快。

要将几种法器最后融合成一把，且互相不影响使用，叶素和全嘉英必须让材料配比达到完美。

光是这一点，两个人便废了十来份试样，有两样材料炼化配在一起，不知道为何，发生了爆炸，差点把炼器室炸了。

好在有破元门兜底，赔完钱，两个人临时换了一间炼器室。

全嘉英一边嗑灵石，一边炼器。等炼制出第二把器坯时，他喊了一声叶素："我这儿还有灵石，给你一点儿。"

炼器师的灵气不够用，他都要靠着灵石才支撑得下去，这么长时间，他只见叶素用了一次灵石，他以为她没有灵石。

"不用。"叶素拒绝，"我有灵石。"

没几天抽签就要结束，她必须赶在那之前完成合炼。

"你的灵力够？"全嘉英怀疑道。

"够。"叶素埋头用灵火炼制器胚。

全嘉英迷惑：好像我才是灵力更多的金丹后期？

七天后，叶素和全嘉英两个人终于顶着憔悴又亢奋的脸出来。

"大师姐，抽签赛结束了，马上要开始下一轮！"门口，西玉焦急地说道。

叶素一出来，便看到明流沙他们和破元门的人一起等在外面。

"大师姐，赶紧过去！"夏耳从远处跑过来，"其他人都到齐了！"

叶素抹了一把脸，稍微清醒，还没开口，旁边的全嘉英忽然往边上一倒，直直栽了下去。

两个人七天未休息，高强度的炼器，让叶素反应慢了半拍，看着全嘉英晕倒在地。

"嘉英！"容初秋连忙上前将人扶起来，手一探脉搏，松了一口气，"灵力耗尽，太累了。"

这是炼出了什么法器，不光把灵石用干净了，连灵府内的灵力也耗完了。

叶素将一根长三尺三的棕色圆棍递给容初秋，便匆匆往赛场那边跑去。

容初秋握着这根像烧火棍的东西，回头喊她："这法器叫什么？"

叶素和全嘉英两个人进去之前说好了，赶在本月底，下一轮赛前，炼制完法器后，要马上将它送去百青榜评选，总得有个名字。

叶素的声音从前面若有若无地飘来："八歧变。"

第十章 · 混沌鏡

"叶素怎么又没来?"马从秋四处张望,看了看面无表情的易玄和根本不搭理人的游伏时,最后决定问吕九,"老这么踩点,很容易出事的。"

"她去昆仑外城炼器了。"吕九道。

这几天,因为叶素把游伏时丢在院落,吕九进出的脚步都特意放轻了,生怕被游伏时瞪。

叶素走之前,还嘱咐她和易玄,去比赛的时候记得把游伏时喊起来。当时吕九着实思索了一番,自己会不会被轰出来。结果今天一早,游伏时自己已经醒了,一动不动地站在院落外。最后还是易玄出声,让他们先来赛场。

"这时候?"马从秋震惊。他们为了宗门大比,每日都在研究擂台上的对战,从中学习以弥补不足,或者发现对手的弱点。

叶素怎么不是卖货就是炼法器?

哦,也对,千机门本来就是炼器宗门。

这时候一行人从外面走进赛场中间,每一位都是合体期以上境界。

经过上一轮抽签赛,此刻赛场中少了一半人,五大宗的宗主齐聚赛场。

整个赛场已经大不一样,擂台全部撤离,中间摆着数张椅子,各宗门的宗主皆盘坐在两边,见五大宗主到来,纷纷起身弯腰拱手。

"在场诸位年轻弟子,将是我浮世大陆未来的支柱。"中间发须皆白的男人着一袭白色道袍,道袍领口、袖口绣有红色纹路,仙骨风扬,威严非常。

这是所有弟子头一回见到昆仑宗主——封尘道人。

他站在最高处，整个赛场的弟子皆能感受到那股强烈的威压。

"接下来将开启本届宗门大比……"他话未说完，便看到一个人匆匆跑进赛场，当着众宗主的面，快速走向东边。

封尘道人抬手抚了抚胡子，叫住她："这位小友请留步。"

叶素也没想到赛场上坐满了人，一往东边走，就被所有人看得一清二楚。

"我来参赛。"叶素拿出自己的通行单道。

封尘道人旁边的褐发老人呵斥一声："既然要参赛，为何不早早在此候着？"

"我应该没有迟到？"叶素的目光落在中间立鼎中的三炷香上。

褐发老人还要说什么，被封尘道人拦住，封尘道人宽厚地说道："小友去吧，你没迟到。"

"小宗门就是没规矩。"褐发老人依旧斥了一声。

叶素回头朝他们看了一眼才走到东边，这次没有按排名站，而是各宗门分立而站。

"脏了。"易玄看了她一眼，指了指左脸。

叶素本来就不太清醒，反应慢了一拍。

站在旁边的游伏时也不出声，一个清洁术劈头盖脸朝她砸去。

不知为何，叶素从小师弟的动作中察觉了一丝怒意。

叶素翻了翻乾坤袋，接连捏碎几块灵石，干涸得有些发疼的灵府终于被灵气滋润，她才恢复了点儿精神。

"千机门只有四个人参赛，万一我赶不上比赛，还有你。"叶素站好，对游伏时解释。

游伏时慢慢抬手，捂着自己的耳朵，将抗拒演绎得十分形象。

叶素："……"

"你之前说自己一定会赶过来，和我们一起去赛场。"吕九小声提醒，虽然叶素后面又对她和易玄说自己也许会迟到片刻。

叶素拉下游伏时的一只手，示意他看中间："比赛快开始了。"

抽签赛不过是要淘汰人，不让太多人得到好处。真正的宗门大比现在才开始，第一关便是去昆仑试炼地——混沌镜。

封尘道人接着刚才的话道："混沌镜内，视不见道，听不闻道，物多兽凶，望诸位把握机会。另镜内一月，镜外十日，若遇险，可捏碎通行单。"

众人听得迷迷糊糊，只见封尘道人翻手拿出一面镜子，抬手一扬，镜子便放大，出现在所有人面前。

"镜内之物可随意取，本关只比兽丹数目，在规定时间内拿到百枚四阶兽丹即可视为通关成功。"褐发老人道，"混沌镜内除一处禁地外，其他地方的妖兽多为四阶、五阶。

五阶兽丹抵十枚四阶兽丹，若是你们能拿到十枚五阶兽丹，也可视为通关成功。"

"里面有没有六阶妖兽？"梅仇仁举手问道。

褐发老人呵了一声："有，不过你们最好祈祷别碰上，否则要么捏碎通行单，要么被它吃了。"

六阶妖兽只有化神期的修士才能对付。

梅仇仁闭了嘴，安分地等着进去。

镜子不算大，每次只能容纳一个人进去，每个宗门需要排着队进去，小门派在后面，无名宗的修士则被安排在最后。

易玄可以跟着吾剑派先进去，但他选择留在千机门，和叶素他们一起进去。

"前后脚一起进，也不一定在一个地方。"叶素看着他道。

"嗯。"易玄表示自己知道，依旧站着不动。

等了半天，终于轮到叶素，她进去前回头看向身后的三个人："镜内见。"

叶素迈进混沌镜，瞬间被吸了进去，她努力保持清醒，睁开眼睛便发现自己从天空中掉下来，下方是一片沼泽地，还有条土龙朝天张大嘴，就等着她落进口中。

叶素："……"

这随机落地点也太随机了。

底下那片沼泽太广阔，叶素怀疑自己即便不掉进下面那只土龙口中，一落进沼泽，恐怕下面也会冒出一群妖兽。

紧急关头，她拿出把剑踩着，悬浮在沼泽之上。

叶素没有离开，这关要算兽丹，底下这些妖兽在她看来就是白送上门的兽丹。

那头张着嘴的土龙迟迟不见修士摔下来，终于不耐烦地从沼泽地中猛地蹿出来，想要咬住叶素。

它跳得确实高，可惜叶素反应不慢，往高处升了升。

等它砸回沼泽泥地后，叶素又故意放低位置，引诱土龙再一次跳上来。

只是这一次，土龙没有机会重回沼泽，因为叶素甩了数道符出来，在半空中形成一个符阵，将它锁住了。

土龙仿佛趴在无形的地面上，甩起尾巴重重砸下，还是没有回去。

叶素收了剑，脚踩在空中，如有实物。

整个空间被符阵包围，无形之处皆用她的灵力封闭，这让她灵府隐隐作痛，毕竟因前几天炼器已经耗尽灵力。

好在周边灵气还算丰裕，叶素几乎用最快的速度将灵气转化成自己的灵力，再用出去。

土龙四肢粗短，尾巴几乎和身体同长，行动极为迅速，见叶素落在同一处，四肢快速划动，朝她奔来，张口想要咬她。

叶素手一抬，灵力化墙，土龙撞在上面，愤怒甩尾拍去。

这时候沼泽地又有一头土龙冒了头，叶素垂眼向下看，果然这边的沼泽地里还有妖兽。

等到叶素再抬眼，周身已带上杀意，她撤了灵墙。

此时，半空中土龙尾巴一拍，借力飞跳，张大口朝叶素的头咬来。

叶素身形未动，从乾坤袋中拿出一把无弦弓，手搭在上面，一道灵力便化成箭，出现在弓上。

一人一兽，距离越来越近。

叶素甚至可以闻到从它口中散发出来的腥臭味，她的目光一瞬都不移动，紧盯着土龙，随后松手，灵力箭从它的口中穿过，从尾巴出来。

而这时，土龙已经来到了她面前，长吻几乎碰到了叶素的脸，下一刻才轰然倒下。

自始至终，叶素连眼睛都未多眨一下。

四阶土龙，除尾尖外，外皮无伤，双目完好。

叶素心中盘算着土龙身上哪些材料可以卖个好价位，手法利落地将其剥皮取丹，全部放进乾坤袋后，她将目光重新放在了沼泽地上。

在这里钓妖兽，也是不错的选择。

游伏时是跟在叶素后面进来的，落地点却在林中。他转身看了看四周，未看到熟悉的那个人。

泣血剑飞出，绕在他身边，跟着他。

途中被一只四阶妖兽拦路，泣血剑利落地干掉它，游伏时只扫了一眼，便继续往前走。

走了一会儿，游伏时停住脚步，又返回。

他盯着死去的妖兽半响，最后还是动手掏出兽丹，手和脸避免不了沾上了血。

游伏时面无表情地施了数个清洁术，才将兽丹扔进乾坤袋中，想了想又捏着鼻子，把妖兽尸体也放了进去。

等见到那个凡人，再给她……还要让她再赔一个新的乾坤袋。

游伏时一路往前走，大概是运气不好，一头五阶妖兽撞了上来，泣血剑迎头而上。

五阶妖兽相当于元婴修士的水平，这妖兽行动敏捷，竟然躲过泣血剑一剑，还往游伏时这边冲过来。

吕九刚落地没多久，远远看到游伏时的背影，还没打招呼，便看到那头五阶妖兽朝他冲过去。

"小……"

游伏时手一挥，那头妖兽猛然被灵力掀翻，泣血剑回神，飞蹿而去，刺中妖兽的头部，碰到鲜血后，红玉剑柄越发耀眼。

吕九默默闭上嘴，人家元婴前期巅峰修为，确实不需要自己担心。

吕九可能是平时看叶素照顾游伏时太多，潜意识以为他实力不强。

在吕九发呆时，游伏时忽然回头看她。

吕九："……"

"你，挖兽丹。"游伏时理所应当地吩咐她。

吕九愣了愣，然后哦了一声，上前看到泣血剑飞起来，弯腰开始勤勤恳恳挖兽丹。

处理完后，吕九跟着游伏时一同前行。

之后遇到妖兽，泣血剑和吕九一起出手，再由她挖兽丹，游伏时站在旁边看。

不知道的人看到这一幕，恐怕都会以为吕九才是泣血剑的主人。

毕竟一人一剑，如出一辙地勤勤恳恳。

吕九偶尔抬头看一眼游伏时，他虽然一样不做事，但身上没了那种和叶素在一起时极度放松的状态。

游伏时只负责收兽丹和妖兽尸体，一直在想为什么那个凡人还没有找过来，丝毫不知道那个凡人此刻正在沼泽地上钓妖兽。

所有参赛弟子全部进了混沌镜，镜内外的时间流速不同，到时候先进去的人也会先出来。

赛场中只剩下各宗的宗主和一同前来的其他门人，褐发老人一挥手，十几面水云镜便竖在中央，所有人皆能看到里面的情况。

一些小宗门站在外围观看，明流沙和西玉、夏耳也挤在人群中，紧张地看着叶素他们。

"不愧是昆仑弟子，一进去便能迅速调整集合。"上阙宗的宗主望着里面的情形道。

混沌镜中无法使用传讯玉碟，所有昆仑弟子进去后，便开始一路标记，他们不断靠拢集中，已经开始逐渐往陆沉寒那边走了。

"其他宗门弟子反应也不错。"封尘道人抚了抚白须道。

实际上，但凡还算正规的宗门弟子都有一套自己的联络方式。

"那些无名宗……是不是也在聚拢？"合欢宗吴月忽然直起身道，她注意到最后进去的那些无名宗修士不断在靠近。

"想来是提前商议好了。"周奇不算诧异，无名宗内总有几个厉害的人物。

相比之下，千机门四个人完全在随缘乱走。

哦，不对，叶素从一进去就没挪过窝。

易玄掉在山谷中，走了半天没碰到妖兽，反而见到了刚进来的宁浅瑶。

"小师兄。"宁浅瑶看到他，脸上要露出笑，却忽然想起什么，唇边的弧度又落下去，看着十分可怜。

易玄对这种情绪感知不强，他只会在乎别人刺激自己，所以蹦出一个字："五。"

"什么？"宁浅瑶愣了愣才想起来，勉强改口，"五师兄，我们一起走好不好？"

易玄拒绝，他指了指自己身上道袍上的"千机门"三个字："不一样。"

对面的宁浅瑶今日穿了一身白衣，乍一看还以为是昆仑的弟子。

宁浅瑶张了张口，最后道："我们可以合作。"

"没必要。"易玄依旧拒绝，小师妹元婴中期修为，他金丹后期巅峰修为，遇到厉害的妖兽，出事的概率更大的那个人应该是他。

既然不用护着小师妹，就没有必要合作，他还想一个人先去会会妖兽。

自从进了吾剑派后，他对战的都是人，少有妖兽。

易玄很想知道如今自己再对上四阶妖兽，水平会如何，总不会像当年一样，再被一爪捅穿。

宁浅瑶站在原地看着易玄走远，咬着唇，觉得十分难堪。

以前不是这样的，易玄会一直站在自己这边，即便一开始拒绝了，在她多次询问下，也会改变主意。

宁浅瑶想不通，不明白叶素有什么地方好的，明明叶素什么都没有。

从小就这样，她拿东西给明流沙、给西玉、给夏耳，最后都会看到这三个人拿回去给叶素看，还会分给叶素。

只有易玄，只有他不喜欢叶素。

没想到不过是三年未见，易玄又和叶素关系好了起来。

"宁宁。"简湖凭借着两个人结契的关系，轻松找到了宁浅瑶。

宁浅瑶回头，看着简湖，露出一个甜笑，双眼弯成月牙状。没关系，一个易玄而已。

沼泽地。

叶素站在剑上来回转了几圈，这么大片沼泽地，不应该只有十几头四阶妖兽才对。

正在思考中，一只妖兽的头从沼泽地内冒出来，叶素还未做出反应，它猛地一扎脑袋，往泥水里钻，似乎生怕被她看见。

兽有本能。

开始见这修士境界一般，想要吃了她，结果这修士手段繁多，弄死剥皮了不少妖兽，听着半空中传来的哀号，沼泽底下的妖兽逐渐安静。

叶素见状，哪儿能不知道沼泽地的妖兽在躲自己。

算了，也不能逮着一个地方薅，于是大师姐御剑飞快离开了沼泽地。

她看到陆地便停了下来，地毯式搜索前行。

所到之处，所见之物，凡有价值的皆不放过。

"那是华螺草，边上的是环螺草。"赛场有丹修注意到叶素拔草的举动，"她居然能分辨出来。"

华螺草不便宜，但很多外行修士经常弄来一堆环螺草，后者压根没用。

夏耳隐隐约约听见这话，不由得自豪地和边上的明流沙、西玉道："我就说，只要值钱的，大师姐就没有不了解的。"

他们开始赚了点儿灵石后，除去必要的修炼和购买材料外，大师姐全部用来买书了，什么书都有，什么书都看。

大概是叶素的行为在一干弟子中太过出挑，吸引了不少人的目光。

"因小失大，眼皮子浅！"褐发老人冷斥了一声。

"小宗门，拿不到好成绩，多在混沌镜中弄点儿好东西才是正途。"五行宗的宗主道，"里面可有不少人是抱着这样的心态比赛的。"

"我倒觉得这位小友也算有些手段。"封尘道人笑着道，"取物杀兽，两不误。"

破元门的宗主全深坐在右侧下方，容初秋悄然走到他的身后道："已经让人将那法器送过去了。"

幸而百青榜评选地就在西边，离昆仑不远。

全深侧头问："嘉英呢？"

"耗费灵力太多，晕过去了。"容初秋压低声音道。

"晕过去了？"全深大半个身体转过来，看着容初秋，仿佛要确定她说的话的真伪。

"已经喊了医修过去。"容初秋脸上带了笑，"嘉英结婴有望。"

全深这时候反而没有那么在意全嘉英的境界，又转过身，盯着水云镜中的叶素。

如果没记错，叶素境界还没有嘉英高，两个人炼完器出来，一个晕了，一个马不停蹄地赶来参赛，还杀了那么多头四阶妖兽，即便是靠着各种手段法器才炼制成功，但……

此刻全深的心怦怦跳快了几拍，他原本握着的杯子，因他没有控制好力道，直接被捏碎了。

"宗主？"容初秋察觉他的异常，下意识地喊了一声。

全深不着痕迹将杯子捏成粉末，微微后靠，对容初秋道："我有预感，我们押对了。"

叶素太不一般了。

此时此刻，不一般的叶素终于碰上了人，一伙人。

十几个人像是蹲守在这儿，迅速将她围住，其中一人走出来道："把所有兽丹交出来，我们不废你的通行单。"

叶素闻言笑了一声："兽丹全给你们，我要通行单也无用。"

"还有二十来天，你可以继续杀妖兽。"那人"好心"指导。

一个月的时间，集齐百枚四阶兽丹，便可以通过一人。

"你们抢我的兽丹不怕犯规？"叶素问他们。

围住她的人全部哈哈大笑，还有人把眼泪笑出来了。

"既然同宗门弟子可以互相匀，不同宗的弟子也能合作，为什么不可以抢？还犯规。"领头那个人抹了抹眼泪，扯了扯她的道袍，"千机门？你们的弟子都这么天真？"

叶素环视一周，忽然问："你们在这儿打劫，生意好吗？"

这伙人齐齐一愣，随即领头的那个人喝道："别废话，关你什么事？乖乖把兽丹交出来，我们才会放你一马。"

叶素拂开他的手："挺关我的事，毕竟接下来我要打劫你们。"

众人一愣，有点儿怀疑自己的耳朵。

叶素已经动了，抬手打了个响指，瞬间之前她走过的地方升起法阵，将这些人全部困住。

"你们想要打劫人，怎么不事先藏好点儿？"叶素嘲道，"这点儿本事都没有，学什么打劫？"

"你居然使诈！"领头那人怒道。这个人她走过来时，一路扶着自己的腰，一会儿站在树下，一会儿蹲在地上，他们还以为来了条受伤的"鱼"。

"嗯，我使诈。"叶素看了看自己的手心，随后抬眼道，"把身上的兽丹全部交出来，我放你们一马。"

众人："……"

"你一个人对付我们这么多人？"领头那人气笑了，双手紧握，灵力覆盖在拳头上，狠狠砸向地面升起的法阵。

然而拳头砸过去，非但没有砸碎法阵，他的一只手反而被转动的法阵绞断，他忍不住发出一声惨叫。

"忘了说，这是一个死杀阵。"叶素缓缓道，"解不开法阵，碰哪儿都是这个下场，其他人也可以试试。"

真的有人不信邪，要去毁法阵，却照样被反噬。

"说过了，这是杀阵。"叶素俯身朝地面按去，仿佛有什么挡着她的手，整个庞大的法阵开始转动起来。

这些人开始慌了手脚，不断有人试图挣扎出去，但只会被反噬。

叶素面无表情地用力往下接连按了三下，才按在地面法阵中心，整个法阵骤然旋转炸开，将这些人全部震晕。

"虚杀阵而已。"叶素往前趔趄地走了两步，抬手按了按额角，才从近及远，将这些人身上的兽丹全部掏干净，顺便好心帮他们捏碎了通行单，以防他们被妖兽吃了。

"想不到你还会法阵。"

听见声音，叶素迅速起身，看向对面大树旁走出来的人。

颜好双手举起："路过。"

叶素面上笑了笑，心中却没有放下警惕。

"符箓、法阵你都会？"颜好佩服道，"长得还好，我们合欢宗就是缺你这种人才。"

"法阵会的不多，只会这一个。"叶素道。屠前辈那本手札只适合元婴期以上的修士，她还是金丹期，且法阵基本看不太懂。

虚杀阵是里面最好学的一种，声势浩大，其实最后没办法杀人。

叶素费了很长时间才学会，也没试过，这是第一次用，灵府已经在抗议了。

"一起走？"颜好摇着粉羽扇，递给她一枚丹药，"第一关而已，不用这么紧张。"

叶素垂眼看着她掌心的丹药，没动。

"补灵丹，不值钱。"颜好塞给她，眨了眨眼睛，"我跟着你一起走，能不能见到那两位师弟？"

掌心这颗补灵丹，只看色泽便知道是上好的丹药，即便叶素从未吃过。

补灵丹比一般的上品灵石还要好，没有杂质，不用费力吸收，吃下去很快便能化成自己的灵力，里面还加了一些润府补气的药材，最适合灵力耗尽的人。

不过这丹贵，也只有大宗门的弟子才用得起。

叶素握住补灵丹，抬眼看向颜好——她从头到脚无一处不粉，整个人透着悠闲的意味，不像是来通关，反而像出游。

"合欢宗亲传弟子多吗？"叶素问她。

颜好摇着手中的粉羽扇道："不多，只有我和师兄，合欢宗亲传弟子不是谁都能当的，除了实力和天赋，还得长得好。不过像你愿意加入的话，肯定就是亲传弟子！"

"好。"叶素道。

颜好眼睛顿时一亮："你同意了？"

叶素瞥向她："我是说一起走，亲传弟子的事不用想了。"

颜好顿感失望，最后还是勉勉强强道："也行吧，你先把补灵丹吃了，再走。"

叶素起阵时，颜好一直在她的背后，早发现她情况十分不稳，明显灵力耗尽，也不知道她怎么做到面不改色地坚持了这么长时间。

叶素依言将那颗补灵丹吃下，补灵丹入口瞬间化成一股磅礴的灵气，进入干涸的灵府。

灵力恢复太快，灵府竟然也有一种撕裂的隐痛。

好在这种感觉逐渐消失，灵力重新得到补充，叶素整个人清明不少。

颜好一直站在旁边，虽然还在摇着扇子，但分明处于戒备中，替她守着，只要周围异动，便会立刻回击。

叶素有片刻出神。

根据褐发老人所言，混沌镜内妖兽多为四阶和五阶，以颜好元婴初期修为，再加上大宗门亲传弟子的一些手段，在这里基本如鱼得水。

只是……原著中在宗门大比第一关，合欢宗死了一名亲传弟子。

书中没有写清楚是谁，怎么死的，只是在第一关结束后提了一句。

原著的大量笔墨花在女主角一行人意外碰到六阶妖兽，引起镜外所有人注意时，和后赶来的男主角一起力斩六阶妖兽。不过两个人当时没有继续合作，而是各自带着自己的人一起获得足够的兽丹，成功通关。

从这以后，除原本只有救命之恩的好感外，男主角对女主角还生出了惺惺相惜之感。

"走吧。"叶素对旁边的颜好道。

既然合欢宗只有两个亲传弟子，那不是颜好就是梅仇仁会出事，她碰到颜好，一起也多少有个照应。

只是叶素难免想起小师弟，他平时最为挑剔，如今一个人不知道落在什么地方，估计不会太高兴。

她数了数自己手中的兽丹，六十三枚。

吕九和易玄两个人，叶素不太担心，但她不确定游伏时会不会挖兽丹，在碰上他之前，最好多准备些兽丹，以备不时之需。

实际上，此时的小师弟这边热闹得很，他和吕九一路走来，见妖兽便砍，途中遇到了马从秋，三个人自然而然地凑在了一起。

马从秋又懂本宗弟子之间留下的信息，于是吾剑派的人越聚越多，后面还碰上了徐呈玉和周云。

仅仅十天，除了几名运气不好，碰上五阶妖兽而被淘汰的弟子外，其他吾剑派的弟子全部聚齐。

"叶素，没来。"游伏时走到马从秋面前道。

马从秋正在给手臂上的伤敷药，听见游伏时的话，心虚地低头。

他当时碰上游伏时，说吾剑派的弟子多，也许叶素会碰到谁，如果和吾剑派的弟子会合，就可能见到她。

结果吾剑派的人齐了，但谁也没见过叶素，连易玄都没见过。

游伏时见状，也不理马从秋了，转身站在吕九面前道："你跟我走，找叶素。"

他需要一个挖兽丹的人，等见到那个凡人，再把兽丹给她。

吕九大概这些天听游伏时的命令听多了，下意识地爬起来要跟着他一起走。

"游公子。"徐呈玉走过来，拦住两个人，"混沌镜内万里，盲目找人太难，你们两个人和我们分散未必能找到叶素，倒不如和我们一起去禁地边缘。"

"禁地边缘？"吕九指了指上空，"之前昆仑大长老说禁地很危险。"

"不去禁地，只在边缘看看。"徐呈玉道，"越危险，好东西越多，在混沌镜内拿到的东西出去后不用归还，所以大部分人会过去，叶素应该也会去。"

游伏时拧眉盯着徐呈玉，最终同意留下来。

接下来每次吾剑派的人一休息，游伏时就悄无声息地出现在徐呈玉面前，然后面无表情地催促："起来，去禁地边缘。"

徐呈玉："……"

当初那个早晚不修炼，一睡睡几天的人去哪儿了？

林中。

"这是什么？"颜好看着叶素突然走到一棵树前，费力割开树皮，用瓶子收集里面流出来的汁液，好奇地问道。

"磺胶，炼器用的材料。"叶素解释，"很贵，一般秘境里没有。"

也就是昆仑财大气粗，随便设立的一关，里面到处是珍材宝物。

颜好若有所思地点头，站在后面小声道："你真忙。"

从两个人同行起，颜好就没怎么见过叶素休息，找妖兽、收集路上所见一切材料，甚至休息的时候，还见到她拿出玉简看。

叶素没听清，专注握着瓶子，让磺胶顺利流入瓶中。

"这里有个……"

叶素半天未听见颜好的后半句话，转头看去，身后空无一人。

"颜好？"

无人应声。

叶素迅速收手，也没有再管留下的磺胶，四处找颜好。

不可能是妖兽作怪，叶素没有听见任何其他的声音，颜好像是凭空消失了。

叶素的心沉了下来，她有不祥的预感，那个书中第一关死去的合欢宗弟子极大可能是颜好。

顾不上其他，叶素站在原地，微微闭上眼睛，神识骤然释放出来，不断扩张覆盖探查。

没有，还是没有……神识所到之处，她"看"到了各宗门的弟子，"看"到了不同妖兽，却始终没有发现颜好。

不对，颜好在这里消失，一定有原因。

叶素睁开眼睛，低头查看周围地面的痕迹，找到颜好之前站的位置，想起她之前说的那半句话。

颜好发现了什么。

叶素打量四周，四周只有一棵又一棵高大的树，地面上杂草颇多，看起来毫无异样。

她伸手扶着旁边的树，深深吸了一口气，试图让自己冷静下来。

她忽然一顿，侧头看向自己扶着树的那只手。她移开手，看着树干——很普通的树，看起来竖纹粗糙，还有几处结节。

但那份触觉不会错。

叶素闭上眼睛，再次伸手摸在刚才触碰的树干处，指腹一点点摸索，偏头在脑海中勾勒出上面的痕迹。

——法阵！

叶素骤然睁开眼，抬手看向毫无异样的树干，这上面分明有个传送法阵。

未等反应过来，她眼前一花，再回神时，整个人已经到了另一个地方。

"你怎么也进来了？"侧后方突然传来熟悉的声音。

叶素立刻回头，果然看到颜好。

"我刚才还想和你说那个树干上刻了法阵。"颜好道，"不过，那法阵上还加了个幻术，一般人看不见。"

她还没来得及去除上面的幻术就被带到这个地方来了。

"我摸到了。"叶素说着转头看向周围，地面全是白色的石头。

颜好弯腰拿起一块石头，递给叶素看："我们这次可能倒大霉了。"

叶素接过来，一摸便察觉不对，仔细看去才发现这不是普通的石头，而是骨头，上面还附着一层怨气。

"我看了，人骨、兽骨都有。"颜好连扇子都不摇了，"混沌镜内没有这种地方，除非是禁地。"

禁地？

"通行单。"叶素问,"捏碎之后能不能出去?"

"不能。"颜好看着和之前没什么两样,实际上眼中只剩下了凝重,"往届总有弟子因为各种理由进了禁地,无论修为高低,没有一个出来的。镜外的封尘道人无法感知到所有进入禁地的弟子,也带不出他们。"

"既然有入口,一定有出口。"叶素冷静道,"树干上有传送法阵,这里面也一定还有传送法阵。"

颜好蹲了下来,粉羽扇撑着脸:"为什么一棵树干上还藏着传送法阵?还加了幻术,像针对术修的陷阱。"

她忽然仰头看着叶素:"连累你了,你要是不找我,应该发现不了那个法阵,也不会进来了。"

"禁地不一定有多可怕。"叶素对上颜好的眼睛,"去找出口。"

"走。"颜好站起身,重新开始摇粉羽扇,"肯定有出口,我还要回去为合欢宗招揽弟子呢。"

片刻后。

"我错了。"叶素疯狂奔跑,"禁地确实可怕!"

"后悔也来不及了!"颜好跑在前面,大声喊道,"这回我们死定了!"

两个人身后一群追过来的六阶妖兽,嗜血杀意冲天,踩在万骨地上发出无数咔嚓响声。

颜好抬头看到前方有一座山丘,回头伸手一把拉住叶素,藏进山丘后。

"幻无法定,形变影随,术!"颜好咬破手指,流出血后,在叶素额间一抹,随后竖起两指,布起一个大型幻术。

两个人藏在山丘后,努力控制着呼吸频率,不让追过来的妖兽发现端倪。

此刻,在这些妖兽眼中,两个人和旁边的山丘没什么两样。

这些妖兽失去目标,漫无目的地搜寻,有些已经开始走远了,但还有一头一直在附近打转。

"我坚持不了多久。"颜好对着叶素无声地说道,这些妖兽是六阶妖兽,相当于化神境界的修士。

她刚刚直接用了保命术,耗费的不仅是灵力,还有寿命。

那头一直打转的妖兽忽然靠近山丘,呼出的热气离两个人越来越近。

这妖兽浑身长着红色长毛,牛蹄马身,却有一张类人的脸,额头上还有一根弯尖角。它不停在周围来回走,终于离山丘越来越近,那股从鼻孔中冒出来的热气几乎喷洒在叶素和颜好的脸上。

它口中甚至开始流出涎水，似乎闻到了猎物的味道。

叶素指间夹了数道符篆，手已经抬了起来，只要这妖兽异动，她便用符篆给两个人争取时间逃走。

不过……为什么她也闻到一股灵气充沛的味道，仿佛伸手就能得到力量。

颜好忽然扯了扯叶素的衣服，面容失色地指着她们背后的山丘，无声地说道："动了。"

叶素缓缓扭头朝身后看去，山丘还是那个山丘，并无异样，但那股味道似乎是从山丘上散发出来的。

下一刻这山丘猛然伸出一颗头，狠狠咬住离叶素只有一拳距离的妖兽。

"跑！"叶素拉着颜好迅速远离山丘和妖兽。

两个人回头看去，那人面马身的长毛妖兽的脖子被山丘探出来的一颗像极了长满青苔的石块头咬住，血从脖子上不停地流出来，溅在地面那些骨石上。

妖兽疯狂挣扎，四蹄拼命踹着"山丘"，那"山丘"被踹得转动了一圈，也没有放开它，死死咬住它的脖子不松口。

到最后，那长毛妖兽四蹄渐渐无力，停止动弹，却没有立刻死去，马身还在微微起伏，睁大眼睛，看着山丘状的巨龟开始撕咬自己的腹部。

一头六阶妖兽就这么被另外一头妖兽吃了。

叶素和颜好两个人背后不约而同出了一阵冷汗。

好在那山丘龟似乎看不上她们，吃完之后便回到原地，缩回头一动不动装山丘。

颜好转头看着零散分布在周围的山丘道："我们死定了。"

叶素闭了闭眼道："先飞上去试试。"

她拿出一把剑，带着颜好御剑飞上半空。

原著中混沌镜内，男女主角合力斩杀了一头六阶妖兽，宁浅瑶便一战成名，结果禁地中六阶妖兽多如野狗。

叶素严重怀疑原著那头六阶妖兽纯粹是误跑出去的，不过既然那头妖兽能跑出去，说明一定有办法从禁地出去。

"这地方，合体期高手进来也不一定能活着出去。"颜好低头看着下面那些山丘，心有余悸道。

两个人御剑飞过这些山丘龟，远处终于开始出现隐隐绿地。

"我们……"叶素出声，"要下去了。"

"什么？"

颜好才问完，两个人便直线下坠，毫无征兆。

快要摔下去前，叶素甩了道符给颜好，托着她的背，两个人才得以缓缓下降落地。

"有股力量限制了御剑。"叶素刚才完全无法驾驭脚下的剑。

"限制御剑？"颜好仰头看着上空，"我听说有这种法阵，不过只有大能才有本事设立。"

叶素看着远处的绿意，忽然问："你有没有觉得绿地离我们越来越近了？"

颜好闻言，也望向远处："可能是我们落下来的时候，往前飘了。"

她没看出什么异常，但还是释放出神识贴近地面再查探一遍。

叶素皱眉望着远处越来越清晰的绿意，危机感渐重，转头想要让颜好一起转身离开，却发现她脸色苍白，身体仿佛被定住。

"颜好？"叶素推了推她，依旧没有反应。

来不及思索，叶素干脆扛起颜好掉头就跑，这禁地太多未知的东西，稍有不慎就能中招。

疾速符这时候派上了用场，叶素奔跑的速度越来越快，和那片绿地拉开距离。

这时候，颜好忽然倒吸一口气，随即又咳出一大口血来，终于回了神，顾不得自己被扛在肩上，对叶素道："那不是绿地，是绿蚂蚁，它们甚至可以吞噬神识。"

叶素一个刹步，停了下来。

颜好焦急地问道："怎么了？我们得赶紧跑！"

"下来。"叶素道。

颜好以为她不愿意扛着自己，立马识相地下来，然后一转身："……"

前面一群六阶妖兽朝他们飞奔而来，几乎挡住所有的路。

"啊，好多妖兽。"颜好仰头看着快遮天蔽日的六阶妖兽麻木地感叹道。

前面是死路一条，后面也是死路一条。

"试试土遁符。"叶素拿出两张符，一张贴自己，一张贴颜好。

片刻，颜好僵硬地转头问她："我们到土里了？"

叶素："……"

御剑不行，遁地也不行，估计只有死才行。

"对面妖兽太多了。"叶素忽然道。

"所以才是禁地。"颜好神识受损，之前又用了保命术，脸色异常苍白。

叶素示意颜好看向往这边冲过来的妖兽："太平静了，这些妖兽没有任何争斗，想是有共同目标。"

颜好嗑了一大把丹药，声音含糊道："共同目标不就是我们？"

"我金丹修为，你元婴修为。"叶素转头看她，"加起来打不过这里面一头妖兽，它们看不上。"

"所以它们不打算吃我们？"颜好咽下丹药问。

叶素伸出手感受周围的风向，看了一眼前面的妖兽，又回头看着越来越近的绿地："只能赌一把。"

她从乾坤袋中拿出当初做的那个降落伞，还有磺胶和另外收集的材料。

颜好一脸茫然地看着叶素蹲在这里……炼法器？

"你在做什么？"颜好心想，难道是要在死前将未炼制完的法器炼完。炼器师可真神奇。不像她，只想在死前再见见千机门两位师弟的脸。

叶素用平生最快的速度做好了一个简易版热气球，起身点燃配比好的磺胶，拉着颜好翻进吊篮内。

"这是什么法器？"颜好还处于一片茫然中。

叶素撑起上面的气球："不是法器，没有灵力。"只有物理。

随着磺胶燃烧，热气球开始摇摇晃晃地升起来，吊篮慢慢离地。

"妖兽来了。"颜好提醒道，情急之下她用术法将这东西全部隐藏起来。

吊篮被撞上前，叶素甩出护符，却被六阶妖兽轻易破坏，她迅速撑起灵力罩，不过片刻也被打碎。

妖兽径直撞了上来，将吊篮撞破，同时也推动了它，开始往空中升起。

那瞬间，叶素和颜好合力将那只妖兽推了出去。

热气球摇摇晃晃升上空，颜好瘫在吊篮里，看着面前的大洞，没有回过神。

太刺激了。

她脑子里还是一片空白，甚至不知道发生了什么。

叶素已经站了起来，低头翻了翻乾坤袋，找了块木板挡住吊篮的破洞，站在上面，往下看去。

这些妖兽还在往前冲，那些绿色蚂蚁也还在扩张过来，双方终于汇聚在一起。

对她们有压制性赢面的六阶妖兽，此刻和绿蚂蚁撞上，却只有一个下场。

无数妖兽跌倒在地，瞬间便被绿蚂蚁覆盖，等这些蚂蚁散去之后，便只剩下白骨，和她们初进来时看到的万骨之地没有太大区别。

妖兽也在攻击绿蚂蚁，尾巴扫、脚踩、唾液腐蚀，各种手段皆有。

果然，它们并不是冲她们来的。

"这些是什么？"颜好终于恢复了一点理智，扶着吊篮站起来，朝下一望，吓了一跳。

叶素摇头。她盯着下面看了许久，发现绿蚂蚁也不是什么都吃，所有兽丹都留着，由一只颜色最深最绿的蚂蚁推着，其他蚂蚁和它特意保持了距离。

遍地的兽丹，大师姐心动了。

"你刚才说这些绿蚂蚁会吞噬神识？"叶素问颜好。

颜好点头道："我神识太靠近它们，被发现了，它们触角碰到神识后，我就失去了控制。"

"这样……"

叶素在乾坤袋中翻了翻，快速做了一根钓竿，鱼钩是一个小簸箕。

"看到那颗兽丹了吗？我用神识吸引旁边的绿蚂蚁的注意力，你把那颗兽丹铲起来。"叶素将钓竿塞给颜好道，"我们一人一半。"

颜好茫然地拿着钓竿，不明白叶素哪里来的神识，更震惊她的胆大包天。

热气球移动得不快，叶素看准下面一颗兽丹后，迅速释放出一线神识，靠近那只最绿的蚂蚁。

那只绿蚂蚁犹豫了一会儿，果然放开兽丹，快速咬住叶素的神识。

"动手！"叶素自己切断自己的那丝神识，对颜好道。

颜好下意识地将线抛过去，到底是元婴境界，控制住钓竿，稍微用了巧劲，便将那颗兽丹钓了起来。

叶素伸手抓住那颗兽丹，低头看着吃完神识原地打转找不到兽丹的绿蚂蚁，道："这个方法可行。"

颜好握着钓竿，看向叶素的眼神已经接近痴呆："你是疯子吗？"

她不知道叶素一个金丹期修士怎么会有神识，但没有一个正常人会这么切断自己神识，这完全属于断尾求生，只是修士在神识被攻击时的一种手段。这对修士而言，极其痛苦。

"继续。"叶素只道。

"你不难受？"颜好问她。

"一点神识而已。"叶素看中了下面另外一颗兽丹，抓住时机，释放神识，再切断道，"动手。"

颜好只能跟着她的节奏动手。

两个人飘了多久，就铲了多久，乾坤袋内一大堆六阶兽丹。

"先吃了这些丹药，修复灵府神识。"颜好从最开始的难以置信，到现在已经麻木了，拿出自己的全部丹药给叶素。

"多谢。"叶素接了下来。

颜好想了想，还是觉得不对。

"你拿这么多兽丹，我们又出不去，根本没用。"

不等叶素回话，她眼睛亮了起来："你想让我们吃下这些兽丹，快速进阶，然后再逃出去？"

"这么多六阶兽丹，我们一下子吃下去，估计只会爆体，而且你才金丹期，根本吃不了。"

叶素让她把钓竿收起来，转身走到吊篮另一边，看着远处的湖泊笑了："不吃，留着出去用。"

绿蚂蚁所到之处皆是白骨，远处却隐隐看到一面湖泊，在遍地白骨、绿蚁和妖兽中，显得十分特殊。

叶素站在高空处，才能清晰地看到整片湖泊被绿蚁团团包围，她甚至看到湖泊旁立着一圈两个人高的绿蚁球，它们紧紧抱在一起，静静立在湖泊旁。

毫无疑问，只要谁靠近湖泊，一定会遭受到它们的攻击。

"我们怎么出去？"颜好基本已经放弃挣扎了，她的脑子转不动，打算只靠着叶素。

叶素示意她看着那片湖泊，道："妖兽拼命往这边闯，总是有原因的。"

颜好望向湖泊边的巨蚁球道："这湖看起来好像很重要。"

叶素指了指天，又指了指下方道："上下压制，无法飞行，无法遁地，只能走地面一条路，偏偏还有这么一群无所不吃的绿蚁，显然是为了阻断所有靠近这个湖的路。"

颜好抬头看了看，道："我们还在飞。"

叶素道："没有用灵力。"而且风向合适。

当然让叶素最笃定湖泊是出口的原因是那头出现在禁地外的六阶妖兽，书中在描述它强悍外表的同时，提了一句，湿漉长毛。

如果不是在湖中沾了水，她不知道还有什么原因这么描述。

"横竖都是死。"颜好捏住自己的粉羽扇道，"我们试试？"

叶素看着下方湖泊那处道："先等等，有妖兽冲过来了。"

那群妖兽仿佛商量好了，一批又一批往这个方向冲，不断对付绿蚁，前一批倒下，后一批妖兽又能多走一段距离。

惨烈却有效，竟然真的有一小群妖兽快靠近湖泊了。

颜好扶着吊篮边缘，朝下看去："对，先看看这些妖兽要来湖边做什么。"

她话才说完，湖边那些两个人高的绿蚁团瞬间如同洪水般散开，密密麻麻朝那些妖兽"流去"。

那些踩着尸骨一路过来的妖兽，只来得及发出几声嘶鸣怒吼，便如同倒塌的积木，碎了一地，不剩丝毫血肉。

颜好安静地闭上了嘴。

叶素的视线落在后方剩下的妖兽上，手紧紧扶住吊篮的边缘，手上两道青筋凸起。

她在找和原著描述相符的六阶妖兽，只要它能冲过防线，进入湖泊，她们就有可能出去！

鸟头巨猴身，尾长毛，红斑纹。

找到了！

叶素盯着下方突然跳起踩在其他妖兽身上的巨猴——是鸟头，长毛尾巴还是干的。

那妖兽体型虽大，弹跳力却极强，借一次力便能跳到极远的地方。

它踩在妖兽身上，跳了几次，最后距离湖泊还有一段距离，眼看要直接踩进绿蚁群中，它周身忽然冒出火，连带着脚底都有，踩下地便将蚁群烧出了两个脚印。

这些绿蚁太多了，叶素看到那妖兽明显顿了一次，下一秒它仰头尖叫一声，身上的火更大了，爆发出巨大的弹跳力，眼看着它跳进湖泊。

"走！"

叶素抓着颜好往湖中跳，跳到半道，还甩出一条鞭子，钩住吊篮，用力一扯，将它收进了乾坤袋中。

面无表情地迎风落湖的颜好紧握粉羽扇，对叶素做的一切已经波澜不惊。

死就死吧。

混沌镜内已过二十九日，大部分实力不错的弟子靠近了禁地边缘，准备在附近碰碰运气，这段时间各大宗门都在禁地边缘联手猎杀五阶妖兽。

"还没有见到叶素？"徐呈玉问从另一边过来的周云。

周云摇头道："我去各宗问了，也向一些散修打听过，只有一个人说见过叶素。"

"在哪儿？"徐呈玉问。

"沼泽地附近，刚进来的那几天。"周云悄悄看了一眼坐在那儿的游伏时，"叶素会不会出事了？"

"不可能。"徐呈玉否认，想了想问，"其他宗门有没有谁实力高，却没到的？"

"其他宗门……"周云仔细想了想，记起来了，"合欢宗的颜好不在。"

"颜好？"徐呈玉思索片刻道，"她们可能凑在了一起，混沌镜这么大，两个人应该还在其他地方。"

周云叹了口气："易玄还在单挑妖兽。"

徐呈玉按了按额头。千机门没了叶素，其他人变得一个比一个偏执。

明明兽丹都够了，还要拼命去找妖兽。

易玄一次又一次把自己置于死地，拖着满身血回到休息处。

那些妖兽虽然对游伏时造不成太大伤害，但他动手次数多得令人心慌。

"游公子，我觉得叶素可能和合欢宗的颜好去其他地方了。"徐呈玉走到游伏时的旁边道，"颜好元婴前期修为，混沌镜中大部分妖兽伤害不了她，叶素手段也多……"

原本坐着的游伏时忽然站了起来。

徐呈玉吓了一跳，还以为他要对自己动手，连忙后退数步，却发现他只是转头看向禁地那个方向。

"怎么了？"徐呈玉也顺着他的视线看过去，探出神识，也隐隐发现了异样的波动。

游伏时已经抬步朝那边走去，徐呈玉想了想也跟上去，让周云留下来，和吾剑派其他人在一起。

吕九见状，也跟了上去。

禁地边缘。

各大宗门亲传弟子皆若有所觉，纷纷朝禁地方向看去。

"陆师兄？"

昆仑派一名弟子见陆沉寒站了起来，不由得上前犹豫地问道。

陆沉寒竖起一只手，示意他噤言，随即骤然御剑离开，往禁地那个方向去。

和他同样情况的还有万佛宗的谷梁天、合欢宗的梅仇仁、五行宗的连怜和程怀安以及上阙宗的亲传弟子。

"那是什么？！"

宁浅瑶正在打坐休息，旁边简湖也在，他被泣血剑一伤，到现在还未完全好。

周围和他们一起合作的散修忽然大喊起来。

宁浅瑶睁开眼，便发现一头浑身带着烈焰的妖兽，缓缓从禁地结界内出来。

在场所有人皆未见过如此高阶的妖兽，有人甚至吓得动不了了。

简湖瞬间拉起宁浅瑶的手要逃——这是六阶妖兽！

宁浅瑶却按住了他："这头妖兽的灵火，我能感受到对我有益。"

她是玄阴之体，不可能不学炼器，且天赋十分不错。

"它是六阶妖兽。"简湖不赞同。

"你助我。"宁浅瑶坚定地说道，指着从禁地中走出来的妖兽，"我们联手，这妖兽的脚受伤了。"

"好。"

得了简湖的同意，宁浅瑶提高声音对其他散修道："诸位先撤退，我们留下来拦住它。"

有人喊道："宁道友，这妖兽起码六阶，你们两个人拦不住的，我们一起！"

"能走一人是一人。"宁浅瑶一袭白衣，飞身站在高处道，"我二人乃元婴中期修为，还有一线生机，其他人留下来只是送死，倒不如活着出去，继续通关。"

"宁道友今日之恩，没齿难忘！"

众人拱手，对宁浅瑶和简湖深深一鞠躬，随即快速离开。

此时，那头六阶妖兽已经彻底走出了禁地，朝他们这个方向奔来。

宁浅瑶和简湖对视一眼，两个人共同飞身迎了上去。

"我只取它身上的灵火便可。"宁浅瑶对简湖道。

他们两个人元婴中期修为，用尽手段可以逃开。

另一头，离开的散修们碰上了陆沉寒，向他求救。

"宁浅瑶？"陆沉寒听见这个名字，终于停了下来，"她在前面？"

散修连连点头道："宁道友为了让我们离开，和简道友一起联手拦住了那头六阶妖兽。"

"六阶妖兽……"陆沉寒低声重复一遍，剑一动，再次消失在散修眼前。

禁地外，简湖为了让宁浅瑶有机会取到灵火，吸引了巨猴的所有注意力。

直到他被巨猴甩过来的尾巴抽晕，宁浅瑶也已经取尽灵火。

妖兽怒不可遏，回头攻击宁浅瑶。宁浅瑶连忙挥剑砍去，却被巨猴一爪拍开。

陆沉寒到时，看到的便是这番场景。

他飞身抱住宁浅瑶，握住手中的孤沧剑，朝巨猴斩去，浑厚剑意带着不可抵挡之势。

"陆哥哥？"宁浅瑶看着陆沉寒的侧脸，轻声喊了一句。

两个人再次相见，偏偏还以这种方式，让宁浅瑶心跳得极快。

这时候其他人也相继赶到，万佛宗的谷梁天停下来，望着陆沉寒挥剑，他还未和昆仑弟子交过手。

"这是什么情况？真的有六阶妖兽。"连怜看着那头妖兽惊道。

"应该是从禁地内出来的。"程怀安猜测。

"不可能，混沌镜禁地只进不出。"上阙宗弟子道，"连昆仑宗主都不知道里面的情况。"

混沌镜是神殒期留下的，合体期及以上修为的修士进不去，所以才拿来给弟子试炼。

最初因为弟子进了禁地，不知生死，昆仑曾经派不少化神期的执事进去，皆没有再出来，命灯也全熄了。

"徐呈玉？"连怜转头看到吾剑派的人也来了，关键后面还跟着千机门的两位弟子。

不，是三位。

连怜的视线落在后方缓缓走过来的易玄身上，他一身的血。

"六阶妖兽。"徐呈玉看到巨猴也惊了惊。

"大概是从禁地内出来的。"连怜往后面又看了看，"叶素真不在？"

游伏时没有搭理他们，径直朝禁地那边走去。

"你干什么？"易玄上前拦住他，又牵动了伤口，但面上没有多余的情绪，"想找死？"

游伏时绕开他，继续往前走。

徐呈玉也试图拉住他，却被泣血剑指住，无法前进。

这边的异样让其他宗门的人看了过来，上阙宗和万佛宗皆不熟悉游伏时，眼神中带着疑惑。

游伏时走了一半路，便不动了，当着所有人的面，解下乾坤袋，对着空无一人的地方扔去："叶素，兽丹。"

与众人所想的不同，乾坤袋还真砸中了什么。

"解开了没？"一个熟悉的声音突然响起。

禁地。

叶素拉着颜好跳进去的那瞬间，能清晰感受到被无边湖水包裹着，几乎无法喘息，仿佛被禁锢在封闭真空地带。

叶素下意识想要打破这道禁锢，灵力释放不出来，只能释放神识攻击。

她没有成功，反而被一道力量束缚。

当神识被束缚，叶素没有想着逃或者放弃，她控制神识反过去包裹住那道未知的力量，将其吞了。

不等她的识海反应，下一刻两个人眼前白光一闪，湖水消失，周围什么都没有，她们更像是来到了中间地带。

"这是什么地方？"颜好茫然地看着四周，叶素一系列的操作导致她的脑子已经停摆了。

叶素睁开眼睛，那股力量被她硬生生吞进灵府，塞进了识海。

嗝——

颜好转头看她，觉得莫名其妙："你刚刚打嗝了？"

"没有。"叶素不承认。

"那应该是我听错了。"颜好心中戚戚，这一路是没受伤，但心理阴影不少。

叶素转移话题："那头妖兽呢？"

"它在那儿！"颜好指着远处隐隐闪现的一道橙光。

叶素也看到了："跟上去。"

两个人尾随着那鸟头巨猴，颜好还机智地给两个人弄了道隐匿幻术，以防被前面那妖兽发现，不过从头到尾，它压根没回过头。

"它的头消失了……"颜好眼睁睁地看着那巨猴的一半身体忽然消失。

"是出口。"叶素捏了张疾速符，一把拉着颜好，快速跟了上去。

鸟头巨猴穿过禁地结界时，身体表面的一层灵火都变浅了，毛发肉眼可见地暗淡下来。

叶素察觉这一变化，拉着颜好，紧紧挨着巨猴的身体，跟着它一起出去，所有防护符也贴了起来。

好在巨猴穿过去有时间差，两个人贴着它一起溜出去，没有受到任何影响。

不过两个人一出来，叶素发现对面那些修士压根看不见她们，宁浅瑶也完全不知道她们在这儿。

她示意颜好把隐匿术撤了，结果两个人发现一件严峻的事情——隐匿术出了点儿问题，撤不了了。

于是那头打得热火朝天，两个人站在禁地边缘搞东搞西，试图把隐匿术弄掉。

颜好满头大汗，感觉自己脑子坏掉了，完全记不清之前隐匿术出了什么问题。

这时候，游伏时一个乾坤袋砸过来，叶素转头才发现小师弟站在对面，但她发现他看过来的目光是散的，显然隐匿术还在起效。

叶素只能问颜好："解开了没？"

"快了快了。"颜好双指竖起，低声念了几句，然后睁开一只眼，"好了吗？"

两个人在众人眼前闪现一会儿，又消失了。

叶素："……"

"我的幻术好像被加持了。"颜好又念了一遍，这回隐匿术终于解开，两个人得以出现在众人面前。

"叶素？"

"师妹！"

徐呈玉和梅仇仁齐声喊道。

颜好看到禁地外的活人，竟然有种热泪盈眶的冲动——里面太可怕了！

万佛宗的谷梁天视线从另一边的陆沉寒身上移向叶素这边。

他知道颜好。

宗门大比前，他已经看过各大宗门参赛弟子的资料。

至于旁边千机门的叶素是最近才冒出来的，境界一般，手段不少。

叶素低头打开手中的乾坤袋，探到里面的东西，诧异地看向对面的游伏时："你挖的兽丹？"

这里面少说有两百颗四阶兽丹，她还看到了五阶兽丹。

游伏时不回答她这个问题，反而拧眉看着叶素："你说了在里面见。"

小师弟这话里话外带着控诉之意，让大师姐完全忽略不了。

"碰上了意外。"叶素解释。

游伏时看着这个凡人一身狼狈，最后在心中决定勉强原谅她。

"你……"叶素走过去，将乾坤袋重新还给游伏时，结果突然一道拳头粗的雷从天而降，直直劈向她。

事情发生得太突然，叶素毫无准备，整个人被劈个正着，浑身发黑，头发全部竖了起来，但她牵住的游伏时毫无影响。

叶素甚至能从小师弟眼中看到自己这副模样，开口："我……"吐出了一道白烟。

上空像是被引了雷，数十道雷开始噼里啪啦地砸下来，主要目标就是叶素，附近其他人也开始被殃及。

陆沉寒抱着宁浅瑶躲过一道雷，顾不得那头妖兽，仰头看着上空，寒眸中闪过不解。

这是混沌镜内，如何会有天雷？

"所有人即刻出来！"上空突然传来封尘道人的声音。

混沌镜内众人仰头看向上空，只见天被撕开一道口子，他们还未反应过来，便被吸了上去。

赛场内，早在颜好消失时，合欢宗的宗主吴月就注意到了，所有水月镜也找不到颜好的踪迹，当时各大宗主心中都有了猜想。

没想到紧跟着，叶素不知道做了什么，突然也消失在水云镜中。

在混沌镜外的人只能看到他们在干什么，并不能完全知晓里面的弟子的所见所闻。

在五大宗主看来，叶素扶住了一棵树，随即便和颜好一样，消失在所有水云镜中。

"他们是不是去了禁地？"良久，上阙宗的宗主问。

"这里为什么会有禁地入口？"吴月重重放下茶杯。

谁都知道禁地有去无回。

"吴宗主少安毋躁，混沌镜只有弟子们进去过。"封尘道人理解合欢宗的宗主的心情，宽慰道，"没人能做手脚，不一定会通向禁地。"

"水云镜中看不到她们。"吴月没想到自己的弟子会消失在一个普通地带。

"不若先查看命灯。"吾剑派的宗主周奇道，"往届进入禁地的弟子，皆在三天之内便熄了命灯。"

万佛宗的宗主也开了口："或许是误闯了什么法阵空间，混沌镜乃神殒期前留下的东西，里面有不少残留下来的法阵。"

吴月进不去混沌镜，只能关注弟子的命灯，好在虽消失在水云镜中，但颜好的命灯一直没有变化，甚至没有暗淡下去的痕迹。

一直到通关快结束，命灯也丝毫未发生变化，吴月勉强放下心：至少没进入禁地。

等到颜好和叶素两个人突然出现在禁地结界边缘，吴月这才彻底松了口气。

"果然是误入了什么法阵。"万佛宗的宗主乐忌若有所思道。

这边昆仑的注意力放在陆沉寒身上，他和另外一名女修士联手，竟然彻底压制了六阶妖兽。

眼看着陆沉寒要将那头六阶妖兽斩于剑下，突然天雷直直劈向混沌镜。

赛场中的各宗主从未见过如此场面，一时怔在原地，又是一道接着一道天雷劈进混沌镜内。

在一片雷光中，封尘道人眼瞳一缩，挥手强行打开混沌镜通道："所有人即刻出来！"

混沌镜中的弟子全部被吸了出来，赛场上瞬间出现了所有参赛弟子。有些人没有做准备，甚至跌坐在地上。

所有宗主皆站起了身，吾剑派的宗主周奇眼尖地发现混沌镜出现了一道裂缝，下一刻混沌镜便被封尘道人收了起来。

又是一道天雷劈下来，径直朝着刚出来的叶素劈去。

"离我远点儿。"叶素反应极快，灵力一挥，将身边的游伏时和赶过来的易玄全部推开。

不过这一打岔，她又被劈个正着。

大师姐只觉得灵魂都在发麻抗议。

"所有弟子退开。"褐发老人率先出声，对赛场上刚出来，还不明就里的弟子喝道。

不出片刻，场中只剩下叶素一人。

五大宗主站在赛场边静静地看着中间的叶素——她在进阶。

一个金丹期修士进阶会有天雷？

"二师父。"易玄在人群中穿梭，终于找到了辛沈子。

辛沈子看了一眼自己的宝贝徒弟，抓了抓一头乱发："知道知道。"

他祭出冷泉剑，一道碧蓝剑影飞入空中，横挡住劈下来的一道天雷。

"叶素，接住！"颜好当机立断从旁边的梅仇仁身上掏出一堆丹药和遮雷伞丢给她。

吴月看到那一堆她搜罗过来给自己弟子以后进阶用的法器，不由得转头看向颜好。

颜好握着粉羽扇，挡住自己的脸，假装没看到师父。

场中的叶素终于后知后觉自己要进阶了。

不过……她仰头看着天空从不同方向劈来的雷，这阵势未免太大了，仿佛她造了孽。

冷泉剑一次只能挡住一道雷，但天雷却开始每次劈好几道下来。

叶素一边躲，一边撑开遮雷伞。

有了法器后，她才得以打坐入定，开始整理自己的灵府和识海。

此时，识海翻腾，却是那道湖中的力量造成的。

叶素操控神识将其束缚住，在她的灵府，她才是一切的掌控者。

那团光不大，只有拳头大小，但叶素能从中感受到磅礴的灵力。

来都来了，灵力只能变成她的。

叶素在灵府中忙着炼化这团灵力，外面的天雷一道接着一道劈向她。

遮雷伞在被劈了十道雷时便破了，只剩下辛沈子的冷泉剑在支撑，但也挡不了多少。

"她这是要一步渡劫吗？"连怜从乾坤袋中拿出一把挡雷梳，往叶素头上丢去。

五行宗的宗主看到连怜把法器扔出来，怒道："你做什么？"

"母亲留给我的法器，"连怜无所谓道，"我愿意怎么用就怎么用。"

挡雷梳只能挡住普通的天雷，而不是脑袋那么粗，还泛着紫的玄天雷。

众人眼看着那道玄天雷劈下来，连冷泉剑也被其势震慑住，无法再移动。

叶素猛然睁开眼睛，一手抓住头顶的挡雷梳，另一只手撑起灵力罩。

然后……被劈得透心凉。

站在赛场边缘的众人看着场中，原本黑不溜秋的叶素已经消失不见了，她打坐入定的地方被劈出了一个圆坑，还冒着白烟。

昏暗黑沉的天空再次恢复一片晴朗，仿佛什么也没发生过。

叶素一身黑乎乎地躺在坑内，这雷的威力极大，按常理而言，修士初结元婴，毫无准备地被玄天雷一劈，恐怕元婴只会散去，非死即伤。

然而不巧，那道玄天雷劈过来，没找到叶素的元婴，反而将那团灵力劈干净了，全化气散在了灵府内，又被彻底转成了她的灵力。

叶素睁着眼睛看向上方碧蓝的天，只觉得自己境界在飙升，直接到了元婴前期，又继续进阶元婴中期、直到停在了元婴后期巅峰。

叶素用最后一丝理智压制灵府神识，不让自己再吸收，否则再进阶，又会招来雷劫。

"大师姐！"明流沙、西玉和夏耳最先跑进赛场，趴在上面往下喊道。

一个身影掠过，游伏时跳进了坑中，易玄紧跟其后。

不到片刻，坑边便站满了人。

"你……怎么样了？"易玄看着快和坑中黑焦土混为一体的叶素，犹豫地问道。

"还活着。"叶素一动不动，缓缓道，"两位师弟，能不能高抬贵脚？"

易玄一怔，快速收回了自己的脚，低头看去，这才发现踩中了叶素的一只手。

游伏时也移了移。他照例往叶素身上砸了几个清洁术，不过动作稍微放轻了一点儿。

他对叶素伸出了手，要牵她起来。

叶素伸手被他拉起来，那雷劈得她头发全部焦了，耳边隐隐还有雷声在响。

这坑足有十米深，泣血剑带着游伏时和叶素一起飞了上去，易玄跟在后面。

叶素一出来，便成了全场的焦点，五大宗主的视线皆落在她的身上。

各宗主实力高出叶素太多，能轻而易举感探到她此刻的境界——元婴后期巅峰。

她这是一次进了六阶？

"你刚连进三阶，先回去休息。"良久，吾剑派的宗主周奇对叶素道。

"三阶？"褐发老人看向周奇，"如果没记错，她应该是金丹前期。"

这个参赛弟子，他记得，最后晚到的那个。那股嚣张的气势，他还以为她是什么天才弟子，结果一探只有金丹前期修为。

周奇点头道："她在吾剑派结婴未成功，反而境界倒退到了金丹前期。看来这次混沌镜一趟，收获颇丰。"

对自己宗主张口就来的话，吾剑派的弟子皆低眉顺眼，仿佛什么也没听见。

褐发老人盯着叶素看了许久，回想她那时候入场的样子，信了。

"等等。"上阙宗的宗主开口阻拦，看向一旁的颜好，"你们二个人在混沌镜消失了快二十天，这期间去了哪儿？"

颜好没料到矛头转到了自己身上，握着粉羽扇道："这样那样，我们就到了结界边缘。"

"这样那样是哪样？"上阙宗的宗主皱眉问。

"就那样。"颜好终于恢复了神志，连上阙宗的宗主都想知道，那他们一定不清楚禁地的事，她决定不主动说出禁地的事，乾坤袋中还有一堆六阶兽丹呢。

"万佛宗的宗主之前不是说了？两位弟子进了残留的法阵。"合欢宗的宗主吴月出声，"如今看来，恐怕是什么传送法阵。既然我弟子无事，其他的事，就不追究了。"

五行宗的宗主又将矛头重新移向叶素，问道："我不记得什么时候开始元婴期就有雷劫了，还是玄天雷。"

"昆仑陆沉寒在升元婴中期时，不就引来了九道天雷？"辛沈子握着发烫的冷泉剑插了一嘴道，"况且老子当年元婴后期巅峰也碰到了天雷。连宗主见识少，还要出来说。"

"你！吾剑派和一个快废宗的弟子关系倒是好。"五行宗的宗主嘲道，"足足二十七道雷，还有一道玄天雷，这阵势未免太大了。"

"我大师姐是天才，阵势大点儿怎么了？"夏耳高声道，完全不惧这些大宗门的宗主，"天才就是和别人不一样！"

"我同意。"颜好举起手赞同。

其他人："……"

"够了。"封尘真人微微抬手，灵力一荡，让所有人停下议论，"此次通关虽出了问题，但距结束时间也不远，先将兽丹拿出来，满百者可进入下一关。"

有些散修喊道："不公平，我们只差一颗两颗兽丹，还有两个时辰，或许就能通关了。"

封尘真人淡淡地看了一眼那几个散修，所有人不由自主地噤声。

褐发老人冷嗤道："将近一个月的时间也凑不齐百枚四阶兽丹，你们在下一关也只是其他弟子的垫脚石，倒不如现在退出还能活命。"

大宗主容不得冒犯，何况是修真第一大派昆仑的宗主。

封尘真人发声，各宗门弟子开始上报兽丹数目。

"你们有多少枚兽丹？"叶素问易玄和吕九。

"我有一百二十六枚四阶兽丹。"吕九连忙道。

易玄拿出乾坤袋看了一眼："两百枚四阶兽丹，五枚五阶兽丹。"

叶素点了点头，把自己之前在混沌镜中得到的四阶兽丹分给了后面差一颗、两颗就能进的人。

再对其他差太多兽丹的弟子和散修道："天雷的事无法控制，连累诸位提前出来，为表歉意，诸位以后找千机门炼器可打八折。"

几个东方位的散修立马拱手接受，对叶素好感大升，他们本来就进不了，还能得个八折优惠。

但其他人不这么认为，有散修嘲笑："谁去你们千机门炼器？你进了百青榜吗？"

"我记得千机门有两个弟子在百青榜上，不过是倒数。"另外一人道。

"正巧，百青榜排名刚刚出来了。"赛场边的破元门的宗主全深打开一张卷轴，挥手让其悬在半空。

凡关注过百青榜的人便知道此榜前十已经有近五十年未变过，这一眼看去，立刻发现第一位变了。

八歧变——叶素（千机门）、全嘉英（破元门）

众人："……"

离谱！

百青榜第一！

虽然这是两个人合炼的，但全嘉英的水平完全不足以到这种地步，稍微脑子灵活点儿的人都能想明白，叶素应该才是主导者。

不光如此，看得快的人还发现前一百名还多了三个千机门的弟子，而且集中在第六十到七十之间。

这是百青榜，前一百多是元婴期的炼器师，这个叶素先不说，如今进阶到元婴后期，但后面三个千机门的弟子明明还是金丹期。

他们前段日子成天兜售法器，众多参加大比的弟子基本都拒绝过。

金丹期进了前七十，这天赋都赶超斩金宗的弟子了吧！

一些人咽了咽口水，心中懊悔不已，那榜上的法器，之前千机门那几个弟子向自己兜售过！而且价格便宜得令人发指，但他们没有买。

"那说好了八折，你们需不需要记一记我们的名字？"有人迅速转了口风。

叶素偏头看向明流沙，他拿出玉简，挨个儿将这些人的名字、宗门记下。

"我们也提前出来了。"梅仇仁刚把合欢宗的弟子的兽丹数目统计上去，转身冲叶素高声道，"你也该给我们打折。"

"其他通关的人，愿意的话，可以登记，以后来千机门炼器，打九折。"叶素道。

西玉和夏耳也拿出了玉简，开始负责登记。

叶素仰头静静看着悬浮在上空的百青榜，眼中终于露出了笑意。

——五百年后，千机门终于重登百青榜榜首。

叶素的视线落在明流沙三个人的名字上，接下来，她希望还能看到千机门的其他师弟师妹的名字，她要看到千机门再次屠榜，她要看到斩金宗被千机门彻彻底底压在下面。

"百青榜第一的炼器师。"连怜走到叶素身边，一同仰头，"还是一个连升三阶的符师，陆沉寒的风头都没你强。"

叶素笑了一声，摊开手心道："你的东西。"

连怜拿起烧焦了一半的挡雷梳："还以为要被劈没了。"

"谢了。"叶素看向旁边的连怜，"过几天拿来，我帮你修复，只不过效果应该没那么好。"

"可以修复？"连怜眼中露出一丝喜意。

"可以恢复原来的样子，我还记得。"叶素道。

"那好。"连怜用手肘撞了撞叶素，低声提醒，"你出风头太过，以后的路不会好走。"

叶素看向卷轴上的名字："值了。"

那头昆仑长老已经统计好此次通关的弟子，一共一千一百五十九名，第一关淘汰了一半多的人。

"第一关虽有波折，但希望接下来继续参加大比的弟子能吸取经验，在后续比赛中可以顺利通关。"封尘道人温和道，"今日便散了。"

站在人群中的斩金宗一干人脸色极差，他们的心思在赛场中，压根没注意这个月的百青榜，或者说没想到会有炼器师突然飙升到第一。

尤其排名第一的法器还是千机门和破元门的弟子炼制的。

同样脸色极差的还有一个人。

宁浅瑶低头掩盖眼中的晦暗，她不明白为什么突然那么多大宗门厉害的长老、弟子要为叶素说话，想不通为什么这些人仿佛和叶素关系都很好，更无法接受叶素连升三阶的事实。

她一定是得到了什么奇遇。宁浅瑶在心中笃定，否则叶素不可能得到这么大的提升。

"你受伤了。"陆沉寒偏头对宁浅瑶道，"你跟我来。"

宁浅瑶抬头，眼神有些无措，指着旁边晕倒的简湖："我朋友也受伤了。"

"既然如此，你带着他一起。"陆沉寒扫过简湖一眼道。

"谢谢陆哥哥。"宁浅瑶扶着简湖，跟了上去。

众人从赛场散了，回到各自休息的住处。

合欢宗的宗主吴月一回去便竖起结界，转身问颜好："怎么回事？居然动了保命术？"

命灯没事，但颜好一出来，她就察觉不对。

颜好沉默了良久，忽然爆出一句："我们去了禁地。"

"你们去了……"吴月说到一半骤然反应过来，"禁地？！"

颜好点头认真道："禁地。"

吴月上下打量自己的弟子——手脚齐全，面色红润，境界稳定。吴月转身半躺在软椅上，问："你们去了一趟禁地，然后好手好脚地出来了？"

"是真的，师父。"颜好举起手道，"我们还在禁地里逛了一圈。"

吴月听到这话气笑了："以前那么多化神期的执事都死在里面，你们一个元婴修士，一个金丹修士，进去了，还逛了一圈出来？"

大概是颜好的神情太认真，吴月顿了顿道："可能是法阵把你们俩传送到什么地方去了。"

颜好低头打开乾坤袋，从里面掏出一大把六阶兽丹："师父，你看。"

吴月看着徒弟手里各色光泽的兽丹：？

颜好举起乾坤袋："这里面还有一堆。"

吴月："……"

有那么一刹那，合欢宗的宗主认为自己眼花了，否则怎么看到自己徒弟手里有一堆六阶兽丹。

"你们在禁地里杀了这么多六阶妖兽？"吴月恍惚地问道。

"不是，我们钓来的。"颜好摇头。

吴月："你说的我一句都听不懂。"

于是颜好从头到尾讲了一遍她和叶素在禁地经历的事，把见多识广的合欢宗的宗主说得一愣一愣的，时不时要喝杯茶水压惊。

"师父，要是我一个人在里面，估计也和其他人一样有去无回。"颜好庆幸道。她要是没和叶素一起走，走得也还会是那条路，注定要发现那棵树上被施加幻术的法阵。以她元婴境界的修为，在里面不出两天就能身殒道消。

"难怪。"吴月终于明白了，"那么多派去的化神期修士皆折损在里面。"

如此多的六阶妖兽，再加上绿蚁，再厉害的化神期修士也只有一个下场。

"不知道那法阵是谁设下的，竟然无人发现。"颜好不解道。

"你和仇仁是目前为止合欢宗参加宗门大比的弟子中最有天赋的两个人。"吴月看向她，"那幻术应该不是普通术修能发现的。"

"叶素怎么进去的？"颜好麻木地说道，"她还会解幻术吗？"

吴月仔细回忆当时的场景，摇头道："她不会解幻术，而是用手摸了一会儿树干才消失。"

"师父，我觉得这次宗门大比，我们合欢宗肯定没了夺冠的希望。"颜好摇着粉羽扇，"虽然来之前，也没有什么希望。"

"先把兽丹收起来。"吴月瞥了一眼弟子，"你想说什么？"

颜好收起六阶兽丹，走到师父旁边，替她捶肩："我想说叶素真的厉害，她脑子转得太快了，我怀疑陆沉寒的位置危险了。"

"把你幸灾乐祸的样子收一收。"吴月半躺在软椅上，若有所思，"千机门总是会有天才蹦出来，这个叶素看起来更甚。"

"师父，叶素也算是我救命恩人了。"颜好讨好道，"有什么事您稍微护着点儿。"

吴月侧身看着自己的徒弟："没人会故意为难一个天才。"

天才叶素此时正拿着三师妹的镜子照自己的头发。

她稍微用力捏一捏自己的头发，那截头发便成了灰。

旁边的游伏时见状，觉得这个凡人的头发很有意思，也伸手过来捏，一捏一手灰。

"别捏了。"连怜还是穿着一身大红色衣服，站在院落外，对叶素道，"再捏，修真界又会多出一个光头了。"

叶素放下镜子，顶着一头朝天鸟窝头转身看向院门外的连怜和程怀安："你们今天怎么有空过来？"

第一关虽然才结束，但各大宗门的弟子都在准备下一关。

"看望你。"连怜走进来，扔了一瓶丹药给叶素："养发丹，吃一颗头发就能恢复，剩下的留着你以后用。"

"多谢。"叶素虽然对外貌不在意，但之前那些雷劈得她已经脱离了正常人的长相。

"外面都在议论你。"连怜坐下道，"千机门拿回百青榜第一，听说斩金宗那边气死了。"

"有一半是破元门的功劳，那是我们合炼的法器。"叶素吃下养发丹，果不其然头发开始重新长出来，那些焦了的发丝全部断落在地上。

"那也很厉害。"连怜从乾坤袋中拿出一壶灵酒和一摞杯子，她每倒完一杯酒，程怀安便拿起来递给院落内的人，直到最后两杯，他没动。

连怜拿起两杯酒，递给叶素一杯："恭喜。"

叶素和她碰了碰杯，再起身举杯隔空和其他人碰了碰，仰头喝干净杯中的酒。

院中众人一起举杯。

在其他人也仰头喝酒时，叶素横插一只手拦住旁边的游伏时，将自己空了酒杯和他换了，再喝尽他的那杯酒。

游伏时拧眉，这个凡人好烦。

"不打扰了，我们还要去修炼。"连怜喝完酒起身道。

叶素送两个人出去，回来对院里的师弟师妹道："我们该联络师父了。"

吕九有些不自在："我先去修炼了。"

"你也是千机门的人。"叶素道，"师父还没见过你，况且以后你和易师弟要当千机门剑修的开创人。"

吕九犹豫片刻："那我留下来。"

游伏时虽然不高兴，但还是坐在叶素的旁边。

那边几乎瞬间接通了传讯，像是一直守在传讯玉碟旁边。

院内一阵沉默。

"你什么人？怎么拿着我师父的传讯玉碟？"夏耳盯着出现的那个人急道，"我师父呢？"

对面的陌生青年生的一双桃花眼，看过来的目光潋滟又无故多情。

"师父又收徒弟了。"明流沙慢吞吞道。

西玉摸着自己的发簪，困惑道："师父以前是不是在合欢宗干过？"他就没有丑弟子。

叶素盯着那个人的脸色变来变去，半晌，终于开口："张峰峰？"

"大徒弟！"对面的陌生青年几乎热泪盈眶，发出熟悉又慈祥的声音，"千机门拿到了百青榜第一！你们师祖终于要瞑目了！"

"师父？！"明流沙三个人瞪大眼睛，望着对面的青年，失声喊道。

连向来冷静的易玄眼中都露出了极大的困惑之色。

吕九不认识千机门的掌门，看到对面的青年的时候，还在想千机门居然连师父都长得这么好看，比合欢宗还合欢宗。

"易玄，下次你让你二师父过来看看。"张峰峰一边说，还下意识地想去摸自己的胡子，"谁才丑。"

易玄："……"

"你真的是师父？"夏耳盯着对面的青年，"怎么连眼睛都变了？"

"以前合欢宗的宗主帮我下了幻术。"张峰峰得意地说道，"胡子越长人越丑。"

院内所有人的目光不约而同地落在对面青年光洁的下巴上。

"师父。"夏耳看着对面陌生青年的脸始终喊不出来，干脆闭上眼睛说话，"你和合欢宗的宗主关系很好？"

"以前见过几面，她老要收我当弟子，但师父是有志向的人，坚定地拒绝了。"张峰峰还是不太习惯自己没胡子，总感觉下巴凉飕飕的，就好像没穿衣服，他伸手捂住自己的下巴，"当上掌门以后，师父特地去请她下了一个幻术，这样显得稳重。"

"不是显得丑？"明流沙慢吞吞地反问。

以前千机门的师弟师妹还在私底下觉得掌门是因为自己长得不好看，所以收的弟子都是长得好看的。

张峰峰警告地看向明流沙，但他一双桃花眼横生潋滟秋波，压根没有威慑力。

"师父，师弟师妹有炼制的法器也可以送去百青榜进行评选。"叶素很快开始说正事，"千机门绝不会废宗。"

张峰峰看着自己的大徒弟，顿时忍不住泪花闪烁。他太感动了，居然在活着的时候能看到千机门重登百青榜榜首。

院子内一众人纷纷移开目光，不看对面掌门那双眼睛，它太具有迷惑性了。

"全典行和斩金宗的事情，师父不用担心。"叶素道，"只要能拿得出他们没有的东西，其他宗门就愿意选择我们。"

过往千机门失去了价值，其他宗门自然不会出手相助，只有让外界看到千机门的潜力和价值，才会得到另眼相看。

"对了，师父。"叶素看着旁边的吕九，对张峰峰介绍，"她如今是千机门的剑修，以后会和五师弟一起招收剑修弟子。"

吕九不太好意思地朝张峰峰喊了一声："掌门。"

张峰峰反应了一下五师弟是哪个徒弟，然后才问："以后千机门要招剑修？"

叶素点头道："师父，我们需要剑修，只要有能力自行寻找材料，千机门就不会受人桎梏。"

从斩金宗和全典行联手打压，再到千机门即将覆灭，叶素看到的是一个顶级炼器宗门在失去灵脉和炼器师后，整个宗门无一支柱。

千机门习惯于向外购入材料，习惯埋头炼器，不理外事，所以一旦外界切断了材料来源，本宗失去天才炼器师和灵脉，便以极快的速度轰然倒塌，连挽救的机会都没有。

"你做主。"张峰峰有些自嘲道，"师父没什么用。"

"师父眼光好。"夏耳直白地说道。

西玉没忍住笑出了声，重复了一遍："师父眼光好。"

明流沙也跟着凑热闹："师父眼光好。"

张峰峰："……"

"师父，我们缺少好的法器。"叶素意有所指，"元婴期以上的法器。"

"知道了，我会努力炼法器。"张峰峰道，"那个黄二钱让人送了不少好材料过来。"

提起黄二钱，叶素也有事情找他，和师父联络过后，她传讯给黄二钱，约在昆仑外城见面。

昆仑外城，黄二钱提前到了客栈，点了杯茶水，在包厢内等着叶素过来。

他滑动着百青榜的排名，心中无端生出一股澎湃之意。

这才多久，他看着叶素从筑基期到了元婴期，只用了三年时间！

百青榜第一，这个名头，被斩金宗的宗主左盛元占据了整整五十年，无一人超过。

那件法器不光是元婴境界炼器师的最高水平，还曾得到过天道祝愿，是左盛元一举成名之作，此后，他更是一路从元婴后期进阶到合体后期巅峰。

门外传来敲门声，打断黄二钱的思绪，他收起传讯玉碟，立刻起身去开门，看到外面站着叶素，还有……那位千机门的小师弟。

"我找你，想让你处理掉一批东西。"叶素进门便道。

黄二钱关上门，搓了搓手："是那些四阶、五阶兽丹？"

叶素拉开一张椅子，顺手帮小师弟也拉开一张椅子，这才坐下："不是。"

黄二钱一愣，转念一想那些兽丹应该是叶素要留着用。

"这里有十枚六阶兽丹，你放在文东材料行。"叶素拿出一把兽丹放在桌上，"打折出售，引流，另外放出消息，八歧变也会在宗门大比后拍卖。"

黄二钱瞪大眼睛盯着桌上的兽丹："六阶？"

他看了混沌镜的比赛，千机门手中的兽丹都是四阶和五阶，压根没有六阶，况且里面不是只出现了一头六阶妖兽？

"六阶兽丹是文东材料行弄来的。"叶素将十枚兽丹往前一推，抬眼看向黄二钱，"和我们无关。"

黄二钱闭上嘴，将十枚兽丹小心地收了起来，随即想到另外一件事："破元门同意拍卖八歧变？"

"炼制前已经说好，交给我处理。"叶素道，"届时，所得灵石分四成给全嘉英。"

"好。"黄二钱心中兴奋，百青榜新晋第一的法器拿出来拍，一定能引起轰动，全典行再想阻拦也无用，何况八歧变还有一半是破元门的份。

等黄二钱离开后，叶素转头看着旁边的游伏时，从乾坤袋中拿出一个大箱子，推过去："这是给你的。"

游伏时伸手想要打开箱子，却被叶素按住了箱面，他抬眼看向这个凡人，不明白她是什么意思。

"花了不少力气才弄来的。"叶素扬眉望着一直兴致不高的小师弟，"叫声大师姐。"

游伏时瞥了瞥箱子，好奇这个凡人在里面装了什么，但不想遂她的意，偏偏喊道："叶素。"

"算了。"叶素也未强求，松了手，"打开看看。"

游伏时打开箱子，便看到半箱的六阶兽丹，难得一怔。

"文东材料行拿出太多六阶兽丹会引起不必要的注意。"叶素靠在椅子上道，"你应该需要兽丹。"

最近没有什么洞府开启，更没有传承之地开发，小秘境中也不太可能有六阶妖兽，文东材料行拿出太多兽丹反而会引起怀疑。

"我不知道你是什么身份。"叶素指了指箱内的兽丹，"刚好弄到的，你需要就拿去用。"

兽丹对修士来说，也是修炼的手段，但需要用灵力炼化。

游伏时不同，大概是什么妖的缘故，他可以直接用。

叶素只是觉得他的状态不太对，他一年四季总犯困，更像是灵力不足。

"易玄也有？"游伏时忽然问道。

叶素闻言，偏头笑了声："我的师弟师妹都有，你的最多。"

游伏时这才拿起一颗兽丹，握在手上便消失了，完全不需要炼化，半箱兽丹被他捏了一遍，便消失得一干二净。

　　饶是叶素有心理准备，也被他这一手震撼了。他到底是什么样的妖，可以做到这种地步。

　　六阶妖兽相当于化神期的修士，尤其禁地那些六阶妖兽一个比一个强悍，基本上都可以堪比化神后期修士。

　　游伏时只花了一盏茶的工夫，便将这些兽丹用完，困意终于稍微消散了些。他看向叶素，原本黑深的瞳色渐渐变成紫色。

　　"小师弟？"叶素发现他的变化，迅速坐直身体。

　　游伏时似乎感应到什么，右手一动，仿佛撕裂空间，手掌消失在叶素眼前，下一刻又出现了，只不过手中多了一样东西。

　　"给你。"游伏时的紫瞳恢复成原来的样子，摊开掌心递给她。

　　叶素还未反应过来这是什么，只感受到一股磅礴的灵气扑面而来，便立刻伸手遮住，同时撑起结界，告诫道："在外面，不要随随便便拿出东西。"

　　像在无尽深渊中一样，游伏时突然拿出寒晶泥，这次又拿出一个灵气磅礴的东西。

　　游伏时可有可无地应了一声。他刚才用掉了那些兽丹，忽然有机会打开界，潜意识知道那是自己的界，神识一动，便找到一堆灵石。

　　游伏时看着两个人交叠的手，拧眉道："只有一块。"他想到这个凡人成天缺灵石，想要拿出来，却只能抓起一块灵石，那界便要关闭。

　　叶素确认撑好了结界后，才移开手，看向游伏时的掌心：

　　一块紫色菱形灵石，和以往见过的灵石完全不同，灵气比叶素用过的上品灵石还要浓厚数倍。

　　"刚才……你从哪儿拿出来的？"叶素有些艰难地问道。她知道游伏时和其他人不同，但他像是修真界内的一个 bug（故障）。

　　"我的界内。"游伏时又开始困了，将灵石丢给叶素。

　　叶素看向扯过她的衣袖垫在桌上开始趴着睡觉的人，沉默良久，才将那块灵石收了起来。

　　界？

　　只有大能才可以开辟出自己的界，游伏时不过元婴后期巅峰，还是说他是大妖，只不过掩盖了境界。

　　叶素垂眼看着闭眼睡着的游伏时，想起之前的事，伸手握住他的手，探查他的灵府状况。

　　他每一次打开界，便会耗尽灵力？

"大师姐不是说出去一天？"院中的西玉对着镜子，问身后的明流沙。

明流沙摸着新弄来的兽骨，慢吞吞道："说了。"

"已经第二天了。"西玉啪的一声放下镜子，"还没回来。"

"叶素不在？"院外，全嘉英站在门外问道。

"全道友？"西玉招呼他进来，"你终于醒了。"

全嘉英颇为高兴地点头道："百青榜的排名，我已经知道了，多亏了叶素。"他几次差点儿没撑下来。

"大师姐带着小师弟去外城了。"西玉道，"到现在还没回来。"

明流沙回过头问全嘉英："你进阶了？"

"对，元婴中期。"全嘉英也没想到会升了两阶，原本只是想着合炼或许可以让他找到突破的机缘，"八歧变炼制完后，我顿悟了一次，所以才一直未醒过来。"

"大师姐怎么没顿悟？"夏耳从房间内出来，十分不解。他大师姐这么厉害，该顿悟才对。

"因为八歧变没有超出她的水平。"全嘉英解释，"所以引发不了顿悟，这是好事。"

几个人一谈论起法器的事，便开始没完没了，说得口舌干燥。

全嘉英正说着他们在炼八歧变期间遇到的问题，这时候远处突然一道天雷劈下，巨大的动静让所有人怔住。

"那个方向……"全嘉英缓缓站起来，"是璇玑峰。"

更近处的四大宗门的宗主全部飞了出来，眺望此时空中一片雷光的璇玑峰。

辛沈子仰头看着那片雷光闪烁的峰头，转身对后面的易玄道："是昆仑陆沉寒，那小子天赋奇高，这一年都没动静，我就猜到他肯定压着境界不升。"

混沌镜一关出来，所有人都在讨论千机门的叶素，讨论百青榜，昆仑完全失去了风头。

第二关开始前，陆沉寒进阶，再正常不过。

昆仑一向要做第一。

辛沈子抓了抓一头乱发，忽然问易玄："徒弟，你是不是也该进阶了？"

见徒弟不说话，辛沈子试图激励易玄："那个抢你小师弟名头的游伏时，一升升三阶，叶素更是连升六阶！你这还一阶没升呢。"

易玄："……"

"当然，叶素那个不算，她看起来不像正常人。"辛沈子指着远处的璇玑峰，"徒弟，你就和陆沉寒比。"

易玄抱着剑，面无表情地转身离开。

"哎，徒弟你去哪儿？"辛沈子在后面连忙问，"生气了？"

"去突破。"易玄的声音遥遥传过来。

易玄关上门，未入定，而是先从乾坤袋中拿出兽丹。

在混沌镜中得来的那些兽丹，他本来准备给叶素，也算为千机门做一点儿事，没想到她反而塞给自己五枚六阶兽丹。

虽然叶素只是轻描淡写地说捡到的，但那天出来时，同行的颜好眼神发直，想也知道事情没那么简单。

易玄握住兽丹，闭目开始入定。他早就是金丹后期巅峰修为，突破只在自己一念之间。

他要冲击更高的境界。

璇玑峰顶，乌云密布，一道又一道天雷劈下，带着毁天灭地的气势，竟然不比叶素那次的雷劫阵势小。

正在入定的谷梁天似有所觉，忽然睁开眼，像是透过房门看到了外面的状态，良久才又闭上眼。

此刻峰顶平地正中只有一个人，陆沉寒手持孤沧剑，迎着一道又一道天雷而上。他不断挥着剑，即便被天雷劈中，也并未像叶素那么狼狈，只是行动稍微迟缓。

如手臂粗的天雷一道道劈向陆沉寒，最多时可达到五道同时劈下，他飞身跃起，横剑于眼前，挡住天雷。

雷光砸在孤沧剑身，发出嗞嗞弧光，打在陆沉寒的脸上，他目光冰寒，丝毫无惧，甚至连眼神波动都没有，猛然移剑，五道雷一时不察，皆劈向地面。

陆沉寒握剑一拉，剑意挥向五道雷，硬生生将它们斩断。

——他竟然借着天雷锤炼剑意。

峰顶边缘，站着两位白衣女子，一位清冷成熟，是陆沉寒的师父。一位天真明媚，正是被陆沉寒带上山疗伤的宁浅瑶。

两个人之间隔着一段距离，却都望着雷光中的陆沉寒。

一天快过去，空中黑云越发可怖，一层一层卷起堆积，天雷也忽然停了下来，不像是消失了，更像在蓄积力量，准备再次席卷而来。

上方隐隐变得压抑，黑云不断堆积，直到一道紫光闪现，将整座璇玑峰照亮如白昼，两道粗雷从厚云中如同直龙劈下。

"玄天雷！"宁浅瑶惊呼一声，担忧溢于言表。

陆沉寒仰头看着那两道玄天雷，紧握着孤沧剑，寒眸中透着掌控一切的睥睨之意，跃身而起，挥剑斩向它们。

磅礴的剑意和毁天灭地的玄天雷相撞，僵持良久，两道玄天雷竟然败下阵来，皆被陆沉寒斩断。

他身上的道袍是一件上品法宝，可挡天雷，连玄天雷也无法伤及半分，只有露在外的双手被雷光所伤，但他随手便能拿出上好的丹药，恢复极快。

这雷劫足足劈了一天一夜，直到第二日中午才停止。

"多少道雷了？"五行宗的宗主回头问连怜和程怀安，却没看到人。"他们人呢？"

旁边的长老道："好像去修炼了。"

"这时候修炼有什么用。"五行宗的宗主气道，"还有几天就要开始第二关。"

周围人低头不说话。

然而这时候，万佛宗方向忽然又开始乌云密布，传来雷声，显然有人要进阶了。

"万佛宗也来凑热闹？"五行宗的宗主心中不悦。他以为连怜连升两阶已经可以和陆沉寒相提并论，如今怎么好像谁都可以连升。

"宗主，快看合欢宗方向！"一名长老指着另一边聚集乌云的方向，"有人也要突破。"

才说完，吾剑派居然也出现了雷云，还是两道！

五行宗的宗主十分不理解："如今元婴期进阶都会有雷劫？"

等叶素带着小师弟回来时，便发现昆仑境内那几个大宗方向上方乌云密布，雷光闪烁。

"这是绑架了雷公电母？"叶素站在院外，仰头有感而发。

"雷公电母是谁？"全嘉英从里面走出来问道。

叶素转身道："没什么，全兄元婴中期了？恭喜。"

"意外顿悟。关于八歧变的一些变换，我还有要请教你的。"全嘉英道。他在这里和明流沙三个人交流了一天一夜关于炼器方面的事，刚刚准备出来，就听见外面叶素说话。

"稍等一会儿。"叶素牵着后面的小师弟，带着他回房。

游伏时睡了两天，到现在还有点儿困顿。

"不应该给你那么多兽丹。"叶素看着侧卧在床上的游伏时，忽然道。

游伏时原本已经闭上了眼睛，听见她的话，强撑着睁开眼睛不满地说道："你给了我，是我的。"

这个凡人还想出尔反尔。

"行，你的。"叶素俯身将他散落在床边的头发揽了揽，露出他大半张脸，"下次别乱打开那个界。"

游伏时闭上眼睛，也不知道是真睡着了，还是假装听不见。

叶素看了一会儿，才离开房间，关上门，走向院中。

几个人围坐在石桌前，显然有一大堆问题憋着想问叶素。

"一个一个问。"叶素坐下道。

"大师姐,我们已经把问题写好了。"夏耳挺直腰板,推过去一张长长的纸。

叶素摇着头,接过来开始一个一个解答。

昆仑境内雷声一片,也引起了所有人的注意,其他宗门的弟子心中皆沉甸甸的,这几个大宗门的人完全不给人任何机会,怎么进阶了还要进阶,这才多久?

某个角落,有一群参加大比的弟子凑在一起。

"怎么样?有消息了吗?"

"没有。"

"你不是说你师兄的表弟的朋友是昆仑的弟子?"

"璇玑峰一直不允许其他人靠近,昆仑的弟子也不行。"

有人叹气:"都有雷劫了,陆沉寒九成得化神期修为了。"

"千机门那个炼器师,不也有雷劫,还是元婴后期修为。"

此话一出,其他人全部看着那个参赛弟子。

"还是元婴后期?"

"往届但凡谁是元婴后期,绝对拿头名。"

正在这些人你一言我一语时,一个宗门弟子飞快跑过来,语气中带着浓浓的看好戏的味道:"万佛宗的谷梁天冲击化神期失败了!"

"真的是化神期?"

"已经失败了!"跑过来那人和众人一起蹲在地上,"化神期哪儿是那么好进的,他还只是一个元婴中期。"

"现在他什么境界?"有人问,"要是倒退了,那就有意思了。"

"合欢宗那边是什么情况?是谁在进阶,梅仇仁?"

"昨天我还看见梅仇仁四处晃荡,肯定不是他。"

"那就是颜好了。"

"这届宗门大比强者太多了,我们还是早早收心放弃。"

"不到最后,谁知道结果?万一那些天才们全出事了。"

"得了吧,还是多担心担心自己,看来你们还不知道这届第二关要换新的内容。"

"不是往届那几种通关形式?"

"好像是说本届那些亲传弟子进阶太快,所以需要换新关卡,才有挑战性。"

第十一章 · 斬魔者

宗门大比第二关开启日，所有参赛弟子纷纷赶去，各大宗门的宗主皆已经在赛场等候。

马从秋环视一圈，忍不住低声道："怎么感觉所有人都进阶了？"

他和周云费劲升到了元婴前期，一出来大师兄连升两阶到元婴后期，最关键易玄居然也升到了元婴后期境界。嗑药都没这么好的效果！

还是说千机门的人都是变态？

马从秋转头看了一眼吕九，心理平衡了，她就进了一阶，还算有个普通人。

"徐兄。"叶素这次没踩点来，站到吾剑派旁边打了声招呼，"恭喜进阶。"

徐呈玉无奈地笑着道："这次……各大宗门似乎都有弟子进阶。"

他来之前，确实也压了点儿境界，想要等到最后一关再进阶，没想到这届大比卧虎藏龙。

"元婴后期。"叶素站定后，偏头对易玄道，"恭喜师弟。"

"用完了兽丹。"易玄面色冷静，叶素和游伏时都进阶了，他自然不能落后。

叶素给的六阶兽丹，还有他自己弄来的四、五阶兽丹全部被易玄炼化了，暴涨的力量让他的境界一升再升。

当时雷云来的时候，把辛沈子吓一跳，等易玄出来的时候，他还大骂了一顿，说易玄事先不做准备，遇上雷劫，极有可能殒命。

"五枚……"叶素说了一半没说出来，"你厉害。"

六阶兽丹，元婴境界的修士炼化都难以承受那股力量，易玄一个金丹后期巅峰修士一次炼化五颗，难怪升阶升得这么快。

这时候万佛宗弟子和昆仑弟子分别从两边走进来，众人目光在陆沉寒和谷梁天身上来回巡视。

"居然是真的，谷梁天冲击化神期失败了。"周云小声道。

叶素看向对面万佛宗的新佛子，他一手握着法杖，一手持念珠。赤脚缓缓走过来。

最引人注目的是他额间多出来的那一道雷痕。

"凡进化神期失败者，额间生痕。"徐呈玉对千机门的几个人解释，"谷梁天那天果然在冲击化神期。"

他进阶元婴后期，虽引来了雷云，但只有几道天雷，和谷梁天那日有所不同。

叶素偏头看向另一边的陆沉寒——额间无痕，她看不出他的境界。

"不愧是昆仑第一人。"合欢宗的宗主吴月开口，"宗门大比还未结束，竟然已经到了化神前期境界。"

各大宗主心中各有所思，面上却都在恭贺昆仑。

吴宗主这一句话，瞬间引起场中弟子的讨论，一时间所有人的目光皆看向陆沉寒。

昆仑第一人，这个称号带来的震慑力，再一次出现在各宗弟子心头。

陆沉寒握着孤沧剑，视线掠过千机门，那两个人在说话。

他收回目光。

元婴后期巅峰又如何，堪破元婴，化神一道，两者之间的差距犹如天堑。

他站在昆仑弟子最前方，永远是最夺目的那一个。

"所有参赛弟子到齐了。"封尘道人手一挥，全场安静下来，"大比第二关即将开始，在此之前，允许有人弃权。"

无人出声，他们已经来到了第二关，又怎么可能愿意放弃。

"由于诸位其中一些弟子进阶速度过快，过往的第二关对他们而言太过简单，所以本届宗门大比，决定换形式。"

"二十年前辉城惨遭魔屠杀，一夜血流成河。你们第二关的任务，便是需要找到里面的魔物，之后……"封尘道人威严冰冷的声音传遍整个赛场，"斩魔！"

"辉城内共有百名魔物，斩魔物者通关。"褐发老人补充道。

"大长老，如果我一个人斩了多头魔物呢？"昆仑弟子内忽然有人举手道。

众人看去，那是一名高大俊朗的青年，他脸上挂着抹邪气的笑。

叶素看着他标志性的白发，便知道是谁了。

——洪永夜，昆仑上清峰长老洪柳的亲传弟子。

洪柳是昆仑宗主封尘道人偏支的重孙之子，拜入昆仑以后，对昆仑宗主之位多有觊觎之心。

原著中，洪柳和洪永夜便是联手害男主角受伤的人，后期也被陆沉寒斩于剑下。

"我已经说过了，只有斩得魔物者才算通关。"褐发老人道，"第二关没有规定进多少人。"

"那就是可以了。"洪永夜扫了一圈周围其他宗门的弟子，意图显而易见。

"另外，提醒诸位。"褐发老人冷冷道，"若杀错了人，即刻淘汰。"

赛场上，吕九悄声问旁边的周云："这关真的有魔？"

"不是。"周云摇头低声解释，"辉城早在二十年前那一夜毁了，当年万佛宗的宗主和五行宗的宗主联手设下逆转法阵，追溯那一夜发生的事，多番调查后，发现城内早藏有百名魔物，我们只是在那些残影中寻找魔物。"

"那为什么还要给我们提前弃权的机会？"吕九不解。

"因为进入阵中后，两位宗主无法出手相助，若被碰上魔物，又打不过，也会死。"马从秋插了一嘴道，"逆转法阵最初设立时，进去的长老没有在一个月时间内将魔物全部找出来，屠城那一夜过去后，也死在了里面。"

"残影可以伤害我们？"吕九顿时一惊。

徐呈玉解释："因为我们和残影皆在逆转法阵之内，可以和里面的残影交流，同时他们带来的伤害也是真的。"

"总之进去小心。"周云朝昆仑那边看去，"我看他们想要抢魔物。"

百名魔物，一个人多斩几个魔，其他人的通关机会便会降低。

第二关由万佛宗的宗主和五行宗的宗主共同开启，两个人走下台阶，左右分立，站在赛场上。

"逆行倒转，法破禁灵，起！"万佛宗的宗主握住法杖，用力往地上一杵，以法杖为圆心，一个金色法阵出现在众弟子脚下。

与此同时，五行宗的宗主祭出九道血符飞立在法阵边缘，空中大股灵气被吸纳进法阵。

"启！"

逆转法阵彻底开启，所有弟子消失在赛场中。

五大宗门的宗主看着空了的赛场，各有所思。

众弟子眼前一花，便来到了一个陌生的地方。

"那是辉城？"有人指着远处一座城池道。

辉城不小，地位特殊，因为这里和凡间交界，凡人和修士各占一半。

"自二十年前辉城一夜被屠，交界处便被封锁了。"徐呈玉望着远处的城池道，"凡人若无修士带领，无法再进入修真界。修士无五宗书函，不可出去。"

像如今修真界内的凡人，大部分是以前辉城未毁时进来的，少数是靠着修士带进来的。

在他们说话间，已经有其他宗门的弟子率先赶去辉城。

"你要不要和我们一起走？"徐呈玉对叶素道，"目前还不知道那些魔物是分散的还是聚集在一起。"

所有弟子中只有陆沉寒一人斩过魔，其他人甚至都未见过魔物。

叶素看了一眼易玄道："好。"

他有半魔血脉，这次进去，遇到里面的魔，不知道会不会受到影响。

辉城守城门的官兵和修士各占一半，看到这一千多名弟子一起进入城内虽然好奇，却并不惊讶，毕竟这是交界，时常有修真界宗门人士来往。

"今日怎么这么多修真界弟子？"左边守门的修士问进城的一位弟子，"你们来这儿玩？"

那名弟子大概没反应过来二十年前的人会和自己搭话，一时间呆住了。

"对。"叶素从后面走过来，"我们过来玩，道友是哪个宗门的修士？"

"你应该没听过，力鼎门。"守城门的修士道。

"我知道，体修。"叶素笑了笑，"开宗八十年。"

守门修士惊喜道："你知道我们力鼎门？道友是哪个门派？"

叶素指了指自己的道袍："千机门。"

"那个到处蹭……"守门修士转移话题，"你们去辉城玩，我推荐几个好地方如何？"

"那多谢道友了。"

两个人站在城门边上相谈甚欢。

后面马从秋后仰头低声问徐呈玉："大师兄，她是怎么知道力鼎门的？"

徐呈玉瞥了一眼师弟："吾剑派发放的《修真宗门大全》里有。"

他之前看叶素在练剑场翻过一遍。

"有吗？"马从秋想不起来，"我怎么没看过。"

"宗门小考不考，所以你没看过。"徐呈玉倒是记得，但只记得这个名字而已。

叶素转过身来："走吧。"

易玄看向她："问到了什么？"

"辉城最大的客栈是归福，修士最多，"叶素道，"位置也最好，在最繁华的街道，对面还有归福酒楼，菜味道不错。"

等他们去的时候，昆仑弟子已经占据了所有的上房，其他一些散修也把剩余的房间订完了。

"他们呢？"徐呈玉出来想说没房了，结果千机门的四个人都不在。

周云指了指对面归福酒楼边上的巷子："去里面了。"

"后面有房。"吕九从巷子里走出来，对吾剑派的人道，"过来。"

众人穿过巷子，才发现后面是一座院子的小门。

"刚才守门的道友告诉我，他朋友有一个大宅院空着，可以租给我们。"叶素从里面打开小门，"正好这里作为吾剑派的弟子的落脚点，够住两百人。"

一行人进去，宅院还算干净，只不过房间没有那么多，需要挤一挤。好在他们来这里也不是为了休息，不在意这个。

分配好住处后，他们开始四处去打探消息。

徐呈玉几个人和叶素他们一起去了归福酒楼，特意选在大堂角落的桌子，观察周围来往的人。

"吃什么？"叶素拿着菜单问旁边的游伏时。

游伏时扫了一眼菜单："你点。"

叶素要了几盘招牌菜，又点了壶灵茶。

"你们不吃？"叶素问其他人。

徐呈玉："……"

他以为他们是来打探消息的，看架势这两个人怎么真的像来吃饭的。

等菜上来后，叶素问徐呈玉："辉城的事，你了解多少？"

他们竖起了结界，周边的人听不见。

"不算太多。"徐呈玉道，"辉城修士不少，也时有厉害的修士经过，但无人发现魔的痕迹，只知道那些魔一夜之间屠城，百名魔中可能有不少天魔。"

"天魔？"吕九听后下意识地问道，"万一其他弟子碰到天魔，岂不是只有死路一条。"

天魔相当于元婴期的修士，大部分参赛弟子的水平在金丹期。

"既然能拿出来给我们通关，想必宗主他们心中有数。"徐呈玉道，"另外，吾剑派的弟子多结伴同行，以防发生意外，多人一起，也未必不可一战。"

吕九松了一口气，她没见过魔，只听说过，但也知道魔物的凶残。

"只是不知道辉城中的魔物，是人魔还是天魔。"徐呈玉颇有些头疼地说道，"一旦成魔，血煞腐物，若是人魔多，或许更好处理。"

人魔是指修士产生心魔后，彻底坠魔，一般都是金丹后期修士，比天魔实力低。

这次第二关临时更换形式，不少人完全没有准备，手中更没有能发现魔气的法宝。

"这时候的辉城城主是谁？"叶素问道。

"厉耀明。"徐呈玉解释，"厉家世代守在辉城，不过自二十年前屠城过后，彻底绝脉了。"

"修士？"叶素问。

徐呈玉摇头道："厉家虽管辖辉城，却只是普通凡人，他们靠招揽修士来维护城池。"

"招揽修士……"叶素的视线落在大堂几桌一直在说话的修士身上，"可以试试。"

徐呈玉还未反应过来，叶素已经起身走向其中一桌人。

他回头看去，叶素和那桌的人说了几句话，互相拱手后，对面一个人递过去一张红纸。

叶素拿着红纸过来道："城主府今天正好招修士，二十个名额，去不去？"

"你是说……去城主府？"徐呈玉问。

"魔大部分出现在修士身上。"叶素指着招揽公告道，"城主把控着最多的修士，他们固定留在辉城，况且不是说魔最早出现在城主府？"

一行人立刻起身离开。

城主府在辉城最中心，周围有护城河，再往里是高高的城墙，上面站着守卫。

叶素等人可以轻而易举地看清上面的守卫皆是修士。

"大师兄，昆仑的人。"周云示意他们往前面的护城桥上看去，昆仑的不少人站在队伍中，领头的赫然是陆沉寒。

"还有五行宗的人。"马从秋看到了连怜和程怀安等人。

随着队伍前移，所有报名的人领了牌子，开始去挑战最上面的那位护城修士。

只有能在这名护城官手中过五招，才算通过。

"合体期修为。"徐呈玉回头对叶素几个人道，"那个人曾经是昆仑执事，后自愿回到辉城，担任护城官。"

叶素看着上方握剑的女人："屠城那夜，她最先出事？"

"对。"徐呈玉点头，"她命灯一熄，没多久整个城便毁了。"

要在合体期修士手中走五招，并不是容易的事，何况对方似乎并没有留手的意思，几乎每一个上去的人在第二招便败下阵。

直到陆沉寒上去。

徐呈玉等人紧盯着陆沉寒和护城官交手，叶素的注意力却被其他地方吸引了。

她转头看向入城的偏门，刚刚上阙宫的那两位亲传弟子走了进去。

不只……她还看到合欢宗的颜好和梅仇仁也大摇大摆地从偏门走出来，他们还换了一身衣服。

大概是察觉有人打量，颜好转过头来，正好看到了叶素，冲她眨了眨眼睛。

"你们怎么进去的？"叶素走出队伍，问她。这四个人的速度未免太快。

"我们，舞姬。"颜好回身指了指刚才进去的上阙宗的弟子，"他们，乐师。"

"还缺好几个舞姬，你们也可以去应聘。"梅仇仁热心道，"两位师弟都可以来，随便扭扭就行！"

叶素的视线落在梅仇仁身上的裙子上，替易玄和游伏时谢绝如此"好心"："不用。"

"还要和护城官过招，多累。"颜好劝道，"你们在这里等着进去，我们已经开始和城主府内的人接触了。来和我们一起当舞姬，还能借着采风的名义出来。"

对合欢宗两个人的"险恶用心"，叶素看得清清楚楚："我们更适合和护城官过招。"

看着她回去，梅仇仁有些可惜："扮舞姬多轻松，穿着裙子摆两下就行。"

颜好幻想着道："两位师弟穿舞裙的样子一定好看。"

"城主府正在招舞姬和乐师，屠城前有什么大庆典？"叶素回去后问徐呈玉。

徐呈玉一愣："我没有听说过。"

辉城的事，他也只是很久之前听师父提起过，太详细的也不清楚。

赛场上，五大宗主望着那个正在运转的法阵。

"总觉得太过冒险了。"合欢宗的宗主吴月还是觉得不妥当，"这些弟子中只有陆沉寒一个人接触过魔，若出现问题，我们还不能出手援救。"

最关键的是，由于逆转法阵每次开启都会回溯，无法在其中设立水云镜，他们只能坐在这里等弟子出来，根本不清楚里面的具体情况。

即便通行单感应到弟子错杀了人，也只会当场碎裂，无法将他们带出来，必须等到屠城之夜结束。

"吴宗主，之前你也同意了用辉城当第二关。"五行宗的宗主不满地说道，"落子无悔。"

上阙宗的宗主赞同："除去出事的那三批弟子，这些年前前后后进去试炼的弟子不少，皆能将百名魔物寻出来。我们已经确认辉城的安全，这次不过是拿来当关卡罢了，吴宗主不必担忧。"

前几日五大宗的亲传弟子纷纷进阶，所以他们临时将第二关换成了辉城，以增加通关难度，也为了让弟子开始接触魔物。

"之前进去的弟子比参加宗门大比的弟子境界高，"吴月皱眉，"不少到了执事的水平。"

"有昆仑的弟子在，想必在屠城之夜前斩杀百名魔物不在话下。"万佛宗的宗主乐忌转着念珠，望着封尘道人道，"我们更应该担心自己的弟子能不能找到魔物。"

封尘道人温和地说道："各宗弟子皆有所长，乐宗主不必过于担心。"

在各宗的宗主讨论之时，辉城内叶素等人已经和护城官过完招了。

以护城官合体期的境界而言，显然为挑选人进去，五招都略微收了收，但即便如此，能过完五招被选进去的人，最低境界也在元婴前期。

其他弟子选不上，只能选择在城内其他地方寻找魔物。

"若有人淘汰，留在宅院，不要乱走动。"徐呈玉对吾剑派的弟子嘱咐道，"等到找出百名魔物后，我们便能离开这儿。"

"入选的二十人，随我来。"护城官站在上方道。

一众人随着她往城主府走去，中途护城官回头看向他们，问："昆仑、吾剑派的弟子为何来此？"

"宗门任务。"陆沉寒持剑淡声道。

护城官似乎并不意外，转身领着他们到了一处堂门，里面有几个人等着。

她示意那几个人抬出一个大箱子："这是城主府修士的衣物，你们换上后，跟着他们。这个院子是你们二十人的驻息处。"

住处都在一个院子内，房间不算大，只是一个临时休息的地方，在值守换班时用，所以护城修士还发了通行令牌给他们。

二十人领了衣物，挑好房间，进去换衣服。

"大师姐。"易玄走进叶素的住处，拿出通行单给她看。

叶素一怔，随即拿出自己的通行单，果然和他的一样，上面都出现了一行数字：九十九。

有人在这么短的时间内，率先找到了魔物。

另一边徐呈玉等人也发现了，纷纷从小房间内走出来，手中拿着通行单，互相看了看。

"第一个人居然不是陆沉寒。"连怜刚换上灰蓝色的护城修士服，还不太习惯，扯了扯衣领，对房间内的程怀安道，"我们得抓紧时间，万一魔物被一个人全部找到，第三关也不用比了。"

"换好了，跟着我走。"之前发放令牌的守卫长见他们都出来了，便道，"之后你们就跟着我这队。"

"待会儿你们跟着我在城主府内转一圈，记住这里的地形。"守卫长带着他们往外走，"每天要做的就是在城主府巡守。"

路上还有一些凡人士兵，不过他们手中拿着统一的武器。

"修士比这些士兵要宽松。"守卫长带着他们路过这些凡人士兵，顺口道，"你们行动更随意，只需要阻止外来修士的偷袭，当然这类事情极少发生，你们的任务很轻松。"

叶素落在后面，转头看向旁边的游伏时，伸手替他理了理歪七扭八的衣领。

易玄余光看到她的动作，抱着剑低声又清晰地说了一句："我三岁就会穿衣服了。"

游伏时转回身，也不搭理易玄的这句话，只看了看他的后脑勺，然后像是发现了什么般道："叶素，他比我矮。"

易玄："……"

两位师弟互相嘲讽，叶素咳了几声："我们还在做任务。"

守卫长想起一件事，回头看向连怜和程怀安："你们俩是符修？最近城主府偏宅有个符阵坏了，今晚去那边看看能不能补起来。"

连怜立刻答应下来，这种看着像有问题的地方，最需要过去查探。

一行人从东开始走，绕着城主府熟悉地形。

直到路过一座高墙大院，里面传来乐器声、歌声。

"梅园。"守卫长走上前，站在紧闭的大门前道，"这里是城主夫人最喜欢来的地方，经常有乐师和舞姬在排练。"

随后他敲了敲门道："正好你们见见城主夫人。"

里面过了一会儿才有小侍开门，小侍见到守卫长福了福身。

"这是最后一批新招来的修士，来见见夫人。"守卫长道。

梅园中的歌舞声忽然一停，一个慵懒的女声从里面传来："过来吧。"

一行人走过去，便看到一位三十余岁的美妇半靠在贵妃椅上，旁边，小侍正跪在地上替她捶腿。

"今年招的修士看着模样倒是不错。"城主夫人微微支起身，"见过城主了？"

"回夫人，城主说明日再见，我正要带着他们熟悉城主府。"守卫长道。

队伍中，马从秋目瞪口呆地盯着舞姬那边道："那是梅仇仁和颜好？"

梅仇仁还对着他们抛了个媚眼，看了个正着的吕九和周云齐齐打了一个寒战。

"上阙宗的人也在。"徐呈玉看着几个谈琴吹笛的人道。

"不愧是合欢宗。"连怜望着走路摇曳生姿的梅仇仁感叹。她转头看了看程怀安，觉得还是师弟看着更顺眼。

陆沉寒站在中间，寒眸冷淡，扫过周围所有人，像是要从这些人当中发现端倪。

大概是后面这几个人的目光太明显，城主夫人扑哧笑了一声："新来的几位修士这是看中了我们的舞姬？"

众人立刻收回视线。

"好了，我还要看他们排练，你们先退下吧。"城主夫人挥了挥手道。

离开前，易玄忽然有种奇怪的感觉，微微侧身，最后看了一眼躺在贵妇椅上的城主夫人。

"怎么了？"叶素低声问他。

易玄摇头，他也不太清楚。

出去后，徐呈玉问守卫长："城主夫人要排舞，府中可是有什么喜事要办？"

"不算什么大事。"守卫长道，"过段时间，城主夫人要替她弟弟过生辰，一年一次，还算热闹。平日无事，夫人也爱看舞。"

"城主夫人的弟弟也住在这里？"站在最前面的宁浅瑶好奇地问道。

守卫长点头道："对，他身体不好，一直靠着医修的丹药吊着。我们城主为了请医修炼丹，花费了不少灵石。"

"医修的丹药对凡人而言太过霸道，不可常用。"徐呈玉皱眉道，"凡人无仙骨，寿命有数，强留不得。"

"城主夫人的弟弟有仙骨。"守卫长摇头道，"可惜身体弱，修不了道。"

众人各有所思，屠城背后势必会有主谋，他们只有找到那条线，才能顺势将所有魔物全部找出来。

城主府不小，他们在守卫长的带领下转完一圈后，熟悉了地形以及要负责什么，天也黑了下来。

"晚上会有另一队交接，今日你们先回去休息。"守卫长让他们各自散了。

连怜和程怀安留下来，要去看看坏了的符阵。

"守卫长，我们才来辉城，还没找到住处，能不能先留在城主府的驻息处？"叶素问道。

紧跟着徐呈玉他们也缓缓地举起了手："我们也没订到房。"

连怜也拉着程怀安举手："还有我们。"

守卫长回头看了看他们："也行，正好明日一早你们过去见一见城主。"

众人得以回到驻息处。

陆沉寒不在，他寻到城府中心的位置，避开人，拿出一块通魔盘，双指注入灵力，看着上面的指针转动。

通魔盘可以指出魔的方位，当初陆沉寒斩杀天魔后，封尘道人便将这块通魔盘送给了他。

这曾是蓬莱的法宝，后到了封尘道人手中，此物能感应魔气，极为敏锐。

然而陆沉寒手中指针不断转动，却始终没有停下来的迹象，无论他换去哪个位置，通魔盘指针皆未停下来。

他收了灵力，眸光寒如结冰。若不是通魔盘坏了，就只有一种可能——城主府的每一个方向都有魔物。

"守卫长让我们两个人来，你怎么也来了？"连怜站在偏院的符阵面前问。

叶素并排站在她的旁边道："我也会点儿符阵，想过来看看。"

连怜气笑了，看着叶素背后那一群人："那这些人过来干什么？"

叶素一回头，发现千机门、吾剑派的人都在。

"我们过来看看叶素怎么看符阵。"周云义正词严道。

前面的程怀安示意他们过来："这符阵至少设立了几百年，看起来像是年久衰落。"

符阵布置在偏院的一道门内，是驱魔静心符。

"这是最受各城欢迎的符阵。"程怀安起身道，"元婴期及以上的符师才能设下，辉城这个估计是合体期的符师设下的符阵，不过这么久，符阵威力退去，我们可以试着修一修。"

"你们是谁？"

一个轻柔沙哑的声音从几个人的身后传来。

众人一惊，转头看去，见是一个年轻瘦削的男子，他面色苍白，披着一件厚披风。

"你知不知道他是什么时候来的？"连怜借着伸手别耳边的碎发低声问旁边的叶素。

叶素摇头道："不知道。"

这里的所有人都是元婴期修士，竟然无一人察觉对面那个年轻男子是何时来的，顿时警惕性陡升。

要么对面的男子境界高于他们，要么他……是魔。

"我们是新进来的修士，负责巡守城主府。"徐呈玉主动道，"守卫长说偏院的符阵坏了，让我们来看看。"

周云看了半晌，终于想明白，对面的人的脸看着有点儿眼熟："你是城主夫人的弟弟？"

年轻男子闻言，走近了几步，道："我叫于承悦。"

他果然是城主夫人的弟弟。

于承悦一走过来，众人立刻发现他并非修士。

一个普通人可以做到悄无声息地站在他们的背后而不被发现？

"你们都是符师？"于承悦问。

"我们是。"连怜道。

"真好，我一直想去修真界看看。"于承悦清秀苍白的脸上有些遗憾之色，"可惜身体不适，走不远。"

"可以飞。"游伏时忽然冒出来一句。

众人齐刷刷地扭头看向他。

"是……指御剑吗？"于承悦犹豫地问道。他整个人瘦削苍白，面容清秀，却没有多少生气，站在夜色下，若非穿着白色披风，几乎能与夜色混为一体，"姐夫说普通人在上面站不稳。"

"可以坐筐里。"游伏时说话向来理直气壮。

其他人："……"

于承悦愣了愣，随后认真地说道："那以后可以试试。"

"它可以载你。"游伏时拿出泣血剑道，"你要拿灵石来换。"

叶素闭了闭眼睛，突然产生一种将人带坏了的错觉。

小师弟以前可是能将紫梨瘿木随手扔掉的人，如今竟然开始想要赚灵石。

"于公子怎么会来这里？"叶素岔开话题问道。

"我的院子就在附近，睡不着出来走走，看到你们从那边过来了。"于承悦紧了紧身上的披风，拜托他们道，"还请不要告诉守卫长，否则姐姐又要来说我了。"

他往旁边站了站："你们继续。"

毕竟他是城主夫人的弟弟，当即众人皆答应下来，连怜和程怀安转身去修复符阵的缺口。

众人虽然在看连怜他们修符阵，但总留了几分注意力在城主夫人的弟弟身上，实在是刚才他一个普通人悄无声息地出现太引人怀疑。

偏偏城主夫人的弟弟站在那儿，时不时咳嗽一声，像是病入膏肓的样子，众人只好移开视线。

大概他真的只是一开始就站在那儿。

符阵前。

叶素低声问连怜："既然有驱魔清心符阵，可以试试将整个城主府纳入符阵内？"

"不行。"连怜摇头道，"驱魔符阵需要耗费的灵力庞大，我们只是元婴期，不足以支撑起整个符阵，不过单个小范围或者单个人还是可以的。"

这样得需要先确定魔物，否则对方不是魔物，他们出手就会被淘汰。

连怜几个人站在这儿修了一夜，于承悦似乎也没有半点儿困意，明明看着摇摇欲坠，也不知为何依旧站着看完他们修好符阵。

"好了。"天才微微亮，程怀安收了灵力，"算是把符阵缺口修复好了。"

"我们该回去了。"周云道，"待会儿要见城主。"

"于少爷，我送你过去。"徐呈玉说话时，一只手背在后面，对周云和马从秋挥了挥。

"我可以自己回去。"于承悦刚说完，便开始剧烈地咳嗽，原本苍白的脸也因此变红。

徐呈玉上前扶住他，并注入了一道微薄的灵力，替于承悦减轻病痛。

"多谢。"于承悦察觉出来，对他认真地道谢。

"我扶住于少爷回去，不会让其他人知道。"徐呈玉收回灵力，善意言道。

于承悦没有异样，也确实有一副适合修炼的根骨，只不过身体太差，无法承受修炼带来的影响。

看着两个人离开，连怜啧了一声："关键时刻，徐呈玉还是这么狡猾。"

徐呈玉居然上手试探，还能去于承悦的院子内，再看看其他人只能待在这里。

等他们和之前入选的修士一起去见城主时，众人才发现有人已经提前认识了城主。

叶素抬头看着上面的人，心中感叹，这些人动作一个比一个快。

城主坐在议事堂的最上方，旁边站着万佛宗的新佛子谷梁天，他一手握着法杖，一手拿着念珠，清瘦俊美，身上隐隐带有悲天悯人的气质，额头上还有个新疤痕，看起来很像一个骗子。

"诸位修士愿意来当守卫，是厉某的荣幸，灵石酬劳自然不会少。"坐在上方的城主说完，示意旁边的随从分发几盘灵石下去，又转头对旁边的谷梁天道，"佛子稍等，待会儿便带您去见见厉某的弟弟，近来他身体又差了不少。"

谷梁天微微颔首，手指转动念珠道："祈福法阵可护他元气不散。"

底下一干人："……"

只恨他们没本事，除了打架就是打架，现在只能当守卫。看看人家佛子，什么祈福法阵都编出来了。

城主对这些修士说完过场话后，很快带着谷佛子离开。

距离屠城之夜还有十天，众人日常便是查探城主府内来往的人，竟然无一发现，连合欢宗那边的人也毫无线索。

城主府内所有人一无所获，这些天只知道城主和城主夫人感情极好，因此对于承悦也极好，花大精力去请各路修士来为他续命。

城主每日要去处理事务，城主夫人时常去佛堂，为弟弟拜佛诵经，而于承悦则总是待在自己的房间内。

通行单除去最开始的变化，直到现在也没有减少，也就是说城主府外，其他人也没有发现魔的踪迹。

宁浅瑶站在一棵树下抬头："叶素最近有点儿安静，她在干什么？"

"好像在卖符？"简湖犹豫着说道。

"卖符？"宁浅瑶一头雾水，在溯洄法阵里卖符？也不知道叶素在想什么。

宁浅瑶想了想，决定去找陆沉寒。

此时此刻，寻魔未果的叶素趁不用巡守的机会，四处兜售符箓。

她蹲在城墙角落，支起了一个小摊子，对面还有几个城主府内的修士。

"我以前怎么没听说符箓还需要用修士自己的血？"对面的人问道。

"血符你没听说过？"叶素用一种怀疑的眼神看着他，"必须蘸血画符才是最好的。"

"我听过，那不是用符师自己的血吗？"另外一个蹲着的修士道。

叶素严肃道："如今符修内部最流行的是用使用者自己的血，这种符叫定制符，当然一般水平的符修可能还不会，所以也不告诉你们。"

大师姐面容中透着正气，周身萦绕着一种值得信赖的气场，让对面那几个修士无形中相信了她的话，最终犹豫地割了自己的手心一刀，放了一小碗血。

"这样可以吗？"对面的修士问。

叶素看着只有普通血腥味的血，假装蘸了蘸，实质用灵力画了十几张符给他们："这几张符拿着，绝对好用。"

那几个修士犹犹豫豫地拿着符箓走了。

"又是普通修士。"颜好从附近走出来。

她在叶素身上下了幻术，所有人都会下意识地觉得叶素一身正气，值得相信。

叶素拿出一本册子，又划去几个人的名字："愿意来找我的人基本不是魔，这里排除了三十多个人，不知道师弟那边怎么样。"

另一边。

易玄打着切磋交流的旗号，到处去挑战城主府内的修士，想方设法让这些修士吐血，从血中观察他们是否携带魔气。

当然也有既不愿意找叶素买符，也不想和易玄切磋的修士，所以这时候游伏时的泣血剑再一次派上了用场。

——泣血剑到处偷袭修士，在他们身上割完一刀就跑。

随后吕九上前替游伏时解释："这是一把有剑灵的剑，不过刚刚被收服，还不太受控制。"

大部分修士会皱着眉甩袖离开，而吕九他们则观察这些人的血。

若找到异样的修士，血含煞气还腥臭，吾剑派的人一窝蜂地凑上去，将人引到偏僻的位置斩杀。

用这种方法，众人竟然真的找到了魔，特意每人轮一次，成功拿到了通关名额。

大概外面那几个宗主也没有想到他们会用这种简单粗暴的方式辨别魔。

规定不让误杀溯洄法阵内的人，但他们只是割一刀就溜，完完全全符合规则。

"城主府内还有四百多名可疑人选。"众人或站或蹲坐在院子中，徐呈玉翻着手中的册子道，"我们需要重点观察，在屠城之夜将这些魔找出来。"

"最近谷梁天好像在城主府到处游走。"周云道，"我看到了好几次，不知道他在干什么。"

"陆沉寒也不知道去哪儿了。"马从秋低声对千机门的人八卦道，"我看到你们那个小师妹经常和他一起出去。"

千机门的四个人毫无波动。

游伏时和吕九不认识宁浅瑶，没有任何兴趣，叶素也不意外男女主角会凑在一起，至于易玄，他满脑子只有如何找出魔物。

"城主夫人的弟弟的生辰快到了。"程怀安站在旁边道，"就在屠城之夜前夕。"

徐呈玉点头，看向叶素："我们要尽快将所有魔找出来。"

陆沉寒虽有通魔盘，却没有任何用处，无论走到哪儿都能发现魔气，像是整个法阵都由魔气组成一样。

偏偏一同进来的那些人居然靠着坑蒙拐骗的手段去判断城内的人是不是魔，让陆沉寒对手中的通魔盘极其不满。封尘道人说通魔盘是蓬莱的法宝，如今在他看来，只是无用的东西。

"陆哥哥。"宁浅瑶从旁边走过来，看着他手中的东西，"这是什么？"

陆沉寒抬眼看去，看到是她，便道："通魔盘。"

宁浅瑶不清楚这是什么东西，但一听名字，它显然是和魔有关："能找到魔吗？"

"应该坏了。"陆沉寒露出通魔盘上面不断转动的指针，"它原本可以指出魔气的方向。"

"能让我看看吗？"宁浅瑶弯起一双鹿眼，"虽然我没有在百青榜上，但对法器也有些了解。"

陆沉寒将手中的通魔盘递过去。

宁浅瑶低头打量了一会儿通魔盘，突然咬开手指，将血滴在盘面之上。

陆沉寒眸色一动，看着血被吸收干净，才开口问："你在做什么？"

"我试试能不能让它好起来。"宁浅瑶仰头看着对面的陆沉寒，有些骄傲地说道，"我的血能增强法器的能力。"

陆沉寒忽然一动，靠近宁浅瑶，伸出手掌遮挡住她的下半张脸，却没有碰到她。他垂眸对上宁浅瑶的眼睛道："这种话不要在外面说。"

宁浅瑶弯眼笑着道："我知道，师父提醒过，但告诉你没关系。"

陆沉寒放下手道："不要让其他人知道你的血的事。"

"嗯。"宁浅瑶点头，随后举起通魔盘，"陆哥哥，看，它开始停了。"

通魔盘慢慢停了下来，指向一个方向。

"我们走。"陆沉寒道。

随着生辰宴会临近，通行单上魔的数量也在减少，直到屠城之夜来临前夕，还有三十多个魔未被发现。

生辰宴会上，宾客觥筹交错，纷纷祝愿城主夫人的弟弟，贺词多为长命百岁等。

"在修真界，长命百岁是骂人。"周云忍不住小声道。

"对凡人而言，百岁很漫长。"徐呈玉望着上面瘦削苍白的青年，可惜他的生命永远停留在了这一年。

随着宴会快结束，天也黑了，四周点上了灯。

城主夫人转头问于承悦："承悦，今年有什么愿望？"

灯火下，于承悦的半张脸若隐若现，他微微仰头看着夜色："我想在上面看看城主府的样子。"

城主夫人几乎立刻反应过来："你想要学御剑？"

于承悦摇了摇头，清秀苍白的脸上略微有些期待："只是让他们带着我转一圈就好。"

城主夫人犹豫片刻，准备吩咐下面的修士，却被于承悦拦住了，他说想自己去选人。

"去吧。"城主夫人替他紧了紧披风道，"身体不适要立刻回来。"

于承悦慢慢走了下来。他看向游伏时，拿出一袋灵石："你能不能载我在城主府转一圈？"

他在城主府长大，却不知道这里的全貌。

游伏时接过袋子，打开看了一眼，有些嫌弃灵石的品质太次，不过还把灵石袋交给了旁边的凡人："叶素，筐。"

大师姐从乾坤袋中拿出许久未用的筐，交给小师弟，看着他一通操作把于承悦塞进筐中，再让泣血剑腾空而上。

游伏时也不站在泣血剑上，反而要让叶素带着他跟上去——御剑很累的，让这个凡人来。

"叶素。"游伏时站在后面，揪着大师姐的衣服，小声道，"以后再给我做一个新的筐。"

别人用过的，他就不用了。

叶素回头瞥了一眼小师弟："你可以自己御剑，不需要筐了。"

游伏时不管："你再做一个。"

不是什么大事，也难得小师弟一回有挣钱的意识，叶素顺着他："出去再做。"

风吹过于承悦的脸，让他的发鬓有些乱，他转头问两个人："你们修士御剑是这种感受吗？"

因为之前没能从界中拿出更多的灵石，游伏时只想赚灵石，对于承悦的这种闲话并不搭理，还在想要叶素做一个什么样的筐。

叶素指尖一弹，一个灵力罩覆在于承悦的身上，挡住吹过来的风："这样，差不多。"

于承悦看着犹如实质的灵力罩，伸手碰了碰，眼中闪过一丝羡意："这就是灵力？"

叶素的视线落在下方的城主府上，今日府内各处灯火通明，能够清晰看到下面的人在做什么。

"他们说我有修道的根骨，只可惜身体无法承担。"于承悦自言自语，"要是能修道就好了，不会生病，不会痛。"

"修道也会痛。"叶素转头对他道，"也会死。"

于承悦苍白的脸在月色下近乎透明，一双眼睛寂静地望着下面城主府中那些来来往往的人："是吗？"

叶素随口道："修士到了一定境界，每次进阶会有雷劫，还可能会有心魔产生。"

"那如果当魔，是不是会更轻松？"于承悦突然问道。

"大概？"叶素道，"魔好像修炼起来比修士快。"

"你不觉得魔该杀吗？"于承悦趴在筐边问。

于承悦这话让叶素多看了他几眼："看什么样的魔。"

"是吗？"于承悦的声音微弱得近乎听不见，下一刻便飘散在空中。

等带着于承悦在城主府上空转了一圈回来，下面似乎发生了什么，一阵骚动。

三个人一落地，便发现地上摆着十几个死人。死者皆七窍流着黑色的血，滴在石板道上，甚至发出灼烧声，看穿着他们是守卫修士。

"承悦，过来。"城主夫人看到于承悦，立刻拉着他道，"这里出了事，我让人先送你回去。"

"他们怎么了？"于承悦看着地上的人问道。

"他们是魔，被人杀了，扔在道上。"厉耀明脸色难看地吩咐下去，"让所有人戒备，请护城官过来。"

　　站在边缘的叶素扫过周围所有人，陆沉寒和宁浅瑶、简湖一直没有来。

　　徐呈玉那些人动完手会替死去的那些魔编造理由，让城主府内其他人以为这些消失的人有事离开，并不会这么堂而皇之地将魔的尸体扔出来。

　　叶素确实没有想错，死去的那些魔正是陆沉寒和宁浅瑶、简湖所杀。因为宁浅瑶的血，通魔盘终于可以找出魔物，不过一日，他们便斩杀了十几个魔。如今通关名额已拿到手，他们还在继续寻找其他的魔。

　　此时，一直坐在下方的谷梁天忽然起身闭目转着念珠，立在空中，手中法杖莲台发出金光。

　　整个辉城四面八方顿时出现法阵的光芒，汇聚连接上他的法杖莲台。

　　一瞬间，仿佛遮挡整个辉城阴暗的一层布被扯开，邪恶翻滚。

　　"佛子？"城主将夫人和弟弟挡在自己身后，看着谷梁天，不明白他突然做什么。

　　"引魔阵？"正在跳舞的梅仇仁突然停下，仰头看着上空的法阵。

　　颜好诧异地问道："谷梁天是什么意思？"

　　引魔阵一出，不出一个时辰，魔物必现。但这么庞大的引魔阵，势必要让不少万佛宗的弟子耗尽灵力，而其他宗门的弟子完全可以捡便宜。

　　"能覆盖全城的引魔阵。"程怀安望着阵光，"万佛宗从一进来就在准备了。"

　　连怜抱着手臂："等到今夜动手，佛子够有耐心的。"

　　"发生了什么？"

　　辉城的凡人看到这庞大的法阵，不由得乱了起来，连城中的修士也纷纷出来，打探出了什么事。

　　"阵眼在城主府那边。"一些修士发现了端倪。

　　深夜，街道上不断有人打开窗户，惶恐在夜色中蔓延，凡人紧紧关上门，和家人待在一起。

　　然而，混乱就在瞬间爆发。

　　"魔！是魔！"

　　街道上有修士疯狂喊着，肚子被拉出了一大道口子，却完全没有察觉，只是拼命逃跑。

　　他想要进入街旁的店铺内，但还未靠近，那些门便被一扇扇关上，里面的人全部躲了起来，还竖起了防护结界。

　　"开门，救救我……"那人挣扎着拍打归福客栈的门，这里面的修士最多，只要有人愿意出手，他还有活命的机会，然而归福客栈始终没有打开过门。

　　他转身努力睁开模糊的眼睛，捂着自己的肚子，滑落下去：魔来了！

"是魔。"客栈内一些昆仑的弟子想要下去，却见周围的同门不动，有些犹豫。

"先看看情况。"

"只剩下三十多个魔，再不动手就被人抢走了。"

"没看见门口那个人身上的衣服？守城卫，境界不比我们差。"

一时间，客栈内无人出手，只透过门外的传讯镜看着。街道上，一个黑影越来越近，带着煞气和腥臭味，举起门外的那个人，张大口要朝他的脖子咬去。

"这里！"

街道上忽然传来一声剑鸣，吾剑派的弟子从后面的宅院出来，飞身阻止了魔的动作。

人魔可比金丹期修士，这魔本身是金丹期，入魔之后实力更强，率先赶过去的弟子没过两招便被打飞摔倒在地。

那弟子余光看守城卫被同门带走，迅速起身道："列剑阵！"

所有吾剑派的弟子结剑阵，包围那魔，蓝色剑光耀眼，照在街道上，终于能让人看清魔的长相。

那居然也是一名守城卫，只不过此刻他双眼通红，嘴角撕裂开，露出两颗獠牙。

这些弟子从未接触过魔，这是第一次亲眼见到魔，即便只是二十年的影子，也令人心生怵意。

好在到底是大宗门的弟子，他们很快调整过来，一心列剑阵，挥剑齐聚，朝对面的魔斩去。

不算顺利，面对陌生的魔，剑阵数次偏离，几名吾剑派的弟子被人魔所伤，但随着时间推移，吾剑派的弟子终于找回了训练磨合时的感觉。

"剑斩！"

领头的弟子抓住人魔的一个破绽，汇聚所有剑影，朝魔挥去，剑意铮然。

那魔头被斩掉，头落地的瞬间，狰狞的面目渐渐消失，恢复成普通修士的模样。

——通行单再少一名魔。

"吾剑派的剑阵不过如此。"客栈内昆仑的弟子嘲道。

"这次被他们抢先斩了魔。"

"所有人出去寻魔。"

客栈内昆仑的弟子看完外面的打斗后，对辉城内的人魔有了大致的了解，心下稍定。

类似的事情在城内不断发生。

自引魔阵出现，魔陆陆续续被逼了出来，尤以城主府最多，且多为天魔，普通修士根本不是他们的对手，各宗参赛的弟子此时也不再顾忌身份，纷纷出手斩魔，打得昏天黑地。

护城官还未赶来，原本站在城主身边的数名护卫突然恢复魔的样子，城主只是凡人，甚至没有察觉身边人的变化，拉着夫人，护着于承悦。

叶素骤然出手，几道符箓朝天魔甩去，引起了他们的注意。

"你们？"城主睁大眼睛，几乎反应不过来发生了什么，身边所有熟悉的手下全部变成了魔。

于承悦站在城主夫人的身边，握住他姐姐的手，安静地看着叶素和游伏时对付那几个天魔。

泣血剑不用游伏时吩咐，便已经主动迎上天魔，无论是妖魔还是人的血都能让它兴奋。

天魔行动速度要比寻常元婴修士快，叶素之前画的符箓效果不大，她回忆那晚连怜和程怀安的举止，指尖聚集灵气，引其凝力，在半空画符，厚重磅礴的符意缓缓形成。

符形成，叶素用力往前一推，那道符打在天魔的身上，限制了对方行动。

这时候，叶素垂在腿侧的另一只手又画成符箓，用力向上一带，再次打向天魔。

在天魔挣扎的瞬间，她捏住一道疾速符，整个人突然出现在他面前，手中的匕首已经插进天魔的心口。

天魔化成黑色魔气飘出，身上的衣物掉落在地。

叶素掌心聚起灵力，在黑色魔气逃走之前，将其打碎。

另一个天魔从后方蹿来，想要偷袭叶素，却被站在一旁的游伏时用雾杀花打中，半边肩膀被咬碎。

叶素回首，双手交握，大拇指和食指并对再分开，画法阵："借灵通法，绞！"

法阵从地面而起，束缚住天魔，迅速收紧，将其绞杀。

几个天魔皆被杀尽，生辰宴会上也一片狼藉，宾客瑟瑟发抖地躲了起来，但中间有一个宾客突然双眼发红，扭头就要咬断旁边人的脖子。

谷梁天骤然出手，将念珠抛出，束在那宾客的身上，口中念着法诀，最终将魔杀死。

"城主。"过了半晌，护城官沾染一身血煞气赶了过来。

厉耀明脸色难看到了极致，反而变得冷静："辉城被魔入侵了？"

护城官握着剑："有不少修士正在对付城内的魔，已经开始平息。"

"府内呢？"

"我处理掉了一批。"

"清点伤亡。"城主看到护城官在，稍微安定下来。他看向谷梁天，神情有些复杂：

"此事，佛子应当事先告知。"

谷梁天收回念珠："只怕有心人暴露。"

另一边的叶素低头看着手中的通行单，上面的名额还在不断减少，直到停在了一个数，不再动：二。

自从引魔阵消失后，另外两个魔始终未出现，一个好好的生辰宴会被扰乱，城主府内到处在排查。

能在引魔阵下不现形的魔，极有可能在天魔以上，随着屠城之夜临近，所有人越发焦虑。

五大宗弟子目光都聚集在城主府内，他们一致认为剩下两个魔一定在里面。

因为屠城之夜开始，护城官的命灯最早熄灭。

颜好脱了舞姬的衣服，拿着册子，到处找魔，路上碰到叶素，有些着急道："今晚便是屠城之夜，找不到剩下两个魔，我们都得留在这儿。"

叶素也正在找，她道："有几个地方，我再去看看。"

法杖杵地的声音缓缓传来，叶素抬头看去，来者是万佛宗的谷梁天。

为避开合体期的护城官，他利用替城主夫人的弟弟做祈福法阵的机会，进入城主府，花了一段时间才设好阵眼，和外面万佛宗的弟子联手设阵，引魔出现。

他在城主夫人的弟弟的生辰宴会上出手，也就是在屠城之夜前夕，此前从来没有动过手找魔，这份耐心比所有人都强。

或许是她的目光太过显眼，经过的谷梁天在两个人即将擦肩而过时，说道："万佛宗已设下另一法阵，今夜两魔必死。"

"什么意思？"叶素转身。

"法阵启动，辉城内所有人都得死。"谷梁天道，"只是提醒诸位，早退出辉城，在城外等着回去便行。"

叶素骤然抬眼朝谷梁天看去："你想屠城？"

谷梁天身材高挑清瘦，面上隐隐还带着悲天悯人之色："不过是溯洄的残影，他们早在二十年前已死。"

"屠城之夜未到，就还有机会找到剩下两个魔。"颜好皱眉，"你屠城干什么？"

"我说过了。"谷梁天转动念珠，"他们只是残影，屠城是最好的方式。"

"万佛宗。"叶素看向谷梁天，面无表情道，"很好，有你这种佛子。"

她说完这句话，便带着游伏时转身离开。

易玄站在梅园大门前，盯着门看。

"在这里做什么？"

易玄回头："大师姐。"

叶素身后还跟着游伏时，两个人一前一后停下，她问易玄："觉得里面有问题？"

"只是有种奇怪的感觉。"易玄道。

"我进去看看。"叶素知道易玄的半魔血脉，或许他感应到了什么，所以那日在梅园，她注意到了易玄回头。

"我进去看看，你在外面等着。"叶素怕他的半魔血脉会受到影响。

"一起进去。"易玄坚持道。

叶素看着他坚持的目光，最终只能答应："好。"

这时候的辉城还是三月，梅园有一半的梅还在盛开着。

里面一片狼狈，曾经有人在这里打斗过，看痕迹是上阙宗和合欢宗的弟子留下的。

三个人走进梅园戏台，叶素走向那张贵妃椅，那是城主夫人躺过的地方，连带着旁边的桌子，已经倒塌了。

叶素弯腰捡起从桌子抽屉中掉落出来的纸，上面的字有的娟秀工整，有的笔锋冷厉，但抄得全部是祈福词。

易玄有些晃神，无意识地抬步朝梅园的深处走去。

游伏时伸手戳了戳叶素，让她看易玄："他跑了。"

叶素收起这几张纸，快步跟了上去。

越往深处走，梅园的梅花树越发呈枯萎之势，直到最后是一排排死树。

易玄绕过枯树走进去，里面有一道结界，他几次挥剑斩开，一潭血水翻腾的温泉赫然出现在他们的眼前。

"你做什么？"叶素伸手扯住要靠近血潭的易玄。

易玄眼中的茫然迅速退去，转头道："大师姐，城主夫人是……"

这股血煞气太熟悉了，之前引魔阵起效，那些魔身上的煞气腥味便是这股味道。

游伏时身边的泣血剑忽然跳了进去，兴奋地在里面蹦跶搅拌。

叶素皱眉，随后蹲下，手按在地面上，微微合眼，释放出所有神识。

"大师姐……"易玄拧眉看着从叶素掌心蔓延开来的金色线条，不像灵力，却有些熟悉感。

若是此时易玄的师父辛沈子在这里，一定能看出来这是什么。

——神识外现。

这是叶素在进阶后，新摸索出来的神识使用方式。

那些金色线条不断蔓延开来，覆盖整个梅园，有些东西开始慢慢显现。

魔气，梅园地面弥漫着一层浓郁的魔气，和叶素的神识混合在一起，其中最浓郁的便是戏台。

叶素收回手，咽下喉间的血，望着戏台那边，那里有魔阵。

法阵这种东西，她一知半解，但她最擅长模仿。

她转头看了一眼血潭，伸手握住沾染上里面血煞水的泣血剑，再在地上勾勒。

议事堂内，城主在和人讨论此次辉城遭受魔入侵的事，他不放心夫人和于承悦，所以将人一直带在身边，正好有护城官可以守着。

正在商议要不要向各大宗门传信时，门忽然被推开。

陆沉寒带着一身杀意而来，虽无魔的样子，乍一看却比魔更加可怖。

"你们做什么？"城主皱眉，下意识地挡在城主夫人和于承悦的前面。

护城官上前一步，剑出鞘，无声地横在身前。

许久未出现的陆沉寒站在最前方，手中握着通灵盘，经过宁浅瑶的血加持，清晰地指向城主那一处。他抬眼，寒气四起："斩魔。"

今夜是最后一天，陆沉寒握着通灵盘在城主府内走了一遍，最终那两个魔指向议事堂。

"你胡说什么？"城主听明白其中的意思，顿时拍案而起。

"想必城主心知肚明。"宁浅瑶从外面走进来，手中拿着一本手札，"化魔骨，城主的书房中有不少这类东西，如今终于修魔成功，甚至可以逃过引魔阵。"

"我不知道你在说什么。"厉耀明怒道，"你们是什么人？"

宁浅瑶道："府内所有的魔分别集中在城主周围以及城主夫人的梅园，很难不去想和两位有关。"

宁浅瑶接过陆沉寒手中的通魔盘，将一滴血悄然抹在上面。她靠近城主三个人，只有在面对城主和城主夫人时，通魔盘的指针才会停下来，对着他们。

她转身对陆沉寒点了点头。

这仿佛是一个讯号，简湖和陆沉寒同时一动，一个人拦住护城官，一个人朝最近的城主方向攻击而去。

宁浅瑶则挥剑刺向前方的城主夫人，目标直指她的脖颈，要斩下魔的头。

于承悦的脚步一动，拉着城主夫人的手，挡在了她的面前。

千钧一发之时，两个身影忽然出现，挥剑挡住陆沉寒和简湖。

"叶素？"

"易玄？"

徐呈玉等人看到那两个身影，震惊地喊道。

叶素看了一眼自己手中断成两节的剑，有些可惜。

陆沉寒的目光落在两个人的身上："这就是屠城之夜三批人没有走出来的原因？"

城主拉住城主夫人和于承悦连连后退，他不知道到底发生了什么。

门口又传来脚步声，游伏时顶着一身浓重的魔气微微偏头，泣血剑便直接飞蹿了进来，朝陆沉寒刺去，速度快得不像是元婴后期的人能控制的剑。

陆沉寒脚步微退，下一刻泣血剑便飞到了叶素的手中。

"你们怎么成魔了？"梅仇仁看着三个人身上的魔气，不由得痛心道。

宁浅瑶手握着通魔盘，指针在叶素和易玄，还有门口的游伏时之间疯狂指来指去。

叶素看向她手中的通魔盘："看起来我们也是魔了。"

"怎么回事？"徐呈玉显然不信，皱眉问道，"叶素，你从哪儿沾上的魔气？"

"不小心多画了几个阵。"叶素握住还带着血潭水的泣血剑在地上快速画出梅园中的法阵，"你们也可以试试。"

魔阵需要是魔气，叶素没有，但血潭水中蕴含魔的力量极强，泣血剑又是一把妖剑，神魔血皆能吸收，她只不过起到一个架构的作用。

议事堂比起梅园太小了，阵成，魔气四起，一瞬间的工夫，在场所有人共沉沦，都沾上了魔气。

通魔盘转得飞快，几乎看不见指针的模样。

"论魔气，大家都是魔了。"叶素看向陆沉寒和宁浅瑶，"你们也要屠了自己？"

众人："……"

"屠城之夜开始了。"叶素忽然道。

宁浅瑶愣住："什么？"

众人未跟上她的思路。

叶素看向站在边缘的护城官，微笑着问："你不去死吗？"

宁浅瑶浑身一震，僵硬地转头看向护城官。

所有进来的参赛弟子都知道一条最关键的信息——二十年前的屠城之夜，以护城官命灯熄灭为始，魔物杀尽城中人为终。

溯洄法阵回溯的是当时的城中所有人的影子，他们进来能和城中人发生交流，却不会影响二十年前的事情的最终发展。

即便斩杀完魔物，最后也一定是以所有人消失为结局。

站在边缘的护城官一直在垂眼看着地面，在叶素问完后，抬头："忘记了，我想看你后面想干什么。"

这一句话出来，在场五大宗的弟子都震惊了。

溯洄阵中分明多出了一个活着的人，或者说别的什么东西。

"你为什么会认为姐夫和姐姐不是魔？"站在后面的于承悦忽然出声问叶素，"最后他们始终会被杀，连解释的机会也没有。"

议事堂又是一阵抽气声。

这分明也是一个有意识的。

叶素转头看向于承悦，眼中有诧异，却又似乎没那么惊讶。

"梅园的血潭、魔阵确实指向城主夫人。"叶素瞥了一眼泣血剑，"但血潭的血是新加的，魔阵也试过了，只会沾染魔气。"因为血潭中蕴含的魔气太浓才会导致他们现在立刻沾了一身。

溯洄法阵内的所有一切，按理是假的，最后都会消失，像小师弟赚来的灵石，叶素就没有戳穿。

血潭若是二十年前的东西，对泣血剑根本无用，偏偏它表现得十分兴奋。

那时候她就知道，溯洄法阵里多了什么各宗主不知道的东西。

护城官捂着腰慢慢蹲下去，身体颤抖着，一抬头竟然是咧嘴在笑。

"原来修真界还有几个不错的苗子。"她笑得浑身颤抖，"最初前两批进来的人都是被我杀了，结果第三批一进来就开始屠城。"

此话一出，在场各宗的弟子神色各异。

"哈哈哈，为了找出屠城的魔，所以把整个城的人都屠了。"护城官直起身，甚至擦了擦眼泪，"你们修士可真有意思。"

"溯洄法阵中这些人皆是残影，不是活人。"留在议事堂准备屠城的谷梁天皱眉道。

护城官并没有在意谷梁天的话，反而看着叶素继续道："第三批进来的修士先围杀了我，再把整个城的人杀干净，可惜……我装的。那些人死前的样子，太有意思了。"

"二十年前辉城中的魔有多少？"叶素问她。

护城官咧嘴笑："一百？九十八？"

"只有她一个。"于承悦扫了一眼护城官，苍白清秀的脸上没有多余的表情，"所谓的魔是她在第四批人进来后编造出来的。"

"怎么会是编造出来的？"护城官伸出两只手，"我放了九十八缕神识，只不过稍微多做了一个魔阵和血潭，他们每次非要杀你的姐夫和姐姐。"

从第四次开始，进来的人带了各种侦测魔气的法宝进来，最终确定有百个魔物。

"他们当着你的面杀了你姐姐和姐夫。"护城官一双眼睛热切地盯着于承悦，"二十年，七十六次，我都替你记着，这些修士都该死。你跟我走，我教你怎么杀了他们。"

于承悦控制不住地咳了数声，几乎要将自己的五脏六腑咳出来，一张脸苍白得近乎透明。他抬起一双寂静的眼睛，缓缓道："在他们动手前，姐姐和姐夫已经死了，死在你的手里。"

护城官的脸有些僵硬，隐隐冒着魔气："那次的事是我不对，我不该把你们全杀了。"

见他不出声，护城官有些着急地喊道："我放弃进入昆仑长老层的机会，守着你长大，你为什么要因为我杀了你就生气？你也可以杀我。"

叶素闻言——放弃进入昆仑长老层？

护城官从一开始加入昆仑时就是魔，竟然能在昆仑境内掩盖住自己的身份。

于承悦望着已经不动了的城主和城主夫人，眼中有些眷念。他应该也和姐姐姐夫一起死了才对，偏偏又活了过来。

他看着护城官，神情疲惫："我的根骨在你手里，任你处置。"

"那副玲珑骨需要你自己修炼才有用。"护城官说这话时熟练得像是已经对话过无数次。

于承悦并不回她，只是拉着他姐姐的手，再过不了多久，姐夫和姐姐又要消失了。

"你怎么不说话？"护城官忽然看向低着头的叶素，语气森冷。

叶素闻言抬头："我？我只是在想你是哪一个魔主。"

以一己之力，一夜屠城，又能在五大宗主眼皮子底下动手脚，还能神识化形，除了魔主有这个本事，她想不到还有谁。

魔界有三位魔主，一个和原男主角他爹同归于尽了，另一个行踪不定，最后一个做主如今的魔界。

魔主和修真界渡劫大能相当，属于最顶尖的那一小部分人。

护城官眯了眯眼："你好像聪明过头了。"

说这话时，护城官已经移到叶素的面前，手朝她的心口探去。

叶素眼瞳一缩，根本没有机会动弹。

"我跟你走。"于承悦忽然开口，"你让他们离开。"

护城官停手，转头看向于承悦："你想让这些人活着，所以跟我走？"

"我不想再待在这里看着姐姐和姐夫被杀。"于承悦清秀苍白的脸上一片平静，"我想杀了你。"

"好。"护城官当即答应，热切地朝他走去，"你跟我走。"

"先让他们走。"于承悦道。

护城官扭了扭头，手一挥，一道灵力将溯洄阵内所有参赛的弟子全部打出了溯洄法阵，只除了议事堂的叶素、游伏时、易玄三个人。

于承悦看着护城官："所有人。"

"这三个人坏了我的事。"护城官出尔反尔，"得死。"

不等于承悦开口阻止，她便已经挥手，杀意冲天，毫无疑问下一刻三个人便会被撕裂。

然而于承悦只听到一声巨响，紫光闪现，易玄和叶素皆倒地。

"你？"护城官盯着站在原地的游伏时，想不通为什么他居然能抵挡住自己的攻击。

游伏时一双黑瞳此刻变成紫眸，他的手一翻，泣血剑便飞了过来。

刹那，护城官的后颈起了冷意，她用了此生最快的速度移动，却依旧没有完全逃开，胸口被泣血剑刺中。

泣血剑尝到魔主的血，剑身缺口处红光大闪，显然十分享受。

护城官的手在抖，却察觉对方陡然出现松懈，来不及多想，硬生生退开，转身拉着于承悦离开这法阵。

游伏时抬手看了看泣血剑，眼瞳中的紫色快速淡去。他往四周看了看，有些嫌弃地将易玄踢开，随后转身走到叶素的旁边，想了想，还是决定靠着她一起躺下。

溯洄法阵不断在破碎，三个人不约而同地被挤了出来。

赛场上，五行宗的宗主和万佛宗的宗主齐齐猛然吐出一大口血。

另外三宗的宗主瞬间起身看向下方的法阵处。

吴月惊疑不定道："出事了？"

紧跟着，所有弟子同时出现在法阵上，每个人都跌落在地，眼神迷茫。

封尘道人问最前面的陆沉寒："里面出了什么事？"

陆沉寒想起议事堂发生的事："溯洄法阵内有魔。"

褐发老人皱眉："里面本来就有魔。"

"不是普通的魔。"陆沉寒顿了顿道，"有可能是魔主。"

"魔主？"几位宗主皆是一震。

"好了，沉寒，此事稍后再提。"封尘道人阻拦他后面的话道，"先公布下一关的名单。"

叶素站在人群最后面，伸手拿出之前在梅园戏台发现的几张祈福纸，一打开，祈福纸便碎裂，消失得无影无踪。

只是以叶素的记忆力，可以清清楚楚地记得上面所有的内容。

那是两个人写的祈福词，一张字迹笔锋酷烈，是城主的字迹，一张字迹娟秀端正，后一张纸上还有一滴泪痕。

一个为弟弟写祈福词会落泪的人，无论如何不会是魔。

"所有通行单完好的弟子，可进入第三关。"上方的封尘道人沉声道，"此次斩魔，希望诸位能吸取教训，日后对付魔，不至于自乱阵脚。"

第二关出来，能进入下一关的人不到五十人。

"这么困？"叶素偏头看着快整个人靠在她身上的小师弟，问道。

游伏时连回应都带着睡意，勉强睁开眼睛："之前赚的灵石呢？"

叶素的手伸进乾坤袋中，随后露出空空的掌心。

游伏时皱眉，连困意都消散了，直起身盯着这个凡人。

叶素合拢手掌，往自己的心口靠了靠，笑着道："这儿，我记着。"

游伏时勉强接受这个凡人的说法。

台上，昆仑的褐发老人盯着他们这儿，眼睛都快瞪了出来，显然十分不满两个人私下动作不断。

等到人散了之后，叶素他们还没完全走回院落中，耳边便传来封尘道人的声音，是密音入耳。

"当时在议事堂的人，来一趟昆仑大殿。"

看来是那边已经说了什么，叶素只能停下脚步，带着游伏时转身过去。

本来已经去了吾剑派的易玄和徐呈玉几个人等在路口。

"那个护城官……"徐呈玉问道，"真的是魔主？"

五大宗主的境界在大乘期，而魔主等同于渡劫期大能，即将一步成神的境界。

上清峰，昆仑大殿。

封尘道人已换了一身衣物，比赛场上更显威严，他左右两边站在昆仑几个峰的长老，其他四宗的宗主则坐在下方的位置。

当时在辉城议事堂的弟子陆续到达，等在外面，人齐之后才被允许进来。

大殿恢宏，连门槛都比其他地方的要高出不少，从他们一跨进去的刹那，便感受到了强烈的威压几乎让人寸步难行。

这些弟子皆挺直腰板，扛着威压走进殿中。

游伏时还是那种懒懒散散的样子，靠着叶素，困意上来，一心想早点儿回去休息。

叶素觉得小师弟困意来得太快，怀疑是护城官最后那一道杀意伤了他，转头对他道："问完话就能回去了。"

在所有硬抗的弟子中，两个人显眼至极，或者说碍眼。

昆仑的褐发道人站在旁边冷嗤了一声，对后面进来的叶素和游伏时十分不满——他们在赛场上嘀嘀咕咕，如今进了大殿内还在嘀嘀咕咕。

"听闻辉城内有魔主。"封尘道人的声音从上面传来，不怒自威，听得进来的弟子耳中隐隐刺痛，这是昆仑宗主真正未收敛的境界，连声音都能伤修为低的弟子，"你们谁来说说？"

下方站着的陆沉寒敛眉站在前方，不知道在想些什么。

"既如此，还请佛子讲讲里面发生的事。"封尘道人的目光落在另一侧的谷梁天的身上。

谷梁天抬头："辉城内百名魔物是魔主造出来的假象，辉城一夜被屠，凶手只有她一个魔。"

虽然五大宗主已经有了心理准备，但亲耳听见的这一刻依旧震惊。

"你们如何发现她是魔主？"五行宗的宗主顾不得灵府受损，盯着谷梁天问道。

"她在逆转溯洄法阵中放入了九十八缕神识充当魔，所有人遍寻剩下两魔，最后发现城主和城主夫人身上有魔气。"谷梁天转了转念珠，淡淡道，"只是有人察觉他们仅沾染了魔气，并非魔。"

魔的等级越高，越像修士，天魔的血含煞气，能腐蚀物体，但再往上的魔却没有了如此明显的特征，这也是为何城主和城主夫人被杀后，依旧被认为是魔的原因。

进去的那些修士以为他们是等级更高的魔。

万佛宗的宗主和五行宗的宗主脸色皆不好看，在他们联手设立的法阵下，竟然有魔主堂而皇之地进去，还分出九十八缕神识戏弄所有人。

"谁发现城主和城主夫人不是魔？"吾剑派的宗主周奇问。

"除了昆仑的弟子还能有谁。"上阙宗的宗主咭了一声道，"我记得一年前，道人可是将通魔盘都给了陆沉寒。"

"不过是沾了法宝的光。"封尘道人抬手让谷梁天继续说下去。

"明明是叶素他们发现的。"马从秋低头嘀咕一声。

然而大殿内，除去这些弟子，所有人的修为都极高，轻而易举地听见他说的话。

"居然不是陆沉寒？"上阙宗的宗主看向马从秋，语气中透着不易察觉的兴味，"你仔细说来。"

"叶素虽然没有通魔盘，但她在梅园发现了血潭和法阵有问题。"马从秋见几位宗主都看着自己，挺胸抬头道，"用血潭水画出来的魔阵能让人沾上魔气，城主和城主夫人根本是被陷害的。当时我们都愣住了，还是叶素发现护城官还没消失，我们才知道护城官有问题。"

屠城之夜开始，最先死的人在法阵中的时间到了，便会消失。

之前五大宗主根据这么多次的经验猜测，若不将那些魔全部找出来，最后剩下的魔会反杀进入法阵中的人，所以每次进去的人都急于将魔全部找出来，忽略了关键信息。

　　吾剑派的宗主周奇仰头看着大殿上方，不去看本派弟子那副骄傲的好像是自己发现的样子。

　　——丢人！

　　"这么说法阵内的护城官是魔主假冒的。"合欢宗吴月问，"你们又是如何逃出来的？"

　　"不是假冒。"叶素出声，"从一开始她就是护城官。"

　　"什么意思？"

　　此话一出，各宗的宗主再次陷入不解。

　　叶素看向最上方的封尘道人："二十年前一夜屠城的是护城官，二十年间在溯洄法阵内杀人的也是她，或者说当年进入昆仑的那位护城官，一直都是魔主假扮的。"

　　她这话犹如一颗炸弹，将整个大殿上的人镇住。

　　"小友是说那位魔主曾在我们昆仑待过？"封尘道人目光锐利地看向叶素，语气却一如既往地温和。

　　"只是魔主自己说的。"叶素顶着威压，笑了笑，"具体情况，想必昆仑应该更了解。"

　　片刻，封尘道人微微点头道："此事，我们昆仑会进行调查，不过你们又是如何逃出来的？既发现了魔主，她会让你们离开？"

　　"里面还有一个人，城主夫人的弟弟，他拦住了魔主。"叶素道，"和她做了交易，放我们离开。"

　　"城主夫人的弟弟？"五行宗的宗主想了起来，"那个一直病在城主府内的人，他用什么和魔主交易？"

　　他不过是一个凡人。

　　"玲珑骨。"叶素说这话时，没有错过五大宗主的神情。

　　即便他们控制得极好，那一瞬间神情也有所变化，显然知道玲珑骨。

　　"原来如此，原来如此。"五行宗的宗主喃喃道，"竟然是玲珑骨。"

　　下方弟子无一人知道玲珑骨，从未听说过。

　　"道人，何为玲珑骨？"陆沉寒终于开口问道。

　　"玲珑骨……"封尘道人似乎在思考措辞，片刻后才道，"剔透天然，受天道眷顾，进阶无雷劫。神殒期之后，万年间有一散修，生有玲珑骨，在百岁之际便达到渡劫修为。"

　　居然真有百岁渡劫的人！

　　听多了夏耳吹捧的话，马从秋悄悄瞥了一眼边上的叶素。

　　"以前从未听过。"陆沉寒道。

　　"那人进阶太过逆天，为防修真界内修士道心动摇，各大宗主便封锁了消息。"封尘道人忽然拍在扶手上，一阵浩瀚的灵力荡出，语带怒意，"玲珑骨可修任何道，那魔主定是想要玲珑骨生出魔心，才会在溯洄法阵中动手脚。"

"不知道那个魔主是哪一位。"吾剑派的宗主周奇道，"玲珑骨落入魔界之手，恐生变数。"

"魔界觊觎修真界灵气数万年，得到玲珑骨后，势必多了一股助力。"万佛宗的宗主乐忌转动念珠，低声念了什么，随后道，"各宗弟子该奋勇提升，莫让魔界有机可乘。"

"第二关不可再向其他参赛者提起。"封尘道人看向下方的弟子，"先回去，准备后续的比赛。"

进议事堂的弟子，基本上是五大宗的人，走出昆仑大殿后，都跟着自己本宗的宗主离开。

唯独千机门的四个人以及宁浅瑶和简湖无长辈可带。

宁浅瑶看着前边走在一起的四个人，犹豫片刻，走了上去："大师姐，你还在生浅瑶的气吗？"

"我？"叶素回头，在辉城他们虽然同在城主府内，但也从未多说过话。

"用无名宗的身份报名的事，等回去之后我一定向掌门认错。"宁浅瑶上前扯住叶素的衣袖摇了摇，用有些撒娇的口吻道，"大师姐，你别生气了。"

某位站在身后揪着大师姐衣服的小师弟忽然往前一挥，打开宁浅瑶的手，也不出声，就是动了这么一下。

宁浅瑶："……"

叶素转头，视线落在某位小师弟用衣袖裹得严严实实的手上，心中莫名觉得好笑。

"我不生你的气。"叶素看着宁浅瑶道，"同门之间的切磋常有，小师妹也不用放在心上。"

"真的？"宁浅瑶这次直接上手挽住叶素，跟着她一起走，仿佛两个人很亲密，"大师姐，你在里面好厉害，那个魔阵随手就能画出来。"

叶素完全没想到宁浅瑶会这么……努力拉近关系，还没有来得及抽开自己的手，脚后跟忽然被人踩了一脚。

叶素一回头，看到小师弟一脸困意。

"我不是故意的。"游伏时垂眼，"你走得太慢了。"

"小师妹，我看你的剑练得不错。"叶素抽出自己的手，对宁浅瑶道，"不如我们比比御剑的速度？"

"御剑？"宁浅瑶刚问出声，叶素就示意游伏时拿出泣血剑，两个人踩上去，嗖的一声消失在后面几个的人眼前。

宁浅瑶："……"

落在后面的易玄撩起眼皮，转头看旁边的吕九："比不比？"

吕九："我元婴中期修为，你都元婴后期修为了。"然而说话间，她已经祭出剑，抢先飞了出去。

易玄等着她飞出去一会儿，才低头对重明刀道："我们走。"

宁浅瑶站在那儿，片刻才咬牙对后面的简湖道："跟过去。"

路上的几个宗的弟子还没走远，听见声音抬头，就看见千机门的人嗖嗖飞过。

"他们精力真好。"梅仇仁仰头感叹，"千机门的人看着好像都不太正常。"

颜好回忆第一关禁地，叶素斩自己神识的操作，摇头道："正常的人干不出那种事。"

叶素带着游伏时御剑飞到院落内，成功躲过小师妹的亲近，宁浅瑶这么突然靠近，让她头皮有些发麻。

"大师姐！"院子里三位师弟师妹正在分拣新材料，听见声音，西玉回头惊喜地说道，"你们出来了！"

明流沙起身问："通关了吗？"

"大师姐一定过了！"夏耳肯定地手道。

叶素笑了笑："过了。"

"我就知道。"夏耳坚定地说道，"没有大师姐做不到的事。"

这时候，易玄也落在院子内，吕九跟在后面。

"我累了。"游伏时说完，便转身回了自己的房间。

他一关门，泣血剑被挡在外面。它转了几圈，后退一点，试图直接撞进去。

叶素伸手抓住泣血剑，往院子里一扔："在外面待着。"

泣血剑转了几圈，居然真的不敢再进去，委委屈屈地立在游伏时的门口，剑身上的红光都暗淡了不少。

叶素没有去休息，反而先问了这一个月内明流沙他们做了哪些事，斩金宗和全典行有什么动静。

"最近全典行的材料打折，吸引了很多炼器师。"西玉手中握着镜子，对着自己的脸道，"不过也有很多修士关注文东材料行，黄二钱已经把那些兽丹卖了出去，八歧变要拍卖的事情也预热了一段时间，他和全嘉英商量好了，等你出来就开始拍卖。"

"千机门呢？"叶素问，"有没有人下单，要炼制法器？"

"下了。"旁边的明流沙正色道，"而且很多人下。"

"出了什么事？"叶素对上二师弟的眼睛，问道。

"太多人下单。"明流沙拿出一沓纸，"这些是要炼制法器的人，我拒绝了大部分，只留下了二十来单。"

他一说，叶素差不多就明白了。

炼制法器需要不少材料，若千机门全部接下来，势必需要材料。过往文东材料行没有材料，千机门只要有灵石就能去其他材料行买，低调点甚至能去全典行。而一旦所需材料被全典行垄断，他们不卖给千机门，到时候法器无法炼制，千机门刚起来的名声恐怕又要受到影响。

叶素翻了翻千机门接的单子，都是文东材料行能弄来的材料，大部分很常见。

"常规法器。"叶素将单子还给明流沙，"能把常规法器做好也行。破元门有渠道，等八歧变卖出去，得来的灵石，我会让黄二钱拿去囤材料。"

明流沙点头道："大师姐，你先去休息。"

"等宗门大比结束，我们就出去自己找材料。"叶素对院中的师弟师妹道，"一个材料行而已，掐不住我们的脖子。"

"有大师姐在，我们千机门一定能重回巅峰！"夏耳毫不犹豫道，"等大师姐百年内飞升，谁敢惹千机门？都得过来巴结我们！"

叶素站在院中，听见四师弟又在吹她，刚笑完，忽然想起大殿内封尘道人说的话。

曾经拥有玲珑骨的修士百年到了渡劫境界，之后呢？

她回想封尘道人和其他宗主的神情，那名修士应该是飞升了。

五行宗的宗主情绪最外露，明明白白透着憧憬和羡慕。

回到房中，叶素开始入定。

虽然进阶到元婴后期，但她灵府中空荡荡的，并没有元婴本相，好在周围人没有发现异常。

叶素内视灵府，灵府已经比之前大了几倍，里面的灵力也比金丹期浓郁。

她望着那一片识海良久，忽然操控神识，让识海内的神识浮起，不断凝聚，最后形成了一个缩小版"叶素"。

叶素将那个缩小版叶素放在了自己的灵府中，若有所思：这样看起来正常不少。

另一间房内，游伏时半伏在床上，和魔主对上的那一招让他灵府中有一层什么东西被震碎了。

他一沾上床便陷入了沉睡中。

露出来的手腕有玄黑色鳞片隐隐闪现，若是有人在，仔细看，便能看到那鳞片的光泽不输于任何玉石。

第十二章 · 擂台战

　　过了几天，黄二钱那边传讯过来说八歧变准备拍卖了，这次就联合破元门，在昆仑外城举办拍卖仪式。

　　今天不少宗门弟子都去了昆仑外城凑一凑热闹，当然也有人想要买下八歧变。

　　"大师姐，我们准备好了。"夏耳站在院子里喊。

　　叶素从房间内出来，看了一眼隔壁，对院中的五个人道："你们先过去，我待会儿去。"

　　"好。"夏耳和易玄他们一起往外城走去。

　　叶素转身要去推游伏时的房门，这时候立在外面的泣血剑突然横插过来，拦在她的面前。

　　大师姐退后，脚步往侧边转，泣血剑又往侧边挪过来。

　　叶素移了几回，它挡了几回。

　　一人一剑僵持许久，叶素试图分清楚这把妖剑是在记仇，还是护着里面的小师弟。

　　她的手背在身后，神识却探进了房间内。

　　小师弟半伏在床上，长发散了满身，手垂落在床边，和往常没什么区别。

　　所以泣血剑在记仇？

　　叶素瞥了一眼泣血剑，最终抬手握住它。

　　别的不说，泣血剑的剑柄的触感是她所接触过的法器中最好的。

　　泣血剑试图挣扎了一会儿，最后还是任由叶素带着它一起推开了房门。

　　床上的游伏时气息平稳，叶素俯身推了推他，将快垂落在地上的手拉起来放在床沿上："我们要去昆仑外城，你去不去？"

游伏时还闭着眼睛，像是没醒。

"那你一个人留在这儿。"叶素直起身，拿出一张纸和笔，低头开始写留言，"我们先出去一趟。"

还没写完，叶素便察觉衣服的下摆被人扯住了，低头看去小师弟已经睁开了眼睛，安静地看着她。

"醒了？"叶素收起纸笔，问他，"要不要去？"

游伏时仰头盯着她看，似乎又没有完全清醒过来。

叶素半弯着腰，让两个人视线齐平，再次问："小师弟，要不要跟我一起去昆仑外城？"

"要。"游伏时终于松开叶素的衣服下摆，从床头摸出自己的发簪，送到她面前。

等叶素接过发簪，他便理直气壮地转身，面朝床内背朝她。

游伏时也不出声，像笃定叶素会帮他束发。

果然下一秒叶素便无奈地叹了声气，坐在床边，伸手开始撩起他的长发，冰凉如绸缎的长发在指间穿梭。

叶素垂眼望着小师弟的墨色长发，无论从哪一方面看，他确实像是娇生惯养的贵公子，没有半点儿吃过苦的模样。

不过，有些人确实也用不着吃苦。

"好了。"叶素用发簪绾好发之后道，"换好衣服，我们走。"

她站起身，准备先出去，却踢到了什么，低头看去是一片黑色的……玉？

叶素弯腰将地上的玉捡起来，能感受到这薄薄一层黑玉中蕴含的力量，只是不知道为什么看着有点儿眼熟。

她想着之前游伏时手垂落的方向，看向小师弟问："你从界中拿出来的？"

游伏时转身抬眼看向叶素手中的东西，床上被衣袖挡住的手微微一动。他有些心虚："嗯。"

"前几天从法阵中回来不是说困了，怎么又打开界？我记得这会消耗你大量的灵力。"叶素走过来，将手中的黑玉递给游伏时，"把它收起来。"

她都怀疑刚才进来的时候，游伏时并不是睡着了，而是晕了过去。

游伏时望着眼前的东西，忽然偏过头，不看叶素："你捡到了，就是你的。"

"给我？"叶素听到小师弟这话，望着手中的"黑玉"道，"我应该还不起。"

"不用你还。"游伏时眼神飘忽。这是他掉落的鳞片，虽然有人好像说过不能随便给出去，但这个凡人拿走……应该没关系。

从上次那颗紫玉石到这片黑玉，叶素愈发好奇游伏时的身份。她看着小师弟问："你是某个渡劫失败的大能？"

听说有些渡劫飞升失败的大能不会身殒道消，反而会重新倒退境界，再开始修炼。

渡劫大能活了数千年，飞升又被雷劈，记不清事情也情有可原。

小师弟有自己的界，实力提升比常人快，脑子也不太好，似乎完美符合这个猜想。

游伏时没听懂。他起身不顾叶素在场，自顾自地低头扯腰间的细带，眼看要把长袍脱了。

"小师弟。"叶素快步上前按住游伏时的手，视线不自觉地落在他的肩上，"我在外面等你。"

望着叶素离开的背影，游伏时微微蹙眉：这个凡人莫名其妙的，在外面等，为什么还要来摸他的手？

成功躲过小师弟的"人身攻击"，大师姐站在门外松了口气，还不知道小师弟对她的误会。

叶素靠在门前，转头就看到泣血剑悬在旁边。还能掌控剑灵，小师弟更符合渡劫飞升失败的大能形象。

在门外等了片刻，游伏时终于从里面出来了。他换了一身黑色长袍，那是之前叶素给他定的一身千机门的道服。

道服比起以前他的那些衣物逊色不少，但反而让游伏时的一张脸显得更加突出。

"去外城做什么？"游伏时跟着叶素走出来，没看到院子内其他人。

"有个拍卖会。"叶素站在泣血剑上，她的剑在溯洄法阵内碎成了两节，一直没来得及修复，"应该比较热闹。"

昆仑外城确实热闹了起来，第二关之后，剩下的参赛修士不多，基本上都是五大宗门的弟子，本届还多出了一个千机门，无名宗倒是也有几个人进了，总共加起来不到四十人可以进入第三关。

其他宗门陪跑结束，差不多可以放松下来，自然要趁没离开前来昆仑外城凑热闹。

最关键的是这次文东材料行和破元门联合举办的拍卖会，五大宗的弟子也来了。

"这么热闹？那是上阙宗的弟子吧。"

"你看上面，合欢宗的人也来了。"

"都为了八歧变？这些大宗门应该不缺这一件法器。"

"谁会嫌法器多？何况这八歧变直接空降百青榜第一，想来总有些特殊之处。"

"没想到千机门都快废宗了，居然还能起死回生。"

"起死回生不算什么，关键是他们的弟子参加宗门大比，进入第三关了！参赛的四名弟子全进了。"

"进了又能怎么样，难不成还能赢了昆仑？陆沉寒都到了化神期，在小宗门那都是长老级别的人物，这才真正的天道之子。"

一楼某桌上几个男修士正你一言我一语，谈古论今，口吐飞沫，指点修真界。

"听我说！"一人用力拍完桌子，随即往桌上一凑，故意压低声音道，"我有个关于千机门的小道消息。"

"你说。"周围人顿时凑过来，也小声问。

"无名宗不是进了几个人，之前在西方位进去前三的那两位，你们记不记得？"

"记得，换了往届，他们就是吊打五大宗的人了，可惜今年运气不好。"

"不是说关于千机门的小道消息？"

拍桌子那人用一种极低沉但又能让周围人都听清楚的声音道："其中一个叫宁浅瑶的，听说也是千机门的弟子。"

"千机门的弟子？我之前远远看到她和千机门的弟子起过冲突。"

"这你们就不懂了，表面冲突，实际上人家是一个宗门的师兄妹。"拍桌子的那个人目光巡视一周，满意地看到这些人脸上遮不住的惊讶之色，"你们仔细想想，千机门为什么要这么做？我看他们所图必定不小！"

周围人的脸上一片茫然，有人忍不住问："千机门有什么谋划？"

拍桌子的人神情一滞，随后立刻用一种玄而又玄的口吻道："静观其变，日后你们就知道了。"

底下一片八卦声，楼上五行宗的连怜和程怀安已经在拍卖场的厢房了。

"这是我们最近画的符箓。"连怜推过十张符箓给黄二钱，"算是给你们头一回正式拍卖的贺礼。"

黄二钱看着桌上的符箓愣住了，完全没想到五行宗的亲传弟子找过来是为了这件事。

"别嫌弃，我看叶素估计学段时间也能画出来，还比我们画得好。"连怜穿着一身红衣，坐在桌前，程怀安站在她的身后，让她靠着，"不过元婴中期的符箓，也勉强能拍卖。"

"拍……拍卖？"黄二钱惊住了。

这不是符箓的问题，而是如果待会儿他把五行宗的亲传弟子的符箓拿出去拍卖，不到一日，全昆仑镜内都得认为五行宗和文东材料行合作了。

连怜吹了吹自己新涂的蔻丹甲："你们嫌弃元婴中期的符箓？"

"不是，我们一拿出去，全典行那边知道了。"黄二钱真诚地说道，"他们可能不再收你们的符箓。"

全典行和各大宗门都有交易，五行宗有一部分的符箓会让全典行代售。

"他们爱收不收。"连怜抬眼，"比不过叶素，我们还比不过其他人？"

黄二钱几番犹豫，终于收下符箓，站起身对他们深深鞠了一躬："我替文东材料行谢谢两位。"

这次联合拍卖会，除去八歧变，破元门还会添点儿其他的法器用来一起拍卖，千机门那边也有送来，但毕竟是弟子们炼制的法器，等级品阶不够高。

说实话，一个文东材料行，加上常年屈居第二的炼器宗门，在昆仑境内本来掀不起什么风浪。

主要是因为八歧变横空出世占据百青榜第一，加之叶素又正在参加宗门大比，两相结合才引起众人注意。

如今多出一个大宗，虽然仅仅是十张符箓，但名头也可以打出去了。

全典行有五大宗的合作渠道，他们文东材料行也有。

叶素和游伏时赶过来的时候，整座楼已经站满了人，她拉着小师弟挤上三楼，还未完全上去，便看到周围喧嚣再起。

她扭头往下看去，才发现万佛宗的佛子谷梁天和昆仑的陆沉寒从门口走了进来。

这两个人居然也来凑热闹。

"连昆仑的陆沉寒都来了。"

"这拍卖会没来错，肯定有好戏看。"

陆沉寒跨进门槛，忽然抬头，正好对上刚走在三楼廊间的叶素。

叶素并未移开视线，同样看了过去，只是下一刻后面的游伏时插过来，挡住两个人的视线。

"叶素，你走不走？"游伏时觉得廊间太挤了，这个凡人还站着不动。

"走。"

两个人进了包厢，千机门的师弟师妹在里面等着，全嘉英也在。

"拍卖马上要开始了。"全嘉英难掩脸上的兴奋之色，这还是第一回他亲自全程参与的拍卖会，"这是刚刚出来的拍卖品单。"

叶素接过单子扫了一眼，上面新加上去了一行字："五行宗符箓？"她记得之前黄二钱传讯过来说的时候，并没有五行宗送来的东西。

全嘉英也是刚刚知晓这件事："连怜和程怀安专程送过来的。"

文东材料行和千机门的关系也藏不住，这两个人显然是想帮她，

叶素点了点头，记在心上。她坐下来，顺便帮小师弟也拉过一张椅子。

游伏时看着另一边没有人拉椅子的易玄，眉峰几不可察地动了动，心情愉悦。

易玄对上他的目光，忽然哼了一声，声音不算大，但成功让房间内所有人看了过来。他端坐在椅子上，一手持剑，眉心那颗红痣漂亮得妖异，过分俊美的脸上依旧面无表情，看起来似乎和往常没有任何区别，一度让人以为是幻听。

当然所有人不包括游伏时，他已经自觉坐在了叶素拉开的椅子上。

正当众人收回目光，准备看向楼下时，易玄又出声内涵道："有些人连拉开椅子的力气都没有。"

叶素默默收回手。她完全是出于一种莫名的习惯，小师弟看着就像什么都不会。

游伏时似乎没有发现有人在内涵自己，拉着叶素的袖子，垫在桌上，自顾自地玩起了手腕上的雾杀花，将天真懒散演绎得淋漓尽致，仿佛从来没对易玄露出挑衅的目光。

易玄面无表情地揭穿："大师姐不在的时候，有的师弟勤快得很，吕九，你说是不是？"

无端陷入师弟之争的吕九："啊？"

坐在边上的明流沙低着头，压抑地扑哧一声，才抬头看着易玄慢吞吞道："师弟，你在吃醋？"

实在是太新奇了，他们在千机门十多年，易玄成天压抑得像个复仇无门的小老头，板着脸，好像谁都欠他的，尤其对叶素十分不屑，如今居然变得会表达自己的情绪。

易玄："……"

他黑着脸转身看着楼下，不理会房间内的人，反正叶素心甘情愿为游伏时做事。

叶素微妙地咳了几声，转移话题："好了，专心看拍卖会。"

台下的拍卖会正式开始，由黄二钱主持，他一开始先拿出来破元门的法器拍卖。

等黄二钱说完，一敲槌子，全场却没有人出价，只是或坐或站在那儿看着。

许久，终于一个角落内有修士喊价，陆陆续续又有几个人喊，最终拍下第一件法器。

"是我们自己的人。"全嘉英脸上带着的兴奋期待之色渐渐退去。

这些虽不是高品阶法宝，但也是破元门一些不错的法器，黄二钱给出的底价也不高，按正常来说，总会有人出手拍，但刚才没人喊价。

"这楼里不少人应该被全典行和斩金宗打过招呼。"全嘉英沉声道。

破元门和黄二钱也想到了这个可能，所以在场上也放了自己的人，一旦出现这种情况，便开始出手拍，保证拍卖会的正常进行。

"接下来是第六件……不平刀，千机门的弟子西玉所炼。"黄二钱拿出一把千机门的法器，他面上保持镇定，敲下槌子，"三十万中品灵石起拍。"

前面五件全是他们自己人拍下的，这件估计也不会例外，黄二钱对后面这些法器已经不抱希望了。

"五千上品灵石。"三楼，合欢宗的颜好忽然举出牌喊道。

众人一惊，不只因为她花上品灵石买，更因为她背后代表的合欢宗。

斩金宗虽是第一炼器宗门，但并不能和五大宗门之一的合欢宗相比。

犹豫间，那把不平刀已经被合欢宗的颜好拍下了。

合欢宗这一拍，仿佛是一个"解冻"的信号，让其他修士逐渐开始动了起来，看到自己想要的法器，也开始举牌。

直到后面的拍品出现了五行宗的两名亲传弟子的符箓，整个拍卖会再次掀起了新一轮高峰。

"连怜和程怀安是五行宗的亲传弟子吧？"

"没错，年轻一代符师中，这两个人最有天赋。"

"文东材料行居然拿到了五行宗的符箓？"

"合欢宗之前也拍下了一把刀。"

从这个符箓拍品一出来，整座楼内议论纷纷，看向中间黄二钱的眼神都变了，这才多久，文东材料行直接和五大宗的两大宗门搭上了关系。

议论还未停，三楼的周云直接站在窗户边，对着下方出价："一万上品灵石。"

嚯！

又是一个大宗门。

楼上楼下再一次掀起讨论高潮。

这文东材料行真不简单，一出手就牵上了五大宗门中的三个。

"吾剑派也出来了，难道今日还会看到万佛宗和昆仑出手？"

"不一定，千机门有个弟子是吾剑派的并宗弟子，两派关系好正常。"

"我看千机门和文东材料行来势汹汹，斩金宗危险喽。"

一楼正前方占据大半桌子的修士听见背后这些讨论，脸色越发难看。

隔壁房间的连怜探出半个身子，看向旁边的周云："这么给面子？"

十张元婴中期画的符箓，一万上品灵石有点儿贵了。

"给叶素捧场而已。"周云哼了一声，"你以为我要买你的符箓？"

连怜将手支在窗沿上："不买，下次我送你几张。"

"你确定？"周云有点儿怀疑地看着她。

"确定。"连怜坐了回去，"只要你愿意要就行。"

黄二钱的神情逐渐热切起来，他以为有五行宗的拍品已经够了，没想到合欢宗和吾剑派也会出手。

虽然只是出价，但这在其他人看来，意味着五大宗门有三家愿意和文东材料行进行交易。

"一万上品灵石，还有加价的吗？"黄二钱环视周围问道。

"一万零一上品灵石。"二楼有人加价。

"一万一百上品灵石。"周云继续道。

论财力，没谁比得上五大宗的弟子，很快符箓被周云拍下。

自这件拍品以后，场中忽然热闹起来，无论什么拍品都有人出价，原先准备的那些托儿完全不需要再出面。

叶素靠在窗边，望着一楼正对面的七八桌人。他们从一开始就没出过声，这会儿各种拍品不断被拍下，他们的脸色难看至极。

"如果待会儿拍卖八歧变，万佛宗和昆仑出手，"夏耳望着三楼西面的两个窗户道，"岂不是五大宗都和文东材料行有关系了。"

"你大师姐和他们关系不好。"叶素望着下方，"三个大宗门够了。"

有三大宗门在前，至少其他修士也敢和文东材料行交易，这趟宗门大比不算亏。

所有拍品结束后，黄二钱拍了拍手掌："诸位，想必大家来到这里，一定想要看看传说中空降百青榜第一的法器——八歧变！"

"快拿出来让我们长长见识。"梅仇仁喊道，"合欢宗不缺灵石，赶紧让我拍走。"

"吾剑派也不缺灵石。"马从秋不嫌事大，凑热闹地说道，"八歧变是我们的。"

连怜嗤了一声："说的好像五行宗缺灵石一样。"

拍品还没拿上来，三大宗门居然开始争夺起来，让一干人再次心思涌动。

黄二钱的脸上控制不住地挂上笑容，他拱手道："诸位少安毋躁，八歧变由千机门的弟子叶素和破元门的弟子全嘉英共同炼制，顾名思义有八种变化形态。接下来我们会给大家挨个儿演示一遍，让你们能充分了解八歧变到底为什么是百青榜第一。"

此话一出，整座大楼沸腾了。

"快拿出来！"

"真的有八种变化？"

"起拍价多少？"

黄二钱转头朝边上的人点了点头，很快有人端着一个长盘上来。

黄二钱抓住长盘上的红绸一角，在所有人的注目之下，用力扯下红绸："这便是八歧变！"

大楼内所有人都探头去看长盘上的东西：一根平平无奇的烧火棍？

"这就是八歧变？"有人难以置信，大失所望道，"看起来就是根棍子。"

"可能抽出来是剑。"

"哈哈哈哈哈。"

楼内顿时一片笑声。

黄二钱专门等他们讨论完，才继续说道："大家不用着急，我们将会挨个儿演示。"

他拍了拍手，顿时有人将试炼石抬了上来，一共二十四块，排成一排。

"诸位，这些试炼石是我们花高价买来的，从左边开始依次，每八块可抵挡元婴巅峰修士一击、化神巅峰修士一击以及合体巅峰修士一击，"黄二钱摸了摸最右边的试炼石，脸上露出肉疼之色，"要不是为了这次显示八歧变的威力，我们断舍不得拿出这么好的试炼石。"

他这话一出，底下就有人喊道："这事我听说过。"

"什么事？"

"八歧变送到百青榜评选测试处时，一开始没人在意，就随手试试，结果把试炼场上的石头全砍断了。"

"还有这种事？我听说百青榜他们那边有不少扛得住化神期的试炼石。"

"用了，最后换成合体期的石头试了一遍，当场拍板八歧变为百青榜第一。"

"我们想先请元婴前期的一名修士上来。"黄二钱看向长盘中的八歧变，"试用八歧变。"

此话一出，楼上楼下顿时有不少人举手。

"我们只要元婴前期。"黄二钱围着场中走了一圈，特地排除那些有可能是全典行和斩金宗拍来的人，选中了二楼一位拍下过法器的女修士，"这位道友，还请下来。"

女修士立刻从二楼跃下："我要怎么用？"

"用之前，先问问您一件事。"黄二钱问道，"道友你修什么的？"

"暗器，我不常用大法器。"女修士道。

"正好，今日试试八歧变。"黄二钱将长盘中的八歧变拿了出来，递给女修士，"八种变幻形态，随心所变，你只需要灌入灵力，朝试炼石上这么一挥就行。"

女修士握住八歧变，只是灌入一道灵气，烧火棍便突然发生了变化，下端两边突然卷起，直到碰触到女修士的手，形成剑柄，下端露出了剑身。

"八歧变的形态变化需要不同程度的灵力，道友先试试，感受一下。"黄二钱笑眯眯站在旁边道。

于是众人看着台中间的女修士手中的烧火棍不断变化，来回在八种变化形态中切换。

"我差不多试好了。"女修士道。

"请道友在试炼石上一试。"黄二钱让出最左侧的位置。

女修士握住八歧变轻轻一转，整个烧火棍就变成了一把剑。她站立在最左边的试炼石前，生疏地挥剑，用力一砍。

没有什么剑意，只是普通的灵力，就这样一剑砍去，最左边的那块试炼石居然真的从中间断裂开来。

"这么厉害？"

接下来七种变化形态，女修士一一试去，试炼石皆断裂。

等要放下八歧变时，女修士明显有些不舍："这个起拍价多少？"

"稍后我们会告知大家。"黄二钱打官腔。

等人下去后，黄二钱颇有些亢奋地说道："诸位应该能发现一件事，刚才这位修士对这八种变化形态的法器并不熟悉，却能发挥出远超自己境界的水平。八歧变就是这么神奇的一件法器，它能让元婴前期的修士发挥出元婴巅峰实力。"

"我不信，她是托儿吧。"一楼正前方的修士喊道。

"等这些试炼石挨个儿试完，诸位再判定不成？"黄二钱笑了笑道，"另外本次八歧变拍卖，经我们文东材料行和破元门商议过后，决定给拍卖成功者一次撤销的机会。"

"什么意思？"

"撤销？怎么撤销？"

黄二钱举起手中的八歧变："拍卖成功者可以上来再试一次，若不满意可以选择撤销刚才的出价。"

这话让所有人为之一震。

竟然敢说出这种话，显而易见他对八歧变有多大的信心。

"接下来，有哪位化神前期的道友愿意一试？"黄二钱抬头问道。

"你们不会还想请合体前期的修士上去试吧？"有人起哄。

"当然。"黄二钱点头，"我们已经准备好了可以抵抗合体期修士全力一击的试炼石。"

"有化神前期的修士吗？"黄二钱又问了一遍。

一楼有人嘲道："这种拍卖会能有什么厉害的修士过来。"

"昆仑的那位不就是化神前期？"

"得了吧，怎么可能会上来。"

黄二钱等了一会儿，决定放低标准："元婴后期的修士也可以上来。"

"中期行不行？"颜好推开窗问。

"这……"黄二钱正在犹豫。

万佛宗的谷梁天忽然打开了门，赤着脚从里面走出来，经过廊道，走下楼梯："我来试。"

"是佛子！"

"可惜冲击化神失败了。"

"那也比普通元婴后期强。"

正当黄二钱准备答应时，三楼西边又有一扇窗打开，昆仑的陆沉寒从里面一跃而下，落在台上："既然要化神前期……"

他回身对着楼梯上的谷梁天道，"元婴就没有必要下来了。"

楼内忽然一静——昆仑的陆沉寒和佛子对上了！

谷梁天停下脚步，转了转念珠，并未说话，对着陆沉寒微微颔首，面上是不变的悲天悯人之色。

他重新转身走回去，仿佛什么也没有发生过。

"居然就这么算了。"颜好失望道，"还以为他们要打起来。"

"那也是第三关打起来。"梅仇仁摇头，"谷梁天不会轻易动手。"

"待会儿看看能不能把八歧变拍下来。"颜好道，"叶素做的东西肯定厉害。"

台中间，陆沉寒低头看着手中的八歧变，这是他头一回使用除自己的剑以外的法器。

"陆道友，请。"黄二钱一边说着，一边在心里佩服自己。

这才多久，自己从一个坑蒙拐骗之人，变成了可以和昆仑大弟子说话的人了。

陆沉寒试了试八歧变的形态变化，果然非同一般，握在手中竟隐隐有一种和自己的身体融为一体的错觉。

他的手一转，八歧变便成了一把剑，朝试炼石轻轻挥去，甚至没有碰到石头。

没有变化？

众人疑惑地看着毫无变化的试炼石，又看到陆沉寒手中的八歧变已经变成了一把弩，灵力化箭，朝试炼石射去。

这次试炼石有了变化，被穿出了一个洞。

陆沉寒试完其他形态，无一不成功，众人已经开始相信八歧变的威力。

不过……第一块试炼石似乎没有任何变化。

就在众人陷入纠结之时，黄二钱上前轻轻碰了碰第一块试炼石，结果下一刻，那试炼石便断成了两节。

陆沉寒低头看着手中的八歧变，如对方所言，它可以最大限度发挥修士的能力。

"十万上品灵石，卖给昆仑。"陆沉寒握着八歧变道。

他有剑，不会用八歧变，但其他人也不能拿着八歧变去参赛。

他的声音不算高，但足够楼内的人听清楚。

"十万上品灵石！这只是弟子炼制的法器，居然开这么高的价格。"

"怎么说也是百青榜第一的法器，何况不是说还能承受化神期修士的灵力？十万上品灵石差不多了。"

"他们大宗门要拿出十万上品灵石太轻松了，何况是昆仑的陆沉寒，听说昆仑弟子每年分的灵石用都用不完，再说前一年吾剑派不是还花了十五万上品灵石买了一张消雷符。"

"这也不一样，消雷符是五行宗的宗主亲手画的，可以消一道天雷，如果计划得好，留着抵消合体期进阶最后一道雷，完全可以顺利升境界。"

众人议论纷纷，大部分人更倾向陆沉寒志在必得，十万上品灵石不少，何况他背后代表着昆仑，有些材料行想倒贴都没机会。

"十万上品灵石？你昆仑也不至于这么寒酸吧。"梅仇仁喊价，"合欢宗出十五万。"

陆沉寒抬眼朝三楼看去，眸中寒意四起。合欢宗历来放肆，不守规矩。

他对上梅仇仁的眼睛，冷淡地说道："你认为有八歧变就能赢？"

"赢不赢没关系，我们合欢宗就爱凑热闹。"颜好站在梅仇仁的旁边，摇着扇子笑。

"诸位，还有试炼石没有试。"黄二钱连忙道，"等试完后，我们会公布起拍价，还请大家不要着急。"

"我们不急。"颜好重新坐了回去，"你继续。"

台上陆沉寒敛眸，脚尖一点，便踏进了自己原先打开的窗户。他回身站在房间内，视线掠过侧边的谷梁天以及合欢宗的那两个人，最终落在了对面千机门的窗户上，不知在想什么。

"接下来我们想要合体前期的修士。"黄二钱问，"有哪位道友愿意上来？"

"这里哪来的合体期修士。"一楼正中间的人嘲笑道，"又不是什么大型拍卖会。"

"合体后期行不行？"辛沈子从一楼的角落里走出来，看着像是站了很久。

易玄望着楼下一头乱发的辛沈子，低声喊道："二师父。"

"师弟，你二师父怎么不和你一起过来？"夏耳好奇地问。

易玄握着剑，垂眸道："我没有和他说。"

他太习惯一个人把所有事情藏在心中。

楼下，黄二钱立马道："当然可以。"他也知道这种拍卖会高境界的修士不会来。

"您稍微收点儿力就行。"

辛沈子一出现，他那蓬松的头发，就足够让楼内所有人知道他是谁。

——吾剑派辛疯子。

两百多年前宗门大比的超热门人物，一度逼得昆仑差点儿失去了头名，那届最后一场比赛，他只用一把剑逼得昆仑的大弟子用尽身上所有法器，虽败犹荣。

当年吾剑派的宗主曾让他带上护身法器，但辛沈子不要，一人一剑杀到最后一场。

正是那场决赛，让他得了辛疯子的名头。

"这东西拿在手里还挺有分量。"辛沈子拿起八歧变掂了掂道。

他比起陆沉寒，显然更快领悟八歧变的变化，站在剩余八块试炼石中间，几乎是一眨眼的工夫，众人甚至没有看到他怎么出手的，台上那八块可抵挡合体期全力一击的试炼石全部碎裂。

辛沈子低头看了看重新变成烧火棍的八歧变道："如今的法器还挺好用。"

能得到合体期高手的夸赞，黄二钱喜不自胜，仿佛被夸的是他，本来就干瘦的脸这么一笑，更像是干瘪的荔枝皮。

辛沈子试完之后，重新往一楼角落走，刚站定，觉得不对，一转头就看到自己的宝贝徒弟站在那儿。

"徒弟！"辛沈子快步走过去。

"二师父。"易玄问他，"你怎么会来？"

"今天不是千机门拍卖？我想着你会过来，就也来看看。"辛沈子抓了抓头发道。

易玄点了点头，不再多问，也没有上楼，站在这儿陪着辛沈子，一起看着台中间。

"想必大家已经见识到八歧变为何能被评选为百青榜第一。"黄二钱站在台中间，笑眯眯地说道，"因为没有更高的排名了。"

他这话一出来，一楼中间那些人忍不住噗出声，偏偏还无法反驳。

这种能让合体后期修士使用的法器，已经远超百青榜的水平。

"好的法器需要天时地利人和，买一件少一件。"黄二钱将八歧变放回长盘中，"诸位，本次八歧变的起拍价为九万九千九百九十九上品灵石，每次加价不做限制。"

三楼，连怜听到这个起拍价没忍住笑了出声，这可真是不多不少，卡得刚刚合适。她率先出价："十万零一。"

"我们刚才都说了要出十五万。"梅仇仁探出身，敲了敲隔壁的窗户。

连怜推开这边的窗户，手支在窗沿上道："重在参与。"

"行，那十五万零一。"梅仇仁扭头喊道。

"十六万零一。"徐呈玉出价。

楼下的修士已经安静下来，看着几大宗门竞价，这一万一万的上品灵石加上去，不是他们能玩的。

"十七万。"万佛宗的佛子谷梁天忽然也出了价。

楼下有人忍不住道："这些大宗门的弟子可真有钱，万佛宗用的不是法杖和念珠？

买过去能干什么。"

"你不懂,这八歧变早不拍卖晚不拍卖,卡在第二关之后,第三关之前,威力又这么大,指不定能改变比赛结果,或许用它拿不到头名,但前三完全可以冲一冲。"

"没错,昆仑和万佛宗肯定不会想要其他宗把它拿到手。"

"说起来那千机门的叶素怎么不把它留在手里,我记得她已经升到了元婴后期,也没有一个固定的法器。"

"谁知道。"

陆沉寒能听到楼内所有人的声音,他的目光落在那几个说闲话的修士身上,寒眸微沉。

片刻后他看向台下的黄二钱,准备出价。

"三十万上品灵石。"一个声音从二楼偏角传来。

楼内所有人忽然安静下来,大部分修士被这高价震住了。

陆沉寒站在窗边,没有再开口,目光盯着二楼的那间房间,他作为一个化神前期修士,竟也未发现里面有人。

——是谁?

此时,三楼格外沉默,各宗弟子显然无人察觉二楼的那间房有人。

这只说明一件事,对方要么用了什么法宝隔绝了众人的窥探,要么……实力远超楼内的人。

"三……三十万上品灵石一次。"黄二钱说出来的声音都有点儿颤,这也涨得太快了,拍卖之前他还幻想过能不能到二十万上品灵石。

三楼各宗忽然没有人出价,注意力都被二楼的那间房的人吸引。

"三十万上品灵石两次。"黄二钱的心怦怦跳着。

楼上大宗门的弟子直接弃拍。

黄二钱见无人喊价,再次敲下槌子:"三十万上品灵石,成交!"

楼下一片唏嘘,这八歧变居然能拍出这么高的价格,最关键那二楼不知道是哪个宗门,能一下拿出三十万上品灵石,家里卖灵矿的吧。

"客人有一次反悔的机会。"黄二钱指着长盘内的八歧变,"可以先来试一次。"

这话说出来,昆仑的陆沉寒和万佛宗的谷梁天皆看向二楼的房间,等着人从里面出来,想要知道是谁。

"不必。"二楼房间内的声音再次传来,透着极致的平静。

随着最后一件拍品被拍走,拍卖会也结束了,按这次的流程,买主可在后台进行交易,房间内有直接通往后台的门。

就在众人以为看不到二楼那间房内的人时,门忽然被打开,里面的人走了出来。

已经走出来准备离开的陆沉寒转头看去，看到房间内的人眼瞳一缩。

——是蓬莱的人。

两个长相极其普通的人一前一后从里面走出来，青衣木簪，在人群中基本记不清脸。

"蓬莱的人怎么会出山？"辛沈子皱眉看着那两个人。

"蓬莱？"易玄自然知道蓬莱，整个浮世大陆的最中心，但除此之外，他没听过其他事。

"蓬莱不轻易出山，极有可能发生了什么事。"辛沈子难得神色沉着，"还不是小事。"

易玄看向那两个走下楼梯的人，太普通，普通到他只要一闭上眼睛，就想不起这两个人的样子。

"徒弟，我先回去了。"辛沈子拍了拍易玄的肩膀，"去和宗主说一声。"

"好……"易玄才说完，一转头辛沈子便消失在原地。

那两名蓬莱人走到台中间，拿出一袋灵石："三十万，可否将八歧变交给我们？"

黄二钱接过灵石袋，稍微用灵力探查，便被里面的灵石闪了眼。他转身将八歧变递给对方："这是您的八歧变。"

这两名蓬莱的人接了过来，转身从正门离开，汇入人群中，片刻其他人便无法找到这两个人。

"这……蓬莱的人怎么出来了？"梅仇仁摸着自己的胸口，"别是出了什么事。"

蓬莱的人难认又好认，永远穿着青衣，用木簪束发，每个人都长得极其普通，混入人群中完全找不到。

叶素刚从房内出来，听见梅仇仁的话，问："为什么这么说？"

"蓬莱擅算。"从隔壁走出来的连怜靠着房门道，"他们出山就意味着有什么事发生了，或者要发生。"

马从秋凑过来道："这个我知道，他们最出名的一件事就是预言了神殒期。当时无人相信，等到诸神陨落，从此修真界再无神迹。"

因为蓬莱人的突然出现，陆沉寒和谷梁天早已离开，其他宗的弟子也准备回去，看看宗门那边有没有消息。

合欢宗的颜好临走前被叶素叫住了。

"我有件事想你帮个忙。"叶素微微一笑道。

房间内。

"你们要变成一楼中间那些人的样子？"颜好摇着粉羽扇问。

叶素点头道："有没有这种幻术？"

颜好站在那儿什么也没做，便道："好了。"

千机门的几个人一愣，夏耳看着叶素的脸，顿时瞪大了眼睛："大师姐？"

叶素的脸已经变成了一楼其中一个男人的脸，连衣服都不一样了。

再看吕九和易玄，还有游伏时，他们也全都变了一个模样。

叶素向三师妹借了把镜子，她自己看，里面的人也是男人模样。

"一个时辰之后便能恢复。"颜好看向叶素手中的拍卖品单问，"这个还用不用？"

"不用。"叶素将拍卖品单递过去。

颜好接过去之后，收起粉羽扇，将拍卖品单撕成四条，分给后面的明流沙三个人："好了。"

明流沙握着两条纸，瞬间两边出现了"叶素"和"游伏时"，西玉和夏耳身边也陡然出现了"易玄""吕九"。

房间内千机门的一干人目瞪口呆。

夏耳兴奋地伸手戳了戳旁边的"易师弟"："真的能碰到人？！"

"只是幻术，一个时辰后就会失效。"颜好打开粉羽扇，露出心照不宣的笑，"你们有什么事，最好现在就去做。"

"谢了。"叶素带着人从通道门离开，明流沙他们光明正大地走出去，身边还有"叶素"等四个人。

在外人看来，完全无异样。

叶素顶着一张大汉脸，站立在巷子内释放出神识，片刻后道："他们分开走了，有一伙儿是在领灵石，另一半应该是斩金宗的人。"

她看了看后面三个人的脸道："吕九，你和我一块去右边的方向，易玄你带着小师弟去左边。"

之前坐在一楼的不少人都是被请来故意砸场子的，只不过后面几大宗门都出来了，其他修士才逐渐开始出价。

虽然拍卖会成功进行了，但这些人也得受到教训。

叶素和吕九一过去，便看到前面一条巷子内十来个修士低头数着灵石。

两个人对视一眼，叶素缓缓走出来。

那些修士显然不认识叶素这个大汉，只知道他们似乎也看不上这场拍卖会。

"你也是来领灵石的？"有人以为他们也是被请来的，"那人早走了。"

"我不做领灵石这种事。"叶素粗声粗气道，"要灵石，从来只靠抢。"

她这话一出，终于有修士察觉不对，想要转头往另一边跑。

结果吕九从另一头走了出来："去哪儿？"

"你们是谁？不是也想扰乱拍卖会吗？"中间的修士挤在一起，问道。

"我们就是见不得人好。"叶素满脸络腮胡，和一楼中间的男人没有任何区别。

"就凭你们俩？"一名修士怒道，"我们一起上！"

一盏茶的工夫过后，十来位修士身上刚领的灵石全部被抢干净了，鼻青脸肿地躺在巷子地上。

"别杀我们！"地上的修士看叶素过来，身子一抖，立马求饶。

叶素弯腰从他身上拿出刚才领的灵石袋扔给后面的吕九，看着睁不开的修士："好好修炼，早日改邪归正。"

地上的修士：你们怎么不改邪归正？

"这么多灵石，真有钱。"吕九掂量着手中的灵石袋道。

"我们走。"叶素两个人绕了几圈，回到了原来的地方，在这里等着易玄和游伏时过来。

另一头，游伏时和易玄也已经悄然跟在了另一批人身后，这些人修为明显要高一点儿，不过依旧没有察觉有人跟在后面。

"不用泣血剑，你能动手？"易玄问游伏时。

游伏时瞥了他一眼，突然如鬼魅般出现在那些人身后，一张兽皮网将他们从头到脚网在了一起。

游伏时转身："你动手。"

易玄："……"所以刚才大师姐分法器的时候，是算好了的？

那些人完全没有料到会有人对他们出手，他们又没拍到什么东西。

被兽皮网罩住的这些修士努力挣扎，试图破开这张网，然而越挣扎被束缚得越紧。

这时候，易玄已经走了过来，他手中的法器十分简单，一个钟，一根粗圆棍。

钟悬浮在他的掌心，还未完全靠近时便飞了出去，瞬间变大盖住那些被兽皮网罩住的修士。

易玄走到钟面前，低头看了看自己手中的粗圆棍，灌入灵力的瞬间，粗圆棍也放大了。

他抱着棍子的一头，回身看向游伏时："你抱着那头。"

游伏时不太情愿地走过去，抱住圆棍的那头。

一开始两个人还不太熟练，撞的节奏乱七八糟，但随后两个人逐渐从中找到了一种奇异的快乐。

游伏时和易玄一人抱一头，推着圆木撞在钟上，难得的和谐。

钟没有发出任何声音，叶素说过，声音全在里面，专门对付被盖在里面的修士。

"五十下，够了。"易玄主动停下来。

易玄放好粗圆棍，将钟收了起来，里面的修士已经倒在地上，挤在一起，每个人的耳中都流着血。

游伏时也收起兽皮网，但就在这时，最中间的一个人突然暴起，朝着他攻击。

边上的易玄猛地一脚踹在那个人的脸上。

刚刚收好兽皮网的游伏时回头看着地上的人，想了想对易玄道："下次得敲六十下。"

这两拨人被打被抢，第二天自然要报仇，一碰面又是一顿打。

当然，这和千机门的人没有任何关系，拍卖会一结束，他们就当着众人的面离开了。

通过第二关的弟子，有一个月的休息时间。这期间，除去一场拍卖会，各宗门的弟子皆不再出来，在各自的院落内修炼。

"你确定那是蓬莱的人？"万佛宗的宗主乐忌看向下方的谷梁天问。

"确定。"谷梁天转着念珠，清瘦的面容上一片冷静，"陆沉寒也在。"

"这几天其他人也没有什么动静。"万佛宗的宗主若有所思，"我再派人探探。"

不过这探子还未走出昆仑境内，封尘道人便召集各大宗的宗主去昆仑大殿。

这次宗门大比，带着丹宗弟子过来的是丹宗长老，那边宗主听闻蓬莱出山的事，还特意从本宗赶了过来。

昆仑大殿。

"这次喊大家过来，想必诸位心中也大概知道原因。"封尘道人看向大殿侧方，陆沉寒走了出来，"沉寒见到了蓬莱的人。"

合欢宗的吴月端起茶杯挡住自己下撇的嘴角。各宗门的弟子都看到了蓬莱的人，封尘道人说得好像只有陆沉寒一个人发现了一样。

"道人可是知道了什么消息？"上阙宗的宗门拱手问道。

"昆仑也和各派各宗一样，和蓬莱交往浅薄。"封尘道人环视一圈道，"不过，本道手中确实有一消息。"

各宗的宗主纷纷朝他看去，等着他后面的话。

"按宗门大比的惯例，前十名将有机会去一趟轮转塔。"封尘道人道，"蓬莱的人将会在场。"

"他们下山为了去轮转塔？"吾剑派的周奇皱眉问道。

实在是蓬莱出山永远会坏事多于好事。

"是不是弟子之间有什么问题，还是出了什么事？"五行宗的宗主立刻问道。

"这些事，蓬莱未说，只是传消息过来。"封尘道人手一扬，众人便看到折成仙鹤形状的纸缓缓打开。

——宗门大比后，登轮转塔，蓬莱将到场。

"具体原因，或许要等到大比之后再确定。"封尘道人收回纸，"所以几位宗主，该让自己的弟子早做准备，不要在蓬莱面前失了分寸。"

经此商谈过后，显然各宗对弟子的要求又高了一点儿，即便拿不到第一，也要能获得进入轮转塔的名额。

"轮转塔？"叶素蹲在地上整理材料，抬头问过来的徐呈玉，"这是什么？"

"宗门大比后，前十名将获得一次进入轮转塔的机会。"徐呈玉解释，"里面有藏书阁，剑谱、符篆书……只要你能想到的，里面都有，另外每人允许从里面带出来一件东西。"

叶素放下手中的材料，起身问："有这么好的事？"

她以为宗门大比只是比一比各宗门的实力，出个名而已。

"外面知道轮转塔的人不多。"徐呈玉指了指旁边的周云和马从秋，"大宗门也只有亲传弟子能提前得到消息。"

"前十名有没有区别？"叶素坐下来问。

徐呈玉笑了笑，到底是叶素，冷静得快，又能找出里面藏着的问题。他点头道："有，第一名能在里面待一年，第二名半年，第三名三个月，其他人都为一个月。"

叶素对上他的眼睛，问："还有什么特别的地方？"

"里面一共九层，每一层都有限制，目前所有宗门大比的前十，从未有人登过顶，最高纪录是第八层，只有几个人上去过。"

"我师父在第几层？"站在旁边的易玄忽然出声问道。

徐呈玉想了想道："辛长老在第七层好像待了一个月，剩下的时间在六层。"

"没有上第八层？"吕九好奇地问道。

在她看来辛前辈已经比太多人强了。

"没有，登上第八层的人，每一个都是修真界曾经渡劫飞升的大能。"徐呈玉道。

"大师姐，我觉得你可以去登第九层。"夏耳蹲在桌子边，手中还拿着一根兽骨，耳朵竖得老高，坚定地说道，"到时候渡劫飞升！"

叶素笑了一声："还要先进前十。"

"前十肯定能拿得下。"夏吹吹极度自信。

塔顶一定不会有那么好登，只是不知道里面还有些什么东西，叶素对徐呈玉说的那些书倒是很有兴趣。

为了多看里面的书，她也要在第三关时努力往前面的排名靠。

转眼，一个月过去，第三关终于要开始了。

叶素走进赛场看到宁浅瑶，不由得挑眉：小师妹又升了境界，已经到了元婴后期巅峰。

其实目前状况和原著已经有了区别，叶素记得原著中男主角要在最后一关才会升入化神期，但现在他在第一关后便提前进阶。

合欢宗的亲传弟子也未出事。

原著中进入最后一关的那些人，没有详细写出来，只有几个大宗的弟子和无名宗的宁浅瑶和简湖。

最关键有一点，转轮塔，原著中没有写，宗门大比之后，男女主角便去各方位历练，经过受伤、夺得天材地宝、进阶、斩魔等事情，两个人终于在一起。

"大师姐。"宁浅瑶对上叶素的目光，立刻弯起眼睛笑着喊道，并朝这边走过来，"要第三关了，浅瑶有些紧张。"

"大师姐也紧张。"叶素后背一阵发麻，长这么大，小师妹头回用这么孺慕的口吻对她说话。

"大师姐。"宁浅瑶靠近，伸手挽住叶素的手，像是发现什么新奇的事，"没想到你也会紧张！"

不，大师姐只是被你弄得紧张。

叶素正想着要怎么抽出自己的手，泣血剑忽然从后面蹿过来，毫不掩饰地带着一股杀气。

宁浅瑶察觉，迅速放开叶素，连连退后几步。

泣血剑在叶素的手臂旁停了下来，成功为大师姐解困。

游伏时落在后面，和易玄站在一起，但笔挺的站姿，反而暴露出他的不耐之意。

"小师弟控制剑还不太熟练。"叶素真诚地对宁浅瑶解释，"这剑有点儿喜欢乱跑。"

"没关系。"宁浅瑶摇头，并不介意。

她越这样，叶素越头皮发麻。

女主角不去找男主角，为什么要来找她？

"能进入第三关的人都很厉害。"宁浅瑶轻轻叹了一口气，小声道，"如果我们进入前十，掌门应该会很高兴吧。"

叶素："嗯。"

好在这时候几大宗的宗主过来了，成功让叶素远离了宁浅瑶。

这次赛场做了一些改动，中间摆了十五个擂台，几大宗主坐在最前方的高台上，其他宗的人皆在擂台边观看。

高台上除去之前的五大宗主，这次还多了丹宗的宗主。

"本届最后一关共有三十一人。"封尘道人的视线落在站在赛场中间的三十一人身上，

"先进行一轮抽签。"

褐发老人拿着一筒玉签过来："每人抽一条，签背后对应相应的擂台号。"他站在那儿，等着这些人过来抽签。

"别是自己人，别是自己人！"马从秋双手合十，低声念叨着。

"越说越会。"周云杵了杵他道。

"呸呸呸，一定不会！"马从秋上去抽完签，不敢看自己手中的号。

"我六号。"徐呈玉问周云和马从秋，"你们几号擂台？"

"我四号。"周云道。

马从秋闭着一只眼睛，缓慢移开自己的手，顿时松了一口气："我十一号。"

"我也十一号。"易玄站立在马从秋身边，淡淡道。

马从秋：完了。

各宗门的人抽了签，下意识地去看自己的同门。

"这么巧，我们同一个擂台。"连怜看着程怀安手中的玉签道。

程怀安摸了摸上面的"一"字，眼中带着浅浅的笑意："快十年了，我们还是一个擂台。"

那场让连怜成名的符师赛，对手也是程怀安。

自连怜放弃符箓，程怀安一度以为两个人不会再有这么一天。

"我的上面没有字。"游伏时抽完签，走到叶素身边小声道。

他虽然有些字记不清，但眼睛还是好的，签背后是空的。

"三十一个人，这里只有十五个擂台。"叶素挑眉，"小师弟大概可以直接进入下一轮。"

她记得原著中第三关也是单数，宁浅瑶直接抽中空签，进入下一轮，如今这份好运居然被小师弟拿走了。

果不其然，等所有人抽完签后，褐发老人才出声道："其中有一支空签，抽中的人这轮可以不用比，把签交过来就行。"

游伏时把自己抽中的签交上去，成功引起了所有人的注意。

"运气也是实力的一部分。"褐发老人看向剩下的三十个人道，"你们可以去自己抽中的擂台，稍后开始比赛。"

三十个人分散去找自己的擂台。

"大师兄……"周云刚登上四号擂台，一转身就愣住了。

徐呈玉对面的人竟然是陆沉寒。

"你们吾剑派这届，不会没有人能进吧？"上阙宗的宗主看着周奇道，"这一两个运气都不太好的样子。"

周奇的视线落在周云对面的上阙宗的弟子身上："谁能赢还未知，更何况……易玄也是我们吾剑派的弟子。"

此时，三十个人已经全部站上了擂台。

叶素对面是简湖，游伏时站在擂台下，等着她。

宁浅瑶和简湖签了伴生契约，他的境界同样是元婴后期巅峰，和叶素的境界一样。

随着一声撞钟声响起，比赛正式开始。

简湖这次小心了不少，只要叶素甩符，他一定要将符彻底毁去，只是两个人境界相差几阶时，叶素尚能让他吃亏，更不用提他们此时的境界相同。

叶素手中握住一把无弦弓，脚微微点地，跃起拉弓，灵力化箭射中简湖扔过来的灵力球。她不用换箭，只要将手搭在箭上，便能用灵力做箭，再松手射过去。

两个人的灵力分别溅到擂台的结界上，发出一阵震荡。

简湖盯着上空的叶素，眼中闪过凶意：这个人是宁宁最讨厌的人，杀了她，杀了她！

叶素偏了偏头，再次搭弓射箭，阻止简湖的冲势。

然而他一个妖王，虽失去了记忆，但身体那种本能还在，尤其是他的妖力开始在周身流转时。

简湖移动的速度快不可见，即便叶素的灵力箭再快，他都能躲过，甚至有几次擦着他的脸过去。他一只手成爪，特意削尖留下的指甲，刺向叶素脖子的要害处。

叶素的眼睛未眨，人也不躲开，任由他抓来。

那瞬间，明明简湖的尖指甲已经碰到了叶素的脖子，甚至划出了血。

他忽然停住了，停在半空中叶素对面。

仿佛有什么强大的禁锢在捆绑住简湖，让他动弹不得。

"不是只有符箓才能立下法阵。"叶素收起无弦弓，微微后仰头，往后滑了一步，对这位妖王道，"我每一根箭射出去的痕迹都可以为我所用。"

众人这时才发现擂台地面、四角柱子上所有被箭造成的痕迹，最后居然能连成一个法阵。

然而下一刻，台面的法阵仿佛受到冲击，全部开始炸开，简湖咬着牙，嘴角有血，再一次朝叶素冲去："你话太多！"

就在众人以为情况大逆转时，那些早已经落在地面上和射在柱子上的灵力箭在一瞬间重新返回，直接刺穿简湖。

简湖有些难以置信地低头看着自己身上的血洞，再缓缓抬头看向叶素。

那些灵力箭像线一样回到叶素的手指上。

叶素面无表情地看他："还有件事忘记告诉你……这不是我的灵力，而是神识。"

简湖吐出一口血，像是失去了所有支撑力，轰然摔在擂台上面。

简湖刚好砸中了刚才他强行突破法阵而炸碎的擂台上凸起的碎片，拳头大小的尖锐石块瞬间刺穿了他整个心脏。

叶素落地看到这一幕："……"

刚才的神识回收，特意避开了他的心脏部位，结果他自己砸下来，刺穿了自己。

宁浅瑶就在隔壁擂台，简湖一出来，她也跪倒在地，口中鲜血喷在自己的剑上。

对面的修士虽然不明就里，但这么好的机会，怎么会不抓住，立刻飞身上前，要刺中宁浅瑶。

这时候宁浅瑶缓缓起身，手腕反转，轻轻挥剑，那剑陡然威力大增，不过一道剑意，便将对手砍飞出擂台，甚至连结界都劈出了一道口子。

擂台下所有人都看愣了，高台上的各大宗主纷纷坐直身体，他们竟然从那把剑身上感受到了不同寻常的力量。

"是血。"万佛宗的宗主乐忌最先察觉，"她的血有一股强大的力量。"

"能增强法器力量的血？"合欢宗的宗主吴月皱眉。

擂台上的宁浅瑶跌跌撞撞地起身，走下擂台，来到叶素和简湖这个擂台。她跪在地上，从乾坤袋中拿出一颗红色丹药喂给简湖，然后将他扶起来，任由石头抽出。

明明该大出血，但在吃下那颗丹药后，简湖的脸色迅速好了起来，连伤口都开始愈合。

"居然有赤心丹。"丹宗的宗主眯眼看着下方擂台上的宁浅瑶，"看样子这小女娃来头不小。"

赤心丹难得，属于上品丹药，即便是大宗也不能随随便便拿出来。

丹宗的宗主自然而然地认为宁浅瑶来头不小。

"什么来头？不就是千机门的弟子，现在以无名宗的名头参赛。"褐发老人道。

陆沉寒带着人上璇玑峰疗伤的事早在昆仑传遍了，自然有人去查宁浅瑶的背景。

比起这个，其他宗主更在意的是刚才宁浅瑶在擂台上的表现。

"那个简湖一受伤，她立刻无端吐血，倒像是伴生契约。"合欢宗的宗主吴月若有所思，伴生契约的必要条件之一便是有一方非人。

"吴宗主的意思是……这里混了妖进来？"五行宗的宗主脸色不好看。

"有什么事等这场比完再说。"封尘道人淡声道。

此时，六号台上徐呈玉和陆沉寒对战，两个人之间差了一个境界，但徐呈玉竟然扛住了陆沉寒的剑意。

叶素瞥了一眼台上的宁浅瑶和简湖，转身下台。

台下的游伏时见她下来，原先挺拔的身姿瞬间放松了下来，懒懒散散地走在叶素的身侧。

"我们去六号擂台看看。"叶素道。

剑修除了剑招外，最重要的便是剑意。年轻一代中，陆沉寒的剑意可以当之无愧称得上顶尖水平，尤其他已经是化神前期修为。

相比陆沉寒的游刃有余，徐呈玉则狼狈不少，身上的道袍被剑气划破，一道道细长的伤口掩盖在衣服下，血却不断渗透出来，染红了蓝色道袍。

徐呈玉用尽一切手段，才从陆沉寒的剑意所带的庞大压力中挣脱出来。

他脸色苍白，后退至擂台柱前，脚踝处被陆沉寒刚才那一剑割伤，血很快打湿靴子，流向鞋底，稍稍一动，便在擂台上留下半个血脚印。

擂台上的徐呈玉甚至没有低头看一眼自己的脚，便再一次迎了上去。

"大师兄……"马从秋已经从擂台上下来了，看到徐呈玉的样子，整个人变得紧绷。

他输了就输了，但大师兄在第一轮输了对战，就意味着彻底失去了竞争前十的机会。

大师兄怎么会偏偏和陆沉寒对上了？

台上的徐呈玉却没有那么多想法。他望着陆沉寒的眼睛，能够清晰察觉陆沉寒并没有将他视为真正的对手。

徐呈玉心中越来越冷静，手腕上的血顺着剑柄漫延到剑身，再缓缓滴落在地面。

"现在认输还来得及。"陆沉寒口吻中带着居高临下的施舍之意。

徐呈玉面色苍白，鬓角被汗湿透，目光却越发坚定："不可能。"

陆沉寒似乎并不惊讶。有些人总以为自己能逆转局面。他握住孤沧剑，身形一动便朝徐呈玉攻来。

他这一剑席卷浩荡灵力，整座擂台上的结界甚至隐隐在震动，连擂台下围观的人都能感受到其巨大威力。

这就是化神期的力量！

本该躲开的徐呈玉非但没有避让，反而握着剑直接迎了上去。

他挥剑挡去，两剑相抵，发出刺耳的碰撞交错声。

那股震荡的力量让剑上沾染的血弹溅在徐呈玉的脸上，他缓缓眨了眨眼睛，大脑仿佛僵化了，手下的力量却变得更强，竟真的抵挡住了陆沉寒的攻势。

陆沉寒的剑无法再进一步，他的眼中反而露出一丝嘲意：螳臂当车。

陆沉寒的脚步微微一撤，他的手腕卸力，让人误以为他要收势，然而下一刻又重新朝徐呈玉斩去，带着化神期的全力一击！

徐呈玉仿佛也早有准备，剑转了个方向，再一次去抵挡陆沉寒的剑。

铮——

咔！

徐呈玉的剑撞上孤沧剑的瞬间，陡然断成两截。

他还未反应过来，陆沉寒的剑意紧跟其后，几乎是朝着徐呈玉的胸口斩去。

磅礴冰冷的剑意近距离砍来，即便徐呈玉在瞬间用灵力罩护住胸口，也无法挽回。

灵力罩碎裂，那道剑意重重地砸在了徐呈玉的胸口上，将他打下擂台。

徐呈玉整个人横飞了出去，眼看着要砸在地面上。

"大师兄！"马从秋当机立断跃起，去接徐呈玉，然而那道剑意的力量并没有完全消失，他甚至差点儿也被带得往后，连接触到的一只手都变得麻木。

叶素迅速飞出一道符箓，紧贴在马从秋的背后，才避免了他们两个人一起摔下来的情况。

"大师兄！"周云也比完了，赶过来半跪在徐呈玉的身边，从乾坤袋中拿出丹药想喂给他。

徐呈玉落地，偏头躲开她的手，然后吐出一大口淤血。

他望着自己手中还握着的断剑。

"大师兄。"周云再一次喂给他丹药。

其实徐呈玉已经没有了任何力气，只是强撑着一口气，在他晕过去之前抬眼看向擂台上的人。

陆沉寒正在擦自己的剑，没有用清洁术，只是站在擂台上，用手帕轻缓地擦拭着剑身。

这是一个完完全全的胜利者的姿态。

叶素低头看着徐呈玉，即便吃了丹药，他周身灵力也极其紊乱，和吃下赤心丹的简湖完全不能相比。

"我带他回去。"辛沈子不知道从哪儿走过来，将徐呈玉拉了起来，当着所有人的面御剑离开，留下周云和马从秋不知所措地站在这儿。

"马上要比完了。"叶素拍了拍两个人的肩膀，"你们再等等。"

没多久，十五个擂台的比赛基本结束。

程怀安眼含笑意地望着连怜："师姐，你又赢了。"

连怜收了符阵，双手抱臂，一张明艳的脸上带着傲气道："从小到大，我就是比你厉害。"

"是。"程怀安完全不反驳。

两个人一前一后走下擂台，连怜背对着程怀安，原本骄傲的表情瞬间消失，神色反而带上几分失落。

程怀安彻底失去进入轮转塔的机会。

"他们比完了。"五行宗的宗主转头看向封尘道人，"有些事该问清楚了。"

封尘道人站在高台最前方，望着一个擂台上的人："宁小友，几位宗主要问你几个问题。"

宁浅瑶正扶着简湖，观察他的状态，听见封尘道人的话，一时间有些茫然："问我什么？"

"你怀中的这位是何人？"封尘道人问道。

"他叫简湖。"宁浅瑶认真地说道，一双鹿眼清澈，任谁看了都觉得她无辜。

"不是问他的名字。"五行宗的宗主十分不悦地说道，"他是哪里的妖？"

不等宁浅瑶出声解释，五行宗的宗主又道："别想着在我们面前撒谎，真当我们看不出来你们身上的伴生契约？"

宁浅瑶被他这么一说，心中顿时一阵慌乱。她往周围看去，对上陆沉寒的眼睛，又急忙移开视线，仿佛多看一眼，会连累他。

"我……我不知道宗主在说什么。"宁浅瑶不承认。

五行宗的宗主还要说什么，被封尘道人抬手挡住了。

"宁小友，我们问，只是尊重你，想听你亲自说出答案。"封尘道人语调沉厚，"既然你不想说，便算了。"

宁浅瑶还未完全明白封尘道人的意思，便看到他的手一挥，甩出一道浑厚的灵力打在简湖的身上。

封尘道人是大乘后期修为，距离渡劫只有一步之遥，他的灵力打入简湖身上，不出片刻，在众目睽睽之下，简湖开始发生变化，竟然在所有人面前现出了原形。

"九尾狐！"五行宗的宗主失声道。

他以为只是普通的妖从妖界逃了出来。

封尘道人反应极快，直接将宁浅瑶和简狐带上了高台，设下结界，除高台上的几位宗主，其他人看不到上面的任何情况。

不过赛场上的众人早已经看清简湖的原形。

"宗门大比居然有妖进来了。"梅仇仁摇着头，啧啧感叹，语带失望，"还是个狐狸精，也没看出来长得多妖艳。"

"能和妖结了伴生契约，这么多年宁浅瑶还是头一个。"颜好道，"自妖界长封后，便没有妖愿意和修士结契了。"

叶素听着周围的人交谈议论，余光看向身侧的某位小师弟，他正低头摆弄手上的雾杀花。

大概察觉叶素的视线，游伏时侧脸看过来，然后对她说了一句："那妖，丑。"

叶素：妖也会嫌弃妖丑？

她倒突然对小师弟的原形生出好奇之心。

结界内。

合欢宗的宗主吴月皱眉看着地上的狐狸道："有一尾仅剩半截，他是九尾狐王。"

"狐王不在妖界，怎么会出现在修真界，还和一个修士结成了伴生契约？"上阙宗的宗主不解。

"听闻妖界无主，各族妖王都在争夺这个妖主的位置。"丹宗的宗主消息灵敏一些，他道，"或许狐王便是因此受了重伤，而落入修真界内。"

否则一代妖王万万不可能在众人面前现出自己的原形。

"既然是妖，就不能参加宗门大比，你这个和妖结下伴生契约的修士也得离开。"五行宗的宗主直接道。

宁浅瑶被他的这句话震住，眼中含泪："我们并未违反宗门大比的规定，况且……"

"你签了伴生契约，境界是你自己修炼得来的，还是妖王带给你的？"万佛宗的宗主乐忌忽然问道。

"是我自己努力修炼来的。"宁浅瑶的泪从脸上滚下来，委屈至极，"若不是结成伴生契约，简狐会活不下去，所以我才……"

五行宗的宗主冷笑，摆明了不信她说的话。

天道对妖更宽松，往往妖修炼起来更轻松，若修士和妖签订了伴生契约，之后修炼的阻碍将会极大地减轻。

在过往妖界和修真界通行时，没有修士不羡慕能和妖签下契约的人。

封尘道人朝宁浅瑶招了招手道："你过来。"

宁浅瑶立刻走过去，有些哽咽："道人……"

"伸出手。"

宁浅瑶虽然不解，但依旧照着做。

封尘道人指尖忽生剑气，在她的掌心划下一道痕迹，再一抹上面的血。

封尘道人低头嗅了嗅手指上的血，再一捻，随后抬头看向宁浅瑶："你是玄阴之体。"

"玄阴之体？！"

几大宗主皆失了态，尤其是丹宗的宗主，眼睛突然发光。

修真界总会有些特别体质的人，他们像是被天道眷顾过，在修道一途比其他人要更顺利，比如身怀玲珑骨之人。

或许在修道上，玄阴之体没有玲珑骨逆天，但无论是炼器还是炼丹，只要在里面加入玄阴之体的血，便会大大提升品阶。

尤其是刚才，宁浅瑶的剑上沾了血，就能临时增强剑的力量。

因此玄阴之体，足够让人人觊觎。

宁浅瑶被发现后，脸色煞白，下意识地后退几步。她还未做好被这么多人发现的准备。

由于玄阴之体的特殊性，杨谈一直让宁浅瑶变强，找到能庇护她的宗门或者人之后，方能将此事说出来。

至于千机门，杨谈和宁浅瑶从未想过将来会留在那儿，也从未想过要带着千机门崛起，只不过是掌门的一厢情愿罢了。

"玄阴之体？"合欢宗的宗主吴月看向宁浅瑶，有些诧异地问，"听说你是千机门的弟子，怎么没在百青榜见过你的名字？你平日不炼器吗？"

宁浅瑶被问得一愣，没想到这个宗主想到的第一件事竟然是炼器。

"我……在准备宗门大比。"

吴宗主更诧异了，可惜道："叶素也在宗门大比，还抽空炼出了个在百青榜排第一的八歧变，你这玄阴之体有点儿浪费了。"

其他宗主：重点是这个？

宁浅瑶脸色一僵，吴月的话正好刺中了她的痛脚。

她自小便认为比叶素强，不光能炼器，又能成为剑修。

结果这次宗门大比，却见到叶素和她一起进了第三关，还学会了符阵，她已经生出了危机感。

如今千机门在外面的名声越来越大，她甚至愿意暴露自己是千机门的弟子，只等大比结束后，再来炼制法器超过叶素。

"既是玄阴之体就别再进行宗门大比，免得再受伤，被人发现异样。"丹宗的宗主语气和缓道，"宁小友放心，我们几大宗门不会让你经历上一个玄阴之体的事。"

修真界第一个出现的玄阴之体，是个小宗门的弟子，被自己宗门察觉血能临时增强剑的力量，便被关押在地下，成为该宗的血库。

只不过后来那个小宗门眼皮子浅，竟拿出数瓶血在黑市中卖，导致有心人发现，寻了由头将那个小宗门灭了，抢走了玄阴之体。

玄阴之体在各宗门手中辗转数次，最终消息走漏，无数人觊觎其血肉。

最后还是蓬莱出面，将人带走，至今无人知晓那个玄阴之体的消息。

没想到修真界竟然再一次出现了玄阴之体。

宁浅瑶自然不愿意，她好不容易才走到第三关，连忙道："我没关系，可以继续比赛。有几位宗主在，没有人敢对我做什么。"

"如今在昆仑境内宗门大比,自然没人敢造次。"五行宗的宗主道,"若离开了这里,势必会有人觊觎你的血。"

宁浅瑶的指甲来回掐在手心,咬唇抬眼道:"我和陆哥哥说好了,等大比结束后,我们会一起历练。"

此话一出,五行宗、丹宗和上阙宗的宗主脸色有些变化。

有昆仑在,自然能护住玄阴之体,但相应的,恐怕以后宁浅瑶只会和昆仑有关系。

封尘道人的视线落在宁浅瑶的脸上,审视片刻,神情缓了缓:"你救过沉寒,昆仑自然不会让你出事。"

"谢谢道人。"宁浅瑶眼中带着抹坚定之色,"我想继续比赛。"

"比赛可以,只是狐王必须暂时留在昆仑。"封尘道人的目光移向地上的简湖,"妖王出现在修真界,此事非同小可。"

"你们要怎么对他?"宁浅瑶紧张地问道,"他没有伤害过无辜的修士。"

封尘道人:"妖王不是魔,我们不会做什么,待他伤好后,可自行离开。"

万佛宗的宗主乐忌忽然出声:"昆仑体大事多,妖王养伤一事或可交给万佛宗。"

狐王是妖界最有潜力当上妖主的妖王,若能与之交好,将来妖界大开,必定受益。

玄阴之体已经提前和昆仑的陆沉寒交好,自然不能让所有好处都被昆仑得到,其他宗门也想分一杯羹,尤其是万佛宗的宗主乐忌实力不弱,仅次于封尘道人。

他一开口,立刻获得了丹宗的宗主的支持:"我丹宗可出丹药,助妖王痊愈。"

良久,封尘道人抬眼温和地说道:"既然乐宗主愿意承担助妖王疗伤一事,昆仑自无不可。"

几个宗主交谈间,俨然没有顾及晕倒在地的九尾狐王的意思。

来到了修真界,修为差不多尽失,还和人签订了伴生契约,足够被这些大乘期的宗主拿捏。

合欢宗的宗主吴月兴致缺缺道:"你们分完了,就赶紧让下面那些弟子晋级,他们都还在等着呢。"

其他宗主:"……"

有时候合欢宗就是这么令人讨厌。

封尘道人手指一弹,灵力进入地上九尾狐王的体内,简湖便变回了人形。

封尘道人撤了结界,让人暂时将简湖带下去休息。

封尘道人带着宁浅瑶飞下去,同时手一挥,赛场上的擂台便从中间被分开,并拢到两旁。其他宗主见状,也纷纷下去。

合欢宗的宗主吴月看着被带下去的宁浅瑶,扭头对吾剑派的宗主周奇吐槽:"这宁浅瑶长得一般，救人的本事还挺厉害，又是昆仑陆沉寒，又是狐王的，专挑了厉害的人救。"

正因大弟子无缘前十而心情低沉的周宗主："……"

"化神期，玄阴之体，以后修真界不会太平静了。"合欢宗的宗主吴月摇头感叹，"看起来，我们要见证一个天才辈出的时代了。"

周宗主望着下方："这种情况下，往往会出现一个最为耀眼的人，压制同时代其他天才的光芒。"

"陆沉寒？修为确实远超其他人。"合欢宗吴月掸了掸衣袖，"不过……你不觉得千机门的那几个弟子很有意思？真要押宝，我押他们一票。"

周宗主想起本宗剑冢内最出名的一刀一剑都被千机门的弟子拔了出来，忽然面无表情地说道："他们不厉害点儿，对不起我们吾剑派。"

赛场上，封尘道人已经开始宣布进入下一轮赛点的弟子："加上抽中空签的人，一共晋级十六人，在明日你们即将分成八组比赛，之后赢的八位中间将继续比出前三，输的八人中有两位还有机会赢得第九、第十名。"

"道人，刚才那个妖是怎么回事？"围观人群中有人高声喊道。

"此事，昆仑已处理好。"封尘道人说话间，威压一扫，周围的人顿时被压制得无法出声。他的脸上依旧带着温和之意："诸位不必再操心。"

修真第一大派，谁也不敢轻易得罪。

"宁小友虽与妖有关，但妖界封门前，我们修士也曾和他们互相来往。"万佛宗的宗主乐忌对众人道，"大家不用心生芥蒂。"

一个两个大宗主都这么说话，对宁浅瑶的态度一百八十度大转变，其他人自然不敢再多言，只能在私下议论。

连怜一回到住处，便被连宗主喊了过去，说有要事商讨。

"怜怜，过来。"五行宗的宗主示意连怜坐在自己的身边。

"找我有什么事？"连怜站着未动。

"如果你和宁浅瑶对上。"五行宗的宗主压低声音道，"务必让她受伤，若是能收集她的血更好。"

连怜愣了愣，随后问："为什么？她的血很特别？"

"宁浅瑶是玄阴之体，得到她的血，可以拿来画血符，可提升符箓品阶。"五行宗的宗主眼中有压抑不住的兴奋，"其他时间便算了，但比赛期间是最好的动手机会。"

连怜在脑中回忆玄阴之体是什么，再看向五行宗的宗主，有些被气笑了："我一个元婴期的弟子，在擂台上收集她的血，能瞒得住高台上那几位宗主？父亲，不是所有宗主都像你一样，靠着丹药才进入大乘期的。"

五行宗的宗主听见她这话，怒火中烧，起身瞬移就要打她一巴掌。

然而连怜脚步微抬，移动速度竟然比他还快一分。

五行宗的宗主紧盯着她腰间的墨玉牌道："这还是我给你的东西。"

"你想要回去？"连怜手按在腰间，要将墨玉牌摘下。

"给了你就是你的。"五行宗的宗主深深吸了一口气，"父亲只是希望你好，算了，你先回去准备明天的比赛，只要明天能赢，前十就稳了。"

连怜冷笑一声，转身离开。

其他各宗的弟子一回去，也纷纷得知了此事。

尤其以万佛宗的宗主乐忌，他要谷梁天和宁浅瑶保持交好的关系。

"宁浅瑶？她看起来没什么特殊之处，因为那个妖？"新佛子垂眸转着念珠，"千机门的另外一个弟子叶素更值得我们注意。"

乐忌眉心一皱，回忆叶素的表现："元婴后期巅峰境界就能神识外现，确实有几分实力，不过这种人也不少。你务必和宁浅瑶交好，她是玄阴之体，将来只要有机会得到她的血，你的法杖、念珠都可以升品阶。"

"玄阴之体？"谷梁天这才明白为何封尘道人忽然护着宁浅瑶。

"明面上我们不会争，否则闹大之后，蓬莱出手，又会带走玄阴之体，谁也得不到好处。"乐忌看着佛子，"万佛宗之所以能屹立不倒，便是因为资源不断，将来你坐在我的位置上，就会懂了。"

"弟子知道。"谷梁天微微俯身道。

另一头，恐宁浅瑶受到其他散修的干扰，昆仑直接请她入住上清峰。

第二日晋级赛时，她在峰下和陆沉寒相遇，两个人一起来到赛场上，引得其他宗的人侧目。

今日过去，赛场上的擂台只剩下八个，围成了一圈。

十六个人重新抽签，叶素抽中了颜好，吕九和连怜对上了，易玄和昆仑另一个弟子在一个擂台。

至于游伏时……

"我在八号擂台。"游伏时将抽中的签给叶素看，"八"还特意放缓了说，充分表现出自己认识这个字。

叶素眼中生出些笑意，假装自己不清楚他在炫耀自己识字："待会儿比完，我们去看徐呈玉。"

游伏时应了一声，便揣着玉签往八号擂台走去，泣血剑亦步亦趋地跟在他的后面。

宁浅瑶低头看着自己手中的签，再转头看向已经走去擂台边的游伏时，脸色渐渐变差，不知为何，她从骨子里生出一股不祥的预感。

十六个人各自上了擂台，互相看了看，谷梁天、陆沉寒、梅仇仁，还有周云的对手都不强，几乎是稳进前十。

"看样子我要争倒数两名了。"颜好走上擂台，摇着粉羽扇对叶素笑着道。

"比完才知道。"叶素站在对面，两手空空。

褐发老人一说比赛开始，颜好往前走了一步，叶素便看到万剑朝自己刺来。

合欢宗最擅长幻术，普通修士或许会认为这些剑是假的，但当幻术足够真实，也能造成同样的伤害。

在万剑飞来的同时，叶素在空中画出一道金色符箓，手一推，足一人高的符箓挡在自己的面前，那些剑刺在上面，仿佛碰到了什么坚不可摧的盾牌，纷纷跌落在地。

颜好见状，再往后退了数步，这次整个擂台的地面忽然开裂，碎石乱落，石块不断凸起凝聚，再升高，最后刹那间宛如石龙朝叶素席卷而去。

叶素站在原地，一道符箓撑开防护罩，硬生生扛住石龙。她垂下的左手再次调引灵气，画出符箓，往下一压。

那符箓便像是千斤坠，将掀起的擂台台面重新压了下去。

叶素右手顶住石龙的头，左手画符压下石龙身，每往前走一步，便压平一处，直到最后只剩下石龙头。

她骤然收了右手的符箓，直接用灵力包裹手指，屈起一拳捣碎石龙头，左手一道疾速符贴在身后，瞬间赶到颜好的面前。

颜好有些慌张，身体后退，整个人面前出现滔天大火，拦住叶素的去路。

"你应该换成水。"叶素掌心忽然出现灵火，她一挥手，竟然比颜好的那道火更猛烈。

叶素毫发无伤地穿过那道火墙，从乾坤袋中拿出剑架在颜好的脖子上："你输了。"

擂台上所有异象全部消失，颜好嘀咕一声："我就知道要去争第九第十了。"

叶素笑了声："走吧，去看其他人比赛。"

颜好点头，跟在她的身后，一起往擂台下走去。

叶素走到擂台台阶前，眼看脚已经抬起，要跨出去，又忽然收了回去。

"怎么了？"颜好问。

叶素回头，忽然伸手抢走颜好手中的粉羽扇。

叶素眨了眨眼睛，看着空无一物的手，再低头看着自己已经快要踏出去的脚："幻术。"

叶素一回头，果然看到颜好还站在最开始上来时的位置。

"你怎么发现的？"颜好收起粉羽扇，身体有点儿晃，颇为无奈，"我都快赢了。"

她从一上台就已经开始布置幻术了，粉羽扇一摇，便是幻术的开始。最开始那句"看样子我要争倒数两名了"就是让叶素在幻术中认为她输了，再到两个人一前一后走下擂台，都经过她精心的设计。

没想到叶素都快走下去了，居然还能收回脚。

"之前一直好奇粉羽扇的作用。"叶素转头看向另一个擂台上的梅仇仁，"一花一扇，很难不让人多想。"

"我输了，早知道不用这招了。"颜好摇头认输，自己往擂台下走，临下去对台上的叶素道，"放心，没有幻术了。"

"我知道。"叶素的视线落在对面的擂台上，游伏时正在和宁浅瑶对战。

或者说宁浅瑶正疲于应付泣血剑。

游伏时一个人拿着椅子坐在擂台上，认真望着泣血剑对战宁浅瑶。

宁浅瑶剑术不差，甚至不比昆仑、吾剑派的弟子差，每一招每一式都能形成连贯的剑风。

这种是散修学不来的东西，像吕九的剑招几乎称不上剑招，就是本能挥剑，后来经过辛沈子调教，才渐渐把一些毛病改了过来，渐渐形成了自己的剑风。

宁浅瑶应该是手中有完整的剑谱。

叶素走下擂台，去对面等游伏时，这还是他头一回认真看着对手。

不知道是不是泣血剑在逆转法阵中吸收了魔主的血的缘故，它显然攻击防守的水平比以前更强。

宁浅瑶狼狈躲开泣血剑的攻击，下唇快被咬出了血。

只是一把剑，便能把她逼到这种境界，若是自己也有一把有剑灵的剑多好。

将来她一定要用自己的血养出一把有剑灵的剑。

泣血剑一次又一次逼近，也不往其他地方，每次都刺向宁浅瑶的额头正中。

如果真被刺中，恐怕她连命都不保。

这时宁浅瑶不知从乾坤袋中拿出什么东西，忽然整个人消失在擂台上，连气息都消失不见了。

连高台上的宗主都无法用眼睛发现她的踪迹，还是探出神识后，才隐隐感受到八号擂台上的灵气波动。

擂台上的泣血剑失去目标后，四处乱飞，也没有找到宁浅瑶，最后只能飞回游伏时的身边。

游伏时原本坐在椅子上，托腮看着擂台中央的一人一剑对战，在宁浅瑶消失后，他也只是收回手，双脚从椅子下方的横栏上放下，缓缓直起身，但还是坐在椅子上。

消失的宁浅瑶屏住呼吸，已经来到了游伏时的侧面，她特意避开泣血剑那边，手中的剑正要悄然朝他的脖子刺去。

这时候，游伏时忽然转头，仿佛看到了宁浅瑶。

太突然的动作。

游伏时扫过来的目光让宁浅瑶差点儿后退，但她稳住自己，继续伸出剑。

然而泣血剑也同步掉转了剑尖，猛地朝宁浅瑶的手刺去。

宁浅瑶手腕的筋脉被划到，她克制不住地喊了一声，手无意识地松开，一颗绿珠子骨碌碌地滚落在游伏时的脚边。

泣血剑划破她的手还不算完，紧追不舍地砍、劈、刺、挑，宁浅瑶连连后退。

原本游伏时便坐在擂台的边缘，宁浅瑶被泣血剑逼得后退太过，又被分了神，居然一脚踏空，摔下了擂台。

等她反应过来，整个人已经落了下去。

高台上各宗主没有关注宁浅瑶被淘汰的事，他们的视线落在游伏时脚边的绿珠上。

"那是匿灵珠。"万佛宗的宗主乐忌道，"看来这位玄阴之体，比上一位的境况要好上不少，这么早就遇上了自己的大机缘。"

赤心丹、匿灵珠……都不是简单的东西，连大宗门都不一定拿得出来。

八号擂台上，游伏时转头之后，看到站在下面的叶素。

他起身收回椅子，一脚将匿灵珠踩得粉碎，施施然下台找叶素。

高台上的几位宗主甚至没有来得及阻止，就这么眼睁睁地看着一个法宝被游伏时一脚毁了。

连合欢宗的宗主吴月都目瞪口呆，眼睛频繁眨了数次，似乎还是难以置信一件法宝就这么被踩没了。

更不用提刚输了比赛，一抬头看到自己的法宝被踩得稀碎的宁浅瑶，她甚至都没有关注流血的手腕，怔怔地望着台上被风一吹就彻底消失的珠子，僵硬地扭头看向走下台的游伏时。

他没有半点儿愧疚，站在对面和叶素说话，一副懒懒散散的样子。

宁浅瑶："……"欺人太甚！

她甚至被气得灵府隐隐不稳。

"你受伤了。"陆沉寒早已经从擂台上下来，他走过来，握住宁浅瑶的手腕，替她包扎，滴落在地上的血也被清理干净了。

宁浅瑶转头望着陆沉寒，忍耐不住心中的委屈，埋进他的怀中，大滴眼泪掉下来。

"比完了。"游伏时看吕九和易玄也下了擂台，对叶素道，"我们走。"

"等所有比赛结束。"叶素拉着他站进人群中。她明显能察觉高台上那几个宗主的目光，就差没把他们戳穿了。

八场比赛比完，前八已定，输的八个人中还要选出两个人。

"今日前八已出。"封尘道人过来，落在擂台中心道，"明日继续。"

千机门的四个人进了三位，吕九输给了连怜，但还有机会竞争第九第十。

"松了一口气。"回去的路上，周云心有余悸道，"我再进不了前十，这届吾剑派的脸都丢完了。"

"修道一途漫漫，能走到最后的人才是厉害的人物。"连怜双手抱臂，路过道，"我父亲不就是熬死了无数天才，才成为了五行宗的宗主？"

周云挠脸："你说得也对，我们还太年轻了，以后说不定在哪个地方就死了。"

"师弟，多谢你那一脚。"颜好追上来对游伏时道。

游伏时扫了颜好一眼，抓住叶素的手臂，闭上眼睛走路，一副不愿被丑到的样子。

颜好："……"不至于，真的不至于！

"不要乱喊师弟。"叶素对颜好道。

颜好背对着路，面朝着去千机门的人："那珠子看起来厉害得很，明天宁浅瑶只要拿着那珠子，必定能占前十的一个名额。"

"他没看见那颗珠子，不是故意的。"叶素睁眼说瞎话。

游伏时收椅子前，分明往地上看了，叶素可以肯定他是故意踩上那颗珠子的。

"对，不是故意的。"颜好附和，又问，"你们是去看徐呈玉？我也去。"

后面梅仇仁也赶了过来，一路上队伍也算浩浩荡荡，走向吾剑派的驻息地。

吾剑派驻息地。

众人跟着周云和马从秋一起去徐呈玉的房间。

徐呈玉受伤不轻，拦胸一剑，飞出去后连马从秋去接，一时都没能接住，陆沉寒那道剑意几乎是冲着要他的命去的。

好在昆仑境内的医修不少，当时辛沈子又输了灵力进去，维持他灵府的稳定，救治及时。

叶素一行人进去时，徐呈玉刚刚醒过来，看到他们，苍白的脸上露出一丝笑意："比赛怎么样了？"

"我进前八了。"周云低头道。

"可以代表吾剑派去轮转塔了，应该高兴。"徐呈玉认真地说道。

周云嗯了一声，用力睁着眼睛，努力让自己恢复正常，抬头道："我高兴！"

徐呈玉问叶素："还有哪些人进前八了？"

"千机门进了三个，五行宗的连怜，合欢宗的梅仇仁、万佛宗的谷梁天、昆仑的陆沉寒。"叶素道。

徐呈玉看着旁边完全看不出难过神情的颜好："你没有进前八？对上了谁？"

"我对战叶素。"颜好不在意地挥手道，"明天还有机会。"

"输的那几位不强？"徐呈玉看她这么有信心便猜测道。

"也不算，昆仑的洪永夜虽然棘手，不过今天我师兄才赢了他。"颜好看向旁边的吕九，"明天希望我们最后再碰上。"

吕九抱着剑点头道："但愿。"

"你不知道。"颜好站在徐呈玉的床前，脸上的笑掩都掩不住，"还有个宁浅瑶，她身上好东西挺多，今天居然还拿出了匿灵珠，结果被游伏时一脚踩碎了。"

徐呈玉惊讶："宁浅瑶对战游公子？"

他已经可以想象宁浅瑶的心情，想必任谁对上游公子，都会生出一股无力感。

"你这么高兴，也不怕得罪宁浅瑶。"连怜站得稍远，靠在房间内的柱子上，"她可是香饽饽。"

颜好嘴角下撇："玄阴之体对我们合欢宗没用，我们又不占她的好处。"

"玄阴之体……"徐呈玉思绪转了几圈问，"宁浅瑶是玄阴之体？"

颜好点头道："你错过了不少，那个简湖还是只九尾狐，我师父说他是妖王，到时候他要去万佛宗养伤。"

"妖……妖王？"吕九震惊，她以前是散修，听过不少关于修士和妖的话本，其中尤其以狐妖最多。昨天已经够惊讶了，没想到那九尾狐还是个妖王。

易玄眼中也有些惊讶之色，他昨日一回去便在打坐，没有听任何人提起过宁浅瑶的事。

梅仇仁站在另一边开口："我师父说她有狗屎运，救了妖王，还签了伴生契约，等以后妖王伤好，重回巅峰，她的境界也能跟着提升。"

"她还救过陆沉寒，加上玄阴之体，所以昆仑的宗主一定会护着她。"颜好摇头感叹，"这份运气……没得说。"

"运气再好，不是碰见某个人就碎了？"易玄忽然侧目望着游伏时出声。

"这倒是。"颜好冲游伏时拱手，"你看着就克人！"

众人："……"这是什么话？

徐呈玉咳了几声，问梅仇仁："你们怎么好像很讨厌宁浅瑶？我记得合欢宗和她没有交集。"

"丑就是原罪。"梅仇仁的手一捻，指间出现一枝花，他深情地仰头看着梁上，"我修道最终追求，即各界没有丑人！"

徐呈玉回忆宁浅瑶的长相，怎么也算不上丑。

"她怪怪的。"颜好用粉羽扇抵住自己下巴道。

合欢宗修幻术，最关键的便是观察世间万物，她看到宁浅瑶的第一眼就没有好感，觉得心中不舒服。

易玄站在旁边，听着这些人说话，心中生出奇怪的感觉。

在千机门，他一直认为小师妹是最善良的那个人，会注意他的一切。相反同一个师父的叶素和明流沙那几个师兄师姐，每天修炼完只知道去扯皮闹事。

但自从下山后，一切开始变得不同。

如今回想起来，加之狐王和陆沉寒的事，易玄甚至觉得下山和小师妹相处的那段时间充满了……特意。

那种精心表现出来的关怀，踏不到实处。

叶素打断了易玄的思绪，她换了个话题，问梅仇仁："能否讲讲洪永夜？"

"当然可以。"梅仇仁看着吕九和颜好，"你们俩要注意他的回剑，其次是他不仅会用剑，还会用法器。"

他们在徐呈玉的房间内待到晚上才出来。

叶素几个人回自己的住处了，易玄被辛沈子留下，半夜加点指导。

游伏时回到房间后，坐在床沿，面无表情，不知道在想什么。泣血剑到处飞，四处乱窜。

"小师弟。"叶素在外面敲门，"你二师兄去外城带了灵菜，要不要吃？"

游伏时起身打开房门，懒懒散散地靠在门上，眼睛望着叶素手中的食盒："是什么？"

叶素走进去："清蒸乳鸽，还有一些糕点。"

明流沙说得太慢，她懒得听，直接把食盒提了过来。

叶素将所有菜拿出来，摆在桌子上，盛了一碗汤转身递给坐下的游伏时，问他："今天为什么要踩碎那颗匿灵珠？"

以她对他的了解，小师弟平日会觉得踩碎一个珠子，既麻烦又累，不如直接跨过去。

其他人在，她不便问，回到院落后，想了想最后还是问了出来。

叶素不记得宁浅瑶和游伏时之间有交集，最多那两次小师妹伸手牵她的手臂，他动了泣血剑。

其实那两次，她心中已经隐隐有了猜测。

拉她手臂的人不只有宁浅瑶一个人，周云、颜好，还有其他一些人也拉过，叶素从未见过游伏时动手。

"珠子脏了。"游伏时伸手拿起一块糕点，咬住含糊道。

叶素一愣，随后想起珠子掉在擂台的地面上，确实脏了。

"你可以用清洁术。"她说完又觉得不对，游伏时向来对脏的定义，只适用于他自己的东西。

譬如装过妖兽尸体的乾坤袋，不用清洁术，直接扔。

房间内安静异常，只有游伏时低头用汤勺搅汤的声音。

叶素说出一个她自己也觉得匪夷所思的猜测："那匿灵珠是你的？"

游伏时长睫垂下，一片阴影打在高挺光洁的鼻梁上。他舀起一勺汤，慢慢喝着，没有说话。

这一套不否认，不说话，叶素太熟悉了。

游伏时承认那颗匿灵珠是他的。

叶素手扶着桌面，她向来脑子转得极快，这时候居然一片空白。

"所以你应该是某位渡劫失败的大能？重新转世回来。"过了许久，叶素才道，"宁浅瑶她在某个秘境或者洞府找到了你的东西。"

叶素回忆原著，她不记得在宗门大比之前，宁浅瑶去了什么特别的秘境或者洞府。

游伏时忽然伸出手，轻轻碰了碰叶素放在桌子上的手。

叶素察觉，低头看去，便看到他用指尖勾了勾她的手指，但游伏时右手还拿着勺子，低头在慢慢喝汤。

过了一会儿，游伏时放下勺子，抬眸看向叶素，缓缓摇头，右手竖起食指，朝天指了一会儿，才靠近自己唇。

——这是一个噤声的动作。

两个人对视良久，叶素回握住他的手，看向桌面的糕点："喜欢吃哪一种？宗门大比结束后，我们去外城买。"

游伏时指着最中间那一碟："这个。"

叶素陪着他在房间吃了许久才出来，出来时撞上在院子里磨刀的西玉。

"你在做什么？"叶素问她。

"哦，我最近手感不好，想找回以前的感觉。"西玉探头往叶素的身后看了看，"大师姐，你今天在小师弟的房间里待了好久。"往常待了一会儿就出来了。

叶素席地地坐在她的旁边，仰头看着漆黑的夜空："你觉得小师妹怎么样？"

"小师妹？"西玉往身上擦了擦手，又摸着头上的发簪刀，有些困惑，"哪方面。"

"哪一方面都可以。"叶素双手撑在身后的地面上。

"嗯……小师妹喜欢避开小……不，现在是五师弟了，对我们炫耀。"西玉认真地

——数着，"以前对五师弟特别好，还有很多我们没有的东西。"

说了几句，西玉不说了："总之，虽然小师妹过得比我们好，但我们现在也可以有灵石，还能炼器，上了百青榜，以后一定也能越来越好。"

"我希望她进不了宗门大比前十。"叶素仰头道，"我不想在轮转塔里见到她。"

以前叶素觉得只要离宁浅瑶远一点儿，不和男女主角扯上太多关系，努力提升自己和师门的实力，便可以相安无事。如今牵扯上其他人，她忽然莫名生出一丝厌烦。

宁浅瑶就像一颗定时炸弹，永远不知道会在什么时候爆炸。

西玉呆住，这还是头一回听见大师姐如此直白地表现出对一个人的厌恶。

西玉犹豫地看着叶素："小师妹她怎么了？"

叶素笑了声，没有回答，只是侧身伸手摸了一把西玉磨的刀："前锋过薄，容易断，下次注意。"

西玉闻言低头看了看刀锋，等反应过来转头，只看到大师姐的背影。

或许是因为昨晚的事，今天去赛场，叶素第一次认认真真地看着宁浅瑶。

她穿了身白衣，双目水光莹润，素净且无辜，腰束得很紧，显得极细，又多出了一分年轻媚态。她站在陆沉寒的身边，微微仰头看着他，云层中洒下的光刚刚好落在了她的脸上。

如果只从旁观者的角度来看，这二人确实养眼。

一直以来，虽知道宁浅瑶有多少机缘，能走得很远，但叶素只在乎书中提过几句的千机门。

只要不牵扯上千机门，她对宁浅瑶所做的一切并不在意。

如今……叶素忽然改变了想法，想要知道宁浅瑶的机缘到底从何而来。

"第三轮，没有时间限制，直到选出前十位为止。"褐发老人指着台上的八个擂台道，"比完一场，来我这里继续抽签。"

最后一轮没给弟子休息的时间，比完一场便要接着下一场。

前八位和后八位分开抽签。

今日第一场，千机门的运气稍差，游伏时和易玄对上了，叶素抽中了连怜。

"这么早遇见也好，我一直很想知道你作为符修的水平。"连怜看着叶素道，"我不会留手。"

两个人站在擂台上，氛围还算融洽，不像隔壁的擂台，游伏时和易玄面对面站着，一剑一刀躁动异常。

泣血剑是妖剑，最爱搞事，重明刀虽稳重，但这么多年在剑冢内，这妖里妖气的剑常常迷惑人心志闹事，让重明刀一直不喜，更不用提一剑一刀的主人还相看两厌。

"你只会让剑自己对战？"易玄握着重明刀问。

游伏时清晰地感受到对面易玄的嘲笑之意，所以点头承认："对。"

易玄："……"

他忘了，有些人是不要面子的。

即便如此，易玄也并未轻视，尤其他曾经差点儿选了泣血剑，对它的关注度比其他的剑更高。

似乎游伏时的境界越往上提升，泣血剑的水平也会越高。

易玄主动出招，他几次和泣血剑交锋，未用全力。泣血剑隐有红光闪烁，又开始迷惑对手。

若放在以前，易玄大概率会中招，只是现在他心性坚定不少，更何况手握重明刀，灵府清明，压根未受到泣血剑的影响。

偏偏易玄假意失手，让泣血剑警惕降低，随即他脚尖用力一点，越过泣血剑，径直朝站在擂台边缘的游伏时冲去。

后面的泣血剑没能赶过来，易玄飞身横刀扫去，游伏时只是后仰，几乎与地面齐平，避开重明刀，而此时易玄再一次抬膝朝他的腰腹踢去。

只要踢中，游伏时一定会摔下擂台，不过下一刻易玄的膝盖便被他用手挡住，宛如撞上坚硬铁板。

即便如此，游伏时也未摔下擂台，依旧稳稳地后仰悬空在擂台边缘，可见其腰腹的爆发力极强。

与此同时，泣血剑也追了过来，刺向易玄。

易玄反握住重明刀，抵御泣血剑的攻击，不得不往后移开。

游伏时这才起身，理了理衣摆，重新移了移位置，这回靠着擂台一角的柱子。

泣血剑不断干扰着易玄的心境，久而久之总能让他产生恍惚感，然后易玄一次又一次被重明刀席卷而来的磅礴厚重的温和剑意唤醒。

他还记得在剑冢内，所有剑都不接纳自己，最后只有重明刀愿意成为他的刀。

这一场易玄和泣血剑的对战，更像是在认知自我，破除心欲，与重明刀更近一步。

"大师兄，你快看上面！"马从秋刚扶着徐呈玉过来看比赛，指着游伏时和易玄所在的擂台上方的天空震惊地喊道。

徐呈玉仰头看去：天隐隐黑了下来，云开始慢慢聚拢，这是雷劫出现的征兆。

擂台下的两个人似乎完全没有察觉。

易玄握着重明刀，一次比一次融合顺手，那些日日夜夜和辛沈子练习的招式甚至不用想，身体便已经做出了选择。

剑有剑意，刀又怎么会没有刀意。

重明刀身上覆盖着一层浅浅的蓝，挟裹着万钧之力，一往无前的刀意朝泣血剑劈去。

刀剑相接，残余飞溅的刀意竟将擂台的结界破开，差点儿伤了擂台周围围观的修士，褐发老人连忙重新设立结界。

易玄双手握住重明刀，眼睛望着古银包裹的泣血剑，心神灵力和手中刀化为一体，全力对抗泣血剑，一点儿一点儿将它压下，最终泣血剑脱力，摔在擂台的地面上。

"原来重明刀出世了？"合欢宗的宗主吴月望着下方的易玄问道。

之前她一直未注意到易玄的刀，他用起来多少带着生涩，也就没太关注过。

"雷劫要来了。"吾剑派的宗主周奇仰头，显然擂台上的易玄更像是要渡劫的人，周奇心中高兴，毕竟易玄也算是吾剑派的弟子。

泣血剑掉落在地后，仿佛受到了严重打击，趴在那儿一动不动，假装什么事也没发生过。

"小师弟。"易玄看向游伏时，缓缓走过去，"你的剑输了。"

"你的刀不错。"游伏时难得夸了一句。

"那也是我的，你抢不走。"易玄还对泣血剑被抢一事耿耿于怀，小师弟这个名号也被游伏时抢走了。

"剑来。"游伏时右手微微张开，原本躺在地上的泣血剑迅速飞进他的掌心，仿佛找到了主心骨，又开始大闪红光。

"你还要比？"易玄问他。

游伏时不语，握住剑后，手腕轻轻一抖，泣血剑仿佛活了一般，剑身微颤，给人一种活物的错觉。

易玄心中生出危机感，不再靠近，反而后退几步，紧紧握住重明刀。

"还是头一次看到游公子这么正式地握剑。"马从秋兴奋地搓了搓手，差点儿让一直被扶着的徐呈玉摔跤。

马从秋连忙扶住他道："大师兄，对不住！"

"不用扶我，你自己看比赛。"徐呈玉道。

"可是，大师兄你身体未痊愈。"马从秋歉意地伸出手准备继续扶。

"我带了椅子。"徐呈玉过来的时候，思前想后最终将房间内的一张椅子带了过来，就是不好意思当众坐下。

不过现在这种情况，他更想好好坐下来看完比赛。

台下，徐呈玉神情窘然，耳垂微红，当着围观众人的面，坐在了椅子上，半天才定神。

台上，游伏时握着剑和易玄对上，他的剑招太灵动，虚无缥缈，琢磨不定，泣血剑又犹如游龙活物。

易玄几次三番都吃了亏，无法捕捉到游伏时的剑。

"这未免……太好看了。"颜好刚刚赢了一场，路过看到两个人对战，下巴都快惊掉了。

易玄容貌极盛，眉心红痣更添一抹无关男女的艳色，却握着厚重的重明刀，每一招实、重、稳，他本身和这把刀便是巨大的对比。

偏偏对面的游伏时和他又是完全相反的一种极致。

抛开游伏时平日的懒散行为，只看他的相貌，任何人都会想，这就是一位矜贵清俊的盛世公子，他握着的剑却又透着一股妖气，剑招翩若惊鸿。

赛场上大部分围观修士的目光不约而同地被吸引。

这时候，只有擂台上的易玄能明白游伏时给他带来的压力有多大。

被游伏时握住的那一刻开始，泣血剑才仿佛真正有了主人，嗜血杀戮之意织成了铺天盖地的绝网，让易玄挣脱不开。

他不会放弃！

易玄眼神愈发坚定，握着重明刀朝游伏时的方向用尽全力重重一劈，竟真的破开了泣血剑的杀网，甚至将擂台劈成了两半。

这时候泣血剑的嗜血剑意也同样砍了过来，易玄来不及为自己的破招高兴，只能躲开，站在另一边擂台上，并再次挥刀而去。

但游伏时速度极快，只一个眨眼的工夫便来到了易玄的面前。

易玄以为他要挥剑砍自己，结果下一刻游伏时只是将泣血剑插进了脚下的擂台石块里。

等易玄感到不对时，脚下的石块已经化成灰烬，他直接踩在了擂台下的地面上。

按照规定，下了擂台即为输。

"这是打成平手了？"马从秋激动地问道，两个人脚下的擂台全化成了灰。

显然所有人都和他想得差不多，包括易玄。

随后，众人便看到游伏时手一扫，脚下的灰全部散去，他的脚底明晃晃地还踩着一块小石头。

易玄："……"

他还未对游伏时如此无耻的行径做出表示，顶上的雷劫此刻完全形成，电闪雷鸣，朝着他而去。

"所有人退开。"台上封尘道人出手，在四周设立结界，让易玄待在里面，其他修士离远点儿。

雷云滔天，带着拳头粗的雷直直朝易玄劈去。

易玄仰头看到雷云的时候还有些茫然，连他自己也没有想到会引来雷劫，但他反应迅速，下一刻便握住重明刀，迎雷而上。

重明刀乃当世神兵也不为过，那么多优秀的前辈曾经握住它，斩魔立功。

易玄在劈完第一道雷后，逐渐开始感受到那些前辈遗留下的意志以及残存的刀意。

仿佛有数位前辈在耳边低吟，手把手教着他，如何和重明刀一起并肩作战，如何对抗雷劫。

一道道雷光中，易玄眉心的红痣越发耀眼。

游伏时确认自己赢了之后，便去看叶素对战，相比之下，那个擂台要温和不少。

叶素和连怜只比符篆，她甚至没有拿出任何一件法器。

游伏时握着泣血剑，仰头望着台上的人，神情恍惚，他记得以前也有人曾经教过他画这种东西，不过他学不太会。那些符篆太复杂了，看着头疼。他好像一直认为有人会替自己画便行了。

"输了。"连怜举起双手，没有动。

她掉入了叶素设置的符阵陷阱中，只要一动，立刻会被法阵绞杀。

叶素将符阵收了，一转头便对上台下游伏时的双眼，她不由得征住。

从擂台上下来，叶素走向游伏时，她的视线落在他手里的泣血剑上，这还是她第一次看到泣血剑没有被他拖拽在地上。

"你们比完了？"叶素转头看向两个人的擂台，却看到正在渡雷劫的易玄，有些讶异，却不算震惊。

易玄作为半魔血统的男二号，父母的境界都远超其他人，他自然也不会差到哪里去。

"我赢了。"游伏时看叶素一直望着易玄那边，伸手扯了扯她的衣袖。

叶素转回头，笑问："你用剑了？"

看那擂台最后的样子，两个人对战显然不太平和。

"用了。"游伏时下巴微抬，明明面上带着傲气，实际却在用余光打量叶素的神情变化。

叶素有些可惜道："我还没见过。"

游伏时犹豫了一会儿："以后可以练剑给你看。"说完他还加了限定词，"一次。"

"好，我记下了。"叶素拉着他的手，往等候区走。

前八名的四场比赛结束后，才能继续抽下一场。

后八位居然先比完，颜好和宁浅瑶对上的弟子实力不算特别强，只有吕九和洪永夜两个人碰在了一起，他们对战的时间长了不少。

洪永夜是昆仑出身，剑术绝不差，但吕九对危险的感知刻入骨髓，再加上这段时间辛沈子的指导，大疯子和小疯子加在一起，效果越发明显。

总而言之，吕九的剑法就是疯法，杀敌一千，自损八百。

洪永夜哪里见过这种不要命的打法，剑术的节奏被打乱，但很快就习惯了，也能接得住吕九的剑。

只不过两个人来回拉锯，各自身上都见了血，他不适应这种感觉，对面的吕九却越来越兴奋。

"疯子。"洪永夜决定换种方式，以剑为辅，法器为主，各种法器朝吕九扔过去。

如果是辛疯子有用剑修道的洁癖，那吕九则完全没有这种想法，她用剑是因为最容易学。

昨天一晚上，叶素没有睡，画了不少符箓给她，今天一早明流沙也送了好几件法器给她。

洪永夜用法器，吕九也用法器，切换的比他还快，丝毫没有犹豫。

要一直比到决出第九、第十位，他们必须要留存体力，不可过多受伤。但吕九太疯，逼得洪永夜只能用尽全力，大不了再吃丹药恢复。

然而洪永夜没有想到的是，他一剑朝着吕九的手臂砍去，她竟然躲也不躲，就这么迎了上来。

剑砍在手臂上，接触血肉的感觉通过剑身传递给剑柄，最后被洪永夜感受到。

这种切开血肉的感觉，他不陌生，相反很熟悉。

只是吕九没有按照他所想的避开，眼中甚至带着兴奋，成功让洪永夜慌了一瞬，他不由得在想她还有什么后手。

吕九没有后手，她只是选择放弃手臂，下一刻置之死地而后生的剑意结结实实地打在了洪永夜的腰和腿上，让他一个踉跄。

就是现在！

吕九仿佛根本察觉不到疼痛，也没有发现自己的手臂断在了擂台之上。

她一脚踢向洪永夜的膝盖处，同时飞起，再一脚踹在他的下巴上，将他踢飞出去。

洪永夜当机立断想要用剑撑住自己的身体，但紧跟着吕九的一剑又劈了过来。

剑不稳，洪永夜摔下了擂台。

更关键的是作为一个剑修，他竟然让剑从手中脱离了。

周围围观的修士顿时一阵唏嘘，尤其是剑修。

对剑修而言，第一忌讳就是断剑，第二忌讳的便是剑离手。

这两件事，极易成为剑修在修道一途中难以跨过去的障碍。

颜好本来是要找游伏时，在他面前夸一遍刚才擂台上的风姿，看到吕九这生猛的样子，震撼得都说不出话来："千机门的人……真可怕。"

这时候吕九似乎才想起自己手臂断了，折回身，从地上把断臂捡起来。

"别磨磨蹭蹭。"辛沈子带了个医修进来，对吕九道，"下来缝手。"

他一个闻名修真界的辛疯子，现在沦为这几个弟子的救治工具。

旁边那个医修摇头道："真是一代比一代疯。"

吕九大量失血，完全靠着灵力支撑。

这一轮比赛结束，后八位只剩下四个人需要继续比，分别是颜好、宁浅瑶、吕九以及黎寺。

等颜好抽签的时候，不停在念叨："不要吕九！不要吕九！"

她小心翼翼地打开，看到是宁浅瑶，居然松了一口气，虽然目前看来宁浅瑶的变数最大。

吕九则和黎寺比，这两场比赛一结束，赢的那两个人最后再比一场，选出第九和第十。

至于前八位，梅仇仁对上了谷梁天输了，将和连怜、周云以及正在进阶的易玄比出前五到前八名。

目前剩下最关键的是选出前三，这三位不光是有名次的区别，还有留在轮转塔的时间的不同。

"大师兄，他们要去抽签了。"马从秋紧紧握住徐呈玉的手，紧张道，"叶素和游伏时千万别抽在了一起。"

徐呈玉也替他们紧张，就不计较马从秋拉着他："游公子运道应该不会太差。"

叶素和游伏时分别上去抽签，心都没底下围观的吾剑派的这几位弟子的心跳得那么快。

游伏时一抽完便翻开看了，他盯着上面的字，对叶素念了出来："陆沉寒，我和他比。"

"正好。"叶素将签翻了过来，"谷梁天。"

四个人的对战签一出来，围观的修士有的失望，有的兴奋。

"唉，我想看万佛宗的佛子和昆仑的陆沉寒对战。"

"我觉得他们赢完这场，下轮就会一起对战。"

"这届还真让千机门走了过来，就算两个人都输，还有一个第三能拿。"

"那也不一定吧，千机门的这两个人看着都挺厉害。"

"再厉害，陆沉寒可是化神期，谷梁天虽进阶失败，但一定比普通的元婴后期修士强。"

"可惜，这次上阙宗栽了，颗粒无收。吾剑派好歹能有一个前十，还有个并宗弟子也在。"

"谁让吾剑派的那个大弟子太倒霉，第一场就碰上昆仑的陆沉寒。"

周围的人议论纷纷，叶素和游伏时已经各自站上了擂台。

"这届大比很有意思。"谷梁天一步一步走上来，最后站定望着叶素，面上带着惯有的悲天悯人之色，"最后进入决赛的差不多都是我想要对战的人。"

叶素抬眼看他，说了一句风马牛不相及的话："我之前以为万佛宗以度人为己任。"

谷梁天转了转念珠，唇边露出薄薄的笑意："世人难度，万佛宗从来只向万佛度己。"

"是吗？"叶素低声道，"可有的人偏偏要度人。"

谷梁天听见了叶素的话，却不知是何意，便问："战不战？"

叶素不回答，反而从乾坤袋中拿出一本法阵书后，才对谷梁天道："我不太了解法阵，只学了两三个，屠世前辈这本法阵适合有基础的法修。"

谷梁天的指尖一顿，他觉得屠世这个名字听起来很耳熟，片刻，脑中一念一闪而过。

屠世——上上一任最短年限的佛子。

高台上合欢宗的宗主吴月转头去看万佛宗的宗主乐忌："屠世的命灯不是灭了？怎么还多出一本法阵书？他陨落前竟还在秘境中留下了法阵手札？"

万佛宗的宗主乐忌对屠世并不在意，冷漠地说道："听说他没死，在秘境中修到了合体期，不过碰上吾剑派和千机门的弟子，又死了。"

吴月感叹："他能在荒城内修到合体期，也是天才，可惜了。"

不过万佛宗的宗主这副样子还真是不让人意外，上一任神女是他亲手带大的，陨落的消息传出来，他也是这么冷漠。

"你想用法阵对付我？"谷梁天的面上终于出现了些许变化，他看向叶素拿着的手札，"屠世是历代佛子、神女中最没有潜力的人，在法阵上的天赋少得可怜。"

"用他的法阵，你毫无胜算。"谷梁天顿了顿补充道，"当然，符阵也是同一个结果。"

"试试。"叶素翻了翻，将上面的内容全部记在脑海中，再收起手札。

谷梁天握住法杖，用力往地面一杵，莲台法杖便立在擂台之上。他松开手，将念珠卷起戴在手腕上，看向叶素，面上出现熟悉的悲天悯人之色："我度世人，世人不听。"

"这就是你的度法？"叶素有些被气笑了，"或许我也能度一度你。"

谷梁天双手结阵，姿态中带着禅意，震慑人心。

叶素同样开始学着结阵。

两个人相比，显然是谷梁天结阵更快，半空中圆形法阵结成，他的手轻轻一推，便朝着叶素打去。

叶素躲开，手未停，结成法阵，在千钧一发之际，推了过去。她双手撑着法阵，却不料谷梁天站在远处，手一抬往前压，那法阵便再次对叶素压了过去。

初次，法阵针锋相对，以叶素的法阵被打碎，人受伤结束。

叶素扭头吐出一口血，手撑在地上，望着谷梁天再一次结成数个法阵，朝她攻击。

她的目光不在法阵上，反而是在观察谷梁天。

实战是学习的最好机会，尤其叶素对法阵不太熟悉。

叶素一次一次被谷梁天追着打，就在她遍体鳞伤时，谷梁天准备结成杀阵，忽然发现对面跌坐在地上的叶素开始和他做出一样的动作。

谷梁天能察觉空中的灵气波动和他的一样！

她从屠世的手札中学来的？

谷梁天将双脚打开，结阵的速度再一次提高，他要让叶素见识什么才是真正的佛子。

然而令人未料到的是，叶素结阵的速度竟然只稍稍落后于他，几乎在谷梁天结成阵之后，她也结成了。

两个法阵在空中相撞，居然抵消了。

叶素从地上摇摇晃晃地起身："别的我不会，只是会学。"

接下来，只要谷梁天结什么阵，叶素便跟着结阵，无论什么样的复杂法阵，她都能完成。

屠世那本法阵手札，叶素有一大半看不懂。

不过对面谷梁天是一个现成的教学模版，无论是结阵的手法，还是身体移动的频率，都被叶素学得十成十。

除了长相不同外，叶素就像是谷梁天的镜像人，这让高台上的各宗主和擂台下围观的修士大为震惊。

这真的是人能做出来的事？

前半场叶素还搞个半吊子的法阵，被谷梁天打得数次摔在擂台上，结果忽然站了起来，就开始和佛子结一样的法阵。

"叶素这里有点儿可怕。"马从秋指了指自己的脑子对旁边的徐呈玉道。

"所以，我很好奇她为什么不用剑。"徐呈玉一直知道叶素学习的能力堪称逆天，还能后来者居上。

这一点，在符箓方面，他们早有见识。

也正因为叶素进步得太夸张，连怜和程怀安从惊讶到生出战意，最后心如止水，这一套心路历程走下来还不到两年。

受到最大冲击的人还是擂台上的谷梁天。

在第二关逆转回溯法阵中，他已经看出来叶素不简单，但没想到她可以做到这种地步。

两个人站在擂台上，一个法阵又一个法阵结成、抵消。

谷梁天终于停手，他不想让对方将万佛宗的法阵全学了。

"你足够厉害。"谷梁天承认，看向叶素，眸色冷淡，"不过到此为止了。"

他握住四棱莲台法杖重重往地上一杵，法杖底部光阵荡开，同时念珠往上一扔，单手结阵。

念珠瞬间扩大，几乎将整个擂台圈住。

不过片刻，叶素便察觉周围灵气的流转速度开始变慢，不断往谷梁天那边飘。

"阵界。"高台上吾剑派的宗主周奇望着擂台上的谷梁天道，"难怪他当选为新佛子。"

在修真界只有大能才可以开辟界，即便是几大宗主也不是随随便便能开辟界的，开辟界需要耗费极大的精力。

万佛宗的独门阵界，既然沾了"界"字，便和界相似。

这是一种借助四棱莲台法杖锁地，念珠禁天的手段，可以暂时性形成本界。

本界只受法修本人的控制，界中为王，一旦对手落入阵界中，实力将被大幅度削弱。

"我押了叶素得第一。"合欢宗的宗主吴月忽然出声道，"她一定要赢。"

其他宗主转头看她，上阙宗的宗主露出一言难尽的表情："你押叶素？"

这是什么操作？一般各宗主要么图个彩头，押自己的弟子赢，要么押当届最有潜力的人赢。

叶素？是还行，但也不至于让一个宗门的宗主押注。

"本来想押游伏时。"吴宗主长吁短叹，"本届长得最好的一个弟子。"

果然，合欢宗还是那个合欢宗。

其他宗主纷纷收回目光，转投向擂台上的比赛。

只有坐在吴月旁边的吾剑派的宗主周奇，换了换姿势，手撑在茶桌上，低声问她："怎么改押叶素了？"

"我想着他们俩万一碰上，游伏时肯定不打了。"吴月肯定道。

周奇了然："确实有这个可能。"

这时候，叶素已经彻底落入谷梁天的阵界中。

等她再学他的法阵，刚结完，谷梁天只是稍稍偏头，那法阵便骤然消失，宛如从未存在过。

反而谷梁天只结了一个法阵，双手忽然拉开，一生二，二生四，四个法阵分别从不同方向朝叶素锁去。

叶素只能四处躲开谷梁天的法阵，一时不察，被一道法阵击中，半跪在地上，咽下喉中的血气。她抬头看着对面："界？"

"眼光不错。"谷梁天握着法杖一步一步朝叶素走过来，阵界也在不断收缩，所有威压全部集中在叶素的身上，要将她的脊背一点儿一点儿碾碎。

"有意思。"叶素艰难地站起来。

那股法阵的威压太过集中强大，她站起来的时候能清晰听到骨头断裂的声音，灵力运转修复，再断，再修复，直到她彻底站了起来。

远处的辛沈子看着这边，不由得喷了一声。这一代的人确实够疯。

谷梁天在她站起来时，便加快了靠近的速度，冷漠道："这是我的阵界，挣扎无益。"

叶素的手摸在乾坤袋上："是吗？那我也试试。"

当初在小秘境中发现的四棱地藏莲台法杖被她拿了出来，这东西蕴含的力量极强磅礴，叶素几乎没有拿出来过。

全黑色的四棱地藏法杖最上层的莲台上悬浮着一朵黑色的地幻莲，杵在地面的瞬间，谷梁天立刻察觉阵界的流动开始变得滞涩。

底下的修士一片哗然。

"她还有莲台法杖？！"

"不愧是炼器宗门出身。"

"怎么感觉叶素手里的法杖比万佛宗的佛子手里的法杖还好？"

叶素握住法杖，神识流转进莲台，隐有异样，但这时候她心中只有破开谷梁天设下的法阵赢了他的念头。

她没有念珠，但四棱地藏莲台法杖比谷梁天的法杖强太多。

叶素学着谷梁天的结阵手法，四棱地藏莲台法杖上黑光流转，地幻莲缓缓张开。

谷梁天察觉自己的阵界逐渐失去控制，再一次加快脚步，想要彻底将叶素压制，但要将阵界内所有力量倾轧在对手身上，需要时间。

他还差几步便能成功时，叶素结阵完成！

四棱地藏莲台法杖黑光流转四溢，最终飞出，切破了谷梁天的阵界。

空中原本被放大的念珠竟然断了，珠子恢复原状，散落一地。

高台上有人眼中极快掠过异色。

"那是我万佛宗的东西！"万佛宗的宗主乐忌霍然站了起来，死死盯着叶素手中的四棱地藏法杖。

"怎么会是你们的东西？"吾剑派的宗主看着他，"乐宗主，如果我没猜错，这东西多半是叶素在哪个秘境中得来的机缘，她还没去过万佛宗境内。"

万佛宗的宗主重新坐了下来，平复情绪道："我是说那根莲台法杖是神殒期前，本宗佛子用的法杖，只不过后来它消失不见，才换成了白玉莲台法杖。"

"既然如今到了人家小友的手中，便是她的。"封尘道人劝道，"若是乐宗主想要拿回来，问过叶小友之后，再用其他东西换，倒也可以。"

万佛宗的宗主应了一声，但眼中透着势在必得之意。

擂台上，叶素望着谷梁天道："学得差不多了，接下来你来试试屠世前辈的法阵如何？"

模仿、学习，以一见十。

从站在擂台上之后，叶素便没有停止过思考，灵府内神识化成的元婴小人是叶素自己的模样，不只有一个，共有十个小叶素，正飘在识海上方，不停回忆屠世前辈的手札，结阵学习，一遍又一遍。

每一个元婴小人学的法阵都不一样，叶素自己则一直学谷梁天的法阵。

在擂台上短短的时间内，众人只看得见她在学谷梁天，却不知道她的灵府中还有十个元婴小人在同时学着法阵。

叶素将四棱地藏莲台立在身边，微微闭眼。

此时此刻，灵府内十个元婴小人齐齐一顿，跟随着叶素，双手交握，起阵，随即分开手，掌心朝外画圆结阵。

屠世的法阵粗暴、杀意浓，偏偏最深处又藏着宽广浩瀚的桎梏之意，阵才起，谷梁天便感受到一股窒息的杀意。

他同时也快速结阵，准备抵御，心思却无法受控地去看叶素结阵，下意识地也想学她。

只不过结阵手势好学，让灵气跟随附着法阵需要多次练习才能完全成功。

显然叶素没有给他时间，法阵成，她迅速往上空一扔，再落下时法阵便往谷梁天的头顶压去。

谷梁天抬手，手中法阵如同盾牌挡去，然而没有坚持多久，手中的法阵便碎了，头顶的法阵朝他攻击过来。

谷梁天躲避不开，受到重击，顿时吐出一口血。

他抚着胸口，缓缓直起身："你很好。"

"这还只是其中一个法阵。"叶素气定神闲地望着他，"我还有其他的。"

谷梁天站定之后，周身的气息一变，擂台上空突然出现黑云。

这些黑云聚集得很快，众人无不熟悉，因为不远处的易玄还在进阶，挡雷劫，为此其他擂台都挪远了不少。

"这时候冲化神期？"

"佛子的胆子未免太大了，前一次便已经失败，再失败恐怕会对自己的心境产生影响。"

"错了，雷劫一来，叶素不得不离开。如果她留在擂台上，恐怕就会受到牵连，谷梁天这一招够狠，而且对雷劫还有经验。"

果不其然，雷劫一来，谷梁天便往叶素那边靠，像是人形引雷器，所到之处便会有雷劈下来了。

化神期的雷劫动静绝对不小，几次下来，擂台周边的结界应声破开，其他围观的修士早溜得远远的。

擂台不算小，但雷一劈下来，顿时感觉可以逃跑的区域太小了。

叶素躲来躲去，靠着法阵符箓压根没办法抵挡天道雷劫。

相比之下，早已经准备好各种避雷法器的谷梁天则轻松不少。

修真界有天道法则，不可胡乱搅人进阶，否则将来自己进阶也会受到相应的影响。

也就意味着叶素不能随便对谷梁天出手，但她一下擂台，势必被认为自动弃权，偏偏不走留在这儿，只有被雷劈的一条路。

叶素思及此，干脆停下来，转身看着谷梁天："你为了赢，这么不择手段？"

"轮转塔有多重要，看来你还不太清楚。"谷梁天撑起一件法器，挡住劈下的雷，往她那边一推，雷竟然真的转移了方向，朝叶素劈去。

叶素也不躲，任由那雷劈下来，瞬间变得满脸焦黑一片。

"有件事，你好像一直没弄清楚。"她抹了一把脸道，"你这么不择手段，我也要学一学。"

谷梁天一愣，忽然生出不好的预感。

叶素仰头看着上空，云越来越黑，几乎成了黑水，像是随时可以滴下来。

"你连雷劫都要分享给我，那我的雷劫也分享给你。"

她倒要看看，谷梁天的雷劫能不能比自己的雷劫强。

番外篇・谣言传

正值宗门大比之际，昆仑境内热闹非凡。

一半人修炼，一半人四处逛玩，但还有一小拨人正在摆摊兜售法器。

"千机门出品，质量保证！假一赔十！您只要买了我们的法器，拳打昆仑，脚踩万佛宗，全不在话下！"此时明流沙不结巴了，各种推销话术张口就来，就差没说出花来。

夏耳和西玉分别站在他的两边，只要二师兄说完一句，他们就敲一下手中的锣，配合得十分紧密。

"胡说八道！"路过的修士听到这话，忍不住退回来道，"小小炼器宗门，竟如此狂妄？！就凭这些法器，能打赢昆仑，还脚踩万佛宗？斩金宗都不敢说如此大话！"

明流沙上下打量这位修士，对方既不是昆仑的人，也不是万佛宗的人。明流沙拿起剑吹了吹上面飘落的一根发丝，发丝擦过刀刃的瞬间，断成两截，飘向地面。

"道友，你又怎么知道我们的法器打不赢昆仑和万佛宗的人？"

"我……我就是知道！"这位修士恼羞成怒，抬高声音，拉过周围其他的修士评理，"他们说凭这些法器就能打败昆仑和万佛宗的人，你们信吗？"

"不信。"

"怎么可能。"

"你们听见了。"这位修士看着三个人，"别在这里坑蒙拐骗，当我们修士都是傻的？"

明流沙在这里摆摊已经两天，没想到突然有人冒出来这么说，旁边那些修士还纷纷附和。

明流沙的视线在领头修士的手上和他的腰间的剑上快速扫过，对方的手指上无痕无茧，过于干净反而蹊跷。

"二师兄，穿黄色衣服和紫色衣服的那两个人是斩金宗的，我之前见过他们修法器。"西玉靠过来小声提醒。

他们果然是来闹事的。

明流沙偏头朝旁边的夏耳看了一眼，夏耳当即会意，悄悄传讯给大师姐。

接下来这几个修士完全没有消停的迹象，围过来看好戏的人越来越多，有些凑热闹的修士不明真相，也跟着说千机门是骗子，炼出的法器根本没用。

"就算用了这些法器打不过昆仑，也不代表法器不好。"吕九路过这儿，看到热闹中心是明流沙几个人，立刻挤进来，为他们说话。

"大家听听。"最开始那个修士抓住她话里的把柄，指着明流沙，"这个所谓的炼器师刚刚还大言不惭地说他们的法器可以拳打昆仑，脚踩万佛宗，现在又有人说打不过。诸位道友，谁是骗子，一目了然。"

吕九皱眉，正要辩解，半空忽然传来一个声音："怎么就不能拳打昆仑，脚踩万佛宗了？"

"就这种破烂法器，怎么可能？"那修士虽然不知道谁在说话，但忍不住大声讥讽道。

"是吗？"那个声音越来越近，眨眼间三道剑影前后飞来落下。

众人定睛一看，忽然安静下来。

来的人正是千机门那三个最能打的弟子，最关键的是人家在宗门大比上还真拳打昆仑，脚踩万佛宗了。

一时间，全场寂静。

叶素收了剑，身后跟着两位师弟，游伏时离她更近，懒洋洋地站着，低头把玩手里的雾杀花。

她朝人群中心走去，旁边的修士下意识地让开一条路。

叶素弯腰拿起地上的一把剑，随意挽了个剑花，铮的一声，剑突然向叫得最欢的那个修士刺去，剑尖直指对方的喉咙，冰冷的剑意逼去，她的语调却十分温和："试试？"

那个修士先是被寒霜剑意吓蒙，等听见叶素的话后终于回过神，急忙往后撤退，但因为后退的动作太急，差点儿一个趔趄摔倒。

不过，很快他又打起精神，道："就算你们能赢昆仑和万佛宗的人，但用的法器又不是这些，你们就是在骗人。"

"你要真不信，可以带着昆仑的弟子或者万佛宗的弟子来试。"叶素随手将剑往地上一扔，半截剑身直接如同插入泥中，陷了进去。

周围纷纷传来倒吸气的声音，修士们眼睛发光地盯着那把剑。

这可是昆仑地界，他们铺的地砖是全修真界最坚固的，一般修士根本不能在上面留下什么痕迹。

"我又不认识昆仑和万佛宗的弟子，纯粹是看不过去你们骗人。"那修士还在不依不饶道，"再说，你们三个是什么实力，普通的昆仑弟子哪里赢得了？"

叶素啧了声："这也不行，那也不行，你们斩金宗的事还真多。"

"什……什么斩金宗？"那修士明显慌了，说话都结巴了一下，还强撑着不承认。

叶素随手指了几个人，对身后的易玄和游伏时道："抓过来。"

两位师弟俱是身形一动，消失在原地，那几个人还没反应过来就全被丢在他们的地摊前面。

至于一直挑事的修士，被叶素一只手抓了过来，她直接抹除了他和那几个人乾坤袋的印记，从里面翻出斩金宗的玉牌："你说什么斩金宗。"

那修士的脸色顿时变得煞白，他往周围一看，果然所有人的脸色都变了。

"居然是斩金宗的人冒充剑修挑事，我就说哪里有这么好心的人。"

"还真别说，千机门炼制的剑好像挺不错的。"

"道友，这剑卖吗？"更有甚者已经开始问明流沙几个人法器的价格了。

明流沙当然不会拒绝，上前拔出刚才大师姐插进地砖里的剑："卖！这里的法器全都卖！价格实惠，品质保证。"

不少人趁机挤过去，想要买法器，左右它们也不贵。

叶素拎着那个修士移到旁边，结结实实地揍了他一顿。

"既然斩金宗嫉妒我们千机门法器卖得好，下次想要找人闹事，记得找几个厉害的修士。"叶素松开手，那个修士脚一软，直接坐在地上了。

修士浑身疼得厉害，听见她这话，心中无语：他们斩金宗的修士是炼器师，又不是剑修，哪里打得过千机门这几个人？

"回去告诉你们宗主，要真看不惯千机门，你们干脆也过来摆摊，我们不拦着。"叶素低头看着这个修士，"谁家的法器好，自有分晓。"

最后斩金宗的几个炼器师都被揍了一顿，才得以离开。

"法器全被抢完了。"西玉算了算灵石，跑过来乐道，"还得大师姐出马。"

叶素笑了声道："为庆祝法器全部卖完，今晚去昆仑城酒楼。"

明流沙三个人顿时欢呼，跟着叶素御剑飞往昆仑城。

"叶素，听说今天你和昆仑的陆沉寒、万佛宗的谷梁天大战一场，最后还赢了？"

他们刚进酒楼，三楼就有人探出头扬声问道。

叶素等人仰头看去，发现问话的人是合欢宗的弟子颜好。

"什么时候的事？我怎么不知道。"叶素脚步轻点，直接一跃上了三楼。

在其他人未反应过来前，游伏时亦步亦趋跟在她身后。

颜好先是被千机门这几位弟子的脸晃了晃神，随后清醒过来道："到处都传开了，说你只用了一把普通的剑，就拳打昆仑的陆沉寒，脚踩万佛宗的谷梁天。"

"你怎么好像一点儿伤也没有？"旁边的梅仇仁上下打量叶素，发现她连道袍都没破一角，完全不像是大战一场的人。

叶素摇头。果然什么事情经过多人多口相传，瞬间就能变成谣言。

她用脚勾开椅子坐下，顺便拉开身边的椅子，让小师弟也坐下："我今天见都没见过那两个人。"

"那今天怎么回事？这事都传到长老他们的耳朵里去了。"颜好好奇地问道。她看到后面走上来的易玄几个人，立马疯狂挥手，热情地打招呼："师弟师妹好。"

叶素大致解释了一下发生了什么事。

"斩金宗居然做出这种事？心眼太小了。"梅仇仁听完感叹。

今天不知道是什么日子，他们才凑成一桌，下面又来了吾剑派和五行宗的几位嫡系弟子。

很快叶素亲身体验到谣言的传播速度。

徐呈玉一见到她就问："陆沉寒和谷梁天联手都败在了你的手下？"

五行宗的连怜更是直接上来就道："你把陆沉寒和谷梁天打残了？"

叶素："……"

不得已，她只能重新解释一遍。

然而澄清谣言的速度永远追不上谣言传播的速度，当叶素这些人在酒楼拼完桌，把酒言欢时，谣言在昆仑等门派内已经来回传了几遍。

甚至还有好事的修士偷偷去打探，想看看陆沉寒和谷梁天是不是真被打残了。

连昆仑的宗主都被惊动，亲自在大殿上召见陆沉寒，询问了这件事。

陆沉寒原本在练剑，收到紧急传讯，迅速赶到大殿，没想到殿内坐满了长老。

等听宗主说完，陆沉寒完全愣住，道："弟子今日未离开峰头，一直在练剑，师父可以做证。"

他和谷梁天联手都败在叶素的手下？这是什么离谱的话？

"当真？"封尘道人望着下方的陆沉寒，半信半疑，干脆用神识探去，最终没发现他受伤，才作罢。

　　陆沉寒莫名其妙成了叶素的手下败将，一离开昆仑大殿，便亲自下山去调查谣言的来源。

　　正巧，在山下遇到同样压抑着怒意出来调查的谷梁天，两个人对视一眼，又错开视线，但内心不约而同地生起一个念头：应该是他被叶素打了一顿？

图书在版编目（CIP）数据

不要乱"碰瓷" / 红刺北著．
—武汉：长江出版社，2022.7
ISBN 978-7-5492-8338-5

Ⅰ.①不… Ⅱ.①红… Ⅲ.①长篇小说—中国—当代 Ⅳ.① I247.5

中国版本图书馆 CIP 数据核字（2022）第 084280 号

不要乱"碰瓷" / 红刺北 著

出　　版	长江出版社
	（武汉市解放大道 1863 号）
选题策划	澜　亭
市场发行	长江出版社发行部
网　　址	http://www.cjpress.com.cn
责任编辑	陈　辉
特约编辑	澜　亭
印　　刷	北京盛通印刷股份有限公司
版　　次	2022 年 7 月第 1 版
印　　次	2022 年 7 月第 1 次印刷
开　　本	700mm×1000mm 1/16
印　　张	33.5
字　　数	670 千字
书　　号	ISBN 978-7-5492-8338-5
定　　价	69.80 元（全两册）